TANJA VOOSEN

My Second Chance

Roman

heyne>fliegt

Verlagsgruppe Random House FSC® N001967

2. Auflage

Neumarkter Str. 28, 81673 München
Redaktion: Diana Mantel und Martina Vogl
Umschlaggestaltung: t.mutzenbach design, München,
unter Verwendung eines Motivs von
© GettyImages (Miodrag Ignjatovic) und
© Shutterstock (Helen Hotson, roxi06)
Satz: Leingärtner, Nabburg
Druck und Bindung: CPI books GmbH, Leck
Printed in Germany

ISBN: 978-3-453-27204-0

www.heyne-fliegt.de

Für meine Oma. Weil du mir beigebracht hast,
stark und unverwüstlich wie ein Baum zu sein.
Ich vermisse dich.

KAPITEL 1

»WAS HAST DU DIR nur dabei gedacht?«

Die Stimme meines Basketball Coachs klang enttäuscht. Für einen Moment wusste ich gar nicht, was ich darauf antworten sollte und machte mich unter seinem strengen Blick ganz klein.

»Ich wollte die andere Spielerin nicht am Trikot packen«, antwortete ich entschuldigend. »Es ist einfach passiert.«

»Der Schiedsrichter hat es als Foul gewertet, Lorn.«

»Es war ein Versehen«, erwiderte ich nun etwas energischer.

Er sah mich direkt an. »Du bist manchmal zu impulsiv.« Seine Miene wurde etwas weicher. »Aber da wir heute gewonnen haben, spare ich mir den Rest meiner Standpauke ausnahmsweise. Merk dir fürs nächste Mal: Du spielst in einem Team, und du solltest die arme Skylar nie wieder außen vor lassen, um an den Ball zu gelangen. Und dabei schon gar nicht die Regeln verletzen – das fällt auf alle zurück. Verstanden?«

Mein schlechtes Gewissen wurde immer größer.

»Das … kommt nie wieder vor, versprochen.«

Coach Maxwell lehnte sich in seinem Stuhl zurück und nickte zufrieden. »Du kannst gehen. Lass die anderen nicht länger warten. Ihr habt da doch diese Tradition, eure Siege gemeinsam feiern zu gehen. Ich wünsche euch viel Spaß.«

Verdutzt runzelte ich die Stirn. Er wusste davon? Unsere privaten Teamtreffen fanden ohne den Coach statt, damit wir uns in Ruhe austauschen und manchmal auch über ihn schimpfen konnten.

»Die anderen sind schon weg«, erwiderte ich. »Aber danke.«

Ich wandte mich ab, aber der Coach räusperte sich.

»Und Lorn?«

»Ja?«

»Pass in Zukunft wirklich besser auf. Ich würde dich aufgrund deines Temperaments ungern auf die Ersatzbank verfrachten.«

Ich schluckte schwer und bemühte mich, cool zu bleiben.

»Verstanden, Coach.«

Mit raschen Schritten stürmte ich durch den Flur der angrenzenden Sporthalle in Richtung unserer Umkleide. Der Coach hatte recht, ich musste besser aufpassen. Er hatte mich nicht das erste Mal beiseitegenommen, um mich auf mein Verhalten hinzuweisen. Ich war so ein verdammter Hitzkopf! Dabei bedeutete mir Basketball alles. Da half nur eine heiße Dusche, um den Kopf frei zu bekommen.

Eine Viertelstunde später war ich mit allem fertig und verließ die Umkleide. Mit dem nächsten Bus fuhr ich von der Highschool aus zur Haltestelle des *Wild Card* – einem beliebten Treffpunkt unter Schülern und Studenten. Das gute und günstige Essen, die leckeren Smoothies und Cocktails, aber auch die Retro-Spielautomaten und die vielen Billardtische sorgten besonders am Wochenende für ein volles Haus. Ich freute mich schon riesig darauf, mit den Mädels anzustoßen und kurz all meine Sorgen auszublenden.

Bei Skylar sollte ich mich auch dringend entschuldigen …

Im nächsten Moment hatte ich jedoch ganz andere Probleme.

Wer hätte geahnt, dass mein Zuspätkommen mich geradewegs in die Szene eines Mafiafilms hineinbefördern würde? Ich hatte kurz einen Blick auf mein Handy geworfen (drei Nachrichten und ein verpasster Anruf von unserer Teamkapitänin Kim, die fragte, wo ich blieb) und sah wieder auf, um die Straße zu überqueren, da bemerkte ich sie. Zwei schemenhafte Gestalten, die aus einer Seitengasse in den Hinterhof des *Wild Card* traten. Dort verschmolzen sie augenblicklich mit dem Dunkel der Häuserwand. Zuerst war ich mir unsicher, ob ich sie mir nur eingebildet hatte. Der Hinterhof war spärlich durch einige Laternen ausgeleuchtet, doch im Schein eines vorbeifahrenden Autos wurden ihre Silhouetten deutlicher. Das Wetter war für Anfang Mai in Kalifornien eher ungemütlich und kalt. Aber es war nicht die kühle Abendluft, die mich nun frösteln ließ. Beim Anblick der zwei Unbekannten beschlich mich ein ungutes Gefühl. Sie benahmen sich einfach auffällig. Wie sie unruhig die Köpfe nach allen Seiten drehten, eine Hand etwas hervorzog und es dem Gegenüber zuschob …

Sollte ich lieber ums Gebäude herum zur Vordertür? Die hatte ich extra gemieden, weil dort um diese Zeit die ganzen Idioten aus der Unterstufe auf dem Parkplatz abhingen und einen auf The Fast & The Furious machten.

So ein Blödsinn! Vermutlich ging meine Fantasie mit mir durch. Ab zum Eingang!

Ich setzte mich in Bewegung und überquerte die Straße. Beim Näherkommen erkannte ich ein Mädchen und einen Jungen. Ihre Gesichter lagen noch immer im Schatten, und ihre Körpersprache wirkte sehr angespannt.

»Ich bin raus aus der Sache! Egal, was du denkst!«

Das Mädchen spie die Worte nur so aus. Ich zuckte bei der Lautstärke zusammen und hielt inne. Es war ein Wunder, dass sie mich noch nicht gehört hatten. Kleine Steinchen vom Asphalt knirschten unter meinen grünen Chucks.

»Du weißt nicht, wovon du da sprichst!«, schrie nun der Junge.

Das war definitiv kein normaler Streit. Das Mädchen trat einige Schritte zurück, um Abstand zu nehmen, aber er packte grob ihren Arm. Sie riss sich los und stolperte zur Seite. Sofort brauste Ärger in mir auf. So eine Situation konnte ich unmöglich einfach ignorieren. Ehe ich richtig darüber nachgedacht hatte, überbrückte ich die letzte Distanz zu den beiden und rief laut: »Hey! Lass sie gefälligst in Ruhe!«

Das Mädchen hatte mir noch den Rücken zugewandt, aber der Junge reagierte sofort und trat in den Lichtstrahl einer der Laternen. Schlagartig wurde mir klar, dass mir der Typ alles andere als fremd war. Er war hochgewachsen, mit dunklem Haar und arroganter Haltung. Andrew Carlyle! Der fehlte mir gerade noch! Vor einigen Monaten hatte er meiner besten Freundin Cassidy übel mitgespielt, weil sie seiner Ex geholfen hatte, ihn zu verlassen. Dabei hatte die arme Sarah gut daran getan, Andrew in die Wüste zu schicken. Er war nämlich echt das Letzte!

»Was?«, schnauzte er.

Andrew starrte mich kurz irritiert an, dann funkelten seine Augen zornig. Ich trat neben das Mädchen und berührte ihren Arm.

»Ist alles okay bei dir?«

Sie fuhr herum. Ihr Gesicht spiegelte alles andere als Erleichterung über meine Unterstützung wider. Sie wirkte mindestens genauso überrumpelt und abweisend wie Andrew. Es war allerdings nicht ihr Verhalten, das mir den Atem stocken ließ, sondern die Tatsache, dass ich sie sofort wiedererkannte.

»Misch dich nicht ein!«, fuhr sie mich an.

Ich öffnete den Mund, bekam aber keinen Ton heraus.

Addison Bell aus der Middle School!

Das war nicht irgendein Mädchen … Früher hatte sie zu meinen engsten Freundinnen gehört. Es war Ewigkeiten her, dass ich sie gesehen hatte. Kurz überlagerte sich das Bild der Addison aus meiner Erinnerung mit der Momentaufnahme aus der Gegenwart. Wie oft hatte ich mich gefragt, was aus ihr geworden war! Und jetzt standen wir einander völlig unerwartet gegenüber.

Was tat sie hier? Mit jemandem wie Andrew Carlyle?

Das Universum hatte echt einen üblen Sinn für Humor.

Aufgrund ihres Temperaments und ihrer Sturheit waren wir oft aneinandergeraten, weil ich diese Eigenschaften mit ihr teilte. Wie es schien, hatte sie davon nichts eingebüßt, denn sie stieß mir nun ungehalten einen Finger gegen die Brust.

»Hast du uns etwa beobachtet und belauscht?«

Ich bekam kaum ein Wort über die Lippen, weil ich noch immer damit beschäftigt war, sie anzustarren. Sie war in den letzten Jahren noch viel hübscher geworden. Ihre vollen schwarzen Haare fielen ihr ein gutes Stück über die Schultern und umrahmten ihr schmales Gesicht mit den großen braunen Augen und wohlgeformten Brauen. Ihre Haut erinnerte mich an Elfenbein. Sie trug ein weit ausgeschnittenes rotes Top, das ihre schlanke Figur perfekt zur Geltung brachte, unter einer eng anliegenden schwarzen Jacke mit floralen Stickereien. Doch je länger ich Addison ansah, desto mehr fiel mir auf, dass sie sich seit damals verändert hatte, und diese Veränderung strahlte sie mit jeder Faser ihres Körpers aus. Sie wirkte wie ein Vulkan, der jeden Moment auszubrechen drohte. Und sie schüchterte mich ein wenig ein.

»Kennst du die etwa?«, fragte Andrew abweisend.

Unsere Blicke trafen sich kurz, und ich bemerkte, wie er hastig etwas hinter seinen Rücken schob.

»Das ist … Lorn«, sagte Addison tonlos. Ihre Miene ließ nicht im Geringsten erkennen, ob sie von der unerwarteten Begegnung genauso durcheinander war wie ich. »Aus unserem Jahrgang.«

Wow. Das war alles? Ich war nur eine Mitschülerin für sie?

Wir waren ehemalige beste Freundinnen! Aber vielleicht bedeutete ihr das nichts mehr, immerhin hatten wir uns seit Jahren nicht mehr gesehen, geschweige denn ein Wort gewechselt. Sie begann, mich zu mustern, als wolle sie sich vergewissern, dass ich auch wirklich Lorn Rivers war. Durch das Ausdauer- und Basketballtraining hatte ich in den letzten Jahren eine Menge Muskeln aufgebaut und war nicht mehr so schlaksig wie früher. Meine sportliche Figur war wirklich das Einzige, was ich an mir mochte. Das langweilige Braun meiner Haare, die in etwa genauso lang waren wie Addisons, war nicht gerade modisch, und ich zog meist wahllos Klamotten aus meinem Schrank. Ich war eben ein Jeans-und-Shirts-Typ.

»Was machst du denn hier?«, murmelte sie bedauernd.

Ihr Stimmungswechsel irritierte mich. »Ich … also, ich treffe mich hier mit Freundinnen«, antwortete ich verunsichert.

»Ach, haben wir jetzt Zeit für ein Kaffeekränzchen!«, fauchte Andrew ungehalten. Er trat langsam näher. »Du erzählst uns lieber ganz schnell, was du gesehen und gehört hast, kapiert?«

Addison senkte den Blick. »Verschwinde besser, Lorn.«

»Was ist hier eigentlich los?«, verlangte ich zu wissen.

»Halt dich da einfach raus«, zischte Addison.

Ich runzelte verärgert die Stirn. »Raushalten? Damit Andrew dich weiter rumschubsen kann oder wie? Ich wollte dir nur helfen!«

Der eine Teil von mir wäre gerne schnurstracks ins *Wild Card* gelaufen, aber der andere fühlte sich bei dem Gedanken schrecklich, Addison einfach allein mit Andrew zurückzulassen. Ich kannte die Gerüchte über ihn. Er war unberechenbar und jähzornig – das hatte seine Rache-Aktion gegenüber Cassidy allemal bewiesen: Sie mit Farbe zu übergießen und das Wort *Schlampe* auf ihren Spind zu schmieren bewies das eindeutig. Da konnte ich doch nicht einfach abhauen!

Addison schien meine Gedanken lesen zu können, denn sie fasste mich am Arm und zog mich ein Stück außer Hörweite von Andrew. Nachdem sie die Stimme gesenkt hatte, sah sie mich eindringlich an. »Es ist besser für dich, wenn du jetzt wirklich gehst. Ich komme mit Andrew schon klar. Verzieh dich einfach.«

Ehe ich antworten konnte, stand Andrew schon dicht neben uns. Er starrte mich feindselig an, die Hand noch immer seltsam auffällig hinter dem Rücken verborgen. Keine Ahnung, was er da versteckte.

»Soll ich unser kleines Problem hier regeln?«

Seine kalte Stimme jagte mir einen Schauer über den Rücken.

»Ich mach das schon«, erwiderte Addison patzig.

»Ich kann Leute, die rumschnüffeln, nicht ausstehen.« Andrews Miene verfinsterte sich. »Du weißt doch, was man über solche Leute sagt – am Ende werden sie immer zum Schweigen gebracht.«

Er lächelte bedrohlich, und mir stockte kurz der Atem.

»Sie geht jetzt rein zu ihren Freundinnen.« Addison sah mich entschlossen an. »Lorn hat absolut nichts mitbekommen, richtig?«

Ich nickte mechanisch. Gleichzeitig wirbelten meine Gedanken durcheinander. Wieso fühlten sich Addison und Andrew so auf den Schlips getreten? Was hatten sie zu verbergen? Und wieso dann der öffentliche Treffpunkt?

Einen Moment lang zögerte ich noch. Ich konnte Addison doch unmöglich mit Andrew allein lassen, oder? Neben der plötzlichen Sorge um sie hatte ich gleichzeitig eine irre Wut im Bauch. Was fiel ihr eigentlich ein, mich so herablassend zu behandeln? Und Andrew? Dem hätte ich am liebsten mit einem gekonnten Tritt dahin, wo die Sonne nicht scheint, mal eine nette Übung aus meinem Selbstverteidigungskurs gezeigt!

»Lorn, bitte«, sagte Addison eindringlich.

Vielleicht war es der flehende Blick, den sie plötzlich aufgesetzt hatte, oder die leise Warnung in ihrer Stimme, aber irgendetwas hielt mich in diesem Augenblick davon ab, weiter Paroli zu bieten. »Schön. Ganz wie du willst.«

Mit einem letzten Blick auf meine ehemalige Freundin, die mir einmal sehr viel bedeutet hatte, ging ich zur Hintertür des *Wild Card* und verschwand im Inneren. Ein schwermütiger Seufzer entwich mir, der im Geräuschpegel unterging. Kaum war ich drinnen, überfielen mich jedoch so viele Eindrücke, dass ich keine Zeit hatte, weiter über Addison und den merkwürdigen Vorfall nachzudenken.

Gott, war es hier überfüllt! So würde ich die Mädels meiner Mannschaft nie finden! Ich ließ den Blick über die abgewetzten Ledersessel und chaotisch bunten Stühle an den runden Holztischen gleiten, dann spähte ich zu den Sitznischen im hinteren Teil hinüber. Eine Kellnerin quetschte sich mit einem Tablett voller Getränke mühsam an mir vorbei. Ich stand total im Weg. Mit einem genuschelten »Sorry«, das sie ganz sicher nicht gehört hatte, machte ich rasch Platz.

Zu blöd, dass wir keinen richtigen Stammtisch hier hatten. Das *Wild Card* hatten wir lange Zeit gemieden, weil es von außen eher einen heruntergekommenen Eindruck machte. Aber der Used-Look der Einrichtung war einfach cool! Das zusammengewürfelte Mobiliar, die Wände voller Schallplatten und Schwarz-Weiß-Drucken, nackte Glühbirnen, die von der Decke baumelten, und jede Menge Dekopflanzen hatten so ihren Charme, und die Atmosphäre war immer total relaxed.

Irgendwie fand ich die anderen dann doch an einem kleinen Tisch in Thekennähe. Die Gruppe war allerdings auf drei Mädels zusammengeschrumpft.

Unsere Kapitänin Kim Reynolds sah mich kommen und winkte.

»Mensch, Lorn! Du bist so was von zu spät!«, schimpfte sie.

»Wir dachten schon, der Coach habe dich zur Strafe an eine der Bänke in der Umkleide gefesselt und nicht mehr gehen lassen«, kam es von Skylar, die links neben Kim saß. Naomi war auch noch da. Die drei musterten mich mit neugierigen Blicken.

»Ich wurde länger aufgehalten als gedacht«, sagte ich vage.

Automatisch warf ich einen Blick zurück, durch eines der Fenster. Draußen war niemand mehr zu erkennen …

»Und deine Nachrichten habe ich zu spät gesehen, sorry!«

»Na, dann setz dich mal«, sagte Kim. Ich hängte meine Jacke über die Stuhllehne und ließ mich neben ihr nieder. Meine Tasche legte ich zwischen meinen Beinen auf dem Boden ab. Entschuldigend lächelte ich alle an.

»Tut mir unheimlich leid. Sind die anderen schon weg?«

»Alle bis auf uns«, meinte Skylar.

Wenn ich ehrlich war, gefiel mir eine kleine Runde besser, weil sie irgendwie persönlicher war. Die übliche Startformation bestand aus Kim, Skylar, Naomi, Chelsea und mir. Chelsea war heute bereits beim Spiel ausgefallen, weil sie mit einer Erkältung das Bett hütete.

»Was habe ich denn verpasst?«, fragte ich.

»Och, nichts Besonderes«, sagte Naomi.

»Kim erzählt nur passend zur Date-Hour was von Garet.«

»Was für eine Date-Hour?«, fragte ich entsetzt.

»Ist es dir nicht aufgefallen? Schau dich mal um. Seit zehn Uhr läuft eine Aktion à la Happy Hour mit Rabatten für Pärchen«, klärte mich Kim auf. »Daher der Ansturm.«

Beim Reinkommen war mir gar kein Plakat oder Ähnliches aufgefallen. Bestimmt, weil ich wegen der Addison-Sache so vor den Kopf gestoßen war. Wohin die beiden wohl verschwunden waren? Es sollte mir echt egal sein! Schließlich war ich jetzt bei meinen Freundinnen ... Aufmerksam sah ich mich um. Date-Hour? Oje!

Und da hatte ich gedacht, der heutige Sonntag könnte mir vielleicht dabei helfen zu entspannen und weniger über dieses Liebeszeugs nachzudenken, denn das beherrschte seit einigen Wochen komplett mein Leben ... und zwar nicht auf die gute Weise! Prüfend glitten meine Augen durch den Raum. Im Ernst? Wie hatte ich diesen Amor-Vibe übersehen können? Gefühlt überall saßen Pärchen, die sich verliebte Blicke zuwarfen oder wild rumknutschten, als wären sie alle Darsteller beim Dreh einer schnulzigen, romantischen Komödie. An der Theke turtelten ein Mann und eine Frau herum. Vor einem der Spielautomaten hielten zwei Mädchen Händchen und lächelten breit. Und auch um uns herum waren überall Pärchen, Pärchen, Pärchen! Selbst nach dem Gespräch mit Coach Maxwell war noch ein winziger Rest Hochgefühl vom erfolgreichen Spiel übriggeblieben und nun? Puff! Schrumpelte auch dieser endgültig in meinem Bauch zu einer winzigen Erbse zusammen.

»Schön, oder?«, seufzte Kim. »Also, wo war ich? Stimmt: Garet! Wie ich ihn vermisse!« Sie strich sich eine ihrer braunen Haarsträhnen hinters Ohr, und ein sehnsüchtiger Ausdruck legte sich auf ihr Gesicht. »Wir sind ja noch nicht so lange zusammen, aber ich könnte stundenlang über ihn reden. Er ist einfach toll!«

»Ja, das wissen wir inzwischen«, feixte Skylar, schmunzelte dabei aber. »Denn du hast auch *stundenlang* über ihn gesprochen.«

»Gar nicht wahr!«, schmollte Kim.

»Oh doch«, stimmte auch Naomi zu. »Sie hat uns sogar ihre Fotogalerie auf dem Handy gezeigt, die Garet McHotty heißt, Lorn.«

Okay, bei der Bemerkung musste ich nun auch grinsen.

»Garet McHotty?«, wiederholte ich belustigt.

»Willst du sie auch sehen?«, fragte Kim eifrig.

Unsere Kapitänin lebte für solche Momente. Kim liebte nicht nur Klatsch und Tratsch, sie ging auch so richtig in dem ganzen Gerede über ihr Liebesleben auf. Das hatte ich selbst schon oft miterlebt. Dabei hatte sie vor Garet allen Jungs abgeschworen.

»Warum nicht, wenn es dir hilft, ihn weniger zu vermissen«, murmelte ich sarkastisch. Skylar und Naomi begannen zu lachen.

»Schon gut, habe verstanden«, sagte Kim beleidigt.

»Wisst ihr, was ich vermisse?«, meinte Naomi. »Die Philippinen. Seit unserem Umzug nach Newfort vor ein paar Jahren sehe ich meine Verwandtschaft nur noch an den Feiertagen. Superschade.«

»Du hast ja uns!«, mischte ich mich ein. »Und wo wir schon beim Team sind: sorry wegen meines doofen Fouls. Ich weiß gar nicht, was mich gepackt hat. Skylar, ich wollte dich nicht übergehen, um an den Ball zu kommen. Das war blöd von mir.«

»Ach, Schwamm drüber«, meinte Skylar gutmütig.

Kurz keimte in mir die Hoffnung auf, dass ich erfolgreich das Thema gewechselt hatte, vom Liebeskram zu Basketball, aber Kim schien noch nicht fertig zu sein. Sie seufzte theatralisch.

»Chelsea hätte die Fotos sehen wollen!«, meinte Kim mürrisch.

»Klar, Chelsea hätte sie nicht nur angeschaut, sondern dir sicher gleich ein Hochzeitsalbum draus gebastelt«, witzelte Skylar.

Wir zwei tauschten einen Blick, und ich musste breit grinsen. Wir hatten uns beim Aufnahmetraining fürs Basketballteam im Freshman-Year kennengelernt und uns gleich prima verstanden. Denn Skylar teilte absolut meinen Humor.

»Oh, seht mal!« Kim ignorierte uns gekonnt und deutete auf das Pärchen am Nebentisch. Der Typ rückte mit seinem Stuhl lautstark über den Boden, damit er seiner Angebeteten den Arm um die Schulter legen konnte, und das Mädchen kuschelte sich an ihn. Kim seufzte völlig verzückt von der Szene. »Ist das nicht süß?«

»Das ist kitschig«, kommentierte ich.

An dieser Stelle wurden wir von einer Bedienung unterbrochen, die fragte, ob wir noch was trinken wollten. Da die anderen noch halb volle Gläser hatten, bestellte nur ich mir eine Cola. Die warme, leicht stickige Luft des *Wild Card* hatte mich echt durstig werden lassen. Inzwischen hatte ich ein Summen in den Ohren, weil es so laut war, und ich beugte mich leicht nach vorne, um die anderen besser verstehen zu können.

»Das ist Liebe!«, schwärmte Kim.

Ich verdrehte die Augen. Dieses verdammte Wort. Liebe. Wie der Stein, der eine Lawine ins Rollen brachte. In der nächsten halben

Stunde drängte Kim uns ihre Flirtratschläge auf, bis Naomi feierlich erklärte, sie würde sich bis zur nächsten Date-Hour einen süßen Kerl angeln, mit dem sie hier Cocktails schlürfen könnte, und Kim zufrieden nickte. Sogar Skylar öffnete sich der Runde und rückte mit der Information heraus, dass sie und ihre Freundin Charlotte überlegten, vor dem College zusammenzuziehen. Das war für sie eine große Sache und wurde von den anderen eine Weile ausgiebig kommentiert. Kim fand die Idee großartig, Naomi hingegen war noch ein wenig skeptisch.

Niemandem schien aufzufallen, dass ich bisher geschwiegen hatte. Es freute mich, dass die anderen so sorglos über ihre Gefühle und ihre Liebespläne plauderten, denn mir lag ihr Glück natürlich am Herzen. Die Sache war nur die: Um mein eigenes Herz stand es nicht besonders gut. Ich konnte unmöglich erzählen, was wirklich Sache war: Ich, Lorn Rivers, war unglücklich in jemanden verliebt, der meine Gefühle niemals erwidern würde.

Denn er hatte sein Herz schon an jemand anderen verloren.

Nachdenklich biss ich mir auf die Unterlippe. Es war so verflucht ungerecht, dass man sich nicht aussuchen konnte, in wen man sich verliebte. Und dass diese blöden Gefühle einen stets quälten.

Meine beste Freundin Cassidy konnte davon auch ein Lied singen. Sie hatte sich in den Jungen verliebt, der die Nummer eins auf ihrer imaginären Niemals-Daten-Liste gewesen war: Colton Daniels, der reihenweise Herzen gebrochen hatte. Mit Betonung auf *hatte*. Colton und Cassidy hatten sich ewig unausstehlich gefunden, bis ihnen ihre unerwarteten Gefühle einen Strich durch die Rechnung gemacht hatten. Fast wie vom Schicksal vorherbestimmt. Eigentlich gefiel mir diese Vorstellung. In mir steckte eine hoffnungslose Romantikerin, die ich aktuell jedoch nur noch verfluchte.

»Hey, Lorn.« Skylar stieß mich leicht mit dem Ellbogen an. »Jetzt bist du an der Reihe. Wir haben alle ausgepackt. Na los!«

Ich hatte es bereits geahnt … kein Entkommen möglich.

»Da gibt es nichts zu erzählen«, antwortete ich betreten.

»Nicht mal jemanden, der dir gefällt?«, fragte Naomi.

»Ach, Mädels«, mischte Kim sich ein. »Wenn ihr unglücklich verliebt wärt, dann würdet ihr auch nicht drüber sprechen wollen.«

Augenblicklich versteifte ich mich. Kim war neben Cassidy eine der wenigen Personen, die von meinen unerwiderten Gefühlen für meinen Schwarm wusste. Dabei hatte ich ihr diese wichtige Sache nicht mal freiwillig anvertraut! Kim und ihre beste Freundin Summer waren vor ein paar Wochen rein zufällig auf mein Geheimnis gestoßen. Seither hatte ich ständig Angst, dass eine der beiden die Bombe platzen ließ. Gäbe es Gedächtnisverlustzauber, hätte ich den beiden schon längst einen verpasst!

Ich warf Kim einen tödlichen Blick zu, damit sie bloß nichts mehr sagte. Würde sie seinen Namen verraten, wäre das eine Katastrophe! Unter keinen Umständen durfte jemand von meinen unerwiderten Gefühlen erfahren. Denn solange sie blieben, wo sie waren – nämlich verschlossen in meinem Herzen –, konnten er und ich zumindest Freunde bleiben. Das redete ich mir erfolgreich ein. Eine Freundschaft war besser als gar nichts, richtig?

»Oje, unglücklich verliebt?«, fragte Skylar bedauernd, als ich eisern schwieg. »Willst du drüber sprechen?«

Darüber sprechen? Nein, danke! Ich schwieg weiter.

»Sagst du uns, wer es ist?«, wollte Naomi neugierig wissen.

Mein Puls schlug immer schneller, und ich spürte Panik in mir aufsteigen. Vielleicht war es lächerlich, aber ich konnte mit den Mädels, so gern ich sie hatte, nicht darüber sprechen. Ich hatte mich doch gerade erst damit abgefunden, das ganze Verliebtsein so lange zu ignorieren, bis sich diese Gefühle in Schall und Rauch auflösen würden. Sie in Worte zu fassen ließ sie dagegen noch realer werden. *Denk nach, Lorn! Schnell eine Ausrede!*

»Das war nur eine Vermutung«, ruderte Kim zurück.

Wir beide tauschten einen kurzen Blick, und ich sah ihr an, dass es ihr furchtbar leidtat, mich in solch eine Lage gebracht zu haben. Wurde aber auch Zeit, dass sie es wiedergutmachte!

»Ach, ihr kennt doch Kim«, sagte ich und setzte ein schiefes Grinsen auf. »Sie macht immer irgendwelche Späßchen!«

»Lorn, wenn dir das unangenehm ist, musst du nichts sagen«, meinte Skylar in sanftem Ton. »Aber wir haben ein offenes Ohr für dich, okay? Schließlich sind wir ein Team.«

»Ich … also …« Mir wurde ganz schwer ums Herz. Ich wollte niemanden anlügen. Während mein Verstand an einer passenden Antwort arbeitete, reagierte mein Körper mit einem Fluchtinstinkt. »Ich muss mal aufs Klo!«, sagte ich abrupt. Schnell sprang ich auf und lief zwischen den Tischen hindurch auf den hinteren Teil des *Wild Card* zu, wo eine Treppe in den Keller führte. Mist aber auch!

Wieso konnte Kim nicht einfach die Klappe halten!

Unten im Vorraum der Toiletten lehnte ich mich gegen eine Wand und holte tief Luft. Kim hatte nicht schuld, sondern recht!

Ich war unglücklich verliebt.

In Theodor Griffin aus meiner Stufe.

Ausgerechnet in Theo!

Der Junge, der mir bei einem *Miss-Friendzone*-Wettbewerb den Pokal für den ersten Platz überreicht hätte. Dabei hatte ich mir über zwei Jahre lang nichts sehnlicher gewünscht, als ihn kennenzulernen. Und dann waren wir in den letzten Wochen plötzlich Freunde geworden, weil er der Cousin von Cassidys Freund Colton war. Ich hatte mein Glück kaum fassen können – bis sich herausstellte, dass Theo bereits in jemanden verliebt war.

Seither hatte mein Herz einen leichten Knacks, und irgendwann würde es unter dem täglichen Druck, den ich mir selber bereitete, zerspringen wie ein fallengelassenes Glas.

Genervt trat ich an eines der Waschbecken, öffnete meine zusammengebundenen Haare und fuhr mit einer Hand hindurch. Ich betrachtete mein trauriges Gesicht, seufzte und band mir einen neuen Pferdeschwanz. Wäre mein Leben doch nur so einfach und unkompliziert wie diese Frisur. Aber nein! Es war ein wirrer Knoten aus Gefühlen und Problemen! Ob die anderen gerade über mich und mein seltsames Verhalten sprachen? Ich war ziemlich auffällig abgedüst ... aber, ehrlich? Ich hätte lieber eine ganze Woche durchgehend Geschichte, als jemals über meine Gefühle für Theo zu reden – und ich hasste Geschichte.

Es hatte mal eine Zeit gegeben, in der ich geglaubt hatte, dass ein Basketballspiel zu gewinnen das allergrößte Glück sei. Aber jeder, der einmal etwas Bedeutsames gewonnen hat, weiß, dass man in solchen Augenblicken manchmal erkennt: Gewinnen ist eben doch nicht alles. Und dass es Dinge gibt, die man auch durch hartes Training und Durchhaltevermögen nicht gewinnen kann.

Wie das Herz eines Jungen.

Gedankenkarussell, beruhige dich bitte! Das war echt genug Selbstmitleid für einen Abend! Dabei konnte ich mich so glücklich schätzen. Ich hatte eine wundervolle beste Freundin, mein Basketballteam und meine liebe Familie. Das war nicht selbstverständlich. Merkwürdig, dass man von so viel Liebe umgeben sein konnte, und das blöde Herz verspürte dennoch eine Sehnsucht nach mehr, nach etwas ... *anderem*. Verdammter Liebeskummer!

KAPITEL 2

AM NÄCHSTEN MORGEN fühlte ich mich etwas gerädert, weil wir gestern noch bis kurz vor zwölf im *Wild Card* geblieben waren, ehe Skylar und ich den Nachtbus genommen hatten. Keine so gute Idee, wenn man bedachte, dass wir heute alle früh rausmussten. Wegen eines bevorstehenden Schulturniers hatte der Coach nämlich zusätzliches Morgentraining angesetzt. Normalerweise sprang ich beim ersten Weckerklingeln munter aus dem Bett, doch als er jetzt von mir verlangte, wach zu werden, schlug ich mürrisch auf die Schlummertaste und zog mir die Decke über den Kopf. Aber meine Gedanken gönnten mir keine weitere ruhige Minute, denn vor meinem geistigen Auge tauchte plötzlich Addison auf. Unser Wiedersehen spielte sich erneut in meinem Kopf ab. So hatte ich mir das nicht vorgestellt. Ich dachte, wenn wir uns irgendwann über den Weg laufen würden, dann eher zufällig, zum Beispiel in unserem ehemaligen Lieblingscafé an der Strandmeile. Verlegenes Lachen, und ein winziges Gespräch über die guten, alten Zeiten.

Reines Wunschdenken! Andrew und Addison hatten da irgendeine krumme Nummer durchgezogen. Sie war zwar nicht ganz so arschig wie Andrew zu mir gewesen, aber … stopp! Ich wollte mir nicht durch Grübeleien über Addison Bell den Tag versauen lassen!

Der Sommer damals, nach dem Ende der Middle School, sollte etwas Besonderes sein. Cassidy, Addison, ein weiteres Mädchen namens Nora und ich waren zu der Zeit eng befreundet, wollten Pläne für die Highschool schmieden und uns auf die Zukunft freuen, davon träumen, was wir Mädels noch alles gemeinsam erleben würden. Nichts davon war geschehen, und dafür hatte sich alles in diesen Ferien verändert. Nora, die bis dahin mit ihrer ruhigen und fröhlichen Art der positive Pol unserer Gruppe gewesen war, verkündete uns aus heiterem Himmel, dass ihre Familie wegziehen würde. Von einem auf den anderen Tag wurden wir vier auseinandergerissen. Erst verschwand Nora aus meinem Leben und wenig später Addison. Ich wusste, dass Addisons Familie nach dem schweren Autounfall, der kurz vor Beginn des Freshman-Year passiert war, mit vielen Problemen zu kämpfen hatte. Addison startete einige Wochen später ins erste Highschool-Jahr und schottete sich komplett von uns ab. Cassidy und ich hatten etliche Versuche unternommen, zu ihr durchzudringen. Die Sache mit einer Freundschaft war nur die: Man konnte niemanden dazu zwingen, mit einem befreundet zu sein. Das mussten Cassidy und ich irgendwann einsehen. Aus vier Freundinnen wurden zwei.

Gerade deshalb bedeutete Cassidy mir auch so viel. Sie hatte seit Kindertagen alles mit mir durchgestanden und kannte mich besser als jeder andere. Wir beide waren unverwüstlich, nichts konnte uns auseinanderbringen – und genau daran hielt ich fest.

Ich zuckte jäh zusammen, als ich hörte, wie jemand unten durch den Flur trampelte, vermutlich um ins Badezimmer zu gelangen. Moment Mal! Wie spät war es? Ich schälte mich aus dem Bett. Die Zwillinge schliefen hundertpro noch. Das laute Schnarchen im Haus bestätigte das. Meine kleinen Schwestern würden niemals extra früh aufstehen … Bryce hingegen schon. Ich schnappte mir ein paar frische Klamotten und stürmte los. Gerade noch sah ich, wie die Tür zum Badezimmer zufiel. Das durfte doch echt nicht wahr sein!

»Bryce!«, rief ich möglichst leise. »Mach sofort auf.«

»Ich denke nicht dran«, kam die prompte Antwort.

»Du weißt ganz genau, dass du das Bad morgens nicht blockieren sollst! Ich muss früher los, weil ich Training habe! Hallo?«

Wütend drückte ich mir die Nase an der geschlossenen Tür platt.

»Pech für dich«, hörte ich meinen Bruder, dann ging die Dusche an.

»Ich muss zum Training, du Mistkröte!«, grummelte ich.

Wahrscheinlich hörte er mich nicht mal mehr, weil das Wasser lief … wie ich meine Geschwister manchmal hasste! Das passierte, wenn ich meine heiß geliebte Routine mal links liegen ließ.

Das Leben in meiner Familie glich manchmal einem Zoo: Es war laut und chaotisch. Und was zur Hölle erwartete ich schon von einem pubertierenden Sechzehnjährigen, dem es wichtiger war, seine Haare zu stylen, als Rücksicht auf seine Schwester zu nehmen? Das würde ich ihm noch heimzahlen!

Das hatte ich nun davon, wenn ich mal ein paar Minuten länger schlief! Ich schleppte mich zurück in mein Zimmer, um mich dort in Ruhe anzuziehen. Ich schlüpfte in meine Jeans und zog den blauen Pullover über, ehe ich mir die Haare mit den Fingern durchkämmte. Dieser Balanceakt zwischen Sport, Schule und Familie war echt nicht leicht. Meine Eltern hatten mich schon immer bei meinen Hobbys unterstützt. Zuerst eine Weile beim Fußball in der Middle School und jetzt bei meiner echten Leidenschaft, dem Basketball. Meine Position als Point Guard wollte ich für keinen Preis der Welt mehr aufgeben!

Nachdem ich einen Kaffee getrunken und ein großes Müsli gegessen hatte, räumte ich mein Geschirr in die Spülmaschine, griff mir meinen Rucksack und verließ das Haus. Meinen Sportbeutel hatte ich gestern Abend schon in meinen grünen Opel gepackt, um ihn nicht zu vergessen. Ich hatte mir das Auto mühsam durch diverse Nebenjobs zusammengespart und mit der Unterstützung meiner Großeltern nach dem Bestehen meines Führerscheins gekauft. Man sah ihm die drei Vorbesitzer deutlich an, aber es handelte sich um einen verlässlichen Wagen. Während ich einstieg und den Motor startete, dachte ich darüber nach, wann ich Cassidy am besten von der Sache mit Addison erzählte.

Vielleicht in einer der Pausen, wenn ihr Freund Colton sie nicht gerade in Beschlag nahm? Die beiden klebten während der Schulzeit nämlich in jeder freien Minute zusammen. So war das wohl als Paar, da wollte man jeden Moment teilen – meine Eltern waren genauso. Ständig musste ich Babysitter spielen, wenn sie auf Dates gingen. Schon etwas deprimierend, wenn die eigenen Eltern ein aktiveres Dating-Leben hatten als ihre Teenagertochter.

Pünktlich um Viertel vor sieben parkte ich mein Auto auf dem Schülerparkplatz der Newfort High und stieg aus. Ich schulterte meinen Rucksack und griff mir meinen Sportbeutel. Unsere Schule sah im Grunde aus wie jede andere Highschool in Kalifornien: Kleinere Bauten waren mit dem Hauptgebäude verwachsen wie Äste mit einem Baum. Über das Gelände, das aus einigen Grünflächen bestand, erstreckten sich neben Wegen und Sitzmöglichkeiten das Sportfeld und die dazugehörigen Tribünen. Zusätzlich zur Sporthalle besaß die Schule ein eigenes Schwimmbecken und eine große Aula samt Theaterbühne. Um diese Zeit waren nur wenige Schüler und Schülerinnen unterwegs. Einige von ihnen kannte ich, da sie wie ich auch Teil eines Clubs oder einer AG waren, die sich öfter vor dem offiziellen Beginn der ersten Stunde traf. Da tauschte man schon mal morgendliche Begrüßungen oder ein wenig Small Talk aus, wenn man sich sah. Ich winkte einer Gruppe Mädels aus dem Chor zu, die gerade gemeinsam aus einem Mercedes stiegen.

Nachdenklich ging ich zum Hauptgebäude und anschließend durch einen Nebengang in Richtung Sporthalle. Dieses doofe Sondertraining an einem Montagmorgen! Wir hatten sonst feste Tage für unsere Trainingseinheiten und übten natürlich auch vor dem Unterricht, aber Coach Maxwell übertrieb es momentan mit dem

Engagement. Manchmal setzte er sogar noch ganz spontan eine Session obendrauf und brachte unsere Pläne dadurch völlig durcheinander. Vielleicht hatte er als Single Mitte vierzig ohne Haustiere auch nichts Besseres zu tun? Zumindest sagte er immer wieder, dass dieser Job sein Ein und Alles war, nachdem er aufgrund einer Knieverletzung selber nicht mehr spielen konnte.

Tja! Go, go, go, Newfort Newts!

An dem Namen könnte man auch mal feilen. Der klang alles andere als einschüchternd, aber Molche gab es in Kalifornien eben wie Sand am Meer, und es reimte sich so schön auf den Stadtnamen.

In der Mädchenumkleide traf ich auf Kim, Skylar und Naomi. Genau wie ich waren die drei immer viel zu früh dran. Was vielleicht daran lag, dass wir uns insgeheim etwas mehr vor dem Coach fürchteten als die anderen. Seine Schimpftiraden waren legendär, denn er liebte seine Regeln, und die erste davon lautete: Man kann nie früh genug da sein. Die anderen Mädels waren gerade dabei, sich umzuziehen – während des Trainings trugen wir meist einfache Sportsachen und nicht unsere Trikots –, und als sie mich sahen, begrüßten sie mich fröhlich. Ich grüßte zurück, suchte mir einen freien Platz auf einer der Bänke und begann, mich ebenfalls umzuziehen. Was Basketball betraf, gab es an der Newfort nur unsere Mädchenmannschaft. Bei den Jungs waren nie genug interessierte Spieler für ein Team zusammengekommen. Rein theoretisch könnten die Jungs auch bei uns mitmachen – es gab zumindest keine Regel, die etwas anderes sagte –, aber bisher hatte nie jemand gefragt. Vielleicht, weil es genug andere Angebote gab. Die Newfort High war nämlich für ihren ausgezeichneten Sportsgeist in allen Aktivitäten bekannt. Regelmäßig kamen lokale TV- oder Radiosender vorbei, um über Schachturniere, Lacrosse-Spiele, Schwimmmeisterschaften, Ringkämpfe oder die Wissenschaftsprojekttage zu berichten.

Wenig später war das gesamte Team zusammen, und wir liefen in der Halle die üblichen Runden zum Aufwärmen. Coach Maxwell schien heute nicht sonderlich gut drauf zu sein, denn er triezte jeden, der auch nur einen Mucks von sich gab, mit einer Strafrunde. Mit seiner hochgewachsenen Statur, dem stark ausgeprägten Kiefer und der kräftigen Nase erinnerte er ein wenig an einen strengen Boot-Camp-Trainer, mit dem absolut nicht gut Kirschen essen war. Doch gerade diese etwas ruppige Art machte ihn auch aus, denn damit wollte er das Beste aus uns herauskitzeln. Er hatte das Herz am rechten Fleck und unterstützte uns, wo er nur konnte. Grinsend lief ich weiter meine Runden. Go, go, go! In der Tat.

Bevor es zur ersten Stunde klingelte, lief ich gut gelaunt durch das erfolgreiche Morgentraining zu meinem Spind im Erdgeschoss. Die Aussicht auf englische Literatur verpasste mir allerdings einen kleinen Dämpfer. Mrs. Olsen schien mit ihren Lehrmethoden im vorletzten Jahrhundert hängen geblieben zu sein. Sie benutzte noch einen dieser altbackenen Stöcke und ließ ihn jedes Mal lauthals gegen die Tafel knallen, um ihre Worte zu unterstreichen. Aktuell lasen wir *Herr der Fliegen* als Unterrichtslektüre, und die Lehrerin wurde es nie leid, ein und dasselbe Kapitel wieder und wieder zu analysieren. Bald würde ich das Buch in- und auswendig kennen, und wozu das gut sein sollte, konnte bestimmt nicht einmal Mrs. Olsen selbst sagen.

Seufzend band ich mir im Gehen meine Haare, die von der Dusche vorhin noch feucht waren, zu einem lockeren Zopf zusammen, und gab anschließend die Zahlenkombination ins Schloss meines Spinds ein. Ich zog meinen Hefter für Literatur heraus, stopfte meinen Sportbeutel hinein und schlug die Tür wieder zu. Ein Blick auf die Wanduhr im Flur verriet mir, dass ich noch einige Minuten bis zum Unterricht hatte. Ich lief weiter, realisierte aber zu spät, dass ich geradewegs auf Theo zulief, der nur wenige Schritte entfernt mit seinem eigenen Kram herumhantierte. Seinen Rucksack hatte er vor seinem Schulschrank auf den Boden gestellt. Er schien etwas zu suchen. Fieberhaft überlegte ich, was ich sagen konnte, um bloß nicht doof rumzustottern. Das war mir vor Nervosität in Theos Gegenwart echt schon häufig passiert.

Theo hob den Kopf und lächelte mich an. Ich konnte gar nicht anders als stehen zu bleiben. Theodor Griffin und sein entwaffnendes Lächeln. Der Junge, in den ich seit zwei Jahren verliebt war.

Ich erinnerte mich noch genau daran, wie Theo damals im Geschichtskurs aufgetaucht war und ich ihn zum ersten Mal sah. Geschichte war schon immer das Fach gewesen, das ich am wenigsten mochte. Ich stand gerade vorne und musste ein Referat halten. Vor lauter Nervosität war mir kotzübel, und ich glaubte schon, jeden Moment in Ohnmacht fallen zu müssen. Mir fiel es schon immer wahnsinnig schwer, etwas mit Geschichte anzufangen, mir Fakten zu merken und Zusammenhänge zu erklären. Während ich mit mir rang und kaum einen Ton herausbekam, begann Mr. Bardugo, mich ziemlich blöd anzupampen. Ich würde den Unterricht aufhalten und solle endlich loslegen, sonst würde ich eine schlechte Note kassieren und vielleicht sogar durchfallen. Ein echter Sympathieträger, unser Geschichtslehrer. In diesem Moment ging die Tür auf, und Theo kam herein. Alle Augenpaare richteten sich auf ihn. Er entschuldigte sich für sein Zuspätkommen, aber er sei gerade erst in Mr. Bardugos Kurs versetzt worden, weil es Anfang des Schuljahrs ein Missverständnis mit seinem Stundenplan gegeben habe – das passierte bei unserem Sekretariat öfter. Mr. Bardugo wies Theo trotzdem fürs Zuspätkommen zurecht, doch dieser ließ sich durch nichts aus der Ruhe bringen. Er setzte sich auf den freien Platz in der ersten Reihe und sah mich neugierig an. Und irgendetwas in seiner Miene sorgte dafür, dass auch ich ruhig wurde. Meine Panik verkroch sich in die hinterste Ecke meines Bewusstseins, und sämtliche Daten, die ich fürs Referat gelernt hatte, waren plötzlich wieder in meinem Kopf. Als wäre Theos freundliches und offenes Gesicht mit einem Mal mein Anker im Raum. Unsere Blicke trafen sich unerwartet, und er lächelte schief. Mein Herz machte einen Stolperschritt, und ich spürte etwas tief in meinem Inneren, das zuvor nicht da gewesen war. Der Knoten in meiner Zunge löste sich endgültig, und das Referat sprudelte nur so aus mir heraus. Ich wusste nicht, wer überraschter war – Mr. Bardugo oder ich. Es war das erste Mal, dass ich ein B in Geschichte bekam.

Mein Lieblingsfach blieb immer noch Sport, aber Mr. Bardugos Unterricht wurde dank Theo erträglicher. Mein Freshman-Year war zwar bislang ganz gut gewesen – besonders, weil ich Cassidy hatte –, aber Theo ging die ganze Highschool-Sache komplett anders an, so wie ich es niemals gekonnt hätte. Innerhalb kürzester Zeit hatte er die Sympathien von Mitschülern und Lehrern gewonnen. Plötzlich war er überall. Am Tisch der beliebten Kids in der Cafeteria, auf den Fluren, umgeben von haufenweise Freunden und bei jedem Schulevent ganz vorne mit dabei. Jedes Mal, wenn ich auch nur versuchte, mit ihm zu sprechen oder in seine Nähe zu kommen, kam mir jemand zuvor. Irgendwann gab ich mich damit zufrieden, ihn aus der Ferne zu beobachten und ihm in Geschichte verstohlene Blicke zuzuwerfen.

Leider war ich da nicht das einzige Mädchen, das Interesse an ihm zeigte.

Aber was erwartete ich auch?

Er war Theodor Griffin.

Witzig, freundlich und supersüß.

Er hatte ein schmales Gesicht mit ausgeprägter Kieferpartie und markanter Nase. In Kombination mit seinen bernsteinfarbenen Augen und dem wirren, braunen Haar sah er ziemlich gut aus. Sein

Markenzeichen war ein abgetragener Lederhut, den er aufgrund des Regelwerks der Newfort High während des Unterrichts jedoch absetzen musste. Vielleicht waren seine Haare auch deshalb immer etwas durcheinander. Sie reichten ihm ein gutes Stück über die Ohren, und eine der vorderen Haarsträhnen rutschte ihm öfter in die Stirn. Wie oft hatte ich mir vorgestellt, sie ihm aus dem Gesicht zu streichen? Gott, ich hatte ein ganzes Tagebuch voll mit Schwärmereien und Tagträumen über Theo. Mein fünfzehnjähriges Ich war absolut vernarrt in ihn gewesen. Meine Gefühle waren noch immer da, hatten sich aber verändert. Mir war inzwischen klar, dass ich niemals eine Chance bei ihm haben würde. Wenn er mich heute anlächelte und dabei jede Menge Grübchen bekam, zog es mir das Herz zusammen, aber da war auch eine gewisse Akzeptanz gegenüber den Dingen, die ich nicht ändern konnte. Die Frage war nur: Wie konnte ich meine Gefühle für ihn endlich vergessen? Ganz bestimmt nicht, wenn er so dicht vor mir stand, dass ich sein Aftershave riechen konnte. Heute trug Theo ein einfaches blaues Shirt, wodurch man einen guten Blick auf seine sehnigen und muskulösen Arme hatte. Die Griffins besaßen eine Ranch außerhalb der Stadt, und ich wusste, dass Theo dort tagtäglich aushalf und mitarbeitete. Heuballen und Futtersäcke stemmen war eine ganz eigene Art von Training. Außerdem spielte Theo noch als Ersatz in der Schulfußballmannschaft mit.

Wieso konnte ich nicht einfach mal entspannen? Dates und das ganze Zeug wurden doch echt überbewertet! Diese dummen Normen der Gesellschaft, die einem sagten, man müsse mit vierzehn seinen ersten Kuss erleben oder im ersten Highschool-Jahr bereits eine Beziehung haben, nicht zu vergessen, wie skandalös es doch war, mit siebzehn noch Jungfrau zu sein. Es gab doch wirklich genug Dinge, über die man sich in meinem Alter den Kopf zerbrach, wieso musste es von außen noch mehr Druck geben? Ich wollte nur eine gute Zeit mit Freunden haben, die Schule hinter mich bringen und mein Leben genießen. Wenn ich mir vor Augen hielt, welch furchtbarer Wirbel um den Maiglöckchenball gemacht wurde, dann wollte ich am liebsten von der nächsten Brücke springen! Es waren noch zwei Wochen bis zu dem angesagten Tanzabend, den unsere Kleinstadt ganz traditionell im Ballsaal des Rathauses feierte. Dabei waren kurz danach Ferien, und auf die sollte man sich ja wohl viel mehr freuen als auf so eine bescheuerte, doofe Tradition! Statt für kommende Prüfungen zu büffeln, um dann den Sommer genießen zu können, suchten alle wie aufgescheuchte Hühner händeringend Dates. Die Millionen Plakate überall waren eine echte Gehirnwäsche. Ich könnte jeden Tag von Neuem einen Gedanken-Wutausbruch hinlegen. Mein Blick fiel auf eines der Plakate, das komplett über Theos Spind klebte. Was für ein Scheiß!

»Kannst du mir helfen? Ich bekomme es einfach nicht ab!«, schimpfte er, als ich mich neben ihn stellte und ihn für ein paar Sekunden heimlich anschmachtete. *Contenance, Lorn!* Das würde zumindest unsere französische Nachbarin Mrs. Perrin sagen.

Ich atmete tief durch, streckte die Hände aus und riss das Plakat mit einem kräftigen Ruck herunter. Ein paar Papierfetzen blieben an Theos Spindtür hängen. Die knallbunten Plakate hingen überall und posaunten in schnörkeliger Schrift Informationen zum Veranstaltungsort, der Zeit und der Kleiderordnung für den Maiglöckchenball heraus. Im Hintergrund prangten – Bingo! – lauter Maiglöckchen. Es war furchtbar kitschig aufgemacht, und das Exemplar in meinen Händen sah mit den Löchern gleich besser aus. Da konnte man sich vorstellen, dass irgendein Rebell es in seinem Protest so zugerichtet hatte. *Liberté totale!*

»Danke«, grummelte Theo. Er hob den Rucksack, in dem er eben herumgewühlt hatte, vom Boden auf. »Ich habe schon völlig verzweifelt eine Schere gesucht, aber dann hätte der Direktor bestimmt gedacht, ich wolle Schuleigentum beschädigen.«

Ich hob meinen Arm und spannte die Faust an.

»Gut, dass du Wonder Woman zur Freundin hast!«

Theos Augen funkelten amüsiert. »Und wo ist dein Kostüm? Willst du es vielleicht statt eines Kleides auf dem Tanz tragen?«

Bei der Vorstellung von mir in einem Kleid musste ich lachen.

Er runzelte die Stirn. »Was ist daran so lustig?«

»Nichts«, sagte ich rasch.

»Lachst du mich etwa aus?«, fragte er gespielt empört. »Freunde tun so etwas nicht, Lorn!«

Freunde haben auch keine Gefühle füreinander. Ich schluckte schwer. »Sei froh, dass du meine Gedanken nicht lesen kannst«, murmelte ich leise. »Du willst nicht wissen, was ich denke.«

»Was hast du gesagt?«, hakte er nach.

Ich zwang mich zu einer unbekümmerten Miene und deutete den Flur hinunter. »Dass die Plakate echt überall hängen! Bäh!«

Außerdem, wenn man es genau nahm, war die Bezeichnung *Maiglöckchenball* nicht mal ganz richtig. Der Monat endete nämlich mitten in der Woche, und die Veranstaltung fiel auf das erste Juni-Wochenende. Der Name war wirklich absolut dämlich!

Theo nickte mürrisch. »Ich verstehe den Hype um solche Tänze nicht«, sagte er nüchtern. »Man kann doch immer ausgehen und tanzen, dafür brauchen wir keinen doofen Maiglöckchenball.«

»Dann wirst du nicht hingehen?«, fragte ich überrascht.

»Wenn es nach mir geht, nicht«, sagte Theo spöttisch.

»Das klingt fast so, als hättest du keine Wahl.«

Theo sah mich kurz an, dann wandte er sich seinem Spind zu.

»Ein paar der Mädchen haben Wetten darauf abgeschlossen, wer es schafft, mich auszutricksen, damit ich sie einlade«, murmelte er. Theo schloss die Tür auf, holte ein Mathebuch heraus, stopfte es in seinen Rucksack und schulterte diesen anschließend. »Wir haben erst Anfang der Woche … die erste Stunde hat nicht mal angefangen, und ich wurde schon fünfmal überfallen, Lorn.«

»Das musst du näher ausführen«, sagte ich belustigt.

Jetzt blickte er wieder zu mir, das Gesicht todernst. Es war absolut niedlich, wie sich diese Falte zwischen seinen Brauen bildete. Ich musste einen schwermütigen Seufzer unterdrücken.

»Auf dem Parkplatz hat sich ein Mädchen auf die Ladefläche des Trucks gesetzt und meinte, sie würde in Sitzstreik gehen, wenn ich sie nicht frage«, erzählte Theo verärgert. »Dann hat eine auf mich gewartet, als ich ins Hauptgebäude gekommen bin, und hat mich zugequasselt, bis mir die Ohren geklingelt haben. Und danach war ich in der Cafeteria und wollte mir einen Saft holen, und das Mädel vor mir hat alle aufgekauft, damit ich mit ihr spreche.«

Er knallte seine Spindtür zu und fuhr sich durchs Haar.

»Wenn das so weitergeht, werde ich irre!«

»Wieso fragst du dann nicht einfach jemanden?«

Theo schnaufte. »Als ob das so einfach wäre.«

»Es gibt bestimmt eine, die du fragen willst.«

Am liebsten hätte ich mir selber eine Ohrfeige verpasst, denn seine Miene sprach in diesem Moment Bände. Natürlich gab es jemanden für ihn. Theo biss sich genervt auf die Unterlippe und schwieg. Eine merkwürdige Stille breitete sich zwischen uns aus.

»Mach eine Durchsage durch die Lautsprecher und verkünde, dass du am Tag des Balls die chinesische Mauer bereist«, schlug ich vor. »Oder iss ein bisschen Knoblauch und geh eine Woche nicht duschen, dann spricht sich rum, dass du total eklig bist.«

Das entlockte ihm ein mattes Lächeln. »Schön wär's.«

Ich sollte besser gehen, ehe er auf die Idee kam, mich zu fragen, ob ich ein Date hatte und wenn ja, wer es war. Doch als ich mich abwenden wollte, packte er plötzlich meinen linken Arm. »Da vorne kommt Ayla! Lorn, hilf mir. *Ich bitte dich!*«

»Aber nicht jede hat es auf dich abgesehen«, nuschelte ich.

Bei seiner Berührung wurde mir gleich ganz anders. Dahin war meine Konzentration. Ich schluckte schwer und machte mich los.

Schule war schon lange nicht mehr die einzige Folter hier.

»Hey, Theo!«, flötete Ayla. Dann sah sie mich. »Lorn.«

Aus ihrem Mund klang mein Name fast wie ein Schimpfwort.

Ayla und ich kannten uns nur flüchtig vom Sehen. Sie war wie Kim eine absolute Quasseltante – nur dass Kim gerne über andere sprach, während Ayla jedem, der es nicht hören wollte, von ihren afrikanischen und französischen Wurzeln und irgendwelchen Details aus ihrem Leben erzählte. Mit ihrer dicken Brille machte sie einen nerdigen Eindruck, aber das täuschte, denn wenn sie ihre üppigen schwarzen Locken zurückwarf, sah sie aus wie ein Flirt-Profi. Schüchtern und zurückhaltend waren zwei Adjektive, die man in Gegenwart von Ayla niemals in den Mund nahm.

»Der Unterricht fängt jetzt an. Was willst du?«, fragte ich.

»Von dir? Gar nichts«, sagte sie unfreundlich. »Theoooooo?«

»Er ist nicht taub. Er steht gleich neben uns.«

»Theo braucht niemanden, der für ihn spricht«, sagte Ayla patzig. »Aber schön – dann bleib eben stehen.« Sie drängte mich zur Seite und machte sich an Theo ran. »Ich wollte dich einfach ganz direkt fragen, ob du mit mir zum Maiglöckchenball gehst. Ich weiß, dass du noch keine Verabredung hast, und ich kann dir versichern, ich bin die perfekte Wahl als Date.«

»Warst du nicht schon mit John aus unserer Stufe verabredet?«, warf ich ein. Ich hatte nämlich zufällig mitbekommen, wie er sie letzte Woche vor unserem gemeinsamen Chemie-Kurs auf dem Flur gefragt hatte und sie keine Sekunde gezögert hatte, Ja zu sagen.

Ayla machte eine wegwerfende Handbewegung. »Schnee von gestern. Sagen wir einfach, bei uns hat die Chemie nicht gestimmt.«

»Witzig«, murmelte ich.

Wie sie darauf kam, dass es bei ihr und Theo anders war, würde mich mal brennend interessieren. Aber Ayla hatte recht. Theo konnte wirklich für sich selber sprechen. Ich hätte auch nicht gewollt, dass mir jemand über den Mund fuhr, und so wie er sich vor ihrer Ankunft benommen hatte, wollte er nicht mit ihr zum Tanz – und Absagen sollte man immer persönlich austeilen.

»Nein, danke«, antwortete Theo auch direkt, bemüht höflich.

»Wieso nicht?«, hakte Ayla selbstbewusst nach.

»Ich mag Tanzen nicht sonderlich.«

»Mit mir wirst du Tanzen mögen. Versprochen.«

»Ich besitze überhaupt keinen Smoking.«

»Ich besorge dir einen.«

»Ich möchte wirklich nicht, Ayla.«

»Wir könnten als Freunde gehen.«

Ihre Hartnäckigkeit wäre echt bemerkenswert gewesen, hätte es sich um eine andere Angelegenheit gehandelt, wie beispielsweise um den Kampf um eine bessere Note. Allerdings ging es darum, ein »Nein« zu akzeptieren, und da war ihre Einstellung echt nicht okay. Theo blickte mich Hilfe suchend über ihre Schulter hinweg an. Vielleicht sollte ich mich jetzt doch einmischen?

»Komm schon, Theo«, sagte Ayla mit samtweicher Stimme.

»Ich gehe mit Lorn!«, platzte es aus ihm heraus.

Ich erstarrte wie vom Blitz getroffen. Bitte was?

»Mit … Lorn?«, wiederholte Ayla skeptisch.

Theo nickte heftig. »Ja, genau. Mit Lorn. Dieser Lorn.«

Als gäbe es an unsere Schule noch zehn andere Mädchen, die genauso hießen wie ich. Mir schlug das Herz bis zum Hals.

»Aber ihr beide seid doch gar kein Paar?«

»Ich habe sie gerade eben gefragt«, log Theo energisch. »Wir gehen zusammen, weil wir beide keine schrecklichen Dates haben wollen und gute Freunde sind. Tut mir wirklich leid, Ayla, aber versprochen ist versprochen. Ich ändere meine Meinung nicht.«

»Also gehst du aus Mitleid mit ihr hin?«, fragte Ayla.

Ihre Worte versetzten mir einen Stich. Lorn Rivers war eben kein Mädchen, das man auf Dates einlud. Sie war gut im Sport, aber wenig umgänglich und natürlich nicht mal annähernd hübsch genug, als dass jemand wie Theodor Griffin ihr Beachtung schenkte. Und am schlimmsten war, dass ein Teil von mir ihr auch noch recht gab. In Gegenwart all der Mädchen, die auf Theo standen, fühlte ich mich oftmals klein und unbedeutend. Ich hielt den Atem an und zählte von zehn rückwärts, um nicht völlig auszuticken. Denn die Wahrheit sah so aus: Wenn ich nicht mit meinen Gefühlen umzugehen wusste, dann ließ ich eben Taten sprechen. Und die waren meist unüberlegt, impulsiv und alles andere als fair.

»Du weißt gar nicht, was für ein großartiger Mensch Lorn ist«, sagte Theo und sah Ayla dabei frostig an. »So über andere zu urteilen ist ziemlich gemein. Sie würde locker ein anderes Date finden und tut *mir* einen Gefallen. Entschuldige uns jetzt.«

Theo griff nach meiner Hand und zog mich mit sich. Den Flur hinunter, um die nächstbeste Ecke, dann blieben wir beide stehen.

»Das ist ja total ausgeartet«, murmelte er.

Mir war ziemlich mulmig zumute, und das lag nicht nur daran, dass er so nah bei mir stand und ich seinen Geruch einatmen konnte. Eine Mischung aus Heu, erdigem Waldboden und Minze. Irgendwie herb und frisch zugleich. Eine eigenartige Kombination, aber sie passte zu Theo. Ich presste mich gegen die Wand in meinem Rücken, um etwas Abstand zu ihm zu gewinnen.

Seine bernsteinfarbenen Augen ruhten auf mir. »Sorry, Lorn«, sagte er sanft. »Ich hoffe, du hattest nicht schon ein Date?«

»Nicht wirklich … «, brachte ich hervor.

»Mir ist spontan nichts Besseres eingefallen«, sagte er. »Und das eben habe ich ernst gemeint. Außerdem wäre die Idee gar nicht *sooo* schlecht, oder? Dann müssen wir uns beide keine Gedanken mehr machen – und Mädchen wie Ayla bleiben mir vom Hals. Vielleicht wird es sogar ganz witzig, wer weiß?«

Moment – Theo wollte echt, dass *ich* mit ihm dahin ging?

Als Freunde? Als Fake-Date zu seinem Schutz?

Boden tu dich auf und verschluck mich bitte …

Ich wusste gar nicht, was ich dazu sagen sollte.

»Ich … « Weitere Worte kamen mir nicht über die Lippen.

»Lass uns später drüber reden, ja? Wir sollten zum Unterricht.«

Theo klopfte mir freundschaftlich auf die Schulter und lächelte. Er schien gar nicht zu merken, wie unangenehm mir sein Vorschlag war. Lag vielleicht daran, dass ich zur Salzsäule erstarrt war und meine Miene unbeweglich wie die eines Pantomimen war, während mein Hirn gerade vor Info-Overflow heiß lief.

»Wir können dann ja Kaffee trinken gehen, okay? Bye!«

Ich brachte nicht mal ein Nicken zustande, und weg war er.

Mit zittrigen Beinen löste ich mich aus meiner Starre.

In was war ich da gerade hineingeraten?

KAPITEL 3

IN DER MITTAGSPAUSE ging ich allein zur Cafeteria. Cassidy war nach dem Matheunterricht zurückgeblieben, um mit Mr. Hardin ein Gespräch über die Benotung ihres letzten Tests zu führen. Wir hatten ihn heute wiederbekommen, und während ich mich über mein C gefreut hatte, war Cassidy mit ihrem B alles andere als zufrieden. Dabei wollte ich doch unbedingt mit ihr über die Theo-Sache sprechen! Aber ich wusste auch, wie wichtig gute Noten für sie waren, da sie sich auf ein Stipendium bewerben wollte, weil sie nur so aufs College gehen konnte. Also versuchte ich, mich zu beruhigen, indem ich tief durchatmete. Die paar Minuten machten nun auch nichts mehr aus. Entspannen war jedoch gar nicht so leicht, wenn man angerempelt wurde. Eine Schar Mädchen hatte mich, abgelenkt durch ihr eigenes Geschnatter, fast über den Haufen gerannt. Die Anführerin der Clique machte riesige Augen, als sich unsere Blicke trafen. »Du bist Lorn!«

Alle ihre Freundinnen blieben stehen und begannen zu glotzen.

»Kennen wir uns?«, fragte ich verunsichert.

»Gehst du echt mit Theodor Griffin zum Maiglöckchenball?«

»Wie hat er dich gefragt? Seid ihr jetzt zusammen?«

»Es war bestimmt megaromantisch! Erzähl doch mal!«

Jetzt war ich diejenige, der fast die Augen aus dem Kopf fielen. Mit einem Mal hagelte Frage über Frage auf mich ein. Das Grüppchen scharte sich um mich, als bestünde es aus meinen Groupies.

»Bitte was?«, fragte ich entgeistert.

»Oh, wie süß! Sie wird rot«, meinte jemand.

Mir klappte der Mund auf. Unter den erwartungsvollen Blicken der anderen bekam ich plötzlich Herzrasen. Ohne etwas zu sagen drängelte ich mich durch die Mädchengruppe hindurch und lief weiter.

»Warte doch mal!«, rief mir eine von ihnen nach.

Nope! Da dachte ich nicht mal dran!

Was zur Hölle war das denn gewesen?

Zu meinem Leidwesen war das nicht die einzige Begegnung der anderen Art – und ehrlich? Da wären mir Aliens viel lieber gewesen. Ich hatte die Cafeteria gerade mal eine Sekunde betreten, da schienen sämtliche Gespräche zu verstummen und sich unzählige Augenpaare wie Scheinwerfer auf mich zu richten.

»Das ist sie doch, oder?«, hörte ich jemanden tuscheln.

»Theos Date? Wie hieß sie noch gleich? Larissa?«

Ich schluckte schwer und wandte mich hastig der Essensausgabe zu. Was war denn seit heute Morgen passiert? Hatte sich die Sache mit dem Maiglöckchenball so schnell herumgesprochen? Aus dem Augenwinkel sah ich Ayla, die von einem Ecktisch aus wie ein gehässiger Geier zu mir hinüberblickte. War sie das etwa gewesen? Hatte sie Gerüchte über mich und Theo verbreitet? Am liebsten wäre ich zu ihr marschiert und hätte ihr mit meinem Tablett eins übergezogen! Dachte sie, damit könnte sie mich einschüchtern? Pah! Als ob ich mir so was gefallen ließe! Leider war die Schlange hinter mir rasch angewachsen, und da standen zu viele Leute, als dass ich mich an ihnen hätte vorbeiquetschen können. Außerdem dachte ich an die Worte des Coachs vom Vortag. *Zu impulsiv, Lorn.* Mit einem Brummen ging ich weiter und riss mich zusammen. Der Anblick vom heutigen Mittagsmenü verstärkte das flaue Gefühl in meinem Magen jedoch nur, und mir verging prompt der Appetit.

Ich fühlte mich ein wenig hilflos. Gegen Gerüchte war man im

Grunde machtlos, und dieser Gedanke machte mich immer unruhiger, so sehr, dass meine Finger ganz schwitzig wurden. Hastig wischte ich sie nacheinander an meiner Hose ab. Ich bemühte mich, nach außen hin weiter cool zu wirken, aber hinter mir hörte ich, wie eine Jungenstimme meinen Namen flüsterte. Abrupt wandte ich mich um und warf ihm einen messerscharfen Blick zu. Das Mädchen neben ihm zuckte erschrocken zurück und versteckte sich hinter dem Jungen, der offenbar ihr Freund war.

»Habt ihr irgendein Problem?«, fragte ich energisch.

Beide schüttelten eingeschüchtert die Köpfe.

»Gut!«, entfuhr es mir wenig freundlich. Ich schnappte mir ein Trinkpäckchen mit Orangensaft und ein verpacktes Sandwich. An der Kasse bezahlte ich meine Sachen und stellte das Tablett weg. Mit meinem Lunch unterm Arm flüchtete ich aus der Cafeteria. Kaum war ich um die Ecke, lehnte ich mich gegen eine Wand und atmete erst mal tief durch. *Du bildest dir das alles ein*, redete ich mir gut zu. *Niemand spricht über dich. Alles nur Einbildung!*

Dass es keine war, bewiesen aber auch die nächsten Minuten. Ich hatte kaum verschnauft, da tauchten schon wieder zwei Mädchen auf und sahen mich neugierig an. Sie waren noch recht jung, vielleicht Freshmen. Eine von ihnen nahm wohl all ihren Mut zusammen und sprach mich nach kurzem Zögern direkt an.

»Du bist Lorn, oder? Lorn Rivers? Bist du echt Theos Date?«

»Wieso kennen plötzlich alle meinen Namen!«

»Sie ist es!«, quiekte ihre Freundin begeistert.

»Wir finden das voll cool«, sagte nun die andere wieder. »Es hieß ja, dass Theo keine Dates hat. Jetzt gibt es Hoffnung!«

Meine Miene verfinsterte sich. »Was?«

»Natürlich wünschen wir dir alles Gute«, fügte sie hastig hinzu.

»Das alles geht euch echt gar nichts an!«, fauchte ich wütend. »Blöde Tratscherei! Habt ihr denn nichts Besseres zu tun?«

Die zwei wurden mit einem Mal ganz bleich. Sie traten einen Schritt zurück, und die eine nahm die andere tröstend in den Arm, als hätte ich sie mit meinen Worten verletzt und sie würde gleich weinen. Mein schlechtes Gewissen meldete sich sofort.

»Sorry, ich wollte nicht … sorry«, murmelte ich.

Dieses Mal lief ich ohne anzuhalten ins nächste Klo. Ich stopfte mein Mittagessen in meine Schultasche und stellte mich an eines der Waschbecken, um mir etwas kaltes Wasser ins Gesicht zu spritzen. Mein Spiegelbild blickte überrumpelt zurück, als ich begann, mir mit ein paar Papiertüchern die Hände abzutrocknen.

Meine Freundschaft zu Theo hatte bisher niemanden auch nur im Geringsten interessiert! Ich verstand langsam gar nichts mehr!

Aus der Kabine hinter mir trat ein älteres Mädchen, das ich schon öfter auf dem Sportplatz gesehen hatte. Sie gehörte zum Leichtathletikteam, wenn ich es recht in Erinnerung hatte.

»Hey, du bist doch Lorn, oder? Vom Basketball?« Sie trat neben mich ans Becken, wusch sich die Hände und überprüfte dann ihr Make-up. »Hab gehört, du hast dir Theo geangelt. Glückwunsch.« Sie fischte einen Lippenstift aus ihrer Rocktasche und trug sorgsam eine neue Schicht auf. Als sie bemerkte, dass ich sie überrumpelt ansah, hielt sie mir den Lippenstift hin. »Willst du auch? Die Farbe heißt Cherry Kiss.« Sie zwinkerte mir verschwörerisch zu, als wäre das irgendein Witz zwischen uns.

»Nein, danke«, presste ich hervor.

»Ohne ist Küssen auch wesentlich leichter. Bis dann!«

Gut gelaunt verließ sie die Toilette. Ich starrte ihr nach.

Glückwunsch? Was sollte das denn heißen? Als hätte ich irgendeine Glanzleistung vollbracht und mir Theo geangelt wie einen dicken Fisch. Nichts davon stimmte so! Außerdem war Theo doch keine Trophäe, die irgendein Mädchen gewinnen konnte!

Ich musste sofort weg hier.

Ohne auch nur Luft zu holen preschte ich hinaus, über den Flur, direkt in den Innenhof. Erst, als ich ein ruhiges Plätzchen gefunden hatte, wo mich niemand mehr störte und »Broken Crown« von Mumford & Sons über meine Kopfhörer meine Ohren flutete, ging es mir ein Stückchen besser. Mit meiner Playlist an Lieblingssongs konnte ich zumindest für einige Augenblicke die Welt um mich herum ausblenden. Mein Puls beruhigte sich langsam.

Das war doch echt verrückt! Theo hatte mich nicht einmal vernünftig gefragt, ob ich sein Date sein wollte, sondern einfach für mich mitentschieden. Tatsächlich war ich deshalb ein klein wenig sauer auf ihn. Und wegen dieses Getuschels natürlich! Das war aber auch echt alles seine Schuld! Verärgert begann ich, mein Sandwich auszupacken. Mit leerem Magen ließ es sich sowieso schlechter denken. Mensch, Cassidy! Wo bleibst du denn nur?

Sie hätte garantiert Rat gewusst. Vor ihrem Job im Plattenladen hatte sie einen Schlussmach-Service betrieben, um Geld zu verdienen, und war dadurch ganz schön in den Fokus einiger Mitschüler und Mitschülerinnen geraten. Obwohl Cassidys Geschäftsidee streng geheim war und unter dem Radar des Lehrkörpers lief, hatten sich viele Leute das Maul darüber zerrissen. Und Cassidy hatte sich ein paar Feinde gemacht. Darunter auch Andrew Carlyle und einige andere Jungs, die stinksauer waren, dass ihre Freundinnen sie mit Hilfe von Cassidy verließen. Das Thema war zwar mit dem Ende des Schlussmach-Services abgeflaut, aber es gab immer noch haufenweise Gerede über meine beste Freundin und neugierige Blicke, die ihr folgten. Cassidy tat das alles meistens mit einem Schulterzucken ab und zog ihr Ding durch. Wenn ich jetzt jeden Tag in der Schule damit zubringen musste, starrende Mädchen zu vergraulen, dann würde ich spätestens nach einer Woche wahnsinnig werden. Der ganze Stress war es nicht wert, nur um mit Theo gemeinsam zum Maiglöckchenball zu gehen, oder? Was für eine verzwickte Situation mal wieder!

Mir zog sich das Herz zusammen. Seufzend warf ich den Kopf in den Nacken und betrachtete ein paar vorüberziehende Wolken. Wieso verzweifelte ich nur ständig an der Frage, ob ich Theo von meinen Gefühlen erzählen sollte? In einem Moment erschien es mir richtig und logisch und im anderen war ich zu feige, um es überhaupt in Betracht zu ziehen, was mich nur noch unglücklicher machte. Ein wenig kam es mir vor, als würde ich im Limbo feststecken. Ich kam nicht vorwärts, es ging aber auch nicht zurück. Und ich wollte sicher nicht, dass alle Wind von meinem inneren Kampf bekamen, wenn mich fortan ihre Blicke verfolgten.

Gerade trällerte der Sänger von The Score mir den Refrain von »Unstoppable« ins Ohr, als ich aus dem Augenwinkel jemanden näher kommen sah. Ich richtete mich auf. Doch ehe ich begriff, wer auf mich zugestürmt war, versetzte man mir einen so kräftigen Stoß, dass ich von der Bank fiel. Ich wurde regelrecht heruntergeworfen, als habe mich ein Güterzug einfach umgefahren. Erschrocken keuchte ich auf. Um den Sturz abzufangen, hatte ich automatisch die Hände nach vorne gestreckt, und meine Handflächen waren nun voller kleiner spitzer Steinchen vom Boden. Ich rappelte mich wieder auf, rieb mir die Hände an der Hose ab und hob mein Handy samt Kopfhörern auf, die heruntergefallen waren, um beides in meiner Hosentasche verschwinden zu lassen. Und schon wurde ich ein zweites Mal geschubst. Ich traute meinen Augen kaum: Das war Addison!

Sie schnaufte wütend, hatte die Augen zu Schlitzen verengt, und ihre Haltung war angespannt. Der unberechenbare Ausdruck in ihrem Gesicht sprach Bände: Dieser kleine Angriff war volle Absicht gewesen. Ehe sie mich an der Jacke packen konnte, schlug ich ihre Hand weg und trat einen Schritt zurück. Ein paar der umstehenden

Leute blickten zu uns hinüber. Wenn etwas Aufsehenerregendes an der Newfort High passierte, gab es sofort ein Publikum, und ich wollte den anderen echt keinen zusätzlichen Grund geben, um an diesem Tag erneut über mich zu tuscheln.

»Was hast du bitte für ein Problem?«, fragte ich irritiert.

»*Du!* Du bist mein Problem!«, tobte sie. »Ich habe dir gesagt, dass du deine Klappe halten sollst, aber du konntest es ja nicht lassen. Weißt du eigentlich, in was für Schwierigkeiten ich wegen dir stecke? Hast du echt gedacht, ich weiß nicht, dass du es warst?« Addison machte Anstalten, erneut auf mich loszugehen, aber ich blockte sie ab und stieß sie zurück. Solche Rangeleien gab es auch beim Basketball, wenn eine gegnerische Spielerin mir den Ball abnehmen wollte, und ich wusste mich auch jetzt zu verteidigen.

»Ich habe keine Ahnung, wovon du redest! Ehrlich!«

Addison deutete anklagend mit dem Finger auf mich. »Lügnerin!«

»Wieso erklärst du es mir nicht einfach?«, fragte ich. Ich atmete tief durch die Nase ein und aus und übte mich in Zurückhaltung, um einen Streit zu vermeiden. Das Letzte, was ich gebrauchen konnte, war eine öffentliche Auseinandersetzung.

»Wenn ich untergehe, reiße ich dich mit mir!«

Das klang wie der Dialog aus einem Theaterstück. Die Melodramatik der Addison Bell. Sie war schon damals aufbrausend gewesen, aber hier und jetzt wirkte es tatsächlich so, als würde sie absichtlich übertreiben. Sie sah sich mehrmals um, und ihre Miene wurde beim Blick auf mich noch düsterer. In meinem Bauch stieg ein mir vertrautes Gefühl auf: unbändige Wut. Erst die Sache beim *Wild Card* und jetzt das? Es war, als würde mein Unterbewusstsein mir zuflüstern: Noch mal lässt du dir ihr Verhalten nicht gefallen! Sie hat kein Recht, dich so zu behandeln! Die Stimme der Vernunft hielt dagegen, indem sie Basketball, Basketball, Basketball chantete, als gäbe es kein Morgen mehr. Noch ein Fehltritt, und der Coach setzte mich auf die Ersatzbank, schlimmer noch – er würde mich aus dem Team werfen …

Ich versuchte, meine Atmung zu beruhigen.

Ruhig, Lorn. Du kannst das hier. Bleib einfach ruhig.

Addison warf mir einen giftigen Blick zu. Ich starrte zurück und nahm einen Schritt Abstand. Bloß keine Angriffsfläche bieten. Gib ihr keinen Grund, wieder auf dich loszugehen!

»Also ganz von vorne. Was zum Teufel ist eigentlich los?«

»Du bist die Einzige, die mich und Andrew zusammen gesehen hat«, sagte Addison. Ihre Stimme zitterte. »Und rein zufällig werde ich heute Morgen ins Büro des Direktors gerufen, weil er einen Hinweis darauf erhalten hat, dass ich an gewissen Geschäften beteiligt wäre. Klingt schon ziemlich krass nach Zufall, oder?«

Wieso schrie sie denn so laut? Ich stand doch direkt vor ihr! Und was hieß hier Geschäfte? Ich hatte bereits einige Vermutungen angestellt und trotzdem nicht den blassesten Schimmer.

»Habt ihr irgendwelche Sachen beim *Wild Card* vertickt?«

»Jetzt tu doch nicht so!«, zischte Addison.

»Ich weiß nicht, wovon du sprichst.«

»Und ich weiß, dass du es warst«, sagte sie wieder mit lauter, bedrohlicher Stimme. Es war fast so, als wollte sie, dass unseren Mitschülern auch kein Wort entging. »Du hast uns verpfiffen!«

»Addison«, sagte ich energisch. »Ich habe keinen blassen Schimmer, wieso Direktor Peterson interessieren sollte, was du und Andrew in irgendeiner Gasse des *Wild Card* treibt.«

Ohne mir eine Antwort zu geben, ging Addison zum dritten Mal auf mich los. Dieses Mal bekam sie meine Schultern zu fassen und zerrte mit solch enormer Kraft an mir, dass ich völlig überrumpelt wurde. Und dann? Dann schlug sie mir mit einem Mal so fest ins Gesicht, dass ich Sterne vor meinen Augen tanzen sah, als ich rücklings in eine Gruppe Mädchen stolperte, die lauthals kreischten vor Schreck. Schmerz pochte durch meine rechte Gesichtshälfte, und Benommenheit legte sich über mich wie eine Decke. Jemand packte mich am Arm und verhinderte so, dass ich auf den Boden stürzte. Plötzlich schien alles in Zeitlupe zu geschehen. Stimmen, die laut wurden. Addison, die irgendeine Beleidigung rief. Wie bei einem automatisierten Vorgang streifte ich den Arm des Jungen ab, der mir geholfen hatte, überbrückte die Distanz zwischen Addison und mir und warf sie mit meinem Gewicht zu Boden, als wären wir bei einem Wrestling-Match. Es reichte endgültig! Das bekam sie zurück! Doch ehe ich meine Reaktion auch nur bereuen konnte, donnerte eine autoritäre Stimme über den Innenhof. »Miss Rivers, Miss Bell, lassen Sie sofort voneinander ab! Auf der Stelle! Hoch mit Ihnen.« Eine kräftige Hand riss mich von Addison herunter. »Dass ich so etwas noch erleben muss. Sie beide kommen mit mir!« Es war Miss Putin, die von allen gefürchtete Schulpsychologin. Sie war schon ewig an der Newfort High, stets umgeben von dieser einschüchternden Aura.

»Sind Sie beide taub?«, herrschte sie Addison und mich an. »Ich sagte: Kommen Sie mit mir! Folgen Sie mir ins Gebäude!«

Ich dachte nicht mal dran, Addison eine Hand hinzuhalten, um ihr aufzuhelfen. Wegen ihr war ich doch nun in dieser Lage! Addison würdigte mich keines Blickes und rappelte sich allein vom Boden auf. Ihrem mörderischen Gesichtsausdruck nach zu urteilen wünschte sie mir gerade gedanklich tausend Flüche an den Hals. Tja, ich ihr auch! Was hatte ich ihr denn bloß getan? Nichts!

Unter den mitleidigen Blicken der Umstehenden folgten wir zwei schweigend Miss Putin ins Gebäude. Mein Herz hämmerte so energisch in meiner Brust, dass es sich anfühlte, als wolle es durch meine Rippen springen. Ich brauchte keine hellseherische Gabe, um zu wissen, dass ich in großen Schwierigkeiten steckte.

KAPITEL 4

UND SO WAR ES AUCH: Nach einem ernsten Gespräch mit Miss Putin wurden wir von ihr für den Rest des Tages vom Unterricht suspendiert. Addison saß noch im Sekretariat, weil man niemanden bei ihr zu Hause erreicht hatte, während ich bereits gehen durfte. In Absprache mit Miss Putin würde meine Mom mich am Parkplatz abholen. Niedergeschlagen war ich ein Stück um die Ecke im Flur gegangen und dann stehen geblieben. Ich brauchte ein paar Augenblicke für mich allein. Mom war bestimmt stinksauer! Es musste unbedingt eine Erklärung her, mit der ich meine Bestrafung mildern konnte. Überrascht sah ich Cassidy auf mich zukommen. Sie wirkte ebenfalls irritiert über unser spontanes Treffen im Gang.

»Hey! Was machst du denn hier?«, fragte sie.

»Und du?«, stellte ich die Gegenfrage.

Cassidy wedelte mit einem Flurpass herum. Den bekam man vom jeweiligen Kurslehrer, der einem dadurch die Erlaubnis erteilte, während des Unterrichts den Klassenraum zu verlassen. Wenn man ohne erwischt wurde, verstieß man gegen die blöden Schulregeln.

»Ich wollte aufs Klo gehen, aber dann habe ich dich gesehen.«

»Dann hast du noch nichts gehört?«, vergewisserte ich mich.

»Gehört? In diesen Fluren hört man ziemlich viel. Du musst also schon genau definieren, was für bahnbrechende News du meinst.«

Ihre Unwissenheit erleichterte mich ein wenig. Anscheinend hatte sich die Sache mit Addison noch nicht herumgesprochen –

zumindest bis jetzt nicht. Das kam sicher noch, sobald wieder Pause war.

»Scheiße!«, entfuhr es Cassidy. »Was ist mit deinem Auge?«

»Das war Addison«, sagte ich und zog das Kühlpack, das mir die Sekretärin eben überreicht hatte, von meinem rechten Auge. Cassidy verzog das Gesicht, als sie den Treffer begutachtete.

»Das sieht wirklich sehr schmerzhaft aus.« Dann erst schien Cassidy zu registrieren, was ich gesagt hatte. Ihr klappte regelrecht die Kinnlade herunter. »Hast du *Addison* gesagt?«

Ich nickte.

»Ich glaube, ich habe dich nicht verstanden. *Die* Addison?«

»Lange Geschichte«, grummelte ich missmutig.

»Erzähl mir die Kurzversion«, bat Cassidy überrumpelt.

Natürlich war sie geschockt. Sie hatte Addison, genau wie ich, seit Jahren nicht mehr gesehen oder ein Wort mit ihr gesprochen. Innerhalb weniger Minuten war Cassidy auf dem neuesten Stand. Angefangen bei dem Treffen zwischen Addison und Andrew, das ich neulich beobachtet hatte, bis hin zu dem unsanften Wiedersehen heute.

»Immerhin habe ich kein Veilchen«, murmelte ich und rieb mir mit der Hand über die kleine Beule über der rechten Augenbraue. »Knapp daneben. Addison kann trotzdem echt hart zuschlagen.«

Das unangenehme Pochen der Verletzung zog mir bis in die Schläfe.

»Du bist ja vom Basketball einiges gewöhnt«, stimmte Cassidy mir zu. »Aber so ein Schlag ins Gesicht ist eine andere Nummer.« Sie biss sich energisch auf die Unterlippe. »Nur weil sie denkt, du hättest sie und Andrew beim Direktor verraten? Schwachsinn! Die beiden machen echt kein Geheimnis aus ›ihrem Ding‹, würde mich nicht wundern, wenn der Direktor sie persönlich erwischt hätte. Ehrlich, inzwischen weiß doch jeder Bescheid.«

Außer mir offenbar. »Wovon sprichst du?«

Cassidy sah sich kurz nach beiden Seiten um, als wolle sie sich vergewissern, dass uns niemand auf dem Flur belauschen konnte. Sie senkte die Stimme. »Schon seit einer Weile geht das Gerücht um, dass es jemanden an der Schule gibt, der dir die Antworten sämtlicher Arbeiten und Tests besorgen kann, ehe sie geschrieben werden«, flüsterte sie. »Gegen Bezahlung, versteht sich.«

»Du denkst, dieser Jemand ist Andrew?«

Sie nickte. »Vielleicht hilft Addison ihm.«

»Oder sie hat ihm etwas abgekauft«, zog ich in Erwägung, weil das in meinen Ohren nur halb so schlimm klang wie der Diebstahl irgendwelcher Schuldokumente, die sicherlich streng unter Verschluss gehalten wurden. »Die Sache gestern, vor dem *Wild Card,* war echt schwer zu deuten. Es wirkte allerdings so, als wäre Addison alles andere als glücklich über das Treffen dort.«

»Aber du meintest doch, sie hätte sich dir gegenüber abweisend verhalten? Klingt für mich so, als habe sie etwas zu verbergen.« Cassidy machte einen Schritt zur Seite und reckte den Kopf um die Ecke, in Richtung des Sekretariats. »Meinst du, sie ist noch da drin? Sollen wir sie abfangen und direkt mal fragen?«

»Pass auf, da vorne kommt ein Lehrer!«, warnte ich sie. Mr. Hardin näherte sich ein paar Formeln murmelnd unserem Versteck, das eigentlich keines war. Ich packte Cassidy am Arm und zog sie ein Stück weiter den Flur hinunter in einen Nebengang. »Wenn du erwischt wirst, bekommst du trotz des Flurpasses Ärger. Niemand geht so lange aufs Klo«, meinte ich. »Addison kann mich mal, okay?«

Cassidy nickte energisch. »Ja, du hast recht. Sie kann uns beide mal kreuzweise!« Sie strich sich ihre langen, gewellten Haare aus dem Gesicht und sah mich aus ihren tiefbraunen, schwarz geschminkten Augen verärgert an. Eine Sorgenfalte zeichnete sich deutlich auf ihrer Stirn ab. »Seit Beginn der Highschool hören und sehen wir nichts von Addison. Und jetzt, wie aus dem Nichts … das alles passt nicht zu der Addison, die wir kannten.«

Mürrisch drückte ich mir das Kühlpack wieder gegen die Beule. Die Kälte linderte angenehm den pochenden Schmerz. »Und wenn schon. Ich habe mich von ihr provozieren lassen, und das ärgert mich am meisten! Wäre ich doch nicht auf sie losgegangen … dann wäre der Ärger nur halb so groß.« Ich seufzte schwermütig.

Cassidy sah mich mitfühlend an. »Der Direktor ist heute nicht da, oder? Müsst ihr zur Strafe Miss Putins Büro des Grauens entrümpeln?« Der Scherz war ein Versuch, die Stimmung etwas aufzulockern. »Oder die Unterhosen vom Coach waschen?«

Ich bemühte mich um ein schwaches Lächeln, aber mir war so elend zumute, dass selbst Cassidys zynische Art nicht half. Dabei saßen wir eigentlich im selben Boot. Nachdem die Sache mit ihrem Schlussmach-Service öffentlich geworden war, hatte Miss Putin sie zum Aushilfsdienst im Sekretariat verdonnert. Cassidy war noch immer nicht durch damit, beklagte sich jedoch kaum. Der Job kostete sie hin und wieder ihre Pausen, war aber annehmbar.

»Addison muss zur Strafe bis zu den Sommerferien nachsitzen. Weißt du, was sie sich extra für mich ausgedacht hat? Dreimal darfst du raten: bis auf Weiteres überhaupt keine außerschulischen Aktivitäten. Das heißt kein Basketball mehr, Cassidy!«

Die letzten Sätze trieben mir Tränen in die Augen.

»Oh, Lorn«, sagte Cassidy betroffen. »Kein Basketball bedeutet ja … kein Schulturnier! Das lässt der Coach niemals zu! Bestimmt setzt er sich für dich ein. Addison hat angefangen, richtig?«

»Der Coach hat mich schon öfter vorgewarnt. Nur ein weiterer Fehltritt und das war es mit der Startaufstellung für mich. Da zählt es kaum, dass ich nicht angefangen habe«, sagte ich niedergeschlagen. »Ganz aus dem Team zu fliegen war immer meine größte Angst!

Dabei habe ich mir solche Mühe gegeben, Streitigkeiten mit anderen zu vermeiden. Verflucht auch!«

Leider war ich im Verlauf des letzten Jahres öfter auffällig geworden – nicht nur wie neulich beim Freundschaftsspiel. Vor einigen Monaten hatte ich im Sportunterricht einem Typen, der einen blöden Kommentar über meinen jüngeren Bruder Bryce abgelassen hatte, einen Ball gegen den Kopf geschmettert. Davor hatte mein Geschichtslehrer Mr. Bardugo mich zum Direktor geschickt, weil ich in einem Test versucht hatte zu spicken, und einige Wochen zuvor war ich mit einem Mädchen aus der Oberstufe in der Cafeteria aneinandergeraten, weil diese lautstark über meine Outfit-Wahl gelästert hatte, woraufhin ich ihr mein volles Essenstablett auf die Bluse geschmiert hatte. Seit dem letzten Zwischenfall bemühte ich mich wirklich nachzudenken, bevor ich einem Impuls nachgab. Bis heute war das auch ganz gut gelaufen.

»Wieso kann ich nicht auch nachsitzen?«, grummelte ich.

Cassidy nahm mich fest in den Arm. »Das käme doch aufs Gleiche raus. Dann wärst du zwar noch im Team, würdest aber das Nachmittagstraining verpassen. Alles Absicht! Wenn die Putin unterschiedliche Strafen vergibt, hat sie ihre Gründe.«

»Ohne Basketball kann ich nicht leben«, jammerte ich. »Das Turnier war die Sache, die mich ablenken sollte. Meine rettende Insel, damit ich nicht in meinem Liebeskummer versinke. Damit ich mein Bestes gebe. Außerdem kommen College-Scouts dorthin.«

»Es tut mir so leid«, sagte Cassidy. »Wenn ich nicht mit Mr. Hardin diskutiert hätte, wärst du nicht allein gewesen. Addison hätte sich bestimmt nicht getraut, auf uns beide loszugehen.«

»Dann hätte sie mich ein anderes Mal abgefangen«, sagte ich. »Du kannst gar nichts dafür. Ich komme mir nur so blöd vor. Es müsste eine Gerüchte-App geben, die einen updatet. Dann kann man sich gleich von Leuten fernhalten, wenn sie Dreck am Stecken haben!«

»Jetzt mach dich nicht so fertig.« Cassidy drückte bestärkend meine Schulter. »Wir finden schon ein Schlupfloch, damit du Basketball spielen kannst! Noch ist nichts verloren, okay?«

»Wenn du das sagst«, meinte ich wenig überzeugt.

»Ich lasse mir was einfallen«, sagte sie zuversichtlich.

»Das ist unheimlich nett von dir«, erwiderte ich schwermütig. »Aber wie du eben festgestellt hast: Die Putin hat mir absichtlich kein Nachsitzen aufgebrummt. Ich hasse mein Leben.«

Cassidy streckte den Rücken durch und hob das Kinn. »So schnell wirst du garantiert nicht aufgeben!«, sagte sie streng. »Das lasse ich auf keinen Fall zu! Und ... wo wir schon bei nicht aufgeben sind ... das wollte ich schon die ganze Zeit fragen! Hast du dich echt getraut und Theo gefragt, ob er mit dir zum Maiglöckchenball geht? Heute Morgen gab es in Kunst kein anderes Thema. Leider habe ich wegen meiner Wut über die miese Mathenote eben ganz vergessen, dass alle drüber reden.« Cassidy blickte mich entschuldigend an. »Du wolltest doch bestimmt in der Pause ganz dringend drüber sprechen. Das tut mir echt leid, Lorn.«

Genervt stöhnte ich auf. Was für eine Version der Geschichte war das denn? Himmel, wahrscheinlich hatte man sich an jeder Ecke der Newfort High eine komplett andere erzählt. Das war echt schlimmer als Flüsterpost!

»Das stimmt so alles aber gar nicht!«, meinte ich. »Ayla ist Theo heute Morgen ganz schön auf die Pelle gerückt, und ich war einfach zur falschen Zeit am falschen Ort«, sagte ich. »Im Grunde hat er mich nur eingeladen, damit er sie schnell loswird.«

»Was? Echt jetzt?«, fragte Cassidy skeptisch.

»Und selbst wenn da irgendwas dran wäre ... dir ist schon klar, dass meine Mom mich nach dem Anruf der Schule für den Rest des Jahres nicht mehr aus dem Haus lassen wird«, seufzte ich. Im gleichen Moment vibrierte mein Handy. Ich zog es aus meiner Hosentasche und las die Nachricht. »Wenn man von ihr spricht. Sie wartet auf dem Parkplatz. Ich soll jetzt rauskommen.«

Cassidy schenkte mir ein aufmunterndes Lächeln. »Hoffen wir einfach mal, dass deine Mom dir keine Gitterstäbe vors Fenster hämmert. Falls doch, musst du vorher schnell die Flucht über die Regenrinne antreten. Eine Lorn Rivers kann niemand einsperren!«

»Spielst du auf das eine Mal in der Middle School an, als ich auf die absurde Idee gekommen bin, die Regenrinne könnte mein Gewicht tragen? Ich weiß noch, wie ich zu spät war und den Einfall so brillant fand, daran hochzuklettern, um unbemerkt ins Haus zu gelangen. Dabei ist die Regenrinne abgebrochen, als ich kurz vor meinem Fenster war«, erinnerte ich mich. »Mein Dad war stinkwütend, weil mein Knie mit zehn Stichen genäht werden musste! Die Nachbarn haben Wochen über den abendlichen Unfall geredet. Und das war nicht mal mein verrücktester Einfall.«

»Aber du hättest es schließlich fast ins Haus geschafft«, sagte Cassidy. »Das kann man trotz des Unfalls als Erfolg verbuchen, und das ist gleichzeitig der beste Beweis, dass nichts und niemand dich aufhalten kann – nicht mal eine rostige, alte Regenrinne.«

»Diese Theorie kann ich gleich mal testen«, sagte ich und deutete hinter Cassidy. »Da kommt zu allem Überfluss auch noch Coach Maxwell, und er sieht nicht gerade glücklich aus.« Ich packte meine beste Freundin am Arm und drängte sie energisch ein Stück in die entgegengesetzte Richtung. »Hau besser ab.«

»Das musst du mir nicht zweimal sagen«, erwiderte Cassidy belustigt. »Ist wohl auch besser, ehe man einen Suchtrupp aufs Klo schickt, weil die Stunde nämlich gleich zu Ende ist.«

»Ich schreibe dir später, wenn ich die Standpauke überlebt habe«, sagte ich. »Falls nicht, vermache ich dir meine Basketball-Sammelkarten. Die sind teilweise echt viel wert und …«

»RIVERS!«, rief der Coach lautstark. Er war fast da.

»Dann musst du mir unbedingt mehr von der Theo-Maiglöckchenball-Sache erzählen«, sagte Cassidy zum Abschied und drückte mich erneut an sich. Dann verschwand sie um die nächste Ecke.

Ich straffte die Schultern und holte tief Atem, ehe der Coach vor mir stand und mich aus ziemlich wütenden Augen anfunkelte.

»Rivers!«, wiederholte er und baute sich wie eine Mauer vor mir auf. »Ich wurde soeben informiert, dass du deine Freizeit in Zukunft lieber mit Faulenzen statt Basketball verbringst?«

»Das würde ich niemals wollen!«, protestierte ich.

»Da habe ich aber anderes gehört. Wir müssen reden.«

»Meine Mom wartet auf mich«, murmelte ich kleinlaut.

»Komm mit«, sagte Coach Maxwell, meinen Einwurf ignorierend. Er bedeutete mir mit einer Geste, ihm zu folgen. Wir gingen ein paar Schritte, bis wir ein leeres Klassenzimmer fanden. Der Coach lehnte sich gegen das Lehrerpult und sah mich vorwurfsvoll an.

»Bitte, lassen Sie mich …«

»Alles erklären? Da gibt es nichts zu erklären«, unterbrach er mich. »Du lässt dein Team im Stich.« *Autsch!* Der Satz war schlimmer als ein weiterer Schlag ins Gesicht. »Du hast so hart gearbeitet, und jetzt fällt eine meiner besten Spielerinnen in der Startaufstellung für das Turnier weg. Ich habe dich gewarnt, Lorn. Noch ein Zwischenfall und du musst die Konsequenzen tragen.« Der Coach stieß energisch den Atem aus. »Wieso hast du dich nicht an mich gewandt, wenn du Probleme mit einer Mitschülerin hast? Ich habe darauf vertraut, dass du auf mich zukommst. Erst recht nach unserem Gespräch neulich.«

»Ich … « Zögernd hielt ich meine Worte zurück. Es wäre leicht gewesen, Addison die Schuld an allem zu geben, aber ich hatte meinen Teil zu dem Streit beigetragen, und das lag in meiner Verantwortung. »Ich habe einen großen Fehler gemacht, und glauben Sie mir, ich bereue mein Verhalten zutiefst.«

»Reue bringt dich jetzt auch nicht weiter, ist allerdings ein Anfang«, erwiderte er. »Ich hatte schon etwas länger den Eindruck, dass dich etwas beschäftigt. Meine Tür steht euch Mädchen immer offen. Ich kann dir nicht helfen, wenn ich nicht weiß, was in deinem Dickschädel vor sich geht, verstanden?«

Ich nickte und schwieg.

»Willst du über die Sache reden?«

»Wollen Sie echt, dass ich über meine Gefühle rede?«

Unruhig begann ich, das Kühlpack zu kneten, das ich noch immer in den Fingern hielt. Seine Wirkung war inzwischen verflogen.

»Reden ist besser, als sich wie ein wildes Tier auf jemanden zu stürzen«, sagte der Coach. »Was mache ich denn die nächsten Wochen ohne dich in unserem Team?«

»Ich könnte ja das Maskottchen mimen«, meinte ich halbherzig. »Miss Putin hat mir nicht verboten, sozialen Selbstmord zu begehen, indem ich in peinlichen Posen übers Feld hüpfe.«

»Ihr Teenager und eure Melodramatik«, sagte der Coach und verdrehte die Augen. »Bevor du das Spielen aufgibst, esse ich meine Trillerpfeife!« Nachdenklich rieb er sich das Kinn. »Vielleicht können wir dich für dieses Bäume-umarmen-Programm anmelden und dem Direktor und Miss Putin beweisen, dass dir etwas an deinen Mitschülern liegt und die Sache nur ein kleiner Ausrutscher war. Einen Versuch wäre es immerhin wert.«

Ich verstand nur Bahnhof. »Was für ein Programm?«

Coach Maxwell gab ein Brummen von sich. »Mir schnuppe, wie es richtig heißt oder was du dort tun musst, Hauptsache, du stehst pünktlich für das entscheidende Spiel beim Turnier wieder auf der Matte. Ich werde mal sehen, was sich da machen lässt.«

Hoffnung keimte in mir auf. Ich hatte keinen blassen Schimmer, wovon der Coach sprach, aber solange die Chance bestand, dass ich zurück ins Team durfte, würde ich so ziemlich alles tun.

Allerdings war Miss Putin auch sehr deutlich gewesen.

Vorerst kein Basketball.

Sofort ließ ich wieder die Schultern hängen.

Coach Maxwell schien zu bemerken, dass ich jede Sekunde zu einem Häufchen Elend zusammenschrumpfen würde. Er räusperte sich. »Lorn, was sage ich euch Mädchen immer wieder?«

»Die Kraft liegt im Team?«, riet ich.

»Was noch?«

»Sieger zweifeln nicht?«

»Vertraut auf euren Coach. Er wird es richten«, sagte er und sah mir dabei in die Augen. »Es gibt nichts, was er nicht kann.«

»Okay, Coach«, murmelte ich.

»Melde dich morgen in meinem Büro, dann sehen wir weiter.«

»Sie werden es nicht bereuen!«, japste ich dankbar.

Er nickte knapp. »Vergiss nicht, die Beule weiter zu kühlen. Vielleicht hast du Glück, und sie geht in ein paar Tagen zurück.« Mitfühlend drückte er kurz meine Schulter. »Gute Besserung.«

»Danke«, murmelte ich.

Gemeinsam verließen wir das Klassenzimmer. Coach Maxwell ging in Richtung Sekretariat davon, aber ich war in der Bewegung erstarrt. Gleich neben dem Klassenzimmer stand Theo, einen Hefter in der Hand, und sah mich mit schuldbewusster Miene an.

»Wie lange hast du hier gestanden?«

Meine Finger gruben sich fester in das Kühlpack in meiner Hand. Theo hatte bestimmt jedes einzelne Wort mitgehört … Im ersten Moment war mir das Ganze ziemlich peinlich. Der Coach hatte mich ganz schön zusammengestaucht, und dann hatte es diesen kurzen, emotionalen Moment gegeben, der ziemlich privat gewesen war.

Und als mir diese Gedanken blitzschnell durch den Kopf schossen, wurde ich sauer. Ja, das ganze Gespräch war privat gewesen, und Theo hatte einfach zugehört, als wäre das sein gutes Recht.

»Ich habe dich was gefragt«, sagte ich schroff.

»Mrs. Bale wollte, dass ich ein Arbeitsblatt für Biologie im Sekretariat kopieren lasse, und da habe ich deine Stimme gehört«, erklärte er betreten. »Ich hatte wirklich nicht vor zu lauschen.«

»Wieso bist du nicht einfach weitergegangen?«

»Ich … weiß auch nicht«, sagte er unsicher.

»Tolle Begründung«, maulte ich ihn an.

»Es tut mir wirklich leid, Lorn«, sagte Theo eindringlich. »Ich belausche sonst grundsätzlich nie die Gespräche anderer Leute, ganz ehrlich. Ist alles okay?«

Er kam näher. Verflucht, wieso kam er immer näher?

Sein Blick wanderte über mein Gesicht und blieb aufmerksam an der Verletzung über meinem Auge hängen. Langsam hob er die Hand und streifte mir eine Haarsträhne aus der Stirn, um die Prellung besser betrachten zu können. Besorgt kniff er die Augenbrauen zusammen. Vermutlich hatte er in diesem Augenblick keine Hintergedanken. Eine automatische Geste, weil Theo immer und überall helfen wollte, aber diese kleine Berührung löste sofort eine Flut an Gefühlen in mir aus. Der federleichte Druck seiner Finger ließ meine Haut prickeln, und mir wurde schwer ums Herz.

»Mensch, das sieht ziemlich übel aus.«

Ich trat zurück. »Es tut lange nicht so weh, wie heimlich belauscht zu werden«, sagte ich trotzig. Meine Stimme klang abweisend und unfreundlich. Ein Teil von mir wollte Theo gegenüber nicht so gemein sein, seine Entschuldigung akzeptieren, weil er so ehrlich dabei geklungen hatte. Und der andere Teil hätte ihn am liebsten gepackt und geschüttelt und dabei laut geschrien, dass er mich nicht berühren sollte, wenn er in mir nicht mehr als eine

Freundin sah. Das, was nämlich wirklich wehtat, war mein dummes, blödes Liebeskummerherz.

»Ich muss jetzt gehen.«

So schnell ich konnte stampfte ich an ihm vorbei.

»Lorn, warte«, rief Theo, aber ich ignorierte ihn.

Ich lief im Eiltempo zum Sekretariat, um das Kühlpack zurückzugeben, legte einen Stopp an meinem Spind ein, um meinen Sportbeutel zu holen, und ging dann vom Hauptgebäude zum Parkplatz. Meine Mom warf mir einen ungeduldigen Blick zu, als ich mich unserer Familienkutsche näherte. Sie stand neben der Fahrertür und schien bereits nach mir Ausschau gehalten zu haben. Auf dem Rücksitz saßen meine zwei kleinen Schwestern. April und Jane müssten eigentlich noch in der Elementary School sein, denn um diese Zeit hatten sie auf keinen Fall frei. Es war ja gerade mal Mittag. Eigentlich hätte ich mit meinem Wagen schon längst nach Hause fahren können, aber irgendeine blöde Regel der Schule bestimmte, dass Schüler und Schülerinnen nach einem Zwischenfall von einem Erziehungsberechtigten abgeholt werden mussten. Wahrscheinlich damit man sicher sein konnte, dass die Eltern auch die Informationen über das Verhalten ihrer Kinder bekamen und man selber nichts vertuschen konnte. Ziemlich bescheuert, wenn man mich fragte, zumal Mom nicht mal das Gebäude betreten hatte. Sie schien sichtlich gefrustet zu sein, dass sie wegen mir einen Umweg hatte fahren müssen.

Mom seufzte höchst theatralisch. »Wo warst du denn?«

»Sorry!«, sagte ich. »Mein Coach hat mich abgefangen.«

»Heute ist vielleicht ein Tag!«, schimpfte sie. »Erst gehen deine Schwestern auf einen Jungen aus ihrer Klasse los, und dann gerätst du in eine Prügelei auf dem Pausenhof. Es ist zum Verrücktwerden! Wenn jetzt noch ein Anruf wegen Bryce kommt, kriege ich einen Herzinfarkt. Du fährst ohne Umschweife nach Hause, Lorn, verstanden? April ist ein Stück vom Zahn abgebrochen, deshalb müssen wir in die Notfallklinik. Bis ich wieder da bin, darfst du dein Handy behalten. Deine Strafe bekommst du später.«

»Okay«, murmelte ich unterwürfig. »Moment – April fehlt ein Zahn? Und dann sitzt sie seelenruhig ohne zu weinen im Auto?«

»Die beiden fanden das Ganze *lustig*.« Mom schnaubte empört.

Ich ging zu dem weißen Mazda und öffnete die Tür auf der Seite, wo April saß. Meine Schwester schnitt eine Grimasse.

»In meinem Mund ist ein Windsturm, Lorn!«

»Weil dir eine Ecke vom Zahn abgebrochen ist«, sagte ich und musterte April. Sie war tatsächlich ziemlich ruhig. Ich war mit elf auf die blöde Idee gekommen, die Rutsche auf dem Spielplatz mal nach oben zu klettern, statt herunterzusausen, und hatte mir dabei auch einen Zahn abgebrochen. Das Ganze tat weniger weh, als man dachte, und es fühlte sich wirklich so an, als würde dir ständig ein kaltes Gebläse durch den Mund pusten. Vielleicht hatte ich sie unterschätzt. »Du bist echt tapfer, Zwerg.«

»Sebastian hat uns ständig unsere Bücher weggenommen, Lorn«, meinte Jane. Sie reckte den Kopf zu mir. »Er wollte nicht aufhören, also haben wir uns gewehrt. Er hat voll geflennt!«

»Was genau habt ihr angestellt?«, fragte ich.

»Kleber in seine Haare geschmiert«, sagte Jane stolz.

»Und dann Glitzer draufgeschüttet«, ergänzte April.

Ich beugte mich vor. »Verratet es nicht Mom, aber das klingt nach einem ziemlich coolen Streich«, flüsterte ich.

»Ich höre euch«, sagte Mom energisch. »Was die beiden dir nicht erzählen ist, dass Sebastian sie anschließend geschubst hat. April ist gestürzt, und so ist das mit dem Zahn passiert. Jane hat ihm dafür auf die Nase gehauen. Das alles mitten im Kunstunterricht! Sie müssen dem armen Jungen ein gutes Stück seiner Haare abschneiden, und seine Nase war dick wie eine Kartoffel angeschwollen.

Das ist kein Streich mehr und nicht lustig.« Die Zwillinge machten sich unter Moms strenger Miene ganz klein in ihren Sitzen. Moms Blick bohrte sich wieder in mich. »Wir sehen uns später zu Hause. Ihr könnt eurem Vater später gemeinsam erzählen, was er doch für wohlerzogene Töchter hat.«

»Was hat Lorn denn angestellt?«, fragte April.

»Nichts da. Wir fahren jetzt«, bestimmte Mom. Sie drückte mich kurz an sich und nuschelte dicht an mein Ohr: »Schön, dass es dir gut geht, Lorn.« Sie stieg in den Mazda und fuhr los. Die Zwillinge winkten beim Vorbeifahren. Ich warf einen letzten Blick auf die Schule. Bevor man mich ein weiteres Mal aufhalten konnte, schlüpfte ich in mein eigenes Auto und startete den Motor. Ich wollte unbedingt weg von hier und meinen Sorgen.

KAPITEL 5

MEINE FAMILIE WOHNTE nahe dem Westwood Park in einer Gegend, die viel Grün zu bieten hatte. Dad nannte unser Heim immer scherzhaft die Rivers' Residenz, dabei war unser Haus nicht sehr luxuriös und entsprach eher dem Durchschnitt. In unserer Straße dominierten im Baustil braune Backsteinfassaden. Mit großen, einladenden Fenstern und weißer Farbe, welche bereits von den Rahmen abblätterte, unterschied sich unser Haus nicht sonderlich von den anderen hier. Neben der breiten Veranda, die im Sommer mit zu meinen Lieblingsplätzen zählte, hatten wir noch einen tollen, großen Garten. Wir lebten schon solange ich zurückdenken konnte hier, und das sah man dem Grundstück auch an. Obwohl der Vorgarten gepflegt und sauber war, fehlten in der Auffahrt einige Steine, die Regenrinnen müssten mal wieder ersetzt werden, und das Garagentor klemmte immer häufiger. Meine Familie hatte stets genug Geld gehabt, denn mein Dad verdiente als Dozent für Mathematik und Religion am örtlichen College recht gut, und meine Mom arbeitete als selbstständige Illustratorin für Zeitschriften und Verlage und bekam ständig neue Aufträge rein. Allerdings wurde bei uns nur etwas ersetzt, wenn es auch *wirklich* nötig war. Das war eine Art Familienphilosophie, die wir alle eisern durchhielten. Mein altes Fahrrad war ein gutes Beispiel dafür. Es fiel förmlich auseinander, aber ich sah gar nicht ein, es zu verschrotten, solange es mich noch von A nach B brachte.

Man sollte die Dinge, die man besaß, immer wertschätzen. Das hatte ich zum Teil auch durch die Freundschaft zu Cassidy gelernt.

Ihre Familie besaß nicht sehr viel und hatte früher oftmals Geldprobleme gehabt. Inzwischen hatte ihre Mom einen festen Job, aber für die Casters hatte es auch ganz andere Zeiten gegeben. Eine liebevolle Familie und ein Zuhause zu haben, in dem man sich sicher und geborgen fühlen konnte, war ein Luxus, den nicht jeder besaß.

Als ich mein Auto an der Straße geparkt hatte, schloss ich die Haustür auf und lief in mein Zimmer, um mein Zeug abzulegen. Zurück im Flur blieb ich einen Moment stehen und betrachtete die vielen gerahmten Fotos an den Wänden. Sie zeigten verschiedene Schnappschüsse von Familienausflügen, Geburtstagen und witzigen oder schönen Augenblicken, die meine Eltern, Geschwister und ich erlebt hatten. Mit einem Lächeln auf den Lippen ging ich in die Küche, nahm eine Tiefkühlwaffel aus dem Gefrierfach und steckte sie in den Toaster. Für ein paar Sekunden starrte ich Löcher in die Luft und ließ das Gespräch mit dem Coach Revue passieren. Ob es wirklich eine Chance gab, dass ich wieder zurück ins Team durfte? Shit! Das Team! Kim und die anderen würden mich umbringen. Sie waren sicher stinksauer. Jetzt musste jemand von den Ersatzspielerinnen meine Position als Point Guard einnehmen. Bestimmt Emma, die würde sich über diese Chance freuen. Plötzlich begann eine Abwärtsspirale an Gedanken in meinem Kopf. Was, wenn ich nie wieder in der Startaufstellung spielen durfte? Ich in Zukunft die neue Ersatzbank-Emma wäre? Vielleicht war Emma sogar besser als ich? Sie war gewissenhaft und zuverlässig. Keine Team-im-Stich-Lasserin.

Mit einem *Ping!* sprang die Waffel aus dem Toaster. Ohne nachzudenken griff ich danach und verbrannte mir prompt die Finger. Fluchend legte ich die Waffel auf einen Teller und stampfte damit die Treppe hinauf in mein Zimmer. Die erste halbe Stunde lag ich auf meinem Bett und blies weiter Trübsal. Dann verpasste ich mir eine mentale Ohrfeige und versuchte mich abzulenken. Zuerst mit Aufräumen, weil das Chaos um mich herum echt nicht mehr zu ertragen war, und dann mit Hausaufgaben, die ich aufgeschoben hatte und in den nächsten Tagen brauchen würde.

Irgendwann spielte ich über das Bluetooth meines Handys das letzte Album von Fall Out Boy über die Boxen auf meinem Schreibtisch ab. Immer wieder wanderte mein Blick zur Wanduhr. Cassidy und die anderen würden jetzt die letzten zwei Unterrichtsstunden haben. Wie sollte ich wochenlangen Hausarrest aushalten, wenn ich bereits jetzt am Durchdrehen war? Für viele mochte der Gedanke, in ihrem Zimmer rumzuhocken, nicht sonderlich abschreckend wirken, aber ich brauchte Action. Ich wollte rausgehen und Basketball spielen und Freunde treffen und ... garantiert nicht meine Tage in diesen vier Wänden verbringen.

Ob ich irgendetwas tun konnte, um Mom zu besänftigen?

Alle Zimmer blitzblank putzen oder vielleicht ...

Ich kam gerade aus dem Badezimmer, wo ich mein Miese-Laune-Gesicht ignoriert hatte, und band mir die Haare zu einem unordentlichen Dutt hoch, als es unten an der Haustür klingelte.

Bestimmt hatte Mom mal wieder ihren Schlüssel vergessen. Oder es war der Postbote. Unschlüssig sah ich an mir herunter. Nach meiner Heimkehr hatte ich mir eine alte Jogginghose und mein Schlaftop, auf dem seit gestern Abend ein unübersehbarer Zahnpastafleck klebte, angezogen. Was soll's, dachte ich, was interessiert es schon unsere Nachbarn, wenn ich im Gammel-Look ein Päckchen entgegennehme? Es klingelte erneut.

Hastig lief ich zur Haustür, um sie zu öffnen – und bereute es sofort. Da stand weder meine Mom noch der Postbote, sondern Theo. Sein blauer Pick-up-Truck parkte hinter meinem Opel an der Straße, was die Frage erübrigte, wie er hergekommen war. Was er hier wollte und woher er überhaupt meine Adresse hatte, waren zwei ganz andere. Ich musste den Impuls unterdrücken, ihm die Haustür gleich wieder vor der Nase zuzuschlagen. Panik kroch mir den Nacken hoch, und die feinen Härchen dort stellten sich auf. Theodor Griffin! Vor meinem Haus! Während ich aussah, als wäre ich gerade erst aus dem Bett gekrochen! Schlimmer noch. Ich war Apokalypsen-Gammel-Lorn und er war … Theo eben. Der Wind zerzauste ihm die Haare, weil er seinen Hut nicht trug, und er lächelte wieder sein Grübchenlächeln, das mir die Knie weich werden ließ. Wackelpudding-Beine fehlten gerade noch! Die waren tückisch und sorgten für peinliche Unfälle. Ich räusperte mich bei dem Versuch, meine Stimme zu finden, und hoffte inständig, dass man mir das blanke Entsetzen über seinen Besuch nicht ansah. Ganz ehrlich, ich war wirklich nicht mega auf Äußerlichkeiten bedacht, aber so wollte niemand angezogen sein, wenn sein Schwarm überraschend vor der Tür stand. Ich öffnete leicht den Mund, starrte Theo aber nur weiter völlig überrumpelt an.

»Hi«, sagte er. »Ich hoffe, ich störe nicht?«

»Ehm«, stotterte ich. »Nein.«

Er lächelte noch immer unbeirrt weiter. »Ich habe dir was mitgebracht.« Theo hielt ein kleines Päckchen mit *Reese's Peanut Butter Cups* hoch. »Als Colton und ich jünger waren, haben wir uns ziemlich oft wegen allen möglichen Dingen gestritten. Irgendwann hat meine Mom gesagt, dass wir eine Regel aufstellen. Wann immer jemand dem anderen einen *Reese's Peanut Butter Cup* überreicht, muss der ihm verzeihen. Verzeihst du mir?«

Auffordernd raschelte Theo mit der Verpackung.

»Du hast in der Schule so verärgert ausgesehen, und ich möchte mich dafür entschuldigen, dass ich euer Gespräch belauscht habe«, sagte er. Seine Stimme klang dabei unheimlich ehrlich. »Das war falsch von mir. Ich hoffe, das steht jetzt nicht zwischen uns? Du bist doch schließlich meine Maiglöckchenball-Verbündete, Lorn Rivers.«

Das entlockte mir ein Lachen. »Ich verzeihe dir«, sagte ich und nahm die *Reese's Peanut Butter Cups* an mich. »Wer kann schon Schokolade und Erdnussbutter widerstehen? Deine Mom ist clever.« Noch immer etwas unbehaglich wegen meines Aufzugs senkte ich verlegen den Blick. »Hast du jetzt nicht eigentlich Unterricht?«

Plötzlich machte er einen Schritt nach vorne, und ich wich automatisch einen Schritt zurück, damit er mir nicht wieder wie in der Schule so nahe kam – Theo konnte natürlich nichts dafür, aber zu den Wackelpudding-Knien kam jetzt auch der gewohnte Herzklopftango dazu, und ich wollte nicht, dass man mir irgendetwas anmerkte. Theo verstand meine Reaktion allerdings als Einladung einzutreten. Er trat in den Hausflur und sah sich neugierig um. Selbstverständlich fiel sein Blick auf die vielen Fotos, die ich erst vorhin in Erinnerungen schwelgend angeschaut hatte. Er deutete auf ein Foto auf Augenhöhe. Es zeigte mich und meinen Bruder Bryce beim Fischen mit Dad. Wir trugen Badesachen und hielten stolz unseren Fang in die Kamera.

»Ist das am Newfort Lake?«, fragte Theo.

»Ja. Meine Familie war dort früher oft campen«, antwortete ich. »Seit der Geburt meiner jüngeren Schwestern waren wir nicht mehr so häufig da. Sie finden Zelten nämlich total uncool.«

»So ein ähnliches Bild hängt bei uns auch«, sagte er. »Mein Dad und ich sind früher jedes Wochenende zum Angeln rausgefahren. Colton fand Campen übrigens auch immer total uncool. Mein Vorteil, dann hatte ich Dad an diesen Tagen endlich mal für mich allein. Inzwischen ist zu viel auf der Ranch los, als dass er sich mal einfach so ein ganzes Wochenende freinehmen könnte.«

Sehnsüchtig betrachtete Theo weiter das Foto.

»Ich verstehe das sehr gut«, sagte ich vorsichtig. »Ich habe drei Geschwister, und manchmal kommt man einfach … zu kurz.«

Er wandte mir den Kopf zu und sah mich nachdenklich an.

»Weißt du ... darüber konnte ich bisher noch nie mit jemandem sprechen.«

Hilflos bewegte ich mich auf die Küche zu. »Ach, na ja ... viele wissen einfach nicht, wie es ist, Geschwister zu haben«, murmelte ich. »Willst du vielleicht irgendwas zu trinken haben?« Ich riss die Tür vom Kühlschrank auf und war heilfroh, dass ich für ein paar Sekunden die Augen schließen und tief durchatmen konnte. Kurz tat ich so, als würde ich mir einen Überblick über unsere Getränke verschaffen, ehe ich mich wieder zu Theo umdrehte. Er war mir gefolgt und stand jetzt auf der anderen Seite der Kücheninsel, die das Zentrum des Raums bildete. Als ich bemerkte, dass er mich die ganze Zeit nicht aus den Augen gelassen hatte, verkrampften sich meine Finger kaum merklich am Kühlschrankgriff. Himmel! Wieso machte er mich auch so nervös! In der Schule waren stets genug Leute um uns herum, und ich war so gut wie nie allein mit ihm, aber jetzt ... jetzt waren wir nur zu zweit in diesem großen, leeren Haus. Ich schluckte schwer.

Als habe er meine Gedanken gelesen, fragte er unverwandt: »Bist du gerade ganz allein?« Bei jedem anderen hätten diese Worte vielleicht irgendetwas impliziert. Wetten, wenn Cassidy und Colton allein zu Hause waren, knutschten sie stundenlang rum oder taten Gott weiß was. Theo und ich? Nope. Würde niemals passieren. Bei der Vorstellung, er würde mich an sich ziehen und mitten in unserer Küche küssen, als sei es das Normalste der Welt, spürte ich, wie meine Wangen heiß wurden. Am liebsten wäre ich in den Kühlschrank gestiegen und nicht mehr herausgekommen. Diese blöde Tagträumerei war doch echt schrecklich. Mein Hirn sollte diese grässlich kitschige Soap dringend absetzen! Theo war schließlich mehr als der Junge, den ich küssen wollte. Er war mein Freund. Und bei Freundschaften gab es auch Regeln. Ich starrte auf die

Reese's Peanut Butter Cups, die ich neben der Spüle abgelegt hatte. Bleib einfach cool, Lorn, super cool.

»Meine Mom ist noch mit meinen Schwestern unterwegs und mein Bruder in der Schule. Wo du eigentlich auch sein müsstest, wenn ich mich nicht irre«, antwortete ich, als ich mich wieder einigermaßen gefangen hatte.

»Ich habe eine Entschuldigung und wurde für die letzten Stunden freigestellt, weil ich gleich noch zum Arzt muss«, erklärte er.

Ich holte Wasser und Saft aus dem Kühlschrank, nahm zwei Gläser aus dem Schrank und schenkte uns beiden eine Saftschorle ein.

»Hier, bitte. Ich hoffe, du magst so was.«

»Klar, danke«, sagte er.

»Ist denn … ehm … alles okay bei dir?«

»Du meinst wegen des Arzttermins? Das ist nur eine Nachuntersuchung. Eines unserer neuen Pferde ist letzte Woche durchgegangen und hat mich abgeworfen. Ich bin ziemlich unsanft gegen einen Zaunpfosten geknallt und habe eine Prellung am Rücken davongetragen. Halb so wild, aber meine Mom ist da überfürsorglich. Ich musste ihr versprechen, noch mal zum Arzt zu gehen«, sagte Theo. »Schaden kann es nicht, also … «

»Hast du danach keine Angst, wieder aufs Pferd zu steigen?«

»Nein, gar nicht. Ich bin zwar ein erfahrener Reiter, aber solche Dinge können eben passieren, und meistens sind sie nicht die Schuld des Pferdes«, sagte Theo. »Der Wallach, den wir aufgenommen haben, ist relativ jung, und seine Vorbesitzer haben ihn nicht sehr gut behandelt. Es wird noch eine Weile dauern, bis er mir vertraut.«

»Dann nehmt ihr auf eurer Ranch öfter solche Pferde auf?«

»Hin und wieder.« Theo sah nachdenklich aus. »Es ist schrecklich, wie einige Leute mit ihren Tieren umgehen. Ich bin froh, dass wir bei uns die Kapazitäten haben, in solchen Fällen zu helfen.«

»Du magst das Leben auf der Ranch wirklich sehr, oder?«

Theo lächelte. »Ich bin von klein auf mit Pferden zusammen gewesen, und ich kann mir nichts Schöneres vorstellen, als dort zu arbeiten. Im Gegensatz zu Coltons Plan, auf eine anerkannte Kunstschule zu gehen und irgendwas aus seinem Talent zu machen, klingt dieser Wunsch wahrscheinlich etwas … unspektakulär.«

»Ich finde, er klingt wundervoll.«

Theo wirkte plötzlich etwas verlegen. Er senkte den Kopf und murmelte leise: »Und wie geht es inzwischen deinem Kopf?«

Instinktiv fuhr ich mit den Fingern zu der Beule. »Ganz okay.«

Gott, wenn das hier jemand filmen würde. Ich stand völlig verkrampft da und wusste nicht recht, wie ich mich verhalten sollte. Theo hingegen schien so locker und ungezwungen, dass ich fast neidisch wurde. Vielleicht sollte ich mal das Gegenteil probieren: einfach weniger über mein Verhalten nachdenken?

Verliebtsein sollte echt mit Gebrauchsanleitung kommen.

Unglücklich verliebt, flüsterte ein fieses Stimmchen.

»Darf ich dich etwas fragen?«

Ich trank einen Schluck Saftschorle, ehe ich nickte.

»Ich habe mitbekommen, dass es Addison Bell war, mit der du eine Auseinandersetzung hattest. Was genau ist eigentlich passiert?«

»Die Schul-News sprechen sich echt schnell rum.«

»Es gab ziemlich viele Zuschauer.«

Seufzend beugte ich mich vor und stützte mich mit den Unterarmen auf dem Küchentresen ab. »Addison glaubt, dass ich sie wegen einer Sache beim Direktor verpfiffen habe. Gestern Abend war ich mit den Mädels vom Basketballteam aus, und da habe ich sie draußen im Hinterhof vom *Wild Card* gesehen. Sie und Andrew Carlyle. Cassidy meinte, die beiden würden irgendwelche krummen Geschäfte machen«, sagte ich. Nachdenklich biss ich mir auf die Unterlippe. »Addison glaubt, ich weiß irgendwas.«

»Ich kenne Addison zwar nicht, aber Andrew … «, Theo zögerte. »Er ist kein guter Kerl. Von jemandem wie ihm sollte man Abstand halten. Er hat Cassidy mal ziemlich übel mitgespielt.«

»Ich weiß das«, sagte ich. »Aber Addison … «

»Was meintest du denn mit krummen Geschäften?«, hakte er nach.

Ich gab Theo eine Zusammenfassung von Cassidys Verdacht bezüglich der gestohlenen Antworten für Tests und Klausuren.

»Davon habe ich gar nichts mitbekommen.«

»Ich vorher auch nicht.« Gut, dass ich nicht die Einzige war, die sich nicht um die Gerüchteküche der Newfort High scherte. »Willst du denn gar nicht fragen, ob ich sie verpetzt habe?«

Theo lehnte sich ein Stück über den Tresen. »Wieso sollte ich? Wenn es etwas gibt, das ich über dich weiß, Lorn, dann dass du sehr loyal bist. Jemanden anzuschwärzen ist nicht dein Stil – nicht mal, wenn es um so einen Idioten wie Andrew geht.«

Mit einem Mal entspannte ich mich. So etwas von Theo zu hören bedeutete mir sehr viel. Vielleicht wusste er nichts von meinen Gefühlen ihm gegenüber, aber zumindest kannte er diese Eigenschaft von mir, und das freute mich ungemein. »Danke, Theo«, sagte ich. Und dann, weil ich das Gefühl hatte, ihm diese Information anvertrauen zu können, fügte ich hinzu: »Addison und ich waren mal gute Freundinnen. Gemeinsam mit Cassidy und Nora – einem Mädchen, das aus Newfort weggezogen ist – waren wir unzertrennlich. Wir haben als Kinder sogar so ein Indianer-Freundschaftsritual am alten Wunschbrunnen im Newfort Forest abgehalten und einen Pakt geschworen, für immer Freundinnen zu bleiben und … «, ich unterbrach mich kurz. Den Teil mit den Herzenswünschen, die wir dort in Form eines Zettels verbrannt hatten, ließ ich besser aus. Das war eine Sache zwischen uns vieren, über die wir seit dem Sommer, in dem wir uns getrennt hatten, nicht mehr gesprochen hatten. Nur Cassidy wusste von meinem Wunsch, mal professionell Basketball spielen zu wollen, aber im Grunde war es kein Geheimnis, wenn man mich kannte. »… es ist kompliziert.«

»Sie hat dir ganz schön Ärger eingebrockt.«

»Ehrlich gesagt möchte ich nicht weiter darüber sprechen«, flüsterte ich niedergeschlagen. »Basketball ist … war … alles, was ich habe. Ich fühle mich schon schlecht, wenn ich nur dran denke.«

Theo berührte sanft meinen Arm. »Das tut mir ehrlich leid.«

Mein Blick fiel auf seine Finger, und ein Kloß bildete sich in meiner Kehle. Ich wusste, dass es kein Mitleid, sondern Mitgefühl war, mit dem er mir Trost spenden wollte, aber das machte die Sache nur noch schlimmer. Langsam richtete ich mich wieder auf, griff nach meinem Glas und trank es leer, um nichts sagen zu müssen. Das leise Ticken der Uhr mischte sich mit dem Pochen meines Pulsschlags in den Ohren. Wir schwiegen einen Moment lang.

Dann erstrahlte wieder Theos unwiderstehliches Lächeln. »Du könntest doch öfter auf der Ranch vorbeischauen«, schlug er vor. »Vielleicht magst du ein paar Reitstunden nehmen? Unser Ausritt damals war echt schön. Ich könnte dir ein paar der Trails zeigen, die du noch nicht kennst, oder wir reiten wieder am Strand entlang. Es gibt keine bessere Ablenkung als ein Ritt durch die Natur.«

Fast hätte ich laut losgelacht. Ein romantischer Ausritt am Meer, mit Theo an meiner Seite – wie sehr ich mir das vor wenigen Wochen noch gewünscht hatte. Es war geradezu lächerlich, wie verräterisch wild mein Herz bei dieser Vorstellung tanzte.

»Das ist nett von dir. Danke«, sagte ich zurückhaltend.

»Nett«, murmelte er. »So bin ich eben.«

Seine Miene schien mit einem Mal nachdenklich, wenn nicht sogar niedergeschlagen. Vielleicht hatte ihn die Person, die er mochte, mit genau diesen Worten abgespeist: Du bist *nett*, aber eben nicht toll genug, dass ich mich in dich verliebe? Ich wusste aus eigener

Erfahrung, was es bedeutete, die zweite Wahl zu sein. Durchschnittlich. Nett.

»Okay, nett ist ein einfallsloses Wort«, sagte ich rasch. »Wie wäre es mit Fanta-tastisch? Das sagen meine kleinen Schwestern April und Jane immer. Sie lieben Fanta. Der Zucker darin macht sie allerdings zu kleinen Monstern. Sie drehen dann total durch. Einmal haben sie meinen Lieblingsbasketball mit Fingerfarbe verschönert und ein anderes Mal im Garten überall Kekse versteckt, weil sie meinten, die würden sich die Feen holen.«

»Muss schön sein, jüngere Schwestern zu haben«, sagte Theo belustigt.

»Sagt der Junge, der nie eine Schwester hatte«, zog ich ihn auf. »Du kannst dir nicht vorstellen, wie anstrengend Mädchen sind. Ständig quengeln sie rum, und sie sind superstur und total frech noch dazu! Und wenn sie sich streiten ist es, als würde ein Vulkan ausbrechen – da bringt man sich besser in Sicherheit.«

Theo warf mir einen neugierigen Blick zu. »Ich hätte ganz gerne eine Schwester. Die wäre bestimmt viel zugänglicher als Colton. Der zieht lieber sein eigenes Ding durch.« Seine Mundwinkel zuckten leicht, und er begann zu schmunzeln. »Ich wäre dann der coole, ältere Bruder!« Dann wurde seine Miene nachdenklich. »Außerdem … bist du auch ein Mädchen und ganz anders.«

Schlagartig wurde die fröhliche Stimmung von einem seltsamen Schleier überlagert. Zwischen unseren Blicken baute sich eine solche Spannung auf, dass mein Mund ganz trocken wurde. Was passierte hier gerade? Gaukelte mein Verstand mir etwas vor, oder war da ein winziges Funkeln in seinen Augen, das ich noch nie zuvor gesehen hatte? Hatte Theo vielleicht doch bemerkt, dass ich eben nicht nur Friendzone-Lorn war, sondern auch … mehr?

»Kompliment, Sherlock«, zog ich ihn auf und verschränkte die Arme vor der Brust. Humor war noch die beste Verteidigung.

Theo öffnete leicht den Mund. Es dauerte ein paar endlos lange Sekunden, bis er etwas über die Lippen bekam. »Lorn«, sagte er leicht panisch. »Da bewegt sich etwas in meiner Hose.«

»Wie bitte?« Mir klappte die Kinnlade herunter. Was ging hier ab?

»Nein! Gott, nein! *SO* meine ich das nicht, aber … «

Augenblicklich begann er von einem Fuß auf den anderen zu hüpfen. Ich kam um den Küchentresen herum und sah im gleichen Augenblick, wie ein pelziger Fellball aus dem Saum seines linken Hosenbeins kullerte. Dieser listige Hamster! Schnell bückte ich mich, und meine Hände schlossen sich um das kleine Kerlchen, ehe Theo ihn in seinem absurden Herumgehampel noch platt trampelte.

»Kriechen euren Gästen immer Hamster in die Hosen?«

»Für gewöhnlich bleibt diese Ehre Familienmitgliedern vorbehalten«, sagte ich amüsiert. »Das ist Sir Ham Ham. Er gehört April und Jane und sollte eigentlich in seinem Käfig sein.«

»Sir Ham Ham?«, fragte Theo stirnrunzelnd.

Ich richtete mich wieder auf und öffnete leicht die Hände, damit Theo einen besseren Blick auf den Hamster erhaschen konnte. »Lange Story. April und Jane haben ihn so genannt, weil sie dachten, er habe ja zwei Besitzer und bräuchte deshalb zwei Namen. Und damals meinte die Frau im Zoogeschäft, er wäre von edler Abstammung, daher kommt der Titel Sir.« Ich strich dem Tier mit einem Finger über den Rücken. »In Wahrheit ist er ein Rebell. Er büxt ständig aus seinem Käfig aus.«

»Er sieht ziemlich unschuldig aus«, murmelte Theo.

»Sein niedliches Aussehen trügt«, meinte ich. »Ich werde ihn mal eben zurück in den Käfig bringen. Willst du warten oder …«

»Einen Blick in dein Zimmer werfen?«, scherzte er und zog seine Augenbrauen erstaunt nach oben. »Wie unanständig, Lorn.«

»Ich glaube nicht, dass mein Zimmer romantische Vibes verströmt«, entgegnete ich zynisch. »Da muss ich dich leider enttäuschen.«

»Das heißt, es ist nicht vollkommen rosa?«

»Von mir aus kannst du mitkommen«, sagte ich leichthin. »Ich gebe dir eine Führung durch das prächtige Anwesen der Rivers.«

Theo wirkte amüsiert. »Alles klar, leg los.«

»Aktuell befindet sich der werte Herr in unserer Küche. Hier finden die Fütterungen der Raubtiere statt – auch bekannt als meine Geschwister«, sagte ich und führte Theo in den Flur. »Der edle Teppich auf unserer Treppe stammt aus dem königlichsten Walmart des Landes.« Ich stieg die Stufen hinauf, er folgte mir. »Im ersten Stock befinden sich die Gemächer meiner verehrten Eltern sowie die Residenz von Sir Ham Ham, die er gemeinsam mit meinen Schwestern bewohnt.« Mit der Hand wies ich nach links. »Mein Zimmer ist da vorne, gleich über der Garage.« Innerhalb von wenigen Sekunden hatte ich den Hamster wieder in seinen Käfig gesetzt und war zurück. Theo wartete auf mich. »Mein Bruder Bryce hat ein Zimmer im Erdgeschoss. Hier oben ist sonst noch das Bad. Alles ziemlich normal. Mit Ausnahme der peinlichen Fotos.«

»Meine Eltern haben auch jeden Zentimeter unserer Wände mit Fotos vollgekleistert«, sagte Theo. »Wahrscheinlich ist das so ein Eltern-Ding. Wer weiß? Vielleicht gibt es heimlich Wettbewerbe, wer seine Kinder am schlimmsten blamieren kann?«

Ich konnte mir nicht vorstellen, dass es Fotos gab – egal, wie alt sie auch waren –, auf denen Theo anders als absolut süß aussah, aber das behielt ich, wie so vieles, für mich. Automatisch stellte ich ihn mir als kleinen pausbäckigen Jungen vor, mit goldenen Löckchen. Jede Wette, dass er sich mit diesem Grübchen-Lächeln aus sämtlichen Schwierigkeiten befreit hatte? Bei seinem süßen Anblick war bestimmt niemand böse.

»Dein Zimmer ist so … ordentlich«, bemerkte er, als wir im Türrahmen stehen blieben. Sein Blick schweifte über meine Möbel und Sachen und blieb an dem Regal mit den Sport-Trophäen hängen.

»Ich habe vorhin aus Langeweile aufgeräumt«, sagte ich.

»Ich teile mir das Dachgeschoss mit Colton und bin total chaotisch. Das treibt ihn in den Wahnsinn, er ist nämlich ein Ordnungs-Freak«, sagte Theo. »Ständig räumt er meinen Kram weg, und ich finde kaum was von meinen ganzen Sachen wieder.«

»Ein bisschen Chaos schadet niemandem.«

»Das sage ich auch immer«, murmelte er. »Hast du die echt alle gewonnen?« Er trat näher an das Regal mit den Sport-Trophäen heran und nahm einen silbernen Pokal in die Hand. »Zweiter Platz beim Fußballturnier der Newfort Middle School«, las er vor.

»Ich mach mir ehrlich gesagt nicht besonders viel aus ihnen«, sagte ich und rieb mir etwas unbehaglich den Nacken. »Meine Mom wollte nicht, dass ich sie in einen Karton packe und auf den Dachboden stelle. Sie meint, sonst könnte sie nicht mehr damit angeben, wenn ihre Freundinnen zu Besuch kommen. In meiner Familie ist niemand sonst besonders gut in Sport, also … «

Theo hielt nun eine Medaille hoch. »Gewinnerin des zweiten Donut-Wettessens Newforts? Beeindruckend«, sagte er und grinste dabei.

»Bist du etwa neidisch auf meine vielen Talente?«

»Wieso sollte ich? Ich habe selber verborgene Talente!« Er legte die Medaille weg und kam mit ausgestreckten Fingern näher. »Ich kann zum Beispiel Leute so lange kitzeln, bis sie mir alle ihre finsteren Geheimnisse anvertrauen. Willst du eine Kostprobe? Aber ich warne dich, du bist danach jemand anderes.«

»Das ist total albern«, sagte ich. »Wag es ja nicht!«

Ohne auf meinen Protest zu achten, kam er blitzschnell näher und begann, mich an der Taille zu kitzeln. Für einen Moment versuchte ich noch, mich zu beherrschen, aber es gelang mir nicht. Ein Quieken entwich meiner Kehle. Ich versuchte, Theos Hände im Spaß wegzuschieben, aber er war gnadenlos und machte so lange weiter, bis ich zu kichern anfing und atemlos nach Luft schnappen musste. Bei dem Versuch, mich seiner Kitzel-Attacke zu entziehen, strauchelte ich ungeschickt, griff Halt suchend nach seinem Hemd, und mit einem Mal plumpsten wir beide auf mein Bett. Es war wie eine dieser kitschigen Szenen aus einer romantischen Komödie. Nur dass das Ganze in der Realität nicht mal annähernd so gut funktionierte. Theo drückte mich mit seinem Gewicht nämlich in die Matratze, und mir blieb kurz die Luft weg. Mein Ellbogen erwischte ihn zwischen den Rippen, und er stöhnte auf. Für ein paar schier endlose Sekunden hatte ich das Gefühl, in Flammen zu stehen. Theo war überall. Sein Atem, der meine Halsbeuge streifte. Seine weichen Haare, die mich am Kinn kitzelten. Sein muskulöser Körper, der sich gegen meinen presste. Seine rauen Fingerkuppen an meinem Handgelenk. Mein Herz schaltete auf ein solches Gefühls-Chaos-Tempo, dass mir schwindlig geworden wäre, hätte ich nicht längst den Boden unter den Füßen verloren.

Theo rollte sich von mir herunter und setzte sich auf.

Für weitere Sekunden konnte ich mich gar nicht rühren.

»Sorry, ich …«, setzte er an, schien aber nicht zu wissen, was er eigentlich sagen wollte. Ich richtete mich auf und sah ihn an. Unsere Blicke verfingen sich ineinander wie zwei Angelhaken.

»Lorn!«, rief meine Mom auf einmal durchs Haus.

Bei dem Klang ihrer Stimme zuckte ich zusammen. Zeit, mich mit Theo abzusprechen, blieb keine, denn mehrere Paar Schuhe trampelten die Treppe hinauf, und keine Minute später stürmten April und Jane durch die offene Tür in mein Zimmer. Die Zwillinge sahen Theo, und ihre Münder formten sich synchron zu einem O.

»Auf frischer Tat ertappt!«, sagte Jane.

»Habt ihr heimlich geknutscht?«, fragte April. Genauer gesagt klang ihre Frage wie »habsht iiihr heimlishh knuhuutscht«, und sie schlug sich sofort eine Hand vor den Mund. Wenn der Zahnarzt ihr vorhin den abgebrochenen Teil des Zahns ersetzt hatte, war daran bestimmt die Betäubung schuld. Ich unterdrückte ein Lachen.

»Du klingst wie ein Alien«, meinte Jane.

»Gar nisht!«, spuckte April beleidigt aus.

»Jetzt sagt schon! Ist das dein Freuuuuuund?«, fragte Jane. Sie zog das letzte Wort extrem in die Länge und starrte Theo dabei erwartungsvoll an. »Deine Haare sehen voll aus wie Gold!«

Ehe Jane die Hand nach Theos Haaren ausstrecken konnte, stellte ich mich zwischen ihn und die Zwillinge. »Das ist Theo«, stellte ich ihn vor. »Er ist *ein* Freund, aber nicht *mein* Freund, klar?«

Theo hob etwas aus dem Konzept gebracht die Hand. »Hi.«

»Wo ist der Unterschied?«, fragte Jane verwirrt.

Ich überging ihre Frage einfach. »April, wie geht's dir?«

»Ich habsh einen Zaaahn verlorähn!«, sagte sie stolz an Theo gewandt. »Willst du mal sehen? Guck da! Mein neuer Zahn!« Meine Schwester riss den Mund auf und deutete mit dem Finger hinein.

»Sehr beeindruckend«, meinte Theo freundlich.

»Guck mal! Ich habe auch Zähne!«, rief Jane laut.

»Das reicht jetzt«, murrte ich. »Raus hier!«

»Lorn!«, kam die Stimme meiner Mom wieder von unten. »Kannst du bitte tragen helfen? Wir waren noch einkaufen. Sofort!«

»Sorry«, murmelte ich in Theos Richtung.

»Familie eben«, sagte er verständnisvoll.

Zusammen gingen wir ins Erdgeschoss, wo die Haustür sperrangelweit offen stand. Mom hatte vor der Garage geparkt und lud bereits ein paar Tüten aus dem Kofferraum aus. In dem Moment, als sie den Kopf hob und mich gemeinsam mit Theo aus dem Haus kommen sah, wurde mir schlagartig klar: Oh Scheiße! Ich musste

Theo meiner Mom vorstellen. Sie hatte ihn ja schon gesehen. Und sie würde bestimmt dreitausend peinliche Sachen zu ihm sagen. Ehe ich in Panik verfallen konnte, war Theo schon auf sie zugegangen, nahm ihr eine besonders schwer wirkende Tüte ab und hielt ihr höflich seine freie Hand entgegen. Er lächelte.

»Guten Tag, Mrs. Rivers. Mein Name ist Theodor Griffin. Ich bin ein Freund Ihrer Tochter und habe ihr ein paar Hausaufgaben vorbeigebracht. Es freut mich, Sie persönlich kennenzulernen.«

Mom wirkte überrascht, fing sich jedoch schnell wieder.

»Hallo, Theodor«, erwiderte sie. »Freut mich ebenfalls.«

Theo griff sich noch eine weitere Tüte und verschwand damit im Haus. Mom bedachte mich mit einem seltsamen Schmunzeln. Hastig ging ich zum Auto, griff nach einem Wasserkasten und hob ihn heraus, damit ich nicht als Einzige doof im Vorgarten herumstand.

»Sag jetzt bloß nichts«, murmelte ich.

Ich lief zurück ins Haus und stellte die Getränke in der Küche ab. Theo rauschte an mir vorbei und half Mom, den Rest hereinzuschaffen. Mom bedankte sich überschwänglich bei Theo, und ehe sie noch anfing, ihn auszufragen, verkündete ich laut, dass er jetzt leider gehen musste, und erinnerte ihn an seinen Arzttermin. Theo war sowieso schon viel zu lange hier.

Ich brachte ihn noch zu seinem Pick-up-Truck.

»Wir sehen uns dann in der Schule.«

Statt einzusteigen hielt er inne und sah mich an. »Ich habe dir doch einen Kaffee versprochen. Und wir müssen noch über den Maiglöckchenball reden. Das habe ich schließlich einfach so über deinen Kopf hinweg entschieden«, setzte er an. »Also, wie …«

»Keine große Sache«, unterbrach ich ihn.

»Hast du morgen Nachmittag Zeit?«

»Da bin ich mit Cassidy verabredet«, log ich.

»Und was ist mit …«

»Lass uns morgen drüber reden, ja?«, fuhr ich wieder dazwischen. Bis dahin fielen mir bestimmt noch ein paar Dutzend Ausreden ein, mit denen ich dieses Nicht-Date vermeiden konnte.

»Okay«, sagte Theo irritiert. »Bis morgen.«

»Bye«, murmelte ich kurz angebunden. Zurück im Flur schloss ich die Haustür hinter mir und atmete erleichtert auf.

»Lorn hat einen Freuuuuuund!«, sang Jane.

»Einen Fräuuund!«, ergänzte April.

Die Zwillinge saßen auf der Treppe und grinsten mich frech an. Ich verdrehte die Augen. Zu allem Überfluss gesellte sich Mom zu uns und sah mich vielsagend an. »Einen Freund, hm?«, fragte sie.

Seufzend dachte ich: Was für ein Tag!

KAPITEL 6

»GITTERSTÄBE HABE ICH NOCH keine vor deinem Fenster gesehen«, begrüßte mich Cassidy am nächsten Morgen. Ich war gerade dabei, das Haus zu verlassen, als ich meine beste Freundin an der Straße stehen sah. Sie lehnte sich gegen die Motorhaube eines roten Wagens und breitete die Arme aus. »Außerdem natürlich Hallo – und Überraschung! Deine Limousine wartet! Na, was sagst du?«

»Hey«, erwiderte ich. »Also, zu deiner Information: Gitterstäbe gibt es echt keine, und die Regenrinne lebt auch noch. Und diese Überraschung ist dir echt gelungen! Was machst du denn hier?«

»Du hast gestern nicht mehr angerufen, und da habe ich eins und eins zusammengezählt. Ich kenne deine Eltern, Lorn«, erwiderte Cassidy. »Deine Mom hat dir bestimmt das Handy weggenommen, dann hat dein Dad dir eine seiner Moralpredigten gehalten, und weil er strenger als deine Mom ist, hat er dir zusätzlich als Strafe noch Autoverbot aufgebrummt. Ich schätze mal für mindestens eine Woche. Vermutlich gab es auch noch Hausarrest obendrauf. Oder?«

Ich strahlte sie an. »Meine Retterin!« Dann zog ich einen Schmollmund. »Und beim Rest hast du leider auch recht.«

»Ich bin allerdings nicht allein hier.«

Langsam hob ich den Kopf und sah an ihr vorbei.

»Macht ruhig weiter«, ertönte Coltons Stimme. »Wenn ihr fertig seid mit Schmusen, könnt ihr euch auch gerne küssen. Sagt nur vorher Bescheid, dann halte ich es für die Nachwelt fest.«

Er saß am Steuer des Wagens und grinste mich frech an.

»Haha, sehr witzig«, sagte ich mürrisch.

»Colton ist ein Idiot, das weißt du doch«, sagte Cassidy. »Zur Entschuldigung lädt er uns beide jetzt auf einen Kaffee ein.«

»Hey!«, rief Colton empört.

»Steig ein«, sagte Cassidy. Sie zog die Beifahrertür auf und setzte sich neben ihren Freund. »Colton ist heute Chauffeur.«

»Das sehe ich«, murmelte ich leise. Ich setzte mich auf die Rückbank und schnallte mich an. »Hi, Colton«, fügte ich hinzu.

»Hi, Lorn«, sagte er freundlich.

Unsere Blicke trafen sich im Rückspiegel.

Colton Daniels und ich waren zwar keine Feinde, aber so wirklich Freunde waren wir auch nicht. Früher hatte ich seine bloße Existenz immer gekonnt ignoriert. Wir beide verkehrten in völlig verschiedenen Welten. Er war einer dieser Kerle, die genau wussten, wie gut sie aussahen und wie sie diese Tatsache zu ihrem Vorteil einsetzen konnten. Und ich war eines dieser Mädchen, die gerne unter dem Radar flogen und Sport mehr abgewinnen konnten als Dates. Colton hatte mit den dunklen, wilden Haaren und den braunen Augen so eine Art James-Dean-Look, der ihn aufgrund seiner sorgfältig ausgewählten Klamotten noch cooler wirken ließ. Es fehlte nur noch eine Gitarre, um das Image eines Rockstars abzurunden. Ich gab es nur ungern zu, aber seine Gegenwart schüchterte mich manchmal richtig ein. Colton war mit seiner kühlen Ausstrahlung nicht gerade ein Sonnenschein. Bevor er mit Cassidy zusammengekommen war, hatte er durch einen dummen Zufall meinen Liebesbrief an Theo in die Finger bekommen und ihn ewig lange nicht herausgerückt, weil er sich clever dabei vorgekommen war, ein Druckmittel gegen Cassidy und mich in der Hand zu haben. Ich hatte diese Zeilen nur geschrieben, um mir über ein paar Dinge klar zu werden, und nie wirklich die Absicht gehabt, sie

Theo zu zeigen. Die Sache mit dem Brief nahm ich Colton noch immer ziemlich übel. Er hatte ihn nämlich gelesen und stand daher gleich hinter Cassidy, Kim und Summer auf der Liste der Leute, die wussten, dass ich in Theo verliebt war. Am Ende hatte Colton mir den Brief zwar zurückgegeben und eingesehen, dass sein Verhalten falsch gewesen war, aber trotzdem … es fiel mir schwer, ihn einzuschätzen. Er war so komplett anders als sein Cousin Theo. Bei dem bloßen Gedanken an Theo fühlte es sich schon an, als würde jemand einen Knoten in meinen Magen machen.

Jetzt konnte ich gar nicht mit Cassidy sprechen …

»Keine Sorge«, sagte Cassidy. Sie hatte den Arm nach hinten gedreht und mich angestupst. »Colton lässt uns bei *The Coffee Bean* in der Nähe der Schule raus, dann können wir den Rest zu Fuß gehen und uns heimlich über seine Frisur lustig machen.«

»Du stehst auf meine Frisur«, sagte Colton. »Wenn Lorn sich über etwas lustig machen sollte, dann über dein Shirt, verstanden?«

»Was stimmt nicht mit meinem Shirt?«, fragte Cassidy.

»Da ist das Logo von Pink Floyd drauf«, erwiderte Colton.

»Pink Floyd ist eine legendäre Rockband!«

Seufzend ließ ich mich in die Polster sacken. So war das immer mit den beiden. Entweder konnten sie die Finger nicht voneinander lassen, oder sie kabbelten sich wegen irgendeiner banalen Sache.

»Pink Floyd ist absolute Langweiler-Musik«, sagte Colton.

Cassidy zog scharf die Luft ein. »Wie bitte? Das sagt ausgerechnet der Typ, der eine CD von Coldplay im Auto hat.«

Fünf Minuten später hielt Colton vor *The Coffee Bean*, und ich musste mir das Gezanke der beiden nicht mehr anhören. Ich bedankte mich fürs Mitnehmen und stieg hastig aus. Cassidy lehnte sich zu Colton hinüber und gab ihm einen flüchtigen Kuss, der zu einem zweiten Kuss wurde, als Colton seine Hand an ihr Gesicht legte und sie wieder an sich zog. Hastig wandte ich mich ab.

»Ihr seid echt furchtbar«, bemerkte ich.

Cassidy winkte dem Wagen hinterher, als Colton weiterfuhr.

»Furchtbar verliebt«, erwiderte sie und seufzte überaus theatralisch. »Colton kann einfach viel zu gut küssen! Gestern Nachmittag wollten wir eigentlich zusammen was für Chemie machen, und dann saßen wir stundenlang auf dem Sofa und … na ja, irgendwann kam sein Onkel rein und hat uns erwischt.«

»Vielleicht war er sauer, weil ihr aus dem normalen Sofa ein Knutschsofa gemacht habt«, sagte ich belustigt. »Deine Mom fände so was bestimmt auch nicht so toll. Obwohl … vermutlich hat sie euer Sofa selber eingeweiht. So gefühlt fünftausendmal.«

Cassidys Mom war eine ehemalige Serial-Daterin. Früher hatte sie einen Kerl nach dem anderen angeschleppt, was Cassidy viel zu oft in die unangenehme Lage gebracht hatte, diese Kerle wieder loszuwerden. Inzwischen war ihre Mom etwas vernünftiger und konzentrierte sich mehr auf Cassidy und deren sechzehnjährigen Bruder Cameron.

»Ew«, machte Cassidy. »Daran will ich gar nicht denken.«

»Hast du ihr Colton inzwischen vorgestellt?«

Gemeinsam gingen wir ins Innere des Ladens und stellten uns hinter einer Gruppe Mädchen an. Es war ungewöhnlich viel los. Sämtliche Tische und Stühle waren besetzt, und die Baristas hatten alle Hände voll zu tun. Der Geruch von frisch gemahlenen Kaffeebohnen und Muffins hing in der Luft. Die Schlange schien wie festgefroren zu sein, also richtete ich meine Aufmerksamkeit auf Cassidy, die nach meiner Frage nachdenklich geschwiegen hatte. Unruhig zupfte sie an den Fransen eines Lochs in ihrer Jeansjacke herum. Wir hatten sie gemeinsam in einem Second-Hand-Store entdeckt. Cassidy hatte einen ganzen Abend lang Nieten und Perlen auf den Stoff genäht, während wir einen Film nach dem anderen geschaut hatten. Am nächsten Tag waren wir verbotenerweise über den Zaun am Schrottplatz geklettert, um eine Abkürzung zur Innenstadt zu nehmen, und dabei war sie mit ihrer Jacke hängen geblieben. Keine Ahnung, warum ich in diesem Moment daran dachte. Cassidy und ich waren seit der Middle School beste Freundinnen, und ich hatte kaum Erinnerungen, in denen sie nicht vorkam. Vielleicht war die mehrmalige Begegnung mit Addison schuld, aber ich fragte mich, wie mein Leben wohl ausgesehen hätte, wenn die Dinge in diesem Sommer vor der Highschool anders gelaufen wären. In letzter Zeit spielte ich oft diese Was-wäre-wenn-Szenarien durch, weil ich Angst hatte, Cassidy zu verlieren, da sie jetzt doch Colton hatte. Als Kind war ich laut und frech und rebellisch gewesen, um allen zu zeigen, dass es mir egal war, was man von mir dachte. Wie ein Schutzmechanismus. Später hatte mir Cassidy geholfen, Brücken zu anderen zu schlagen. Ein Teil von mir fürchtete wohl, dass diese einstürzen würden, wenn sie nicht mehr an meiner Seite war. Das war natürlich Blödsinn. Trotzdem würde ich mich ohne sie irgendwie verloren fühlen. Das machte mir die größte Angst.

»Wollte deine Mom euch nicht zum Essen einladen?«, griff ich den Faden wieder auf, weil Cassidy noch nicht geantwortet hatte.

»Das Dinner des Schreckens findet nicht mehr statt«, sagte sie erleichtert. »Mom muss gerade zu viel arbeiten. Ist auch besser, sie wollte nämlich kochen.«

»Oh, noch mal Glück gehabt«, sagte ich ernst.

Genauso wie Cassidy meine Eltern durch unsere langjährige Freundschaft kannte, kannte ich ihre Mom. Und Camille Caster war alles andere als eine gute Köchin – eine kulinarische Katastrophe war daher vorprogrammiert. Natürlich war das nicht der einzige Grund, weshalb Cassidy sich Sorgen machte. Mrs. Caster war nicht wie normale Eltern, sondern nannte sich selbst eine hippe, coole Mom. Sie brachte Cassidy oft in peinliche Situationen.

»Vielleicht hatte sie vor, Colton zu vergiften«, witzelte ich. »Ich meine, bis vor Kurzem wolltest du ihn am liebsten auch killen. Das könnte so eine Gen-Sache sein. Ein Anti-Colton-Gen oder so.«

Cassidy grinste. »Das macht gar keinen Sinn, Lorn.«

»Aber es hat dich zum Lachen gebracht«, erwiderte ich.

»Genug von mir«, sagte sie. »Ich platze vor Neugier. Erzählst du mir endlich, was gestern zwischen dir und Theo passiert ist?«

Ich öffnete gerade den Mund, um ihr weitere Details zu erzählen, und wollte dabei unbedingt Theos Besuch bei mir zu Hause erwähnen, als sich die Traube Mädchen vor uns langsam auflöste, weil die Bestellungen nacheinander entgegengenommen und bezahlt wurden. Kim und ihre beste Freundin Summer gehörten mit zu den Kunden, die bereits bedient worden waren und nun den Laden mit ihrem Kaffee verließen. Wir wünschten beiden einen guten Morgen, aber sie rauschten wortlos und eilig an uns vorbei.

»Was war das denn?«, fragte Cassidy verwundert.

»Kim ist supersauer auf mich«, sagte ich kleinlaut. »Ehe meine Mom mir gestern Nachmittag mein Handy abgenommen hat, habe ich zigtausend Nachrichten von ihr und den anderen bekommen.«

»Oh«, machte Cassidy leise.

»Ich habe mich dauernd entschuldigt, aber dann war mein Handy ja dank meiner Eltern weg, und ich weiß nicht, was Kim noch getextet hat.«

»Von Highschool-Seniors gehasst zu werden ist bestimmt wie ein Gang durchs Fegefeuer«, sagte Cassidy. »Mein Beileid.«

»Sag so was doch nicht!«, murmelte ich deprimiert.

»Als ob jemand wie Kim lange sauer auf dich sein kann«, meinte Cassidy. »Sie hat sicher schon von dem Gerücht über dich und

Theo und den Maiglöckchenball erfahren und kommt bald auf dich zu, um dich auszuquetschen. Wirst schon sehen.«

»Gehst du eigentlich mit Colton hin?«

»Wird das ein Ablenkungsmanöver?«, witzelte Cassidy.

»Vielleicht«, gestand ich. »Also, geht ihr hin?«

»Ich glaube, vorher kauft er lieber alle Pink-Floyd-Alben, ehe er freiwillig dahin geht«, murmelte Cassidy. »Mir ist es egal.«

»Bist du dir sicher?«, fragte ich vorsichtig.

Cassidy zuckte mit den Achseln. »Hey, wir sind dran! Und wenn wir bestellt haben, kannst du dich nicht länger vor der Geschichte drücken, klar?«

Für sie gab es einen Caramel Latte und für mich einen Milchkaffee to go. Mit den Bechern in der Hand traten wir nach draußen auf den Bürgersteig. Obwohl es noch relativ früh war, schien bereits die Sonne. Das Wetter war typisch Mai in Kalifornien, eine Mischung aus kommender Sommerwärme und leichter Brise, die daran erinnerte, dass es hier hin und wieder auch recht stürmisch werden konnte. Newfort war nicht unbedingt die modernste Kleinstadt, aber die Nähe zur pazifischen Küste ein echter Touristen-Magnet. Die Strandmeile mit ihrem wundervollen Ausblick aufs glitzernde Meer und etliche Cafés, Restaurants und Bars lockten viele Menschen an. Von außen betrachtet hatte Newfort schon einiges zu bieten. Neben den historischen Bauten, die einige Bürgerkriege überstanden hatten und eine tragende Rolle in der Geschichte Kaliforniens spielten, gab es auch jede Menge Sehenswürdigkeiten, die sehr beliebt waren. Darunter zum Beispiel die St. Magnus Church und ihr Rosengarten, der dafür berühmt war, Pärchen, die ihn aufsuchten, ewige Liebe zu schenken, oder die imposante Bibliothek, in deren alten Gemäuern angeblich vor vielen Jahrhunderten ein geheimer Orden der Regierung gehaust hatte. Legenden und Geschichten fand man bei uns an jeder Ecke. Ich war in

Newfort geboren und aufgewachsen, und deshalb waren solche Dinge für mich nichts Besonderes mehr. Im Gegensatz zu Cassidy, die gerne aus dieser Stadt rauswollte, um die Welt zu sehen, gefiel es mir aber in unserer Heimat. »Wegen Theo … «, begann ich. Langsam nahm ich den ersten Schluck von meinem Milchkaffee und blickte die schmale Straße hinunter. Vom *The Coffee Bean* aus brauchte man zu Fuß etwa eine Viertelstunde zur Highschool, und ich hatte einiges zu erzählen.

»Ich dachte, du fängst nie an! Schieß los!«

Ich brachte Cassidy auf den neusten Stand, angefangen bei der Begegnung mit Ayla vor Theos Spind, über das belauschte Gespräch, bis hin zum gestrigen Besuch bei mir zu Hause. Nachdem ich geendet hatte, sah Cassidy mich mit großen Augen an.

»Das ist eine ganze Menge«, meinte sie überrascht. »Ich verstehe, warum du nicht mit Theo allein sein möchtest, aber er merkt doch, dass etwas nicht stimmt, wenn du dich seltsam benimmst und ihm ausweichst. Willst du denn zum Tanz gehen?«

Ich starrte unsicher auf meinen Kaffeebecher. »Keine Ahnung. Eigentlich finde ich solche Veranstaltungen echt bescheuert, aber die Vorstellung, mit Theo hinzugehen, ist ganz okay … «

»Ganz okay, hm?«, fragte Cassidy wissend.

»Ja, gut. Mehr als okay«, verbesserte ich mich. »Aber was ist mit all den Leuten, die dummes Zeug über mich erzählen? Ich kann so etwas nicht so leicht wegstecken wie du. Wenn mein Herz weiter wie verrückt schlägt, weil alle mich schräg angucken, überlebe ich die Zeit bis zu diesem doofen Maiglöckchenball nicht mal.«

Cassidy und ich bogen vor einer Kreuzung um die Straßenecke und wichen einem entgegenkommenden Radfahrer aus, der mit rasender Geschwindigkeit über den Bürgersteig bretterte, was hier eigentlich verboten war. Das Gelände der Newfort High lag jetzt nur noch einen Katzensprung entfernt, und der Verkehr auf der

Straße wurde dichter, weil viele zum Schülerparkplatz wollten. Wir tranken unseren Kaffee leer und warfen die Becher beim Weitergehen in einen Mülleimer. Cassidy hakte sich bei mir unter.

»Hör zu, Lorn«, sagte sie eindringlich. »Es ist im Grunde dasselbe wie beim Basketball. Jedes Hindernis lässt dich neue Spielzüge entdecken, und jede Herausforderung macht dich stärker. Wenn du etwas wirklich liebst, dann können dich so ein paar blöde Bemerkungen oder verdrehte Gerüchte nicht aufhalten. Solange du daran glaubst, das Richtige zu tun, hast du einen Schutzschild.«

»War das bei deinem Schlussmach-Service damals auch so?«

Sie nickte. »Während ich den Schlussmach-Service hatte, musste ich mich jeden Tag mit neuen Gerüchten, gemeinen Sprüchen und echt fiesen Kommentaren rumschlagen. Viele waren gegen mich und die Idee dahinter. Anfangs habe ich deshalb enorm an mir gezweifelt, mir dann aber ein dickes Fell zugelegt. Ich war überzeugt davon, das Richtige zu tun und anderen wirklich zu helfen, und das hat mich stark gemacht, war mein eigener Schutzschild.« Cassidy schaute zu mir. »Irgendwo habe ich mal gelesen, dass die Aussagen von anderen Leuten ihre eigene Persönlichkeit reflektieren und nicht das, wofür man selber steht. Da ist viel Wahres dran. Ich meine, am Ende des Tages tratschen unsere Mitschüler sowieso weiter, egal ob so ein Gerücht stimmt oder nicht. Je mehr du dir den Kopf darüber zermarterst, umso mehr Öl gießt du ins Feuer. Das weiß ich aus eigener Erfahrung. Außerdem gibt es Schlimmeres. Mal ehrlich – du und Theo forever in love wie Romeo & Julia? Das klingt irgendwie romantisch und nur halb so wild, Lorn.«

»Romeo und Julia sind am Ende tot«, erwiderte ich.

»Okay, das war ein schlechter Vergleich«, gab Cassidy zu.

Am Schultor blieben wir kurz stehen, um ein paar Leute vorbeizulassen, die bereits hinter uns drängelten. Wir stellten uns unter einen der Bäume, damit wir noch für einen Moment ungestört sein konnten, ohne dass jemand uns belauschte.

»Wenn du eine Ausrede brauchst, dann bin ich für dich da«, sagte Cassidy. »Ich stehe immer hinter dir, Lorn. Aber im Grunde hast du doch nichts zu verlieren. Wieso es nicht versuchen?«

»Du weißt, *wieso*«, antwortete ich energisch. »Muss ich es wirklich aussprechen? Ich bin gerade dabei, meine Scheißgefühle hinter mir zu lassen … « Okay, das war glatt gelogen. Ich war immer noch total in Theo verknallt. »… und ich will mich nicht der Illusion hingeben, dass da mehr sein könnte. Bei dir und Colton gab es dieses ›Mehr‹. Aber bei uns? Keine Chance!«

Cassidy sah plötzlich ganz elend aus. »Das tut mir leid.«

Ich fuhr mir übers Gesicht und rieb mir die Schläfen, weil es sich anfühlte, als seien Kopfschmerzen im Anmarsch. »Du kannst doch nichts dafür, dass … Theo ausgerechnet *dich* mag.«

Da, ich hatte es laut ausgesprochen!

Theodor Griffin liebte Cassidy Caster.

Er war nicht in irgendein x-beliebiges Mädchen verknallt.

Sondern in meine beste Freundin.

Letzten Monat hatten Cassidy, Colton, Theo und ich als Statisten bei einem Werbespot für eine Outdoor-Marke mitgewirkt, dessen Dreh im Newfort Forest stattgefunden hatte – passend, um die Campingausrüstung in Szene zu setzen. An einem der zwei Abende hatte Theo Cassidy seine Gefühle offenbart, während ich bereits in unserem Zelt gesessen hatte. Auf der Suche nach Cassidy stolperte ich quasi einen Moment später in die Situation hinein. Das war einer der schlimmsten Tage meines Lebens gewesen. Ich erinnerte mich noch genau daran, dass mich Fassungslosigkeit, Herzschmerz und Verzweiflung umgerissen hatten, als wären sie ein Sturm, der einen Baum entwurzelte. Mit einem Mal machte nichts mehr Sinn. Ich konnte nicht mal heulen.

Es war nicht Cassidys Schuld. Natürlich nicht.

Sie hatte ihr Bestes getan, um Theo und mich zu verkuppeln, und ein winziger Teil in mir hatte die Hoffnung gehegt, dass Cassidys Plan aufgehen könnte. Außerdem war sie zum Zeitpunkt von Theos Geständnis bereits Hals über Kopf in Colton verliebt. Diese ganze Beziehungskiste zwischen unserem Quartett war verflucht kompliziert und ließ sich nicht sonderlich leicht in Worte fassen. Ich *hasste* es, an diese ganze Geschichte zurückzudenken. Sie hatte Cassidys und meine Freundschaft auf eine harte Probe gestellt. Hatte eine Mauer zwischen Colton und Theo aufgebaut.

Es war für niemanden von uns leicht gewesen, danach normal weiterzumachen, und wir hatten es noch immer nicht komplett überstanden. Es würde noch dauern, bis wir uns alle wieder zusammengerauft hatten. Cassidy und Colton waren glücklich vereint. Theo und ich unterdrückten unsere Gefühle, um es niemandem schwerer zu machen als ohnehin schon. Und genau deshalb durfte ich Theo nicht hängen lassen. Auf eine ziemlich verkorkste Art und Weise hatten wir mit unseren unerwiderten Gefühlen eine Gemeinsamkeit – nur dass er als Einziger nichts davon wusste.

»Ich wollte die Stimmung nicht ruinieren«, murmelte ich.

Cassidy schenkte mir ein aufmunterndes Lächeln. »Mr. Felton würde jetzt ganz laut ›Happy little trees‹ von Bob Ross singen.«

»Dein Kunstlehrer ist ja auch total bekloppt«, sagte ich.

»I believe, I believe, everyday's a good day when you paint«, begann Cassidy zu singen. »So falsch liegt er damit gar nicht. Man muss nur etwas finden, das einen jeden Tag glücklich macht.«

»Tja, wenn's sonst nichts ist«, meinte ich sarkastisch. »Ich wollte vor dem Unterricht noch zum Büro von Coach Maxwell. Außerdem lehnt dein Freund da hinten mit einem creepy Edward-Cullen-Blick an einer Bank und schmachtet dich aus der Ferne an. Ich denke, du solltest ihn erlösen. Ihr wart jetzt wie lange getrennt? Mindestens eine halbe Stunde! Der arme Colton!«

Cassidy boxte mich leicht gegen die Schulter. »Lorn!«

»Bis zur Lunchpause, Miss Lovebird«, sagte ich, um sie noch ein bisschen zu ärgern. Cassidy streckte mir in einer kindischen Geste die Zunge raus und lief dann über den Hof zu Colton. Im Hauptgebäude passierte ich wieder den Spind von Theo und war froh, ihn dieses Mal nicht anzutreffen. Ich beschleunigte trotzdem meine Schritte. Mir blieb nicht mehr viel Zeit, ehe mein Biologie-Kurs anfing, und es war gar nicht so leicht, in dem allmorgendlichen Gedrängel auf den Fluren schnell voranzukommen.

Hoffentlich hatte der Coach gute Neuigkeiten für mich.

KAPITEL 7

IN BIOLOGIE SCHRIEBEN WIR unerwartet einen Test, der mich eiskalt erwischte. Nachdem Mrs. Bale die Unterlagen ausgeteilt hatte, wurde es totenstill im Klassenraum, und alle brüteten nachdenklich über den Aufgaben. Ich schrieb meinen Namen oben in die Ecke des Blatts und begann zu lesen. Doch ich konnte mich nicht auf die Multiple-Choice-Fragen konzentrieren, immer wieder schweiften meine Gedanken zu dem Gespräch mit Coach Maxwell, das erst wenige Minuten hinter mir lag. Ich hatte wirklich gehofft, dass er die Sache mit dem Rauswurf aus dem Team wieder hinbiegen könnte. Falsch gedacht! Der Coach hatte ewig mit Miss Putin verhandelt. Und so sah ihr Deal aus: Ich sollte freiwillig nachmittags bei der Hausaufgabenhilfe mithelfen, und im Gegenzug würde Miss Putin in Erwägung ziehen, meine Strafe kurz vor dem Turnier aufzuheben. Wie war das noch mit keinen außerschulischen Aktivitäten? Pah! Dieses kleine Projekt lag der Schulpsychologin wohl am Herzen.

Wie sollte die Reaktion von Lorn Rivers ausfallen?

A) Verzweiflung. Nichts hatte sich geändert.
B) Hoffnung. Es bestand zumindest eine Chance für das Turnier.
C) Wut. Miss Putin blieb eine olle Hexe.
D) Dankbarkeit. Basketball war nicht ganz verloren.

Ich kreuzte bei der ersten Frage gedankenverloren B, C und D an. Dann starrte ich entgeistert auf die drei Kreuze und die eigentliche Biologie-Test-Frage, auf die ich natürlich nicht geantwortet hatte.

Eigentlich ging es um die gegenseitige Abhängigkeit bestimmter Ökosysteme voneinander. Das Thema nahmen wir schon seit ein paar Wochen im Unterricht durch. Ich hob die Hand, um Mrs. Bale um ein neues Blatt zu bitten, weil ich mich verschrieben hatte. Dabei bemerkte ich, dass mich ein Mädchen vom anderen Ende des Raumes beobachtete. Ihre kurzen braunen Haare hatte sie mit etlichen Schmucknadeln nach hinten gesteckt. Sie trug ein kanariengelbes Blumenkleid, das mich ein bisschen an die altbackenen Vorhänge meiner Grandma erinnerte. Vielleicht war so was jetzt in? Ich hatte echt keine Ahnung von Mode. Die Farbe war jedenfalls ein Hingucker. Hatte sie neben Biologie nicht noch Spanisch mit mir? Wie war noch gleich ihr Name? Ines? Isabella? Oder doch Anabelle? Schwer zu sagen, weil wir nie ein Wort wechselten. Ich war mehr so die Ich-mogle-mich-durch-Schülerin und plauderte nicht viel mit den Leuten, wenn wir keine Gruppenarbeit erledigen mussten oder gemeinsame Freunde hatten. Namen merken war außerdem nicht so mein Ding.

»Sie haben noch zwanzig Minuten«, verkündete meine Biologielehrerin laut. Hastig richtete ich die Augen wieder auf mein neues Blatt. Einem Impuls folgend blickte ich Sekunden später jedoch ein weiteres Mal zu meiner Mitschülerin. Sie schrieb geschäftig etwas auf und beachtete mich nicht weiter. Komisch. Ihren eindringlichen Blick vorhin hatte ich mir trotzdem nicht eingebildet.

Cassidy und ich hatten dienstags um die Mittagszeit beide Kurse, die im Erdgeschoss stattfanden. Unser Treffpunkt war dann immer der Trinkbrunnen neben den Snackautomaten, um gemeinsam in die Cafeteria zu gehen. Seit Beginn des neuen Schuljahres war das fest abgemacht. Ich war zuerst dort und wartete. In der Halle wimmelte es nur so von Leuten, die wild durcheinander redeten und in verschiedene Richtungen liefen. Na ja, nicht jeder war in Bewegung.

In dem Gewusel stach eine Person heraus, die stillstand und mich anstarrte. Er hatte ein kantiges Gesicht, das durch seine Hornbrille noch härter wirkte, und eine richtige Sturmfrisur. Sein abgetragener schwarzer Pullover sah an ihm viel zu groß aus, war jedoch sein typisches Markenzeichen. Nash Hawkins, Chefredakteur der hiesigen Schülerzeitung. Einmal Blinzeln, schon hatte er zu mir aufgeschlossen und hielt mir ein Diktiergerät vors Gesicht.

»Verlässlichen Quellen zufolge hast du herausgefunden, wer hinter dem mysteriösen Phantom der Newfort High steckt«, sagte er. »Du hast seine Identität Direktor Peterson preisgegeben.«

»Was für ein Phantom?«, fragte ich. Meine Augen hefteten sich auf das Diktiergerät. »Nimmst du uns beide etwa gerade auf?«

»Das Phantom«, wiederholte er. »Jeder weiß von ihm.«

Verdutzt blickte ich Nash an. Wie bitte?

Ein paar Mitschüler blieben stehen und beobachteten neugierig die Szene. Nash berichtete in der *Newfort Wave* oftmals über spannende Storys, und vielleicht wollten einige seine nächsten Enthüllungsversuche live miterleben. Ich seufzte frustriert.

»Gerüchten nach soll es sich beim Phantom um Andrew Carlyle handeln. Offenbar ist das Beweismaterial gegen ihn noch sehr gering, sonst wäre er nicht im Unterricht gewesen«, sagte Nash. »Sicheren Quellen zufolge warst du bei Direktor Peterson, um ihm wichtige Informationen zukommen zu lassen. Nach deiner Auseinandersetzung mit Addison Bell frage ich mich, ob sie auch involviert ist?«

»Hawkins!«, sagte ich energisch und schob seine Hand mit dem Diktiergerät weg. »Bist du völlig durchgeknallt? Ich war am Montagmorgen so früh hier, weil mein Team Basketballtraining hatte. Ich habe mit der ganzen Sache gar nichts zu tun!«

Nash hob skeptisch eine seiner buschigen Augenbrauen. »Dann gib mir ein Statement. Augenzeugen nach wurden auf dem Pausenhof ...«

»Augenzeugen nach? Himmel! Wir sind hier nicht bei CSI!«

Ich war heilfroh, als Cassidy neben uns auftauchte. Sie warf Nash einen verärgerten Blick zu, riss ihm das Diktiergerät aus der Hand, und ich sah, wie sie die letzte Aufnahme löschte.

»Gott, Nash … wie oft denn noch?«, sagte sie genervt. »Hör auf, ständig irgendwelche Leute zu interviewen. Ich kenne Lorn, und sie hat mit diesen ganzen Gerüchten nichts zu tun.«

»Ich komme schon hinter das Geheimnis des Phantoms«, sagte Nash und nahm Cassidy das Diktiergerät wieder ab. Er tippte sich gegen die linke Schläfe. »Alles, was ich sehe und höre, ist hier drin. Ich brauche keine Aufnahmen, um mir Dinge zu merken, klar?«

Als unsere Mitschüler bemerkten, dass es nichts Aufregendes zu sehen gab, gingen sie weiter. Und auch Nash wandte sich nun ab. Cassidy hakte sich bei mir unter, und wir liefen zur Cafeteria.

»Wie kannst du überhaupt mit dem Typen zusammen bei der Schülerzeitung arbeiten?«, fragte ich aufgebracht. »Verlangt er von dir auch, für deine Kolumnen andere zu belästigen?«

»Nash ist schon okay«, meinte Cassidy. »Er ist eben besessen von der *Newfort Wave* und will der nächste Starreporter sein.«

»Wusstest du, dass er über diese Andrew-Addison-Sache schreiben will?«, fragte ich, noch immer wütend. »Und wer bitte ist auf den Namen *Phantom der Newfort High* gekommen? Wird hier auch heimlich Orgel gespielt und eine Maske getragen oder was?«

»Mach dir nichts draus, Lorn«, sagte Cassidy. »Nash befragt auf der Suche nach der Wahrheit aktuell so ziemlich jeden. Das ›Phantom‹ ist anscheinend untergetaucht. Angeblich reagiert es nicht mehr auf Anfragen. Ich habe gehört, wie Leute sich beschwert haben, weil sie nun wieder lernen müssen. Laut einigen Gerüchten warst du beim Direktor, um jemanden zu verraten.«

»Aber das stimmt doch alles nicht!«

»Das weiß ich doch«, sagte sie beschwichtigend.

»Da ist es mir doch deutlich lieber, wenn man über mich und Theo tratscht«, grummelte ich. »Ist Andrew das Phantom? Oder Addison? Oder beide? Das macht doch alles keinen Sinn.«

»An dieser Schule läuft vieles unter der Hand«, meinte Cassidy. »Alle, die dem ›Phantom‹ etwas abgekauft haben, werden sich hüten, es auffliegen zu lassen. Andrew? Addison? Im Grunde egal.«

»Mir ist das echt zu dumm«, maulte ich.

Zehn Minuten später saß ich gemeinsam mit Cassidy, Colton und Theo etwas abseits des Hauptgebäudes im Gras, und wir aßen Pizza aus der Cafeteria. Das Gespräch fiel kein einziges Mal auf Gerüchte irgendwelcher Art, wofür ich sehr dankbar war. Nachdem ich erst einmal was im Magen hatte und die Sonne mir das Gesicht wärmte, fühlte ich mich gleich besser. Wir unterhielten uns über eine neue Murder-Mystery-Serie, die in unserer Stufe gerade total in war. Wir hatten angefangen, sie zu schauen, um zu herauszufinden, ob etwas an dem Hype dran war. Der totale TV-Trash, wie ich fand. Zu viel Lovestory, zu wenig Mystery. Trotzdem boten die letzten Episoden einiges an Gesprächsstoff. Irgendwann begannen Cassidy und Colton, ihre Hausaufgaben in Chemie noch mal durchzugehen.

Das hieß, Theo und ich blieben außen vor. Worüber konnten wir reden? Fieberhaft überlegte ich. Alles, nur nicht wieder über den Maiglöckchenball! Theo war allerdings sowieso ziemlich mit seinem Handy beschäftigt. Seit ein paar Sekunden vibrierte es unentwegt. Wer ihm wohl so viele Nachrichten schrieb?

»Ist was passiert?«, fragte ich vorsichtig.

Theo stöhnte genervt. »Nur jemand, der ganz arg meine Nerven strapaziert! Manche Leute akzeptieren einfach kein Nein, und ich weiß nicht recht, wie ich … ach, egal.«

Manche akzeptierten kein »Nein«? Schrieb Ayla ihm etwa?

»Kann ich dir helfen?«, hakte ich nach.

Er seufzte. »Nicht wirklich. Vergiss es einfach.«

Der plötzlich so unfreundliche Klang seiner Stimme stieß mich kurz vor den Kopf. So angespannt und übellaunig kannte ich Theo gar nicht. Besorgt beugte ich mich ein Stückchen vor, aber Theo steckte sein Smartphone in diesem Augenblick weg. Er wich meinem fragenden Blick aus. »Ich muss los. Noch was erledigen«, murmelte er, raffte seine Sachen zusammen und stand auf. Ohne sich richtig von uns dreien zu verabschieden, stampfte er über den Rasen davon.

»Was ist denn mit dem los?«, fragte Colton verwundert.

Er hatte kurz von den Hausaufgaben aufgesehen.

»Ich … keine Ahnung«, antwortete ich.

»Ich gehe ihm besser mal nach«, meinte Colton.

»Das kann ich auch«, sagte ich. »Macht ruhig Chemie fertig.«

»Okay, wir nehmen dann eure Tabletts mit«, bot Cassidy an.

Ich bedankte mich, schwang mir meinen Rucksack auf den Rücken und hastete Theo hinterher. Mich hatte mit einem Mal der seltsame Impuls gepackt herauszufinden, was mit ihm los war. Er war noch nicht allzu weit gekommen, weil er wieder abgelenkt aufs Display seines Handys starrte. Deshalb bekam er auch nicht mit, wie eine Gruppe Jungs links von ihm zum Vergnügen einen Football hin und her warf. Einer davon war Andrew. Plötzlich ging alles ganz schnell. Theo schlurfte im Schneckentempo wie ein Smartphone-Zombie aufs Hauptgebäude zu, Andrew fing im nächsten Moment den Football und wandte den Kopf in unsere Richtung. Ein hämisches Lächeln breitete sich auf seinen Lippen aus. Doch statt mit dem Football auf mich zu zielen, holte er aus und schleuderte das Ding genau auf Theo. Mit einem Satz überbrückte ich den letzten Abstand zwischen Theo und mir. Meine Finger krallten sich in seinen Pulloverärmel, und im nächsten Augenblick warf ich Theo ungewollt mit meinem Gewicht zu Boden und landete auf ihm. Der Football sauste über uns hinweg und prallte gegen einen Baum. Der unsanfte Sturz ließ uns beide aufstöhnen. Theo flog das Handy aus der Hand, und plötzlich waren unsere Gesichter sich ganz nah. Ich konnte sein Herz unter meiner Handfläche spüren, die auf seiner Brust ruhte. Es schlug genauso schnell wie mein eigenes. Verwirrt sah er mich an. Seine Lippen öffneten sich leicht, als wolle er fragen, wieso zur Hölle ich ihn umgerannt hatte. Für einen winzigen Moment war ich völlig erstarrt.

»Football«, murmelte ich unverständlich.

Hastig rappelte ich mich auf und klopfte mir ein paar Grashalme von der Hose. Theo sah mich verwirrt an.

»Da kam ein Football geflogen«, erklärte ich.

Ich bückte mich, um Theos Handy aufzuheben.

»Warte!«, rief er laut.

Es war zu spät. Ich hatte es bereits in der Hand, die Augen auf das Display gerichtet. Weil der Bildschirm noch aktiv war, konnte ich die letzten Nachrichten des Chat-Verlaufs lesen.

Bitte, bitte, bitte triff dich mit mir! Wir müssen reden!

Du kannst mir nicht für immer aus dem Weg gehen! Melde dich!!!

Der Absender war unter dem Namen »Isa« eingespeichert. Entschuldigend sah ich Theo an. Uns blieb keine Zeit, groß darüber zu sprechen, denn das Gelächter von Andrew und seinen Freunden erregte unsere Aufmerksamkeit. Ich wirbelte herum. Mein zorniger Blick brachte Andrew nur noch mehr zum Lachen.

»Was denn? Ich wollte nur helfen, Theo zu stoppen«, sagte er feixend. »Wo du ihm doch so aufdringlich nachgerannt bist.«

Ich antwortete erst gar nicht darauf. Rasch suchte ich den Rasen nach dem Football ab, der nur ein kleines Stückchen weiter am Stamm einer Eiche lag. Im Hintergrund hörte ich Theo meinen Namen rufen, aber ich ignorierte ihn. Wütend griff ich mir den Football, sammelte meine gesamte Kraft in meinem Wurfarm und schleuderte ihn zurück zu Andrew. Der war auf diese Gegenwehr nicht vorbereitet, und der Football traf ihn an der rechten Schulter, wodurch er ins Straucheln geriet und prompt auf seinem Hintern landete.

»Karma ist eben eine echte Bitch!«, rief ich.

Seine Freunde zogen Andrew wieder auf die Beine, und die Gruppe setzte sich in Bewegung und kam auf uns zu. Andrew als Anführer voran.

»Denkst du echt, du kannst dich mit mir anlegen?«, fragte er drohend. »Du weißt nicht, worauf du dich da einlässt, Lorn.«

»Du scheinst ja ganz schön was zu kompensieren zu haben, wenn du dich ständig wie das größte Arschloch der Schule aufführst«, erwiderte ich. »Macht es eigentlich Spaß, ein Highschool-Klischee auf zwei Beinen zu sein? Newsflash: Niemand mag Klischees!«

»Kommst dir wohl besonders klug und taff vor mit deinen dummen Sprüchen«, sagte Andrew herablassend. »Bist du aber nicht.«

»Aber du? Mit fünf deiner Freunde im Rücken gegen ein Mädchen?«, mischte sich jetzt Theo ein. »Unglaublich mutig, Andrew!«

»Ich zeig dir gleich mal, wie mutig ich bin!«, schrie Andrew.

»Das ergibt bestimmt eine tolle Schlagzeile«, erklang plötzlich eine weitere Stimme hinter Theo und mir. »Dann leg mal los. Das Videomaterial landet dann gleich auf der Webseite der *Newfort Wave*. Macht dich sicher um einiges beliebter.« Das war Nash. Er hatte seine Handykamera auf Andrew gerichtet. »Wir warten, Carlyle. Dann zeig der Welt mal deine Schokoladenseite.«

Andrews Miene verfinsterte sich wie eine Gewitterwolke.

»Komm, Andrew, lass uns gehen«, sagte einer seiner Freunde.

Innerhalb von Sekunden verschwand die Idioten-Clique wieder.

»Danke«, sagte ich zu Nash.

Nash zuckte bloß mit den Schultern und schlurfte ins Gebäude.

»Der Typ ist so was von seltsam«, meinte Theo.

»Nicht seltsamer als wir anderen auch«, murmelte ich.

»Lorn«, sagte Theo ernst. »Was sollte das bitte?«

»Du meinst, wieso ich mich gewehrt habe?«

»Du hast Andrew eiskalt provoziert«, erwiderte er.

»Ich habe keine Angst vor ihm«, sagte ich.

»Aber ich habe Angst um dich«, sagte Theo. »Es ist kein Geheimnis, dass an dieser Schule einige Typen richtig mies drauf sind, und er gehört dazu. Erst hatte er Cassidy im Visier und jetzt dich. Ihr zwei treibt mich echt in den Wahnsinn.«

»Ich weiß deine Sorge zu schätzen, aber ich kann selber auf mich aufpassen«, meinte ich. »Nicht jedes Mädchen ist irgendein Opfer, das man beschützen und retten muss, kapiert?«

»Darum geht es doch gar nicht«, sagte er.

»Ach, worum denn dann?«, fragte ich.

»Kann ich bitte mein Handy haben?«

Irritiert durch den abrupten Themenwechsel wurde mir bewusst, dass ich sein Handy, seitdem ich es aufgehoben hatte, noch immer festhielt. Das Display war inzwischen schwarz, aber die Nachrichten waren in meinem Gedächtnis abgespeichert. Diese »Isa« hatte ihm eben diese Zeilen geschickt, und deshalb war Theo so unruhig geworden und abgehauen. Von wegen »noch was zu erledigen«. Da war was faul. Wer war dieses Mädchen bloß?

»Klar. Sorry«, sagte ich und reichte es ihm.

»Du hast sie gelesen, oder? Die Nachrichten?«

»Ja. Das war echt keine Absicht.«

Theo schien einen Moment nachzudenken.

»Du musst mir nichts erklären«, versuchte ich ihn zu beruhigen. »Das sind deine Nachrichten. Sie gehen mich echt nichts an.«

Theo fuhr sich übers Gesicht. »Das ist sowieso verzwickt.«

»Ist diese Isa … eine … Freundin von dir?« Ich bemühte mich, meine Stimme möglichst beiläufig klingen zu lassen, aber es gelang mir nicht besonders gut. War sie Theos Ex-Freundin?

»Könnte man so sagen«, erwiderte er. »Colton kennt sie auch, daher wäre es nett, wenn du das für dich behalten kannst, ja?«

»Sicher. Ich verspreche, nichts zu sagen.«

Theo sah mich erleichtert an. Und dann war er plötzlich ganz nah und zog mich in eine Umarmung. Er schlang einen Arm um mich, und seine Hand legte sich auf meinen Nacken und grub sich dort sanft in meine Haare, als er mich fester an sich drückte. Mir stieg der Geruch seines Shampoos in die Nase, und augenblicklich musste ich an ein Kornfeld denken, über das eine leicht frühlingshafte Brise wehte. Ich schloss die Augen und verlor mich für einen kurzen Atemzug in all den Dingen, die ich für Theo fühlte und die diese Berührung mir in Erinnerung rief. Verliebt zu sein war nicht nur ein einziges Gefühl. Es waren unzählige Schichten, die sich um das eigene Herz wickelten und sich immer enger zusammenzogen, wenn man in der Nähe der Person war, der man es geschenkt hatte. Und es würde niemals dieses eine Gefühl an sich sein, das mich glücklich machen konnte. Sondern winzige gestohlene Momente wie dieser. Mit Theo. Weil er derjenige war, der etwas in meinem Inneren anrührte, das ich selber nicht ganz verstand.

»Du bist eine gute Freundin, Lorn.« Die Worte waren nur ein Flüstern in meinem Ohr. Er ließ mich wieder los und lächelte mich an. »Du hattest echt recht, Mädchen können so kompliziert sein, und ich bin froh, dass es zwischen uns nicht so ist.«

Ich starrte ihn an und brachte keinen Ton heraus. Langsam ließ ich die Schultern heruntersacken. Nichts an diesem Augenblick fühlte sich jetzt noch *gut* an. Das hätte auch das Ende der Welt sein können, so viel Einsamkeit verspürte ich mit einem Mal.

»Oh, es hat bereits geklingelt. Lass uns reingehen.«

Wie fremdgesteuert setzte ich einen Fuß vor den anderen und

folgte Theo ins Innere des Schulgebäudes. Ein Gedanke drängte sich mir ins Bewusstsein: Es würde immer so wie jetzt für mich sein.

Theo, der unerreichbare Junge für mich.

Ich, die gute Freundin für ihn.

Das tat so verdammt weh! Blöder Liebeskummer! Mein Herz konnte Theo doch unmöglich für immer lieben, oder? Ich musste endlich eine richtige Grenze zwischen unserer Freundschaft und meinen furchtbar schmerzhaften Gefühlen ziehen. Ohne Kompromisse.

Und zwar ein für alle Mal!

KAPITEL 8

NACH DER LETZTEN STUNDE suchte ich die Study Lounge im zweiten Stock auf, weil dort die Hausaufgabenhilfe stattfand. Obwohl die Bibliothek und der Computerraum im selben Gang lagen, war ich bisher noch nie dort gewesen. Es handelte sich dabei um einen großen, offenen Raum voller Gruppentische und mit mehreren Sesseln vor der Fensterfront, die eine komplette Wand ausmachte und Ausblick auf die Sportanlagen der Newfort High bot. Eine andere Wand war von einer gigantischen Landkarte bedeckt, die wohl das Kunstwerk einiger Schüler war, und statt des üblichen Marmorbodens lag hier grauer Teppich aus, der beim Eintreten meine Schritte dämpfte.

Obwohl es erst vor zehn Minuten zum Ende des heutigen Schultags geklingelt hatte, war hier bereits einiges los. Viele der Sitzplätze waren belegt, und mehrere Leute unterhielten sich angeregt. Vereinzelt saßen Schüler und Schülerinnen in den Sesseln und hatten ihre Nase in irgendein Buch gesteckt. Ein älterer Junge hatte sogar seinen Laptop dabei und tippte fleißig.

»Hey, du musst Lorn sein«, begrüßte mich ein Mädchen, das ihre glänzend schwarzen Haare als modischen Bob trug. Sie lächelte mich freundlich an, und dabei hoben sich ihre türkisgrünen Augen strahlend von ihrem bronzefarbenen Teint ab. »Miss Putin hat mir schon Bescheid gesagt, dass du ab heute kommst und hier aushilfst. Ich bin Rufina.« Sie streckte mir eine Hand hin. »Freut mich.«

»Hi«, sagte ich und schüttelte ihr die Hand. »Danke für den netten

Empfang. Das hörst du bestimmt ständig, aber Rufina ist ein echt außergewöhnlicher Name. Woher stammt der denn?«

Sie lächelte. »Meine Mom hat mich nach einer Heiligen aus unserer Heimat Spanien benannt. Ich mag meinen Namen ja echt gerne, aber viele finden ihn ein bisschen seltsam. Kennst du sicher.«

Ich nickte. »Oh ja! Dabei ist Lorn auch nur die Abkürzung von Loretta. Meine Eltern haben mich nach so einer ollen Country-Sängerin benannt. Da ist mir Lorn sehr viel lieber! Ich mag deinen Namen übrigens. Er klingt richtig schön.«

Rufina lächelte jetzt noch breiter. »Danke!«

»Ist denn kein Lehrer hier?«, fragte ich. »Leitest du etwa allein die Hausaufgabenhilfe?«

»Ich helfe ehrenamtlich. So wie andere in einem Club oder einer AG sind, verbringe ich meine Zeit hier«, antwortete sie. »Das Projekt wurde erst vor ein paar Monaten von Miss Putin ins Leben gerufen, und ohne Helfer würde das Ganze nicht funktionieren.«

»Du bist echt engagiert«, sagte ich bemüht höflich. Kein Wunder, dass Miss Putin mich hierhaben wollte. Unbezahlt anderen bei den Hausaufgaben zu helfen war nicht gerade verlockend, wenn man mit einem »richtigen« Schülerjob Geld verdienen konnte. Es war nicht jeder so drauf wie Rufina.

»Ist schon okay, wenn du es blöd findest. Ich möchte später als Lehrerin arbeiten, deshalb macht mir diese Sache viel Freude. Außerdem bekommt man College Credits angerechnet. Das ist wirklich cool!« Rufina zwinkerte mir zu. »Miss Putin schaut hin und wieder vorbei, aber sie hat als Schulpsychologin leider auch alle Hände voll zu tun. Ich bin so was wie ihre Stellvertreterin und leite alle, die dabei sind, an und organisiere vieles.«

»Hat Miss Putin dir gesagt, wieso ich hier bin?«

»Den genauen Grund kenne ich nicht, aber ich weiß, dass sie

dich hergeschickt hat, um uns auszuhelfen. Als Schnupperstunde vielleicht? Wenn es dir gefällt, kannst du gerne bleiben!«

»Ich bin nicht ganz freiwillig hier«, gestand ich ihr. Rufina war so nett zu mir, da wollte ich nicht lügen. »Das ist mehr so eine Art Wiedergutmachung, weil ich Ärger mit einer Mitschülerin hatte. Mein Basketballcoach hat sich für mich eingesetzt, damit ich hier meinen guten Willen zeigen kann und einer schlimmeren Strafe entgehe … « Ich hielt inne. Das war zwar etwas vage ausgedrückt, aber ich musste Rufina schließlich nicht jedes Detail unter die Nase reiben. »Normalerweise hätte ich um diese Zeit Training mit meiner Mannschaft und wäre lieber dort. Trotzdem werde ich mich bemühen, fest versprochen.«

»Du bist ehrlich. Finde ich gut.« Rufina blickte jetzt auf die Notizblätter ihres Klemmbretts. »Mir wurde gesagt, dass du gut in Sprachen und Naturwissenschaften bist, daher würde ich dich jetzt vorläufig für diese Fächer eintragen, okay?«

»Öhm«, machte ich etwas planlos. »Okay?«

»Keine Sorge, die meisten, die herkommen, sind im ersten Highschool-Jahr, und du bist ihnen im Stoff weit voraus«, versicherte sie mir. »Wenn du willst, kannst du gleich zu Libby rübergehen. Das ist das Mädchen da vorne, mit den Rastazöpfen. Sie brütet gerade über ein paar Aufgaben für Biologie.«

Ich folgte Rufinas Fingerzeig mit den Augen zu einem der Tische. Dort saß ein junges Mädchen, das mit frustrierter Miene und verschränkten Armen vor der Brust auf ihren Hefter starrte.

»Hast du irgendwelche Fragen?«, wollte Rufina wissen.

»Spontan fällt mir nichts ein.«

Bei drei Geschwistern bekommst du das schon hin, dachte ich zuversichtlich. Ich konnte ziemlich gut mit Jüngeren umgehen.

»Wenn etwas ist, sprich mich jederzeit an, Lorn.«

»Danke, das ist sehr nett von dir.«

Ein bisschen mulmig war mir schon zumute, als ich zu Libby hinüberging. Kurz nachdem ich mich vorgestellt hatte und neben ihr am Tisch saß, wurde ich lockerer. Rufina hatte recht. Ich war dem Stoff, den Libby in ihrem Freshman-Kurs aktuell durchnahm, weit voraus, und es fiel mir ziemlich leicht, mit ihr ein paar Kapitel im Textbuch durchzugehen, um Lösungen für ihre Aufgaben zu finden. Dabei gab ich mir große Mühe, nichts vorwegzunehmen, sondern sie zu motivieren, sich selber Gedanken zu machen und ihr durch unterstützende Anmerkungen eine Art Hilfestellung zu geben. Es war ein bisschen wie an den Nachmittagen, an denen ich April und Jane beaufsichtigte, wenn sie Aufgaben für die Elementary School erledigen mussten. Nach einer Weile war ich voll dabei. Libby war fünfzehn und ich nur ein paar Jahre älter als sie. Irgendwann nutzte sie kleine Denkpausen, um mich ein wenig auszuquetschen, und schnell wurde mir auch klar, warum. Die ollen Gerüchte.

»Wie ist das denn so, wenn ein Junge einen zum Maiglöckchenball einlädt?«, fragte sie und kritzelte nebenbei eine Skizze in ihren Hefter. »Sehr romantisch?«

Da fragte sie ja genau die Richtige …

»Du hast dich da verschrieben. Es fehlt ein Buchstabe«, sagte ich ausweichend und zeigte mit dem Finger auf ihre letzten Worte.

»Ach, komm schon! Ich habe Theo auch schon gesehen. Der ist voll süß!« Jetzt kicherte sie. »Finden meine Freundinnen auch!«

Ich räusperte mich. »Ja, kann schon sein.«

»Dann findest du ihn etwa nicht süß?«

»Ja, Lorn. Sag doch mal was über den *süßen Theo*!«, meinte jemand betont übertrieben neben mir. Ich wäre vor Schreck fast vom Stuhl gefallen. »Der ist sogar süßer als Babyrobben!«

Libby gab ein aufgeregtes Quieken von sich.

Kein Wunder. Theo hatte sich zu uns gesetzt.

»Hi!«, hauchte sie atemlos.

»Was machst du denn hier?«, fragte ich überrascht.

Nach diesem Moment in der Lunchpause zwischen uns beiden hatte ich den Rest des Tages immer wieder diesen doofen Satz im Kopf gehabt. *Du bist eine gute Freundin, Lorn.* Wie ein verdammtes Gedankenecho, das nicht verklingen wollte. Ich hatte mich hundeelend gefühlt und zwischendurch sogar überlegt, mich krank zu melden und von meiner Mom abholen zu lassen. Allerdings hätte das nichts geändert. Die Schule begann jeden Tag von Neuem, und Theo aus dem Weg zu gehen, um zu vermeiden, dass er mich unwissentlich verletzte, hatte bisher auch nicht funktioniert. Eine gute Freundin zu sein war schließlich keine schlechte Sache, sondern ein Kompliment. Theo vertraute mir und hatte mir damit nur zeigen wollen, dass er mich schätzte. Dass seine Worte das Gegenteil bewirkten, konnte er schließlich nicht riechen. Doch ihn so schnell wiederzusehen ließ die Szene vom Mittag nur wie die Wiederholung einer schlechten Episode meines Lebens erneut vor meinem geistigen Auge ablaufen. Ich schluckte schwer.

»Ich helfe gerne aus, wenn ich nach dem Unterricht nicht auf der Ranch gebraucht werde«, sagte er. »Meistens ganz spontan, aber ich versuche dienstags und donnerstags immer dabei zu sein. Ist ja toll, dass du auch mitmachst! Wie kam es denn dazu?«

Ich gab ihm die gleiche Erklärung wie zuvor Rufina.

Theo sah mich verständnisvoll an. »Glaub mir, hier ist es gar nicht so übel. Außerdem sehen wir uns dann ja jetzt öfter!«

Verunsichert biss ich mir auf die Unterlippe. »Ja, wie schön.«

Schön? Nichts war schön! Wie sollte ich Theo denn jemals vergessen, wenn das Universum ihn mir ständig vor die Nase setzte. Oder war das etwa Teil meiner kosmischen Bestrafung? War Miss Putin eine Art Voodoo-Hexe und wollte mich quälen?

»Dann ist das mit Cassidy heute nichts geworden?«

Theo beugte sich neugierig über den Tisch. Libby starrte ihn fasziniert an. Ich verkrampfte mich noch mehr. Mist! Die Ausrede, die ich ihm gestern Abend aufgetischt hatte, war mir glatt durchgerutscht. Ich nickte schwach. »Genau. Bin ja nun hier.«

»Das tut mir leid, aber dann können wir später ja doch was unternehmen«, meinte er fröhlich. »Wenn du Lust hast?«

»Sag Ja!«, schoss es aufgeregt aus Libbys Mund.

Theo lachte leise. »Macht ihr mal weiter, wir quatschen einfach nach der Hausaufgabenhilfe, Lorn. Bis später.«

»Bis später«, murmelte ich gezwungen.

Theo ging zum anderen Ende der Study Lounge, wo offenbar bereits zwei Jungen auf ihn warteten. Etwas, das Theo sagte, brachte die Gruppe zum Lachen. Dann schlugen sie die Bücher auf.

»Soooooo süß«, seufzte Libby verträumt.

Ja, Libby ... Theo war wirklich verdammt süß.

Und ein blinder Esel noch dazu.

Mürrisch kaute ich auf dem Ende meines Bleistifts herum.

Zwei Stunden später rauchte mir ganz schön der Schädel. Nach dem Unterricht gönnte ich mir sonst eine Pause, statt mich sofort weiter mit der Schule zu beschäftigen. Erklärung hier und Wiederholung da! Meine Energie war langsam aufgebraucht. Immerhin hatte ich auch ein paar meiner eigenen Hausaufgaben erledigen können, zwischenzeitlich war es in der Study Lounge nämlich recht ruhig gewesen. Eine Weile hatte ich in einem der Sessel an der Fensterfront herumgelümmelt und meinen Aufsatz für Literatur geschrieben. Leider hatte ich so auch freie Sicht auf den Sportplatz gehabt, wo der Coach die Mädels aus meinem Basketballteam Runden hatte laufen lassen. Das war eine ganz schöne Ablenkung gewesen.

Neidisch hatte ich zugeschaut, bis Rufina mich zwei Mädchen zuwies, die eine Kurzgeschichte ins Französische übersetzen mussten. Caroline und Jemma waren unglaublich dankbar, dass fehlende Vokabeln beizusteuern sich als eine meiner geheimen Superkräfte erwies. Sogar Theo war von mir beeindruckt. Er blieb an unserem Tisch stehen und sah uns dreien eine Weile zu.

»Hast du nicht Spanisch als Fremdsprache?«, fragte er.

»Dieses Halbjahr schon«, antwortete ich. Als Caroline und Jemma mich fragend anschauten, fühlte ich mich zu einer Erklärung verpflichtet: »Unsere Nachbarin Mrs. Perrin hat ihre Wurzeln in Frankreich. Das ist echt ein großer Vorteil. Sie lebt schon mindestens genauso lange in unserer Straße wie meine Familie. Anfang letzten Jahres hat sie mir und meinem Bruder Bryce einen kleinen Crash-Kurs gegeben, weil wir für einen Familienausflug nach Paris unbedingt etwas von der Sprache lernen wollten. Da ist viel hängen geblieben.«

»Wie war Paris denn?«, fragte Caroline.

Ihre Frage führte dazu, dass wir uns in einem Gespräch über die Stadt und ihre Sehenswürdigkeiten verloren. Schließlich war es Theo, der uns dazu brachte, den Rest der Kurzgeschichte zu übersetzen, und so war auch diese Aufgabe bald erledigt. Die beiden Mädchen bedankten sich überschwänglich und gingen kurz darauf.

Wenige Minuten später verkündete Rufina, dass wir für heute Schluss machen konnten. Ich packte meine Sachen zusammen und warf mir meinen Rucksack über die Schulter. Die Study Lounge leerte sich allerdings so rasend schnell, dass auf einmal nur noch Theo und ich da waren. Er kämmte seine strubbeligen goldbraunen Haare mit einer Hand nach hinten und setzte seinen Hut auf, ehe er nach seinem eigenen Rucksack griff. Mir entwich ein leises, sehnsüchtiges Seufzen. Dabei waren schmachtende Seufzer für *gute Freunde* verboten.

Grenzen ziehen, Lorn! Grenzen!

»Ich habe von Colton gehört, dass du aktuell kein Auto hast«, bemerkte Theo. »Du kannst gerne mit mir fahren. Wir können ja den versprochenen Kaffee trinken, und dann bringe ich dich heim?«

Sofort fühlte es sich an, als würde mein Magen sich verknoten.

Ich wollte ja Zeit mit Theo verbringen, aber ... nicht, wenn mein Gefühlschaos mir so zusetzte und ich so durcheinander war.

»Das ist doch bestimmt ein Umweg für dich«, druckste ich herum.

»Ich mache das gerne«, sagte er freundlich.

»Klar, wo wir doch so *gute Freunde* sind«, sagte ich zynisch.

Theo hob irritiert eine Augenbraue. »Was meinst du?«

»Nichts, ich ... danke fürs Mitnehmen.«

Seite an Seite liefen wir zum Hauptausgang.

»Du wirkst niedergeschlagen. Ist es wegen deiner Bestrafung? Waren deine Eltern sehr hart zu dir wegen der Addison-Sache?«

Musste Theo eigentlich immer so verständnisvoll sein? Konnte er nicht einfach ... ach, ich wusste auch nicht ... mal nicht Theo sein?

»Das stecke ich schon ganz gut weg. Ehrlich gesagt ist es immer noch wegen des Basketballteams«, erklärte ich. »Ich bin mir nicht sicher, ob ich diese Sache mit der Hausaufgabenhilfe durchziehen kann, das ist ja der Deal mit Miss Putin. Und dann habe ich die Mädels eben durchs Fenster trainieren sehen ... ohne mich.«

»Das tut mir echt leid«, sagte Theo mitfühlend. »Wenn es dich tröstest, du warst heute wirklich super. Ich habe mitbekommen, wie sehr sich alle über deine Hilfe gefreut haben. Das wird Miss Putin bestimmt von deinen guten Absichten überzeugen, Lorn.«

»Sie ist schon eine harte Nuss«, sagte ich. »Aber die Hoffnung stirbt zuletzt. Außerdem war es auch irgendwie ganz lustig.«

»Ja, stimmt. Hätte ich anfangs auch nie gedacht.«

»Und wieso genau bist du dabei?«, fragte ich zaghaft.

»Ich bin vor einer Weile gefragt worden und weil ich mitbekommen habe, dass sich kaum jemand für das Projekt gemeldet hat, habe ich es nicht über mich gebracht, Nein zu sagen«, erklärte er. »Neben dem ganzen anderen Kram war das die ersten Stunden echt stressig. Fast wäre ich wieder abgesprungen, aber … «

»Du hast gemerkt, dass du gebraucht wirst«, beendete ich seinen Satz. Theo sah mich überrascht an. »Du lädst dir also all diese Dinge für andere auf und vergisst dabei ein wenig dich selbst.«

»Das stimmt so nicht«, sagte er rasch. »Ja, es fühlt sich gut an, gebraucht zu werden. Wenn andere sich auf dich verlassen und du im Gegenzug dafür ihre Anerkennung erhältst. Aber ich tue genug für mich selbst. Ich habe schließlich kein Helfersyndrom.«

»Oh doch!«, sagte ich und musste lachen. »Theo hier und Theo da, du mischst überall mit, und deshalb mag dich auch jeder.«

Er blieb stehen und starrte mich an. »Denkst du das echt?«

»Das muss nichts Schlechtes sein«, sagte ich sanft. »Nur … bei all dem Trubel frage ich mich einfach, wer ist für dich da?«

»Vielleicht bin ich in Wahrheit egoistisch«, erwiderte er. »Und habe meine eigene Agenda. Und bin ein furchtbar schlechter Kerl.«

»Nein, ganz sicher nicht«, gab ich zurück.

»Woher willst du das so genau wissen?«

»Ist doch klar, weil ich Wonder Woman bin und somit das Lasso der Wahrheit besitze«, sagte ich und griff den Scherz von gestern damit wieder auf. »Oder weil ich so eine *gute Freundin* bin.«

Oje! Der letzte Satz hatte abfälliger geklungen als beabsichtigt. Theo runzelte erneut irritiert über meinen Tonfall die Stirn, doch ehe er dazu etwas sagen konnte, versuchte ich die Lage schnell zu retten, indem ich eine Grimasse schnitt. Er hatte nicht mal Zeit, über diese Albernheit zu lachen, weil in diesem Moment wieder sein Handy verrücktspielte. Wir waren gerade bei seinem Pick-up-Truck angekommen, als mit mehreren leisen *Plings!* etliche Nachrichten hintereinander eintrafen.

»Willst du … nicht nachschauen?«, fragte ich vorsichtig.

Theo verzog missmutig das Gesicht. »Das sind bestimmt noch mehr SMS von … ich sollte sie einfach weiter ignorieren.« Er kramte den Autoschlüssel aus seinem Rucksack und schloss den Wagen auf. »Also, geht das klar mit dem Kaffeetrinken?«

»Eigentlich muss ich heim. Hausarrest«, sagte ich.

»Ah, die Bestrafung«, meinte er.

»Ja, meine Eltern sind superoriginell.«

Gleichzeitig dachte ich nur an *sie* … die ominöse Freundin, die Theo seit heute Mittag mit Nachrichten überflutete. Oder war das schon die ganze Zeit so gegangen, und ich hatte es nur nicht gewusst? Fühlte sich so etwa Eifersucht an? Auf Miss Unbekannt?

»Hm, ich denke aber, wir könnten beide etwas Ablenkung von diesem stressigen Tag gebrauchen«, sagte Theo nachdenklich. »Schenk mir eine Stunde deiner Zeit, und du wirst es nicht bereuen.«

Das klang so gar nicht nach Theo, war aber auch süß gemeint.

»So gut kann kein Kaffee der Welt sein«, lachte ich.

»Kein Kaffee mehr, sondern ein neuer Plan.« Theo grinste.

»Eine Stunde?«, hakte ich nach.

»Eine Stunde«, versprach Theo.

»Was genau haben wir denn vor?«

»Gegen den Rest der Welt rebellieren.«

»Wie könnte ich da Nein sagen?«

Ja, wie könnte ich da jemals Nein sagen. Schon gar nicht zu Theo. Selbst, wenn ich mir damit immer wieder selbst das Herz brach.

KAPITEL 9

IM RADIO LIEF »You're my best friend« von Queen. Vielleicht eine Art schlechtes Omen des Universums, um mir zu sagen, dass ich mich nicht auf diesen Ausflug mit Theo hätte einlassen sollen. Aber hier saß ich. Auf dem Beifahrersitz seines Trucks, während der Song leise im Hintergrund spielte und der Wagen auf einen Schotterplatz außerhalb der Innenstadt rollte. Ich hatte nicht einmal die Schilder auf dem Weg hierher lesen müssen, um zu erkennen, wohin wir fuhren. Ganz in der Nähe befand sich die Middle School, die ich früher besucht hatte, und das Gebiet rundherum wurde von einem der vielen Parks eingenommen, die es in Newfort zur Genüge gab. Der Schotterplatz gehörte als Parkmöglichkeit zu einem Filmgeschichtemuseum, das bereits seit etlichen Jahren geschlossen war und dementsprechend heruntergekommen aussah. Es glich einer alten Fabrikhalle, mit milchigen, trüben Fenstern und einer Fassade, an der sich inzwischen etliche wilde Kletterpflanzen breitgemacht hatten. Nachdem der ehemalige Besitzer pleitegegangen war, wurden die Pforten endgültig geschlossen. In den Jahren danach fand sich anscheinend niemand, der das Gebäude kaufen wollte. Von den Middle-School-Kids wurde es daher immer nur das Geisterhaus genannt – leer, verlassen und voller dunkler Ecken. Damals war schnell das Gerücht aufgekommen, dass es dort spukte. Ob es noch immer eine beliebte Mutprobe war, sich hineinzuwagen und eine Minute darin auszuharren? Das hatten alle damals cool gefunden.

Abgesehen von dem längst in Vergessenheit geratenen Filmgeschichtemuseum war der angrenzende Park vor allem für die vielen Skulpturen und Kunstwerke bekannt, die dort standen. Ganz besonders die *Wall Of Dreams*, der massive Teil einer Mauer, die zu Zeiten des Bürgerkriegs die Stadt umschlossen hatte. Die Leute kamen her, um darauf ihre Wünsche, Träume, Sorgen und Ängste zu hinterlassen. Ein Foto zu knipsen und sich dort selbst zu verewigen war besonders für Besucher und Touristen ein Highlight. Meine Freundinnen und ich hatten damals für unser Freundschaftsritual einen geheimeren Ort vorgezogen.

»Bist du schon mal hier gewesen?«, fragte Theo.

Wir waren gerade aus dem Wagen gestiegen. Sein Blick schweifte zum Museum und dann hinüber zum Anfang des Schleichwegs, der am Ende des Schotterplatzes zwischen einigen Sträuchern zum Parkeingang führte. Es wirkte auf mich, als habe Theo sich gerade ähnliche Gedanken gemacht wie ich.

»Das ist schon eine ganze Weile her«, antwortete ich. »Am Ende des Parks gibt es eine riesige Skateanlage, die früher zu meinen Lieblingsplätzen gezählt hat.« Bei der Erinnerung musste ich lächeln. »Mit zehn habe ich mir in den Kopf gesetzt, Skateboardfahren zu lernen, also ist mein Dad öfter mit mir hergekommen. Wir haben ein paar Tricks geübt, anschließend immer Hotdogs gegessen und den anderen beim Skaten zugesehen. Das Skateboard habe ich irgendwann gegen mein Fahrrad eingetauscht.«

Theo sah mich neugierig an. »Dann skatest du nicht mehr?«

»Hin und wieder«, sagte ich. »Meine Mom hatte immer furchtbare Angst, dass mir dabei etwas passiert. Die hier«, ich krempelte den linken Ärmel meines dünnen Ringelpullovers bis zum Ellbogen hoch, um Theo eine feine Narbe an dieser Stelle zu zeigen, »habe ich von einem echt fiesen Sturz. Mom ist damals ausgeflippt.«

»Das kann ich auf jeden Fall überbieten.« Er streckte seine

rechte Handfläche aus, sodass ich die lange, gezackte Narbe in der Mitte sehen konnte, die ein wenig wie ein Blitz aussah. »Sturz beim Fußballspielen, direkt in eine Glasflasche. Frag mich nicht, wieso die da rumlag, aber diesen Tag werde ich niemals vergessen. Ich saß ewig in der Notaufnahme.«

»Wir leben ganz schön gefährlich, was?«, scherzte ich.

Theo schmunzelte. »Das war noch gar nichts.«

Da war so vieles, was ich nicht von ihm wusste … zu gerne hätte ich gefragt, was er mit dieser Andeutung meinte, aber da ging er schon auf den Schleichweg zu. In stummem Einvernehmen schlenderten wir nebeneinander ein Stück durch den Park. Unsere Sachen ließen wir im Wagen. Mein Handy lag sowieso aufgrund des Verbots zu Hause. Vermutlich würden meine Eltern mich umbringen, wenn ich nicht wie abgemacht gleich nach dem Unterricht heimkam, aber vielleicht ließ sich meine Verspätung auf die Hausaufgabenhilfe schieben? Besser gar nicht darüber nachdenken!

Im Park waren nur vereinzelt Menschen unterwegs. Hier mal ein Mann, der seinen Hund spazieren führte, oder dort eine Joggerin. Jetzt, am späten Nachmittag, hing die Sonne auf Halbmast am Himmel, halb verdeckt von einer dickbäuchigen Wolke, die mit viel Fantasie wie ein Piratenschiff aussah. Die angenehm warme Luft, das Zwitschern einiger Vögel in den umliegenden Bäumen und das Geräusch von Kies, der unter meinem Schuhen knirschte, wirkten beruhigend auf mich. Etwas von der nervösen Anspannung, die ich in Theos Gegenwart stets spürte, verflüchtigte sich. Die Natur hatte eine ganz eigene Magie, die sich nur bei solchen Spaziergängen entfaltete und mich in Zufriedenheit einhüllte.

»Es ist wirklich schön hier«, bemerkte ich.

»Ich komme in letzter Zeit öfter her«, sagte Theo. »Dann gehe ich gemütlich eine Runde durch den Park und genieße die Natur und Ruhe. Hilft mir jedes Mal, den Kopf frei zu bekommen.«

»Gibt es in der Nähe eurer Ranch nicht genug schöne Orte? Sie liegt doch direkt am Meer. Da kann der Park nicht mithalten … «

»Genau genommen gibt es für mich keinen schöneren Ort auf der Welt als unsere Ranch. Ich habe dort mehrere Lieblingsplätze, die ich regelmäßig besuche, aber … « Theo zögerte. »Aktuell ist auf der Ranch und in der Umgebung einiges los. Dank den Vorbereitungen für die Sommerferien läuft alles auf Hochtouren. Manchmal fühlt es sich an, als müsste meine Familie alles teilen. Da ist es irgendwie nett, noch einen Zufluchtsort zu haben.«

»Ist bestimmt anstrengend mit all den Gästen … «

»Ich will mich nicht beschweren, immerhin haben wir dank der Besucher genug Arbeit. Die Ranch läuft ziemlich gut«, sagte Theo. »Es gibt nur eben manchmal diese Tage, da will man dem Alltag einfach entfliehen – auch wenn das komisch klingt.«

»Kommt mir bekannt vor«, erwiderte ich. »Meine Familie ist so chaotisch, da braucht man auch mal Abstand. Die Arbeit auf einer Ranch stelle ich mir außerdem ziemlich hart vor. Viel härter, als sich mit einem Bruder um das Badezimmer zu streiten oder mit zwei nervigen Schwestern wegen des Nachtischs zu diskutieren.«

Theo warf mir einen belustigten Blick zu. »Wahrscheinlich. Aber ich liebe die Arbeit dort. Und ich weiß, dass ich meinen Eltern damit einen Teil ihrer Last abnehme. Ich bin nicht so ambitioniert wie Colton, der ständig malt, um sich für die Aufnahmeprüfung an der Kunstschule vorzubereiten. Mit Pferden konnte ich schon immer gut umgehen, wieso also nicht gleich das Familiengeschäft besser kennenlernen?«

»Ja, das ergibt Sinn«, sagte ich. »Und solange es dir Freude macht … mir geht es da mit Basketball ähnlich. Cassidy ist jeden Tag am Lernen. Sie will unbedingt ein Stipendium fürs College, und ich mogle mich irgendwie durch. Ich weiß auch nicht, ich muss einfach etwas tun. So richtig was erleben, nicht nur pauken.«

Theo lächelte verschmitzt. »Genauso habe ich dich auch eingeschätzt. Da haben wir was gemeinsam. Ist doch langweilig, drinnen zu hocken und seine Nase in Schulbücher zu stecken.«

Ich nickte bekräftigend. »Aber sag mal, wenn du normal alleine herkommst, wieso wolltest du dann heute Gesellschaft?«

Meine Gesellschaft, dachte ich glücklich.

»Weil ich dringend mit dir reden wollte. Über …«

»Über diese Isa?«, warf ich ein.

Theos Augen weiteten sich überrascht. Für einige Sekunden breitete sich eine unangenehme Stille zwischen uns aus. Oh nein! Wie peinlich! Er hatte bestimmt etwas ganz anderes sagen wollen.

»Ich meine, wegen der Nachrichten von heute … «, fuhr ich fort, aber es fühlte sich an, als würde ich in eine Sackgasse laufen. »Die gehen mich auch gar nichts an. Entschuldige bitte. Ich war nur neugierig und … vergiss einfach, dass ich gefragt habe.«

Ich senkte betreten den Blick.

»Es ging mehr um ein Gespräch abseits der Schule«, sagte Theo schließlich. Er schob die Hände in seine Hosentaschen. »Ich hatte das Gefühl, dass so viel seit Anfang der Woche passiert ist. Bei dir zu Hause hast du gesagt, dass die Sache mit der Einladung zum Maiglöckchenball in Ordnung ist. Du warst seitdem aber etwas komisch mir gegenüber, Lorn. Darum ging es mir eigentlich.«

Wieso hatte ich auch gleich nach Isa gefragt.

Hitze stieg mir in die Wangen. »Sorry«, murmelte ich. »Wegen der Einladung, da war ich nur kurz überrumpelt. Du hast dich ja entschuldigt, und danach war es echt okay. Ich meide solche Veranstaltungen sonst. Viele Leute, die blöde Kleiderordnung … da fühle ich mich fehl am Platz, aber … zusammen wird das sicher …«

»… Fanta-tastisch?«, fragte Theo beschwingt.

»Fanta-tastisch«, wiederholte ich erleichtert.

Plötzlich war die Stimmung nicht mehr ganz so verkrampft.

»Und wegen Isa … «, setzte Theo zögerlich an.

Mir stockte der Atem. War das der Moment, in dem er mir erzählte, dass er eine feste Freundin hatte? Lebte sie sogar in Newfort oder weiter weg und kam bald zu Besuch? Verband die beiden eine tragische, heimliche Liebe, oder gab es einen Grund, wieso ich bislang noch nie ihren Namen gehört hatte?

»Sie ist ein Thema für sich«, sagte Theo bedächtig. Er nahm sich einen Moment, als wolle er über seine folgenden Worte ganz genau nachdenken. »Colton mochte sie nie besonders und würde es nicht gut finden, wenn ich ihr schreibe. Deshalb wollte ich, dass die Nachrichten von ihr erst mal unter uns bleiben.« Theo seufzte angestrengt. »Dahinter steckt aber eine echt lange und verzwickte Geschichte. Ich kenne Isa aus Kindertagen. Früher gab es dieses Reitcamp, das mein Highlight in den Sommerferien war. Dort habe ich Isa kennengelernt, als wir beide noch etwas jünger waren, und danach hat sich vieles für mich verändert. Ehrlich gesagt habe ich noch nie jemandem die ganze Sache erzählt. Mir fällt es schwer, darüber zu sprechen. Aber irgendwann … da werde ich es dir erklären. Versprochen. Nur nicht heute, okay?«

Mir blieb nichts anderes übrig als zu nicken. »Okay.« Innerlich jedoch platzte ich fast vor Neugier. Dieses Mädchen schien Theo ziemlich zu beschäftigen – und das offenbar nicht erst seit Kurzem, wie ich gedacht hatte. Oder hatte ich nur nichts bemerkt, weil ich zu beschäftigt mit meinem eigenen Kram gewesen war? Plötzlich fühlte ich mich richtig schlecht. Tolle Freundin war ich! Da war ich wohl in ein großes Fettnäpfchen getappt!

»Genau deshalb ist mir die Freundschaft zu dir so wichtig«, sagte Theo und sah mich dankbar an. »Du hältst immer zu mir. Egal, was ist. Ob nun nach dieser blöden Wette von Colton und Cassidy, oder wenn ich erst mal etwas für mich behalten möchte. Das bedeutet mir viel, Lorn. Ich bin echt froh, dich zu haben.«

Ich schenkte Theo ein Lächeln. »So was Nettes hat bisher nur Cassidy zu mir gesagt.« Tatsächlich fühlte ich mich ein Stückchen besser. Theo war froh, mich zu haben! Das war einfach schön!

Wir hatten inzwischen fast eine ganze Runde durch den Park gedreht und setzten uns nun auf eine der Bänke, die neben der Skulptur eines Reiters stand, der grimmig auf uns herabblickte.

»Wie sahen deine Sommer denn immer so aus?«, fragte er.

»In ein Reitcamp hätten mich keine zehn Pferde bekommen«, scherzte ich, und er musste über diesen doofen Witz lachen. »Die meiste Zeit war ich hier in Newfort, mit meinen Freundinnen. Wir haben uns eigene Abenteuer gesucht. Oder ich habe Basketball gespielt. Das wurde dann zu meiner großen Leidenschaft.«

»Du könntest mir mal ein paar Tricks zeigen.«

»Ich dachte, du seist mehr der Fußballtyp?«

»Man sollte alles einmal ausprobieren«, meinte er. »Wenn man versteht, was andere bewegt, dann versteht man auch die Menschen selbst. Klingt etwas altklug und stammt von meinem Dad.«

»Heißt das, du denkst, ich sei ein Mysterium?«, lachte ich.

»Ein wenig«, antwortete er belustigt. »Ach, komm schon, Lorn … es ist manchmal echt schwer zu durchschauen, was du denkst.«

»Eben hast du mich und meine Art noch durchschaut.«

»Das liegt daran, dass wir uns in einigen Dingen ähneln.«

»Höre ich da etwa ein Kompliment heraus?«

»Ein Kompliment wäre es, wenn ich sage: Lorn, wir ähneln uns in einigen Dingen, aber ich bewundere dich auch für all unsere Unterschiede. Du bist nämlich viel selbstbewusster als ich.«

»Selbstbewusst?« Jetzt musste ich lachen. »Aber klar.«

»Na gut. Vielleicht eher durchsetzungsfähiger? So wie du Andrew die Stirn geboten hast. Du lässt dir einfach nichts gefallen.« Theo wurde ernst. »Nicht dass ich die Aktion so gut fand. Du hast ihn wirklich provoziert, und Andrew gehört zur Sorte Schläger-

und Rachetyp. Wenn ihm was nicht in den Kram passt, wird er aggressiv. Einmal habe ich ihn auf dem Flur aus Versehen angerempelt, und er hat mich später in der Toilette so laut angepöbelt, dass ein Lehrer reinkam, um nach dem Rechten zu sehen. Er ist richtig gefährlich.« Theo sah mich einen Moment lang einfach nur an. »Versprich mir was. Stell dich ihm nicht wieder allein entgegen. Komm zu mir, wenn du Hilfe brauchst. Nicht, weil du dich als Mädchen nicht selber beschützen kannst oder so ein Blödsinn, sondern weil Freunde einander helfen.«

Oh, da war es wieder. Mein Lieblingswort. *Freunde.*

»Na gut«, stimmte ich zu. »Aber mal ehrlich? Diese ganze Sache mit dem Phantom der Newfort High ist doch absoluter Bullshit. Wo kommt das so plötzlich her? Wieso haben wir nie davon gehört?«

»Welches Phantom?« Theo kniff irritiert die Augen zusammen.

»Das ›Phantom‹ ist der Name, den Nash Hawkins sich für die geheime Identität der Person, die Tests und Klausuraufgaben stiehlt und die Antworten dazu vertickt, ausgedacht hat.«

»Wer nennt sich denn ›das Phantom‹?«

»Das habe ich auch gesagt!«

»Da gäbe es doch viel coolere Alternativen«, meinte Theo.

»Ist bestimmt nur so eine Erfindung von Nash.«

»Ich hätte dem Chefredakteur der Schülerzeitung etwas mehr Kreativität zugetraut«, sagte Theo. »Und ist nicht jetzt schon klar, dass Andrew der Übeltäter ist? Habe ich was verpasst?«

»Da fragst du mich was«, seufzte ich. »Anscheinend gab es dieses ›Phantom‹ schon eine halbe Ewigkeit – wir haben nur nichts mitbekommen. Der Name ist allerdings neu. Cassidy kannte ihn vorher jedenfalls auch nicht. Vermutlich, weil Nash irgendeinen Titel für seine Recherche gebraucht hat …«

»Wenn Andrew das ›Phantom‹ ist, was ist dann Addison?«

»In dieser Hinsicht weiß ich auch nichts Neues.«

»Hältst du mich auf dem Laufenden?«

»Ja. Du mich bitte auch, falls du was hörst.«

Theo nickte. Er warf einen Blick auf seine Armbanduhr. »Von der Stunde ist nicht mehr viel übrig. Da hinten war ein Kiosk. Wie wäre es endlich mit Kaffee?«

»Allmählich gewinne ich den Eindruck, dass du süchtig bist.«

»Was soll ich sagen? Kaffee macht alles besser.«

Weil die Maschine des Kiosks defekt war, hatten sie dort leider keinen Kaffee, und wir holten uns ein Eis am Stiel. Viel Auswahl gab es nicht: Man konnte nur zwischen zwei Sorten wählen. Theo entschied sich für Melone und ich für Orange. Er bestand darauf, für uns beide zu zahlen, und obwohl das Eis nicht besonders teuer war, bekam ich gleich ein schlechtes Gewissen.

Das hier war immerhin *kein* Date. Doch seltsamerweise fühlte sich eine Verabredung ziemlich nach Date an, wenn der Junge, den man mochte, einen einlud – ob er die gleichen Gefühle für einen hatte oder nicht. Blödes Herzklopfen auch!

»Das Eis schmeckt nicht besonders gut, oder?«, bemerkte Theo. »Ein bisschen wie Wasser mit viel zu wenig Geschmack.«

»Für mich schmeckt es nach Sonnenlicht und Sternenstaub.«

Theo lachte. »Und wonach schmecken solche Sachen?«

»Nach Orange, natürlich«, erwiderte ich. »Okay, also … wenn April und Jane ihr Essen mal nicht mochten – und das ist bei so ziemlich allen Gemüsesorten der Fall –, dann haben meine Eltern immer einen großen Biss genommen und sich ganz verrückte Beschreibungen ausgedacht, um so in Worte zu fassen, wie genau die Zutaten schmecken. Das hat wahre Wunder gewirkt. Man kann sich manche Dinge nämlich schönreden. Also schmeckt dieses Orangeneis nach Sonnenlicht und Sternenstaub. Es ist das beste Eis der Welt.«

»Meine Eltern haben mich früher mit Nachtisch bestochen, wenn ich keinen Brokkoli oder Möhren essen wollte«, sagte Theo. »Colton war da anders und hat brav den Teller leer gemacht.«

»Das ändert trotzdem nichts daran, dass er ein Unruhestifter geworden ist.«

»Du magst Colton nicht so gerne, oder?«, fragte er.

»So würde ich das nicht sagen. Ich kann ihn nur schwer einschätzen, und da steht so eine Sache zwischen uns, die ich ihm nie ganz verziehen habe«, erklärte ich.

»Was für eine Sache denn?«, hakte Theo nach.

Ach … nur meinen Liebesbrief an dich! Den er gelesen hat!

Jetzt hatte ich mich fast verplappert. Ich redete schnell weiter, um Theo von meinem kleinen Ausrutscher abzulenken.

»Es kommt mir einfach nur so vor, als würde Colton wahnsinnig viel Glück haben – und das irgendwie unverdient«, sagte ich. »Er macht Fehler, und im nächsten Moment sind sie vergessen. Klar, ich kenne ihn nicht so richtig und vielleicht ist es auch gemein, so zu denken. Man urteilt ja recht schnell über andere, ohne zu sehen, was hinter ihrer Fassade steckt. Dennoch … Colton war mir gegenüber rücksichtslos und unsensibel und hat es nicht mal gemerkt. Er sollte mal mehr auf andere achten, finde ich.«

Theo ließ die Hand mit dem Eis sinken und schwieg.

»Entschuldige, er ist ja dein Cousin, und ich weiß, wie gern du ihn hast«, fügte ich noch rasch hinzu. »Aber so sehe ich das eben.«

Theo betrachtete sein Eis und seufzte. »Wenn ich ehrlich sein soll, dann treffen deine Worte genau ins Schwarze. Ich sehe das oft genauso. Das habe ich noch nie jemandem erzählt, aber mit Colton aufzuwachsen war nicht immer leicht für mich.« Theo holte tief Luft und blickte mir direkt ins Gesicht. Seine Miene war auf einen Schlag nachdenklich und ernst geworden, so als müsse er erst in Erwägung ziehen, ob er mir seine Gedanken anvertrauen könne.

»Colton hat seine Eltern sehr früh verloren, und als er nach ihrem Tod zu uns auf die Ranch zog, war das eine schwere Zeit für meine ganze Familie. Auch wir hatten Menschen verloren, die uns viel bedeutet haben. Meine Mom ist in ein tiefes Loch gefallen, weil sie es kaum ertragen hat, dass sie ihre Schwester nie wiedersehen würde. Ohne meinen Dad hätte sie das alles nicht durchgestanden. Colton hat eine Weile kaum gesprochen. Aber meine Mom hat alles gegeben, damit Colton sich bei uns zu Hause fühlt. Ich musste oft zurückstecken, und das hat mich sehr traurig gemacht, als ich jünger war. Manchmal habe ich nicht verstanden, wieso wir beide so unterschiedlich behandelt wurden. Ich war schließlich ein Kind. Es hat sich so angefühlt, als würden für Colton andere Regeln gelten. Manchmal kam mir sogar der Gedanke, meine Mom würde ihn mehr lieben als mich. Und ein Teil von mir hat ihn dafür richtig gehasst. Ich wollte Colton genau das sagen. Ihn anschreien und sagen, dass durch ihn mein Leben auf den Kopf gestellt wurde. Aber ich habe es immer für mich behalten. Wir sind zusammen aufgewachsen, und er ist wie ein Bruder für mich. Manchmal empfinde ich aber immer noch so. Und dann habe ich schreckliche Angst, deshalb ein schlechter Mensch zu sein.«

Theo blieb stehen und ich auch. Er betrachtete einige Sekunden lang mein Gesicht, als habe er Angst, der Blick in meinen Augen könne sich durch sein Geständnis verändert haben. Alles, was ich spürte, war eine Art von Mitgefühl, das sich bisher nur in Gegenwart von Cassidy gezeigt hatte. Meine beste Freundin hatte so viele schlechte Erfahrungen in ihrem Leben sammeln müssen. Sie hatte mir einmal erklärt, dass es ihr unheimlich schwerfiel, mit anderen über ihre Gedanken zu sprechen, weil sie sich fürchtete, dafür verurteilt zu werden oder gar bemitleidet. Denn zwischen Mitleid und Mitgefühl lag eine ganze Welt.

In diesem Moment, in dem wir beide hier mitten im Park standen, das Eis in unseren Händen langsam schmolz und irgendwo im Hintergrund ein Springbrunnen plätscherte, war es, als würde die Zeit kurz den Atem anhalten. Ohne den Blick von Theo zu nehmen, streckte ich den Arm aus und griff mit meiner freien Hand nach seiner. Meine Finger schlossen sich um seine, und ich hielt sie fest.

»Du kannst mir alles erzählen«, sagte ich leise, weil ich meiner Stimme nicht so recht traute. Dass Theo mir so nahe war, ließ mein Herz rasen und machte mich noch nervöser, als ich es ohnehin schon war, wenn ich ihm in die Augen blickte. »Nichts, was du sagst, würde jemals etwas daran ändern, dass ich dich irgendwie anders sehe. Du bist kein schlechter Mensch, bloß weil du ein paar schlechte Gedanken hast.«

Theo schluckte schwer und brachte offenbar kein Wort über die Lippen. Ich drückte seine Hand noch ein wenig fester.

»Du bist auch nicht egoistisch, weil du Colton manchmal nicht leiden kannst. Weißt du, wie oft ich meine Geschwister verfluche? Das ist normal. Niemand von uns kann immer nur selbstlos und glücklich sein«, sagte ich voller Überzeugung. Schlagartig fühlte ich eine tiefe, innere Ruhe, die sich oft in Theos Gegenwart über mich legte. Als würde er mich erden. Wenn er an meiner Seite war, gewannen nicht irgendwelche Impulse die Oberhand, sondern meine Vernunft – zumindest, wenn sich mein anfängliches Herzflattern wieder gelegt hatte. »Theo, du … « Ich hielt inne. »Du solltest viel öfter geraderaus sagen, was du denkst.«

»Ja, wahrscheinlich«, sagte er leise.

Dann brach die obere Hälfte von meinem Eis ab und klatschte mit einem schmatzenden Geräusch auf den Boden. »Oh, verflucht«, schimpfte ich. Ich ließ Theos Hand los und versuchte, den Rest, der ebenfalls schmolz, noch zu retten, indem ich es mir in den Mund schob. Das hatte leider zur Folge, dass es sich anfühlte, als würde mein Hirn einfrieren. Ich stöhnte und presste mir die Finger gegen die Schläfen. »Ah! Blöde Idee!«

Theo starrte mich an und lachte dann lauthals los.

»Mensch, Lorn! Du bist echt eine Meisterin darin, in einem Moment todernst zu sein und im nächsten super tollpatschig.« Aus seinem Lachen wurde ein warmherziges Lächeln. »Das mag ich so an dir.« Er machte eine kurze Pause. »Da vorne ist ein Mülleimer.«

Erst als Theo sein Eis aufgegessen hatte und unsere Stiele entsorgt waren, verschwand die Kälte wieder aus meinem Kopf.

»Das war absolut nicht lustig«, sagte ich reichlich spät.

Theo mag etwas an mir, dachte ich gleichzeitig und wurde rot.

»Lustiger als der Spruch dort auf jeden Fall.«

Wir standen jetzt nur wenige Armlängen von der *Wall of Dreams* entfernt, und Theo deutete auf einen unübersehbaren Spruch, der mit roter Sprühfarbe auf dem Mauerstück stand. *Ich habe eine Wassermelone getragen,* las ich. Theo kannte offenbar den Film nicht, was wenig überraschend war. Er mochte Filme insgesamt nicht sehr gerne. Das hatte er einmal gesagt, als Cassidy und ich vor wenigen Wochen bei ihm auf der Ranch waren. Mr. und Mrs. Griffin veranstalteten regelmäßig Partys, auf denen Western gezeigt wurden.

»Das ist aus ›Dirty Dancing‹«, klärte ich ihn auf. »Die weibliche Hauptrolle hilft jemandem, Melonen zu tragen, und gelangt so auf eine Party. Dort trifft sie auf den jungen Mann, den sie mag, und weil sie total verlegen ist, antwortet sie auf die Frage, was sie dort machen würde, mit: ›Ich habe eine Melone getragen‹.«

»Das ist irgendwie dämlich«, meinte Theo.

»Wenn man die Szene kennt, ist es schon irgendwie witzig. Außerdem war es vielleicht genau diese Melone, die für eine der größten Liebesgeschichten aller Zeiten gesorgt hat«, sagte ich.

»Meinst du, Meloneneis hat auch so eine Wirkung?«

»Nachdem du es beleidigt hast, sicher nicht.«

Theo setzte eine schmollende Miene auf.

Wir traten näher an die *Wall of Dreams* heran.

»Hast du schon mal was darauf geschrieben?«, fragte er.

Mein Blick glitt über die Mauer, die ein Meer aus Wörtern zeigte. Wünsche, Gedanken, Sorgen, Träume – verewigt in verschiedenen Größen, Handschriften und Farben. Manche Zeilen waren so winzig, dass man sie kaum entziffern konnte, andere überlagerten Wörter, die darunter standen. Der Anblick machte mich wehmütig.

Bitte lass mich meinen ersten Kuss erleben!

Ich will die Welt bereisen.

Eines Tages möchte ich meinen Vater treffen.

Eine Million im Lotto, bitte!

Ich habe Angst vor meiner Abschlussprüfung.

Unser erstes Kind bekommen ♥

Das hier war viel mehr als die *Wall of Dreams*. Manche der Wünsche waren sogar in anderen Sprachen geschrieben. Die Vorstellung, dass an der Stelle, an der ich mich befand, Hunderte Menschen zuvor gestanden und hier einen Teil von sich selbst zurückgelassen hatten, stimmte mich plötzlich melancholisch aber auch hoffnungsvoll. Ich hatte mir vorgenommen, etwas loszulassen, damit ich wieder die alte Lorn sein konnte, die sich nicht ständig den Kopf zermarterte. Die sich nicht benahm, als würde sie in einem Glashaus sitzen und alles könnte zusammenbrechen, sobald sie auch nur einen Schritt machte.

War dieser Ort vielleicht ein kosmisches Zeichen?

»Nein«, antwortete ich schließlich.

»Ich auch nicht«, meinte Theo.

»Lass uns das ändern«, sagte ich entschlossen.

Am Boden vor der Mauer standen mehrere Kisten, in denen von Kreide bis hin zu Farbtuben und Spraydosen allerhand Zeug lag. Ich bückte mich, nahm einen dicken Stift heraus und nickte, als wolle ich mir selbst damit zustimmen.

»Okay, warum nicht«, sagte Theo.

Etwas unschlüssig standen wir nebeneinander.

Als unsere Blicke sich trafen, mussten wir lachen.

»Okay, weißt du was? Du bleibst auf dieser Seite, und ich gehe auf die andere«, sagte ich. »Dann hat jeder einen Moment zum Nachdenken, und niemand schaut dem anderen über die Schulter.«

»Dann müssen wir uns gegenseitig versprechen, nicht den Wunsch des jeweils anderen zu lesen«, meinte Theo.

»Ich kenne deine Handschrift sowieso nicht.«

»Ich deine eigentlich auch nicht.«

»Problem gelöst«, sagte ich. »Und Deal.«

Ich ging auf die andere Seite der Mauer und ließ die Augen auf der Suche nach einer passenden Stelle darüber gleiten. Das war schwieriger als gedacht. Jeder Zentimeter war voll. Ich entdeckte eine winzige Lücke neben einem Herz, in dem die Initialen F & J standen. Ein wenig musste ich mich strecken, was das Schreiben nicht so leicht machte. Außerdem musste ich wegen des rauen Untergrunds der Steine mehrmals die einzelnen Buchstaben nachziehen, damit die Farbe haften blieb. Als ich fertig war, betrachtete ich mein Werk. Irgendwie hatte ich erwartet, mich gleich besser zu fühlen, vielleicht losgelöst von meinen Gefühlen. Wahrscheinlich brauchte ich nur etwas mehr Geduld.

Ich möchte nicht länger unglücklich verliebt sein.

Mit einer Hand berührte ich die Stelle, an der mein Herz schlug.

Ja, das wünschte ich mir gerade mehr als alles andere. Was ich eben zu Theo gesagt hatte, stimmte. Man wurde kein schlechter Mensch, wenn man schlechte Gedanken hatte. Nur wenn man nach ihnen handelte. Und statt mir auf egoistische Weise zu wünschen, dass Theos Herz mir gehörte, musste mein Herz einfach …

… loslassen.

»Hey, Lorn. Bist du fertig?«, hörte ich ihn fragen.

»Ja!«, rief ich zurück. »Ich komme.«

Vielleicht war eine gute Freundin für ihn zu sein alles, was ich jemals sein würde. Und wenn es so war, dann würde ich die beste Freundin sein, die Theo jemals gehabt hatte. Das verdiente er.

Denn vielleicht war das Gefühl, verliebt zu sein, wie eine der Jahreszeiten. Für eine bestimmte Zeit gehörte ihr die ganze Welt, aber dann war sie vorbei, und das Leben ging trotzdem weiter.

KAPITEL 10

MEINE ELTERN WAREN am Vorabend wie erwartet ziemlich sauer über meine Verspätung gewesen, hatten mir allerdings die Ausrede mit der Hausaufgabenhilfe abgekauft. Und da Mom und Dad mir ansahen, wie unglücklich ich wegen des Ausschlusses vom Basketball war, ließen sie das Thema ruhen. Ich bekam sogar mein Handy zurück, damit ich texten konnte, wenn ich mich wieder verspätete. Immerhin musste ich nicht jeden Tag dort aushelfen. Sogar Miss Putin konnte mich nicht vollends versklaven, weil ich noch Zeit für die Schule brauchte. Der Gedanke, dass mein Team ohne mich trainierte, während ich in der Study Lounge festsaß, war dennoch unerträglich. Ob Theo öfter zu sehen nun ein Fluch oder ein Segen war, hatte ich noch nicht entschieden. Den Ausflug in den Park hatte ich für mich behalten. Vielleicht wollte ich die schöne Erinnerung daran noch eine Weile nur für mich allein haben.

Diese mysteriöse Isa spukte trotzdem durch meine Gedanken.

Cassidy würde sicher nicht zögern, Colton nach ihr zu fragen, wenn ich sie darum bat – aber das wäre so was von falsch. Erstens hatte ich Theo versprochen, nichts über die Nachrichten zu sagen, und zweitens sollte er mich schon persönlich aufklären.

Welche Vergangenheit sie und Theo wohl teilten?

Die Gedanken an eine geheimnisvolle Freundin, die Theo den Kopf verdrehte, wenn auch offenbar nicht auf gute Weise, ließen mich auch am Mittwochvormittag nicht los. Cassidy, Theo und ich hatten gemeinsam Geschichte, und ich bemühte mich, meine absurden Anfälle von Eifersucht so gut es ging zu unterdrücken. Stattdessen rief ich mir meinen Wunsch, den ich an die *Wall of Dreams* geschrieben hatte, ins Gedächtnis und wiederholte wie ein Mantra dazu: Veränderung ist gut. Veränderung ist gut! Veränderung! Ist! Gut! Und wenn zwischen ihr und Theo echt was war, sollte ich mit meinen Gefühlen endgültig abschließen. Ich war ganz sicher niemand, der einem anderen Mädchen ihr Glück missgönnte. Schon gar nicht, wenn sie Theo etwas bedeutete.

Die Klausur in meinem Hassfach Geschichte am nächsten Tag lief katastrophal. Bei dem Durcheinander an Ereignissen hatte ich es versäumt, vernünftig zu lernen, und ich erlitt einen totalen Blackout. Mr. Bardugo ließ mich nicht aus den Augen, als würde er spüren, dass ich kurz davor stand, ein weiteres Mal zu spicken. Aber so dumm war ich nun auch wieder nicht. Ich bemühte mich, keine Frage auszulassen, um zumindest meinen guten Willen zu zeigen. Allerdings wusste ich bereits jetzt, dass die meisten meiner Sätze so gar keinen Sinn ergaben. Viele verließen frühzeitig den Raum, sobald sie fertig waren und abgegeben hatten. Kurz vorm Klingeln gab ich es auf. Es brachte sowieso nichts!

Draußen im Gang warteten Cassidy und Theo auf mich.

»Fragt lieber nicht, wie es lief«, seufzte ich.

»Einige Dinge habe ich auch nicht gewusst«, versuchte Cassidy mich aufzumuntern. »Die Fragen waren wirklich verflucht schwer!«

»Sie hat recht«, meinte Theo. »Mr. Bardugo war extra hart zu uns, weil bald Ferien sind und er uns quälen wollte.«

Auf dem Weg zu unseren Spinden trennte Cassidy sich von Theo und mir, weil sie zu einer Sitzung der Schülerzeitung musste und die Lunchpause daher nicht mit uns verbringen konnte. Nachdem ich die Zahlen in mein Türschloss eingegeben hatte, schimpfte ich innerlich weiter über Geschichte. So ein Scheißfach! Mürrisch schob ich den Schulkram, den ich nicht mehr brauchte, in meinen Schrank und knallte dann frustriert die Tür zu.

Ich hatte ein totales Déjà-vu, als ich auf Theo zuging, während er gerade seinen Rucksack vom Boden nahm und ein Mädchen ihn belagerte. Stirnrunzelnd betrachtete ich ihren Rücken. Hochgesteckte braune Haare und ein marineblaues Kleid mit weißen Punkten. Verwundert hob ich die Augenbrauen. Neulich war mir dieses Mädchen schon mal durch ihren extravaganten Kleidungsstil aufgefallen. Inzwischen wusste ich, dass sie Isabella hieß. Eine ihrer Freundinnen hatte sie letztens so genannt, als die beiden im Flur an mir vorbeigelaufen waren. Plötzlich setzte sich etwas in meinem Kopf zusammen, wie bei einem Puzzle. Isa. Wie die Kurzform von Isabella vielleicht? Saß Theos »Freundin« etwa in meinem Bio-Kurs?

Anhand der Körpersprache der beiden war recht einfach zu erkennen, dass Theo sich nicht über die Begegnung freute. Ein verkrampftes Lächeln umspielte seinen Mund, während er die Arme vor der Brust verschränkt hatte und unruhig von einem Fuß auf den anderen wechselte. Isabella gestikulierte beim Sprechen energisch herum, als wolle sie Theo von irgendetwas überzeugen.

Dann rief sie so laut, dass niemand im Flur es überhören konnte: »Du antwortest auf keine meiner Nachrichten, was soll ich denn sonst tun!« Ihre Stimme klang verletzt und wütend. »Ich habe es doch versucht zu erklären, aber du hörst mir gar nicht zu.«

Das klang verdächtig nach irgendeinem Beziehungsdrama.

»Dafür gibt es auch einen Grund«, erwiderte Theo abweisend.

»Bitte, Teddy«, sagte Isabella eindringlich. »Ich habe einen Fehler gemacht, schon klar, aber wieso können wir beide …«

»Das war nicht nur ›ein Fehler‹«, unterbrach Theo sie unfreundlich. »Und ich habe wirklich keine Lust, mit dir im Schulflur zu diskutieren. Lass mich einfach in Ruhe, kapiert?«

Isabella schien zu bemerken, dass außer mir auch ein paar andere Mitschüler, die im Gang standen, zu den beiden hinübersahen.

»Ich muss jetzt zum Lunch«, blockte Theo sie ab. »Da vorne wartet eine Freundin auf mich. Wir sehen uns dann … oder auch nicht.«

Wow! Er hatte sie ganz schön abblitzen lassen …

Plötzlich tat sie mir furchtbar leid. Ich wusste, wie unangenehm es war, wenn alle im Flur einen anstarrten. Sicher wüsste nach der Mittagspause jeder über dieses Gespräch Bescheid … und wenn ich mir vorstellte, Theo würde mich so behandeln? Das würde sich schrecklich anfühlen und hatte Isabella sicher auch getroffen.

Theo hatte sonst immer große Probleme, Leuten etwas abzuschlagen, das war mir so oft aufgefallen. Doch bei ihr … da war er regelrecht eiskalt gewesen, und das passte nicht zu dem Jungen, der sonst jeder Bitte nachkam. Theo war einfach zu nett.

Was war nur zwischen den beiden vorgefallen?

Theo kam auf mich zu und bedeutete mir, ihm zu folgen. In die Cafeteria ging es eigentlich in die entgegengesetzte Richtung, aber anscheinend wollte er Isabella schnell aus dem Weg gehen. Während ich versuchte, mit seinen zornigen Schritten mitzuhalten, schossen mir Tausende von Fragen durch den Kopf. Isabella war Isa? Wieso hatte ich die beiden noch nie zusammen gesehen? Ging sie schon immer auf unsere Highschool?

Nachdem wir ziellos einige Gänge im Eiltempo hinuntergerannt waren, blieb Theo schnaubend stehen, und sämtliche Energie schien ihn zu verlassen. Seine Miene drückte pure Enttäuschung aus. Er ließ die Schultern sacken und schloss für einige Sekunden die Augen. Vorsichtig berührte ich seinen Arm.

»Alles okay?«

»Ja, ich … ich habe nur nicht damit gerechnet, sie heute zu sehen«, brachte er gepresst hervor. »Seit Beginn der Highschool haben wir kein Wort miteinander gewechselt, und dann schickt sie mir seit ein paar Wochen auf einmal diese komischen Nachrichten.«

»Wart ihr mal …?«

»Beste Freunde«, flüsterte Theo. Er biss sich auf die Unterlippe und schwieg für eine Weile. Ich blieb dicht neben ihm stehen und versuchte, aus seinem Gesichtsausdruck die Gefühle herauszulesen, aber Theo war so in Gedanken versunken, dass er wie festgefroren wirkte. Irgendwann schüttelte er den Kopf und sah mich dann an. »Tut mir leid, du verstehst sicher kein einziges Wort. Ich hatte ja versprochen, es zu erklären. Kann ich dir später schreiben?«

»Du musst wirklich nicht …«

»Ich will aber.« Theos Hand streifte flüchtig meinen Arm. Mein Herz begann direkt zu flattern, also nickte ich bloß kräftig.

»Ich muss jetzt etwas frische Luft schnappen. Allein.«

Wieder nickte ich. Theo wandte sich ab. Beklommen sah ich ihm nach. Kurz überlegte ich, ihm doch hinterherzugehen, aber mein Handy vibrierte wegen einer Nachricht. Sie war von Skylar.

Komm zum Büro von Coach Maxwell. SOFORT!!!

Mir kam es wie eine Ewigkeit vor, seit ich die Mädels der Newfort Newts gesehen oder gesprochen hatte, dabei waren es nur wenige Tage. Aber Skylars Nachricht löste ein ungutes Gefühl in mir aus. Eines der Sorte Vollkatastrophe. Sofort lief ich los. Atemlos schlitterte ich um die Ecke, in den Gang zum Nebengebäude, wo die Sporthalle und das Büro des Coachs lagen. Ich hatte erwartet, das ganze Team hier anzutreffen, aber der Gang war bis auf Skylar völlig leer. Sie winkte mir zu, und ich wurde schneller. Mit rasendem Puls, das Handy fest im Griff, kam ich vor ihr zum Stehen. Skylar sah aus, als würde sie jede Sekunde in Tränen ausbrechen. Sie schien völlig aufgelöst und deutete schweigend zu unserer Teamumkleide.

»Was ist passiert?«, fragte ich hastig.

»Mensch, Lorn«, hauchte sie mitgenommen.

»Ist jemand verletzt? Soll ich Hilfe holen?«

»N-nein«, sagte sie stockend. »Es ist nur … ich wusste nicht, wem ich Bescheid geben soll und dachte, dass du zuerst … «

»Du machst mir gerade richtig Angst«, sagte ich.

Skylar blinzelte nun ein paar Tränen weg. »Sieh es dir an.«

Ich schob das Handy zurück in meine Gesäßtasche und lief ohne zu zögern in die Teamumkleide. An der Newfort High gab es verschiedene Umkleiden für die Sportteams, und wir teilten uns unsere mit der einzigen anderen Mannschaft, die nur aus Mädchen bestand, der Tennis-AG. Weil die nur aus einer Handvoll Spielerinnen bestand, hatte es nie ein Problem gegeben. Die Spinde in den Umkleiden wurden von den wenigsten benutzt, da es eine Zeit gegeben hatte, in der ständig Sachen geklaut worden waren – einer der Gründe, wieso viele, genau wie ich, ihr Zeug lieber zum Training mitschleppten, anstatt es hier zu bunkern.

Der Anblick, der sich mir bot, entsetzte mich. Der gesamte Raum war völlig verwüstet worden. Die Bänke in der Mitte hatte man umgeworfen und die meisten der Spinde gewaltsam aufgebrochen. Viele der Türen waren verbogen oder hingen aus den Angeln. Wenn jemand etwas zurückgelassen hatte, so lagen diese Sachen zerstreut auf dem Boden, darunter mehrere Schuhe, eine Trinkflasche, alte Spielpläne und Handtücher. Einen Teil der Ausrüstung, die hier aufbewahrt worden war, hatte man mutwillig beschädigt. Mehrere Tennisschläger waren entzweigebrochen, und ich sah einige Basketbälle, die man zerstochen hatte, sodass die Luft aus ihnen gewichen war. Wie nach einer zu wilden Halloweenparty klebten überall Schaumstoffschnüre, Klopapier und anderes weißes Zeug, das ich auf den ersten Blick nicht identifizieren konnte. Vielleicht Rasierschaum. Zu allem Überfluss roch es auch noch komisch. Beim Betreten war mir das vor lauter Schock gar nicht aufgefallen. Modrig und nach faulen Eiern – offenbar hatte jemand eine Stinkbombe in die Umkleide gefeuert. An die Wand mit den Fotografien diverser Sportteams der Newfort High hatte jemand mit giftgrüner Farbe etwas hingeschrieben. Mir gefror echt das Blut in den Adern, als ich las, was dort stand.

RACHE FÜR DEN RAUSWURF, BITCHES! – LORN

Darunter war ein gemalter Pfeil, der nach unten zeigte und auf eine große, rote Geschenkschachtel hinwies. Was war da bitte drin? Es kostete mich einiges an Überwindung, den Deckel abzunehmen und hineinzuspähen. Und das war der Moment, in dem ich endgültig die Nerven verlor. Ich streckte die Hand aus und griff nach einem der blauen Stofffetzen, mit denen die gesamte Geschenkschachtel bis oben hin gefüllt war. Das Material war glatt und hatte kleine Luftlöcher. Man konnte den unteren Rand einer Zahl erkennen. Ich warf den Deckel zur Seite und begann, völlig panisch im Inneren der Geschenkschachtel herumzuwühlen.

Das waren Trikots. Und nicht nur irgendwelche.

Unsere. Die meines Teams!

Fassungslos starrte ich auf die zerfetzten Uniformen. Wir hatten ewig darauf gewartet, dass das Schulgremium uns neue genehmigte, aber unsere Bitte war immer wieder abgelehnt worden. Ständig wurde das Budget für andere Dinge einkalkuliert – und das, obwohl die Newfort Newts einige Siege davongetragen hatten. Es gab da diese bescheuerte Regelung, die besagte, dass Teamtrikots nur alle paar Jahre erneuert werden durften. Deshalb hatte die gesamte Mannschaft im vergangenen Sommer einen Team-Fonds angelegt, in den bei Gelegenheit immer wieder etwas von Spendenaktionen oder großzügigen Eltern eingezahlt wurde. Durch die vielen Busreisen und Übernachtungen in anderen Städten, aufgrund diverser Spiele und Turniere, hatte es eine Weile gedauert, bis genug Geld zusammengekommen war. Als der Coach vor ein paar Wochen mit dem Karton voller neuer Trikots zum Training kam, waren wir alle superglücklich mit dem Ergebnis gewesen. Wir hatten sie beim kommenden Turnier tragen wollen.

Und jetzt waren sie kaum mehr als Putzlappen.

Vor Wut stiegen mir Tränen in die Augen. Der Gestank tat sein Übriges dazu. Ich ließ die Stofffetzen aus meinen Fingern gleiten und ballte die Hände zu Fäusten. Mich packte ein so starkes Gefühl der Ungerechtigkeit, dass jede Faser meines Körpers nach Wiedergutmachung schrie. Mein Atem ging immer schneller, als sich die Bilder der Szenerie in mein Gedächtnis brannten. Ich wusste nicht, wie lange ich stumm dagestanden hatte und versuchte, den inneren Kampf zwischen meiner impulsiven Seite und meiner Vernunft in den Griff zu bekommen. Irgendwann platzte ein Knoten in meinem Inneren, und ich schlug mit voller Wucht eine meiner Fäuste gegen die Wand. Schmerz schoss mir bis ins Handgelenk und brachte mich wieder zur Besinnung. Ich stieß mehrere Flüche aus.

»Lorn?«, hörte ich Skylar zaghaft fragen.

Ich wandte mich zu ihr um. »Wer tut so etwas?«

Sie senkte niedergeschlagen den Blick. »Ich weiß es nicht«, murmelte sie betrübt. »Ich habe heute Morgen meine Kopfhörer hier liegen lassen und wollte sie holen. Die Tür stand bereits offen, und als ich das Chaos sah, wusste ich nicht, was ich tun sollte. Und da steht dein Name an der Wand, Lorn. Das ist … « Skylar schüttelte sich. »Da will dich jemand echt in die Scheiße reiten. Ich weiß, dass du niemals … aber das ist echt übel.«

»So sieht meine Schrift nicht mal aus!«, sagte ich wütend und starrte auf die Schmiererei. »Welcher Täter schreibt bitte seinen Namen an die Wand! Und unsere neuen Trikots … «

Ich brachte es nicht über mich, den Satz zu beenden. Skylar schien erst jetzt zu realisieren, dass wir neben der Verwüstung der Umkleide ein weiteres Problem hatten. Sie riss Augen und Mund weit auf, als sie die blauen Stofffetzen am Boden entdeckte.

»Sind das …? Nein! Ich habe mich vorhin nicht getraut, diese Schachtel zu öffnen«, sagte sie und war plötzlich ganz blass.

»Wir müssen jemandem Bescheid sagen«, überlegte ich laut.

»Wie sind die überhaupt an die Trikots gekommen?«, fragte Skylar mitgenommen. »Die waren doch im Büro von Coach Maxwell.«

Wir beide tauschten einen verunsicherten Blick. Hastig gingen wir ein Stück den Gang zurück, bis zum Büro. Ich betrachtete die Tür, die nur angelehnt war. Das Schloss war leicht verbogen und das Holz drumherum abgesplittert. Jemand musste die Tür aufgebrochen haben. Im Büro selbst schien jedoch so weit alles okay zu sein. Ich konnte keinen Schaden erkennen.

Skylar und ich sahen einander bestürzt an.

Dann hallten schon Schritte den langen Flur entlang, und es dauerte nur ein paar Herzschläge, bis die Personen, zu denen sie gehörten, in mein Sichtfeld traten. Coach Maxwell, dicht gefolgt von Direktor Peterson höchstpersönlich. Augenblicklich fühlte ich mich ihnen wie auf dem Silbertablett ausgeliefert. Die Erwachsenen hatten finstere Mienen und schienen etwas abgehetzt.

»Ich wollte mich mit eigenen Augen davon überzeugen, nachdem mir gesagt wurde, dass hier eine Schülerin Vandalismus in der Lunchpause verübt«, schnaufte der Schuldirektor etwas atemlos. »Was haben Sie beide angestellt? Raus mit der Sprache!«

Andere hätten seine Anschuldigungen vielleicht überrascht, aber Mr. Peterson war dafür bekannt, zuerst zu schimpfen und dann nach den Details zu fragen. Er schickte ständig irgendwelche Schüler und Schülerinnen zu Miss Putin und verteilte Strafen wie Gratis-

Süßigkeiten. Sobald auch nur eine Kleinigkeit an der Newfort High außer Kontrolle geriet, nahm er dies als Angriff gegen seine Person wahr. Wollte ich miterleben, wie er zu toben begann, wenn er erst einmal einen Blick in die Umkleide geworfen hatte? Ganz sicher nicht! Aber ich konnte ja schlecht wie eine Kriminelle davonlaufen. Ein Glück, dass der Coach auch da war.

»Mädchen, was ist passiert?«, fragte er mit ruhiger Stimme. »Ich war gerade im Sekretariat, als ein anonymer Anruf einging, in dem es hieß, eine Schülerin würde die Umkleide der Newfort Newts auseinandernehmen. Ist das irgendeine Art Streich?«

»Ein anonymer Anruf?«, echote ich skeptisch.

»Es ist furchtbar!«, sagte Skylar, die sich wohl nicht länger zurückhalten konnte. »Jemand ist eingebrochen und hat alles …«

»Was zum Kuckuck!«, ertönte der Schrei des Direktors. Natürlich war er sofort zur Umkleide gestampft. Er wedelte mit der Hand vor der Nase herum, um den Gestank zu vertreiben. »Das ist Schuleigentum! Wie können Sie es wagen, so etwas …«

»Jetzt mal halblang«, ging Coach Maxwell dazwischen. »Du weißt doch gar nicht, ob die Mädchen etwas damit zu tun haben.«

»Dort steht der Name der Schuldigen!«, erwiderte der Direktor. Er war ein hagerer Mann, der mit seinem angegrauten schwarzen Haar und der immer gleichen, verbitterten und mürrischen Miene ein wenig an Lurch, den Butler der Addams Family erinnerte. Man würde ihm so ein lautes Organ gar nicht zutrauen, aber seine Stimme klang autoritär und energisch. »Lorn! Lorn Rivers, Coach!«

»Glauben Sie wirklich, ich würde meinen Namen an die Wand schmieren und dann auch noch so dumm sein und hier stehen bleiben, damit man mich auf frischer Tat erwischt?«, fragte ich. »Außerdem sieht meine Schrift ganz anders aus! Das kann jeder meiner Lehrer bezeugen! Das beweist wirklich gar nichts!«

»Du hast sicher nicht damit gerechnet, dass jemand deine Tat meldet und wir so schnell hier sein würden. Deine Schrift kannst du genauso gut verstellt haben«, meinte er. »Ihr Kids denkt doch heutzutage, so etwas sei cool, und wollt noch Anerkennung dafür!«

»Das ergibt keinen Sinn, Larry«, mischte sich der Coach ein. »Der Anruf im Sekretariat allein war schon seltsam genug, und ich verbürge mich für Lorn. Das muss ein Missverständnis sein.«

»Sieh dir dieses mutwillige Chaos an! Und dieser Geruch! Das ist kein harmloses Missverständnis, sondern eine Straftat!«

»Lorn war das nicht!«, setzte sich Skylar für mich ein. »Ich war vor ihr hier und habe das Chaos entdeckt. Danach habe ich ihr sofort geschrieben, weil ich nicht weiterwusste.«

Skylar griff nach meiner Hand und drückte sie fest.

»Das sagst du doch nur, weil du ihre Freundin bist«, meckerte der Direktor. »Sonst hättest du gleich mich informieren können.«

»Ich … « Skylar stockte. »Natürlich sind wir Freundinnen! Lorn sollte es wissen, wenn jemand ihren Namen an die Wand schmiert.«

»Übeltäter kehren immer an den Ort des Verbrechens zurück!«

Coach Maxwell verdrehte bei all der Melodramatik, die aus Direktor Petersons Mund kam, genervt die Augen. Doch als er am Türrahmen der Umkleide stand, stockte selbst ihm der Atem. Er betrat den Raum. Seine Schultern spannten sich merklich, als er begriff, dass die neuen Trikots nur noch als Konfetti zu gebrauchen waren. Er wandte sich erneut Skylar und mir zu. Seine Miene spiegelte einen Ausdruck des Entsetzens wider. Er brauchte einige Sekunden, um sich zu fangen. »Am besten gehen wir jetzt in das Büro des Direktors und werden vernünftig über den Vorfall sprechen«, sagte Coach Maxwell mit belegter Stimme.

»Vernünftig reden?«, tobte der Direktor. »Dafür ist es wohl ein wenig zu spät, wenn ich mir all diese Beweise anschaue!«

Der Marsch zum Büro des Direktors fühlte sich an wie ein Gang zum Schafott. Skylar hielt noch immer meine Hand fest. Vielleicht hatte sie Angst, dass ich vor Schreck umkippte, wenn sie losließ.

»Die anderen kommen bestimmt, um zu helfen«, flüsterte sie.

Mehr als ein Nicken brachte ich nicht zustande.

Niemand aus dem Team konnte uns helfen. Auch der letzte Funke Zuversicht verließ mich, als wir das Büro des Direktors betraten.

Meine Pechsträhne würde anscheinend niemals enden.

KAPITEL 11

SKYLAR WURDE SCHNELL ENTLASSEN. Der Direktor nahm ihre Aussage auf und schickte sie dann hinaus. Man musste kein Sherlock Holmes sein, um zu wissen, dass ich in seinen Augen die Übeltäterin blieb. Die Schmiererei an der Wand trug meinen Namen – eine Tatsache, die während dieser Sitzung zigmal wiederholt wurde. Meine logischen Argumente wurden ignoriert. Coach Maxwell hatte auf seiner Anwesenheit bestanden und war rasch in die Rolle meines Verteidigers geschlüpft, als spiele er einen Anwalt bei *Suits*.

»Junge Menschen machen immer wieder Fehler, und wir sind es ihnen schuldig, diese zu verzeihen und sie auf den rechten Weg zurückzuführen«, setzte der Schulleiter jetzt zu einer seiner geschwollenen Reden an. »Doch auf Fehler folgen Konsequenzen. Miss Rivers ist schon zu oft negativ aufgefallen, weshalb ich ihr keinen Glauben schenken kann, Calvin.« Er betonte den Vornamen des Coachs wie ein wohlgesinnter Grandpa, der es bedauerte, ein Enkelkind zu tadeln. Mich beachtete er inzwischen gar nicht mehr. Ich war die vorlaute, respektlose Schülerin, die log, um ihre Haut zu retten. »Wir müssen Miss Rivers bestrafen.«

»Es gibt nicht ausreichend Beweise, um Lorn für etwas zu verurteilen, an dem sie meiner Meinung nach nicht die Schuld trägt«, erwiderte der Coach. »Ich bin alles andere als begeistert, dass jemand in mein Büro eingebrochen ist und zusätzlich die Umkleide verwüstet wurde! Unsere neuen Trikots sind völlig unbrauchbar. Die Mädchen haben hart für sie gearbeitet, und Lorn war eine von ihnen! Das ist doch Strafe genug. Mein Team muss mit dieser Konsequenz leben.«

»Ich kann den Vorfall nicht einfach unter den Tisch fallen lassen.«

»Das verlangt auch niemand«, sagte mein Trainer. »Es ist nicht das erste Mal, dass Vandalismus an der Newfort High verübt wurde. Die Verantwortlichen für so etwas auszumachen ist schwierig. Was würden die Eltern von Lorn oder die der anderen Schülerinnen aus dem Team sagen, wenn ihre Kinder nicht als unschuldig gelten, bis ihre Schuld bewiesen wurde? Das könnte einen regelrechten Skandal auslösen.«

Jetzt fuhr Coach Maxwell aber schwere Geschütze auf. Skandal! Ha! Bei dem Wort fing Direktor Petersons strenge Fassade allmählich zu bröckeln an. Ein Aufstand irgendwelcher Eltern, den er zu verantworten hätte, war sicher sein größter Albtraum.

»In den Regeln für das kommende Basketballturnier gibt es eine Klausel, die vorschreibt, wie die Uniformen der teilnehmenden Teams auszusehen haben. Wenn man diese Vorschriften nicht beachtet, kann man disqualifiziert werden«, fuhr der Coach fort. »Die alten Trikots entsprechen nicht diesen Vorgaben. Was denkst du, werden die Eltern sagen, wenn das Turnier komplett ins Wasser fällt? Es kommen einige wichtige College-Scouts dorthin. Was ist mit denen, die Gelder an die Schule spenden? Die ganze Angelegenheit ist so schon schlimm genug, wieso sie also noch verschlimmern, indem man eine einzige Schülerin an den Pranger stellt? Wir sollten eher über einen Weg sprechen, wie wir die Situation noch irgendwie retten.«

»Retten«, schnaufte der Direktor. »Das Schulgremium ist sehr knausrig mit seinen Geldern. Wie stehe ich denn dann da!«

»Aber …«, setzte der Coach an.

»Nichts aber! Du hast recht, wir sollten es uns nicht noch schwerer machen. Lass dir was einfallen, wie wir die Sache mit den Trikots regeln – aber ohne dass auch nur ein Wort an die Öffentlichkeit gelangt! Wenn Miss Rivers dieses Büro ohne Verweis verlassen soll, dann werden wir es genauso handhaben. Basta!«

Mir klappte der Mund auf. Das grenzte ja an … Erpressung!

Coach Maxwell nickte knapp. »Wie du willst.«

»Nein!«, protestierte ich heftig. »Was ist mit …«

»Lorn«, unterbrach er mich ruppig. »Wir gehen. Jetzt.«

Direktor Peterson lehnte sich in seinem Stuhl zurück und tupfte sich mit der Hand langsam einige Schweißperlen von der Stirn. Als sich unsere Blicke trafen, zuckte er kaum merklich zusammen. Wenn er auch nur annähernd die rasende Wut lodern sehen konnte, die sich in meinem Inneren wie ein wahres Fegefeuer anfühlte, dann wusste er, wie sehr ich ihn verabscheute. Er sollte seines Amtes enthoben werden! Ich hatte schon so oft eine Abneigung gegen den Schuldirektor verspürt, weil er ein sturer, uneinsichtiger Mann mit viel zu großem Ego war, aber sein Verhalten heute war echt die Spitze des Eisberges. Wie zur Hölle konnte der Coach überhaupt noch so ruhig und gelassen sein?

Kaum waren wir auf dem Flur, platzte eine Wortlawine aus mir heraus. »Ich hatte absolut nichts damit zu tun! Wie kann er solche Dinge sagen? Das ist unfair! Er sollte hinter dem Team stehen! Direktor Peterson kann das doch nicht ernst meinen! Er muss etwas unternehmen! Dieser miese …«

»Lorn«, sagte Coach Maxwell sanft. »Tief durchatmen.«

Ich hielt tatsächlich für einen Moment die Luft an, weil ich keinen anderen Weg sah, die in meinem Herzen herumwirbelnden Gefühle auszubremsen. Meine Hände begannen zu zittern, und es baute sich ein solcher Druck in mir auf, dass ich abrupt in Tränen ausbrach.

»Es tut mir so leid«, schniefte ich. »Ich bringe nur Unglück.«

Coach Maxwell deutete mit einem Lächeln über meine Schulter.

»Ich glaube, die sehen das ganz anders«, sagte er einfühlsam.

Langsam drehte ich mich um und blickte in die Gesichter von Skylar, Kim, Naomi, Chelsea und den anderen Mädels des Teams. Alle setzten sich zeitgleich in Bewegung, und im nächsten Moment fand ich mich in einer großen Gruppenumarmung wieder. Arme und Hände drückten mich an sich, allen voran Skylar und Kim. Meine Tränen liefen weiter und benetzten Skylars Bluse. Für eine halbe Ewigkeit, wie es schien, verharrten wir in dieser Position. Irgendwann räusperte sich der Coach. Die Mädels und ich traten ein paar Schritte zurück, und ich wischte mir übers Gesicht.

»Ihr seid echt alle gekommen!«, schniefte ich.

»Niemand von uns glaubt, dass du etwas mit dem Vorfall zu tun hast«, sagte Kim todernst. »Wir stehen geschlossen hinter dir.«

»Das bedeutet mir wahnsinnig viel«, sagte ich. »Aber jemand hat es auf mich abgesehen, und jetzt müssen alle darunter leiden. Wenn man es genau betrachtet, trage ich wohl die Schuld.«

»Ich bin auch ziemlich sauer auf dich, weil du aus dem Team geflogen bist«, sagte Kim. »Aber das hier ist eine ganz andere Kiste. Du kannst nichts für die Taten von irgendwelchen Ar…«

»Sprache, Kim«, warnte Coach Maxwell sie.

Kim verzog keine Miene. »Arschlöchern. Punkt.«

»Unsere Trikots … «, setzte ich verzweifelt an.

»Ich weiß«, sagte sie und schluckte schwer.

»Wir finden schon eine Lösung«, sagte Skylar.

»Es muss einen Weg geben«, stimmte Naomi zu.

»Ich habe euch gar nicht verdient«, murmelte ich und spürte, wie sich wieder Tränen in meinen Augen sammelten. »Es tut mir so unendlich leid. Ich wollte das alles nicht. Wirklich.«

»Ich schlage vor, wir verlegen unser spontanes Meeting in mein Büro«, sagte Coach Maxwell. »Wenn der Direktor mitbekommt, dass ihr allesamt den Unterricht verlassen habt, um hier eine Versammlung abzuhalten, wird das seine Stimmung nicht unbedingt aufhellen. Kim, du bist die Kapitänin. Was machen wir jetzt?«

Kim reckte das Kinn. »Was wir immer in Notlagen tun. Wir schmieden einen Plan und ziehen uns aus dieser Misere heraus.«

Der Coach nickte anerkennend. »Das ist mein Team.«

Später am Nachmittag in den letzten zwei Unterrichtsstunden, Mathe bei Mr. Hardin, erzählte ich Cassidy von allem, was passiert war. Vor lauter Schock und Wut schoss sie in ihrem Stuhl hoch, und ich befürchtete schon, dass sie auf der Stelle aus dem Kurs rennen würde, um als Rächerin Andrew Carlyle gehörig in den Hintern zu treten. Es bestand für uns beide nämlich keinerlei Zweifel daran, dass er als Einziger für das Chaos in Frage kam. Niemand anders als Andrew neigte zu solch extremen Handlungen, und heute war er definitiv zu weit gegangen. Unser Mathelehrer deutete Cassidys Aufschrecken als freiwilliges Melden für die aktuelle Aufgabe an der Tafel, weshalb sie nach vorne musste und ihm die Kreide abnahm. Während Cassidy anfing, eine Lösung zu präsentieren und ihre Gedanken dabei laut aussprach, damit der Kurs ihr folgen konnte, kämpfte ich wieder mit den Tränen. Ich war echt nicht nah am Wasser gebaut, aber das Level der Fairness hatte heute einen solchen Tiefpunkt erreicht, dass ich nicht mehr genug Kraft hatte, um mich zusammenzureißen. Ich nahm das Mathebuch in beide Hände und hielt es mir vors Gesicht. Es musste schließlich nicht jeder mitbekommen, dass ich kurz vor einem Nervenzusammenbruch stand. Dass meine Finger auf einmal einen Sticker auf der Außenseite des Umschlags ertasteten, machte es nicht besser. Dort klebte nämlich das Logo meiner Lieblingsmannschaft. Das Atlanta Dream-Team hatte seine Anfänge irgendwann um 2007 herum und war seit seiner ersten Saison mein ungeschlagener Favorit. Wenn ich die Spiele der Frauen-Mannschaft gesehen hatte, machte mir das immer Mut, weil sie in so kurzer Zeit so viele Dinge erreicht hatten. Trotz vieler Niederlagen ließen sie sich nicht unterkriegen.

Ich hatte heute gelernt, dass es mit den Newfort Newts so ähnlich war. Mit Kim als Kapitänin war Aufgeben keine Option. Wir hatten uns alle in der Lunchpause das Hirn zermartert, waren aber zu keinem neuen Plan gekommen. Keine zündende Idee, keine Eingebung, die unser finanzieller Rettungsring sein würde. Und obwohl wir uns alle mit einem schwachen Lächeln auf den Lippen getrennt hatten und die Hoffnung hegten, dass die Sache mit den Trikots nicht unser Aus für das Turnier bedeuten würde, so ahnten wir insgeheim doch, dass es vermutlich so war. Zuvor war mir ohne Basketball schon alles sinnlos erschienen. Jetzt lief ich Gefahr, in ein endloses Loch zu fallen, aus dem es kein Entkommen gab. Die Sache war verflucht unfair! Aber mein Team stand geschlossen hinter mir. Und da ich mich wirklich schuldig fühlte, lag es an mir, Geld für neue Trikots aufzutreiben.

Es *musste* eine Möglichkeit geben.

Vielleicht, wenn ich Beweise gegen Andrew sammelte …

Hatte seine Familie nicht Kohle ohne Ende?

Konnte ich mit einem Geständnis von ihm seine Eltern dazu bringen, der Mannschaft die Trikots zu ersetzen? Oder war eine Bank auszurauben und damit davonzukommen weitaus realistischer?

Niedergeschlagen wischte ich die Tränen von meinen Wangen.

Cassidy war inzwischen fertig und setzte sich wieder an ihren Platz. Sie stupste mich sanft an. »Hey«, flüsterte sie. »Geht's?«

»Ich werde das Klassenzimmer schon nicht mit meinen Tränen überfluten«, murmelte ich. »So was passiert nur bei Disney.«

Cassidy sah mich mitfühlend an. »Wir könnten sie auch in einen Bottich abfüllen und Andrew darin ertränken. Wie wäre das?«

»Du hast neulich noch zu mir gesagt, dass ich so was nicht mal denken soll, als ich Colton umbringen wollte«, murmelte ich.

»Colton brauche ich ja noch lebend«, erwiderte sie.

»Jaja, zum Rummachen«, sagte ich leise. »Stell dir vor, deine Küsse wären tödlich wie die von Poison Ivy. Andrew müsste dir nur an die Wäsche gehen wollen und – schwupps, abgemurkst.«

»Die Idee ist eigentlich gar nicht so schlecht.«

»Das war ein Witz!«, sagte ich entsetzt. »Es ist Andrew, ew!«

Cassidy hielt sich jetzt ebenfalls ihr Buch vors Gesicht und senkte die Stimme. »Ja, aber so käme man an ihn heran. Sein Ego ist riesengroß, und ich glaube, er würde nicht Nein sagen.«

»Du willst, dass ich mich für die Gerechtigkeit prostituiere?«, fragte ich schockiert. Mir fielen fast die Augen aus dem Kopf.

»Nicht du«, zischte Cassidy.

»Du auch nicht!«, wisperte ich zurück.

»Niemand soll hier irgendwas gegen seinen Willen tun. Was denkst du denn von mir?«, murmelte Cassidy. »Aber wenn wir jemanden finden, der ein bisschen mit ihm flirtet, dann kriegen wir ihn vielleicht dazu, etwas auszuplaudern. Verstehst du?«

»Oder ich trete ihm einfach in die Kronjuwelen.«

Cassidy und ich zogen die Köpfe auseinander, als Mr. Hardin einen skeptischen Blick in unsere Richtung warf. Erst als er sich wieder der Tafel zuwandte, setzten wir die Unterhaltung fort. Cassidy sah mich mit einem Glitzern in den dunklen Augen an, das mir ziemlich vertraut war.

»Vertrau mir«, flüsterte sie. »Während des Schlussmach-Services habe ich Unmengen an Jungs wie Andrew für andere abserviert. Ich weiß, wie sie ticken. Und wenn es etwas gibt, dem sie nicht widerstehen können, dann einem süßen Mädchen, vor dem sie mit all ihren cleveren Schandtaten angeben können.«

»Schandtaten?«, wiederholte ich belustigt.

Cassidy zuckte mit den Schultern. »Wir lesen gerade in Literatur ›Eine Geschichte aus zwei Städten‹ von Charles Dickens, und anscheinend wirkt sich das auf meinen Wortschatz aus.«

»Wieso lesen wir auch so öde Klassiker in der Schule? Bei Harry Potter würde man zumindest lernen, gegen das Böse zu kämpfen.«

»Andrew wäre echt der perfekte Todesser-Anwärter.«

»Wem sagst du das«, grummelte ich.

Den Rest der Stunde widmeten wir unsere Aufmerksamkeit wieder Mr. Hardin, der leidenschaftlich über irgendwelche Formeln sprach. Wieso gab es keine Lösungswege in Schulbüchern für Probleme im echten Leben? Dann wäre alles so viel leichter.

Mom ging es nicht besonders gut, als ich nach Hause kam. Sie lag mit Migräne auf der Couch und versuchte, etwas Ruhe zu finden. Die Zwillinge trugen nicht gerade zu ihrer Genesung bei, weil sie sich heftig wegen eines Puzzles stritten, das sie gemeinsam angefangen hatten. Es ging darum, wer das letzte Teil einsetzen durfte. Ich trat ins Wohnzimmer und sah noch, wie Jane es sich in den Mund schob, damit April es auf gar keinen Fall in die Finger bekam, woraufhin April wütend das komplette Puzzle zerstörte. Manchmal benahmen sich die beiden echt nicht, als wären sie bereits zehn, sondern wie bockige Vierjährige. Mom richtete sich mit einem genervten Stöhnen auf und hielt sich den Kopf.

»Mädchen, bitte«, flehte sie fast. »Vertragt euch.«

Wie immer bei den beiden schoben sie einander die Schuld in die Schuhe. Ein typischer April-Jane-Move, den ich schon zur Genüge kannte. Einmal hatten die zwei über eine Stunde wie eine hängengebliebene Schallplatte gesagt »April war das!« oder »Jane war das!«. In solchen Momenten hätte jeder in meiner Familie gerne eine Fernbedienung, mit der man die Zwillinge auf stumm stellen konnte. Ich ging dazwischen, ehe die Lage noch völlig eskalieren konnte, und packte beide am Arm. Mom warf mir einen dankbaren Blick zu, während meine kleinen Schwestern zu quengeln begannen, weil ich ja ach so gemein war.

»Kannst du mit den beiden vielleicht etwas rausgehen?«, bat Mom. »Anscheinend müssen sich April und Jane mal austoben.«

»Du willst die beiden also belohnen, wenn sie streiten, und ich bekomme Hausarrest, wenn ich einmal Ärger mache?«, fragte ich.

»Sieh es doch mal so: Du kommst raus, trotz Hausarrest.«

»Wo ist eigentlich Bryce?«, fragte ich.

»Bei Maddy«, antwortete Mom.

Normalerweise tat ich ihr wirklich gerne einen Gefallen, aber nach diesem Schultag hatte ich mich eigentlich nur noch mit einer großen Portion Eis in meinem Zimmer verkriechen wollen. Außerdem ärgerte es mich, dass Bryce sich jedes Mal aus dem Staub machte, wie es ihm gerade passte. Eine Freundin zu haben war doch kein Freifahrtschein, um nach Lust und Laune zu kommen und zu gehen!

Dann hatte ich eine Idee …

»Darf ich dann später noch in die Bibliothek zum Lernen?«

»Zum Lernen?« Mom zog skeptisch eine Augenbraue hoch.

»Ich treffe mich da mit Freunden«, flunkerte ich.

Eigentlich nur mit Theo … der hatte mir nämlich den Ort und eine Zeit geschrieben, um unsere Unterhaltung über Isabella fortzusetzen – den Hausarrest hatte ich dabei völlig vergessen.

»Zum Lernen?«, wiederholte Mom.

»Bitte. Das ist mir wirklich wichtig.«

»Na gut. Dann haben wir einen Deal«, stimmte Mom zu.

»Danke. Du weißt, ich hätte es auch so gemacht, oder?«

Mom lächelte wissend. »Natürlich, Lorn.«

»Wir können auf den Spielplatz gehen.«

»Das wäre toll«, sagte Mom.

April und Jane hörten auf zu zappeln und sahen mich an.

»Auf den Spielplatz mit der Kletterwand?«, fragte Jane.

»Da, wo es die leckere Zuckerwatte gibt?«, fragte April.

»Nur, wenn ihr hoch und heilig versprecht, euch zu benehmen«, sagte ich, ganz die große Schwester. »Sonst sperre ich euch in den Keller und esse heute Abend alle Pfannkuchen allein auf.«

»In den Keller? Da sind überall Spinnen!«, quiekte April.

»Da wohnt ein Geist«, fügte Jane hinzu. »Echt jetzt, Lorn!«

»Vielleicht bringen die Spinnen und Geister euch ja ein paar Manieren bei«, meinte ich ernst. »Ich habe mal gelesen, dass das in Sibirien als waschechte Erziehungsmethode funktioniert. Die Kinder da sind immer ganz brav und hören auf ihre Eltern.«

»Du flunkerst voll!«, meinte April.

»Gleich wächst deine Nase wie bei Pinocchio!«, sagte Jane.

Ich setzte eine Unschuldsmiene auf. »Wollt ihr es testen?«

»Nein!«, schrien beide wie aus einem Mund.

Mom fing an zu lachen. Die Zwillinge warfen ihr finstere Blicke zu. Ich ließ meine Schwestern los und tat so, als würde ich auf eine imaginäre Uhr an meinem Handgelenk schauen. »Ihr habt fünf Minuten. Holt eure Helme, sonst radle ich ohne euch los.«

Die beiden brauchten keine weitere Aufforderung. Sie stürmten aus dem Wohnzimmer und polterten in die Küche, um durch die Schiebetür in den Garten und im Anschluss zum Schuppen zu gelangen, wo sich die Fahrradausrüstung unserer Familie befand

Mom schenkte mir ein Lächeln. »Danke, Lorn.«

In unserer Gegend gab es mehrere Spielplätze, die innerhalb weniger Minuten gut mit den Rädern zu erreichen waren. Der *Bridgepoint Elementary Playground* befand sich hinter dem Westwood Park und war ein beliebtes Ausflugsziel für Groß und Klein. Das Besondere an diesem Ort war, dass es mehrere Bereiche für unterschiedliche

Altersklassen gab. Darunter die riesige Spielanlage voller Ebenen, Tunnel, Rutschen und der Kletterwand oder der weitläufige Sandkasten mit Gerätschaften für Jüngere. Ringsherum gab es einen Shop, in dem man Spielsachen ausleihen konnte, und einen Imbisswagen, der von Snacks bis hin zu Süßigkeiten so ziemlich alles anbot. Wie zu erwarten war einiges los. Wir schlossen unsere Fahrräder in einem der dafür vorgesehenen Ständer ab. April und Jane liefen sofort auf ein paar freie Schaukeln zu, ehe jemand anderes kam und sie ihnen wegschnappte. Ich setzte mich auf eine Bank in der Nähe, um sie nicht aus den Augen zu verlieren und damit sie mich jederzeit wiederfanden.

Für eine Weile genoss ich einfach nur das schöne Wetter, das auch jetzt am Nachmittag noch mild und warm war, und versuchte, sämtliche Gedanken an Andrew und den Vandalismus abzuschütteln. Ich entdeckte Mrs. Simons, eine Freundin meiner Mom, deren Sohn gemeinsam mit April und Jane in dieselbe Klasse ging. Als die Zwillinge Hunger und Durst bekamen, setzten wir uns mit ein paar Erfrischungen vom Imbiss zu ihr an einen Picknicktisch.

Es war echt keine schlechte Idee gewesen herzukommen. Und gerade als ich so richtig anfing zu entspannen, sah ich sie. Zuerst glaubte ich noch, mir einzubilden, dass sie zwischen zwei Bäumen auftauchte. Doch es bestand kein Zweifel – Addison Bell. Sie hatte ihre schwarzen Haare unordentlich hochgesteckt und trug eine bestickte weiße Bluse mit schwarzen Shorts. Und sie winkte. Die Geste war unmissverständlich. Sie wollte, dass ich zu ihr kam.

War das irgendein Trick? War Andrew auch hier? Alarmiert sah ich mich um. Ich konnte ihn nirgends entdecken. Trotzdem schlug mein Herz schneller. Meine letzten Begegnungen mit Addison waren nicht gerade super gelaufen, und ich wollte auf keinen Fall, dass meine kleinen Schwestern in irgendetwas hineingezogen wurden.

»Mrs. Simons, könnten Sie kurz auf April und Jane achtgeben?«, bat ich höflich. »Ich müsste mal auf die Toilette gehen.«

»Gar kein Problem«, antwortete sie freundlich.

Mit wachsendem Unbehagen stand ich auf. Es fühlte sich an, als würde ich etwas Verbotenes tun. Je näher ich Addison kam, desto stärker wurde dieses Gefühl. Überall auf dem Spielplatz waren Kinder und ihre Eltern, und es war dementsprechend laut. Niemand interessierte sich für mich. Ich wusste nicht, was ich erwartet hatte. Dass Andrew hinter irgendeinem Busch hervorsprang und mich packte, um die nächste Racheaktion zu starten? Das war absurd!

Addison schien sich auch nicht gerade wohl zu fühlen. Als ich ihr gegenüberstand, fiel mir zuerst ihr angespannter Gesichtsausdruck auf. Sie hatte dunkle Schatten unter den Augen.

»Was willst du hier? Und woher wusstest du, wo ich bin?«

Addison biss sich auf die Unterlippe und wich meinem Blick aus. »Ich wollte eigentlich bei dir zu Hause vorbeischauen, aber dann habe ich gesehen, dass ihr los seid ... es geht um das, was heute in der Schule passiert ist. Ich habe davon gehört.«

»Ach, von wem nur? Vielleicht von deinem Buddy Andrew?«

»Das ist nicht witzig, Lorn«, sagte Addison.

»Nein, ist es nicht«, erwiderte ich patzig. »Hat Andrew dich beauftragt, mich auszuspionieren? Plant er weitere Anschläge?«

»Nein! Ich bin keine Spionin! Und ich hatte nichts mit dem Vorfall in der Schule zu tun. Das schwöre ich!«, sagte sie heftig. »Können wir kurz reden. Bitte? Es ist wichtig.«

»Jetzt willst du reden?«, fragte ich ungläubig. »Neulich haben du und dein Freund mich bedroht, Addison. Wieso sollte ich dir irgendetwas glauben? Wegen euch wäre ich heute fast der Schule verwiesen worden! Mein ganzes Team hat Riesenprobleme am Hals!«

Ohne es zu wollen, hatte ich die Stimme erhoben. Ein Vater, der mit seiner Tochter gerade Richtung Schaukeln ging, warf uns einen fragenden Blick zu. Eine Szene auf einem Spielplatz zu veranstalten war echt nicht meine Absicht. Ich lächelte entschuldigend und wartete, bis sie weg waren, ehe ich fortfuhr.

»Nenn mir einen Grund, wieso ich dir zuhören sollte.«

Addison sah mich eindringlich an. »Wir waren mal Freundinnen«, sagte sie leise. »Das habe ich nicht vergessen. Du?«

»Willst du jetzt echt die Freundinnen-Karte ausspielen?«

»Wenn du mich dann anhörst? Ja!«

»Okay«, sagte ich. »Rede.«

»Es tut mir leid, was heute passiert ist«, sagte Addison. »Ich hatte so eine Ahnung, dass Andrew irgendwas plant, und wollte dich vorwarnen, aber es war bereits zu spät. Inzwischen weißt du bestimmt, dass Andrew das ›Phantom‹ ist. Er glaubt, dass du ihm das Geschäft vermiest hast und will dich loswerden, Lorn.«

»Ach wirklich, Addison?«, sagte ich und versuchte nicht mal, die unfreundliche Note in meiner Stimme zu verbergen. »Beim *Wild Card* habe ich euch doch nur rein zufällig gesehen. Ich hatte keine Ahnung, was da zwischen euch lief, und habe auch niemanden verpetzt. Ich war sogar so dumm und habe mir Sorgen um dich gemacht, weil Andrew kein guter Umgang ist. Aber anscheinend steckst du mit ihm unter einer Decke. Ich wusste vorher nicht mal irgendwas von einem ›Phantom‹. Wegen dir hänge ich jetzt mit drin!«

»Das tut mir auch ehrlich leid.«

»Du lügst doch wie gedruckt!«, gab ich zurück.

»Lorn«, sagte Addison energisch. »Sieh mir in die Augen. Ich lüge nicht. Ich finde Andrews Verhalten alles andere als okay. Er geht in letzter Zeit zu weit, um zu bekommen, was er will. Und mit der Aktion von heute hat er endgültig eine Grenze überschritten – und das war bestimmt nur der Anfang. Der Direktor hatte Andrew schon länger im Verdacht, was die Sache mit den Antworten der

Tests und Klausuren betrifft. Andrew war stinkwütend, als wir am Montag ins Büro von Peterson mussten.«

»Schön. Und weiter?«, drängte ich und verschränkte ablehnend die Arme vor der Brust. Ich warf einen kurzen Blick über meine Schulter zum Picknicktisch, an dem April und Jane mit Mrs. Simons und einigen anderen Kindern saßen. Bei ihnen war alles okay.

»Dabei bin *ich* die eigentliche Verräterin«, sagte sie ernst. »Ich habe dem Direktor den Tipp mit Andrew gegeben und wollte reinen Tisch machen. Aber Direktor Peterson hat mir nicht geglaubt – so ganz ohne Beweise.«

»Aber du bist auf mich losgegangen!«, entfuhr es mir überrascht. »Du hast *mich* beschuldigt, eine Lügnerin zu sein!«

»Als ich beim Direktor war, hat er mir einfach nicht geglaubt«, wiederholte Addison. »Ich wusste nicht, was ich danach tun sollte. Und dann hatte Andrew Verdacht geschöpft, weil ich mich komisch verhalten habe. Ich konnte nicht zulassen, dass er herausfindet, was ich vorhatte. Dann saßen wir plötzlich beide beim Direktor, und ich hatte solche Panik.« Addison schluckte schwer. »Andrew hat sofort gedacht, dass du uns verraten hast. Ich bin nicht stolz drauf, okay? Aber im Schulhof hat er ein paar Bemerkungen gemacht und mich ausgequetscht, und ich dachte, wenn ich klarstelle, dass ich dasselbe denke wie er, lässt er mich in Ruhe. Er hat was gegen mich in der Hand, Lorn.«

Ungläubig starrte ich sie an. »Wie bitte?«

Ich hatte Andrew auf dem Schulhof gar nicht gesehen …

»Seit geraumer Zeit versuche ich schon, ihn loszuwerden«, fuhr Addison fort. »Aber er ist clever, und als ich aussteigen wollte … er erpresst mich, okay? Deshalb *muss* ich ihm helfen.«

»Das klingt alles etwas wirr«, murmelte ich, weil ich ihre Erzählung etwas sprunghaft fand und nicht sicher war, ob das alles der Wahrheit entsprach. »Wieso erzählst du mir das?«

»Weil ich deine Hilfe brauche.« Sie sah mich entschlossen an.

»Hörst du dir eigentlich selber zu, Addison?« Verärgert erwiderte ich ihren Blick. »Wegen *dir* stecke ich in großen Schwierigkeiten. Du hast die Schuld auf mich abgewälzt, und schau mal, wohin mich das gebracht hat! Dabei habe ich dir nichts getan! Ich wollte immer nur deine Freundin sein. Genau wie Cassidy. Und du hast uns beide seit Beginn der Highschool links liegen lassen, und jetzt stehst du hier aus heiterem Himmel vor mir und willst meine Hilfe? Weißt du eigentlich, wie absurd das klingt?«

»Andrew wird nicht aufhören, verstehst du nicht?« Sie seufzte schwer. »Irgendwann findet er heraus, dass ich versucht habe, ihn zu verraten, und dann haben wir beide dasselbe Problem.«

Ich schwieg. Und dann wandte ich mich einfach ab. Ich spürte, wie sich meine Füße wie von allein in Bewegung setzten – nur weg von hier! Addisons Verhalten brachte mich durcheinander und machte mich wütend zugleich.

»Lorn! Bitte!«, rief sie mir nach.

Ich drehte mich nicht um. Schnurstracks ging ich zurück zu meinen Schwestern, nahm dort Platz und fixierte das Getränk vor mir.

»Wir müssen jetzt los. Richte deiner Mom liebe Grüße aus, ja?«, ertönte Mrs. Simons Stimme an meinem Ohr. »War schön, euch zu sehen, ihr Lieben. Wir müssen uns alle bald mal wieder verabreden.«

»Unbedingt«, murmelte ich abwesend. »Danke fürs Aufpassen.«

»Kein Problem! April und Jane sind so liebe Mädchen.«

Mrs. Simons und ihr Sohn Blake winkten zum Abschied.

»Hast du gehört? Wir sind liebe Mädchen!«, sagte Jane.

»Bekommen wir jetzt Zuckerwatte?«, fragte April.

Ich hob den Kopf und sah zu den Zwillingen. Mit einem erwartungsvollen Glanz in den Augen grinsten sie mich an.

»Ihr könnt euch eine teilen«, sagte ich abgelenkt.

April und Jane jubelten. »Zuckerwatte! Zuckerwatte!«

Als ich mit den beiden am Kiosk anstand, wanderte mein Blick immer wieder zu der Stelle zwischen den Bäumen, wo Addison eben gestanden hatte, aber sie war verschwunden. Ich bezahlte die Zuckerwatte, und gemeinsam gingen wir zu unseren Fahrrädern.

Wir waren mal Freundinnen. Das habe ich nicht vergessen.

Mensch, Addison. In was bist du da hineingeraten?

Die größere Frage war wohl eher: Würde ich ihr helfen?

KAPITEL 12

DIE STADTBIBLIOTHEK LAG auf dem Campus des Newfort Community College, war öffentlich zugänglich und hatte im Gegensatz zu jener der Highschool erweiterte Öffnungszeiten. Da mein Dad als Dozent am College tätig war, musste ich nicht mal einen Ausweis bezahlen, sondern konnte dort umsonst Bücher ausleihen. Im Freshman-Year war ich regelmäßig hier gewesen, weil mir die Atmosphäre des Ortes so wahnsinnig gut gefiel und ich abseits von zu Hause die Ruhe genießen konnte. Mit drei Geschwistern, die nicht immer sehr rücksichtsvoll waren, und der dementsprechenden Geräuschkulisse fiel mir das Lernen oftmals schwer. In den letzten Jahren hatte mich jedoch Basketball so beansprucht, dass mir der Umweg zu mühsam war und ich den Lärm, den April, Jane und Bryce manchmal veranstalteten, eben mit Kopfhörern ausblendete.

Das College selbst lag recht zentral inmitten eines großen Parks, der einige schöne Ecken, Statuen und einen Springbrunnen zu bieten hatte. Zwischen all den Bäumen und gepflegten Wegen wirkte das alte Gebäude irgendwie imposanter, als es eigentlich war. Es hatte eine historische, vom Wetter gezeichnete Steinfassade, große, ausladende Fenster und architektonische Zierelemente wie einige Säulen, Brüstungen und Bögen. Die Stadtbibliothek war ein eigenständiger Bau gleich daneben, der sich nicht sonderlich vom College selbst unterschied.

Nach unserer Rückkehr vom Spielplatz hatte es bereits angefangen zu dämmern. Zu dem Treffen mit Theo schaffte ich es trotzdem rechtzeitig. Auf dem Weg dorthin wurden die Gedanken an den Vandalismus und Addison durch jene an die Schulflur-Szene zwischen ihm und Isabella ersetzt. Ich hoffte, dass Theo mir einige Antworten liefern würde. Vielleicht gab es dann eine Sache weniger, die mich beschäftigte. Mit einem Rucksack voller Bücher und Hefte zur Tarnung war ich losgeradelt. Die College-Bibliothek war ein guter Treffpunkt, um gemeinsam zu lernen. So hatte ich Mom nicht vollends angeflunkert. Nur statt Chemie oder Englisch lernte ich eben etwas über Theo. Ich schloss das Fahrrad vor den Stufen des Gebäudes an einem Ständer ab und sah zum Eingang. Theo war bereits da. Beim Anblick seines alten Lederhuts musste ich schmunzeln – der gehörte einfach zu ihm. Er hielt zwei Kaffeebecher in der Hand und lächelte mich an. Wie schön, wenn das hier ein echtes Date wäre …

»Hey«, begrüßte Theo mich. »Ich habe uns Kaffee geholt.«

»Ein Muntermacher zum ›Lernen‹ oder wie? Das war doch nur eine Ausrede wegen des Hausarrests, damit Mom mich gehen lässt … «

»Für guten Kaffee braucht man keine Ausrede«, meinte er und sog den Duft des Getränks ein. »Ich meine, es ist Kaffee. Außerdem schulde ich dir einen. Ist mit Karamell und wirklich lecker.«

Ich nahm ihm den warmen Becher ab. »Danke.«

»Wie fühlt sich Hausarrest denn so an?«

»Hattest du nie welchen?«, fragte ich ungläubig.

»Na ja, meine Eltern waren immer zu beschäftigt mit Colton, als dass sie mir irgendeine Strafe aufgebrummt hätten, wenn mal was schieflief«, sagte er. »Beim Schummeln erwischt? Egal, Colton hatte schließlich eine schlechte Note in einem Test und musste aufgemuntert werden. Mein Rad bei einem blöden Wettrennen geschrottet? Wen interessiert das schon, wenn Colton sich zeitgleich beim Klettern auf einen Baum den Knöchel verstaucht hat. Wenn ich genau darüber nachdenke, waren meine Eltern noch nie richtig sauer auf mich. Ich bin einfach zu brav.«

»Als ob das was Schlechtes wäre«, bemerkte ich.

Theo verzog das Gesicht. »Nein, nicht unbedingt schlecht, aber … langweilig. Langweilig, mit Helfersyndrom, wenn es nach dir geht. Klingt nicht gerade nach einem interessanten Typen.«

»Du hörst dich gerade wie Grumpy Cat höchstpersönlich an«, witzelte ich, wurde aber gleich darauf etwas ernster. »Falls es dich tröstet: Ich mag dich ganz genau so, wie du bist.«

Wow! Hatte ich das gerade laut und ohne Zögern gesagt?

Ich war fast schon ein bisschen stolz auf mich.

»Danke, Lorn. Das tröstet mich wirklich.«

Okay! Ich fühlte mich großartig!

Breit grinsend fügte ich hinzu: »Außerdem ist Hausarrest überhaupt nichts Tolles. Manchmal wünschte ich sogar, meine Eltern würden mich ignorieren. Wenn was schiefgeht, bin ich als Älteste immer schuld, weil ich die Verantwortung trage.«

»Hab verstanden. Kein Hausarrest ist suuuuper!«

Theos Blick schweifte kurz zum dunklen Himmel. Die Laternen auf dem Campus waren schon vor einer Weile angesprungen, und nun waren einige Sterne ganz leicht zu sehen.

»Tut mir leid, dass ich in der Schule einfach abgetaucht bin.«

»Jeder braucht mal seinen Freiraum«, sagte ich leise.

»Ja«, murmelte er leise. »Sollen wir reingehen?«

»Es gibt ein Café im ersten Stock«, sagte ich.

»Oh! Das wusste ich nicht, sonst hätten wir ja dort Kaffee trinken können. Warst du schon öfter hier auf dem Campus unterwegs?«

»Mein Dad arbeitet als Lehrer am College, ich kenne mich hier ziemlich gut aus«, antwortete ich. Während wir ins Innere gingen und die Treppen ins Obergeschoss hochliefen, unterhielten wir uns über unsere Familien. Ich erzählte Theo von den Jobs meiner Eltern und ein wenig über meine Geschwister. Er packte dafür einige Geschichten über seine und Coltons Kindheit aus. Obwohl man heraushörte, dass Colton ihm wahnsinnig viel bedeutete und die beiden etliche schöne Momente verbanden, war da auch diese winzige Spur Traurigkeit in seiner Stimme. Als würde zwischen den Zeilen noch mehr stecken, als es den Anschein hatte.

Das Café war ziemlich klein, dafür aber gemütlich, und wir fanden noch einen Zweiertisch nahe einem Fenster, in dessen Glasscheibe wir uns aufgrund der Dunkelheit draußen spiegelten. Von Sekunde zu Sekunde fühlte sich das hier – genau wie im Park – wirklich immer mehr wie ein Date an. Erst recht, nachdem wir je ein Stück Kuchen bestellt hatten, ich Käsekuchen und er Apfel, und Theo mit einem Grinsen fragte: »Kann ich mal probieren? Vielleicht schmeckt deins ja nach Sternenstaub und Sonnenlicht, und das will ich auf gar keinen Fall verpassen.« Das hatte er sich also gemerkt … Mir wurde ganz warm ums Herz. Als ich zaghaft nickte, versenkte Theo seine Gabel im Käsekuchen. Grüblerisch kaute er dann und tat so, als würde er die Zutaten analysieren. »Du hast recht, man kann sich alles schöndenken.«

Ein Teil von mir fragte sich, ob er damit mehr als nur den Kuchen meinte. Der schmeckte nämlich ziemlich gut, wie ich fand, nachdem ich auch einen Happen davon gegessen hatte. Merkwürdig …

»Theo?«, wisperte ich leise. »Alles okay?«

Er betrachtete mich eine Weile. »Jetzt schon.«

Ich schluckte schwer und sah ihn sprachlos an. *Was?*

»Ich weiß auch nicht«, sagte er und sah dabei abrupt weg, als könne er mir nicht länger in die Augen sehen. »In deiner Gegenwart fühlt es sich so an, als wäre alles nur noch halb so schlimm. Und ich glaube sogar, dass du es verstehen wirst.«

»Es verstehen?«

»Die Sache mit Isa.«

»Die Sache … mit Isa«, echote ich.

Stimmt. Das hier war ja gar kein nettes Treffen unter So-was-wie-Freunden. Nein. Es ging um Isabella. Und Theo. Die beiden. Betreten senkte ich den Blick und starrte auf meinen Kuchen nieder.

»Wegen Addison«, fuhr Theo fort.

Okay, jetzt war ich vollends verwirrt.

»Was hat Isabella mit Addison zu tun?«

»So gesehen – gar nichts. Aber anders betrachtet sehr viel. Ich muss zur Erklärung etwas weiter ausholen.« Theo machte eine Pause. »Mein Dad und Isabellas Mom, Olivia Hyde, so hieß sie, waren zusammen auf der Highschool und damals ziemlich gute Freunde. Während mein Dad nach dem Abschluss in Newfort geblieben ist und auf der Griffin Ranch einen Job angefangen hat, ist Olivia mit einem Typen aus dem Jahrgang der beiden, Jack Chandler, durchgebrannt. Dad hat sich sein Leben hier in der Stadt aufgebaut. Das mit ihm und meiner Mom ging relativ schnell, und die beiden waren erst einige Monate zusammen, als Mom mit mir schwanger wurde. Irgendwann, kurz nachdem ich geboren wurde und sie geheiratet haben, hat mein Dad erfahren, dass Olivia bei einem Verkehrsunfall gestorben ist.« Ich nickte, um ihm zu verstehen zu geben, dass ich ihm folgen konnte. »In Newfort gibt es ja einige Ranches, die seit Generationen in Familienbesitz sind, und Olivias Bruder hat in die Familie Blackard eingeheiratet. Isa war zu dem Zeitpunkt knapp über ein Jahr alt, und da man nicht wusste, wo Jack steckt, hat ihr Onkel, Mr. Blackard, sie aufgenommen und später dann gemeinsam mit seiner Frau auch adoptiert. Als ich Isabella im Reitcamp getroffen habe, hieß sie also nicht mehr Hyde mit Nachnamen, sondern Blackard.«

»Wow, da hängt aber echt eine ganze Menge mit dran!«

Jetzt war es Theo, der nickte. »Zwischen Isa und mir lag etwa ein Jahr Altersunterschied, aber wir haben uns wirklich gut verstanden und wurden rasch Freunde. Sie war deshalb auch oft bei uns auf der Ranch, und irgendwann hat mein Dad dann eins und eins zusammengezählt und verstanden, dass Isabella die Tochter von Olivia ist. Als Dad mitbekommen hat, dass Isabella von ihrem Onkel und dessen Frau nicht sehr liebevoll aufgezogen wurde, hat er sich immer bemüht, damit sie sich bei uns wohlfühlt. Vielleicht, weil er dachte, er sei es Olivia irgendwie schuldig.«

»Das ist echt traurig«, sagte ich leise. »Erst waren er und ihre Mom Freunde und dann ihr … was für ein verrückter Zufall.«

»Das Leben ist manchmal schon echt verrückt«, meinte Theo. »Da Isa ihre Mom verloren hat, als sie noch so klein war, hat sie bei den Pferden immer eine Art Zuflucht gefunden. Soweit ich zurückdenken kann, hat Isa davon geträumt, mal professionell zu reiten und damit berühmt zu werden. Vielleicht hat der Sport eine Lücke in ihrem Leben gefüllt, die durch den Verlust ihrer Mom entstanden ist. Isa wusste nie sehr viel über sie, denn Mr. Blackard hat ihr kaum etwas erzählt, und seine Frau hat sich immer aus allem rausgehalten und sich wenig um Isabella gekümmert. Sie hat sogar mehrmals meinen Dad gefragt, ob er etwas mehr über Jack weiß, nachdem er uns die Geschichte seiner Freundschaft zu Olivia erzählt hat. Isa hat immer total an seinen Lippen gehangen, wenn er alte Highschool-Geschichten über Olivia erzählt hat. Ich glaube, sie hat Dad echt das Herz gebrochen.«

»Dafür sind er und deine Mom Seelenverwandte.«

»Das ist wahr.« Theo lächelte in sich hinein. »Jedenfalls waren Isa und ich unzertrennlich, die besten Freunde, und das ging bis zur Middle School so. Colton und sie haben sich ständig gezankt, wenn sie bei uns zu Besuch war.« Theos Lächeln wurde breiter. »Ich glaube, Isa war heimlich in ihn verknallt, aber Colton hat in ihr nur eine nervige kleine Göre gesehen.«

Gespannt hielt ich den Atem an.

»Isa hat viel Zeit bei mir und meiner Familie verbracht. Ihr Onkel war schon immer ein seltsamer Kerl. Die Blackard Ranch war eine Weile recht unbedeutend im Hinblick auf die Pferdezucht. Nach und nach hat er die Geschäfte angekurbelt und den Namen der Blackards ziemlich bekannt gemacht. Vielleicht hat er auch deshalb so viel von Isa erwartet. Unermüdlich hat er ihr eingetrichtert, sie wäre zu was Höherem bestimmt, besser als wir Griffins, und irgendwann hatte diese Gehirnwäsche Erfolg. Isa hat sich schleichend verändert. Zuerst kam sie weniger zu Besuch, hat mir nicht mehr alles erzählt, und in der Middle School ging sie mir dann immer öfter aus dem Weg. Sie hat sogar angefangen, über meine Eltern herzuziehen, weil meine Familie lieber Feriengäste bespaßt, statt ›echten‹ Reitsport auszuüben. Ich wusste, wie sehr es ihr zu schaffen machte, ohne Mom aufzuwachsen und nicht zu wissen, wo ihr Dad ist, aber irgendwann hat sie es mir nicht mehr gegönnt, eine glückliche Familie zu haben – zumindest fühlte es sich so an. Dabei hatten wir durch den Tod von Coltons Eltern genauso schwere Zeiten hinter uns. Unsere Freundschaft bekam dadurch Risse. Im Sommer vor der Highschool erhielt Isa das Angebot, unter der Aufsicht eines sehr berühmten Trainers zu reiten. Dieser Kerl hatte jedoch einen ziemlich zwielichtigen Ruf. Er war ständig in den Schlagzeilen, weil er seine Pferde unter den grausamsten Bedingungen antrieb, noch mehr Leistung zu erzielen, Gerüchte über Doping waren im Umlauf, aber man hat ihn nie für irgendetwas dranbekommen, obwohl einige Verfahren wegen Regelverstößen bei Turnieren gegen ihn liefen.«

Theos Miene sprach Bände. Allein beim Gedanken an diesen Mann wurde sein Ausdruck finster. Er knirschte mit den Zähnen.

»Aber er war nun mal ein Star-Trainer. Viele haben ihn bewundert, sich darum gerissen, von ihm unter seine Fittiche genommen zu werden. Er hat Reitern zu Preisen und Karrieren verholfen – und ausgerechnet Isa ist ihm bei einer Veranstaltung ins Auge gefallen. Also wollte er sie ausbilden und in sein Team holen. Sie hat das Angebot angenommen. Danach war es, als würden ich und meine Familie nicht mehr existieren. Vielleicht war es der letzte Tropfen in dem sprichwörtlichen Fass, nachdem zwischen uns alles sowieso schon zu bröckeln begann. Sie hat mich restlos aus ihrem Leben gestrichen und alle Versuche, mit ihr zu reden, abgeschmettert. Dabei hatten wir so viel gemeinsam erlebt. Ich bin immer für sie da gewesen. Das Reiten war ihr aber wichtiger als ich.«

»Oh, Theo … «

»Ich weiß, wie es ist, eine gute Freundin zu verlieren. Genau wie du. Isa und ich haben eine Vergangenheit. Sie war lange Zeit Teil meines Lebens, und die Erinnerungen daran tun sehr weh.« Seine Stimme begann leicht zu zittern. »Als wir mit der Highschool anfingen, ignorierte sie mich weiter. Isa hat mir vielleicht mal einen flüchtigen Blick im Flur geschenkt, und das war's auch schon. Mein Dad hat immer gesagt, dass sie ihrer sprunghaften und eigensinnigen Mom da sehr ähnlich ist und ich das Thema für mich abschließen soll. Dann fing das mit den Nachrichten vor einigen Wochen an. Aus heiterem Himmel hat Isa einfach mal beschlossen, sich zurück in mein Leben zu drängen. Und das macht mich verdammt wütend. Sie hat mir so viel bedeutet …« Ich beobachtete, wie Theo die Hände zu Fäusten ballte. »Ich will ihre Ausreden gar nicht hören. Wer weiß, vielleicht hat ihr toller Trainer sie ja fallen lassen. Ist mir echt egal. Sie hat mich im Stich gelassen, und ich war ihr nicht mal eine richtige Erklärung wert. Das hat sich einfach nur beschissen angefühlt.«

Vorsichtig ließ ich meine Hände über den Tisch gleiten und legte sie auf seine. Ganz sanft berührte ich mit den Fingern seine Haut. Theos Augen richteten sich nun wieder ganz auf mich.

»Das tut mir unheimlich leid. Ich verstehe das.«

Ein Teil von mir war wirklich erleichtert, dass Isa nicht irgendeine Ex-Freundin war … Trotzdem sah ich es in Theos Augen: Sie war ein wichtiger Mensch für ihn gewesen, und – Vergangenheit hin oder her – gegen so jemanden kam man schwer an. Die beiden verband etwas durch die vielen Jahre ihrer damaligen Freundschaft, so wie es auch bei mir und Addison der Fall war.

»Danke, dass du mir keine dummen Ratschläge gibst. Wenn Colton davon wüsste, würde er sich garantiert einmischen und Isa richtig dumm anmachen. Das gäbe nur Streit. Ich möchte sie einfach nur ignorieren und meine Ruhe haben. Oder ist das doch zu stur?«

»Nein, absolut nicht«, bestätigte ich Theo. »Mir geht es mit Addison genauso. Ich will ihr gar keine Chance mehr einräumen, so sauer bin ich. Ich denke, alte Freunde werden immer einen besonderen Platz in unseren Herzen haben, aber Menschen verändern sich, und wenn man auf diese Art verletzt wurde, ist es schwer, anderen erneut zu vertrauen. Deshalb … «

»Genau.«

Einige weitere Minuten saßen wir schweigend da. Im Hintergrund konnte man das Klappern von Geschirr hören und leise Gespräche.

»Ich bin froh, dass ich es dir erzählt habe.«

Langsam schlossen sich Theos Finger um meine. Unter seinem intensiven Blick wurde mir heiß. Schließlich hielt ich es nicht mehr aus. Gezwungen lächelte ich, zog meine Hände zurück und spießte ein Stück Kuchen auf meine Gabel auf.

»Also … auf Sternenstaub und Sonnenlicht. Auf schöne Dinge.«

Theos Mundwinkel zuckten leicht. »Ja, das gefällt mir.«

Mit Gabeln voller Kuchen stießen wir an, als würden wir einen Pakt schließen. Für diesen wundervollen Augenblick, den wir teilten, war ich sehr dankbar. Er machte mir Hoffnung, dass es in Zukunft weiter so sein konnte. Einfach Theo und Lorn.

Das schöne Gefühl vom Vorabend ließ leider etwas nach, als ich am Donnerstag erneut mit neugierigen Blicken und dem Getuschel meiner Mitschüler klarkommen musste. Themen gab es ja genug. Lorn – Maiglöckchen-Date, Petze und rebellische Schulvandalin. Fehlte nur noch ein Gossip-Blog, der über mein Leben berichtete.

Nach dem Unterricht, als ich vor meinem Spind stand, lagen meine Nerven blank. Ich wollte doch nur meine Ruhe! Wenige Armlängen von mir entfernt flüsterten drei Jungs einander etwas zu. Sie verstummten, als ich die Tür meines Schulschranks kräftig zuknallte, und zogen rasch weiter. Erneut gab ich meine Kombination ein, weil ich noch einen Hefter brauchte.

Jemand räusperte sich direkt neben mir.

Ich drehte mich genervt zur Seite. »Was willst du? Oh … «

Neben mir stand Wesley Anderson. Er ging in meine Stufe und war einer dieser Kerle, die Kim mit »zum Niederknien göttlich« beschreiben würde. Er hatte ein scharf geschnittenes Gesicht, mit vollen Lippen und moosgrünen Augen. Irgendwie sah er durch dieses feine Schmunzeln um seine Mundwinkel und die leicht hochgezogenen, buschigen Augenbrauen immer so aus, als würde ihn etwas köstlich amüsieren. Wesley hatte eine Ausstrahlung, die praktisch sagte: Ich bin allzeit bereit loszuflirten. Wir waren auf dieselbe Middle School gegangen, aber das war schließlich eine halbe Ewigkeit her. Ich konnte ihn schwer einschätzen.

»Ich soll dir was geben«, verkündete er.

»Seit wann spielst du den Laufburschen für andere?«

»Ich schulde jemandem einen Gefallen. Hier.« Wesley schob eine Hand in seinen Rucksack und überreichte mir einen Umschlag.

»Was ist das?«, fragte ich skeptisch.

»Steck ihn besser gleich ein und schau später rein.«

»Wieso?«, hakte ich nach.

»Du willst doch nicht, dass Andrew ihn in die Finger bekommt«, sagte Wesley. Er beugte sich vor und flüsterte: »Von Addison.«

Ich konnte seinen Atem auf meiner Wange spüren, legte ihm prompt eine Hand auf die Brust und schob ihn von mir weg. »Verstanden. Deshalb musst du mir nicht gleich so auf die Pelle rücken. Privatsphäre, Wesley«, sagte ich mürrisch.

»Normalerweise stehen die Mädchen da drauf.«

»Normalerweise wollen die auch mit dir rummachen.«

»Ach, und du willst das nicht?«, fragte er herausfordernd.

»Nein, danke«, sagte ich.

»Na gut. Das respektiere ich. Falls du es dir anders überlegst, weißt du ja, wo du mich findest«, entgegnete Wesley selbstbewusst.

Schwupps – war er wieder weg und gab die Sicht auf Theo frei, der plötzlich im Gang stand. »Was wollte der von dir?«

»Lange Geschichte«, murmelte ich.

»Es sah so aus, als hätte er mit dir geflirtet.«

»Wesley flirtet mit jedem. Sogar mit dem Hausmeister.«

»Wollte er dich zum Maiglöckchenball einladen?«

Irritiert starrte ich Theo an. Wie kam er denn da drauf? Und Sekunde mal – er hielt es für möglich, dass jemand wie Wesley Anderson mich nach einem Date fragte? Huch? Wie seltsam.

»Wir gehen doch dahin«, antwortete ich verwirrt.

»Eben, wir beide«, sagte Theo leise. Für einen flüchtigen Moment herrschte eine seltsame Spannung zwischen uns, die ich nicht erklären konnte. »Ich wollte nur noch mal Danke sagen. Wegen gestern Abend. Mir ist eine große Last von den Schultern gefallen, nachdem ich mich dir anvertrauen konnte.«

Schnell schob ich meinen Hefter in den Rucksack und steckte den Umschlag mit hinein. Meine Neugier war zwar extrem groß, aber ich wollte ihn nicht öffnen – nicht in der Schule. Wenn Addison Wesley darum gebeten hatte, ihn mir zu geben, dann wusste

Andrew nichts davon. Seit dem Treffen auf dem Spielplatz vor zwei Tagen hatte ich sie nicht mehr gesehen. Ihr Benehmen war echt total schwer zu bewerten. In einem Moment war sie da und im nächsten wie vom Erdboden verschluckt. Meine Unlösbare-Probleme-Liste wurde zu meinem Bedauern immer länger. Das Addison-Rätsel. Unglücklich verliebt zu sein. Die Sache mit den Newfort Newts. Mr. Andrew Teufel Carlyle. Nahm das irgendwann noch mal ein Ende?

»Lorn?«, fragte Theo unsicher. »Hast du zugehört?«

Ich schob die Gedanken an den Umschlag beiseite.

»Ehm, sorry … ja, gestern war echt … schön.«

Ich war froh, dass Theo das mit den Umkleiden nicht ansprach. Vermutlich hatte er gar nichts davon mitbekommen, weil er wie ich zu den Leuten gehörte, die bei dem Getratsche außen vor gelassen wurden. Ich schenkte Theo ein Lächeln, und gemeinsam gingen wir zum Treppenhaus, um die Hausaufgabenhilfe aufzusuchen. Wir waren kaum ein paar Stufen gegangen, als er mich am Arm fasste. Abrupt blieben wir auf einem Treppenabsatz stehen.

»Ich … ich wollte dich noch was fragen«, druckste er herum. »Am Wochenende findet eine Party bei ein paar Freunden von mir statt. Colton hat keinen Bock hinzugehen, weil Cassidy nicht kann, also dachte ich mir, vielleicht hast du Lust? Nur wenn du noch nichts vorhast. Ablenkung tut doch immer gut, oder?«

Überrumpelt blickte ich Theo an. Was? Im Treppenhaus war es durch die geschlossenen Türen sehr still, und es schien, als könnte ich förmlich hören, wie mein Herzschlag immer lauter wurde. Theo lud mich zu einer Party ein? Mich allein? In mir keimte Freude auf – bis eine fiese Stimme in meinen Gedanken mir zuflüsterte, dass er Colton und Cassidy auch gefragt hatte und die beiden abgelehnt hatten. Da blieb eben nur noch ich … Ich schluckte schwer.

»Ehm«, stammelte ich unsicher.

Ich. Allein mit Theo. Wir würden da zusammen aufkreuzen! Cassidy hatte mir heute Morgen gesagt, dass sie am Samstag mit den Leuten der Schülerzeitung nach Monterey fuhr, weil dort in einer Buchhandlung ein Workshop mit einem bekannten Schriftsteller stattfand und Nash ihnen Karten besorgt hatte. Würde ich so eine Party ohne sie als Unterstützung überstehen?

Das war noch mal was ganz anderes als ein paar Stunden in einem Café. Da waren andere Leute, die ich nicht kannte ... die uns zusammen sehen und ihre Schlüsse ziehen würden, so wie sie es bisher in der Schule getan hatten. Daraus würden sich neue Gerüchte ergeben ...

Kurz fiel mir wieder der Moment vor der *Wall of Dreams* ein.

Loslassen, Lorn. Ihr seid Freunde. Freunde gehen auf Partys.

»Ich habe nichts vor«, sagte ich.

»Heißt das Ja?«, vergewisserte sich Theo.

»Ja«, bestätigte ich. »Was ist das für eine Party?«

»Glaub mir: Sie wird dir gefallen.«

Mit dir an meiner Seite immer, dachte ich. Wehmut umklammerte mit einem Mal mein Herz. Theo stieg weiter die Stufen hinauf, und als ich ihm folgte, nahm ich mir fest vor, dass ich diese Party als Probe sehen würde, mich wie die beste Freundin zu benehmen, die Theo in mir sah. Eine ohne geheime Gefühle.

Cassidy und ich saßen seit Stunden auf meinem Bett, aßen Kekse und quatschten über das bevorstehende Wochenende. Um uns herum lagen aufgeklappte Schulbücher und Hefte, weil wir eigentlich für einen Test hatten lernen wollen, der nächste Woche anstand. Es war echt der Horror, dass einem die ganze Büffelei die Vorfreude auf den Sommer verdarb. Was würde ich froh sein, wenn die ganzen Klausuren und Tests hinter uns lagen und wir Pläne für die Ferien schmieden konnten. Zwar ging es für Cassidy und mich nicht in den Urlaub, aber wir hatten uns vorgenommen, an einigen College-Besichtigungen teilzunehmen, und wollten natürlich ganz viel gemeinsam machen. Weil wir nur am Quatschen waren, unter anderem über die aktuellen Ereignisse, warfen wir irgendwann das Handtuch in Sachen Lernen. Coach Maxwell hatte gestern Abend in meiner Abwesenheit angerufen und Mom im Namen der Schule über den Vorfall mit der Umkleide aufgeklärt, und seitdem war meine Bestrafung komplett aufgehoben. Die Umstände hatten sie davon überzeugt, dass ich genug leiden musste – ganz ohne Hausarrest und Autoverbot. Dad fand diese Art von Meinungswechsel zwar inkonsequent, aber er hatte auch nicht gegen Moms Entscheidung argumentiert. Das nannte man wohl Glück.

Cassidy schob sich einen weiteren Keks in den Mund und griff nach ihrem Handy, als es vibrierte. Sie seufzte schwermütig.

»Es ist Colton«, grummelte sie.

»Was ist denn los?«, horchte ich nach.

»Er hatte für dieses Wochenende was geplant. Nur für uns beide«, erklärte sie. »Und jetzt bin ich an dem Samstag doch mit der Schülerzeitung unterwegs. Wir kommen erst so spät wieder, dass ich danach bestimmt tot ins Bett falle. Jetzt schmollt er wie ein Baby, weil wir uns nicht sehen.«

»Könnt ihr euer Date nicht verschieben?«

»Das machen wir auf jeden Fall«, sagte sie entschlossen. »Gibt es denn News bei dir, zum Beispiel an der Theo-Front? Du weißt, wenn du über irgendwas reden möchtest, ich bin für dich da.«

»Erinnerst du dich noch daran, als wir vor ein paar Wochen Minigolf spielen waren und du etwas Ähnliches zu mir gesagt hast?«, fragte ich. »Du meintest, dass jeder Geheimnisse hat. Große, kleine, schreckliche, peinliche … und ich glaube, manchmal muss man ihnen Zeit geben, den Weg an die Oberfläche zu finden. Genau wie manchen Gedanken. Also, lass mich noch ein bisschen länger in dieser Blase schwelgen, in der ich mir hin und wieder einreden darf, dass ich damit klarkomme, dass Theo und ich auf immer und ewig nicht mehr als Freunde sein werden.«

Cassidy nickte verständnisvoll. »Aber das hindert mich nicht daran, dir ein supercooles Outfit für die Party auszusuchen! Damit fühlst du dich dann direkt wohler und siehst umwerfend aus!«

Kopfschüttelnd beobachtete ich, wie meine beste Freundin vom Bett sprang und sich an meinem Kleiderschrank zu schaffen machte. Cassidy war eine Expertin darin, coole Outfits zusammenzustellen. Es gelang ihr jedes Mal aufs Neue, mich positiv zu überraschen. Inzwischen kannte Cassidy meinen Kram genauso gut wie ihre eigenen Sachen. Einige Minuten lang inspizierte sie jedes einzelne Teil. Dann ertönte ein triumphierendes »Tadaaa!« Sie strahlte. »Du ziehst dieses grüne Shirt mit den Fransen unten an, und dann steckst du es vorne in diese Jeansshorts, und ich gebe dir meinen Nietengürtel dazu. Mit ein paar Armbändern ist das Ganze sofort partytauglich. Und das Beste? Das bist genau du! Na los! Sofort anprobieren.«

»Das sind meine Sachen. Die passen schon«, sagte ich belustigt. »Aber du hast recht. Das sieht zusammen bestimmt gut aus.«

»Gut? Das ist ein total süßes Outfit!« Cassidy warf mir die ausgewählten Sachen in den Schoß. »Fehlen noch die Schuhe. Und jetzt sag nicht die grünen Chucks! Du nimmst … mhh … die hier!«

Cassidy hatte aus der hintersten Ecke meines Kleiderschranks ein paar alte Sandalen herausgefischt, deren Riemen aus geflochtenen bunten Bändern bestanden. Ich hatte eigentlich geglaubt, dass ich sie beim letzten Ausmisten losgeworden war.

»Hast du die wieder in meinen Schrank geschmuggelt?«

Cassidy grinste breit. »Vielleicht.«

»Okay, ich ziehe sie an – unter einer Bedingung«, sagte ich. »Wenn sich jemand über meine Bohemien-Latschen lustig macht, darf ich sie ausziehen und demjenigen an den Kopf werfen.«

Cassidy setzte sich neben mich aufs Bett. »Abgemacht! Hoffentlich manövrierst du dich ohne mich nicht in eine soziale Katastrophe hinein«, zog sie mich auf.

»Solange Theo mich nicht stehen lässt … «

»Wieso sollte er das tun?«

»Na ja, er ist immerhin Theo. Super beliebt. Ich weiß, dass er mich nicht einfach so allein lassen würde, aber vielleicht entführen ihn irgendwelche seiner Freunde. Und dann?«

Cassidy schwieg einen Moment. »Ich denke nicht, dass das passiert. Colton hat erzählt, dass Theo momentan lieber für sich ist. Ehrlich gesagt hat es uns beide gewundert, dass er überhaupt zu dieser Party gehen will«, sagte sie mit Nachdruck.

Verwundert sah ich sie an. »Wirklich?«

Sie nickte. Im nächsten Moment wurden wir unterbrochen, weil Mom uns zum Abendessen rief. Eine halbe Ewigkeit später, als Cassidy längst gegangen war und ich schon eine Weile im Bett lag, überkam mich plötzlich die Frage, ob ich etwas damit zu tun hatte.

Vielleicht verbrachte Theo wirklich gern Zeit mit mir.

Vielleicht hatte das etwas zu bedeuten. *Vielleicht.*

KAPITEL 13

THEO TEXTETE MIR die Adresse, als ich gerade im Badezimmer stand und mir die Haare kämmte. Ich hatte beschlossen, sie heute offen zu lassen, und versuchte, ein paar der verknoteten Strähnen zu entwirren, damit meine Frisur nicht ganz so wild aussah. Eigentlich hatte ich mir schon ewig vorgenommen, sie abzuschneiden, weil die Länge beim Sport unpraktisch war und ich mir damit sicher einen Gefallen tat. Weniger Haare bedeuteten weniger Aufwand am Morgen. Ich schickte als Antwort ein Smiley zurück und betrachtete mein Spiegelbild. Eine skeptische Lorn blickte mir entgegen. Ein winziger Teil von mir fand die Vorstellung, so ganz ohne Rückendeckung von Cassidy auf eine Party zu gehen, immer noch beängstigend. Die letzten Jahre hatten wir stets wie Pech und Schwefel zusammengeklebt. Es war lange her, dass ich ohne Cassidy-Stützräder fahren musste – dabei tat sie das umgekehrt die ganze Zeit. Sie war mutig, probierte neue Dinge und ließ sich nicht aufhalten. Entschlossen schob ich meine Bedenken beiseite. Heute würde ich eine gute Zeit haben!

Mit einem Lächeln auf den Lippen ging ich in mein Zimmer, um meine Umhängetasche zu holen. Ich hatte sie Anfang des Jahres in Cassidys liebstem Secondhandladen entdeckt. Sie war groß genug für Portemonnaie, Handy und ein wenig Kleinkram. Auf das helle Kunstleder waren hübsche Blumenornamente geprägt. Ich hatte sie damals nicht gekauft, obwohl ich sie richtig toll fand, weil ich dachte, dass sie nicht zu mir passte. Cassidy war noch mal zurück in das Geschäft gegangen, hatte sie heimlich gekauft und mir am nächsten Tag in der Schule überreicht – und das obwohl sie jeden Dollar mehrmals umdrehen musste. So ein Mensch war sie. *Es ist nie zu spät, um einen guten Stil zu entwickeln*, hatte Cassidy gesagt. Und dann irgendetwas darüber, dass wir Menschen mehr wie Schildkröten sein sollten. Die fühlten sich in ihrem Panzer nämlich 365 Tage im Jahr wohl. Ich war mir ziemlich sicher, dass sie den Spruch von irgendeiner Instagram-Seite hatte, aber das machte ihn nicht weniger wahr. Erst später fiel mir das Armband mit dem winzigen Schildkrötenanhänger am Reißverschluss auf, welches Cassidy dort festgebunden hatte.

Sei mehr wie eine Schildkröte, Lorn!

Ich lief hinunter ins Wohnzimmer, um mich von meinen Eltern zu verabschieden. Sie saßen auf der Couch und sahen mit April und Jane irgendeine Folge von »Trolljäger« bei Netflix. Das war zurzeit die Lieblingsserie der Zwillinge, und sobald sie an den Fernseher durften, lief sie rauf und runter.

»Spätestens um zwölf bist du wieder zurück«, sagte Dad streng.

»Und ruf an, wenn irgendetwas sein sollte«, kam es von Mom.

»Jaaa!«, antwortete ich knapp und verließ das Haus.

Theo wollte mich eigentlich abholen, aber ich hatte dankend abgelehnt. Erstens bedeutete das für ihn einen Umweg, und zweitens fühlte ich mich wesentlich wohler, wenn ich die Party verlassen konnte, wann ich wollte, ohne dabei auf jemanden Rücksicht nehmen zu müssen. Purer Schutzmechanismus! Am Anfang der Highschool hatten Cassidy und ich öfter irgendwo festgesteckt, weil unsere Mitfahrgelegenheiten uns hatten hängen lassen. Anderen fiel es schwer, aufs Trinken zu verzichten, aber ich übersprang diesen Party-Teil lieber, anstatt meine Unabhängigkeit aufzugeben. Außerdem … mit Theo gemeinsam in seinem Wagen sitzen? Unnötige Folter für mich.

Laternen beleuchteten den Weg bis zur Stadtgrenze, hinter der eine breite Landstraße anfing, die langsam von der Dunkelheit des Abends verschluckt wurde. Abgesehen von den Haltestellen, die in regelmäßigen Abständen am Seitenrand auftauchten, war alles verlassen, und nur mein Autoradio durchbrach die Stille.

Der Newfort National Park mit seinen Wald- und Wiesenflächen und kleinen Seen vereinnahmte den größten Teil dieser Gegend. Wenn man zum nächstgelegenen Flughafen oder Bahnhof wollte, musste man die Nachbarstadt ansteuern. Das hatte mich nie groß gestört, weil ich bislang keine spektakulären Reisepläne geschmiedet hatte und mich mein Auto schließlich auch von A nach B brachte. In der Middle School waren Cassidy und ich oft mit dem Bus runter an den Strand gefahren und hatten dort etliche Sommertage genossen. Tagsüber war mir die Strecke vertraut, aber um diese Uhrzeit hatte die verlassene Straße schon etwas Unheimliches an sich. So weit außerhalb von Newfort gab es nur vereinzelt Eigentumshäuser, und die meisten Grundstücke, die sich bis zum Meer erstreckten, waren Ranches – so wie auch die von Theos Familie. Ich war mehrmals dort zu Besuch gewesen und beneidete die Griffins um ein Leben umgeben von so viel wilder Natur, mit dem Meer praktisch vor der Haustür. Für einen Moment wuchs der Wunsch in mir, eines Tages vielleicht ein eigenes Cottage am Wasser zu bewohnen. Das stellte ich mir unheimlich schön vor. Noch schöner wäre es natürlich mit jemandem an meiner Seite, mit dem ich dieses tolle Leben dann teilen konnte …

Die Navigationsapp auf meinem Handy wies mich an abzubiegen. Ich war am Ziel angekommen. Wer hätte das gedacht – eine Ranch!

Mein Wagen ruckelte einen holprigen Weg die Auffahrt hinauf, wo auf einer großen Rasenfläche bereits unzählige Autos kreuz und quer geparkt waren. Ich entdeckte Theos blauen Pick-up-Truck und manövrierte meinen Opel in eine schmale Lücke neben diesem und einem schwarzen Jeep. Hier schien sich sowieso jeder hinzustellen, wie er wollte. Ich musste mich aus der Fahrertür quetschen und dabei sogar die Luft anhalten, wenn ich keinen Kratzer in der Tür des anderen Wagens hinterlassen wollte. Uff!

Ich folgte einem Trampelpfad Richtung Scheune. Selbst aus dieser Entfernung war die Quelle der Party-Geräuschkulisse unmissverständlich. Wenn ich mich nicht irrte, lief gerade ein Lied von Echosmith. So mies konnte diese Party also gar nicht werden. Je näher ich dem Schauplatz des Geschehens kam, umso lauter wurde es. Stimmengewirr mischte sich mit den Musikbeats. Ich erwartete, eine wilde Meute vorzufinden, die sich beim Tanzen vergnügte und von der die Hälfte längst sturzbetrunken war, aber ganz bestimmt nicht … zivilisierte Teenager, die sich in einer Szenerie vergnügten, die glatt einem *Cozy Living Magazin* oder einem dieser *Hygge Life Guides* entsprungen sein könnte.

Die Scheune war von außen mit mehreren Lichterketten behangen, die wie ein Vorhang aus Glühwürmchen an der Fassade hinabfielen. Das breite Tor war einladend aufgeschoben, und um den Rahmen hingen etliche Blumenranken, als wären hier Feen am Werk gewesen. Im Inneren hatte man Strohballen aufgereiht und mehrere Decken und Kissen darübergeworfen, wodurch sie zu gemütlichen Sitzgelegenheiten wurden. Als Tische gab es umgedrehte Holzkisten, auf denen in unterschiedlich farbigen Glasbehältern Kerzen brannten. Alles war einfach richtig schön aufgemacht! In einer Ecke standen Bottiche voller Eiswürfel und gekühlter Getränke, über denen ein Kreideschild hing, auf das jemand witzigerweise »Wasserloch« geschrieben hatte. Links davon standen mehrere kleine Wägelchen mit verschiedenen Snacks. Es gab sogar eine Popcorn Bar, die Cassidy absolut geliebt hätte.

»Pass auf, sonst musst du jemanden küssen!«

Ein dunkelhaariges Mädchen blieb neben mir stehen und kicherte. Sie deutete auf eine bronzene Glocke, die nur einen Finger breit von meinem Kopf entfernt von der Decke herabbaumelte. Darauf stand in weißer Schrift »Einmal läuten für einen Kuss«. Hastig trat ich zur Seite und sah das Mädchen peinlich berührt an.

»Habe ich nicht gemerkt.«

»Die hängen hier überall«, warnte sie mich. »Ist eine Tradition der Atkinsons. So haben sich Lillys Eltern kennengelernt. Irgendwie romantisch, oder? Verliebt durch einen einzigen Kuss.«

»Ein wenig«, antwortete ich überrumpelt.

»Mit wem bist du denn hier?«, fragte sie neugierig.

Tja … ich wusste ja nicht einmal, wer Lilly war!

»Also, ich bin … gerade erst gekommen«, sagte ich lahm.

»Hey, Steph!«, rief eine mir vertraute Stimme. »Das ist Lorn. Sie ist mit mir hier. Geh ruhig zurück zu den anderen.«

»Hat mich gefreut«, sagte Steph mit einem Lächeln.

»Mich auch«, erwiderte ich höflich.

Ehe ich mich weiter umsehen konnte, war Theo da und nahm mich zur Begrüßung in den Arm. Das wurde allmählich zur Gewohnheit. Und obwohl sich alles in mir sträubte, mein Herz in diese Geste etwas hineininterpretieren zu lassen, tat es das trotzdem. *Steph hat er nicht so umarmt,* flüsterte die Hoffnung mir zu. Dass diese wenigen Sekunden meinem Hirn ausreichten, um zu analysieren, wie gut Theo roch, half auch nicht gerade. Irgendwie herb, erdig und seltsamerweise nach Vanille. Ich musste den Drang unterdrücken, wie eine Irre meine Arme um ihn zu schlingen, damit ich das Gefühl seiner Wärme einen Moment länger genießen konnte. Wow, da hatte ich ja echt lange durchgehalten!

Theo ließ mich los und lächelte mich gut gelaunt an.

»Hast du gut hergefunden? Wie lange bist du schon da?«

Meine Finger streiften zufällig Cassidys Schildkrötenanhänger, und ich versuchte *»Sei wie eine Schildkröte, Lorn!«* innerlich so lange zu chanten, bis sich mein Puls etwas beruhigt hatte.

»War leicht zu finden. Ich bin gerade erst gekommen.«

Wir holten uns eine Cola, und ich war froh, dass meine Hände eine Beschäftigung hatten, damit ich nicht nervös an den fransigen Enden meines Shirts herumzunesteln begann.

»Wenn du einmal auf einer von Lillys Scheunenpartys warst, willst du nie wieder auf eine normale gehen«, sagte Theo. »Du hast bisher nicht so viel gesagt. Ist ziemlich ungewohnt, oder?«

Meine Augen wanderten erneut über die liebevollen Details der Dekoration. Die handbeschrifteten Schilder, vielen Lampions und Stoffgirlanden waren ziemlich hübsch anzusehen. Es waren zwar eine Menge Leute da, aber alle plauderten miteinander und schienen sich irgendwie zu kennen. Ganz im Gegenteil zu einer dieser Feten, wo man ständig blöd angebaggert wurde und tausend Leute aus der Schule sah, mit denen man sonst nichts zu tun hatte. Die Atmosphäre hatte etwas Ruhiges, Einladendes, wie das Gefühl, an einem warmen Sommerabend auf seiner Veranda zu sitzen und den Wind in den Haaren zu spüren. Vollkommene Zufriedenheit.

Ich musste unwillkürlich lächeln. »Ungewohnt, aber schön.«

»Ich wusste, dass es dir gefallen würde«, sagte er.

»Jetzt verstehe ich, wieso Colton nicht mitwollte.«

»Colton ist eben ein Miesepeter«, erwiderte Theo. »Die Atkinsons sind gut mit meinen Eltern befreundet, und ich kenne ihre Tochter Lilly schon seit der Middle School. Sie ist mit einem meiner Freunde aus der Fußballmannschaft zusammen, und ich war damals total froh, dass ich sie kannte, als ich an die Highschool gewechselt bin. Ich komme immer, wenn sie mich einlädt.«

»Ich fand es damals auch ziemlich tröstlich, dass Cassidy und ich gemeinsam an die Highschool wechseln konnten«, sagte ich.

»Ihr kennt euch richtig lange, oder?«

»Eigentlich erst seit wir dreizehn waren«, antwortete ich. »Da haben du und Colton uns etwas voraus. Aber ich glaube, wenn man jemanden mag, dann spielt Zeit manchmal keine Rolle. Es gibt eben diese Menschen, denen du begegnest und bei denen es sich richtig anfühlt. Als würdet ihr euch schon euer Leben lang kennen.«

»Weißt du, was witzig ist?«, fragte er. »Dass ich genau dieses Gefühl auch bei dir habe.«

Überrascht sah ich Theo an. Musste er mich immer so anlächeln? Wie sollte ich mich jemals von ihm loseisen, wenn sein verflixtes Lächeln mir jedes Mal weiche Knie bereitete. *Indem du deinen Verstand einschaltest und nicht immer einknickst*, schalt ich mich selbst. Verliebt sein war echt ein Virus. Aus den kleinsten Augenblicken wurden mit einem Mal diese Herzklopf-Momente.

»Das war ein Kompliment«, fügte Theo hinzu. Vermutlich, weil ich ihn durch mein schockiertes Anstarren verunsichert hatte. »In den letzten Wochen fühle ich mich manchmal nicht wie ich selbst. Meine Freunde verstehen das nicht wirklich, du schon.«

Da hast du deine Antwort, dachte ich. Deshalb verbrachte er gerne Zeit mit dir. Wir waren der »Club der unglücklich Verliebten«. Allerdings wusste Theo nichts von meinen Gefühlen. Oder? Sofort verkrampfte ich mich. O Gott! Wusste er es etwa?

»Du meinst, weil …«, presste ich hervor. »Weil … «

»Du die ganze Sache mit der Wette hautnah miterlebt hast«, sagte Theo. »Cassidy und Colton haben über unsere Köpfe hinweg entschieden, uns zu verkuppeln, und dadurch eine Menge Chaos angerichtet. Und jetzt sind sie zusammen und wir außen vor. Fühlst du dich nicht manchmal von ihnen ausgeschlossen?«

»Ein wenig«, gab ich zu. »Aber sie sind … glücklich.«

Theo sah mich etwas niedergeschlagen an. »Bist du es denn?«

»Ich bin eine Schildkröte«, sagte ich wie aus einem Reflex.

Er runzelte verwundert die Stirn. »Eine Schildkröte?«

»Habe ich das gerade laut gesagt?«, murmelte ich.

»Ja, hast du. Warum bist du eine Schildkröte?«

Nein, wie peinlich! Ich spürte, wie meine Wangen warm wurden. Schnell atmete ich tief durch und versuchte, möglichst cool zu wirken. Ich machte eine wegwerfende Handbewegung und lachte.

»Wer wäre nicht gerne eine? Sie leben superlange und können sich ewig viel Zeit für alles nehmen, was sie von der Welt sehen wollen. Im Grunde sind Schildkröten die neuen Vampire. Stell dir mal vor, du würdest, egal wie langsam du dich bewegst, immer ans Ziel kommen?«, plapperte ich wild drauflos. »Ich zerbreche mir ständig den Kopf darüber, wer ich eigentlich bin und was ich mal mit meinem Leben anfangen möchte. So eine Existenzkrise stelle ich mir wesentlich spaßiger vor, wenn man endlos Zeit hat.«

Theo schüttelte den Kopf. »Gutes Argument, Lorn. Aber wenn man wirklich endlos Zeit hätte, würdest du dann die Dinge, die du in der Gegenwart erlebst, noch zu schätzen wissen? Ich finde gerade den Gedanken, dass wir eben nicht unzählige Tage und Jahre haben, beängstigend und aufregend zugleich. Und mal ganz abgesehen davon – keine Zeit der Welt kann irgendwelche Momentaufnahmen ersetzen, weil kein Erlebnis je dem anderen gleicht.«

»Das ist ziemlich wahr«, stimmte ich ihm zu.

»Okay, das war genug Philosophie für einen Abend«, sagte Theo erheitert. »Komm, ich stell dich ein paar meiner Freunde vor.«

Die nächsten zwei Stunden vergingen wie im Flug. Ich lernte etliche von Theos Freunden kennen, die alle sehr nett waren. Jungs aus seiner Fußballmannschaft, Leute aus unserer Stufe, die ich bislang nur flüchtig in den Fluren gesehen hatte, dazu Lilly und ihren Freund Calvin, und ich entdeckte sogar ein vertrautes Gesicht. Wesley. Fast hätte ich ihn nicht erkannt, weil er in einer dunklen Ecke stand und wild mit einem rothaarigen Mädchen rumknutschte. Über ihren Köpfen hing eine dieser Kussglocken.

»Die nehmen das mit der Tradition ziemlich ernst«, bemerkte Theo, der meinem Blick gefolgt war. Er klang ziemlich mürrisch.

»Du magst Wesley nicht besonders, oder?«, fragte ich.

»Er ist mit Andrew befreundet, oder war es zumindest mal.«

»Ich hätte ihn zwar für einen Möchtegern-Casanova gehalten, aber ganz sicher nicht für jemanden, der Fähnchen für #TeamAndrew schwingt«, murmelte ich und wandte mich von dem Anblick ab.

»Du … magst ihn doch nicht. Oder?«

»Andrew? Ich dachte, es sei offensichtlich, dass ich ihn am liebsten in ein tiefes Loch werfen und dort verbuddeln würde.«

»Nein, ich meinte … «, murmelte Theo, beendete den Satz jedoch nicht. Kurz wirkte er seltsam verlegen. »Hey, wollen wir eine Runde Dart spielen? Da hinten hängt eine Scheibe.«

Nanu? Hatte ich mir etwa eingebildet, dass Theo mich gerade noch mal nach Wesley fragen wollte? War er etwa deshalb verlegen? Etwas verzögert antwortete ich: »Klar. Dart klingt gut.«

Irgendwann um kurz nach elf bekam ich eine Nachricht von Cassidy, die fragte, wie es lief und ob alles okay sei. Ich stand gerade in der kleinen Schlange, die sich vor dem Klo im Haus der Atkinsons gebildet hatte, und schrieb ihr sofort zurück. Anscheinend war sie gerade auf dem Rückweg von Monterey.

Ist bisher sehr cool! Gab sogar ein Kompliment fürs Outfit!!! :) Leider muss ich bald los. Blöde Ausgangssperre von Dad! War auf jeden Fall eine gute Idee herzukommen :D

Ihre Antwort kam prompt:

Klingt super! Lass uns morgen reden! Hab dich lieb :*

Nachdem ich wieder draußen war, hatte ich eigentlich vorgehabt, gleich zurück zur Party zu gehen, aber dann fielen mir die Sterne am Firmament auf, und ich beschloss, für einen Moment den Anblick des Nachthimmels zu würdigen. Entlang der Außenfassade der Scheune standen vereinzelt ein paar Heuballen mit Decken, aber bis auf mich schien sich niemand in diesem Bereich aufzuhalten. Ich suchte mir einen guten Platz und probierte, ein paar Sternenbilder zu identifizieren. Das war gar nicht so einfach, wenn man keine Ahnung von irgendwelchen Konstellationen hatte. In der Middle School hatten Addison und ich einmal ein Fernglas für ein gemeinsames Projekt selber gebaut, und ich erinnerte mich noch vage daran, wie man den großen Wagen finden konnte. Er bestand aus sieben Sternen, die alle unterschiedlich hell waren. Ich war so vertieft in meine Gedanken und den glitzernden Himmel, dass ich die Silhouette, die plötzlich neben mir aufragte, zu spät bemerkte.

»Ich habe mich schon gefragt, wo du bist«, sagte Theo.

»Sorry, ich habe einen Moment für mich gebraucht«, sagte ich und hob gleichzeitig die Hand, um nach oben zu deuten. »Und die Sterne sind schuld. Ihr Anblick hat etwas wunderschön Magisches.«

»Ich hätte dich nicht für eine Romantikerin gehalten.«

»Es gibt vieles, was du nicht von mir weißt«, sagte ich.

Theo setzte sich neben mich auf den Heuballen, und unsere Arme berührten sich ganz leicht. Ich blickte zurück zu den Sternen.

»Und gibt es jemanden, für den du dir deine romantische Seite aufsparst?«, fragte er geradeheraus. »Jemanden wie … Wesley?«

»Das ist so absurd, dass es schon fast wieder lustig ist«, erwiderte ich und warf Theo einen amüsierten Blick zu.

»Erklär's mir«, sagte er ernst. »Wie kann es sein, dass du beim Basketball so taff und selbstbewusst bist, aber nicht daran glaubst, dass jemand wie Wesley dich um ein Date bitten würde?«

»Basketball ist einfach«, antwortete ich. »Da gibt es Regeln, und man kann hart trainieren, um besser zu werden. Dieser ganze Dating-Kram dagegen macht mich einfach wahnsinnig unsicher.«

Theo sah mich geradeheraus an. »Aber wieso denn, Lorn?«

»Na ja, weil ich … ich bin«, murmelte ich. »Außerdem kann ich dich dasselbe fragen! An unserer Schule gibt es so viele Mädchen, die nett und interessant sind und gerne mit dir ausgehen würden. Das mit dem Maiglöckchenball ist doch nicht das erste Schulevent, bei dem Mädchen auf dich zukommen … du könntest jede daten.«

»Eigentlich hatte ich ja auch einige Dates, am Anfang der Highschool sogar für ein paar Wochen eine Freundin«, antwortete Theo. »Das alles hat sich nur einfach nie richtig angefühlt. Viele der Mädchen wollten über mich bloß an Colton herankommen, und andere haben sich total verstellt, um mir zu gefallen. Und diese Beziehung damals war der totale Reinfall. Die Chemie hat null gestimmt.« Er lachte verhalten und schüttelte langsam den Kopf, als wolle er sich selber tadeln. »Ich dachte immer, wenn ich jemanden treffe, dann würde ich tief in mir drin spüren, dass es genau der richtige Moment ist, mit genau dem richtigen Mädchen. Nenn mich altmodisch, aber sollte sich die Liebe nicht genau so anfühlen? Wie eine Welle, die über dich hinwegfegt, die du nicht aufhalten kannst. Etwas, das plötzlich da ist. Echt und wertvoll und etwas, das du nur mit einer einzigen anderen Person teilen kannst.«

Mein Herz klopfte so kräftig, dass ich befürchtete, es würde jeden Moment aus meinem Brustkorb hervorbrechen. Ziehend und stechend und voller Angst vor der Antwort auf meine nächste Frage. Aber ich musste sie stellen. Ich konnte nicht anders.

»Du meinst, so wie bei deinen Gefühlen für Cassidy?«

Plötzlich war es ganz still. Nur der Wind ließ ein paar Grashalme knistern, und irgendwo in der Nähe zirpten Grillen. Der Augenblick hätte fast friedlich sein können, wäre da nicht Theos Gesichtsausdruck gewesen. Angespannt, enttäuscht und verletzt.

»Nein«, sagte er ruhig.

Es war nur ein Wort, und dennoch schien es so viel Macht zu

besitzen. Es hallte in meinem Kopf wider, als wären meine Gedanken ein Netz aus unsichtbaren Fäden, die es eingefangen hatten und festhielten. *Nein?* Ich blinzelte mehrmals.

»Nein?«, wisperte ich schließlich in die Nacht hinaus. Ganz vorsichtig, als würde ich mich davor fürchten, das Wort zu zerbrechen. »Das … das verstehe ich nicht ganz, Theo.«

»Ich verstehe es nicht einmal selbst«, erwiderte er. »Cassidy war das erste Mädchen, das nicht versucht hat, mich zu beeindrucken. Sie hat mir widersprochen, sich über meinen Hut lustig gemacht, mich ganz normal behandelt und vor allem nicht versucht, mir irgendetwas zu beweisen. Und ich glaube, genau deshalb habe ich angefangen, sie zu mögen. Ihre rebellische Art, die zynischen Sprüche und der Mut, mit dem sie sich immer wieder gegen andere behauptet hat … ein Teil von mir hat sich sofort in sie verliebt. Der andere Teil … vielleicht wollte ich nur in ihrer Nähe sein, in der Hoffnung, ich würde dadurch ein bisschen mehr werden wie sie. Mehr für mich selber einstehen.«

Ich öffnete den Mund, brachte jedoch keinen Ton heraus.

»Eigentlich weiß ich gar nicht, was Liebe ist.«

»Das ist einfach«, begann ich. Kaum hatte ich den ersten Satz ausgesprochen, spürte ich, dass sich meine Gedanken zu klaren, geordneten Worten formten. Ich war keine große Rednerin, aber in diesem Moment umgab mich ein Gefühl der Sicherheit, das mich dazu brachte, die Dinge in meinem Inneren in die Sternennacht hinauszulassen. Damit Theo sie hörte. »Schließ die Augen, atme tief durch und horch in dich hinein. Da ist dieser kleine, glühende Punkt in deinem Herzen. Wie ein Stück Kohle, und jedes Mal, wenn du etwas Besonderes fühlst, ist dieses Gefühl wie ein Atemzug, der die Kohle aufglühen lässt. Wenn du Momente mit Menschen erlebst, die dir etwas bedeuten, dann wirst du in diese warme Blase eingehüllt und bist einfach nur glücklich. Aber am stärksten ist dieses Gefühl in stillen Momenten. Wenn du allein bist und über dein Leben nachdenkst, über die Dinge, die dich traurig machen und die, die dir ein Lächeln ins Gesicht zaubern. Und je mehr du dich darauf konzentrierst, umso größer wird dieses Gefühl. Die Liebe zu deinen Freunden? Warm. Die Liebe zu deiner Familie? Wärmer. Die Liebe zu einer Person, dieser einen Person, die dir die Welt bedeutet? Wie eine verdammte Supernova. Und wenn diese wichtige Person dich nicht zurückliebt, fühlt es sich so heiß an, dass es wehtut. Trotzdem hältst du dieses Gefühl mit aller Macht weiter fest. Denn es ist besser, sich hin und wieder daran zu verbrennen, als es niemals gefühlt zu haben. Genau das ist Liebe für mich. Sie kann schön sein, aber auch schmerzen.«

Erst als ich geendet hatte, bemerkte ich, dass mir eine Träne die Wange hinablief. Ehe Theo sie sehen konnte, wischte ich sie weg und hielt den Atem an. Ich drückte meine Hände auf die Stelle, wo mein Herz pochte, und fragte mich, woher dieser emotionale Ausbruch gekommen war. Etwas in meinem Inneren hatte das getan, was ich schon seit so vielen Wochen versuchte: Gefühle loszulassen. Mit einem Mal waren sie an die Oberfläche gespült wurden. Voller Ehrlichkeit geradewegs aus meinem Herzen hinausgestolpert.

Theos und mein Blick trafen sich, als ich mich ihm zuwandte. Hatte er mich die ganze Zeit beobachtet? In seinen Augen lag ein Ausdruck, den ich noch nie bei ihm gesehen hatte. Fast so etwas wie Sehnsucht. Als hätten meine Worte ihm gerade erst bewusst gemacht, was ihm fehlte. Und vielleicht stimmte es. Um Liebe beschreiben zu können, musste man sie wirklich gefühlt haben. Schmerzhaft und bittersüß zugleich. Theo und ich verfielen in ein Schweigen, das sich alles andere als unangenehm anfühlte. Wir sahen einander weiter an, und irgendetwas veränderte sich zwischen uns. Dieser Augenblick hatte uns näher zusammengebracht.

»Du … du weißt also auch, wie es ist, unglücklich verliebt zu sein«, wisperte er. »Lorn, es tut mir so leid. Das wusste ich nicht.«

Ich schüttelte den Kopf, wollte ihm sagen, dass es okay war. Und in der gleichen Sekunde stellte ich mir vor, wie ich meine Stimme wiederfand und ihm gestand, dass er es war, in den ich verliebt war. Er, für den mein Herz schlug.

Doch dann verstummte die Musik im Hintergrund, und Streitgeräusche wurden laut. Alarmiert sprang Theo auf.

»Da ist irgendwas los«, sagte er angespannt.

»Lass uns besser mal nachsehen«, schlug ich vor.

Gemeinsam liefen wir zum Eingang der Scheune. Wenige Blicke genügten, um die Situation einzuschätzen. Eine kleine Gruppe, bestehend aus drei Mädchen, stand vor der Musikanlage, und eine von ihnen hielt ein loses Stromkabel in den Händen. Es führte von der Anlage weg, und vermutlich war irgendwie der Strom unterbrochen wurden und die Musik verstummt. Dadurch hatte sich die Aufmerksamkeit der Anwesenden direkt den Neuankömmlingen zugewandt. Alle hatten die Köpfe in deren Richtung gedreht.

»Ich bin darüber gestolpert! Das war keine Absicht!«, sagte das braunhaarige Mädchen, das niemand Geringeres als Isabella war.

»Darum geht es gar nicht.« Lilly stand ihr direkt gegenüber und schien wütend zu sein. »Du bist hier echt nicht willkommen.«

»Das hier ist doch eine langjährige Tradition, wenn ich mich recht erinnere«, erwiderte Isabella. »Und alle von den umliegenden Ranches sind eingeladen. Oder etwa nicht?«

»Nur *Freunde* der umliegenden Ranches«, korrigierte Lilly sie. »Du bist seit Ende der Middle School auf keiner meiner Partys mehr gewesen. Wenn ich mich recht erinnere vor allem, weil meine Familie mit ihrem mickrigen Party-Business dir Elite-Reiterin nicht gut genug war. Ja, ich habe nicht vergessen, was du damals zu mir gesagt hast! Du hast vielleicht Nerven hier aufzutauchen!«

Isabellas Miene verfinsterte sich. »Das ist doch ewig her.«

»Ewig? Ein paar Jahre ist das her! Aber weißt du was? Ich will mal nicht so sein. Entschuldige dich bei mir«, forderte Lilly. »Und wenn ich es dir abkaufe, können du und deine Freundinnen bleiben. Ansonsten haut ab in euren Country Club!«

Verdutzt sah ich zu Lilly. Isabella schien nicht nur in Theo eine wütende, abweisende Version zum Vorschein zu bringen.

»Nein!«, sagte Isabella und reckte stolz das Kinn. »Ich entschuldige mich nicht für etwas, an das ich mich nicht mal mehr erinnere. Wieso bist du nur so nachtragend?«

»Und wieso bist du nur so blöd und denkst, dass du hier willkommen bist?«, mischte sich nun Lillys Freund Calvin in scharfem Ton ein. Er trat neben Lilly und warf den Mädchen einen vernichtenden Blick zu. Noch jemand, den Isabella offenbar damals verärgert hatte. »Nur weil ihr euch in schicke Kleider zwängt und Cricket spielt, seid ihr nicht besser als Lilly oder ich.«

»Gott, seid ihr melodramatisch«, bemerkte eine von Isabellas Freundinnen. »Wer denkt schon an die Middle School zurück? Feiert eure dämliche Party ruhig weiter. Wir suchen doch bloß Theodor Griffin. Sagt uns einfach, wo er steckt, dann sind wir wieder weg.«

Mein Blick schnellte automatisch zu Theo. Er hatte das merkwürdige Spektakel, genau wie ich, mitverfolgt, und seine Miene spiegelte meine eigenen Gedanken ganz gut wider: Unverständnis und Frustration. Wer tauchte auch uneingeladen auf einer Party auf, um die Leute dort dermaßen anzufeinden?

Ehe Lilly oder Calvin auf die Forderung reagieren konnten, war Theo schon vorgetreten. »Ich bin hier. Was wollt ihr?«

Isabellas Stimmung schlug sofort um. Sie strahlte. »Teddy!«

»Nenn mich nicht so!«, erwiderte er unsanft.

»Okay«, brachte Isabella langsam hervor. »Lass uns doch rausgehen und draußen unter vier Augen reden.«

Theo sah alles andere als glücklich über den Vorschlag aus, aber er nickte nur knapp. Isabella drückte Lilly das Stromkabel in die Hand und spazierte geradewegs auf Theo zu. Ihre Freundinnen folgten ihr aus der Scheune. Theo schien für einen Augenblick vergessen zu haben, dass ich auch noch da war, denn er lief ihnen nach und drehte sich nicht einmal zu mir um.

Dieses Mädchen brachte ihn ganz schön durcheinander ...

Aber so leicht ließ ich mich nicht abschütteln!

Und vielleicht brauchte er freundschaftliche Unterstützung.

Lillys und mein Blick trafen sich kurz, dann zuckte sie mit den Achseln und steckte das Stromkabel der Anlage wieder in das Verlängerungskabel am Boden. Sofort war die Musik wieder da.

Hastig wandte ich mich ab und schloss zu den anderen auf.

Isabellas Freundinnen waren am Eingang der Scheune stehen geblieben und schauten zu Isabella und Theo hinüber. Einige Meter entfernt lieferten sich die zwei gerade eine heftige Debatte.

»Wie hast du mich überhaupt hier gefunden?«

»Du antwortest nicht auf meine Nachrichten, und in der Schule gehst du mir aus dem Weg. Und ich wusste, dass du zu jeder von Lillys Partys gehst. Weil ich dich sehr gut kenne.«

»Na gut. Ich gebe dir fünf Minuten.« Theo hatte die Arme vor der Brust verschränkt. »Dann bringen wir es mal hinter uns. Also?«

Isabella schien mit einem Mal verunsichert. »Können wir ...«

»Fünf Minuten. Mehr nicht«, unterbrach Theo sie energisch. »Das ist mehr Zeit, als du dir damals genommen hast, um mir zu erklären, wieso dir unsere Freundschaft nichts mehr bedeutet hat. Oh, sieh mal, jetzt sind es bloß noch vier Minuten.«

»Es geht um ... « Isabellas Augen huschten unruhig umher, als würde sie sich beobachtet fühlen und wäre lieber ganz allein mit ihm. »... ich würde das wirklich gerne woanders besprechen, Theo.«

»Drei Minuten«, sagte Theo knallhart.

»Drei Minuten reichen aber niemals aus, um all das zu sagen, was ich sagen möchte!«, erwiderte Isabella laut. »Ich habe damals großen Mist gebaut, und ich weiß, dass ich dich verletzt habe. Aber bitte ... bitte, Teddy, lass es mich wiedergutmachen. Du wirst es nicht bereuen. Es ist mir unheimlich wichtig, dass wir beide wieder zueinanderfinden. Und das hat auch einen Grund.«

»Deine Gründe«, schnaufte Theo. »Es geht eben nicht immer alles nach deinem Willen. Freundschaft muss man sich, genau wie Vertrauen, verdienen – und du hast bei mir beides verloren. Glaubst du, eine Party zu sprengen, bringt mich dazu, dir zu verzeihen?«

»Verdammt, Theo!«, sagte Isabella frustriert. »Ich wusste, dass du so stur bist und es mir nicht leicht machen wirst. Deshalb habe ich einen Vorschlag, den du bestimmt nicht ablehnen kannst.«

»Deine Zeit ist jetzt um«, sagte Theo kühl.

»Nein, meine Zeit fängt erst an«, kam es von ihr energisch zurück. »Unsere Zeit! Bald steht der alljährliche R.I.D.E.-Wettbewerb an. Ich werde daran teilnehmen und dachte, du könntest mir dabei helfen. Erinnerst du dich noch an Bolt? Wir haben ihn als Kinder zusammen aufgepäppelt, und niemand kennt ihn so gut wie du ... wenn du mir beim Training hilfst, kann ich dir zeigen, dass ich ganz neue Seiten habe. Aus meinen Fehlern gelernt habe. Mich verändert habe. Ich bin wieder wie früher, als wir uns nahestanden! Eine bessere Version von mir! Du wirst sehen!«

Theo schnaubte. »Die Isabella von früher? Bereits in der Middle School hast du dich verändert und bist egoistisch und unsensibel geworden! Wenn du jetzt anders wärst, würdest du mich nicht um meine Hilfe bitten, obwohl wir keine Freunde mehr sind, sondern akzeptieren, dass ich meine Ruhe will. Glaubst du, man legt einfach einen Schalter um, und alles ist wieder gut? Nein.«

»Ich brauche nur eine Chance, um es dir zu beweisen ... « Isabella haderte mit ihren nächsten Worten, als wüsste sie selber nicht, wie sie ihre Absichten formulieren sollte. Vielleicht war ihr aber auch nur klar geworden, dass Theo sich nicht so leicht zurückgewinnen ließ. »… das sind keine leeren Versprechungen. Aber wenn du mir diese zweite Chance nicht geben willst: Ich werde jedenfalls nicht aufgeben. Wenn es sein muss, schreibe ich dir noch mehr Nachrichten und suche dich jeden Tag in der Schule auf. So wichtig ist mir diese Sache, okay?«

Ha! Als würde sie das nicht ohnehin schon tun!

»Das klingt total verrückt!«, brachte Theo hervor.

»Lass mich für diese zweite Chance kämpfen.«

»Was soll das jetzt wieder heißen?«

»Ich gewinne R.I.D.E, und wenn ich das schaffe, schenkst du mir einen ganzen Tag. Einen Tag, um alles zwischen uns zu klären.«

»Was?« Theo starrte sie entgeistert an.

»Deine Mom«, drängte Isabella entschlossen. »Sie hat früher so oft von R.I.D.E. gesprochen. Sie hat sogar selber daran teilgenommen, als sie in unserem Alter war. Und sie meinte, dass man dort zeigen kann, was in einem steckt. Hast du vergessen, dass sie sich immer gewünscht hat, jemand könne für eure Ranch dort antreten? Seit ihr hat es kein Mädchen mehr gegeben, das die Griffins dort repräsentieren konnte. Aber das könnte ich sein, verstehst du? Ich würde für deine Familie gewinnen! Mit dem Wirbel um den Wettbewerb wäre das die perfekte Werbung für euch.«

»Wie selbstlos von dir«, bemerkte Theo zynisch. »Wie kommst du überhaupt darauf, dass meine Mom das wollen würde? Du weißt nach all den Jahren nichts von den Wünschen meiner Familie.«

»Das Reiten hat uns damals als Kinder zusammengebracht, es hat uns beide auch unsere Freundschaft gekostet, und jetzt wird es uns wieder zusammenführen«, sagte Isabella. Sie klang so wahnsinnig überzeugt von ihren eigenen Worten, dass ich ihr die ganze Nummer sogar abnahm. »Lass mich dort antreten, Teddy.«

»Das ist ja fast Erpressung«, murmelte ich.

Isabella drehte sich prompt um. Ihr giftiger Blick traf mich völlig unerwartet – sie sah aus, als wolle sie mich mit bloßen Gedanken umbringen, weil ich die beiden gestört hatte.

»Wer zur Hölle bist du, und wieso belauschst du uns?« Sie blinzelte. »Du bist doch aus meinem Bio-Kurs. Laura oder so.«

»Mein Name ist Lorn«, sagte ich unbeeindruckt. »Hoffen wir mal, dein Gedächtnis für Unterrichtsstoff ist besser als für Namen.«

Der Spruch war zwar nicht der beste, zumal ich selber schlecht im Namenmerken war, aber irgendwas musste ich einfach erwidern!

Isabella starrte mich verärgert an. »Wie bitte?«

Ja, da hatte sie ganz richtig gehört! Wenn sie Theo weiter so aufdringlich auf die Pelle rückte, war ein blöder Spruch noch ihr geringstes Problem. Wieso geigte er ihr nicht mal ordentlich die Meinung? Er musste sich das hier alles nicht anhören, und trotzdem blieb er stehen und machte Isabella damit Hoffnungen. Das war ja kaum zum Aushalten! Da schlug sofort mein Beschützerinstinkt an. Provokant erwiderte ich ihren Blick.

»Lorn ist eine Freundin von mir«, half Theo mir, und der Unterton in seiner abweisenden Stimme implizierte förmlich den Nebensatz »im Gegensatz zu dir, Isabella«. »Eine Freundin, die ich stehen gelassen habe, um die Party zu verlassen und mit dir zu reden.«

»Ich gehe erst, wenn du der Abmachung zustimmst!«

Theo schüttelte ungläubig den Kopf. »Vergiss es. Das ist keine Abmachung, sondern deine pure Verzweiflung. Mehr nicht.«

»Schön! Wenn ich nicht für deine Familie antreten soll, dann vielleicht gegen sie? Wie bei einer Herausforderung. Die haben im Reitsport schließlich Tradition«, sagte Isabella. »Und wenn du dich davor fürchtest, dass ich dich schlage und somit meinen Gewinn einfordern könnte, dann lass doch deine ›Freundin‹ beim R.I.D.E mitmachen. Wenn sie mich schlägt, dann kann sie meinen Platz einnehmen und du wirst nie wieder was von mir hören.«

Für einige Augenblicke war es so still, dass man Grillen zirpen hören konnte. Theo wirkte durch Isabellas Einfallsreichtum etwas aus der Bahn geworfen. Er rang mit sich und wirkte verunsichert.

»Aber Lorn gehört nicht … « Theo blickte etwas hilflos zu mir. Was hatte er sagen wollen? Zu was gehörte ich nicht dazu? Dieser Seite seiner Welt, die aus der Ranch und den Pferden bestand und von der ich keine Ahnung hatte? Zu der er Isabella einmal dazugezählt hatte? Obwohl Theo seinen Satz nicht einmal beendet hatte, verletzte mich der Gedanke daran. Und außerdem brauste in meinem Inneren noch ein weiteres Gefühl auf: Entschlossenheit. Was Isabella konnte, konnte ich auch!

»Was ist mit Lorn?«, fragte Isabella nun triumphierend. »Entweder oder, Theo … diesem Deal entkommst du nicht, verstanden?

»Ich mache es!«, hörte ich mich sagen.

»Lorn, du musst nicht …«

Ich reckte das Kinn und straffte die Schultern. »Ich mache es. Was auch immer R.I.D.E. ist, ich nehme daran teil. Für dich.«

Keine Ahnung, woher all diese Energie in mir plötzlich kam. Isabellas Anwesenheit allein war für mich wie der Funke, der das Ende einer Lorn-Dynamitstange entzündet hatte. Vielleicht hatte ich in der Schule noch Mitleid mit ihr gehabt, eine Leidensgenossin in ihr gesehen, war sogar ein wenig eifersüchtig auf sie gewesen – aber jetzt? Isabella war so bestimmend und unnachgiebig und schien zu glauben, dass sie irgendeinen Anspruch auf Theo hatte. Ich würde sie und ihren blöden Deal zum Teufel jagen!

Isabella nickte zufrieden. »Abgemacht!«

»Das ist echt keine gute Idee …«, versuchte Theo noch etwas dagegen einzuwenden, aber Isabella warf ihm einen letzten Blick zu und ging dann wortlos zu ihren zwei Freundinnen zurück.

Irgendwie hatte ich das ungute Gefühl, dass sie trotzdem bekommen hatte, wofür sie hergekommen war … Ich schluckte schwer.

Theo trat neben mich. »Für R.I.D.E. muss man reiten können.«

»Ach, wirklich«, murmelte ich. »Wer hätte das gedacht?«

»Du kannst aber nicht reiten, Lorn.«

»Nein, kein bisschen, Theo.«

»Das gerade war … « Er beendete den Satz nicht.

»Ich … brauche erst mal Nervennahrung«, murmelte ich.

Und dann trat ich die Flucht zur Snackbar an. Im Inneren der Scheune feierten alle, als sei nichts vorgefallen. Lilly warf mir im Vorbeigehen einen fragenden Blick zu, aber ich winkte nur und lächelte gezwungen. Das tat man doch, wenn man nicht mehr weiterwusste, oder? Lächeln und sich seinen Teil denken. Ich griff mir einen Brownie und schob ihn mir in einem Stück in den Mund. Die Kombination aus Teig und Schokolade war so klebrig, dass ich sie kaum herunterbekam und mich fast verschluckte. Hustend klopfte ich mir auf die Brust und spürte, wie mein Kopf immer heißer wurde, weil ich in diesem Moment schlecht Luft bekam. Das fehlte gerade noch. Vorzeitiger Tod durch einen Brownie.

»Hier.« Theo trat an meine Seite und reichte mir eine Flasche Wasser. Er rieb sich frustriert den Nasenrücken, als habe er schlimmes Kopfweh. »Das war vielleicht ein Auftritt von Isa.«

»Wem sagst du das«, presste ich zwischen zwei Schlucken hervor.

»Das mit dem R.I.D.E. ist die absolute Schnapsidee.«

»Ich weiß auch nicht … sie hat so stur gewirkt. Ich wollte dir nur helfen. Es tut mir leid, wenn ich es schlimmer gemacht habe.«

»Isa ist wirklich eine verdammt gute Reiterin«, seufzte Theo.

Vor lauter Frust schob ich mir einen zweiten Brownie in den Mund und schloss kurz die Augen. »Na, vielen Dank auch«, murmelte ich. Theos Reaktion war verständlich. Sie war sogar sehr vernünftig. Aber nicht das, was ich jetzt brauchte. Cassidy hätte mir ohne zu zögern den Rücken gestärkt. Egal, wie verrückt das alles klang und wie wenig Chancen ich gegen Isabella hatte.

Immerhin hatte ich ihm wirklich nur helfen wollen …

»Ich wollte dich nicht entmutigen, sondern …«

»Weißt du was?«, unterbrach ich ihn. »Ich fahre jetzt nach Hause. Danke für die Einladung. Ich hatte eine schöne Zeit.«

Ich griff mir einen weiteren Brownie und steuerte den Ausgang an. Es war vielleicht etwas unhöflich, sich nicht von den anderen zu verabschieden, aber bis ich sie alle abgeklappert hätte, würde es ewig dauern, und ich hatte echt genug soziale Interaktion für heute. Bis zwölf würde ich es ohnehin nur noch heim schaffen, wenn ich mich beeilte. Theo ließ mich jedoch nicht so einfach gehen. Er kam mir hinterher wie ein Schatten.

»Bitte, sei nicht sauer auf mich«, sagte er.

Ich nahm mir einen Augenblick Zeit, während ich den Brownie to go aß. Schokolade half wirklich in jeder Lebenslage! Seufzend blieb ich in der Nähe des Scheunentors stehen. Es wäre so leicht gewesen, jetzt einfach hinauszulaufen und zu verschwinden. Stattdessen drehte ich mich wieder um und sah Theo an.

»Bin ich nicht«, sagte ich knapp.

»Du klingst dafür aber ziemlich sauer.«

Gott, dieser Junge war manchmal so ignorant!

»Du kannst versuchen, alles auf eine ruhige und vernünftige Weise zu klären, aber ich kann das nicht. Ich bin impulsiv und treffe manchmal Entscheidungen, ohne groß über sie nachzudenken. Ich lasse mich schnell provozieren, und ich hasse Ungerechtigkeiten, und vielleicht beschließe ich auch mal spontan, bei irgendwelchen Wettbewerben mitzumachen, ohne einen echten Plan zu haben.« Ich holte tief Luft und sprach weiter. »Das weiß ich, Theo. Denn so bin ich nun mal. Aber du kannst nicht immer nur nett sein. Es gibt

Situationen, da musst du dich auf eine Schnapsidee einlassen. Ist doch egal, ob ich direkt vom Pferd falle oder nicht, Hauptsache, ich lasse mich nicht wie du von Leuten wie Isabella einfach durch die Gegend schubsen.«

Theo sah mich perplex an. In seinen bernsteinfarbenen Augen spiegelten sich eine Menge Gefühle wider. Er wirkte hilflos und durcheinander, wie ein kleiner Welpe, der sich verlaufen hatte. Mein Ärger verflog langsam. Ein paar wirre Haarsträhnen fielen ihm in die Stirn, und er hatte den Mund verzogen, als würde er schmollen. Theo sah verdammt süß aus. Mein Blick wanderte zu der bronzenen Kuss-Glocke, die ich bei meinem Eintreffen so skeptisch beäugt hatte. Wir standen genau darunter. Vielleicht lag es daran, dass ich heute schon auf mehr als eine Weise mutig gewesen war, auf jeden Fall beugte ich mich zu Theo und gab ihm mit klopfendem Herzen einen Kuss auf die rechte Wange. Theos Haut fühlte sich warm unter meinen Lippen an, dabei hatten sie ihn kaum berührt. Ein Kribbeln breitete sich in meinem Magen aus. Automatisch musste ich lächeln. Mutig sein fühlte sich in dieser winzigen Sekunde wahnsinnig gut an!

»Gute Nacht, Theo«, sagte ich. Und ging.

Nicht ohne einen letzten Blick über meine Schulter zu werfen, ehe ich den Weg hinab zu den parkenden Autos lief. Ich sah noch, wie Theo mit der Hand seine geküsste Wange berührte, als könne er nicht glauben, was ich getan hatte. Ich konnte es auch nicht ganz. Loslassen. Mutig sein. Vielleicht war das alles dasselbe.

KAPITEL 14

BASKETBALL HALF MIR, den Kopf frei zu bekommen, und da ich seit dem letzten Training im Team keinen Ball mehr in den Händen gehalten hatte, fühlte sich das Körbewerfen umso besser an. Direkt nach dem Aufstehen war ich mit dem Fahrrad zum Basketballplatz gefahren und genoss es nun, dort Zeit nur für mich zu haben. Für einen Sonntag herrschte ziemlich tote Hose, aber das kam mir zugute. Mich ein wenig zu verausgaben wirkte nämlich Wunder, um nicht mehr über den gestrigen Abend nachdenken zu müssen. Die halbe Nacht hatte ich mir Gedanken über Isabella und ihre Herausforderung, aber auch über Theo und mich gemacht. Es waren so viele aufregende Dinge passiert, dass ich zumindest einen Tag brauchte, an dem ich alles mal beiseiteschieben konnte. Während einer Pause trank ich etwas und warf einen Blick aufs Handy. Um zwei musste ich wieder zu Hause sein, weil ich Mom versprochen hatte, auf die Zwillinge aufzupassen. Meine Eltern waren zum Dinner bei Freunden eingeladen, was für mich Babysitten hieß. Angesichts meiner aufgehobenen Strafe wollte ich mich nicht beschweren. Dad hatte gestern noch nicht mal etwas gesagt, weil ich fünf Minuten zu spät gekommen war, also schob ich meine grummeligen Wieso-macht-Bryce-nie-etwas-Gedanken beiseite.

Ich legte Wasserflasche und Handy zurück in meine Tasche, um den Ball wieder aufzuheben. Es gab genug Drills und Übungen, die man alleine ausführen konnte und die zur Geschicklichkeit, Kondition und Ausdauer beitrugen. Im Team zu trainieren war in vielerlei Hinsicht effektiver, aber eine Einzelsession hatte noch nie geschadet.

Eine Stunde später war ich wieder zu Hause, hatte geduscht und saß mit April und Jane in deren Zimmer auf dem Fußboden. Wir hatten uns dort ausgebreitet, um Monopoly Junior zu spielen.

Irgendwann bekamen wir Hunger, und ich beschloss, Pizza zu bestellen. Mom und Dad hatten extra Geld dagelassen, damit ich bei dem Versuch, etwas zu kochen, nicht die Küche in die Luft sprengte. Meine Schwestern waren dabei, einen Film auszusuchen, den wir beim Essen schauen konnten, also ging ich zu Bryce, um ihn zu fragen, ob er auch etwas wollte. Ich klopfte mehrmals, aber als ich die Tür öffnen wollte, stellte ich fest, dass sie verschlossen war. Stirnrunzelnd klopfte ich ein weiteres Mal.

»Hey, Bryce!«, rief ich. »Mach auf!«

»Lass mich in Ruhe!«, brüllte er zurück.

»Willst du Pizza?«, fragte ich laut.

»Verschwinde, Lorn!«

Das musste er mir nicht zweimal sagen. Wenn Bryce schlechte Laune hatte, ging man ihm besser aus dem Weg. Zurück im Wohnzimmer wählte ich die Nummer des Lieferservice und bestellte eine Vier-Käse-Pizza für mich und die Zwillinge und für Mr. Stinkstiefel eine mit Peperoni und Ananas, weil er die besonders mochte.

In der Mitte von »Rapunzel« wurde die Pizza geliefert. Fünf Minuten später saßen April und Jane munter mampfend auf der Couch, und ich stand erneut vor Bryce' verschlossener Tür. Als ich nach ihm rief, reagierte er gar nicht. Na gut, er wollte es so! Ich lief zurück in die Küche und holte eine Dose, die versteckt hinter Unmengen an Marmeladengläsern stand, hervor. Darin bewahrte Mom die Ersatzschlüssel für sämtliche Räume auf. Als ich in Bryce' Zimmer trat, schlug mir stickige Luft entgegen, weil er anscheinend ewig nicht mehr gelüftet hatte. Die Vorhänge waren zugezogen, und nur wenig Licht fiel durch einige Ritzen.

»Bist du krank?«, fragte ich vorsichtig. Mein Bruder lag im Bett, hatte die Decke über den Kopf gezogen und gab keinen Mucks von sich. »Hey, Bryce? Lebst du noch? Bryyyyce! Hallo!«

»Was willst du?«, drang seine Stimme dumpf durch die Decke.

»Frische Luft wäre nicht schlecht«, murmelte ich. Ich trat ans Fenster, schob die Vorhänge beiseite und riss es auf. Bryce gab ein Zischen von sich, als sei er eine Kreatur der Nacht, dem auch nur der kleinste Sonnenstrahl pure Todesqualen bereitete. Ich setzte mich auf seine Bettkante und stupste ihn an. »Bryce?«

Ruckartig richtete er sich auf und schob die Decke weg.

»Wenn du es unbedingt wissen willst, es ist Schluss!«, fuhr er mich wütend an. »Maddy hat mit Zach rumgeknutscht und ist jetzt Geschichte! Ich hasse alle Mädchen! Sie hat mein Herz gebrochen!«

Tränen stand in Bryce' Augen. Er wirkte todunglücklich.

»Mensch, Bryce, das tut mir unheimlich leid«, sagte ich mitfühlend. »Wann ist das denn passiert? Ihr wart doch in letzter Zeit unzertrennlich. Ich habe dich ja kaum noch gesehen.«

Er senkte den Blick. »Ich war heute mit ein paar Freunden im Kino, und da habe ich die beiden ertappt«, sagte er leise.

»Sich verkriechen hilft aber nicht gegen Liebeskummer«, sagte ich sanft. »Ein Stück Peperoni-Ananas-Pizza vielleicht schon.«

»Ich habe keinen Hunger«, maulte er.

»Nicht mal, wenn doppelt Käse drauf ist?«

Bryce ließ sich zurück ins Bett fallen. »Was verstehst du schon von Liebeskummer«, murmelte er. »Du hast ja keine Ahnung.«

»Zufällig bin ich Vorsitzende im Club der gebrochenen Herzen«, sagte ich, beim Versuch die Stimmung aufzulockern. »Wenn du also mal eine Sprechstunde bei mir willst, sag Bescheid.«

Bryce stöhnte genervt. »Kannst du jetzt wieder gehen?«

»Natürlich. Wenn du es dir anders überlegst, wir sitzen alle im Wohnzimmer und würden uns freuen, wenn du dazukommst.«

Ich stand auf und ging zur Tür.

»Mach die Vorhänge wieder zu!«, jammerte er theatralisch.

»Mach sie selber wieder zu, Graf Dracula«, erwiderte ich.

Und da dachte ich immer, ich sei melodramatisch!

»Du hast echt noch nicht reingeschaut?«, fragte Cassidy ungläubig. Sie war vorbeigekommen, nachdem ich April und Jane ins Bett gebracht hatte. Bryce war nicht mehr aus seinem Zimmer gekommen, aber als ich uns etwas zu trinken aus dem Kühlschrank holte, fiel mir auf, dass die restliche Pizza fehlte. Anscheinend war er von der Wut-und-Trauer-Phase in die Frustessen-Phase übergegangen. Armer Bryce!

Cassidy und ich hatten uns auf mein Bett gelümmelt, nachdem ich sie auf den neuesten Stand gebracht hatte. Nun starrten wir auf den Umschlag, der laut Wesley von Addison war. Ich hatte es hinausgezögert ihn alleine zu öffnen, aber jetzt ...

»Ich wollte, dass wir ihn gemeinsam öffnen«, sagte ich.

Eigentlich hatte ich Cassidy auch noch von der Isabella-Theo-Reiten-Sache erzählen wollen, aber nach dem anstrengenden Tag mit meinen Geschwistern war mir nicht mehr danach zumute gewesen. Der Umschlag hatte heute eben Vorrang.

»Schon irgendwie spannend!«, meinte Cassidy. »Vielleicht ist da etwas drin, mit dem wir Andrew drankriegen. Bereit?« Ich nickte, und sie schnappte sich den Umschlag, riss ihn auf und kippte den Inhalt aufs Bett. Heraus fielen ein kleiner Schlüssel samt Anhänger, mit Betitelung »Raum 245«, und eine weiße Karte, auf der in geschwungener Handschrift ein paar Wörter standen.

Wenn du deine Meinung änderst, such mich – A

Cassidy verdrehte die Augen. »Boah, ich kriege gerade so richtig krasse Pretty-Little-Liars-Vibes. Ich meine, mysteriöse Botschaften von A, und unsere A ist auch eine alte Freundin aus der Vergangenheit? Newfort High – das Spin-off«, scherzte sie.

»Ich find's auch ziemlich absurd«, murmelte ich.

»Wieso kommt sie nicht einfach in der Schule zu dir und sagt ›Hey, Lorn, lass uns mal reden und zwar alleine‹ oder so was?«

»Genau genommen hat sie das ja am Spielplatz versucht«, sagte ich nachdenklich. »Und ich habe sie abgewiesen, weil ich sauer war. Außerdem hat Addison so Mystery-Zeugs immer geliebt ... «

»Stimmt. Sie hat uns damals ewig mit diesem magischen Indianerbrunnen in den Ohren gelegen«, sagte Cassidy. »Ich glaube, Raum 245 ist ein altes Büro. Das liegt im selben Flur, wo auch die Schülerzeitung ist, und ich bin da mal dran vorbeigekommen. Die Newfort High hat lauter so ungenutzte Räume. Aber wieso sollte Addison den Schlüssel dazu haben?«

»Vielleicht ist dort Andrews Bandenversteck«, scherzte ich.

»Na ja, auf der Karte steht, du sollst sie suchen, wenn du es dir anders überlegst. Damit ist bestimmt eure Zusammenarbeit gemeint«, überlegte Cassidy. »Addison muss ja ganz schön Schiss vor Andrew haben, wenn sie sich solche Umstände macht. Da wird sie dich bestimmt nicht in seine Mafia-Höhle schicken.«

»Könnte eine Falle sein.«

»Finden wir es heraus«, sagte Cassidy. »Wir gehen morgen Addison suchen und stellen sie zur Rede. Auf solche blöden Spielchen sollte man sich gar nicht erst einlassen.«

»Ich habe da echt kein gutes Gefühl«, murmelte ich.

»Wir können sie nicht hängen lassen. Wenn wir das tun, sind wir auch nicht viel besser als sie«, sagte Cassidy schwermütig. »Addison ist die einzige Verbindung zu Andrew, die wir gerade haben. Wenn wir den Typen loswerden wollen, müssen wir über unseren Schatten springen und etwas unternehmen. Zusammen.«

»Ja«, grummelte ich. »Du hast recht.«

»Dann ist das beschlossene Sache.«

Ich streckte die Beine auf dem Bett aus, um es mir gemütlicher zu machen. »Wie war eigentlich euer Ausflug?«

»Eigentlich ganz cool. Wir hatten die Möglichkeit, den Autor während des Workshops mit Fragen zu löchern, und haben eine Menge über das Schreiben gelernt«, antwortete sie. »Außerdem war ich heute Vormittag mit Colton unterwegs. Wir haben unser Date jetzt auf Freitag gelegt, weil er dann sturmfrei hat.«

»Sekunde mal … war euer geplantes Date etwa *ein ganz besonderes* Date? Du weißt schon, so ein … ehm, *Meilenstein*?«, fragte ich.

»Du meinst Sex?«, sagte Cassidy gerade heraus.

Sie blieb total cool, aber ich wurde sofort verlegen und spürte, wie mein Kopf heiß wurde. Etwas beschämt starrte ich sie an.

Cassidy lachte. »Es ist nur ein Wort, Lorn«, sagte sie neckend.

Ich hielt mir peinlich berührt die Hände vors Gesicht. »O Gott, ich bin so was von unreif«, murmelte ich. »Miss Tomatenkopf.«

»Das ist völlig in Ordnung«, sagte Cassidy behutsam. »Jeder hat sein eigenes Tempo, und wenn du nicht bereit bist, über solche Sachen zu sprechen, dann eben irgendwann in der Zukunft. Ich weiß noch nicht, ob Freitag etwas passiert, aber … bei Colton und mir hat es einfach klick gemacht. Ich vertraue ihm und denke, das ist super wichtig. Und … ich liebe ihn eben.« Dann schnitt sie eine Grimasse. »Außerdem sind solche Sachen so oder so peinlich. Ich meine, woher will man wissen, was man da tut?«

Jetzt musste ich auch lachen. »Ehrlich, keine Ahnung.«

»Vielleicht muss ich vorher einen Yoga-Kurs besuchen.«

Wir alberten so lange herum, bis ich mir vor lauter Kichern den Bauch halten musste, weil er allmählich wehtat. Cassidy lag alle viere von sich gestreckt auf dem Boden und wurde seit einer Minute von einem Lachflash geschüttelt. Genauso fand uns meine Mom, als sie von ihrem Dinner heimkam und nach mir sehen wollte.

Kopfschüttelnd schickte sie uns ins Bett. Cassidy durfte trotz des morgigen Schultags bei mir übernachten, also kuschelten wir uns unter die Decke und schalteten das Licht aus.

»Hey, Cassidy?«, flüsterte ich in die Stille hinein.

»Hm?«, kam dumpf die Antwort.

»Ich bin froh, dass ich dich habe.«

»Ich bin auch froh, dass ich dich habe.«

Mit einer allerbesten Freundin wie Cassidy schien selbst der größte Haufen Probleme nicht mehr ganz so unüberwindbar.

Bevor es am Montag zur Lunchpause klingelte, entdeckte ich Addison durch das Fenster unseres Klassenzimmers. Sie hatte ihr Handy am Ohr und raste Richtung Schülerparkplatz. Cassidy, die wie immer in Mathe neben mir saß, bemerkte ihren Abgang auch.

»So viel zum Thema Addison fragen«, murmelte ich.

»Dann verschieben wir das«, flüsterte Cassidy. »Ich muss sowieso noch kurz zum Sekretariat, ein Blatt von Miss Putin unterzeichnen lassen, als Beweis, dass ich meine Strafe dort abarbeite.«

»Uns bleibt wohl nichts anderes übrig«, sagte ich zustimmend. Außerdem wollte ich Addison ungern nach der Schule zu Hause aufsuchen – das würde nur so wirken, als hätte ich nichts Besseres zu tun, als sofort nach ihrer Pfeife zu tanzen.

Als es klingelte, ging ich ohne Cassidy zur Cafeteria voraus, weil sie nicht wollte, dass ich wegen ihr was von meiner Pause verpasste. Dort herrschte das übliche Gedrängel an der Essenausgabe, und lautes Geschnatter erfüllte die Luft. Ich sah Colton und Theo an einem der Tische nahe der Fensterfront sitzen und beschloss kurzerhand, bei ihnen auf Cassidy zu warten, ehe wir uns gemeinsam etwas zum Essen holten. Während ich durch die Reihen ging, bekam ich eine Nachricht von Kim. Sie hatte in unsere neue

Team-WhatsApp-Gruppe gepostet, dass sich alle morgen Abend gegen sieben im *Wild Card* für eine Lagebesprechung trafen.

Ich zog mir einen der Stühle heran und setzte mich zu den Jungs.

»Du siehst ziemlich fertig aus«, begrüßte Colton mich.

»Wow, du weißt echt, wie man Mädchen Komplimente macht«, erwiderte ich. »Jetzt weiß ich, wieso alle dich so mögen.«

»Ich bin eben genauso ein Sonnenschein wie du.«

Darüber musste ich schmunzeln. »Exakt dasselbe denke ich auch immer über dich«, sagte ich mit einem teuflischen Grinsen.

»Wo hast du meine bessere Hälfte gelassen?«, fragte er.

»Du meinst wohl eher, *meine* bessere Hälfte«, korrigierte ich ihn. »Bevor du mit ihr zusammen warst, war sie meine Freundin.«

»Bist du etwa eifersüchtig?«, erwiderte er ruhig.

»Auf jemanden wie dich? Niemals.«

»Du bist echt noch sauer wegen des Briefs, oder?«

Ich versteifte mich sofort. Das konnte er doch nicht vor Theo sagen! Wütend starrte ich Colton an und deutete unauffällig auf seinen Cousin. *Wage es bloß nicht …*

»Sagte ich Brief? Ich meinte natürlich … dieses Schreiben an deine Eltern. Weil du schlecht in Geschichte bist. Was ich rein zufällig gefunden habe«, improvisierte Colton.

Meine Güte! Ging es bitte noch auffälliger?

»Okay, um fair zu sein, ich habe mich nie persönlich bei dir dafür entschuldigt«, fuhr er fort und faltete die Hände wie zum Gebet. »Es war ein Fehler! Bitte verzeih mir, Lorn!«

»Sarkastische Entschuldigungen zählen nicht.«

Colton schob sich eine Pommes in den Mund und zuckte dann ruckartig zusammen. Anscheinend hatte Theo ihm unterm Tisch gegen das Schienbein getreten. Theo schüttelte den Kopf.

»Aua!«, empörte sich Colton. »Das war doch nur ein Witz.«

»Man liest nicht einfach die Sachen von anderen«, sagte Theo streng. »Und jetzt hört auf mit diesen negativen Vibes.«

»Das ist eine Sache zwischen Lorn und mir«, maulte Colton. »Außerdem sagt das genau der Richtige. Du hast doch den ganzen Sonntag lang eine Miene wie sieben Tage Regenwetter gemacht, weil dir auf dieser Hippie-Party was nicht gepasst hat.«

»Wegen du-weißt-schon-wem?«, fragte ich. Ich hatte Theo ja versprochen, Colton gegenüber Isabella nicht zu erwähnen …

»Es war auf jeden Fall jemand in diesem Raum …«, sagte Colton und blickte mich dabei an, als wolle er mir damit etwas Bestimmtes sagen. Gleich darauf fuhr er wieder zusammen. »Theo!«

Theo blickte starr auf seine Saftdose, als wäre sie das Interessanteste überhaupt. »Halt einfach die Klappe, Colton.«

»Für jeden dummen Spruch einen Tritt gegen's Schienbein finde ich nur *fair*«, sagte ich lächelnd und griff mir ein paar von Coltons Pommes. Für einen Moment herrschte Stille am Tisch.

»Seit wann geht Voldemort denn eigentlich auf Scheunen-Partys?«, fragte Colton neugierig. »Spannt mich nicht so auf die Folter.«

Aufmerksam schaute ich zwischen den beiden Cousins hin und her. Colton wirkte wie immer. Ein bisschen selbstgefällig, gut gelaunt und locker. Theo hingegen sah niedergeschlagen aus, wenn nicht sogar ziemlich verärgert. Irgendwie seltsam …

»Habt ihr etwa Geheimnisse?«, fragte Colton gespielt vorwurfsvoll. An seiner Tonlage war deutlich zu erkennen, dass es ein weiterer Witz hatte sein sollen, aber Theo spannte sich an und umklammerte seine Gabel so fest, dass seine Fingerknöchel weiß hervortraten. Er sah aus, als habe er in einen sauren Apfel gebissen. Der Blick, den er Colton zuwarf, war regelrecht frostig.

»*Ich* bin nicht der mit Geheimnissen oder plane geheime Verkupplungsaktionen, um mir was zu beweisen«, sagte er. Abrupt stand er auf, nahm sein Tablett und fügte hinzu: »Aus manchen Dingen solltest du dich besser raushalten. Mir ist der Appetit vergangen.« Dann ging Theo, ohne noch mal zurückzublicken.

»Mist«, fluchte Colton.

Wir beide mussten nicht einmal aussprechen, was offensichtlich war: Hier ging es um die Wette. Cassidy hatte mir damals sofort davon erzählt, und ich war ganz auf ihrer Seite gewesen. Mich mit Theo zu verkuppeln war ihr leider nicht gelungen, aber immerhin hatte sie mich nicht belogen. Colton hingegen hatte die Verkupplungsaktion vor Theo geheim gehalten und ihm erst davon erzählt, als er sich in Cassidy verliebt hatte. Auf der Party hatte Theo zwar zu mir gesagt, dass seine Gefühle für Cassidy sich inzwischen verändert hatten, aber er schien noch immer verletzt von Coltons damaligem Verhalten zu sein.

»Willst du ihm nicht nachgehen?«, fragte ich leise.

Colton fuhr sich betreten durchs Haar. »Lieber nicht.« Für einen Moment beobachtete ich ihn dabei, wie er unglücklich aus dem Fenster sah. Dann fanden seine Augen meine. »Hey, Lorn? Das mit dem Liebesbrief damals tut mir ehrlich leid. Ich hätte ihn nicht lesen dürfen und schon gar nicht bei dieser blöden Wette als Druckmittel verwenden. Ich hoffe, du verzeihst mir das irgendwann. Ich wäre an deiner Stelle auch ziemlich sauer.«

Ich ließ einige Sekunden verstreichen, um ihn zu quälen. Seit Wochen hatte ich auf diesen Moment gewartet. Darauf, dass Colton sich entschuldigte. Er hatte ehrlich geklungen, und in meinem Leben war gerade so viel los, dass ich nicht länger einen Groll gegen ihn hegen wollte. Ich klaute mir noch ein paar Pommes.

»Okay«, murmelte ich mit vollem Mund.

»Okay? Das ist alles?«

»Hast du etwa erwartet, dass ich dir um den Hals falle?«

Colton schüttelte grinsend den Kopf. »Bloß nicht.« Er schob sein

Tablett in die Mitte des Tisches, was ich als Friedensangebot annahm, weil mit mir zu teilen eine echt nette Geste war.

»Darf ich dich mal etwas fragen?«, wagte ich mich vor.

»Ja, ich liebe Cassidy über alles, und du musst mir nicht die Beine brechen, weil ich ihr das Herz breche oder so einen Schwachsinn«, erwiderte er. »Reicht das als Schwur aus?«

»Das meine ich nicht«, sagte ich.

Auch wenn es ziemlich süß war. Er liebte Cassidy wirklich. Früher hätte Colton so etwas nicht mal zugegeben, wenn man ihn an ein Schulklo gebunden und gezwungen hätte, das eklige Wasser daraus zu trinken.

»Ja, meine Haare sehen immer so verdammt gut aus.«

Ich verdrehte die Augen und warf ein paar Pommes nach ihm.

Colton lachte. »Dann frag mich doch einfach.«

»Theo hat mich neulich gefragt, ob ich glücklich bin. Glaubst du, er ist trotz allem glücklich?«, fragte ich schließlich.

Colton nahm sich einen Moment Zeit, um darauf einzugehen. »Theo ist jemand, der seine Gefühle, Ärger und Frust in sich hineinfrisst. Ich weiß nicht wieso, aber aus irgendeinem Grund denkt er, er müsse in allem perfekt sein. Der perfekte Sohn, der perfekte Schüler, der perfekte Freund, der perfekte … Bruder.« Colton zögerte kurz. »Vielleicht, weil ich nie eines dieser Dinge gewesen bin, als wir zusammen aufgewachsen sind. Und jetzt möchte ich dich etwas fragen. Kann man wirklich glücklich sein, wenn man niemals laut sagt, was man denkt oder fühlt, Lorn?«

»Ich … « Mir zog sich das Herz zusammen.

»Du musst darauf nicht antworten«, sagte Colton. »Es ist deine Sache, ob du Theo irgendwann die Wahrheit sagst. Aber glaub mir, die Wahrheit zu sagen ist manchmal das Einzige, was einen glücklich macht. Das weiß ich aus eigener Erfahrung.«

»Hey, was macht ihr für ernste Gesichter!«

Cassidy tauchte am Tisch auf.

»Das ist nur, weil ich Hunger habe«, sagte ich und stand auf. Bevor ich ihr zur Auslage der Cafeteria folgte, blickte ich zu Colton zurück. Er lächelte. Ich erwiderte sein Lächeln.

In ihm steckte mehr, als ich gedacht hatte.

KAPITEL 15

CASSIDY UND ICH WOLLTEN, trotz Addisons frühem Abgang am Nachmittag, Raum 245 dennoch unter die Lupe nehmen. Mein letzter Kurs war vom Lehrer eine Viertelstunde früher beendet worden, weil dieser noch zu einem dringenden Termin musste, deshalb wartete ich im Trakt der Naturwissenschaften auf meine beste Freundin. Sie hatte Colton beim Lunch in die Sache eingeweiht und würde ihn als Verstärkung mitschleppen. Gelangweilt stand ich mir die Beine in den Bauch. Der Flur lag leer und still vor mir – bis plötzlich mein Bruder aus einem nahe gelegenen Jungsklo stolperte. Er drückte seine Schultasche an die Brust und stützte sich Halt suchend links an einen Spind. Ging es ihm nicht gut? Eine Welle der Besorgnis überkam mich, und ich setzte mich in Bewegung. Da trat jemand hinter Bryce aus der Toilette …

Andrew fucking Carlyle!

Sofort war ich bei Bryce und packte ihn am Arm. Dabei sah ich, dass Blut aus seiner Nase quoll und seine Unterlippe aufgeplatzt war. Es fühlte sich an, als würde mein Herz kurz aussetzen. Bryce wischte sich mit dem Ärmel über den Mund und schlug meine Hand weg, als ich ihm aufhelfen wollte. Irritiert blickte er mich an.

»Was machst du denn hier?«, murmelte mein Bruder.

Hinter Andrew trat ein weiterer Junge in den Flur. Er wirkte ein paar Jahre jünger. Die Ähnlichkeit zu Andrew war verblüffend.

»Wen haben wir denn da? Die Verräterin«, höhnte Andrew. »Sag bloß, du willst dich wieder in eine Angelegenheit einmischen, die dich absolut nichts angeht? Das ist ja wirklich rührend.«

»Das ist mein Bruder, du Arschloch!«, entfuhr es mir.

Andrew wirkte ehrlich überrascht. »Dein Bruder?« Er fing sich schnell wieder und fiel in ein grässliches Lachen. »Der kleine Volltrottel, der meinem Bruder die Freundin ausspannen wollte?«

»Lügner!«, brüllte Bryce. »Zach ist hier die miese Ratte!«

Moment – Zach? Der Typ, der mit Maddy rumgeknutscht hatte?

»Du hast wohl immer noch nicht genug«, höhnte Andrew.

Er kam bedrohlich näher, während Zach dümmlich grinste.

»Fass Bryce noch einmal an und ich …«

»Willst du dich mir echt in den Weg stellen?«, fragte Andrew. In seinen Augen lag ein düsterer Glanz, so als würde er wie ein Raubtier nur auf den nächsten schwachen Moment seiner Beute warten. »Normalerweise schlage ich keine Mädchen, aber bei dir würde ich echt eine Ausnahme machen. Du hast meine Nerven nämlich genug strapaziert. Ich habe seit einer Woche nichts verkauft, weil alle Schiss haben, dass der Direktor sie auch ins Visier nimmt. Das ist eine Menge Kohle, die mir durch die Lappen geht.«

Ungläubig riss ich die Augen auf. Er hatte das erste Mal zugegeben, dass er das »Phantom« war! Und natürlich gab es außer mir und Bryce keine Zeugen … super! Wollte er mich damit etwa provozieren? Sicher fühlte er sich überlegen, weil er ein Junge und somit körperlich stärker war als ich. Seine Miene war voller Spott und dann dieses widerliche Lächeln, das ihn extrem selbstgefällig wirken ließ. In mir brodelte es. Hass war so ein starkes Wort, aber in dieser Sekunde, da *hasste* ich ihn.

Diese Empfindung sammelte sich wie eine gewaltige Ladung Energie in meiner rechten Faust. Automatisch holte ich aus und schlug Andrew mitten ins Gesicht – so wie er es vermutlich mit Bryce getan hatte. Es war, als würde meine Hand auf steinharten Zement treffen, und der Schmerz, der mir durch den ganzen Arm schoss, ließ mich einen lauten Fluch ausstoßen.

Der war jedoch nichts gegen Andrews Aufschrei. Er strauchelte rückwärts und wäre glatt auf seinem Allerwertesten gelandet, wenn Zach ihn nicht aufgefangen hätte. Blut schoss aus Andrews Nase und benetzte in einem feinen Sprühregen sein Shirt.

»Das Miststück hat mir die Nase gebrochen!«

Das Klingeln der Schulglocke brach über uns herein, innerhalb von Sekunden öffneten sich zu beiden Seiten die Türen der Klassenzimmer, und Schüler und Schülerinnen strömten in den Gang. Mit einem Mal waren wir umgeben von Leuten. Was für ein Glück! Ich rieb mir die schmerzende Hand und verzog das Gesicht.

Bryce glotzte mich perplex an. »Wahnsinn, Lorn. Bist du taff!«

Ich konnte das Kompliment in seiner Stimme gar nicht richtig wahrnehmen, weil ich den Hals reckte, um nach Andrew und Zach zu sehen. Die beiden schienen in dem Meer von Teenagern verschwunden zu sein. Regungslos starrte ich auf meine Faust, die bereits anfing anzuschwellen. Shit! Ich hatte Andrew ins Gesicht geboxt. Fast hysterisch begann ich zu lachen.

Ich hatte alles nur noch schlimmer gemacht!

»Wir sollten nach Hause fahren«, sagte ich zittrig.

Die Leute um uns herum glotzten mich und Bryce schon merkwürdig an, nicht zuletzt, weil wir beide sicher sehr mitgenommen aussehen mussten, vor allem Bryce mit all den Blutspritzern.

»Stecken wir jetzt in Schwierigkeiten?«, fragte er.

»Lass … lass uns einfach nach Hause fahren«, wiederholte ich. Wie in Trance lief ich zum Ausgang des Hauptgebäudes. Bryce folgte mir. Colton und Cassidy tauchten abrupt vor uns auf.

»Wo willst du denn hin? Oh, hi, Bryce!«, sagte sie. Dann weiteten sich ihre Augen. »Was ist denn mit euch zwei passiert?«

»Zach hat mir meine Freundin Maddy ausgespannt, also habe ich ihn zur Rede gestellt, aber sein älterer Bruder war da. Der hat sich eingemischt und mich geschlagen. Und dann hat Lorn ihm die Nase gebrochen. Denke ich«, ratterte Bryce schnell herunter.

Colton und Cassidy tauschten einen Was-zur-Hölle-Blick.

»Seid ihr … okay?«, fragte Cassidy langsam.

Colton griff nach meiner verletzten Hand. »Die musst du dringend kühlen, dann geht die Schwellung schnell zurück.«

»Wisst ihr was? Erst mal raus aus der Schule«, sagte Cassidy. »Lorn, so kannst du unmöglich selber fahren. Colton und ich nehmen euch mit und bringen euch nach Hause. Einverstanden?«

Bryce zuckte mit den Schultern. »Busfahren ist eh ätzend.«

Ein Glück, dass Mom heute beim Elternsprechtag von April und Jane in der Elementary School war. Sie wäre sicher total ausgeflippt, wenn sie Bryce so gesehen hätte. Nachdem er sich das Gesicht gewaschen und sich umgezogen hatte, sah er zumindest nur noch halb so schlimm aus. Sein Nasenbluten hatte aufgehört, und nur der feine Riss in seiner Unterlippe deutete auf die Auseinandersetzung hin. Bryce hatte sich in sein Zimmer zurückgezogen, während ich im Garten vor meinem Laptop saß und mir eine Packung gefrorene Früchte gegen die Hand drückte. Sie fühlte sich schon deutlich besser an als vor einer halben Stunde. Meine Panik war ebenfalls abgeflaut. Dann hatte ich Andrew eben geschlagen! Na und! Er hatte mich doch sowieso im Visier und machte mir das Leben schwer. Außerdem verschaffte mir die Erinnerung an sein geschocktes und blutiges Gesicht ein wenig Genugtuung. Ich war kein schadenfroher Mensch, aber ich bereute es nicht, meinem Impuls in diesem Augenblick nachgegeben zu haben. Beim nächsten Mal würde ich ihn allerdings mit anderen Waffen *schlagen* – im wahrsten Sinne des Wortes. Okay, mein schlechtes Gewissen war trotzdem präsent. Jemanden willentlich zu verletzen war kein besonders netter Zug. Aber für diesen einen Tag ließ ich mir das bisschen Schadenfreude durchgehen.

Ich wandte mich wieder meinem Laptop zu. Eigentlich hatte ich ihn nur geholt, weil ich etwas Recherche über diesen R.I.D.E.-Wettbewerb betreiben wollte, damit ich nicht komplett wie eine unwissende Idiotin dastand. Theo wäre da die verlässlichere Quelle gewesen, aber er hatte auf der Party von Lilly nicht sehr begeistert über meine Entscheidung gewirkt – und ich würde garantiert nicht wegen Isabella kneifen.

Die Suchmaschine spuckte endlose Artikel, Berichte, Fotos und Videos zum R.I.D.E.-Wettbewerb aus. Ich hatte irgendwie nicht damit gerechnet, dass das Ganze eine so große und beliebte Sache war. R.I.D.E. stand für *Riding Indoors Debütantinnen Event.* Klang nicht wirklich grammatikalisch korrekt, da machte die Abkürzung mehr Sinn, denn die war Programm. Auf der Webseite des Newfort Country Clubs fand ich eine Art FAQ-Seite zum Wettbewerb, die mir eine gute Übersicht über die wichtigsten Infos verschaffte.

Alljährlicher R.I.D.E.-Wettbewerb
des Newfort Country Clubs

Das *Riding Indoors Debütantinnen Event* ist auf eine lange Tradition zurückzuführen und fand erstmals in den frühen Sechzigern statt. Barett C. Goslinger, Mitbegründer des Newfort Country Clubs, war bekannt für seine ausgelassenen Partys, die zur damaligen Zeit nur von den Herren der Gesellschaft besucht wurden. Er hatte eine Schwäche für das Wetten auf Pferderennen und veranstaltete diese regelmäßig auf seinem Privatbesitz. Erst Jahre später brachte ihn seine Frau Penelope auf die Idee, aus diesem Hobby eine vorzeigbare Tradition …

Blablabla! Lauter historisches Geplänkel, das mich null interessierte. Ich überflog den Rest davon, um möglichst schnell zu den Regeln zu gelangen. Im Grunde war der R.I.D.E.-Wettbewerb eine Veranstaltung des Country Clubs, welche jungen Reiterinnen die Möglichkeit bot, durch die Teilnahme darin aufgenommen zu werden oder ihr »Ansehen« zu steigern, wenn sie aus eher unbekannten Familien kamen. Isabella hatte nicht ganz unrecht gehabt: Ehemalige Gewinnerinnen hatten eine ganze Weile im Rampenlicht gestanden. Für viele junge Mädchen, die vorhatten, eine Reitkarriere aufzubauen, sicher ein erster Schritt. Unter Debütantinnen stellte ich mir ganz klassisch Mädchen vor, die in wallenden Kleidern irgendwelche Tänze besuchten und Wohltätigkeitsevents veranstalteten, aber anscheinend galt man als R.I.D.E.-Frischling ebenfalls als eine solche Debütantin. Die besten zehn wurden mit einer besonderen Auszeichnung belohnt, die sogar als ein gültiges Zertifikat für »außerordentliche Leistung« beim Reiten zählte. Auf der Webseite stand, dass man damit sogar bei einigen Universitäten und Colleges punkten konnte, die Wert auf Reitsport oder Sport im Allgemeinen legten. Das war interessant. Alles, was man tun musste, war einen Reitparcours zu absolvieren, der mit unterschiedlichen Herausforderungen für Reiterin und Pferd gespickt waren. Klang gar nicht mal so schwierig …

Wenn man denn reiten konnte und – heilige Scheiße!

Ich war am Ende der Webseite angelangt und bekam den Mund gar nicht mehr zu. Ein Preisgeld! Dem Gewinner winkte ein Preisgeld!

Siegerehrung des R.I.D.E.

Platz 1 – Goldmedaille und ein Scheck im Wert von 2000,– Dollar
Platz 2 – Silbermedaille und ein Scheck im Wert von 1000,– Dollar
Platz 3 – Bronzemedaille und ein Scheck im Wert von 500,– Dollar

Das war eine ganze Menge Cash! Ich starrte den Bildschirm meines Laptops so intensiv an, dass irgendwann kleine Punkte vor meinen Augen flimmerten und ich blinzeln musste. Wahnsinn!

Was man mit diesem Geld alles machen konnte …

Neue Trikots für mein Basketballteam!

Ich hatte eine Lösung gesucht, und hier war sie.

Es war kaum zu fassen. Ich konnte zwei Fliegen mit einer Klappe schlagen: Theo vor Isabella retten und das Preisgeld einsacken, um den Newfort Newts das Schulturnier zu ermöglichen.

Da gab es nur immer noch ein Problem: Ich konnte nicht reiten.

Da ist eine Person, die es dir beibringen kann, dachte ich. *Die Person, die das alles für eine Schnapsidee hält und in die du rein zufällig auch noch verknallt bist.* Ganz ausgezeichnet!

Mit mulmigem Gefühl zog ich mein Handy aus der Tasche meines Hoodies und öffnete den Chat von Theo und mir. Sollte ich …? Nein. Wenn ich seine Hilfe wollte, musste ich schon von Angesicht zu Angesicht danach fragen. Außerdem … würde ich ihn unheimlich gerne sehen.

Mehr Vorwände brauchte ich nicht, um Theo zu besuchen.

Ich klappte den Laptop zu und klemmte ihn mir unter den Arm, um in die Küche zu gehen, wo ich das Gerät auf der Arbeitsfläche ablegte und die Packung mit den gefrorenen Früchten zurück ins Eisfach bugsierte. Probeweise bewegte ich meine Finger ein wenig. Meine verletzte Hand war zwar noch etwas dick, und meine Fingerknöchel färbten sich bläulich, aber das war nur eine leichte Verstauchung, wie ich sie beim Basketball schon öfter erlebt hatte. Damit konnte ich zwar nicht trainieren, aber zum Autofahren reichte es. Blöd nur, dass mein Wagen noch auf dem Parkplatz der Schule stand. Da Cassidy weder Führerschein noch Auto hatte und ich Colton trotz neu gewonnener Sympathie ungern um Hilfe bitten wollte, musste ich wohl den nächsten Bus zur Schule nehmen. Gut, dass gleich am Park eine Haltestelle war. Ich schrieb einen Zettel für Mom und klebte ihn an den Kühlschrank. Während ich mir meine Sachen griff, hatte ich einen Einfall, also lief ich zurück in die Küche und holte etwas aus einem der Schränke. Im Anschluss verließ ich gut gelaunt und mit einer neuen Mission das Haus.

Der Weg zur Griffin-Ranch war mir inzwischen recht vertraut. Das erste Mal hatte ich sie gemeinsam mit Cassidy besucht, weil Theo uns zu einer Reitstunde eingeladen hatte. Wir waren damals alle zusammen einen der Trails bis zum Strand geritten. Viele der Pferde dort waren darauf trainiert, Feriengäste und Urlauber sicher von A nach B zu bringen, und kannten die Runden, die sie laufen mussten, bereits auswendig. Diese Art von Ausritt verlangte nur, dass man einigermaßen fest im Sattel saß, Erfahrungen waren da erst mal zweitrangig. Ich war voller Elan dabei gewesen, bis ich mich plötzlich unwohl gefühlt hatte. Damals war da dieses ungute Gefühl in mir aufgekeimt, dass Theo Cassidy mochte. Bei unserer gemeinsamen Unternehmung hatte er sich ihr gegenüber irgendwie *anders* verhalten. Ich erinnerte mich noch daran, wie ich diesen Gedanken schnell wieder verworfen hatte, weil Cassidy bereits ziemlich offensichtlich etwas für Colton empfand und es zwischen den beiden ordentlich geknistert hatte. Danach war ich zwar noch ein paarmal auf der Ranch gewesen, aber die Empfindungen, die ich mit meinen Besuchen dort verband, waren nicht sehr positiv. Wenn man außerhalb der Stadt der Landstraße folgte, kam man irgendwann zwischen Wald und Wiesen an eine Abbiegung. Entlang eines Hangs schlängelte sich eine Strecke wie bei einer Achterbahn erst den Berg hinauf und anschließend wieder hinunter. Das Newfort-Gebirge ragte im Hintergrund auf, wurde aber von der atemberaubenden Aussicht auf das Meer übertrumpft. Mit heruntergelassenem Fenster konnte man bereits das Tosen der Wellen hören und die salzige Luft riechen. In Richtung Küste wurden die Böden ebener. Dichtes Grün wich landwirtschaftlichen Flächen wie Kornfeldern. Im Vorbeifahren sah ich die Fratze einer Vogelscheuche, die ich insgeheim auf den Namen Ray getauft hatte – so wie Ray Bolger aus der Original-Filmversion des Zauberers von Oz. Erneut passierte ich ein Schild, das auf die Griffin Ranch hinwies, und lächelte. Minuten später parkte ich meinen Opel neben dem Lattenzaun einer Koppel.

Gegenüber der Atkinson-Ranch konnte die der Griffins durch einen Aspekt besonders punkten: Die Lage zwischen Weideland und Bergen, mit der unmittelbaren Nähe zu Sandstrand und Meer, sorgte für ein ruhiges, atmosphärisches Urlaubsfeeling und entsprach damit dem, was die meisten Touristen wohl von einem Besuch in Kalifornien erwarteten: Entspannung, Natur und Sonne. Das Zentrum bildete ein großes Haupthaus, mit rustikaler Holzfassade, breiter Veranda und grünem Dach, das den Charme einer modernen Lodge hatte. Neben den unzähligen Koppeln, auf denen vereinzelt Pferde grasten, gab es mehrere Scheunen und Blockhütten über das Gelände verteilt. Letzteres waren die Ferienunterkünfte. Ich schloss mein Auto ab und lief los.

Nachdem ich an der Haustür geklingelt hatte, wartete ich.

Bislang hatte ich Theos Eltern nur kurz zu Gesicht bekommen, als ich bei ihrer Westernfilmparty zu Gast gewesen war, aber die Frau, die mir öffnete, war unverkennbar Mrs. Griffin. Ihr kurzes braunes Haar war etwas heller als das ihres Sohnes, aber die bernsteinfarbenen Augen hatte er definitiv von ihr geerbt. Sie trug eine weite Bluse, Jeans und eine Schürze darüber.

»Hallo«, sagte sie freundlich. »Kann ich dir helfen?«

»Mein Name ist Lorn. Ich bin … ist Theo zu Hause?«

»Oh, Lorn! Ich erinnere mich an dich. Du warst gemeinsam mit Cassidy schon ein paarmal hier, oder? Ihr seid doch Freundinnen.«

Verwundert nickte ich. Sie lächelte und winkte mich rein.

»Ich habe das Gefühl, ich werde immer dann von unangekündigten Besuchern überrascht, wenn ich gerade am Backen bin«, plapperte sie munter drauflos. »Theo ist noch mit seinem Dad draußen auf den Feldern. Sie müssten aber gleich zurück sein. Komm doch so lange mit in die Küche. Möchtest du vielleicht was trinken?«

Unsicher ließ ich meinen Blick umherschweifen.

Hier lebte Theo also ... Ich hatte zwar einiges von der Ranch gesehen, war aber bisher nicht im Wohnhaus gewesen. Zu meiner Linken befand sich ein offener Raum, dessen Einrichtung mit den Möbeln aus dunklem Holz, dem dicken Teppich und den vielen Fotos an den Wänden recht gemütlich wirkte. Theo hatte zudem nicht übertrieben. Dort hingen genauso viele Bilder seiner Familie wie bei uns daheim, und einige zeigten Schnappschüsse, die so sicher nicht geplant waren. Auf einem war ein jüngerer Theo zu sehen, der sich in seiner Angelroute verheddert hatte und eine wilde Pose machte, weil der Fisch in seinen Händen ihm mit der Flosse ins Gesicht schlug. Ich kicherte leise. Wie gerne hätte ich mir noch mehr davon angesehen, aber Mrs. Griffin schien auf mich zu warten, denn sie war im Flur stehen geblieben und sah mich erwartungsvoll an. Etwas verlegen, weil ich so ungeniert auf die Fotos gestarrt hatte, rieb ich mir die Unterarme. Ich folgte ihr in die Küche, die gleich gegenüber dem Wohnzimmer lag. Meiner Mom hätte sie bestimmt gefallen. Sie hatte schon länger vorgehabt, unsere mal zu renovieren, und deshalb Dutzende Kataloge zur Inspiration durchstöbert. Das hier war genau ihr Stil. Holzvertäfelte Wände, eine große Kücheninsel, über der Töpfe und Pfannen in einem Gitter hingen, viel Platz mit all den hellen Schränken und Regalen voller Einmachgläser und kleiner Körbe. Mom hätte nur niemals diese Unordnung zugelassen. Überall standen Backzutaten, schmutzige Bleche und Schüsseln herum. Der Grund dafür war nicht zu übersehen. Mrs. Griffin hatte bereits drei Kisten mit frischen Muffins gefüllt, deren Duft die Luft schwer und süß hatte werden lassen. Sie standen in Reih und Glied vor einem der Fenster. Das war richtige Massenproduktion!

»Du kannst dir ruhig einen nehmen«, sagte sie. Anscheinend war sie meinem Blick gefolgt. »Die sind für die Arche. Das ist eine soziale Einrichtung, die wir mit einigen selbst angebauten Lebensmitteln der Ranch beliefern. Ich habe versprochen, was für den morgigen Bake-Sale beizusteuern. Ist für eine gute Sache.«

»Sie müssen ja echt gerne backen«, sagte ich erstaunt.

»Ich liebe es!«, erwiderte Mrs. Griffin fröhlich. »Leider habe ich viel zu selten Zeit dafür, bei allem, was hier so anfällt.«

Ich nahm mir einen der Muffins und biss hinein, weil mir nichts Besseres einfiel. Small Talk mit meinen eigenen Eltern war schon schlimm genug, aber Small Talk mit fremden Eltern? Merkwürdig!

»Der schmeckt unglaublich lecker«, sagte ich.

Die Mischung aus Zitrone und Mohn war echt köstlich!

Mrs. Griffin deutete auf einen der Hocker, die auf einer Seite der Kücheninsel standen, und goss mir ein Glas Orangensaft ein.

Ich nahm Platz und bedankte mich höflich.

»Habt ihr viele Kurse zusammen?«, fragte sie.

»Ein paar«, sagte ich. »Geschichte zum Beispiel.«

»Theo hat Geschichte immer sehr gemocht.«

»Wirklich? Ich hasse dieses Fach«, murmelte ich.

»Er konnte sich dafür von klein auf begeistern«, verriet sie mir. »Für Geschichten jeder Art. Als Kind war er ziemlich schüchtern und hatte nicht sehr viele Freunde. Er hat viel gelesen und konnte sich die verrücktesten Sachen merken! Damals waren ihm Fakten noch lieber als Menschen.« Mrs. Griffin lächelte bei der Erinnerung. »Zum Glück hat Theo seine Zurückhaltung in dieser Hinsicht mit Beginn der Highschool abgelegt. Ich bin froh, dass seine Freunde gemerkt haben, was alles in ihm steckt.«

Diese Beschreibung passte zu dem Theo, den ich kannte.

»Ich glaube, ganz wohl fühlt er sich in der Rolle aber auch nicht«, sagte ich, ohne groß darüber nachzudenken.

Mrs. Griffin blickte mich neugierig an. »Ach, wirklich?«

»Nur so ein Gefühl«, murmelte ich verlegen.

Sie seufzte. »Für mich wird er immer mein kleiner Sohn bleiben! Er war so ein unglaublich süßes Kind. Willst du Fotos sehen?«

Am liebsten hätte ich laut »Ja!« geschrien, aber ich konnte schlecht vor Theos Mutter zugeben, dass ich gerne mehr über seine Kindheit erfahren hätte. Sonst klang ich wie eine Stalkerin.

»Öhm«, machte ich etwas ratlos.

»Hach! Wir haben so viele Alben! Es ist ewig her, dass ich die alten Fotos durchgesehen habe«, sagte sie. »Lass mich nur kurz das nächste Blech in den Ofen schieben, dann hole ich sie.«

KAPITEL 16

MRS. GRIFFIN HATTE nicht übertrieben. Der kleine Theo war mit seinen goldblonden Locken und Pausbäckchen absolut niedlich gewesen. Ich konnte mich an den vielen Fotos gar nicht sattsehen. Heute trug er seine Haare anders, und die Locken waren verschwunden, aber in diesen alten Fotoalben steckte so viel von Theos Vergangenheit, dass ich alles neugierig aufsog. Da war sein erstes Fußballspiel mit sieben. Ein Geburtstag, an dem er im Alter von elf die Kerzen auf seinem Kuchen ausblies. Wie er auf einem Feld gemeinsam mit Colton einen Drachen steigen ließ. Auf einigen der Bilder war er etwas älter, vielleicht in der Middle School. Und es wurde deutlich, dass Theo damals schon sehr viele Freunde hatte.

Mrs. Griffin blätterte weiter, und mein Blick fiel auf ein Foto, das Theo gemeinsam mit einem pechschwarzen Pferd zeigte, das eine Blesse auf der Stirn hatte, an seiner Seite ein Mädchen. Die zwei Kinder strahlten um die Wette und streichelten das Pferd.

»Ist das … Bolt?«, fragte ich mit mulmigem Gefühl.

»Oh, er hat dir von ihm erzählt? Ja, das ist er. Er und das Mädchen auf dem Foto waren früher unzertrennlich«, sagte Mrs. Griffin und schmunzelte. »Sie haben Bolt nach einem Unwetter in den Wäldern gefunden und wieder aufgepäppelt. Heute steht der Rappe auf der Blackard-Ranch, soweit ich weiß … ist lange her.«

Mit einem Mal war mein Mund ganz trocken.

»Die Blackard-Ranch«, murmelte ich. Isabella Blackard.

»Die Bewohner der umliegenden Ranches kennen sich alle auf

die eine oder andere Weise«, erklärte Theos Mom. »Die Blackards waren allerdings immer etwas eigen, um es mal nett auszudrücken.«

»Haben Sie noch Kontakt zu der Familie?« Das war vielleicht etwas direkt gefragt, aber eine Chance, die ich nutzen wollte.

»Nein.« Mrs. Griffin seufzte schwer. »Die Blackards haben recht eigennützige Wertvorstellungen, die ich nie geteilt habe. Theo hatte irgendwann andere Freunde durchs Fußballspielen ... na ja, wie das so ist im Leben. Menschen kommen und gehen, oder?«

Ich dachte sofort an Addison. Und Nora. »Ja, das stimmt.«

»Irgendwann wird Theo mal in meine Fußstapfen treten«, sagte Mrs. Griffin, nachdem sie das letzte Album geschlossen hatte.

»Leben Sie denn schon immer auf dieser Ranch?«

»Oh, das ist eine lange Geschichte«, antwortete sie. »Die Ranch ist seit vielen Jahren in Familienbesitz. Hier wurde etwas ganz Wunderbares aufgebaut, auf das meine Eltern immer sehr stolz waren. Während meiner Highschool-Zeit war mir klar, dass ich nirgendwo anders leben und arbeiten möchte. Ich freue mich, wenn Theo ähnlich denkt, aber ich möchte auch, dass er etwas von der Welt sieht. Leider ist er genauso stur wie ich damals.« Sie sah mich nun direkt an. »Er braucht jemanden, der ihm zeigt, wie man mutig ist. Damit er selber lernt, etwas zu wagen und ...«

»Mom! Was machst du da?«, rief Theo empört.

Er war eben ins Wohnzimmer getreten, in das Mrs. Griffin und ich nach ihrer Backorgie umgezogen waren, um Tee zu trinken.

»Hat sie dir etwa alte Fotos gezeigt?«

»Wir haben uns nur nett unterhalten«, sagte Mrs. Griffin und zwinkerte mir verschwörerisch zu. »Habt ihr alles geschafft?«

Theo starrte noch immer ungläubig mich und seine Mom an.

»Du bist echt unfassbar! Was hast du ihr alles erzählt?«

»Wie wäre es, wenn ich euch ein paar Sandwiches mache?«,

überging sie seinen Protest. »Ich muss sowieso nach den letzten Muffins sehen. Irgendetwas riecht hier leicht verkohlt.«

»Vielleicht meine Würde«, murmelte er.

»Hey«, sagte ich, als Mrs. Griffin weg war.

»Hey«, echote er und räusperte sich. »Auf einer Skala von eins bis zehn, wie peinlich waren die Fotos, die du gesehen hast?«

Ich legte mir einen Finger an die Lippen. »Verrate ich nicht.«

Mürrisch zogen sich seine Augenbrauen zusammen. Seine Miene wirkte kurz wie in Stein gemeißelt, und ich konnte darin nicht ablesen, ob ihn die Sache mit den Fotos nun frustrierte oder nicht. Er rieb sich mit dem Handrücken ein paar Schweißperlen von der Stirn. Seine Wangen waren leicht gerötet, und einige wirre Haarsträhnen lugten unter seinem Hut heraus. Das dunkle Shirt, das er trug, klebte ihm an der Brust. Er hob es ein wenig an, um sich Luft zuzufächeln, was den Blick auf ein Stück seiner gebräunten Haut freigab. Für einen Moment hatte ich das Gefühl, der sexy Cowboy aus »Kein Ort ohne dich« wäre durch einen Bildschirm gestiegen und stünde live vor mir. Ich sollte meine Nicholas-Sparks-Fantasien besser sofort abstellen, ehe ich einen Tomatenkopf bekam. Verdammt auch! Aber ich konnte mir nicht helfen. Ich. Schmachtete. Theo. An. Und seufzte verträumt.

Mrs. Griffin hatte erzählt, dass er direkt nach der Schule angefangen hatte, draußen ein paar morsche Gatter zu reparieren. Vermutlich hatte er den ganzen Nachmittag in der Sonne gestanden und gearbeitet. Die Vorstellung war besser als jeder Kinofilm.

»Ich habe dich was gefragt, Lorn«, sagte Theo.

Gefragt? Oh! Mein Hirn lief gerade auf Auto-Schmacht-Pilot. Nimm dich mal zusammen, Lorn! Hastig wandte ich den Blick ab.

»Sorry, ich war … abgelenkt.«

Theo warf mir einen seltsamen Blick zu. »Ich wollte nur wissen, was du hier machst? Ich habe gar nicht mit dir gerechnet.«

»Ich wollte mit dir reden. Wegen dieser Reit-Sache.«

»Okay. Dann gehe ich kurz duschen, und wir … reden danach. Wenn du magst, kannst du oben in unserem Zimmer warten. Colton ist nicht da.«

Ich nickte mechanisch. »Mhm«, machte ich nur.

Als ich keine Anstalten machte, mich zu bewegen, fügte Theo hinzu: »Die Treppe hoch, bis unters Dach. Außerhalb der Reichweite meiner verrückten Mom, damit sie dir nicht noch mehr peinliche Fotos zeigen kann.« Melodramatisch fügte er noch hinzu: »Ganz im Ernst, in welche Abgründe hat sie dich blicken lassen? Verrat mir doch bitte irgendetwas!«

»Nope, die Antwort darauf nehme ich mit ins Grab.«

»Lass es bloß nicht drauf ankommen«, scherzte er.

Theo und Colton teilten sich das Dachgeschoss, das seine Eltern nach ihrer Heirat zu einem großen Wohnraum ausgebaut hatten, wie Theo mir erzählte. Wir gingen gemeinsam hoch, weil er noch ein paar frische Klamotten brauchte, ehe er im Bad verschwand. Mr. Griffin hatte es eine Weile als Arbeitsplatz genutzt, aber nach dem Einzug von Colton war es das Reich der Jungs geworden. So hatte ich mir immer ein wenig das Leben auf dem College vorgestellt: Ein Raum, der in zwei Hälften aufgeteilt war und bei dem deutlich wurde, dass hier zwei völlig unterschiedliche Menschen aufeinandertrafen. Die Schrägen der Dachkonstruktion hätten mich ein wenig gestört, weil man dadurch weniger Stauraum an den Wänden hatte, aber ich musste gestehen, dass dieses Loft-Feeling ziemlich cool war. Beide hatten das übliche Mobiliar an Bett, Kleiderschrank und Schreibtisch, und in der Mitte stand ein schwarzes Sofa mit Tisch, das voller Kissen war. Coltons Seite wirkte wie eine kleine Galerie. Überall hingen Skizzen, Zeichnungen und Bilder, die anscheinend aus seiner Feder stammten. Bis auf sein Faible für

Kunst war es sehr ordentlich. Schulbücher standen nach Größe sortiert nebeneinander auf dem Schreibtisch, das Bett war gemacht, und es gab nur wenig Kram, der dekorativ herumstand. Theos Seite hingegen war chaotisch. Die Laken zerwühlt, Klamotten lagen wahllos auf dem Boden herum, und Zeitschriften und CDs quollen aus einem Regal neben dem Kleiderschrank, das viel zu vollgestopft war. Medaillen und einige Plakate vom Reitsport zierten den Platz über seinem Schreibtisch. Wenn ich ehrlich war, fühlte ich mich gleich heimisch. Vielleicht weil mein Zimmer ähnlich aussah. Sport, Chaos und Musik. Wieder blickte ich zum vollen Regal. Lauter Alben von Mumford & Sons!

»Ich liebe diese Band«, sagte ich begeistert.

»Wirklich? Ich auch«, erwiderte Theo. »Ich finde, bei manchen Bands muss man einfach die CD besitzen und sie nicht nur herunterladen. Colton hält das für vollkommen unnötig.«

»Er streitet sich auch ständig mit Cassidy über Musik«, sagte ich. »Colton hat da wirklich einen seltsamen Geschmack.«

Ich betrachtete weiter Theos Musiksammlung. Einige der Alben waren richtig alt, und ich fand noch weitere Bands, die wir wohl zu unseren gemeinsamen Lieblingen zählten. Plötzlich bemerkte ich, wie still es geworden war. Ich wandte den Kopf wieder zu Theo, und er sah ertappt zur Seite. Hatte er mich beobachtet? Vielleicht musste er an den Wangenkuss denken?

Bei der Erinnerung daran fühlte ich mich nicht mehr ganz so mutig. Für ein paar Sekunden war alles zwischen uns etwas merkwürdig. Dann räusperte Theo sich und ging zum Kleiderschrank, um sich ein neues Outfit zu schnappen.

»Mach's dir ruhig gemütlich. Bis gleich.«

Theo verschwand die Treppe hinunter. Ich vergewisserte mich, dass er auch wirklich weg war, dann stieß ich ein kleines Jauchzen aus. Ich! War! In! Theos! Zimmer! Nicht in zehn Millionen Jahren hätte ich gedacht, dass das mal passieren würde. Neugierig sah ich mich noch etwas um. Ich wollte natürlich nicht herumschnüffeln oder dergleichen, aber ich konnte nicht widerstehen, mir Theos Besitztümer genauer anzusehen. Ob er schon viele Mädchen hier hochgebracht hatte? Vielleicht hatten sie bei Dates immer auf dem schwarzen Sofa gesessen und hemmungslos rumgeknutscht? Bei unserem Gespräch auf der Party hatte das zwar anders geklungen, aber meine Fantasie ging ein wenig mit mir durch. Plötzlich schoss mir wieder Isabella durch den Kopf. Diese verdammte Eifersucht aber auch! Die sollte sich mal in eine Ecke meines Gehirns verkrümeln, wo ich sie einsperren konnte und nie wieder fühlen musste. Vielleicht hatte Colton recht und ich konnte erst nach vorne blicken, wenn ich Theo die Wahrheit sagte. *Wenn dieser R.I.D.E.-Wettbewerb vorbei ist ...*

Das Knarzen der Stufen ließ mich aus meinen Gedanken schrecken. Theo kam mit einem Tablett ins Zimmer. Er hatte das dunkle Shirt gegen ein weißes getauscht und die nassen Haare nach hinten gekämmt, was ungewohnt ordentlich aussah. Vorsichtig stellte er das Tablett auf den Tisch vorm Sofa.

»Mom hat das mit den Sandwiches ernst gemeint«, sagte er. »Manchmal glaube ich, sie denkt, ich sei unfähig, mich selber zu ernähren. Magst du Käse und Schinken? Oder lieber Erdnussbutter und Marmelade? Ich kann sonst auch was ganz anderes holen.«

»Nein, schon gut. Das ist nett von ihr«, sagte ich.

Theo ließ sich aufs Sofa plumpsen und begann eines der Sandwiches zu essen. Zögernd näherte ich mich ihm und setzte mich an den äußeren Rand des Sofas, damit sich nicht wie neulich wieder unsere Arme berührten. Das zweite Mal ganz allein mit Theo? Hallo, Nervosität! Auch die hätte ich gerne mal abgestellt.

»Es tut mir leid, was ich am Ende auf der Party gesagt habe.« Theo legte sein angebissenes Sandwich weg. »Ich habe viel darüber nachgedacht, und du hattest recht. Ich hätte für mich einstehen sollen. Isabella gegenüber fällt mir das nur sehr schwer. Das war schon früher so. Sie hat den Ton in unserer Freundschaft vorgegeben. Und auf der Party war ich einfach überrumpelt. Ich wollte sie anschreien, weil sie unsere Freundschaft weggeworfen hat, und gleichzeitig wollte ich ruhig bleiben und sie um eine Erklärung bitten. Eine, die entschuldigt, wie egoistisch und abweisend sie mir gegenüber war. Heute in der Schule war ich kurz davor, einzuknicken und zu ihr zu gehen. Da habe ich begriffen, dass sie noch immer genug Macht über mich hat, um mich zu manipulieren.« Theo seufzte. »Ein furchtbares Gefühl.«

Ich wollte etwas erwidern, aber er sprach schon weiter.

»In dieser Gemeinschaft aufzuwachsen war großartig. Eine Hand wäscht die andere, und meine Eltern mussten sich nie Sorgen darum machen, dass es uns schlecht geht. Damals, als meine Mom und mein Dad frisch verheiratet waren und noch nicht so gut damit zurechtkamen, die ganze Last der Griffin-Ranch zu tragen, haben alle mitgeholfen. Die ganzen Familien der anderen Ranches. Und Isabellas Onkel, Mr. Blackard, ist der Einzige, der ständig alle als Konkurrenz sieht. Damals, als die Mulligans pleitegegangen sind, haben alle in der Gegend versucht, ihnen zu helfen – und Mr. Blackard? Der hat das Grundstück einfach aufgekauft und es den Mulligans auch noch unter die Nase gerieben. Was ich damit sagen will ist, Isabellas Einstellung spiegelt die ihrer Familie wider. Sich für unfehlbar halten, über andere urteilen und …«

Theo legte sein Sandwich beiseite und sah mich an.

»… es ist an der Zeit, dass man ihnen das nicht mehr durchgehen lässt. Du hast dich ohne zu zögern für mich eingesetzt. Und wenn du mir wirklich helfen möchtest, Isabella einen Strich durch die Rechnung zu machen, wäre ich dir sehr dankbar, Lorn.«

»Also keine Schnapsidee mehr?«

»Oh doch! Eine große Schnapsidee«, erwiderte Theo. »Aber ich stehe hinter dir. Ich werde aus dir eine großartige Reiterin machen.«

»Das nenne ich mal eine epische Ansprache.«

»Hat sie denn funktioniert?«

»Allerdings«, lachte ich. »Aber da ist noch etwas, das ich dir vorher sagen muss. Ich habe ein wenig im Internet nachgelesen und gesehen, dass es für die ersten drei Plätze ein Preisgeld gibt. Damit könnte ich meiner Mannschaft helfen, neue Trikots zu erwerben. Deshalb … möchte ich auch für mich mitmachen.«

Theo nickte. »Das Preisgeld hatte ich ganz vergessen. Finde ich gut. Eine starke Motivation hilft bestimmt, denn das wird alles andere als leicht, Lorn. Wir müssen jede freie Stunde nutzen. Reiten sieht oftmals leicht aus, es zu lernen dauert jedoch.« Er schüttelte bedauernd den Kopf. »Ehrlich, wenn diese blöde Tradition mit den Debütantinnen nicht so veraltet und sexistisch wäre, würde ich selber mitreiten. Fehlt nur noch, dass sie die ›jungen Damen‹ als Zusatzaufgabe in irgendwelche Spitzenkleider zwängen oder so.«

Ich verzog das Gesicht. »Ich muss nicht echt ein Kleid anziehen, oder?«

Theo hob eine Augenbraue. »Das war ein Witz! Das wäre beim Reiten ziemlich unpraktisch. Aber was ist so schlimm an einem Kleid?«

»Hattest du mal eins an?«, erwiderte ich. »Die sind eng und unbequem, und überhaupt starren einen dann alle komisch an.«

»Vielleicht starren dich alle an, weil du in einem Kleid wunderschön aussiehst«, sagte Theo, nicht den Hauch von Sarkasmus in seiner Stimme. »Aber wenn du sie nicht magst … «

»Können Mädchen denn nicht auch ohne Kleid wunderschön aussehen?«, fragte ich. »So was sollte man außerdem nicht nur für Jungs anziehen.«

Ein mattes Lächeln stahl sich auf Theos Lippen. »Lorn, du würdest in allem hübsch aussehen. Dafür brauchst du kein Kleid«, sagte er. »Außerdem stimmt es. Im einundzwanzigsten Jahrhundert sollte niemand mehr durch eine Kleiderordnung dazu gezwungen werden, etwas zu tragen, worin er sich nicht wohlfühlt.«

Hatte Theo mich gerade zwei Mal hintereinander erst wunderschön und dann hübsch genannt? Mich? Überrumpelt sah ich ihn an und bekam keinen Ton heraus. Unter meinem stummen Blick schien Theo mit einem Mal nervös zu werden, so als habe er gerade erst realisiert, dass er mir Komplimente gemacht hatte. Seine bernsteinfarbenen Augen betrachteten mich ruhig. Mein Herz schlug schneller. Er öffnete leicht den Mund und biss sich dann auf die Unterlippe, als würde er über etwas nachdenken. Der Moment dehnte sich zwischen uns aus wie eine Seifenblase, die jede Sekunde zerplatzen könnte. Mir entfuhr ein leises Seufzen. Theo beugte sich leicht vor, und dann ... wurden wir von Mrs. Griffin unterbrochen, die wie ein Trampeltier die Treppe hinaufstampfte und dabei laut rief: »Du hast die Getränke vergessen, Theo!«

Als hätten wir etwas Verbotenes getan, fuhren wir auseinander.

»Nanu. Ihr habt ja kaum was gegessen. Stimmt was nicht?«

Mrs. Griffin stellte zwei Gläser und eine Wasserflasche vor uns ab. Sie sah mich prüfend an, also schnappte ich mir ein Erdnussbutter-Marmeladen-Sandwich und biss hastig hinein.

»Habt ihr ein Schweigegelübde abgelegt?« Kopfschüttelnd machte sie auf dem Absatz kehrt und murmelte noch: »Teenager!«

»Sorry«, murmelte Theo, obwohl es keinen Grund dafür gab, dass er sich entschuldigte. »Sie kann ganz schön aufdringlich sein.«

»Ich finde sie wirklich nett«, entgegnete ich ehrlich.

Stumm aß ich mein Sandwich auf.

Gerade eben da ... Ich hatte kurz geglaubt, dass Theo mich hatte küssen wollen. Die Art, wie er sich vorgebeugt und mich angesehen hatte … Ich wagte es und lugte zu ihm hinüber. Er aß sein eigenes Sandwich weiter und wirkte gar nicht mehr nervös oder irgendwie verlegen. Wahrscheinlich war er einfach nur von meinem Gestarre irritiert gewesen. Dennoch … Sein Kompliment hatte ich mir nicht eingebildet. Mensch, war das verwirrend.

Eine Weile saßen wir noch schweigend da, während sich die Platte mit den Sandwiches langsam leerte, und dann wurden wir von dieser merkwürdigen Anspannung erlöst, als Colton auftauchte.

»Hast du mein Mathebuch gesehen, Theo? Oh, hey, Lorn.«

Jup. Ich hatte heute auch nicht mehr damit gerechnet, Colton noch mal zu sehen. Wenn er dasselbe dachte, ließ er sich jedoch nichts anmerken. Ich nutzte die Gelegenheit, um aufzustehen.

»Ich muss jetzt los«, sagte ich.

»Warte, ich bring dich zur Tür«, sagte Theo.

»Und was ist mit meinem Mathebuch?«, fragte Colton.

»Das liegt unten im Wohnzimmer«, meinte Theo.

Gemeinsam gingen wir ins Erdgeschoss, ich bedankte mich bei Mrs. Griffin für die Gastfreundschaft und verabschiedete mich von ihr. Draußen auf der Veranda blieben Theo und ich stehen. Ich griff in meine Umhängetasche, um meinen Autoschlüssel herauszufischen, da fanden meine Finger die Sache, die ich aus unserer Küche hatte mitgehen lassen. Ich holte sie heraus.

»Hier«, sagte ich. »Heute beim Lunch hat es so gewirkt, als würde dich etwas beschäftigen. Und ich dachte, wenn ein *Reese's Peanut Butter Cup* als ultimative Entschuldigung gilt, dann könnte eine Packung *Skittles* für kunterbunte gute Laune sorgen.«

Theo nahm mir die *Skittles* ab. »Danke, das ist irgendwie süß von dir.« Er lachte leise. »Noch mal wegen R.I.D.E. … ich überlege mir einen Plan, damit wir schnellstmöglich anfangen können, und texte dir heute Abend deswegen, okay? Und … ich weiß es echt zu schätzen, dass du das durchziehen willst. Danke jedenfalls.«

Ich blieb auf der ersten Stufe der Veranda stehen und blickte in sein Gesicht. Er überragte mich nur ein winziges Stück, und als er direkt neben mich trat und sich dabei am Geländer festhielt, berührten sich die Spitzen unserer Finger. Sofort fühlte es sich an, als würde mir ein elektrisches Kribbeln die Wirbelsäule hinabschießen. Theo hatte den Mund leicht geöffnet und schluckte jetzt schwer. Unsere Blicke verfingen sich ineinander. Augenblicklich wurde ich nervös, und mein Puls begann zu rasen.

Spielte mein Verstand mir wieder einen Streich?

»Ich ... könnte mich genauso bedanken«, setzte ich langsam an. »Mit dir befreundet zu sein kehrt diese ruhige Seite in mir heraus, die mich nicht mehr ganz so waghalsig sein lässt.«

Theo grinste. »Ach wirklich? Trotz der Sache mit Andrew?«

»Na ja, ich arbeite daran. Aber wir sind ein gutes Team.«

»Ja, das sind wir«, sagte er mit sanfter Stimme.

Mit einem Lächeln wandte ich mich zum Gehen und stieg die restlichen Stufen der Veranda hinunter. Kaum hatte ich ihm den Rücken zugewandt, atmete ich tief durch. Seine Nähe brachte mich so oft an meine Grenzen, dass ich nicht wusste, ob R.I.D.E. wirklich so eine tolle Idee war. Viele, viele Stunden mit ihm allein ...

»Lorn, warte bitte.«

Mit klopfendem Herzen drehte ich mich um, und Theo wäre fast in mich hineingelaufen, so rasch war er mir nachgegangen. Etwas verlegen nahm er einen Schritt Abstand und zögerte eine Weile. Erwartungsvoll trommelte mein Herz noch eine Nummer schneller.

»Ich wollte noch ... würdest du vielleicht ... « Theo senkte den Blick und biss sich auf die Unterlippe. Dann veränderte sich etwas in seiner Miene, als habe er es sich anders überlegt. Er räusperte sich. »... ich wollte nur wissen, was dein Lieblingslied von Mumford & Sons ist. Weil du die Band doch auch magst.«

»Oh«, entfuhr es mir. Seltsamerweise verspürte ich so etwas wie

Enttäuschung, ließ mir aber nichts anmerken. »Das ist schwierig.« Ich nahm mir einen Moment Zeit, um darüber nachzudenken. »Sie haben so viele, die ich unheimlich liebe!« In meinem Kopf konnte ich eine der Melodien förmlich hören. »›You can be every little thing you want nobody to know‹ … das ist eine meiner Lieblingszeilen aus ›Wilder Mind‹. Der Song spricht zu mir. Wenn ich einen für immer hören müsste, dann diesen.«

Theos Züge wurden weicher. »Den Song finde ich auch wundervoll.«

»Manchmal stelle ich mir vor, Lieder wären wie Menschen«, sagte ich. »Sie fangen die Seele der Menschen auf eine ganz eigene Weise ein, und deshalb verdient jeder einen eigenen Song … Das klingt irgendwie doof, oder? Ist nur so ein Gedanke von mir.«

»Ich finde das klingt … schön.«

Zwischen uns breitete sich eine komische Stille aus, und automatisch versuchte ich, sie mit neuen Worten zu füllen.

»Für mich wärst du ›Awake my soul‹, wenn wir bei Mumford & Sons bleiben«, sagte ich etwas atemlos, weil mir das Herz weiterhin bis zum Hals schlug. »›Lend me your hand and we'll conquer them all‹. Diese Zeile erinnert mich besonders an dich. An deiner Seite hat man das Gefühl, alles schaffen zu können. Und obwohl du oft den Eindruck erweckst, als wärst du glücklich, kannst du es nur werden, wenn du jemandem die Chance gibst, etwas in dir zu berühren und in Bewegung zu setzen … « Ich hielt inne. »Oh, habe ich das gerade laut gesagt? Entschuldige.«

Theo trat wieder einen Schritt näher. »Eben, da wollte ich …«

Colton riss die Haustür auf und kam heraus. »Ich habe mein Mathebuch immer noch nicht gefunden! Hast du es vielleicht?«

Nein! Wieso musste er ständig stören? Jetzt würde ich nie erfahren, was Theo hatte sagen wollen. Dieser Volltrottel! Cassidy musste ihm wirklich mal etwas Feingefühl beibringen!

»Wolltest du nicht gehen?«, fragte Colton dümmlich.

»Ja, wollte ich.« Verlegen strich ich mir eine Haarsträhne hinters Ohr, die sich aus meinem Zopf gelöst hatte. Bevor ich auf dem Weg zu meinem Wagen außer Hörweite war, bekam ich noch mit, wie Theo Colton anmaulte, weil er uns gestört hatte. Anscheinend war ich nicht die Einzige, die gerne noch ein paar Minuten länger vor dem Haupthaus gestanden hätte …

Mit einem glücklichen Lächeln auf den Lippen fuhr ich los.

KAPITEL 17

UNTER DER WOCHE war es im *Wild Card* schön ruhig. Es gab viele freie Plätze überall, und im Hintergrund lief in angenehmer Lautstärke irgendein Podcast im Radio. Ich hatte erwartet, das ganze Team anzutreffen, aber bis auf Kim und Skylar war niemand zu sehen. Vor ihnen standen große Kaffeetassen, und sie hatten etliche Schmierzettel und Stifte über den ganzen Ecktisch verteilt. Ich bestellte eine heiße Schokolade an der Theke und setzte mich dazu.

»Wo sind denn die anderen?«, fragte ich verwundert.

»Hast du denn meine zweite Nachricht nicht bekommen?«, erwiderte Kim. »Wir haben uns eine Stunde früher getroffen und sind mit unserer Besprechung längst durch. Das hier sind unsere Ideen … « Sie deutete auf die vielen losen Blätter. »Sieht nach viel aus, aber das meiste davon ist unbrauchbar.«

»Das tut mir so leid. Ich war noch in der Schule.« Ich zog mein Handy aus der Tasche, um meine Nachrichten zu überprüfen. »Du hast echt getextet, und ich habe es nicht gesehen … «

Kim machte eine wegwerfende Handbewegung. »Schon gut.«

»Wegen deiner Bestrafung, oder?«, fragte Skylar.

»Ja, ich habe in der Study Lounge mit ein paar Jungs aus der Unterstufe Geschichte gepaukt«, antwortete ich.

»Dein Lieblingsfach, hm?«, zog Skylar mich auf.

»Eigentlich … « Ich zuckte unbeholfen mit den Schultern. »… lief es super. Ich habe die Gruppe so gut verstanden, weil ich selber eine Niete in Geschichte bin. Ich wusste sofort, wo ihr Problem lag, und dann haben wir gemeinsam eine tolle Lösung gefunden.«

Kim und Skylar tauschten einen Blick und lächelten.

»Was?«, fragte ich verwundert.

»Das bist einfach nur … du«, sagte Kim liebevoll. »In dir steckt so viel Verantwortungsbewusstsein und Geduld … das siehst du nur selber nicht. Du wärst eine ganz großartige Kapitänin, Lorn.«

Ich hob abwehrend die Hände. »Nein, ganz bestimmt nicht.«

Kim strich sich eine Haarsträhne hinters Ohr. »Noch bin ich ja da«, murmelte sie. »Auch wenn ich mich gerade nicht wirklich wie die Beste für den Job fühle. Das ist alles so frustrierend.«

Erst jetzt fielen mir die dunklen Schatten unter Kims Augen auf. Sie wirkte erschöpft. Die Situation musste sie sehr belasten.

Auch Skylar seufzte genervt. »Wir haben heute unsere ganze Trainingszeit damit verplempert, aufzuräumen und die Schmiereeien wegzuwischen. Chelsea stand kurz vor einem Heulkrampf, und die anderen waren auch mega niedergeschlagen.«

Kim sah mich traurig an. »Keine unserer Ideen bringt das große Geld ein. Ich habe schon überlegt, Summer darum zu bitten …«

Summer war Kims beste Freundin, und ihr Dad arbeitete in einer großen Anwaltskanzlei. Ihre Familie war ziemlich wohlhabend.

»… aber Summer und ihr Dad stehen gerade total auf Kriegsfuß.« Kim wirkte betrübt. »Ihre Eltern lassen sich vermutlich scheiden, weil ihr Dad wie so ein Klischee seine Sekretärin vögelt. Sie würde ihren Dad sicher darum bitten, wenn ich ihr die Situation erkläre, aber dann ist sie ihm was schuldig. Das wäre sozusagen Schweigegeld, damit Summer weiter zu ihm hält.«

»Das ist zu viel verlangt«, sagte Skylar ernst. »Und ich glaube, keine von uns würde sich damit wohlfühlen, richtig?«

»Richtig«, stimmte ich zu.

Ein Kellner brachte mir meine heiße Schokolade und fragte, ob die anderen auch noch etwas wollten. Also bestellten wir uns eine

Runde Kuchen. Zucker war zwar keine Lösung für unser Problem, half aber dabei, sich ein Stückchen besser zu fühlen.

»Es gäbe vielleicht doch eine Möglichkeit, an das Geld zu kommen«, sagte ich vorsichtig. »Sie ist allerdings nicht so ideal.«

»Was?«, fragte Skylar verdutzt.

»Raus damit!«, kam es von Kim.

»Im Juli findet eine Art Reitwettbewerb des Country Clubs statt, und man kann ziemlich hohe Preisgelder gewinnen«, erklärte ich. »Das würde für neue Trikots reichen. Allerdings wird er erst in den Sommerferien veranstaltet und damit kurz vor dem Schulturnier. Wenn es nicht klappt, wird das enorm knapp.«

Skylar machte große Augen. »So richtig mit Pferden?«

»Mit fettem Preisgeld?«, entfuhr es Kim ungläubig.

»Hast du den Teil übersprungen, wo es ums Reiten geht?« Skylar warf Kim einen verunsicherten Blick zu. »Du kannst doch nicht innerhalb von einigen Wochen so gut reiten, dass du gewinnst.«

»Natürlich kann Lorn das!«, sagte Kim begeistert. »Jetzt verstehe ich das alles ... Theo! Er ist der Schlüssel zu allem!«

»Theo?«, fragte Skylar, die zusehends verwirrter schien.

»Hey, ich sitze noch mit am Tisch«, ging ich dazwischen. »Ja, es stimmt. Reiten zu lernen ist nicht so einfach, aber dieser Reitwettbewerb wird vorrangig über einen Parcours ausgetragen, und den kann man auch als Anfänger hinkriegen. Das ist ein Event für Country-Club-Debütantinnen und kein großer World Cup.«

Kim stieß ein aufgeregtes Quieken aus. »Theo wird dich dafür trainieren, richtig? Deshalb seid ihr ständig zusammen. Heißt das etwa, Theo ist jetzt auch in dich verliebt, Lorn?«

Skylar runzelte die Stirn. »Lorn ist in Theo verliebt?«

Kim schlug sich sofort eine Hand vor den Mund. »Sorry!«

»Moment mal, Theo ist der Junge, in den du unglücklich verliebt bist?«, fragte Skylar. »Dann war er also neulich gemeint?«

Ich sah von Kim, die peinlich berührt wirkte, zu Skylar, die mich erwartungsvoll anblickte, und mit einem Mal wurde mir klar, dass ich jetzt die Wahl hatte. Alles abstreiten oder einfach zu meinen Gefühlen stehen. Wie oft hatte ich verlegen das Thema gewechselt, hatte mich für meine Empfindungen geschämt und mir eingeredet, dass es falsch war, mich in jemanden zu verlieben, der sein Herz bereits verschenkt hatte. Aber wer wenn nicht meine Freundinnen konnten mich so akzeptieren, wie ich war? Mit all meinen Fehlern, Wünschen und Träumen. Die verliebte Lorn.

»Ja«, sagte ich ehrlich. »Ich bin in Theo verliebt.« Ich nahm meine heiße Schokolade und trank einen Schluck, ehe sie kalt wurde. »Er hilft mir, weil wir Freunde sind, aber … ich habe beschlossen, es ihm nach diesem Wettbewerb zu sagen. Deshalb wäre es sehr nett, wenn ihr es so lange für euch behaltet.«

Skylar griff nach meiner Hand. »Natürlich«, sagte sie sanft.

»Ich gebe mein Bestes«, murmelte Kim. »Ich schwöre es, Lorn!«

Wir fingen an zu lachen. Ein paar Minuten später kam unser Kuchen, und wir stießen mit unseren Gabeln an, als wären wir die drei Musketiere und sie unsere Schwerter. Dann aßen wir unseren Kuchen, und ich erzählte den beiden mehr vom R.I.D.E.-Wettbewerb, den Teilnahmebedingungen und von meinen Erlebnissen mit Theo. Irgendwie schmeckte der Kuchen dadurch doppelt so gut.

Mittwochmorgen trafen Cassidy und ich uns extra früh vor dem Unterricht auf dem Gelände der Newfort High. Mit Kaffee und Bagels saßen wir auf einer Bank vor dem Hauptgebäude und quatschten ausgiebig über die letzten Ereignisse. Da wir weder dazu gekommen waren, Addison zu konfrontieren, noch den Plan mit dem Abstecher zu ihrem ominösen Raum hatten umsetzen können, erhofften wir uns, sie abfangen zu können, wenn sie die Schule betrat. In der Zwischenzeit erzählte ich Cassidy ausführlich von Isabellas und Theos zerbrochener Freundschaft, dem Zusammentreffen auf Lillys Party und dem Reitwettbewerb.

Cassidy reagierte wie erwartet. Sie schlug sich auf Theos Seite, weil sie Isabellas Verhalten furchtbar fand, war stolz auf mich für meinen mutigen Einsatz und etwas skeptisch wegen des Reitens.

»Dann steht das jetzt nach deinem Besuch auf der Ranch fest?« Cassidy biss in ihren Bagel. »Ich meine, Theo und du verbringt viel Zeit miteinander. So ein Training … ist sicher intensiv. Hast du nicht Angst, dass es dadurch noch komplizierter wird?« fragte sie. »Ich mache mir ein wenig Sorgen um dich, Lorn. Denk auch an deine angeschlagene Hand.«

Ich atmete tief durch und wiederholte, was ich bereits Kim und Skylar gesagt hatte. »Wenn dieser Reitwettbewerb vorbei ist, werde ich es ihm sagen. Ich weiß deine Sorge zu schätzen, und ›kompliziert‹ beschreibt nicht mal annähernd meine Gefühlswelt momentan, aber … das fühlt sich richtig an. Und bis dahin … versuche ich nicht allzu viel darüber nachzudenken, okay?«

»Du hast dich irgendwie verändert«, sagte Cassidy und betrachtete mich aufmerksam. »Hast ein bisschen mehr Selbstvertrauen bekommen. Steht dir gut, Lornicorn.«

Bei der Erwähnung meines alten Middle-School-Spitznamens und ihrer neckenden Stimme musste ich lächeln. »Ja, vielleicht.«

»Wo steckt Addison denn nur?«, seufzte Cassidy. »Ich habe extra herumgefragt, um herauszufinden, dass sie in den ersten beiden Stunden Mathe hat, und der kürzeste Weg zum Klassenzimmer von Mr. Hardin ist durch den Haupteingang. Weit und breit keine Spur von ihr! Nicht mal beim Schülerparkplatz ist sie aufgeschlagen.«

»In zwanzig Minuten klingelt es«, bemerkte ich. »Dann müssen wir doch zurück zum ursprünglichen Plan. Nach Geschichte nutzen wir die Lunchpause, um den mysteriösen Raum aufzusuchen.

Den Schlüssel haben wir noch. Wir müssen nur schnell abdampfen, damit Theo keine Fragen stellt. Der sitzt ja mit im Kurs.«

Cassidy und ich tauschten einen Blick.

Beschlossene Sache!

Die Zeit bis zur Pause verflog relativ schnell. Leider wurde ich in den Gängen mal wieder ungeniert angestarrt – dieses Mal wegen des Vorfalls mit Andrew. Dass er schwänzte, goss nur noch mehr Öl ins Gerüchte-Feuer. Er hatte bereits gestern gefehlt und mich durch seine Abwesenheit in ein nervöses Wrack verwandelt. Ständig glaubte ich, er würde an irgendeiner Ecke auftauchen, um seinen Gegenschlag auszuführen. Bryce schien sich nicht im Mindesten Sorgen zu machen. Sein Coolness-Level war durch die blöde Prügelei über Nacht angestiegen, und er war ständig umgeben von einer Traube Jungs. Sogar einigen Mädchen hatte er damit imponiert. Von einem Oberstufenschüler vermöbelt zu werden hatte Bryce offenbar die absurde Idee in den Kopf gepflanzt, dass er nun ein Bad Boy war. Andrews Bruder Zach war mir kurz auf dem Weg zum Klo begegnet und unter meinem finsteren Blick förmlich in sich zusammengeschrumpft. Er hatte sogar eine flüchtige Entschuldigung vor sich hin gemurmelt und gesagt, er wolle keinen Ärger. Ohne Andrew im Rücken war er anscheinend ein Angsthase.

Ich war einfach nur froh, dass die Sache offenbar nicht bis zu Direktor Peterson oder Miss Putin vorgedrungen war – sonst säße ich jetzt sicher im Zug Richtung Besserungsanstalt. Die Schwellung meiner Hand war über Nacht abgeklungen, und ich spürte die Verletzung so gut wie gar nicht mehr. Doppelt Glück gehabt!

»Da wären wir«, sagte Cassidy und riss mich aus meinen Gedanken.

Die schäbige Holztür trug eine Messingplakette mit der Beschriftung »Raum 245«. Ich zog den Schlüssel aus meiner Tasche und steckte ihn ins Schloss. Er passte. Beim Öffnen musste ich mit meinem Gewicht nachhelfen und mich gegen die Tür stemmen, weil sie klemmte. Vor uns lag ein kleiner Raum voller Aktenschränke und lädiert aussehender Kisten. Er war nicht besonders groß. Ein Fenster ließ zwar Tageslicht hineinfallen, aber die Scheibe war mit Zeitungspapier zugeklebt. Ich zog die Tür vorsichtshalber hinter uns zu, wodurch es gleich sehr viel dunkler wurde. Wir erschraken fast zu Tode, als ein Gesicht hinter einem Berg Kisten auftauchte.

»Ich habe mich schon gefragt, wann ihr kommt.«

»Verdammt, Addison!«, fluchte Cassidy. »Erschreck uns nicht so!«

Addison ignorierte die Bemerkung und kletterte über etwas, das wohl einmal ein Schreibtisch gewesen war. Jetzt war er so überladen mit Akten, Büchern und Kisten, dass man kaum noch etwas von dem Möbelstück sah. Wendig wie eine Katze quetschte sie sich durch eine schmale Lücke zwischen zwei Kistentürmen und richtete sich auf. Die Haare hingen ihr wild ins Gesicht. Sie trug ein schwarzes Shirt mit Rosenmuster, Jeans und einen viel zu großen blauen Cardigan. Ihr Make-up konnte nicht verbergen, wie blass und müde sie aussah.

Unschlüssig starrten Cassidy und ich sie an.

»Was ist das hier?«, fragte ich.

»Irgendein ehemaliges Büro«, meinte Addison.

»Ist Schlüssel-Stehlen ein exzentrisches Hobby von dir?«, fragte Cassidy sarkastisch.

»Wenn du es genau wissen willst: Ich habe den Schlüssel durch Zufall gefunden. Ich musste einmal während des Nachsitzens Kisten im Heizungskeller ausmisten, und da war er drin.«

»Und dann hast du ihn einfach so behalten?«

»Bisher hat ihn niemand gesucht, Miss Musterschülerin.«

Cassidy schnaufte. »Dann nimm ihn mal wieder zurück.«

Addison riss ihn Cassidy aus der ausgestreckten Hand. »Danke.«

Die beiden starrten einander feindselig an.

»Hast du dich hier all die Jahre versteckt?«, fragte Cassidy.

Dasselbe fragte ich mich auch. Hatte dieser Raum dafür gesorgt, dass Addison förmlich vom Erdboden verschluckt worden war?

»All die Jahre?«, wiederholte Addison. »Vielleicht wolltet ihr mich ja gar nicht bemerken. Ihr zwei mit eurer perfekten Freundschaft. Hin und wieder bin ich an euch im Flur vorbeigelaufen, aber ihr wart zu beschäftigt mit euch selbst. Ich hatte wohl Glück, dass wir nie die gleichen Kurse hatten. Und ja, ich habe so meine Verstecke. Aber das geht euch nichts an.«

Die vielen gegenseitigen Anschuldigungen schienen zwischen uns allen im Raum zu stehen. Einen Augenblick lang sagte niemand mehr etwas. Cassidy machte gerade wahrscheinlich dasselbe durch wie ich damals vor dem *Wild Card* und war ziemlich vor den Kopf gestoßen und wütend. Ich wusste gar nicht, was ich antworten sollte. Fast schon schämte ich mich, als Addison weitersprach und ich erleichtert war, weil das Thema fallen gelassen wurde.

»Angeblich sitzt Andrew zu Hause und leckt seine Wunden, weil du ihm die Nase gebrochen hast«, sagte Addison schließlich. »So wie ich ihn kenne, ist er schon dabei, Rachepläne zu schmieden. Ich nehme mal an, deshalb seid ihr auch hier. Ihr wollt was gegen ihn unternehmen, ehe die ganze Situation für Lorn noch unangenehmer wird.«

»Jetzt tu mal nicht so, als würdest du uns so gut kennen«, meinte Cassidy abfällig. »Nicht nach all den Jahren. Weiteren Small Talk schenken wir uns auch besser. Fang bei dieser Andrew-Sache mal ganz von vorne an. Wie bist du in alles reingeraten?«

»Typisch«, murmelte Addison. »Lorn und Cassidy. Ihr beide habt schon immer wie Pech und Schwefel zusammengeklebt. Dann weißt du also über alles Bescheid, gut.« Addison verschränkte die

Arme vor der Brust. »Letztes Jahr stand meine Versetzung auf dem Spiel. Schon zu Beginn der Highschool kam ich nicht so gut mit, weil ich später im Schuljahr dazugestoßen bin, und im Verlauf der Jahre war ich nicht die beste Schülerin. Aber ein Jahr wiederholen? Das war selbst für mich ein Albtraum. Ich war verzweifelt, weil ich in mehreren Fächern kurz davor war durchzufallen. Damals hat Andrew schon Test- und Klausurenergebnisse verkauft, aber ich wusste nicht, wer dahintersteckte, und kannte ihn noch gar nicht.« Addison sah uns nicht an, als sie weitersprach. Hatte sie Angst, dass wir noch schlechter von ihr dachten? »Damals war dieses Gerücht im Umlauf. Wenn man Hilfe bei irgendeinem Fach brauchte, musste man eine Nachricht mit seiner Mailadresse in den alten Toiletten beim Sportplatz hinterlassen. Dritte Kabine von links, im Spülkasten. Ich hatte nichts mehr zu verlieren, also habe ich mir eine neue Mailadresse eingerichtet und auf einen Zettel geschrieben, was ich brauche, und ihn anschließend in einer Plastiktüte dort deponiert.«

»Das ist total eklig«, kommentierte Cassidy.

»Passt doch zu Andrew, der ist auch ein Ekelpaket«, sagte ich.

»Ein paar Tage später hat mich jemand kontaktiert und mir eine Summe genannt, die ich im Austausch für die Aufgaben und Antworten der aktuellen Jahresabschlussklausuren zahlen sollte.«

Ich verzog das Gesicht. »Okay und weiter?«

»Mir wurden ein Tag, Treffpunkt und eine Zeit genannt. Und ich bin hingegangen. Das war in einem schäbigen Café, dem *Devil's Diner*, außerhalb der Innenstadt. Ich habe Stunden dort gewartet und niemand kam. Gerade als ich gehen wollte, tauchte Andrew auf. Zuerst dachte ich noch, er wäre nur ein Handlanger, aber inzwischen weiß ich, dass er der eigentliche Drahtzieher hinter dieser ganzen ›Phantom der Newfort High‹-Sache ist. Damals lief das Geschäft eher mau. Das Ganze musste sich erst mal rumsprechen.

Irgendwann Anfang des Jahres kamen Dutzende Anfragen rein, und Andrew hat sich damit regelrecht eine goldene Nase verdient.«

»Und wie bist du in diese Sache involviert?«, fragte ich.

»Ich habe es dir bereits gesagt. Andrew erpresst mich.«

»Das ist aber nicht die ganze Story, richtig?«

»Jetzt spuck's schon aus, Addison«, herrschte Cassidy sie an. »Die Uhr tickt. Die Lunchpause dauert schließlich nicht ewig.«

Addisons Miene wurde noch verbissener. Ihr schien Cassidys Tonfall ganz und gar nicht zu gefallen.

»Ich bin nicht stolz drauf, aber Andrew und ich hatten mal was miteinander«, sagte sie schließlich. »Vor ein paar Monaten waren wir beide auf einer Party und … da wusste ich noch nicht, was für ein Arschloch er ist. Nach dieser Sache zwischen uns hat er nicht mehr lockergelassen und ständig versucht, mich zu überreden, bei ihm einzusteigen und ihm zu helfen, noch etwas Geld zu verdienen … was echt nicht so übel klang. Ich glaube, auf seine Art wollte er mir so zeigen, dass er mich mochte. Er holt schließlich nicht jeden mit an Bord.«

»Dann arbeiten noch andere für ihn?«, fragte ich.

»Ein paar seiner wenigen Freunde«, antwortete Addison. »Er vertraut nicht vielen, daher kennt auch kaum jemand die Identität des ›Phantoms‹. Klar, jetzt tratscht die ganze Schule darüber, und er wird verdächtigt. Andrew fliegt nicht auf, weil niemand es wagt, ihn zu verraten. Seine Anhänger sind sehr loyal.«

»Nicht so wie du«, bemerkte Cassidy trocken.

»Erpressern gegenüber bin ich nicht loyal«, sagte Addison schnippisch. »Ja, ich habe Andrew auch was abgekauft und bin kein Engel! Aber dann habe ich erkannt, dass das falsch war. Was willst du überhaupt den Moralapostel spielen, Cassidy? Du hast mit deinem Schlussmach-Service auch Geld verdient.«

»Aber nicht auf *solche* Weise«, erwiderte Cassidy finster. »Stehlen und Betrügen ist nicht gerade die feine Art.«

»Könnt ihr mal damit aufhören!«, fuhr ich sie beide an. »Cassidy, ich verstehe, dass du verärgert und verletzt bist – das bin ich auch.« Mein Blick wanderte zu Addison. »Aber wir lassen Addison jetzt die ganze Geschichte *zu Ende* erzählen.«

Cassidy biss sich auf die Unterlippe. »Schön.«

»Andrew war anfangs sehr nett zu mir, und wir haben uns echt gut verstanden«, fuhr Addison fort. »Deshalb habe ich ihm auch aus freien Stücken geholfen. Ich habe Botengänge für ihn erledigt und mich um die Anfragen gekümmert. Nach einer Weile hat er mir vertraut, und ich durfte Gelder einkassieren. Andrew war es wichtig, dass solche Übergaben immer persönlich ablaufen, damit die ›Kunden‹ nicht länger anonym bleiben und er was gegen sie in der Hand hatte. Sie wussten, wer ich war und umgekehrt. Das war Andrews Vorstellung von einer Art Absicherung.«

Addison holte tief Luft.

»Alles lief perfekt, bis vor einigen Wochen ein Junge namens Tyler aus dem ersten Jahr beim Schummeln erwischt wurde. Er wurde vom Direktor unter Druck gesetzt und sollte erzählen, woher er die Antworten hatte.« Addisons Blick wurde plötzlich ganz starr. »Andrew hatte ihm zuvor mit ein paar Freunden aufgelauert und deutlich gemacht, dass er tot ist, wenn er auch nur ein Sterbenswörtchen verrät. Tyler hat natürlich geschwiegen. Aber Andrew hat das nicht gereicht. Es hat ihm großes Vergnügen bereitet, ihn zu quälen, bis Tyler schließlich die Schule wechselte.«

»Das ist ja schrecklich«, sagte ich betroffen.

»Als ich davon gehört habe, wollte ich sofort aussteigen. Das war eine ganz neue Seite an Andrew, die ich nicht kannte … «

»Und dann hat er auch dir gegenüber sein wahres Gesicht gezeigt«, murmelte Cassidy.

Addison schluckte schwer. »Andrew hat etwas gegen mich in der Hand, von dem ich vorher nichts wusste. Ich kenne viele seiner Geheimnisse und weiß bestimmte Dinge. Für ihn bin ich ein Risiko.« Sie sah mich nun direkt an. »Du hast uns vorm *Wild Card* streiten hören, weil jemand zu wenig für die Antworten eines Tests gezahlt hat und er mir die Schuld daran gegeben hat. Kurz zuvor hatte dort ein Austausch stattgefunden, den ich abwickeln sollte.«

»Du warst aber schon vor dem Streit beim Direktor, richtig?«

Den Teil der Geschichte hatte sie mir bereits erzählt …

»Genau. Peterson hat mir jedoch deutlich gemacht, dass ich nicht mit Anschuldigungen um mich werfen soll, wenn ich keine Beweise habe. Und … es tut mir leid, dass ich auf dich losgegangen bin.«

Tja, Direktor Peterson und der perfekte Ruf seiner Schule wären natürlich hinüber, wenn er Addisons Aussage überprüfen würde. Der Typ war genauso rückgratlos wie eine Schlange.

»Das glaube ich dir nicht ganz, aber okay«, murmelte ich.

»Du verstehst das eben nicht, Lorn«, flüsterte Addison.

»Nein, tue ich nicht«, sagte ich. »Ich verstehe, dass du Angst vor Andrew hattest, weil er wirklich unberechenbar sein kann. Ich verstehe, dass du Zweifel hattest und Zeit gebraucht hast, um den richtigen Weg einzuschlagen, und ich verstehe, dass es schwer war, über deinen Schatten zu springen. Aber jemanden an den Pranger zu stellen, der nichts getan hat? Damit bist du echt keinen Deut besser als Mr. Andrew Phantom-Arschloch selbst.«

Addison ließ die Schultern sinken. »Das war mein Fehler.«

»Ziemlich viele Fehler, wenn du mich fragst«, bemerkte Cassidy. »Wenn du dich nach all dem Hin und Her jetzt doch gegen Andrew stellen willst, woher sollen wir wissen, dass du nicht wieder einen Rückzieher machst? Deine Freunde im Stich zu lassen scheint ja eine besondere Begabung von dir zu sein, Addison.«

Cassidys Worte klangen selbst für meine Ohren eine Spur zu harsch und frostig, aber ein Teil von mir sah es ähnlich wie meine beste Freundin. Addison vertrauen? Fast unmöglich …

»Weil ich genau weiß, wie wir an Beweise kommen und ihn zu Fall bringen können«, sagte sie überzeugt. »Versteht ihr nicht? Vorher war ich immer allein. Gemeinsam sorgen wir dafür, dass er von der Schule verwiesen wird und wir ihn endgültig los sind.«

»Was hat er gegen dich in der Hand?«, fragte Cassidy.

Addison schüttelte den Kopf. »Das verrate ich nicht.«

Cassidy öffnete den Mund, um etwas zu sagen, aber ich hielt sie auf. »Dann hast du also einen Plan?«, fragte ich.

Addison nickte. »Simpel, aber effektiv.«

Fragend blickte ich in das Gesicht meiner besten Freundin. Cassidy und ich brauchten in diesem Augenblick nicht einmal Worte, um uns zu verständigen. Ihr Gesichtsausdruck sagte alles. Zweifel, ein gesundes Maß an Skepsis Addison gegenüber und … der Drang etwas gegen Andrew zu unternehmen, wenn niemand sonst genug Mumm hatte. Er hatte erst Cassidy drangsaliert und dann mich. Irgendwann würde es wieder jemanden treffen … Typen wie Andrew änderten sich nicht. Ich nickte Cassidy zu, und sie lächelte.

An Addison gewandt sagte ich: »Wir sind dabei.«

KAPITEL 18

DIE NÄCHSTEN TAGE vergingen so schnell, dass ich mich fragte, wo die Zeit blieb. Theo hatte mir wie abgemacht getextet und erste Schritte in die Wege geleitet. Für R.I.D.E musste ich ein Teilnahmeformular ausfüllen, was wir gemeinsam während des nächsten Hausaufgabenhilfe-Treffens erledigten; damit war es offiziell. Theo bestand außerdem darauf, mir einen kleinen Crash-Kurs zur Vorbereitung der ersten Reitstunde zu geben, den wir für abends ansetzten.

Coach Maxwell hatte durch Kim von meinem Vorhaben Wind bekommen. Er fand mein Engagement lobenswert, arbeitete aber daran, einen Sponsor für unser Team an Land zu ziehen. Ich hatte den anderen Mädels von Mrs. Griffins Muffins für den Bake-Sale der Arche erzählt, und so war die Idee aufgekommen, dass wir das Gleiche tun könnten, um Spenden für die Newfort Newts zu sammeln. Naomi und Chelsea wollten nächste Woche damit starten – die Erlaubnis dafür hatten sie dank der Unterstützung einiger Lehrer schnell einholen können. Skylar hatte für die Aktion Flyer entworfen, die wir Freitagnachmittag überall in der Highschool aufhängten. Mit einigen davon kleisterte ich die blöden Maiglöckchenball-Plakate zu, wenn gerade niemand hinsah. Kaum zu glauben, dass der schon an diesem Sonntag war! Bei all dem Stress hatte ich ihn fast vergessen. Hatten wir wirklich schon Ende Mai? Unglaublich!

Samstagmorgen waren Cassidy und ich zum Last-Minute-Shopping in der Mall unterwegs, um etwas zum Anziehen zu finden. Colton hatte Cassidy ganz förmlich gefragt, ob sie mit ihm zum

Tanz ging, nachdem er erfahren hatte, dass Theo und ich dort aufschlagen würden. Auch wenn Cassidy es niemals zugeben würde, hatte sie sich sehr darüber gefreut. Ein gemeinsamer Abend, juhu!

»Schau mal dieses Kleid!«

Cassidy blieb schockverliebt vor dem Schaufenster einer süßen Boutique stehen. Das Kleid war bordeauxrot und hatte ein besticktes Bustier, das eng anlag, und im Kontrast dazu einen weit ausgestellten Rock, der bei jeder Drehung mitflattern würde.

»Das muss ich anprobieren!«, seufzte sie.

Wie das Schicksal es so wollte, passte es ihr wie angegossen. In der Umkleide trat ein freudiges Glitzern in Cassidys Augen.

»Es liegt sogar in deinem Budget«, jubelte ich mit. »Und du siehst damit wunderschön aus. Das ist eindeutig ein Zeichen!«

Wir führten einen kleinen Freudentanz auf, um den Fund zu feiern. Cassidy zog sich um, und wir gingen zur Kasse. Für mich gab es hier leider nichts. Nachdem das Kleid bezahlt und eingepackt war, verließen wir die Boutique.

»Wie lief es letztens eigentlich mit Theos Crashkurs?«

»Mir raucht ganz schön der Kopf von der Theorie. Ich hätte nie gedacht, dass eine Einführung in die Grundlagen so anstrengend sein kann«, murmelte ich, während wir gemütlich weiterschlenderten. »Theo hat mir zum Beispiel beigebracht, wie die Ausrüstung heißt, und ich durfte ihn mit allgemeinen Fragen löchern. Bei unserem gemeinsamen Ausritt damals saß ich schon mal auf einem Pferd, aber ich habe nicht den blassesten Schimmer, wie man sich als Reiter richtig verhält. Angefangen mit so einfachen Sachen wie dem Aufsatteln oder was für Schuhwerk am besten ist. Ich musste mir so viel merken!« Ich schnitt eine Grimasse. »Fast wie Geschichtsdaten, brr!«

Cassidy sah mich überrascht an. »Das klingt nach viel Arbeit!«

Eine eintreffende Nachricht unterbrach unser Gespräch. »Es ist

Addison. Sie fragt, ob noch alles klargeht wegen Summers Party heute Abend. Anscheinend freut sie sich irgendwie …«

Cassidy lachte. »Summers Partys sind schon recht cool, aber wir gehen schließlich nicht nur so hin. Schreib ihr doch einfach, dass sie vorher bei dir vorbeikommen soll, zum Besprechen.«

»Schon erledigt«, antwortete ich.

Wir setzten unseren Einkaufsbummel fort. Ein Geschäft folgte aufs andere, aber mich sprach nichts so wirklich an.

»Wie genau sieht denn Theos Plan aus?«, hakte Cassidy nach.

»Erst mal bringe ich die Party und den Maiglöckchenball hinter mich«, meinte ich nachdenklich. »Dann fahre ich jeden Tag zur Ranch, um reiten zu lernen, und hoffe, dass es keine Vollkatastrophe wird, damit ich Isabella die Stirn bieten kann.«

»Das heißt, nur noch Theo-Tage?«

Über den Ausdruck musste ich schmunzeln. »Ich weiß, was du denkst. Es ist, als könnte ich deine Gedanken förmlich hören.«

»Ach, was denke ich denn so?«

»Hör einfach auf, dir ständig Sorgen um mich oder meine Gefühle zu machen. Mein Herz ist sowieso zerbrochen und scheppert in Einzelteilen in meiner Brust herum. Was soll noch passieren?«

»Nur weil ein Herz einmal gebrochen wurde, heißt es nicht, dass du danach immun bist. Das passiert immer wieder.« Sie blieb plötzlich stehen und schlang die Arme um mich. So fest, dass ich glaubte, sie wolle mich nie wieder loslassen. »Ich möchte nur nicht, dass du es immer wieder zusammensetzen musst.«

Ich erwiderte die Umarmung und schloss für einen Moment die Augen. Irgendwo im Hintergrund hörte ich einen Springbrunnen plätschern. »Vielleicht ist das Leben ja so. Dinge gehen kaputt. Auch Herzen. Und statt ständig etwas Neues zu kaufen, reparierst du es eben. Selbst, wenn es danach noch einmal auseinanderfällt. Weil du weißt, dass an etwas festzuhalten nicht immer falsch ist.«

»So wie an Freundschaften«, murmelte Cassidy.

»Und Eiscreme. Wer könnte die schon aufgeben?«

Sie lachte in meine Haare hinein. »Lorn!«, stieß sie aufgeregt hervor. »Lass mich los! Ich habe etwas für dich entdeckt!«

Wir lösten die Umarmung, und ich folgte ihrem Blick. Wir waren an einem Geschäft vorbeigegangen, das *GRL Power* hieß und in dessen Schaufenster im Gegensatz zu den ganzen anderen Läden, die auf Profit wegen des Maiglöckchenballs aus waren, keine Kleider hingen. Zumindest nicht ausschließlich. Es war ein winziges Schaufenster, voller Polaroidfotos an Schnüren, Accessoires und kleinen Podesten, die irgendwelche Schuhe in Szene setzten.

»Ich sehe nichts«, meinte ich. Nichts zum Anziehen jedenfalls.

Cassidy hatte bereits meine Hand gepackt und riss die Tür zum Inneren des *GRL Power* auf. Drinnen glich alles einem vollgestopften Klamotten-Fundus. Man konnte sich kaum durch den schmalen Gang in den hinteren Teil des Geschäfts quetschen.

Eine junge Frau mit kurz geschorenen Haaren und großen Creolen lächelte, als sie uns erblickte. Vermutlich liefen die meisten an dem Laden einfach vorbei – so wie wir zuvor –, weil er von außen leicht zu übersehen war.

»Kann ich euch helfen?«, fragte die Frau freundlich.

»Habt ihr die Sachen von den Polaroid-Fotos im Schaufenster auch hier im Laden?«, fragte Cassidy aufgeregt.

Die Frau nickte. Hilfsbereit führte sie uns zu einer Kleiderstange, die sich unter dem Gewicht der Klamotten durchbog. Darüber waren Wandregale mit Dekoration befestigt.

»Falls ihr noch was braucht, ruft einfach.«

»Danke!«, erwiderte Cassidy.

»Okay, was ist denn mit dir los?«

»Du willst doch kein Kleid anziehen, aber auch nicht gegen

den Dresscode ›festliche Kleidung‹ verstoßen, richtig?«, fragte Cassidy.

»Ja, na ja …«, räumte ich zögernd ein.

»Dann ist das hier doch perfekt!« Cassidys Finger fuhren über verschiedene Stoffe und Farben. Sie nahm mehrere Bügel von der Stange und warf sie mir in die Arme. »Da fehlt noch was … «

Irritiert sah ich ihr nach, als sie kurz verschwand. Ich hörte, wie sie mit der Verkäuferin sprach, und kurz darauf kam sie zurück und hielt eine schwarze Fliege in den Händen. Sie grinste.

»Ab in die Umkleide!«, befahl sie.

Zehn Minuten später betrachtete ich mein Spiegelbild und wusste nicht recht, was ich sagen sollte. Cassidy hatte wirklich ein Händchen für Mode. Ich trug einen zweiteiligen Hosenanzug, in einem dunklen Smaragdgrün, das gut zu meinen grauen Augen und braunen Haaren passte. Die Hose war etwas weiter geschnitten, dadurch superbequem, betonte aber dennoch meine Figur. Das passende Jackett dazu hatte bestickte Taschen und unheimlich schöne verschnörkelte Knöpfe. Darunter hatte ich eine weiße Bluse an, die locker fiel. Mit dem coolen Ledergürtel und der schwarzen Fliege war der Look festlich und irgendwie glamourös, ohne zu dick aufzutragen. Und er entsprach der Kleiderordnung.

»Magst du es?«, fragte Cassidy vorsichtig.

Mit einem sehr un-Lorn-haften Quieken fiel ich ihr um den Hals. »Ja! Jetzt will ich allein deshalb zum Ball, um das anziehen zu können!«

Wir gaben uns ein High five.

»Wehe, du ziehst deine Chucks dazu an«, meinte sie.

»Was hast du nur gegen meine armen Chucks?«, grummelte ich.

»Alles ist besser als diese grünen Monster!«

»Solange ich nicht wieder einen auf Bohemien machen muss, geht das für den einen Tag klar«, lachte ich.

Während ich mich umzog und wieder in meine eigenen Klamotten schlüpfte, blieb mein Blick an meinen Haaren hängen. Ich legte den Kopf schräg und betrachtete sie eine ganze Weile.

»Bist du eingeschlafen?«, rief Cassidy.

Ich nahm meine Tasche und die ausgewählten Klamotten in eine Hand und riss mit der anderen den Vorhang der Umkleide auf.

»Können wir noch einen kurzen Halt einlegen?«, fragte ich.

Cassidy beäugte mich skeptisch. »Was hast du vor?«

Addison starrte mich perplex an, als ich ihr später am Nachmittag die Tür öffnete, damit wir unseren »Anti-Andrew-Plan« durchgehen konnten. Einige Details waren immer noch ungeklärt.

»Was ist denn mit deinen Haaren passiert?«, fragte sie.

»Gar nichts ist mit denen ›passiert‹, ich habe sie abschneiden lassen«, antwortete ich. »Jetzt schau nicht so entsetzt.«

»Aber sie waren vorher so lang … «

»Ich mag sie so«, erwiderte ich.

Die Spitzen meiner braunen Haare reichten jetzt nur noch ein Stückchen über mein Kinn und hatten ein paar helle Akzente. Meine neue Frisur gab mir das Gefühl, mehr ich selbst zu sein. Es mochte komisch klingen, aber genau das machte mich glücklich.

Addison trat ein und sah sich um. »Hier hat sich nicht viel verändert«, sagte sie leise. Sie lächelte in sich hinein, doch als sie bemerkte, dass ich sie dabei beobachtete, wurde ihre Miene gleich ausdruckslos. »Wo ist Cassidy?«, fragte sie.

»Oben«, sagte ich knapp.

Wir gingen die Treppe hinauf, ich voran, und setzten uns in meinem Zimmer auf den Boden, weil dort am meisten Platz war. Cassidy sagte Addison nicht einmal Hallo. Die beiden tauschten einen Blick und schwiegen sich dann an. Ich übernahm die Führung und ging die Details des Plans laut durch. Der war tatsächlich recht einfach. Addison hatte uns erzählt, dass Andrews Handy der Schlüssel zu allem war. Darin bewahrte er sein Leben auf. Passwörter, Mailadressen, Nachrichten und Zugangsdaten zu Dateien, in denen er sein Diebesgut digital gespeichert hatte. Es war durch eine dieser modernen Sicherheitseinstellungen gesperrt, für die man den Fingerabdruck des Besitzers brauchte. Andrew hatte es ihr selbst gezeigt und damit angegeben, dass einer seiner Cousins in der IT-Branche tätig war und der es zusätzlich durch Firewalls geschützt hatte, damit niemand sich reinhacken konnte. Klang übertrieben nach Geheimagent im Einsatz – und vermutlich sah Andrew sich auch nicht als Straftäter, sondern als Geschäftsmann. Auf genau dieses Handy hatten wir drei es abgesehen. Das bedeutete, dass jemand von uns Mädels ziemlich nah an Andrew herankommen musste. Er bewahrte das Handy laut Addison nämlich immer in einer seiner vorderen Hemdtaschen auf. Auf Tuchfühlung mit Andrew Carlyle gehen? Eine wahre Traumvorstellung! Welch Ironie, dass Cassidy noch vor Kurzem darüber gescherzt hatte, man könne Andrew sicher am besten seine Geheimnisse entlocken, wenn man sich an ihn heranmachte.

»Bei mir würde er so was von Verdacht schöpfen«, sagte Addison.

»Und mich hasst er abgrundtief«, sagte Cassidy.

»Mich nicht, oder was?«, sagte ich mürrisch.

»Ich glaube, er steht ein wenig auf dich«, meinte Addison.

»Wie bitte?«, fragte ich entsetzt.

»Braune Haare, Knackpo und ein loses Mundwerk«, listete Addison auf. »Das fand er bei mir jedenfalls immer besonders toll.«

»Ew«, machte Cassidy.

»Das mit deiner neuen Frisur könnte sogar von Vorteil sein«, fuhr Addison fort. »Wir schminken dich, ziehen dir irgendwelche sexy Klamotten an und bam! Andrew ist in der Hinsicht ziemlich schlicht. Du könntest ihm ja sagen, dass du mit ihm ›reden‹ willst, um das Kriegsbeil zu begraben oder so was.«

»Nope«, erwiderte ich. »Niemand sollte sich von Andrew angrabbeln lassen, damit wir sein Handy in die Finger bekommen.«

»Hast du eine bessere Idee?«, konterte Addison.

»Du meinst besser als deine komischen Einfälle, die du uns als genialen ›Plan‹ verkaufen wolltest? Oh ja«, erwiderte ich.

»Hast du?«, fragte Cassidy verwundert.

»Echt?«, meinte Addison skeptisch.

»Aber erst einmal … Wie können wir uns sicher sein, dass Andrew auch wirklich auf Summers Party auftaucht?«, fragte ich.

»Solche Partys sind die einzige Möglichkeit, die er aktuell hat, sein Zeug an die Leute zu bringen«, meinte Addison. »Und mal ehrlich, Summers Partys sind legendär. Da geht doch jeder hin.«

»Hoffentlich behältst du damit recht«, meinte Cassidy.

»Das hoffe ich auch«, sagte ich. »Okay, das hier ist mein Plan. Nach dem Zwischenfall im Flur, bei dem ich Andrew ins Gesicht geboxt habe, ist er bestimmt leicht zu provozieren. Ich fordere ihn zu einer Runde Bierpong heraus, und der Verlierer muss in Unterwäsche in den Pool springen. Wenn Andrew sich seiner Klamotten entledigt und abgelenkt ist, schnappen wir uns sein Handy. Er würde zu so einer Herausforderung niemals Nein sagen. Besonders nicht, wenn alle zusehen. Was sagt ihr dazu?«

»Klingt wie der Plot einer Teenie-Komödie.« Cassidy verzog das Gesicht. »Ich glaube, kein Plan ist wirklich wasserdicht.«

»Vergiss aber nicht, dass du beim Bierpong ziemlich abgefüllt wirst!«, sagte Addison. »Was ist, wenn du dabei verlierst?«

Cassidy und ich lachten zeitgleich.

»Lorn ist zwar keine Expertin für Bierpong, aber ihre Koordination ist die beste, wenn es darum geht, ein Ziel zu treffen«, sagte

Cassidy. »Hast du sie mal beim Basketball gesehen? Lorn wird alle beim Werfen fertigmachen.«

»Wenn ihr das sagt«, meinte Addison wenig überzeugt.

»Egal, was passiert«, sagte ich. »Wir holen uns dieses Handy.«

»Zur Not boxt du ihn einfach k.o.«, scherzte Cassidy.

»Na gut. Einer für alle und alle für alle!« Ich streckte meine Hand aus und wartete darauf, dass die anderen ihre darüberlegten. »Ach, jetzt kommt schon, Leute.«

Cassidy rollte mit den Augen und legte ihre Hand dann auf meine. Addison sah uns unsicher an, tat es ihr dann aber gleich.

»Wir schaffen das!«, rief ich so laut, dass es fast wie ein Kampfschrei klang.

KAPITEL 19

CASSIDY, ADDISON UND ICH saßen in meinem alten Opel und staunten nicht schlecht. Denn Summer Michaels Familie lebte in einem Bezirk Newforts, in dem gigantische Grundstücke mit eigenem Pool Standard waren. Summer hatte die Party wohl spontan zu veranstalten beschlossen, weil ihre Eltern nicht in der Stadt waren, und wenn ich an Kims Worte dachte, war das bestimmt ein Akt des Trotzes. Ganz ehrlich? Wenn ich ein so cooles Haus besäße, das groß genug war, um gleich zehn Partys auf einmal zu schmeißen, und mein Dad meine Mom betrog, hätte ich das Gleiche getan, um auf die elterlichen Regeln zu scheißen.

Für mich war es das erste Mal auf einer von Summers »legendären Partys«. Summer war nett, wenn auch nicht gerade bodenständig, und entgegen des gängigen Cheerleader-Klischees keine doofe Zicke, sondern ein fröhlicher Mensch, der sich für so ziemlich alles begeistern konnte. Für die meisten meiner Mitschüler war feiern gehen am Wochenende ganz normal. Hin und wieder waren Cassidy und ich auch bei solchen Abenden dabei, aber für mich wurden sie schnell langweilig. Es war das immer gleiche Prozedere aus eintöniger Popmusik, Flirterei und jeder Menge Alkohol. Ich definierte »Spaß« mit Freunden eben auf andere Weise und war froh, dass Cassidy es ähnlich sah wie ich. Beim Betreten von Summers Haus wurde ich auch gleich wieder daran erinnert, wieso ich dieser Meinung war. Das Haus der Michaels war ein Ungetüm aus weißem Stein, mit mehreren Balkonen, flachem Dach und unzähligen Fenstern, die fast die komplette Front einnahmen.

Ich fragte mich, wie man bei so viel Glasscheiben überhaupt noch von Privatsphäre sprechen konnte. Der Abstand bis zum nächsten Haus war zwar recht groß, aber dennoch konnte man im Grunde überall hineinsehen, aber vielleicht war genau das die Absicht dahinter? Besuchern zu zeigen, wie geschmackvoll die eigene Inneneinrichtung war? Hier schien alles aufeinander abgestimmt zu sein. Cremeweiße Vorhänge, helle Möbel, riesige Teppiche und genau die richtigen Dekoakzente in Form von edel aussehenden Lampen, Vasen, Gemälden und Figuren und einigen Pflanzen. Mir kam es vor, als sei ich in eine Welt aus Glanz und Glamour eingetreten. Das Erste, was mir in der Eingangshalle – die gab es nämlich statt eines stinknormalen Flurs – auffiel, war der Kristallkronleuchter an der Decke, dessen einzelne Kristalle unter dem Bass der laufenden Musik bebten.

Die Haustür war nicht verschlossen, was mich an gefühlt dreihundert Horrorfilme erinnerte, in denen jede x-beliebige Person einfach hineinspazieren konnte. Überall waren Leute. Sie saßen auf der Treppe, lehnten sich gegen die Wände und unterhielten sich, tranken Bier und liefen ziellos umher oder fielen in der Küche über die Schalen mit den Snacks her. Allein die Vorstellung, dass sich fremde Leute so in meinem Zuhause breitmachten, fand ich grässlich. Grässlich war auch die Musik. Hoffentlich suchte bald jemand eine andere Spotify-Playlist aus!

Auf dem Weg in den hinteren Teil des Gartens begrüßten uns flüchtig ein paar bekannte Gesichter. Cassidy, Addison und ich hatten beschlossen, uns aufzuteilen, um nach Andrew Ausschau zu halten, als wir ihn nicht gleich fanden. Außerdem war es unauffälliger, sich unter die anderen zu mischen. Das Haus und Grundstück waren zwar riesig, aber wir hatten unsere Handys und konnten uns melden, wenn irgendetwas war. Addison war sofort abgerauscht. Sie schien hier ganz in ihrem Element zu sein. Während meines ersten Streifzugs durch die verschiedenen Zimmer im Erdgeschoss ertappte ich sie, wie sie mit einer Flasche Bier in der Hand mit irgendeinem Typen flirtete, der hundertprozentig nicht auf die Newfort High ging und schon im Collegealter war. Für einen Moment beobachtete ich sie dabei, wie sie ihre Hand auf seinen Arm legte, charmant lächelte und ihr Gegenüber in null Komma nichts um den Finger gewickelt hatte.

Addison hatte das Flirten echt drauf, das musste man ihr lassen!

Sie bemerkte mich nach ein paar Minuten, und ich warf ihr einen vielsagenden Blick zu. *Wir sind auf Mission hier, Addison!*

Gleich darauf ließ Addison den Typen stehen und kam zu mir.

»Spielverderberin«, grummelte sie.

»Wir haben eine Mission«, sagte ich.

»Jetzt mach dich mal locker, Lorn«, erwiderte sie. »Weißt du überhaupt, wie das geht? Loslassen und alles mal für eine Weile vergessen? Das hier ist eine Party und keine Beerdigung.«

»Ja, ich weiß, wie das geht«, meinte ich. »Dafür muss man sich übrigens nicht betrinken und an irgendwelche Typen ranmachen.«

»Slut-shamst du mich gerade?«, fragte Addison.

»Nein, so war das nicht gemeint.«

»Ach und wie dann?«, hakte sie nach. »Weißt du, es ist nichts gegen ein bisschen Alkohol oder Geflirte mit ›irgendwelchen Typen‹ einzuwenden. Ich mag Partys nämlich sehr gerne.«

»Schon okay. Ich habe es verstanden. Entschuldige.«

»Gut. Jetzt zieh den Stock aus deinem Arsch und genieß die Party, während wir Andrew finden«, sagte sie und marschierte erhobenen Hauptes und mit flatterndem Haar einfach davon.

Ich warf einen Blick auf meine Armbanduhr. Wir waren erst eine Viertelstunde hier, und es war nicht mal halb zehn. Ich hatte das Gefühl, dass dies noch ein langer Abend werden würde …

Ganz falsch lag ich damit nicht. Kurz vor zwölf war die Party in vollem Gang, Andrew aber immer noch nicht aufgetaucht. Cassidy und ich saßen inzwischen auf zwei Liegestühlen am Pool und aßen kalte Pizza, während Addison im Wohnzimmer mit einer Gruppe Mädels am Tanzen war. Dank der zigtausend Fenster konnte man von außen sehr gut beobachten, was drinnen vor sich ging.

Summer hatten wir zwischendurch auch zu Gesicht bekommen. Sie wirkte irgendwie geknickt, auch wenn sie versuchte, es hinter einem Dauerlächeln zu verbergen. Eine Party war wohl doch keine Medizin gegen Familienprobleme. Irgendwann kam sie zu uns und ließ sich neben Cassidy auf den Liegestuhl sinken. Sie schlug die Beine übereinander und nahm einen Schluck aus ihrem Glas.

»Deine neue Frisur ist übrigens echt toll«, sagte sie.

»Danke, das ist nett von dir«, erwiderte ich.

Ich hatte den ganzen Abend über immer wieder Komplimente wegen meiner Haare bekommen, und anders als sonst freute ich mich unheimlich darüber. Neue Haare, neues Glück stimmte wohl!

»Langweilt ihr euch eigentlich?«, fragte sie. »Ihr sitzt hier schon ewig herum und mischt euch gar nicht mehr unter die Leute.«

Summer fing allmählich an, etwas zu lallen.

»Wir halten nach jemandem Ausschau«, sagte ich.

»Nach Theo? Der war eben noch im Wohnzimmer …«

»Theo ist hier?«, fragte ich überrascht.

Oh Mann! Das brachte mich etwas aus dem Konzept. Ich hatte nicht damit gerechnet, ihm unerwartet zu begegnen. Wie blöd von mir. Er hatte natürlich eigene Freunde und unternahm auch was mit denen. Ich war es in letzter Zeit nur so gewohnt gewesen, dass wir Zeit miteinander verbrachten … er hatte auch bezüglich der Party gar nichts gesagt. *Mensch, Lorn, er schuldet dir gar nichts*, schalt mich meine innere Stimme. *Außerdem hast du ihm auch nicht gesagt, dass du kommst.* Mein Herz schlug trotzdem etwas schneller.

»*Jeder* ist hier«, sagte Summer stolz.

»Colton nicht«, sagte Cassidy. »Der hat Migräne.«

»Vielleicht wollte er nicht all seine Verflossenen hier antreffen«, sagte Summer und fächelte sich Luft zu. »Irgendwie ist es heiß. Bilde ich mir das ein? Oder ist das mein Drink?«

Cassidy schüttelte den Kopf. »Taktgefühl, Summer.«

»Wieso? Er gehört doch jetzt dir. Kann dir also egal sein.«

»Colton gehört niemandem. Er ist ein freier Mensch.«

»Jaja«, murmelte Summer. »Du weißt schon, wie ich das meine.« Sie kicherte und leerte ihr Glas. »Irgendwie ist mir schlecht.«

»Vielleicht solltest du dich eine Runde hinlegen«, sagte ich.

Cassidy und ich packten Summer jeweils an einem Arm und halfen ihr auf. Im Haus stießen wir glücklicherweise mit Kim zusammen. Summer fiel ihr direkt um den Hals und fing an zu plappern.

»Die beiden sind so nett! Wusstest du das? SO NETT!«

»Ich habe dich schon überall gesucht«, meinte Kim besorgt. »Komm, ich bringe dich in dein Zimmer, und du schläfst etwas.«

Kaum waren die zwei weg, murmelte Cassidy. »So ein Reinfall.«

»Reinfall? Wenn ich da bin, ist keine Party ein Reinfall!«

Auf einmal stand Wesley zwischen uns und grinste.

»Ladys!«, begrüßte er uns. »Ihr seht heiß aus.«

Das war so ein typischer Wesley-Kommentar. Er fand so ziemlich jede *heiß*. Cassidy und ich hatten uns für die Party nicht mal besonders viele Gedanken um unsere Outfits gemacht, weil uns das unwichtig erschienen war. Cassidy trug ein langärmliges Shirt mit Nieten, das sie in einen schwarzen Rock gesteckt hatte, und jede Menge Ketten und ich eine Jeansshorts, mit weißem Top und Khakihemd darüber. Addison hatte uns beim Verlassen meines Hauses mit einem Kopfschütteln bedacht. Sie selbst trug einen sommerlichen Jumpsuit, der Schultern und Beine frei ließ und mit dem dezenten Blumenmuster auch nicht gerade eine super außergewöhnliche Wahl für eine Party darstellte.

»Du stinkst wie eine Schnapsbrennerei«, meinte ich.

»Wieso so schlecht gelaunt?«, erwiderte er.

»Hast du rein zufällig Andrew gesehen?«, fragte Cassidy.

»Andrew. Jup. Der steht genau … da.«

Wesley deutete mit dem Finger auf die verglaste Schiebetür, die von der Küche auf die geflieste Terrasse zum Garten führte.

Cassidy und ich tauschten einen skeptischen Blick. Dort stand ein Junge, in weißem Shirt und Jeans, mit Basecap und Sonnenbrille, und wirkte etwas verloren. Er hatte so gar nichts vom arroganten selbstgefälligen Andrew, den man kannte.

»Das ist Andrew? Bist du sicher?«, fragte ich ungläubig.

»Eindeutig Carlyle«, meinte Wesley. »Er hatte wohl eine ziemlich üble Prügelei und hat sein Gesicht deshalb so vermummt.«

»Lorn hat ihm ins Gesicht geboxt«, sagte Cassidy stolz.

»Rivers! Wirklich? Krass!« Wesley lachte. »Nach allem, was ich so gehört habe, hat er das aber auch echt verdient.«

»Hey, Wesley«, sagte ich. »Lust auf eine Runde Bierpong?«

»Bierpong!«, rief er laut. »Mit welchem Wetteinsatz?«

»Glaub mir, der wird dir gefallen«, erwiderte ich.

Fünf Minuten später hatten wir draußen einen Tisch aufgestellt, einen Plastikbecher nach dem anderen mit Bier gefüllt und auf beiden Seiten jeweils fünfzehn davon zu einem Dreieck angeordnet. Cassidy zog – natürlich nicht ganz zufällig – zwei Tischtennisbälle zum Spielen aus ihrer Tasche. Um uns begannen sich Leute zu sammeln. Bierpong war eben ein echter Partykracher. Aber diese erste Runde gehörte ganz unserer Andrew-Mission!

»Rivers und ich brauchen einen Herausforderer!«, sagte Wesley.

»Wie wäre es denn mit Andrew?«, warf ich ein. »Der steht da

vorne und versteckt sich. Angeblich hat irgendeine Prügelei ihn wohl lebenslänglich entstellt. Na, ist das wahr, Carlyle?«

Andrew, der inzwischen in Gesellschaft einiger seiner Schulfreunde war, starrte zu uns herüber. Er bewegte sich nicht.

»Komm schon, Carlyle! Hast du etwa Schiss, dass ein Mädchen dich fertigmachen könnte?«, rief Wesley laut. »Wenn man so einigen Gerüchten glauben darf, ist das längst passiert.«

Ein aufgeregtes Raunen ging durch die Menge.

»An deiner Stelle würde ich das Maul nicht so weit aufreißen«, kam es jetzt von Andrew. Er klang aggressiv. »Du bist den Mädels doch nicht mal für eine schnelle Nummer gut genug, Anderson.«

Wesley nahm Cassidy einen der Tischtennisbälle ab und warf ihn in Andrews Richtung. Dieser fing den Ball jedoch mühelos auf.

»Dann bin ich ja genau dein Niveau«, sagte Wesley. Andrews Bemerkung schien ihn nicht im Mindesten getroffen zu haben, dabei fand ich sie ziemlich grenzwertig. »Na? Worauf wartest du?«

»Die Verlierer müssen in Unterwäsche in den Pool springen«, fügte ich hinzu, was auf großen Anklang stieß. Einige johlten.

Andrew kam näher und riss sich die Sonnenbrille herunter. Mit seiner Nase schien so weit alles okay zu sein. Bei seinem linken Auge sah das allerdings anders aus. Er hatte ein dickes Veilchen.

»Wenn ich gewinne, dann musst du mehr tun, als in den Pool zu springen«, sagte Andrew. »Dann schuldest du mir einen Gefallen.«

So wie er das Wort »Gefallen« betonte, klang das alles andere als gut. Viel mehr nach einer Einladung in seine Folterkammer.

»Fangen wir jetzt endlich an?«, maulte Wesley ungeduldig.

»Anfangen! Anfangen! Anfangen!«, riefen die Umstehenden.

»Ich brauche noch eine Partnerin«, sagte Andrew.

»Ich bin dabei!«, ertönte eine hohe Stimme.

Gott, nein! Echt jetzt?

Isabella drängte sich zwischen ein paar Leuten nach vorne.

»Das mit einem Gefallen klingt zu gut.«

»Das ist doch hier kein Wunschkonzert«, erwiderte ich.

»Drauf geschissen. Wir fangen an!«, sagte Wesley. Er griff sich den zweiten Tischtennisball von Cassidy und warf ihn. Schwupps, vorbei! Er landete klackernd auf dem Terrassenboden.

»Ladys first«, sagte Andrew gönnerhaft und reichte Isabella den Tischtennisball, den er eben gefangen hatte. Er bückte sich, um den anderen aufzuheben, und lächelte mich boshaft an. Ich hatte noch nicht mal Zeit zum Luftholen, als Isabellas Wurf in einem der vorderen Becher landete und Bier hochspritzte. Die Zuschauer jubelten. Isabella sah mich voller Genugtuung an. Mensch, da hatte sie es mir aber auch gegeben! Warte nur ab, Isabella!

Die nächsten Minuten waren ziemlich nervenaufreibend. Wesley war leicht angetrunken und die meiste Zeit keine große Hilfe. Ich versenkte die Tischtennisbälle jedes einzelne Mal in einem Becher, aber Isabella war auch nicht schlecht. Gemeinsam mit Andrew bildete sie ein Team, das nicht leicht zu schlagen war. Wir hatten nur einen Becher Vorsprung. Das würde knapp werden.

Anspannung lag in der Luft. Um uns herum entstand ein regelrechter Tumult. Wetten wurden abgeschlossen, Gejubel und Gestöhne ertönten, und es bildeten sich zwei Lager.

Mir schlug das Herz bis zum Hals, als ich wieder an der Reihe war. Ich versuchte, alles um mich herum auszublenden, so gut es ging, aber Wesleys Geplapper und die Erwartungshaltung der anderen übten enormen Druck auf mich aus. Nicht zu vergessen, dass ich hier gewinnen *musste*. Es gab keine weitere Option.

Wurf – *plopp!* – Treffer.

Ich atmete erleichtert aus. Andrew fluchte, nahm den Becher und begann ihn auszutrinken. Isabella starrte mich verbissen an.

Die nächsten Sekunden waren wirklich entscheidend.

»Du bist echt der Wahnsinn!«, raunte Wesley mir zu.

»Und du könntest ein wenig nützlicher sein«, murmelte ich.

Im Hintergrund erklangen die ersten Töne von »Fast forward« von You Me At Six, und innerlich wünschte ich mir, ich könnte diese ganze Szene auch vorspulen oder gleich ganz überspringen – natürlich zu dem Part, wo Wesley und ich als Sieger glänzten.

Andrew traf. Isabella warf daneben. Wesley versagte. Ich beförderte den Ball in einen Becher. So ging das eine Weile weiter, bis wir kurz vor der endgültigen Entscheidung standen.

Es hieß Andrew gegen mich.

Wer jetzt traf, gewann das Spiel.

Er ließ sich Zeit und drehte den Tischtennisball zwischen den Fingern hin und her, während er unseren letzten Becher ins Visier nahm. Dann hob er den Arm, und … der Ball sprang von der Tischplatte herunter. Andrew stieß einen Fluch aus, und Isabella stampfte mit dem Fuß auf. Wesley beugte sich zu mir. »Jetzt hängt alles von dir ab. Mach uns stolz, Lorn!«

Meine Augen fixierten den Becher. Ich holte tief Luft und konzentrierte mich. Nur ein Wurf … ich holte aus dem Handgelenk aus, doch dann rempelte Wesley mich aus Versehen an, und der Ball flutschte mir aus der Hand. Entsetzt riss ich die Augen auf. Kurz war es so still, dass man eine Stecknadel hätte fallen hören können. Sogar die Musik schien einen Moment innezuhalten, als der eine Song verklungen war und der nächste in der Playlist noch in der Warteschleife hing. Mein Ball knallte auf die Tischplatte, sprang hoch und flog in hohem Bogen … genau in Andrews Becher hinein.

»JAAAA!«, brüllte Wesley. Er rüttelte mich an der Schulter. »Gewonnen! Wir! Haben! Gewonnen! Nehmt das, ihr Loser!«

Ich blinzelte wie erstarrt, und dann brach auch über mich eine Welle purer Euphorie herein. Ich wandte mich Wesley zu.

»Wir haben echt gewonnen!«, rief ich.

Voller Begeisterung strahlte Wesley mich an, und plötzlich fand ich mich in einer Umarmung wieder, während er laut jubelnd ein weiteres Mal allen unseren Sieg unter die Nase rieb, als wäre es nicht Bierpong gewesen, sondern eine olympische Disziplin. Wesley löste die Arme von mir, und unsere Blicke trafen sich. Wie aus dem Nichts war da plötzlich der Impuls, diesen Augenblick der Nähe weiter auszukosten. Wesley legte mir langsam die Hände ans Gesicht, beugte sich hinab, und ich ließ seinen Kuss zu.

Wesley Anderson und ich küssten uns aus heiterem Himmel!

Es war nur ein achtloser Moment, vielleicht ausgelöst vom Adrenalin, aber immer noch ein Kuss. Seine Lippen, die meine kurz berührten. Der Geschmack nach etwas Süßem, irgendeinem Drink voller Zucker und das Gefühl einer warmen Berührung. Wesley zog den Kopf zurück und sah mich mit einer Mischung aus Neugier und Verwunderung an. Ich öffnete den Mund, um etwas zu sagen, aber mein Hirn schien keine Worte zu finden, und ein winziger Teil von mir fand diesen kopflosen und spontanen Akt sogar ein wenig anziehend. Ich hatte so etwas noch nie getan. Einfach einen Jungen geküsst. Es war … aufregend. Plötzlich konnte ich verstehen, wieso Addison gerne mit Jungs flirtete. Das Ganze hatte wirklich etwas Befreiendes. Als würde man sich kurz von all seinen Sorgen loseisen und nur für den Moment leben. Unsere Blicke trafen sich erneut, und dann begannen wir beide haltlos zu lachen. Wesley hielt mir die Hand für ein High five hin. Und da wusste ich, dass wir beide noch gute Freunde werden würden.

»Du bist voll in Ordnung, Rivers«, sagte er beschwingt.

»Du auch, Anderson«, erwiderte ich grinsend.

Dann wandte ich mich Andrew und Isabella zu. »Ihr habt verloren. Also müsst ihr auch in Unterwäsche in den Pool springen!«

Andrew seufzte resigniert. Isabella wirkte geschockt.

»Wie bitte? Ich soll mich vor allen ausziehen?«, wisperte sie.

»Wir sollten alle in Unterwäsche in den Pool!« Wesley zog sich sein blaues Shirt über den Kopf und warf es zur Seite. Seine kleine Show brachte die anderen Partygäste dazu, es ihm gleich zu tun. »In den Pool! In den Pool! In den Pool! Los, Leute!«

Kaum war er hineingesprungen, brach heilloses Durcheinander aus. Es wurde sich der Klamotten entledigt, wild gekreischt, und einer nach dem anderen sprang ins Wasser. So war das nicht geplant …

Ich fixierte Andrew und Isabella. »Wettschulden sind Ehrenschulden«, sagte ich neunmalklug. »Worauf wartet ihr?«

Andrew verdrehte die Augen. »Ich soll in den Pool? Okay.« Er fasste in seine Hemdtasche, holte sein Handy heraus, warf es einem seiner Kumpels zu und begann, seine Hose aufzuknöpfen.

Scheiße … jetzt hatte ein bullig aussehender Typ das Teil.

Cassidy warf mir einen hilflosen Blick zu. Ich gab ihr ein Zeichen, damit sie wusste, dass ich sofort rüberkam. Andrew war in den Pool gesprungen und zwischen den ganzen anderen Leuten dort, die Wesleys Beispiel gefolgt waren, in diesem Augenblick nicht auszumachen. Ich blieb kurz neben Isabella stehen. Sie war wie erstarrt und presste die Lippen fest aufeinander.

»Du musst nicht reinspringen, wenn du nicht willst.«

Ihre Augen huschten zu mir. »Wieso bist du plötzlich nett zu mir?«

»Ist wohl dein Glückstag«, entgegnete ich.

Dann ließ ich sie stehen. Ich hatte andere Probleme als Isabella Blackard. Sie war doch sowieso nur wegen Theo hier. Und ich wegen Andrew. Also sollte ich mein Ziel nicht aus den Augen verlieren.

Addison war mir zuvorgekommen. Sie hatte Andrews Freund in ein Gespräch verwickelt und versuchte, ihn einzulullen. »Ach, Ronnie! Hab dich nicht so! Wir sollten uns auch abkühlen gehen«, säuselte sie und zog spielerisch an seinem Shirt. Ihr Lächeln war zuckersüß, und man konnte Ronnie deutlich ansehen, dass er mit sich haderte. Er presste Andrews Handy fest an seine Brust, lief aber gleichzeitig puterrot an, weil er Addison wohl mochte.

»Ich muss aber auf Andrews Handy aufpassen«, murmelte er.

»Andrew will nie, dass wir Spaß haben!«, sagte Addison schmollend. »Das ist doch unfair! Komm schon! Lass uns heute mal rebellisch sein.« Als ihr Gerede nicht half, beugte sie sich vor und flüsterte Ronnie etwas ins Ohr, das ich nicht verstehen konnte. Dieser wurde noch röter im Gesicht und starrte Addison mit großen Augen an. Er war so überrumpelt, dass Addison ihm einfach das Handy aus der Hand nehmen konnte. Tatsächlich schien er nicht mal zu registrieren, dass es weg war. Addison hielt es hinter ihren Rücken. Cassidy war schon zur Stelle. Sie lief an Addison vorbei, griff sich das Handy und verschwand durch die Schiebetür der Küche im Haus. Addison hatte Ronnie inzwischen Richtung Pool gezogen. Dort angekommen schubste sie ihn einfach ins Wasser und machte sich im anhaltenden Tumult der Partygäste aus dem Staub.

Ohne zu zögern rannte ich ihr nach. Dabei lief ich fast in Theo hinein, der mir im Flur kurz vor der Haustür begegnete. Er schien genauso überrascht wie ich über unseren Zusammenstoß.

»Lorn?«

»Sorry, keine Zeit!«

Die Haustür öffnete sich eine Sekunde später, weil ein Pärchen hereinkam, und ich nutzte die Chance, um sofort abzuhauen. Cassidy und Addison warteten bereits bei meinem Wagen. Wir stiegen hastig ein und fuhren los. Kaum zu glauben: Unser Plan war aufgegangen!

KAPITEL 20

CASSIDY, ADDISON UND ICH hatten nach unserem Abgang ewig mit Nash Hawkins in einem Vierundzwanzig-Stunden-Diner in der Nähe der Highschool gesessen. Noch während der Fahrt hatte Cassidy Nash angerufen und ihn gebeten, sich mit uns zu treffen. Als er hörte, um welche Story es ging, war er sofort dabei. Schülerzeitungsredakteure schliefen anscheinend nie. Es war reichlich spät, schon kurz nach Mitternacht, als unsere kleine Gruppe über etlichen Tassen Kaffee durchsprach, wie wir vorgehen sollten. Bevor wir das Diner betreten hatten, bestand Addison darauf, das Druckmittel, welches Andrew gegen sie in der Hand hatte, von seinem Handy zu löschen. Bis zu diesem Zeitpunkt hatten weder Cassidy noch ich uns Gedanken gemacht, wie wir Andrews Handy überhaupt entriegeln sollten, da es über seinen Fingerabdruck gesichert war. Ich hatte schon befürchtet, wir müssten einen Spezialisten anheuern, wie in irgendeinem Spionagethriller. Aber anscheinend gab es die Möglichkeit, eine solche Sperre zu umgehen, wenn man den zugehörigen Notfallpin kannte – eben für den Fall, dass der Sensor mal streikte. Und aus irgendeinem Grund kannte Addison diesen. Sie hielt sich deshalb bedeckt, genauso wie in Bezug auf ihr ominöses »Geheimnis«, aber ich war zu müde, um weiter nachzubohren. Nachdem Addison sich ausgiebig mit den Inhalten auf Andrews Handy beschäftigt hatte, gab sie es mir zufrieden zurück. Andrew konnte zwar immer noch gegen Addison vorgehen, aber immerhin fehlte ihm bei seiner Erpressung nun der handfeste Beweis. Als Addison kurz nach Nashs Eintreffen einfach ging, weil sie ihren Teil der Sache für erledigt hielt, hinderten wir sie nicht daran. Cassidy und ich setzten uns mit Nash an einen Tisch im hinteren Teil des Diners und überreichten ihm Andrews Handy. Cassidy hatte geschworen, dass wir Nash in dieser Hinsicht vertrauen konnten. Wir hatten lange überlegt, was der beste Weg war, um Andrew auffliegen zu lassen. Letzten Endes erschien es uns eine gute Idee, wenn Nash einen Artikel in der Schülerzeitung dazu veröffentlichte. Die *Newfort Wave* hatte eine große Reichweite, sowohl in Print als auch über die schuleigene Webseite, und nirgends machten News schneller die Runde als über die Schülerzeitung. Jeder Druck musste allerdings durch einen Lehrer abgesegnet werden, also schlug Nash vor, eine Sonderausgabe in Flyer-Form zu drucken. So konnte man nicht Gefahr laufen, von Direktor Peterson zensiert zu werden. Das verstieß natürlich gegen die Schulregeln, aber wir waren alle bereit, dieses Risiko einzugehen. Auf Andrews Handy waren genug Nachrichten, in denen er mit seinen Taten prahlte und die ihn in Verbindung zu den Mails der anonymen Adresse des »Phantoms« brachten. Dazu kam, dass Andrew Unmengen an Ordnern hatte, in denen er gestohlene Dokumente aufbewahrte und bei denen die Daten des Handys ihn als offensichtlichen Urheber dieser Dateien auszeichneten. Für Nash die reinste investigatorische Goldgrube. Meine einzige Bedingung war, dass Nash keinen unserer Mitschüler anschwärzen sollte. Ich wollte nicht, dass Leute, die Andrew einmal Antworten oder Ergebnisse abgekauft hatten, wegen eines dummen Fehlers bestraft wurden. Leute wie Addison. Nash erklärte sich damit einverstanden. Er würde die Nacht durcharbeiten, um die Sonderausgabe fertigzustellen. Zuletzt hatte Cassidy noch die Idee, dass man den Maiglöckchenball nutzen konnte, um die Flyer überall zu verteilen. Die halbe Stadt würde dort sein, und jeder konnte druckfrisch nachlesen, was Andrew Carlyle für ein nettes Hobby hatte. Wir würden uns mit Nash am Nachmittag in einem Copyshop treffen, um Hunderte der Sonderausgaben zu drucken und anschließend zu der Veranstaltung zu karren. So weit, so gut.

Eigentlich hätte ich nach all der Aufregung zu Hause sofort ins Bett fallen und einschlafen müssen, aber stattdessen saß ich gegen meine Kissen gelehnt hellwach da und starrte auf mein Handy. Theo hatte mir schon vor Stunden getextet.

Andrew ist auf der Party vollkommen ausgetickt. Er hat überall nach dir gesucht.

Was ist los??? Mache mir Sorgen. Kannst du mich anrufen?

In all dem Trubel hatte ich die Nachrichten viel zu spät gesehen.

Theo schlief bestimmt längst … oder?

Das findest du nur heraus, indem du anrufst.

Ich seufzte schwer und starrte für einige Augenblicke weiter auf Theos Namen, bis ich mich überwand und den Hörer drückte. Mit dem Handy am Ohr lauschte ich dem monotonen Freizeichen.

»Ich dachte schon, du hast mich vergessen.«

Theos Stimme klang leise, fast wie ein Wispern.

»Ich wusste nicht, ob ich … es ist spät«, sagte ich.

»Ich habe mir echt Sorgen gemacht. Ist alles okay?«

»Tut mir leid, dass ich mich nicht früher gemeldet habe«, sagte ich ehrlich. »Bei mir ist alles okay. Es war nur einiges los.«

Im Hintergrund der Leitung raschelte etwas.

»Ist … Colton da? Ich will niemanden aufwecken.«

»Ich bin auf dem Heuboden«, antwortete Theo, der jetzt in einer normalen Lautstärke sprach. »Colton hatte schon den ganzen Tag Migräne, und ich wollte nicht, dass dein Anruf ihn weckt. Ich sitze schon eine Weile hier. Es ist zwischen all dem Heu so warm und gemütlich, da bin ich eben sogar weggenickt. Bin ich froh, dass es dir gut geht.«

Oh, Theo! Hatte er echt Stunden auf dem Heuboden ausgeharrt, um auf meinen Anruf zu warten? Mir wurde ganz warm ums Herz.

»Eben auf der Party, da habe ich zuerst gedacht, du wärst jemand anderes. Du hast eine neue Frisur.« Stille. »Steht dir gut.«

»Ich habe mal eine Veränderung gebraucht«, sagte ich.

»Bedeutet Veränderung auch, dass du mich ausschließt?«

Mein Griff ums Handy wurde fester. Wie bitte? Ich hielt inne. Theos Atem war zu hören. Ganz leise nur. Einige Herzschläge lang horchten wir beide in die Stille hinein und sagten nichts.

»Du bist sauer auf mich«, stellte ich fest.

»Ich bin nicht sauer auf dich«, antwortete er.

»Es klingt aber so, als hätte ich etwas falsch gemacht.«

Stille. Stille. Stille.

»Du hast dein Versprechen gebrochen.«

Mein Herz zog sich zusammen. »Theo, ich …«

»Bei dieser ganzen Andrew-Sache wolltest du mich um Hilfe bitten«, sagte er gerade heraus. »*Mich*. Hast du aber nicht.«

»Ich wollte nur …«

»Auf der Party haben alle über euch gesprochen, nachdem ihr weg wart«, unterbrach mich Theo. »Ein paar Jungs aus unserer Stufe mussten Andrew und seine Freunde rauswerfen, so laut und aggressiv ist er geworden, weil ihr ihm etwas geklaut habt. Stimmt doch, oder? Und die ganze Zeit habe ich mich gefragt: Wieso hat Lorn sich mir nicht anvertraut? Wir sind doch Freunde.«

Wieder gewann die Stille für einige Sekunden die Oberhand.

»Ich hätte euch helfen können. Für dich da sein können.«

Gedanklich war ich schon zig Erklärungen durchgegangen, aber Theo ließ mich gar nicht zu Wort kommen. Er redete schon weiter. Für jemanden, der Konflikte mied und nie sagte, was er wirklich dachte, damit es anderen gut ging, war das eine große Sache. Für mich zumindest war es eine. Also schwieg ich.

»Du bist mir wichtig, Lorn«, sagte Theo. »Und es hat mich verletzt, dass du Cassidy und Addison eingeweiht hast, mich aber nicht. Für einen Moment hatte ich Angst, dich zu verlieren.«

Mein Herz machte einen glücklichen Hüpfer. Was hieß das?

»So wie ich Isabella verloren habe.«

… anscheinend, dass ich immer noch Miss Friendzone war. Die Ohrfeige der Realität war wie immer stärker als jeder Wunschtraum. Ich schloss die Augen, weil sich ein Kloß in meiner Kehle bildete und ich kurz davor war, eine Träne zu verdrücken.

»Verstehst du? Ich möchte nicht, dass eine weitere Freundschaft kaputtgeht, weil wir uns Dinge nicht anvertrauen können«, fuhr Theo fort. »Wenn es da irgendetwas gibt … sag es mir bitte.«

Ich begann zu erzählen. Von Addisons Plan, unserem Vorhaben auf Summers Party und meinem merkwürdigen Abgang, damit Andrew sich nicht das Handy zurückholen konnte. Theo hörte mir aufmerksam zu. Als ich geendet hatte, fühlte ich mich ein Stück besser.

»Es tut mir ehrlich leid«, antwortete ich. »Aber das war eine Sache, die wir Mädels selber hinbiegen mussten. Morgen ist alles vorbei. Dann wird jeder über das ›Phantom‹ Bescheid wissen.«

»Das hoffe ich sehr.«

»Ich auch.«

Theo räusperte sich leise. »Mehr ist da nicht, oder?«

»Nein«, flüsterte ich. Plötzlich hörte ich ein mir vertrautes Kratzen im Flur. »Ich muss jetzt Schluss machen, ich glaube, der Hamster ist wieder ausgebüxt. Da war so ein komisches Geräusch.«

»Okay. Gute Nacht, Lorn.«

»Gute Nacht, Theo.«

Nachdem wir aufgelegt hatten, verließ ich mein Bett, öffnete meine Zimmertür und lugte in den Flur. Ich sah noch, wie ein kleines Fellknäuel die oberste Treppenstufe hinabpurzelte. Hatte ich mich also nicht geirrt! Im Wohnzimmer fing ich Sir Ham Ham wieder ein. Ich brachte den Ausreißer zurück in seinen Käfig. April und Jane schnarchten laut. Mein Blick fiel durchs Fenster auf den Mond. Wie hieß es noch gleich? Es gab drei Dinge, die nicht für immer verborgen blieben. Die Sonne, der Mond und die Wahrheit. Irgendwann würde ich den Mut finden, mich meiner Wahrheit zu stellen.

Mom kam gerade in mein Zimmer, als ich mit meiner Fliege kämpfte. Sie löste sich immer wieder, und ich bekam es einfach nicht hin, sie zu binden. Mom half mir schließlich. Sie lächelte mich an.

»Du siehst wundervoll aus, Lorn. Das findet Theo sicher auch.«

»Wir gehen nur als *Freunde* hin«, murmelte ich.

»Weiß ich doch«, erwiderte Mom, aber der Ausdruck in ihren Augen strafte sie Lügen: Sie hielt das für ein *echtes Date*.

Anscheinend war sie heilfroh, dass ihre merkwürdige Tochter für das andere Geschlecht doch nicht so uninteressant war. Ständig scherzte sie darüber, dass sie mindestens zehn Enkelkinder erwartete, die ihrem Leben wieder einen Sinn gaben, wenn wir alle aus dem Haus wären. Dabei würde das noch Jahre dauern. Ich ging nächstes Jahr erst einmal aufs College, Bryce war gerade mal sechzehn und die Zwillinge waren zehn. Zum Glück erlöste mich ein Klingeln an der Haustür von einem Gespräch darüber.

»Das ist bestimmt Cassidy«, sagte ich.

»Dann lasse ich sie mal rein!«

Mom schwebte beschwingt aus dem Raum.

Der Maiglöckchenball war also da … Seit dem Aufstehen hatte ich dieses drückende Gefühl im Magen, das mich unheimlich zappelig werden ließ. Bei unserem Copyshop-Treffen mit Nash war ich vor lauter Aufregung im Laden auf und ab getingelt und hatte kaum stillstehen können. Cassidy hatte Nashs Artikel gelesen und mir gesagt, dass sie ihn großartig fand. Zynisch, clever und genau die Art von skandalöser Enthüllungsstory, auf die er so scharf gewesen war. Die Webseite der *Newfort Wave* war in kurzer Zeit so oft angeklickt worden, dass der Server zeitweilig abgestürzt war. Nash wurde praktisch mit Nachrichten überrannt. Nicht alle davon waren positiv. Viele von Andrews »Kunden« schickten ihm Drohungen oder flehten ihn an, ihre Namen unter Verschluss zu halten. Vermutlich würde der Artikel sowieso bald von einem Administrator der Schule offline genommen werden, deshalb waren die Flyer essenziell für Phase zwei in unserem kleinen Plan.

Ich hatte Nashs Story noch nicht gelesen, weil ich mich wegen meines Fake-Dates kaum konzentrieren konnte. Es war mein allererster Schultanz, und das machte mich furchtbar nervös. Und dann war da natürlich noch der Umstand, dass Theo mir konstant die Friendzone-Karte zuschob. Wo ich mir doch so sehr wünschte, wir würden als wirkliches Paar dorthin gehen …

Egal! Ich würde den Abend mit Cassidy rocken!

»Hi«, sagte diese eine Sekunde später und holte mich in die Gegenwart zurück. Sie hatte eine Kleiderhülle über dem Arm, weil sie mit dem Bus gekommen war. Wir hatten abgesprochen, dass sie sich bei mir umzog. Colton und Theo würden uns hier abholen.

»Hey«, erwiderte ich. »Deine Haare! Wow!«

Cassidys lange blonde Haare fielen ihr in geschmeidigen Wellen über die Schultern. Ein Teil des Deckhaars war zu kleinen Zöpfen geflochten, die wie ein Kranz auf ihrem Kopf saßen. Darin steckten mehrere Schmuckbänder und kleine, dezente Blumen.

»Das war meine Mom«, sagte Cassidy und lächelte. »Sie hat darauf bestanden, mir die Haare zu stylen, und das ist ihr echt gelungen! Sie will außerdem tausend Fotos von mir und Colton.«

»Fotos! Hat jemand was von Fotos gesagt!« Nun spazierte meine Mom wieder ins Zimmer hinein, eine Kamera in der Hand. »Oh,

Cassidy! Deine Haare! So schön! Lorn wollte ihre kurzen Haare so lassen, was natürlich auch ganz wundervoll aussieht.«

Cassidy seufzte. »Hat Mom hier etwa angerufen? In jedem Fall danke!«

»Ich habe Camille versprochen, euch zu quälen, bis die komplette Speicherkarte voll ist«, sagte meine Mom mit einem Augenzwinkern.

Cassidy und ich sahen einander an. Uff! Eltern!

KAPITEL 21

DAS RATHAUS, in dem der Maiglöckchenball veranstaltet wurde, befand sich in der Altstadt von Newfort. Die Gegend war wegen des Uni-Campus und einiger Sehenswürdigkeiten wie der kleinen Methodistenkirche oder dem ehemaligen Hospital aus Zeiten des Bürgerkriegs ein echter Menschenmagnet. Studenten, Touristen oder Pärchen, die es sich in einem der gemütlichen Cafés bequem machten, begegneten einem hier an jeder Ecke. Der Maiglöckchenball war auf eine lange Tradition von Volksfesten zurückzuführen, die man irgendwann für die jüngere Generation wiederbelebt hatte. Es war zwar nicht so pompös wie die Highschool Prom, aber die idyllische Location und die Aussicht auf eine Live-Band hatten einige Teenager an diesem Sonntagabend hergelockt. Die vielen Plakate in der Schule, die einen förmlich einer Gehirnwäsche unterzogen, hatten auch nicht geschadet.

Von außen wirkte das Rathaus wie ein Gebäude aus längst vergessener Zeit. Die Fassade war aus dunklem Stein, voller Stuckaturen, die durch die Witterung an vielen Stellen kaum noch auszumachen waren. Efeu überwucherte einen Teil der blauglasigen Fenster, verlieh dem Ganzen jedoch genau dadurch den Charme eines verzauberten Märchenschlosses. Weil man nicht direkt mit dem Auto ins Zentrum fahren konnte, parkte Colton seinen roten VW auf einem Parkplatz im Hinterhof der Stadtbibliothek, und wir gingen ein Stück durch die verwinkelten Gassen zu Fuß. Das Wetter war lau und angenehm, deshalb störte es niemanden von uns. Zum Glück hatte Nash sich bereit erklärt, die ganzen Flyer zu transportieren, und wir mussten nichts mit uns herumschleppen. Colton und Cassidy gingen Hand in Hand vor Theo und mir her. Der sanfte Schein der Straßenlaternen verlieh den beiden etwas Malerisches. Sie sahen aus wie eines dieser Paare aus einem Liebesfilm. Die zärtlichen Blicke, die sie tauschten, die neckische Flirterei und das glückliche Lächeln.

So etwas wünschte ich mir auch sehnlichst ... seufz!

Unauffällig warf ich Theo einen Seitenblick zu. Bisher kannte ich ihn nur in Jeans, Shirt und Pullover, mit seinem Hut und dieser lässigen Sonnyboy-Ausstrahlung. Heute trug er einen blauen Anzug mit Melange-Effekt, dazu eine dunkle Krawatte und ein weißes Hemd. Er hatte versucht, die Haare ordentlich nach hinten zu kämmen, aber seine wilden Strähnen ließen sich nicht so leicht bändigen und fielen ihm immer wieder in die Stirn.

Theo sah einfach unheimlich gut aus.

Ich konnte gar nicht anders, als ihm verstohlene Blicke zuzuwerfen, damit ich diesen Anblick für immer im Gedächtnis behalten konnte. Er schien mit den Gedanken jedoch woanders zu sein, denn sein Blick war starr nach vorne gerichtet, und er kräuselte die Nase. Über was er wohl nachdachte? Cassidy und Colton? Nachdem sie von seinen Gefühlen erfahren hatte, nahm Cassidy ständig Rücksicht, aus Angst, etwas Falsches zu sagen oder ihm etwas zu signalisieren, das von ihrer Seite nicht da war. Tat es ihm sehr weh, sie so zusammen zu sehen?

Das steht dir auch noch bevor, dachte ich. *Wenn er erfährt, wie du fühlst, wird er sich dir gegenüber anders verhalten.*

Vor dem Betreten des Rathauses streifte ich meine Sorgen ab, als wären sie nur ein drückender Schuh. Ich verbot mir, auch nur eine einzige Sekunde lang wieder in meine vertrauten Muster aus Zweifeln, Niedergeschlagenheit und Herzschmerz zu verfallen.

Das hier war die Spaß-Zone!

Am Eingang begrüßten uns ein paar Lehrer aus der Schule, die sich als Freiwillige gemeldet hatten, um den Maiglöckchenball zu beaufsichtigen. Ich hatte schon einiges über die Veranstaltung gehört, war aber zum ersten Mal selber dabei.

Der Maiglöckchenball wurde vom Schulgremium finanziert, weshalb der Eintritt frei war. Für so etwas war seltsamerweise immer Geld da, aber nicht für Basketball-Trikots. Ich schüttelte energisch den Kopf. *Spaß-Zone, Lorn! Schluss mit diesen Gedanken!* Der Ballsaal sah genauso aus, wie man sich das bei so einem Event vorstellte. Er war ein weitläufiger, breiter Raum mit glänzendem Parkettboden und Wänden, die von einer Holzvertäfelung in eine dunkle Ornamente-Tapete übergingen. Ähnlich wie bei einem Theater gab es zu beiden Seiten kleine Emporen, auf denen sich in mehreren Reihen Sitzplätze befanden. Von dort hatte man bestimmt einen tollen Blick auf die Bühne, welche am Fuß des Raumes zwischen schweren Vorhängen eingelassen war. Das musikalische Equipment der Live-Band stand verlassen dort herum, denn aktuell drangen aus den Lautsprechern noch die sanften Töne irgendeines Klavierstücks. Während auf der linken Seite eine lange Tafel mit Getränken und Snacks aufgebaut worden war, hatte man vor der Bühne eine Tanzfläche freigelassen. Mehrere Tische mit weißen Tüchern und Maiglöckchensträußen im hinteren Teil des Raums boten die Möglichkeit, sich hinzusetzen. Über unseren Köpfen hatte man Girlanden und Lichterketten von einer Seite des Raumes zur anderen gespannt. Die Beleuchtung war leicht gedimmt, und in Kombination mit den ruhigen Akustikklängen versprühte der Ballsaal eine verträumte Atmosphäre. Neben mir und meinen Freunden hatten sich bisher recht wenige Leute eingefunden, doch das änderte sich innerhalb der nächsten Stunde. Cassidy, Colton, Theo und ich saßen zu Beginn noch an einem der Tische, tranken etwas und unterhielten uns. Nach und nach füllte sich der Raum. Die

Band stellte sich vor und begann, die ersten Lieder zu spielen, und Leben kam in die Bude. Musik, Gelächter und Gespräche erfüllten die Luft. Cassidy und ich hielten abwechselnd nach Nash Ausschau, damit wir ihn bei der Flyer-Aktion unterstützen konnten, aber gerade als er auftauchte, wandte Theo sich mir zu und hielt mir auffordernd eine Hand hin. »Sollen wir tanzen gehen?«

Zögernd blickte ich ihn an. Cassidy lehnte sich zu mir, knuffte mich sanft in den Arm und flüsterte mir ins Ohr. »Geh ruhig.«

»Bist du sicher?«, murmelte ich.

»Ja, ich helfe Nash«, sagte sie leise.

»Haltet ihr gerade eine kleine Besprechung ab, ob das eine gute Idee ist?«, fragte Theo. »So ein schlechter Tänzer bin ich nun auch wieder nicht.« Er schmunzelte, und seine Grübchen kamen zum Vorschein. »Bisher hat sich zumindest noch niemand beschwert.«

»Liegt vielleicht daran, dass deine Tanzpartnerinnen bisher immer total verschossen in dich waren«, meinte Colton.

»Colton und ich gehen jetzt noch was zu trinken holen«, sagte Cassidy und bedeutete Colton aufzustehen. »Bis gleich, okay?«

Die beiden schlängelten sich an den anderen Gästen vorbei. Theo blickte ihnen mit undeutbarer Miene nach.

»Habt Colton und du euch wegen der Sache in der Cafeteria aussprechen können?«, fragte ich vorsichtig.

»Ja, könnte man so sagen.«

»Ist es … schwer für dich, die beiden so zu sehen?«

Er nahm sich einen Augenblick Zeit, um darüber nachzudenken. »Wenn ich ehrlich sein soll … nein. Nicht mehr so wie früher.« Theo hielt mir noch immer auffordernd seine Hand hin. »Außerdem geht es hier nicht um sie, sondern um … uns.« Es folgte ein langer Blick, in dem er mich heute das erste Mal richtig betrachtete. »Ich bin ein furchtbarer Freund, oder? Ich war vorhin so in Gedanken, dass ich dir nicht einmal gesagt habe, wie toll du aussiehst.

Dieses Nicht-Kleid, das bist einfach du, Lorn. Außerdem mag ich deine Haare, wenn sie offen sind.«

»Dieses Komplimente-Päckchen hat es wiedergutgemacht«, spielte ich meine Gefühle rasch mit ein wenig Humor herunter. Dabei raste mein Puls, und mein Mund wurde ganz trocken. Mich durchströmte eine solche Euphorie, dass mir kurz ganz schwindlig war. »Danke«, sagte ich, und es kam aus ganzem Herzen. »Dein Nicht-Kleid ist auch … ich meine, du … dieser Anzug steht dir wahnsinnig gut.«

Theo strich sich die Krawatte glatt. »Besonders bequem ist er allerdings nicht. Das nächste Mal komme ich im Pyjama«, lachte er. »Aber danke. Dann weiß ich ja, dass sich dieser Aufzug gelohnt hat.«

Ich klebte förmlich an seinen Lippen. Das nächste Mal … hieß das, Theo wollte auch in Zukunft mit mir … zusammen sein? Würde heute doch noch etwas völlig Unerwartetes zwischen uns passieren? Vor Aufregung war ich sprachlos.

»Da hinten in der Ecke stehen ein paar Mädchen, und die sehen die ganze Zeit hier rüber«, bemerkte Theo. »Die sind mir beim Reinkommen schon aufgefallen. Kennst du die zwei zufällig?«

Ich warf einen Blick über meine Schulter nach hinten.

Verflucht auch! Das waren die Freshman-Mädels, die mich damals belagert hatten wegen der Theo-Gerüchte. Eine von ihnen hatte ich durch meine pampige Art fast zum Weinen gebracht, deshalb erinnerte ich mich so gut an sie. Mir klappte entsetzt der Mund auf, als eine ihr Handy zückte, um ein Foto zu schießen. Etwa von Theo und mir? Das war doch echt die Höhe!

»Nein, die kenne ich nicht. Aber die werden mich gleich mal kennenlernen«, knurrte ich verärgert. Hastig sah ich mich um. Scheiße! Da waren noch viel mehr Leute, die rüber schauten. Hatten Theo und ich die ganze Zeit unter Beobachtung gestanden? Die Wut in mir verpuffte und wich einer panischen Hitzewallung.

Theo legte mir sanft eine Hand auf den Arm. »Lorn?«

Ich wandte mich ihm wieder zu. »Ja?«

»Durchatmen. Tu nichts Unüberlegtes. Sollen sie eben gucken.«

»Stört dich das denn gar nicht?«, fragte ich.

»Sie sind nur neidisch auf meine Begleitung«, sagte er.

Neidisch auf mich? Ha! Wie recht er damit hatte. Allerdings nicht um meinetwillen, sondern weil Theo eben mein Date war.

»Lass uns einfach tanzen, okay?«

»Okay«, sagte ich leise und ließ zu, dass sich seine Finger um meine schlossen. Für einen Moment konnte ich gar nicht mehr klar denken vor Aufregung. Irgendjemand hatte einmal gesagt, man sollte niemals eine Chance ausschlagen zu tanzen. Aber das hier war für mich nicht nur irgendein Tanz. Er war mit Theo …

Die Band war relativ jung und hatte die Ausstrahlung einer coolen Indie-Rock-Clique. Sie nannten sich Ramona Rising, und ihre Mitglieder schienen alle Anfang zwanzig zu sein, vielleicht Collegestudenten. Drei Mädchen spielten ausgelassen Gitarre, Drums und Bass und der Sänger hatte eine angenehm rockige Stimme. Er schmetterte gerade eine Coverversion von »Shut Up And Dance« ins Mikrofon. Man konnte über das Original der Band Walk The Moon echt sagen, was man wollte, aber dieser Song machte richtig gute Laune und war perfekt zum Feiern.

Am Anfang war es seltsam, mit Theo zu tanzen. Wir standen inmitten von Leuten, die wild in die Luft sprangen und teilweise auf so verrückte Weise herumhampelten, dass wir uns ein Lachen nicht verkneifen konnten. Ich begann, meinen Kopf im Takt des Songs mitzuwippen, und wenn man erst mal drin war, waren die Lyrics echt ansteckend, und ich konnte nicht mehr stillhalten. Die ganze angestaute Energie des Tages musste schließlich irgendwann an die Oberfläche brechen, und das war jetzt der Fall. Innerhalb weniger Sekunden bewegten Theo und ich uns mit der Menge, lachten und sangen ein paar Textzeilen des Refrains mit, die hier jeder zu kennen schien. *She said shut up and dance with me!*

Neben einigen Originalen spielte Ramona Rising weitere Cover. Es kam mir vor, als würden Theo und ich zwischen unseren Mitschülern eingequetscht in der Endlosschleife der Musik mitgerissen. Mein Herzschlag passte sich dem Takt des Basses an, ein aufgeregtes Kribbeln erfasste meinen ganzen Körper, und allmählich kam ich ein wenig ins Schwitzen. Dann kam der Moment, in dem das Tempo gedrosselt wurde und mit ruhigen melodischen Tönen »Fade Into You« von Mazzy Star gespielt wurde.

Ich erkannte das Lied schon in den ersten Sekunden. Es war einer dieser ultimativen Prom-Wunschsongs. Ruhig, verträumt und irgendwie magisch. Er passte zu einer dieser typischen Szenen, in denen ein Paar auf der Tanzfläche stand, sich verlegen ansah und feststellte, dass nun der Zeitpunkt gekommen war, eng umschlungen einander näherzukommen. In Filmen war das romantisch, wenn nicht sogar die Wende kurz vor Schluss, wenn der Junge das Mädchen bekam oder umgekehrt und das Happy End zum Greifen nah war. Aber das hier war keine Komödie, sondern mein Leben. Und im echten Leben war dieser Moment einfach seltsam. Ich war vollkommen erstarrt und fühlte mich verloren und hilflos. Was sollte ich jetzt tun? Theo und ich waren nicht *diese Art* von Date. Zwei Menschen, die nur darauf warteten, einander in die Arme fallen zu können, um sich ihre Gefühle zu zeigen. Zu allem Überfluss fingen alle anderen um uns herum an, zu kuscheln und sich ihre Zuneigung gegenseitig ins Ohr zu flüstern. Das war dann wohl das Zeichen, dass wir bei dieser Runde besser aussetzen sollten.

»Hey, sollen wir vielleicht …«

Theo stand plötzlich ganz dicht vor mir, blickte mir in die Augen und fasste mich an einer Hand. Er zog mich sanft zu sich heran.

»Einfach weitertanzen«, sagte er.

Seine Finger schoben sich langsam in meine, und mein Herz geriet völlig aus dem Takt. Ich schluckte schwer. Seine warme Berührung verursachte ein angenehmes Kribbeln auf meiner Haut. Mich überkam ein Gefühl von Schwerelosigkeit, als hätte ich bei einer Treppe die letzte Stufe übersehen. Zaghaft legte ich meine andere, freie Hand auf seine Schulter. Theo wippte sachte hin und her, und seine Bewegungen gingen auf mich über. Mein Herz hämmerte nun hart gegen meine Rippen, und ich hatte das Gefühl, mir bliebe vor Aufregung fast die Luft weg. Seine bernsteinfarbenen Augen wirkten im dumpfen Licht des Ballsaals viel dunkler als sonst. Der Schein der vielen Lichterketten spiegelte sich in ihnen wider wie Dutzende kleine Sterne. Hypnotisiert von seinem Anblick verlor ich mich in den Details seines Gesichts. Ich wünschte, ich könnte ihm seine wilden Haarsträhnen aus der Stirn streichen. Seine Wange berühren. Ihn an mich ziehen. Ihn küssen. Gott, ich wollte ihn *unbedingt* küssen. Ich öffnete leicht die Lippen, um Luft zu holen. Es war nicht mehr genug Sauerstoff in diesem Raum für all meine Gedanken, die zu den Szenarien wanderten, von denen ich die letzten Jahre geträumt hatte. Vom ersten Moment an, als Theo in unseren Geschichtskurs gekommen war, bis heute.

Wie konnte ich ihn jemals nicht lieben?

Wie sollte ich es schaffen, ihn zu vergessen?

Wie hatte es so weit kommen können?

Ein wehmütiges Ziehen machte sich in meiner Brust breit. Wenn meine Gefühle ein einziger Ozean waren, dann saß meine Vernunft dort ganz allein in einem Boot. Umzingelt von Wellen voller Sehnsucht und Zuneigung, die daran zerrten und es untergehen sehen wollten. Er war der Grund für das Chaos in meinem Kopf. Er war der Grund für mein schnell schlagendes Herz. Er war der Grund, warum sich jede Sekunde wie eine Ewigkeit anfühlte. Wieso konnte er das nicht sehen? Wieso konnte Theo nicht sehen, dass ich jeden einzelnen Tag an ihn dachte? Dass ich ihn … *liebte*.

Ich konnte nicht warten. Ich musste es ihm sagen.

Meine Finger schlossen sich fester um seine, und meine Hand, die auf seiner Schulter lag, grub sich in den Stoff seines Jacketts. Ich trat einen Schritt nach vorne, bis kaum noch Luft zwischen uns war. Unsere Blicke hielten einander immer noch fest.

»Theo«, sagte ich. Meine Stimme war viel zu leise, meine Kehle trocken, und ich suchte verzweifelt nach den richtigen Worten. Nach den perfekten Worten, um ihm zu sagen, was ich fühlte.

Ein einzelnes Blatt segelte auf einmal herunter und blieb kurz auf seinen Haaren liegen, ehe es zu Boden flatterte. Theo legte den Kopf in den Nacken und sah nach oben. Der Bann zwischen uns brach. Das war der verflucht ungünstigste Zeitpunkt für diese Aktion! Vor Enttäuschung und Wut darüber gaben mir fast die Knie nach. Mit einem Mal fiel eine riesige Anspannung von mir ab, die mir dabei geholfen hatte, Mut zu sammeln. Es war, als würde all meine Kraft aus mir entweichen und ich dabei den Halt verlieren. Fassungslos blickte ich zu einer Empore.

Eine dunkle Silhouette stand dort und sorgte dafür, dass es nach und nach Blätter regnete – nein, Flyer der Sonderausgabe der Schülerzeitung. Vielleicht war es Nash? Wenn man den Blick zur gegenüberliegenden Empore wandern ließ, standen dort allerdings noch zwei weitere Gestalten. Cassidy und Colton? Im nächsten Moment spielte das auch keine Rolle mehr. Die Flyer waren überall. Zuerst glaubten die Leute noch, dass es irgendeine Art Konfetti war, aber dann nahm die Papierflut solche Ausmaße an, dass sie aufhörten zu tanzen, die Blätter aufhoben und zu lesen begannen. Von irgendwoher rief jemand vom Aufsichtspersonal nach einem Zuständigen, um die Aktion zu unterbrechen. Sogar der Sänger von Ramona Rising war so irritiert, dass er eine Textzeile komplett ausließ, ehe der Song endete. Und dann brach absolutes Chaos aus. Deckenleuchten wurden eingeschaltet, Erwachsene riefen durcheinander, und Getuschel brach unter den Anwesenden los. Es dauerte nicht lange, da kam Direktor Peterson mit hochrotem Kopf in die Mitte des Ballsaals gestürzt und brüllte ungeniert aus vollem Hals:

»Wer ist für diese Unterbrechung verantwortlich!«

Doch es war zu spät. Er konnte nichts mehr daran ändern.

»WER! HAT! DIESE! FLYER! GEDRUCKT!«, wetterte er weiter.

Niemand ließ sich von Petersons Raserei davon abhalten, den Artikel zu lesen. Theo hatte einen Flyer in der Hand und klebte förmlich an Nashs Worten. Ich bückte mich, um einen vom Parkett aufzulesen. Meine Augen flogen über den Text. Nash hatte die komplette Story gekonnt zusammengefasst. Von den ersten Gerüchten über das »Phantom« bis hin zu Zeugenaussagen, seiner Suche nach Beweisen gegen Andrew und etlichen davon in Form von Nachrichten, Screenshots und Mails, von denen Auszüge eine ganze Seite füllten. Auf den Flyern war nur die Kurzversion, eine gute Zusammenfassung der Ereignisse, mit Verweis auf eine Webseite – und es war nicht die der Schule. Nash hatte den Wirbel um die Story offenbar benutzt, um seinen eigenen Blog zu launchen.

»Hawkins Helix dot com?«, murmelte ich.

Irgendwie clever. Selbst wenn die Flyer verschwanden und die *Newfort Wave*-Page offline ging, die Geschichte würde bleiben.

KAPITEL 22

DIESER MAIGLÖCKCHENBALL würde sicher noch in die Geschichte unserer Highschool eingehen. Nachdem klar wurde, dass Nash als Chefredakteur der Schülerzeitung für diesen kleinen skandalösen Auftritt verantwortlich war, wurde er von Direktor Peterson abgeführt wie ein Krimineller. Alle sahen dabei zu, wie die beiden aus dem Rathaus verschwanden, und als würde die Sonderausgabe nicht schon genug Stoff für Spekulationen liefern, redeten alle über diesen Abgang. Einige Leute waren der Meinung, dass er nur scharf auf Aufmerksamkeit und ein unsympathischer Möchtegern-Schriftsteller war, wieder andere fanden die ganze Sache supercool, und ein weiteres Lager hielt ihn für einen Verräter, weil er durch die Enthüllung von Andrews Arbeit seinen Mitschülern in den Rücken gefallen war. Viele hatten wahrscheinlich Angst davor, dass es sie als Nächstes treffen würde und dass man versuchte, alle dranzukriegen, die Andrew jemals etwas abgekauft hatten. Sie wussten ja nicht, dass mein Deal mit Nash sie schützte.

»Schade, dass Andrew heute Abend nicht hier ist«, sagte Theo. »Ich hätte seine Reaktion zu gerne miterlebt. Stell dir mal seinen Blick vor, wenn er herausfindet, was hier los war.«

Nach der Unterbrechung hatten wir uns ans Büfett zurückgezogen und tranken Früchtepunsch. Die Flyer-Sache hatte nämlich dazu geführt, dass gerade tote Hose herrschte, und statt einer vollen Tanzfläche standen alle in kleinen Grüppchen beisammen, klebten an ihren Handys oder unterhielten sich über den Skandal.

»Vielleicht hat er nach dem Diebstahl seines Handys auch mit so etwas gerechnet?«, dachte ich laut nach. »Aber das spielt keine Rolle mehr. Andrew ist erledigt und unsere Mission geglückt!«

»Nur schade, dass wir unterbrochen wurden.«

»Ja, schade«, murmelte ich. Wer weiß, wie ich mich fühlen würde, wenn ich die Sache eben durchgezogen hätte? Wie Theo wohl reagiert hätte? Der Zauber des Maiglöckchenballs war jedenfalls verflogen.

Die Band gab sich große Mühe, mit ein paar klassischen Charthits die ausgelassene Stimmung zurückzuholen, aber viele der Anwesenden waren mit den Gedanken woanders. Der Rest des Abends verlief deshalb eher gemächlich. Als Theo sich bei einer Unterhaltung über Fußball einklinkte, die zwei Jungs neben uns führten, entschuldigte ich mich kurz. Cassidy hatte mich herangewunken, und als ich bei ihr stand, deutete sie auf Addison, die allein in einer Nische vor einem der Fenster herumlungerte. Ich hatte ihr Auftauchen gar nicht mitbekommen. Addison war wie ein Geist. Sie bestimmte, wann man sie sah und wann nicht. Ihr fliederfarbenes Kleid betonte ihre langen Beine, und das Haar hatte sie zu zwei Zöpfen geflochten, in die ein silbernes Band eingearbeitet war. Addison fischte einen Flachmann aus ihrer Umhängetasche. Als wir zu ihr gingen, schraubte sie gerade den Deckel ab und nahm einen kräftigen Schluck. Sie schaute zu uns auf.

»Wollt ihr auch was?«, fragte sie ungerührt.

»Nein, danke«, sagte ich.

»Hawkins hat ziemlich für Furore gesorgt. Beeindruckend.«

»Das war unser Plan«, sagte Cassidy. »Wärst du länger im Diner geblieben, hättest du auch darüber Bescheid gewusst.«

»Ich habe meinen Teil des Deals erfüllt«, sagte Addison schlicht. »Ohne mich hättet ihr Andrews Handy niemals geknackt.«

Dazu sagte keine von uns etwas.

Addison legte den Kopf schräg und sah mich an. »Was denn?«

»Wie geht es jetzt weiter?«, fragte ich. »Mit uns?«

Sie nahm noch einen Schluck aus dem Flachmann, ehe sie ihn wieder verschraubte und in ihre Tasche steckte. »Gar nicht.«

»Willst du nicht mit uns über irgendwas reden?«

»Worüber denn? Über unsere tolle Freundschaft? Wir waren doch damals noch Kinder«, sagte sie. »Die Dinge haben sich verändert. Ihr würdet das nicht verstehen. Manches sollte man einfach vergessen.«

»Du hast uns aber nie eine Chance gegeben, irgendetwas zu verstehen«, sagte Cassidy ernst. »Denkst du, das ist fair?«

»Das Leben ist nicht fair«, erwiderte sie. »Was wollt ihr von mir hören? Ihr wart die besten Freundinnen, die ich jemals hatte. Ihr habt mir wirklich viel bedeutet. Ja, das ist wahr. Aber nachdem Nora umgezogen ist, war alles anders. Man kann die Zeit nicht zurückspulen. Ihr seid ohne mich einfach besser dran.«

Mir wurde das Herz schwer. Ich wusste gar nicht, was ich dazu sagen sollte. »Glaubst du das wirklich?«, fragte ich leise.

Addison nickte. »Jetzt entschuldigt mich.«

Ohne Erklärung wandte sie sich von uns ab und überquerte die Tanzfläche. Frustriert blickte ich ihr hinterher. Das war es dann also. Ich hatte natürlich nicht mit einem Revival unserer Freundschaft gerechnet, bei dem ich Addison sofort verzieh und wir uns alle in die Arme fielen. Doch die Situation jetzt war ernüchternd. Es tat ziemlich weh, dass sie so kurz wieder Teil meines Lebens gewesen war und sich dann erneut ohne irgendwelche verständlichen Gründe von uns abwandte. Ich würde so gerne begreifen, was in ihr vor sich ging. Was war ihr Geheimnis? Wieso hielt sie Distanz zu Cassidy, Nora und mir? Was beschäftigte Addison so?

»Lorn«, sagte Cassidy vorsichtig. »Sei nicht traurig.«

»Ich bin nicht traurig«, log ich, wenig überzeugend.

»Ich sehe dir aber an, dass dich das mitnimmt. Was auch immer in Addisons Leben vor sich geht, wir können ihr unsere Freundschaft nicht aufzwingen«, sagte sie. »Und wenn ich ehrlich sein soll, dann bin ich auch viel zu sauer auf sie, um das zu wollen. Zumindest jetzt. Man wendet sich nicht einfach von Menschen ab, die man liebt, und lässt sie mit tausend Fragen allein. In den letzten Jahren habe ich so oft an sie gedacht.« Cassidy räusperte sich. »Einmal stand ich sogar vor ihrem Haus. Aber ich habe es nicht über mich gebracht, an ihre Tür zu klopfen. Vielleicht weil ich wollte, dass Addison zu mir kommt – nicht umgekehrt. Manche Freundschaften halten wohl nicht für immer.«

Ich legte einen Arm um Cassidy. »Wer ist jetzt traurig, hm?«

Cassidy wischte sich eine einzelne Träne aus dem Auge.

»Weißt du … ich stand auch mal vor ihrem Haus. Ich war auf dem Rückweg vom Basketball-Training und mit dem Rad unterwegs. Es hat in Strömen geregnet, und ich wollte mich an einer Bushaltestelle unterstellen. Und auf einmal war ich, ohne es wirklich zu wollen, in Addisons Gegend. Ich stand bestimmt eine halbe Stunde in dem Bushaltehäuschen und habe die Straße runtergeblickt zum Haus der Bells. Abschiede tun am meisten weh, wenn es keine richtigen Abschiede sind. Vielleicht sollten wir sie nicht ganz aufgeben. Das fühlt sich irgendwie falsch an.«

»Ja, vielleicht«, sagte Cassidy leise.

Im nächsten Moment kam ein Junge vom Jahrbuchteam vorbei und fragte, ob er ein Foto von uns schießen durfte. Cassidy und ich stimmten zu, setzen ein Lächeln auf und warfen uns in eine alberne Pose. Die Band kündigte gerade an, dass sie ihren letzten Song spielen würde, ehe sie für heute aufhörten und eine normale Playlist den Rest des Abends ausklingen lassen würde. »All of me« von John Legend erklang, als Colton zu uns stieß. Der schwarze Smoking stand ihm richtig gut. Er wirkte damit erwachsener, wie ein

Geheimagent mit der Lizenz zum Herzenstehlen. Er verneigte sich galant und hielt Cassidy seine Hand hin.

»Wir haben noch gar nicht getanzt.«

»Du hast gesagt, du tanzt nicht.«

Er zog Cassidy zu sich heran und ließ sie herumwirbeln, bis sie in seinen Armen lag. »Dann machen wir eben eine Ausnahme.«

Oh Mann, die beiden waren echt zu süß. Mit einem Schmunzeln auf den Lippen beobachtete ich, wie sie lachten und tanzten. Ich seufzte schwermütig. Das mit mir und Theo war eben gehörig schiefgegangen und hatte mich ziemlich runtergezogen. Vielleicht half etwas frische Luft? Theo war nirgends zu sehen, also warum nicht. Vor dem Rathaus traf ich auf Skylar und ihre Freundin Charlotte, die gerade erst gekommen waren, und quatschte einige Minuten mit den beiden, bis sie reingingen. Anschließend schlenderte ich um die Ecke des Gebäudes, damit ich eine Weile für mich sein konnte. Ich lehnte mich gegen die raue Steinwand und atmete die Nachtluft ein. Der Himmel war dunkel, und die Temperaturen waren ganz schön runtergegangen. Es fröstelte mich. Ich bekam eine Gänsehaut und beschloss, wieder zu den anderen zu gehen, da hörte ich plötzlich Stimmen. Eine davon erkannte ich sofort: Theos. Und die andere … gehörte unverkennbar Isabella Blackard.

»Geht es wieder?«, hörte ich Theo fragen.

Isabella atmete mehrmals hörbar ein und aus. »Ja, danke. Ich weiß auch nicht, auf einmal ist mir ganz schwarz vor Augen geworden«, murmelte sie. »Es ist eigentlich Jahre her, dass ich kurz vor einer Panikattacke stand, aber die letzten Wochen … « Für einen Moment war es still. »Ich wollte nicht, dass du dich mir aus Mitleid zuwendest. Da steht so viel zwischen uns. Weißt du … ich habe seit damals oft an dich gedacht.«

»Ich … habe auch oft an dich gedacht«, sagte Theo.

Verflucht! Jetzt belauschte ich ein Gespräch von Theo, dabei war ich so unglaublich wütend gewesen, als er heimlich meine Unterhaltung mit Coach Maxwell nach meinem Rauswurf aus dem Team mitgehört hatte. Ich musste mich irgendwie bemerkbar machen – aber das war gar nicht so einfach. Ich konnte schlecht einfach rübermarschieren und die beiden unterbrechen, oder? Außerdem … was ging da vor sich? Wieso sprach Theo auf einmal mit Isabella? So leise wie möglich bewegte ich mich auf die Ecke des Gebäudes zu und riskierte einen kurzen Blick auf die beiden. Theo hatte Isabella in den Arm genommen, während sie weinte. Sie vergrub das Gesicht an seiner Brust, und er strich ihr beruhigend übers Haar. Eng umschlungen standen sie da. Wie zwei Verliebte. Ein kaltes Gefühl kroch mir die Wirbelsäule hoch, und ich erstarrte.

»Vielleicht war ich etwas zu hart zu dir«, sagte Theo mit belegter Stimme. »Aber das ändert nichts an meinen Gefühlen.«

Nach einer gefühlten Ewigkeit ließen die beiden einander los. Isabella nickte. »Verstehe. Solange du mich nur alles erklären lässt … ich muss dir ein paar sehr wichtige Dinge sagen, Teddy.«

»Ich habe dir doch gesagt, dass du mich nicht mehr so nennen sollst … « Theo seufzte. »Diese Zeiten sind vorbei, Isa.«

»Ist es wegen Laura?«, fragte Isabella. In ihrer Stimme schwang Ärger mit. »Obwohl ich dir gesagt habe, dass sie …«

»Ihr Name ist Lorn«, unterbrach Theo sie. »Und du kennst sie nicht. Also hör auf, über sie zu sprechen, okay?«

»Schön!«, sagte sie schnippisch. »Wenn ich R.I.D.E. gewinne und du mir eine zweite Chance gibst, wirst du sehen, dass es eben nicht vorbei ist mit uns. Dann begreifst du, was ich meine.«

»Wir sollten wieder reingehen.«

Ich presste mich gegen die Mauer und hielt den Atem an. Schritte hallten über das Pflaster, dann war es ruhig. Für ein paar zähe Minuten konnte ich mich gar nicht aus meiner Starre lösen.

Ich habe auch oft an dich gedacht …

Hatte ich die Situation zwischen den beiden falsch eingeschätzt? Von welchen Gefühlen hatte Theo gesprochen? Und was war so wichtig, dass Isabella so verbissen darum kämpfte, es ihm zu sagen? Und hatte sie etwa versucht, mich bei Theo schlechtzumachen? Am liebsten hätte ich meine Frustration und meinen Unglauben in die Nacht hinausgebrüllt. Stattdessen ließ ich mich entlang der Steinwand zu Boden sinken und kauerte eine Weile dort herum, bis ein einzelner Regentropfen auf meinem Kopf landete und ich zusammenzuckte. Innerhalb von Sekunden begann es zu tröpfeln. Wie auf Autopilot ging ich mit steifen Schritten zurück zum Ballsaal. Inzwischen hatte sich die Veranstaltung fast aufgelöst. Cassidy war gerade auf dem Weg zur Toilette und kam mir entgegen. »Hey, kommst du mit?«

Ich nickte mechanisch und folgte ihr. Während Cassidy in einer der Kabinen verschwand, glotzte ich mein Spiegelbild an. Oh, Mann! Mir spukte die ganze Zeit das Gehörte im Kopf herum. Ich stützte mich Halt suchend am Waschbecken ab und holte tief Atem. Die Spülung ertönte, und Cassidy trat in den Vorraum der Toilette neben mich an den Spiegel, um sich die Hände zu waschen. Ihr Blick wanderte von ihrem eigenen Spiegelbild zu meinem.

»Du siehst aus, als hätten Wesley und du mal wieder eine spontane Knutsch-Session hingelegt und du wärst jetzt voll durch den Wind«, sagte Cassidy. »Darüber haben wir übrigens noch gar nicht gesprochen bei all dem Trubel. Ist er heute auf dem Ball?«

»Nicht dass ich wüsste«, antwortete ich. »Und ich fand den Kuss voll okay. Überraschend, aber okay. Ist ja nicht so, als würde mich Theo plötzlich an sich ziehen und küssen oder so.«

Cassidy musterte mich besorgt. »Ist irgendwas passiert?«

Ich blickte meine beste Freundin deprimiert an. Dann erzählte ich ihr, was ich gerade belauscht hatte.

»Bevor du jetzt irgendwelche irren Theorien spinnst, könntest du Theo doch direkt fragen, was da zwischen den beiden läuft?«

»Du sprichst hier mit der Queen der Umwege«, murmelte ich.

»Ja, aber du bist auch Miss Impulsiv«, sagte sie. »Nur wenn's um Theo geht bist du zurückhaltend und irgendwie … ängstlich. Wenn es dir lieber ist, setze ich Colton als Spion ein.«

»Und das ist dann weniger irre?«, lachte ich.

Zehn Minuten später saßen wir alle in Coltons Wagen und fuhren nach Hause. Cassidy hatte sich zu mir auf die Rückbank gesetzt, und wir tuschelten noch ein wenig über die Isabella-Sache. Meine beste Freundin beschloss, Colton später nach ihr zu fragen. Zuerst hielten wir bei mir.

»Danke fürs Mitnehmen. Euch noch einen schönen Abend.«

Cassidy drückte meine Hand zum Abschied, ehe ich aus dem Wagen stieg. Ich war schon auf dem Weg zur Haustür, als ich bemerkte, dass Colton nicht weiterfuhr. Die Beifahrerseite schwang plötzlich auf, und Theo war in wenigen Schritten bei mir. »Warte mal, Lorn.«

Ich starrte ihn entgeistert an. »Habe ich was vergessen?«

Er antwortete nicht direkt. Theo trat näher, berührte sachte meine Schulter und lehnte sich nach vorne. Er gab mir einen Kuss auf die Wange und lächelte mich an. »Das war ein schöner Abend.«

Ich öffnete leicht den Mund, bekam aber kein Wort raus.

»Gute Nacht!«, sagte Theo und ging zurück zum Auto.

Cassidy hatte sich fast die Nase an der Scheibe platt gedrückt, um die Szene zu beobachten, und ihre Miene sprach Bände. Dann rauschte der rote VW davon. Obwohl die kühle Nachtluft meine Wange streifte, spürte ich ein unaufhaltsames Prickeln, wie die Nachwehen von Theos Berührung. Hatte er das geplant? Was bedeutete diese Geste? Fieberhaft ging ich die Episoden des Abends durch … Ich würde mich ewig an diesen einen Tanz mit Theo erinnern. Unseren Moment. Diesen *einen* Moment, den ich mit ganzem Herzen noch immer fühlte wie ein Echo. Theo vielleicht auch …

KAPITEL 23

AM MONTAGMORGEN wusste innerhalb der ersten Stunde jeder Bescheid: Andrew Carlyle war suspendiert worden – und nicht nur das. Seine Eltern hatten ihn angeblich auf ein Internat in die Schweiz geschickt. Von einem auf den anderen Tag war er weg. Mr. und Mrs. Carlyle waren anscheinend Teilinhaber der Anwaltskanzlei, in der auch Summers Dad arbeitete, und hatten einen Deal für ihren Sohn arrangiert, damit das Ganze keine größeren Kreise zog. Meiner Meinung nach war Andrew damit noch gut davongekommen, denn die Anschuldigungen wurden im Rahmen der Vereinbarung mit dem Schulgremium nicht polizeilich verfolgt. Die meisten Leute, die in Andrews Geschäfte verwickelt waren, konnten dadurch erst einmal aufatmen – Direktor Peterson kam es ganz gelegen, dass Mr. und Mrs. Carlyle so viel daran lag, die Sache unter den Teppich zu kehren. Wie die Infos über den Deal so schnell von Schüler zu Schüler gelangen konnten, blieb ein Rätsel. Jeder, der die Gerüchteküche weiter anfachte, würde jedoch mit Nachsitzen bestraft, wie der Direktor in der Lunchpause über die Lautsprecher der Cafeteria verkündete.

Wenn der wüsste! Das brachte alle nur noch mehr dazu, über das verbotene Thema zu sprechen, wenn auch heimlich. Was Nash anging: Der war vorerst vom Unterricht ausgeschlossen worden. Das hatte er den Mitgliedern der Schülerzeitung geschrieben. Cassidy meinte, Nash würde die Sache mit Humor nehmen, zumal sein Blog-Launch ein Megaerfolg war und stündlich mehrere Tausend Mal angeklickt wurde. Endlich mal wieder ein Tag voller guter Neuigkeiten!

Nach Schulschluss textete ich Theo beim Gang durch den Flur.

Später auf der Ranch? Das Training ruft :-)

Ich freute mich auf die ersten Reitstunden, wer hätte das gedacht? Nicht mal die Erinnerung an Isabella und Theo draußen vorm Rathaus konnten mir heute meine gute Laune verderben. Cassidy hatte über Colton auch nichts Neues erfahren. Isabellas plötzliches Interesse an Theo blieb also rätselhaft. Ob Theo sich im Nachhinein ärgerte, dass sie ihn wieder manipuliert hatte? Andererseits könnte ich auch zu viel hineininterpretieren. Eine waschechte Panikattacke war eine ernst zu nehmende Sache …

Auf dem Weg zum Schülerparkplatz kam mir Wesley in Begleitung eines jüngeren Mädchens entgegen, das ich von der Hausaufgabenhilfe kannte. Ihr Name war Caroline. Die zwei alberten herum und wirkten sehr vertraut. Sie war allerdings zu jung, um irgendeine Freundin zu sein. Vielleicht seine Schwester? Die beiden hängten Flyer an die Wände.

»Hey, Lorn!«, rief Wesley.

»Hi«, erwiderte ich.

»Wo bist du denn Samstag hin?«

»Familiennotfall«, flunkerte ich.

Er lächelte. »Kennst du schon meine Schwester Caroline?«

»Wir kennen uns von der Hausaufgabenhilfe!«, sagte sie.

»Ja, genau«, fügte ich hinzu. »Was macht ihr denn da?«

»Das ist Werbung für ein *Get Together* am vierten Juli«, erklärte Wesley. »Unten am Strand findet ein Open-Air-Kino statt, es gibt mehrere Essensstände, gute Musik und ein Feuerwerk zum Schluss. Der Familie meines besten Freundes Roman gehört eine Surfschule, und so möchte sie neue Kundschaft anlocken. Dauert noch eine Weile bis dahin, aber ich habe versprochen, ihm beim Verteilen der letzten Flyer zu helfen, ehe die Ferien anbrechen.« Er hielt mir einen davon hin. »Hier. Komm doch auch, wenn du Zeit hast.«

»Danke«, sagte ich und nahm ihm den Flyer ab.

Caroline strahlte mich an. »Wir sehen uns, Lorn.«

Sie ging schon ein Stück weiter, aber Wesley blieb stehen.

»Total irre, das mit Carlyle«, meinte er plötzlich.

»Ja, oder? Der arme Andrew.« Ich grinste.

»Mit euch Mädels sollte man sich echt nicht anlegen.«

»Es geht eben nichts über Girl Power«, meinte ich.

Wesley grinste nun auch. »Damit habt ihr allen einen Gefallen getan. Ich habe noch mitbekommen, wie er vor dem Maiglöckchenball überall nach deiner Adresse gefragt hat … Ich wollte dir noch Bescheid geben, aber ich habe deine Nummer gar nicht.«

»Ist ja nichts passiert«, erwiderte ich.

»Würdest du sie mir geben? Also deine Nummer?« Wesley holte sein Handy heraus. »Wir könnten irgendwann mal zusammen abhängen.«

»Klar, gerne«, antwortete ich.

Wir tauschten Nummern, und er joggte seiner Schwester hinterher. Ich betrachtete den Flyer in meiner Hand. Der vierte Juli war der Unabhängigkeitstag, und da feierten alle aus Solidarität und Nationalgefühl zusammen. Wieso also nicht neue Freundschaften schließen? Wesley hatte nämlich recht. Bis dahin war noch Zeit. Dinge änderten sich schnell. Und es war nie verkehrt, nach vorne zu blicken. Gut gelaunt ging ich zum Hauptausgang.

Zu Hause schlug ich etwas Zeit mit Hausaufgaben tot und schrieb Theo zwischendurch ein zweites Mal. Er reagierte wieder nicht. Ich beschloss trotzdem, zur Ranch zu fahren. Nachdem ich in eine bequeme Sporthose und ein paar Stiefel geschlüpft war, gab ich meiner Mom Bescheid und machte mich auf den Weg. Mrs. Griffin stand gerade auf der großen Koppel und gab einem Paar mit zwei Kindern im Alter der Zwillinge eine kleine Einführung ins Reiten.

Die Familie plante wohl einen Ausflug entlang eines Trails. Ich hob die Hand, um sie zu grüßen. Theos Mom grüßte zurück und wies in Richtung der Stallungen, was wohl ein Hinweis auf Theos Aufenthaltsort sein sollte. Bis auf eine Schubkarre voller Heu war dort jedoch niemand anzutreffen. Die Pferde in den Boxen schnaubten, und einige streckten neugierig die Schnauze durch die Gitterstäbe. Auf der Suche nach Theo lief ich weiter geradeaus. In diesem hinteren Teil der Ställe war ich noch nie gewesen. Der lange Gang gabelte sich und gab zu beiden Seiten den Blick auf weitere Pferdeboxen frei. Zur einen Seite hin stand ein großes Tor offen. Dahinter lag ein umzäunter Trainingsplatz mit erdigem, aufgewühltem Boden. Einige Hürden standen über die weitläufige Fläche verteilt aufgebaut. Ich beobachtete, wie ein Mädchen ihr schwarzes Pferd gerade dazu brachte, über eine besonders hohe Hürde zu springen. Danach kamen Tier und Reiterin zum Stillstand. Das Mädchen war Isabella. Sie stieg aus dem Sattel und streichelte ihrem Pferd den Hals. In der linken Ecke des Zauns stand Theo und nickte anerkennend. Die beiden begannen ein Gespräch, in dessen Verlauf Isabella mehrmals laut auflachte.

Träumte ich, oder passierte das hier echt?

Damit ich nicht wieder in die unangenehme Situation der klammheimlichen Beobachterin kam, trat ich aus den Stallungen heraus und ging bis zum Gatter des Übungsplatzes. Isabella bemerkte mich zuerst und gab Theo ein Zeichen, dass er Besuch hatte. Sie fasste die Zügel ihres Pferdes und führte es auf das Tor zu. Verunsichert sah ich zu, wie sie es öffnete und ihr Pferd an mir vorbeiführte. Ihre Miene war schwer zu deuten, aber es lag in jedem Fall keine Freundlichkeit darin. Sie starrte mich mit zusammengezogenen Brauen an und zischte mir, als sie mich passierte, zu: »Hallo, Laura! Schöner Tag heute, was?«

Ihre Stimme triefte nur so vor Provokation.

»Hi«, erwiderte ich zögernd.

Isabella nahm sich einen Moment Zeit und blieb stehen. Ihr Pferd scharrte ungeduldig mit den vorderen Hufen auf dem Boden.

»Das ist Bolt«, sagte sie mit einem falschen Lächeln. »Theo und ich haben ihn gefunden und aufgezogen, da waren wir noch Kinder. Er mag allerdings keine Fremden, also pass besser auf.«

Wie auf Kommando stieß Bolt ein schrilles Wiehern aus. Ich schreckte sofort zurück, was Isabella sichtlich gefiel.

»Er kann Angst wittern«, fügte sie hinzu.

»Tja, wenn es Arroganz wäre, die er spüren könnte, hätte er sich schon längst losgemacht und wäre über alle Berge«, erwiderte ich unfreundlich. »Wenn du mir was zu sagen hast, spuck's aus!«

»Wo bliebe denn da der Spaß?«, meinte sie belustigt.

Ich riss den Mund auf, um noch etwas zu sagen, aber Isabella stieß mir nur mit voller Wucht ihren Reithelm gegen die Brust, sodass ich leicht strauchelte, und ging dann weiter.

Ich kochte innerlich. So eine blöde Kuh!

»Worüber habt ihr gesprochen?«

Theo stand plötzlich neben mir, und weitere Flüche blieben mir im Halse stecken. Ich holte tief Luft, um nicht vor Ärger einen ganz roten Kopf zu bekommen. Isabella war echt das Letzte!

»Worüber habt *ihr* denn geredet?«, stellte ich die Gegenfrage. »Ich habe dir geschrieben. Seit wann seid ihr wieder Freunde?«

Theo wirkte über meinen patzigen Tonfall verwundert. »Mein Handy liegt im Haus«, erklärte er. »Ich habe die Zeit ganz vergessen. Isabella hatte Probleme mit Bolt, und da ihr Onkel diese Woche außer Haus ist, hat sie mich um Hilfe gebeten. Als sie plötzlich mit ihm angeritten kam, konnte ich schlecht Nein sagen.«

Ich schluckte schwer. »Schon gut. Du musst dich nicht rechtfertigen. Ich dachte nur … nach allem, was du erzählt hast, wärst du viel zu sauer auf sie, um … ach, ich weiß auch nicht.«

Theo rieb sich etwas unbehaglich den Nacken. »Wir haben uns auf dem Maiglöckchenball kurz unterhalten«, sagte er zögerlich. »Irgendetwas geht bei ihr vor sich, und ich … vermutlich sind alte Angewohnheiten doch schwerer abzuschütteln als gedacht.«

Nachdenklich begann ich, mit den Fingern am Saum meines Shirts herumzunesteln. Da hatte er etwas sehr Wahres gesagt … so ging es mir mit Addison schließlich auch … trotzdem änderte das gar nichts an der Tatsache, dass Isabella genau wusste, wie sie Theos Knöpfe drücken konnte, damit er sie wieder an sich heranließ.

Ich bin eifersüchtig, dachte ich mürrisch. Und Eifersucht war echt eine der schlechtesten Eigenschaften, die es überhaupt gab. Sie schien in der vergangenen Woche ständig auf der Lauer zu liegen, und sobald sich die Angst in mir breitmachte, Theo zu verlieren, reichte diese verfluchte Eifersucht ihr sofort die Hand.

»Ich … sei einfach vorsichtig, ja?«, bat ich ihn.

Theo streckte die Hand aus und drückte kurz meine Schulter. Mir wurde von seiner Berührung ganz flau im Magen. »Es ist wirklich süß, wenn du dich ärgerst.« Er deutete mit dem Zeigefinger auf eine Stelle zwischen meinen Augenbrauen. »Dann entsteht da immer so eine kleine Falte.« Er schmunzelte. »Danke, dass du dir Sorgen machst.«

»Würdest du an meiner Stelle ja auch«, murmelte ich.

»Es tut mir leid, dass ich die Zeit vergessen habe. Ich mache es wieder gut! Aber jetzt steht deine erste Reitstunde an!«

Mein Bauchgefühl witterte zwar, dass an dieser Isabella-Sache irgendwas faul war, aber für den Augenblick nickte ich nur. Wenn Theo ein paar Geheimnisse haben wollte, konnte ich ihm das schließlich nicht vorwerfen – ich selbst hatte ein riesengroßes, über das ich schwieg. Trotzdem war ich noch immer ein wenig aufgewühlt, weil mir die Vorstellung von Theo und Isabella nicht gerade gefiel.

Das war ziemlich kindisch – nicht meine Gefühle, aber meine Reaktion. Ich vertraute ihm schließlich. Und vielleicht musste ich darauf hoffen, dass er mir ebenfalls vertraute. Genug, um es mir zu erzählen, wenn was zwischen ihm und Isabella lief. Wir waren Freunde, richtig gute Freunde, und wem, wenn nicht seinen wahren Freunden, offenbarte man, was einen beschäftigte? Zaghaft erwiderte ich sein Lächeln.

»Dann lass uns mal anfangen«, sagte ich entschlossen.

Reiten war keine leichte Sache. Ich hatte etliche Pferdefilme mit April und Jane gesehen, aber nichts davon entsprach auch nur annähernd der Realität. Die sah nämlich so aus: Die ersten Stunden waren ziemlich langweilig und super anstrengend. Die Familie Griffin besaß unzählige Pferde, und die meisten davon waren auf den Umgang mit unerfahrenen Feriengästen trainiert. Sie kannten die gängigen Trails und Pfade rund um die Ranch, waren zutraulich und hatten ein sonniges Gemüt. Für Neulinge war das besonders wichtig, da die Tiere sich gleich an fremde Menschen gewöhnten und Anweisungen schnell akzeptierten. Theo hatte mir bei unseren vorherigen Treffen lang und breit erklärt, wie wichtig es war, dass zwischen Reiter und Tier eine Verbindung herrschte, die von gegenseitigem Respekt zeugte. Er besaß ein eigenes Pferd, einen Grauschimmel namens Filo, den er von Kindesbeinen an gemeinsam mit seinem Dad großgezogen hatte, den er aber nicht für unser Training auswählte. Laut ihm war ein Pferd mit Grundausbildung am besten geeignet, um reiten zu lernen, da ein Pferd mit fortgeschrittener Ausbildung bereits Bewegungen des Reiters als Befehle interpretierte und das Rumgehampel eines Anfängers wie mir nur zu Verwirrung auf beiden Seiten führen konnte. Deshalb fiel Theos Wahl auf eine goldweiße Stute namens Elsa. Sie gehörte Mrs. Griffin, und die hatte Theos Entscheidung ebenfalls gutgeheißen. In all den Stunden, in denen Theo mich bereits angelernt hatte, was den Umgang mit einem Pferd, dessen Pflege und Ausrüstung anging, war Elsa ebenfalls dabei gewesen – mein auserwähltes Lerntier sozusagen. Als Theo und ich heute zu ihrer Box gingen, hob die Stute freudig den Kopf und stieß wie zur Begrüßung ein Schnaufen aus. In der nächsten halben Stunde striegelte ich Elsa sorgsam und legte ihr unter Theos wachsamem Blick Sattel und Zaumzeug an. Obwohl ich das bisher schon mehrmals gemacht hatte, korrigierte Theo kleine Dinge und gab mir noch etwas Hilfestellung. Um einem Pferd nicht zu schaden, musste man etliche Dinge beachten. Der Sattel durfte nicht zu hoch sitzen, der Gurt musste in der Mitte des Bauches sein, und wenn das Zaumzeug zu eng war, konnte das Auswirkungen auf die Haltung des Pferdes haben. Eine Sache der Übung, wie Theo mir versicherte. Er machte das schließlich sein Leben lang.

In der nächsten Stunde führte Theo Elsa an der Longe, während ich entlang des Übungsplatzes im Viereck ritt und versuchte, ein Gefühl für den Takt ihrer Bewegungen zu bekommen. Schon allein das Aufsitzen war ein Akt gewesen. Elsa war, wie die anderen Tiere der Ranch, ein *American Quarter Horse* und hatte damit eine gute Durchschnittsgröße für den gängigen Reiter, wie Theo erklärte. Aber ich selbst war recht klein, und aufzusteigen fiel mir darum nicht so leicht. Man musste nach dem Sattelhorn greifen, einen Fuß in den Steigbügel setzen und sich dann hochziehen. Bei den ersten Versuchen war ich mehrmals nach hinten gekippt, weil ich das Gleichgewicht verloren hatte – wenig elegant.

Diese peinliche Situation hatte dazu geführt, dass ich ständig gegen Theos Brust gestolpert war, weil er dicht neben mir gestanden hatte. Mit hochrotem Kopf hatte ich versucht, seinen Duft zu ignorieren und mich keinen Tagträumen hinzugeben. Ich wollte ihm beweisen, dass ich das Training ernst nahm. Allerdings hatte ich Cassidy gegenüber recht behalten: Obwohl ich schon mal auf einem Pferd gesessen hatte, um mit meinen Freunden einem der Trails zu folgen, war aktives Reiten viel komplizierter.

Der Druck, den ich mir selber machte, half auch nicht. Dadurch fühlte ich mich nur noch unbeholfener. Die Reitstunde verlangte meine ganze Konzentration. Im Sattel zu sitzen klang simpel, aber als Elsa anfing, gemächlich im Schritttempo zu gehen, überkamen mich einige Zweifel, ob ich das hier wirklich schaffen konnte. Ich sollte die Muskeln entspannen, mich den Bewegungen der Stute anpassen und meine Balance üben, während ich mich voll und ganz auf Elsa einließ. Nach ewigen Runden im immer gleichen Muster machten wir eine Pause, weil es für Elsa auch nicht das Schönste auf der Welt war, immer so dahinzutrotten. Eine Erleichterung für meinen Hintern, der tat nämlich ziemlich weh. Mein Nacken und meine Arme fühlten sich ebenfalls steif an. Vor Aufregung war es mir nicht gelungen, mich auf dem Rücken des Pferdes zu entspannen.

»Du solltest dich etwas lockerer machen«, sagte Theo. »Momentan wirkt es noch so, als wärst du lieber auf dem Mond statt hier.«

»O Gott, sieht man mir das echt an?«, fragte ich entsetzt.

Theo lachte. »Das würde selbst ein Blinder sehen.«

»Ich habe einfach Angst, etwas falsch zu machen«, sagte ich.

Schwer seufzend zog ich mir den Reiterhelm vom Kopf, um mir durch die inzwischen platten Haare zu fahren. Für Anfänger gab es allerhand Ausrüstung, darunter zum Beispiel Westen, die Stürze abfangen sollten, aber Theo hielt so etwas vorerst für unnötig.

»Ich hole uns erst mal etwas zu trinken, und dann überlegen wir, wie wir dich dazu bringen können, lockerer zu werden.«

Theo löste Elsa von der Longe, und die Stute trabte ein Stück über den weichen Untergrund. Ich setzte mich auf die oberste Latte des Zauns und beobachtete das Pferd dabei, wie es sich nach dem langweiligen Hin- und Hergetrotte ein wenig austobte. Elsas goldweißes Fell glitzerte im Licht der Nachmittagssonne wie von Eiskristallen durchsetzt. Ich ließ den Kopf in meine Hände sinken.

Konnte ich R.I.D.E. echt packen?

Ehe ich weiter in meinen Zweifeln versinken konnte, war Theo zurück. Er reichte mir eine eisgekühlte Wasserflasche und eine Handvoll Kirschen. »Mom backt gerade wieder was«, sagte er zur Erklärung. »Zutaten habe ich schon als Kind gerne genascht, und da musste ich das eben auch tun. Die sind für dich.« Er schwang sich neben mich auf den Zaun und schraubte dann seine eigene Wasserflasche auf, um einen Schluck daraus zu nehmen. »Du musst Geduld haben, Lorn«, sagte er sanft. »Du denkst zu viel nach und machst dir so viel zu großen Druck. Reiten lernt man nur durch Reiten, und es gibt keine Schnellanleitung dafür.«

»Ich weiß«, murmelte ich und aß die Kirschen.

Ein paar Minuten lang sahen wir Elsa beim Grasen zu, dann sprang Theo entschlossen auf. »Wir gehen jetzt zum Strand!«

Irritiert durch seinen plötzlichen Entschluss runzelte ich die Stirn. »Du meinst, wir reiten einen der Trails entlang?«

»Nein, ohne Pferde. Nur wir zwei. Ich habe eine Idee.«

»Eine Idee?«, fragte ich skeptisch.

»Wirst du dann sehen. Komm.«

Schon wandte er sich ab. Ich rutschte vom Zaun herunter und folgte ihm. Vor dem Haupthaus bat er mich zu warten. Wenige Augenblicke, nachdem er im Inneren verschwunden war, kam er mit einem Strohhut und einer kleinen, blauen Tasche wieder. Grinsend setzte er mir den Strohhut auf den Kopf. »Sonnenschutz«, sagte er knapp und lief dann voraus. »Ist bei den Temperaturen sonst ziemlich gefährlich. Außerdem steht dir so ein Hut echt gut.«

»Ehm«, machte ich überrumpelt. »Wo kommt der her?«

»Ich habe ziemlich viele von den Dingern.«

Mit den Fingern berührte ich den Hut. Der gehörte ihm? Ich trug etwas, das Theo gehörte! Es war nur eine kleine Geste, aber dennoch … irgendwie fand ich das ziemlich süß. Ich lächelte.

»Danke. Woher hast du eigentlich deinen eigenen Hut?«

»Der hat einmal Dad gehört. Es war das Erste, was er sich von seinem Gehalt auf der Ranch gekauft hat, weil er dachte, er sähe damit cool aus und könne Mom beeindrucken«, erzählte Theo amüsiert. »Als Kind habe ich ihn auf dem Dachboden entdeckt und behalten. Er erinnert mich immer daran, dass jeder irgendwo anfangen muss. Ich bin stolz auf das, was meine Eltern sich aufgebaut haben.«

»Das finde ich schön.«

Theo und ich schlugen einen Schleichpfad entlang der Ranch ein. Vorbei an einigen Koppeln und Scheunen verlief er über das Grundstück auf der Rückseite und führte über unebenen Boden Richtung Meer. Auf dieser Seite der Griffin Ranch war das Gelände etwas verwildert. Sträucher und sandige Hügel verbargen den Blick auf das glitzernde Nass. Man musste über einen langen, eingezäunten Bretterweg laufen, ehe man die Weiten der pazifischen Küste vor sich hatte. Da es bereits später Nachmittag war, hatte sich der Himmel dunkelblau gefärbt, und mehrere Wolken verschmolzen mit der dämmrigen Silhouette einiger Felsen auf dem offenen Wasser. Als würden mehrere Blautöne ineinanderlaufen, wie bei einem Gemälde, das noch nicht vollständig getrocknet war. Der Anblick der Szenerie war unglaublich schön.

»Fast wie ein Privatstrand«, scherzte Theo, als er meinen verwunderten Blick bemerkte. »Diesen Teil hier haben wir meist für uns allein. Die wenigsten Leute laufen meilenweit entlang der Küste, und die Trails liegen woanders. Wobei manche Paare hier auch gerne entlangreiten.«

Ein Sonnenuntergang hier war bestimmt super romantisch …

Theo holte ein tragbares Radio, eine Decke und zwei Handtücher sowie unsere angebrochenen Wasserflaschen von eben aus der blauen Tasche. Wozu hatte er das alles mitgeschleppt?

»Am besten ziehst du deine Schuhe aus und krempelst die Hose hoch«, sagte er und tat im selben Moment genau das.

»Was genau haben wir hier eigentlich vor?«

Theo hatte sich seiner Schuhe und Socken entledigt und war dabei, seine Hosenbeine ein Stück hochzukrempeln. Er schaltete das Radio ein und drehte den aktuellen Song auf volle Lautstärke. Wie zur Antwort auf meine Frage ging er barfuß ein paar Schritte ins Wasser. »Wenn du herkommst, zeige ich es dir.«

Mit wummerndem Herzen tat ich es ihm nach. Als ich zu ihm trat, umspülten leichte Wellen meine nackten Knöchel. Das Wasser war von der Sonne angenehm aufgewärmt. Theo griff einfach nach meiner Hand und zog mich ein Stückchen weiter ins Meer. Aus der kleinen Musikbox drang »Just my type« von The Vamps, und die poppigen Beats des Songs waren perfekt für Theos Vorhaben, denn – er begann zu tanzen. Und zog mich dabei mit sich.

»Was wird das?«, fragte ich baff.

»Tanzen. Damit du lockerer wirst«, sagte er, als wäre es ganz selbstverständlich, dass man spätnachmittags zum Strand ging, um genau das zu tun. Er ließ mich los und wackelte albern mit den Hüften. Dann schnitt Theo mir eine Grimasse. »Komm schon! Mach mit, Lorn! Zeig mal, wie spontan du sein kannst.«

Ich zögerte. »Das soll mir beim Reiten helfen?«

»Im Wasser üben hat bei ›Dirty Dancing‹ ja auch geholfen.«

Überrascht starrte ich Theo an. »Du magst Filme doch eigentlich gar nicht und hast ihn dir echt angeguckt?« Ich war baff.

Theo hielt inne. »Nachdem wir an der *Wall of Dreams* waren, musste ich die ganze Zeit an deine Worte denken. Von wegen die bedeutendste Wassermelone der Welt. Ich wollte das einfach verstehen.« Er setzte eine grüblerische Miene auf. »Meiner Meinung als Filme-Hasser nach war die Geschichte ganz gut.«

Ich konnte mir ein Grinsen nicht verkneifen. »Theo!«

Er trat näher an mich heran. »Was denn?«

»Ich kann nicht fassen, dass du ihn dir angeschaut hast!«

»Was tut man nicht alles für die Menschen, die man mag«, sagte er in äußerst dramatischem Ton und verbeugte sich dann vor mir.

Menschen, die man mag … wie schön!

Theos Finger umschlossen mit einem Mal sanft mein rechtes Handgelenk. »Einfach … locker werden.« Er wirbelte mich einmal um die eigene Achse. »Außerdem macht das ziemlich Spaß!« Er zog mich kurz an sich, und dann drehten wir uns im Kreis. Wasser spritzte zu allen Seiten hoch, und er lachte ohne jede Hemmung. Und dieses glückliche Lachen löste etwas in mir aus und brachte mich dazu, mich auf diese kleine Aktion einzulassen. Wir alberten herum, tanzten durchs seichte Wasser und lachten noch mehr. Ich nahm den Hut vom Kopf, hielt ihn in die Luft, und wir zogen einander mit unserem Gewicht immer wieder im Kreis herum, bis wir etwas atemlos gegeneinanderstießen und innehielten. Theo hatte die ganze Zeit über nicht einmal meine Hand losgelassen. Er blickte mir direkt in die Augen, und das Gefühl eines Höhenflugs verstärkte sich nur noch mehr. Mein Puls raste.

»Neulich da … «, fing er an. »Sollen wir uns kurz setzen?«

Ich nickte, und wir gingen gemeinsam zur Decke hinüber. Neben Theo Platz zu nehmen brachte all meine Nervosität zurück.

»Letztens bist du doch zur Ranch gekommen, um wegen R.I.D.E. einen Plan zu machen. Wir standen draußen und haben über Mumford & Sons gesprochen, und da wollte ich dich gar nicht wegen deines Lieblingssongs fragen«, sagte er. »Colton hat uns ja immer wieder gestört, und … in den Sommerferien findet das Konzert einer neuen Band statt. Sie ist noch recht unbekannt, aber … magst du vielleicht mit mir hingehen, wenn sie nach Newfort kommt? Du musst natürlich nicht, aber … « Theo unterbrach sich und holte tief Luft. »… ich würde mich wirklich freuen.«

Nervös nestelte ich mit einer Hand an einer Haarsträhne herum. »Du meinst … wie neulich auf der Party? Nur wir beide?«

Theo sah verlegen zur Seite. »Wäre das okay?«

»Okay? Mehr als okay!«, rutschte es mir raus.

Theo strahlte mich an. »Cool.«

»Cool«, wiederholte ich.

Innerlich begann ich zu jubeln. Eine Verabredung!

»Wir könnten danach …«, begann Theo.

In diesem Moment vibrierte mein Handy, das ich vorhin in einem meiner Stiefel zurückgelassen hatte, damit es im Wasser nicht nass wurde. Ich wollte es ignorieren, griff dann aber doch danach, und das Display leuchtete aufgrund einer neuen Nachricht hell auf, und ich sah, dass ich neben dieser noch zig andere hatte. Oje! War etwas passiert?

»Sorry, aber ich muss mal kurz nachsehen.«

»Klar, kein Problem.«

Ich entsperrte den Bildschirm und riss überrascht die Augen auf, als ich sage und schreibe fünfzehn Nachrichten entdeckte. Drei waren von Cassidy und die anderen alle von Wesley. Zuerst verstand ich gar nicht, was los war. Cassidy schrieb etwas über ein Foto, das im Umlauf war und ob ich es gesehen hatte, und Wesley beteuerte, es sei nicht seine Schuld, und er hatte einen Link angehängt. Ich klickte auf diesen und kam zu der Instagram-Seite eines Mädchens, das dort mehrere Fotos von Summers Party hochgeladen hatte. Neben den üblichen Selfies war eines davon ein wackliger Schnappschuss von Wesleys und meinem Kuss. Das Ganze trug den Untertitel »Keine Party ohne Kuss! Wesley & Lorn? I ship it!«. Das Foto hatte Dutzende Likes und Kommentare voller Spekulationen. Viele dachten jetzt ganz offenbar, wir zwei wären ein Paar. Und einige waren echt wütend, weil ich den Gerüchten nach ja mit Theo zum Maiglöckchenball am Tag drauf gegangen war.

»Oh«, entfuhr es mir betreten.

»Oh – was?«, hakte Theo nach.

Oh nein! Wie sollte ich ihm das denn erklären? Kurz war ich völlig durcheinander. Dann begann ich hastig darüber nachzudenken. Es war *nur ein Foto*, richtig? Außerdem hatte ich doch nichts Verwerfliches getan. Wesley war bisher sehr nett zu mir gewesen, und ich mochte ihn. Aber … ich liebte *Theo*. Nicht Wesley. Dieses Foto zeigte das absolute Gegenteil meiner echten Gefühle. Und mit einem Mal fühlte ich mich deshalb schlecht.

Wieso tauchte es auch auf, nachdem Theo und ich beim Schultanz so eine gute Zeit gehabt hatten? Natürlich musste ich mich für nichts rechtfertigen, aber ich wollte es Theo zeigen und zudem erklären, dass die Situation anders war, als sie aussah. Zitternd hielt ich ihm mein Handy hin. Er war für einen Moment ganz still, während er auf das Display blickte. Seine Miene blieb unverändert. Ich ließ die Hand sinken und überlegte fieberhaft, wie ich meine Gedanken formulieren sollte, damit kein Missverständnis entstand. Aber Theo war bereits auf den Beinen.

»Wir sollten zurückgehen«, sagte er kühl.

KAPITEL 24

DIE NÄCHSTEN MINUTEN zogen sich qualvoll in die Länge. Unser Rückweg zur Ranch war ein einziges Schweigen. Theo stellte die blaue Tasche vor dem Haupthaus ab und ging zur Übungskoppel, um Elsa zu holen, wie er erklärte. Unsicher lief ich ihm nach.

»Theo?«, fragte ich vorsichtig.

Er ignorierte mich – oder hatte ich zu leise gesprochen? –, fasste die Stute am Zügel und führte sie zum Gatter. Das Handy fest umklammert blieb ich stocksteif stehen und beobachtete ihn. Theo brachte Elsa in Richtung der Stallungen. Ich musste das hier sofort wieder in Ordnung bringen! Nur wie? Hastig steckte ich das Handy in meine Hosentasche und folgte Theo, der samt Pferd längst aus meinem Blickfeld verschwunden war. Wo war noch mal Elsas Box? Weiter hinten … da waren die beiden bestimmt. Bis auf die Geräusche der Tiere und das gelegentliche Rascheln von Stroh war es ruhig in den Stallungen. Ich sah mich um.

»Hey, Theo!«, rief ich.

Unschlüssig blieb ich stehen. Er würde sich doch nicht einfach aus dem Staub machen, oder? Das war gar nicht seine Art. Das blöde Foto konnte doch unmöglich schuld an seiner Reaktion sein.

»Theo, wo steckst du?«

»Ich bin hier«, kam die Antwort aus der Sattelkammer. Sie war ein enger, holzvertäfelter Raum, an dessen Wänden lauter Halterungen mit Reitausrüstung, darunter unzählige Zaumzeuge und Sättel, hingen. Es gab mehrere Regale mit großen Fächern voller Decken und anderem Kram in offenen Kisten. Alles wirkte ein wenig chaotisch und unübersichtlich. Wahrscheinlich hatte Theo Elsas Sattel und Zaumzeug verstaut. Er stand mit dem Rücken zur Tür da und schien wahllos auf eine Stelle an der Wand zu starren. Seinen Hut hatte er abgenommen und zerknautschte ihn wie einen Stressball energisch mit den Fingern. Als ich näher trat, ließ er die Schultern sacken und den Hut komplett fallen.

»Was ist denn los mit dir?«, fragte ich unsicher.

»Ich brauchte nur einen Moment für mich«, sagte er.

Langsam ging ich auf ihn zu. »Wegen des Fotos?«

Theo drehte sich zu mir um. »Bestimmt nicht.«

»Wenn du mir was sagen willst, tu es doch einfach.«

»Ist mir doch egal, wen du küsst. Selbst wenn es jemand wie Wesley Anderson ist«, erwiderte Theo. »Toller Schnappschuss von euch! Solltest du dir einrahmen und übers Bett hängen!«

»Dafür, dass es dir egal ist, klingst du aber ziemlich wütend. Was alles andere als fair ist!«, schoss ich zurück. »Du weißt, wieso Cassidy, Addison und ich auf der Party waren. Ich habe dir alles erzählt. Und das hatte nichts mit Wesley zu tun.«

»Du hast mir nicht alles erzählt«, sagte Theo trotzig. »Ich habe dich gefragt, ob noch etwas auf der Party gewesen ist, und du hast Nein gesagt. Isabella hat mich abgefangen, als ich gehen wollte und hat mir das von dem Kuss zwischen dir und Wesley erzählt.« Theo hob den Blick und sah mich lange an. »Ich habe ihr kein Wort geglaubt, weil ich dachte, sie will nur einen Keil zwischen uns treiben. Bei unserem Telefonat war ich mir sicher, dass das wirklich nur Unsinn ist, aber dieses Foto … «

Kurz war ich völlig vor den Kopf gestoßen. Ich hatte mir absolut keine Gedanken darüber gemacht, dass Isabella Theo etwas von der Party erzählen würde. Weil die beiden schließlich kaum miteinander sprachen und der Kuss für mich so eine flüchtige, unbedeutende Sache gewesen war …

Das hatte Isabella also vor dem Rathaus angedeutet …

Ich sog energisch den Atem ein und stieß ihn wieder aus. »Ich habe in diesem Moment nicht an den Kuss gedacht, weil der total unwichtig war. Ich mag Wesley nicht auf diese Weise«, sagte ich frustriert. »Du hättest mich auch direkt fragen können. Wieso sollte so ein blöder Kuss einen Keil zwischen uns treiben?«

»Es ist dieses Foto!«, entfuhr es Theo verärgert.

»Es ist nur ein Foto«, erwiderte ich.

»Ein Foto, auf dem du und Wesley euch küsst!«

»Und wenn schon!«, platzte es aus mir raus. »Wieso sollte dich das überhaupt stören? Du betonst immer wieder, was für gute *Freunde* wir sind. *Oh, Lorn, du bist meine beste Freundin!* Los, sag's mir!«

Theo reckte trotzig das Kinn und behielt seine Abwehrhaltung bei. »Weil … Wesley … er küsst ständig irgendwelche Mädchen, und ich will nicht, dass du nur ein Name auf seiner Liste bist, Lorn.« Theo fuhr sich genervt durchs Haar. »Du hast mehr verdient.«

»Ich weiß selber, dass ich mehr verdient habe.«

»Tust du das?«, fragte Theo. Er schnaufte und starrte mich finster an. »Es ist, als würdest du gar nicht erkennen, dass du dich ständig unter Wert verkaufst. Er ist es also doch, oder? Du bist in Wesley verliebt und deshalb unglücklich.«

»Wenn hier jemand unglücklich ist, dann du!«, erwiderte ich grob. »Du musst nicht den Märtyrer spielen, Theo. Du hast ein Recht darauf, andere wissen zu lassen, wie du dich fühlst. Schweigend aus dem Raum zu stürmen, wenn dir etwas nicht passt, immer Rücksicht auf alle zu nehmen, das bedeutet, seinen eigenen Wert unter den von anderen zu stellen, kapierst du das nicht!«

Innerhalb eines winzigen Augenblicks hatte sich eine solche Spannung zwischen uns aufgebaut, dass mein Puls wie nach einem Marathon vor Aufregung schneller schlug. Ich schluckte schwer.

»Oh, und du machst es so viel besser als ich? Du denkst viel zu wenig nach und bist total impulsiv! Deshalb steckst du auch ständig in Schwierigkeiten«, schleuderte Theo mir entgegen. »Man kann Loyalität auch beweisen, wenn man sich mal nicht Hals über Kopf in etwas hineinstürzt und Zurückhaltung zeigt. Meinst du, mit deinen Aktionen bist du eine bessere Teamplayerin? Denkst du nicht, dass im Hintergrund zu stehen, so wie ich es tue, manchmal der richtige Weg ist? Man muss sich nicht in alles einmischen.«

»Du weißt gar nicht, wovon du da sprichst«, erwiderte ich und senkte meine Stimme ein wenig. »Denn du mischst dich nämlich nie ein. Du bist wie eine Randfigur in deiner eigenen Geschichte. Stimmt schon. Ich lasse oft meine Gefühle sprechen statt meines Verstandes, und da geht die Vernunft vielleicht etwas verloren. Aber ich kämpfe zumindest für das, was mir wichtig ist. Du bleibst stehen und schaust nur zu, wenn alle weitergehen.«

»Das denkst du also, ja? Das ich irgendwo feststecke?«

Mit einem Mal entwich mir sämtliche Energie. Ich war nicht mehr wütend wegen Theos Reaktion und seiner Vorwürfe, sondern traurig.

»Ich habe dich und Isabella beim Ball gesehen«, sagte ich bedrückt. »Draußen vorm Rathaus. Wie kannst du von mir verlangen, mich für einen Kuss zu rechtfertigen, wenn du deine eigenen Geheimnisse hast? Du hast noch irgendwelche Gefühle für sie. Loslassen ist nicht gerade deine Stärke, Theo. Genauso wenig wie meine. Ständig denke ich an … « Ich holte zittrig Atem. *Dich. Dich. Dich.* Hallte es in meinem Kopf wieder. »… egal. Wir sind beide hoffnungslose Idioten, die aus dummen Gründen streiten.«

Theo blickte mich niedergeschlagen an. »Die allergrößten Idioten. Wieso schreien wir uns eigentlich an? Ich fühle mich schrecklich. Ich möchte gar nicht mit dir streiten, Lorn.«

»Ich will auch nicht streiten«, sagte ich erschöpft und ließ mich auf einer Truhe nieder, die neben der Tür stand. Ich zog mir den Strohhut vom Kopf und nestelte an seinem Rand herum. Einen Herzschlag lang schloss ich einfach die Augen und stellte mir vor, ich wäre ganz woanders. Das änderte rein gar nichts.

Theo setzte sich neben mich und gab mir einen sanften Stoß mit dem Ellbogen, damit ich ihn ansah. »Hey, Lorn? Da ist nichts zwischen mir und Isabella. Nicht *solche* Gefühle … die hat es nie gegeben. Wir waren damals immer nur beste Freunde. Wirklich.«

»Bei mir und Wesley ist das auch nicht so«, sagte ich ehrlich. »Das ist mehr aus dem Moment heraus passiert. Die Sache mit dem Kuss, meine ich. Wir hatten gerade Andrew beim Bierpong geschlagen, und eins führte zum anderen … vermutlich hätte ich in dieser Sekunde jeden geküsst, der neben mir stand.«

»Jeden?«, fragte Theo tonlos. »Auch mich?«

Ich blinzelte irritiert. »Was?«

Er sah mir nun direkt in die Augen. »Vielleicht will ich auch nur eine Theorie testen«, sagte er in unheimlich leisem Ton.

»Was für eine Theorie?«, flüsterte ich aufgeregt.

»Hast du noch nie gehört, dass man spontan jemanden küssen soll, um sich zu beweisen, dass man eine alte Liebe hinter sich gelassen hat?«, sagte Theo und nickte bekräftigend, als würde er mir gerade eine äußerst wissenschaftliche Studie erläutern.

»An solche Sachen glaubst du?«

»Vielleicht. Ich habe es nie ausprobiert.«

Wir sahen einander stumm an. War das etwa eine Aufforderung? Wollte er mich küssen? Und was, wenn nicht? Das hier könnte trotzdem meine einzige Chance sein, Theo näherzukommen – konnte ich so eine Gelegenheit wirklich ausschlagen? Unruhig begann ich, meine Finger ineinanderzukneten. Theo saß direkt neben mir, und weil mir seine Nähe inzwischen so vertraut war, fiel mir das erst auf, als ich mich auf den geringen Abstand zwischen uns konzentrierte.

Die Truhe bot nicht sehr viel Platz. Mein Blick glitt zu seinem Mund. Ich wollte ihn küssen. Gott, ich wollte ihn schon so verdammt lange küssen. Wie oft hatte ich mir einen Kuss zwischen uns ausgemalt? Allein bei dem Gedanken pumpte mein Herz Adrenalin durch meine Venen, und mein Atem wurde schneller. Theo sah mich jetzt mit fragender Miene an. Und da wusste ich, dass ich es für immer bereuen würde, wenn ich nicht den Mut aufbrachte, etwas zu wagen, weil ich es einfach wollte.

Langsam ließ ich den Strohhut zu Boden gleiten und hob eine Hand, um nach dem Stoff von Theos Ärmel zu greifen. Mein Daumen und Zeigefinger klammerten sich regelrecht daran fest. Theo spürte die Berührung und neigte den Kopf weiter in meine Richtung. Wir sahen einander noch immer direkt in die Augen. Mir entwich mein angehaltener Atem wie ein schwerer Seufzer, der sich unendlich laut in meinen Ohren anhörte. Es gab einen richtigen Herzstillstand-Moment. Einer dieser Augenblicke, die sich anfühlten, als würde die Zeit nur für mich allein stillstehen, damit ich ihn mir besonders gut einprägen konnte. Ich wusste, dass ich mich später für immer an diese eine Sekunde erinnern würde, in der Theo erkannte, was ich vorhatte. Er hätte sich abwenden können, aber stattdessen war es, als würde uns die Erwartung, die in der Luft lag, einander näherbringen. Ein Herzschlag. Ich lehnte mich vor. Zweiter Herzschlag. Ich schloss die Augen. Dritter Herzschlag. Meine Lippen berührten seine. Sie fühlten sich warm und ein wenig rau auf meinen an. Es war so, wie ich es mir immer vorgestellt hatte, und doch ganz anders. Theo zu küssen fühlte sich richtig an. Wie ein Beweis, dass wir zusammengehörten. Das Ziehen in meinem Magen wurde zu einem unerträglichen Kribbeln, das sich in meinem ganzen Körper ausbreitete, als hätte mir etwas kurz den festen Boden unter den Füßen weggezogen, wie der Looping einer Achterbahn. Alles wirbelte durcheinander. Meine Gedanken, meine

Gefühle und meine Empfindungen. Dabei war es nur ein einziger Kuss. Sanft und vorsichtig und innerhalb eines Wimpernaufschlags vorbei.

Als ich mich von ihm löste, schmerzte mein Herz mit solch einer Sehnsucht, dass ich dieses Gefühl kaum ertrug. Als hielte ich in einem Moment Licht, Glück und Hoffnung in meiner Hand, und im nächsten erlosch alles auf einen Schlag. Denn es konnte unmöglich sein, dass ein solches Gefühl existierte, oder? Dass es einem vergönnt war, jemanden so sehr zu mögen, sich jeden Atemzug, den man in der Nähe dieser Person verbrachte, immer wieder neu in sie zu verlieben. Segen und Fluch zugleich. Ein Kuss würde einen niemals etwas vergessen lassen. Das war eine absurde Illusion. In einem einzigen Kuss lag mehr Wahrheit als in allen Worten. Ich zog mich zurück und begegnete Theos Blick mit einer Mischung aus Angst und Unsicherheit. Angst, weil ich nicht wusste, ob er gespürt hatte, was in mir vor sich ging, und Unsicherheit, weil ich absolut keine Ahnung hatte, wie er auf den Kuss reagieren würde.

»Lorn«, sagte er.

Nur meinen Namen. Mehr nicht. Seine Stimme klang brüchig, so als habe er sie lange nicht mehr benutzt. Ich schaffte es nicht, den Blickkontakt zu unterbrechen. Ganz still saß ich da und ließ zu, dass ich mich in seinen Augen verlor. *Nur noch ein bisschen länger*, wisperte mir einer dieser Sehnsuchts-Gedanken leise zu. *Ein bisschen länger Theo für mich allein haben, hierbleiben in dieser kleinen Sattelkammer, Seite an Seite, und schweigen.*

Dann lag seine Hand plötzlich an meiner linken Wange. Seine kalten Finger streiften über meine Haut und hinterließen einen wohligen Schauer. Sein Daumen fuhr meinen Hals entlang, und dann fand auch seine andere Hand den Weg zu mir, übte sanften Druck auf meine Taille aus. Ich hatte kaum Atem geholt, da zog Theo mich zu sich, und dieses Mal war er es, der mich küsste.

Überraschung schwappte über mich hinweg wie eine Welle und riss mich mit sich. Hatte ich gerade noch einen Gedanken formen wollen, löste dieser sich in den Wirbelsturm-Emotionen, die sich während unseres ersten Kusses breitgemacht hatten, auf. In diesem Moment wollte ich nicht darüber nachdenken, was hier passierte. Es fühlte sich so gut und selbstverständlich an. Die ganze Welt hätte zusehen können, es wäre mir egal gewesen. Theodor Griffin küsste *mich*. Unsere Lippen harmonierten miteinander, als hätten wir uns schon tausendmal geküsst. Seine Finger waren nun in meinem Nacken. Eine Hand fuhr über meine Wirbelsäule. Mein Puls war wie ein statisches Rauschen in meinen eigenen Ohren. Irgendwie schaffte ich es, meine Arme um seinen Hals zu schlingen, obwohl zwischen uns kaum noch Luft war. Meine Fingerspitzen berührten seine Haare, und einem Impuls folgend vergrub ich sie ganz darin. Theo entwich ein leises Stöhnen. Unsere Lippen trennten sich nur zum Atemholen für flüchtige Sekunden voneinander, und die Küsse und Berührungen wurden intensiver. Nachdem wir uns aneinander herangetastet hatten, schienen wir beide *mehr* zu wollen. Theo schmeckte nach den Kirschen, die wir zuvor geteilt hatten. Süß und bitter zugleich. Das beschrieb nicht nur die Küsse sehr gut, sondern auch all die anderen Dinge. Seine Hände, die mich eng umschlungen festhielten, als wolle er mich nie wieder loslassen. Seinen Atem, der mein Gesicht streifte, wenn wir beide nach Luft schnappten. Seinen Mund, der immer wieder zu meinem fand. Ich hatte bislang nicht sehr viele Jungs geküsst, aber bei Theo fühlte ich mich sicher. Als könne ich gar nichts falsch machen.

Wir harmonierten einfach.

Der letzte Kuss war von beiden Seiten aus drängender. Und das war dann wohl der Moment, in dem wir beide realisierten, dass wir dabei waren, eine Grenze zu überschreiten, hinter der es kein

Zurück mehr gab. Zeitgleich ließen wir voneinander ab. Ich wollte Abstand nehmen, und Theo schien es ähnlich zu gehen. Doch die Truhe war wie eine kleine Insel, die nur begrenzt Platz bot und uns nicht voneinander trennen konnte. Wir standen beide auf und fanden uns im nächsten Augenblick auf gegenüberliegenden Seiten der Sattelkammer wieder, den Blick unsicher aufeinander gerichtet, als müssten wir Sicherheitsabstand halten und wüssten nicht, ob die wenigen Handbreit dafür ausreichen würden.

Wir hatten uns geküsst! Minutenlang! Ich und Theo!

Auf einen Schlag bekam ich es mit der Panik zu tun.

Mit einem Mal schien mein Körper viel zu klein zu sein, um all diese Gefühle für Theo in sich tragen zu können. Hatte ich da gerade eine Box geöffnet, die lieber verschlossen hätte bleiben sollen? Das war Irrsinn! Ich spürte seine Küsse und Berührungen überall, wie Echos von Erinnerungen, die einen Abdruck auf meiner Seele hinterlassen hatten. Meine Wangen wurden ganz heiß.

»Das war …«, setzte Theo an, zu atemlos für Worte.

»Ja«, sagte ich verwirrt.

»Vielleicht sollten wir …«

»Ich meine …«

»Genau.«

»Richtig.«

Es klang, als hätten wir beide verlernt, korrekte Sätze zu formen oder uns anständig auszudrücken. Wie sollte es denn jetzt nur weitergehen? Hatte Theo auch etwas gefühlt? So wie er mich geküsst hatte, konnte das doch nicht nur das Austesten seiner Theorie sein? Oder doch? Ich biss mir auf die Unterlippe.

»Sorry?«, murmelte ich wie eine Frage.

»Lorn«, sagte er.

Wieder nur meinen Namen.

Wieder auf diese undeutbare Weise.

In mir breitete sich ein so starkes Gefühl von Zuneigung und Zugehörigkeit zu Theo aus, dass es mir schwerfiel, nicht sofort zu ihm zu rennen und ihn erneut zu küssen. Es war wie der Sog eines magnetischen Feldes. Und es schien, als würde es ihm ganz genauso gehen. Unruhig trat er von einem Fuß auf den anderen.

»Ich glaube, wir … sollten für heute Schluss machen.«

Theos Miene war nicht zu deuten, aber seine Worte verletzten mich. Das war alles, was er zu sagen hatte? Mehr nicht? Ein Gefühl wie ein kalter Regenschauer, der meine Gedanken klärte, breitete sich von meinem Herzen bis in meine Fingerspitzen aus.

Ich hatte mich anscheinend mit allem geirrt …

Nein! Ich musste etwas tun! Sonst würde ich es ewig bereuen.

»Was soll das heißen?«, brachte ich mühsam hervor. »Wir können doch jetzt nicht … einfach weitermachen. So als wäre … «

Der Rest des Satzes blieb mir dann doch im Hals stecken.

Theo sah mich kurz an und dann gleich wieder weg. »Wir sind Freunde, oder?«

Ich nickte mechanisch.

»Und wir bleiben Freunde, oder?«

»Ja, natürlich«, antwortete ich.

Das fühlte sich wie eine Lüge an.

Bitte erklär mir, was in dir vorgeht, flehte ich innerlich.

Aber sämtlicher Mut hatte mich verlassen. Ich war wie betäubt, während Theo wortlos aus der Sattelkammer ging. Eine Weile fokussierten meine Augen hoffnungsvoll die Tür. Wieso fühlte es sich an, als wäre er nicht nur durch diese Tür gegangen, sondern auch aus meinem Leben? Langsam vergrub ich das Gesicht in den Händen. Ich war wütend. Auf ihn. Und mich. Uns beide. Für ein paar Minuten Glück unsere Freundschaft zu riskieren! Wie dumm und naiv konnte man sein?

KAPITEL 25

DEN KOMPLETTEN ABEND lag ich in meinem Bett und zerfloss förmlich in Selbstmitleid. Immer wieder griff ich nach meinem Handy, um nachzusehen, ob ich eine neue Nachricht von Theo hatte. Doch jedes Mal, wenn ich auf das Display blickte, wurde meine Enttäuschung nur noch größer. Nichts. Ich hatte mehrmals selber eine angefangen und sie dann sofort wieder gelöscht. Irgendwann lag ich, alle viere von mir gestreckt, da und starrte die Decke an, während ich einer Playlist von Break-up-Songs lauschte, auf die ich bei YouTube gestoßen war. Als Gloria Gaynor anfing, »I will survive« zu singen, schoss ich hoch und nickte entschlossen. Es reichte! Ich würde nicht länger blöd rumliegen und jammern!

Wenn ich überleben wollte, brauchte ich ganz dringend Soul-Food, und das waren bei mir Tacos. Ich machte mir nicht die Mühe, mich umzuziehen, und griff mir mein Portemonnaie und meine Autoschlüssel. In Jogginghose und ausgeleiertem Pullover stürmte ich aus dem Haus und sprang ins Auto. Dad, der in der Küche saß und sich gerade einen Obstsalat machte, warf mir einen seltsamen Blick zu, sagte aber nichts. Meine Eltern hatten mitbekommen, dass ich ziemlich schlechte Laune hatte, und es gar nicht erst gewagt, mich mit Fragen zu löchern. Das war auch besser so. Liebeskummer-Teenager-Töchter waren unberechenbar, und man sollte sie am besten in Ruhe lassen.

Eine zehnminütige Fahrt später parkte ich meinen Opel im Hinterhof des *Wild Card* und marschierte durch die Tür. Ich suchte mir einen Platz in der hintersten und dunkelsten Ecke und bestellte mir mehrere Tacos mit unterschiedlicher Füllung und eine große Cola. Mit jedem Bissen fühlte ich mich ein klitzekleines bisschen besser. Ein paar Leute warfen mir neugierige Blicke zu. Wieso wurde man eigentlich immer gleich als Loser abgestempelt, wenn man irgendwo alleine hinging? Manchmal musste man Dinge eben alleine tun. Für sich. So wie seinen Kummer in jeder Menge Tacos ertränken. Da ich fast ausschließlich mit den Mädels vom Team herkam, lief ich auch nicht Gefahr, von irgendwelchen bekannten Gesichtern entdeckt zu werden – dachte ich zumindest. Ich hatte gerade meinen letzten Taco verputzt, als ich Wesley sah. Er kam in diesem Moment herein und ging zum Tresen. Eine kurze Unterhaltung mit dem Mitarbeiter später entdeckte er mich und kam schnurstracks auf mich zu. Hastig wischte ich mir einen Rest Käsesoße aus dem Mundwinkel.

»Hey«, sagte er und musterte mich. »Mitleidsparty?«

»Wie hast du das denn so schnell erraten?«, fragte ich.

»Es war entweder das oder eine durchzechte Nacht, und du wirkst nicht wie der Typ Mädchen, der ohne Unterbrechung feiert«, sagte er. »Außerdem erkenne ich eine Mitleidsparty, wenn ich eine sehe. Man könnte sagen, damit kenne ich mich bestens aus. Darf ich mich zu dir setzen, solange ich auf meine Bestellung warte?«

Ich zuckte mit den Schultern. »Ist mir egal.«

Wesley nahm mir gegenüber Platz. »Alles okay bei dir?«

»Mitleidspartys schmeißt man nicht, weil alles okay ist.«

»Stimmt auch wieder. Willst du drüber reden?«

»Mit dir?«, fragte ich ungläubig.

»Warum nicht? Du sitzt hier immerhin allein.«

»Vielleicht will ich allein sein.«

»Dann wärst du aber zu Hause geblieben.«

Ich schob mir ein paar Haarsträhnen hinters Ohr und seufzte schwer. »Ich bin gerade echt keine gute Gesellschaft, Wesley.«

»Ich bin *nie* eine gute Gesellschaft«, erwiderte er. »Mädchen kommen eher selten zu mir, um zu reden. Ich kann aber gut zuhören.«

»Ist das ein Therapieangebot?«, fragte ich belustigt.

»Vielleicht ja auch ein Kuss-Angebot«, erwiderte er keck.

»Ich glaube, das neulich war eine Ausnahme. Sorry.«

»Das habe ich mir schon gedacht. Unglücklich verliebt, was?«

»Woher weißt du das jetzt wieder?«, fragte ich überrascht.

»Das ist sozusagen mein Schicksal. Ich küsse immer Mädchen, die bereits in irgendjemand anderes verliebt sind«, sagte er. »Vielleicht kommen sie auch nur zu mir, damit sie danach weiterziehen können. Ich bin sozusagen ein Kuss-Glücksbringer.«

»Das wäre ein echt trauriges Schicksal.«

»Du kannst mir ja helfen, es zu ändern«, meinte er. »Wir scheinen sehr freundschaftskompatibel zu sein. Gemeinsame Taco-Liebe. Die habe ich nämlich eben für mich und Caroline auch bestellt.«

Wesley lächelte, und ich musste mitlächeln.

»Das mit dem Foto tut mir übrigens echt leid. Das war wirklich nicht meine Schuld. Ich habe Sofia schon gesagt, sie soll es löschen, aber es gibt da noch einige mehr von uns auf der Party.«

»Das weiß ich. So was passiert. Ich werde es überleben.«

Wesley nickte. »Du nimmst das ganz schön locker.«

»Es gibt Schlimmeres«, murmelte ich.

Wie seinen besten Freund zu küssen. Den man liebt. Und der einen zurückküsst. Nur, um dann weiter Freunde zu bleiben. Seufz!

»Anderson? Die Bestellung ist fertig!«

Wesley blickte auf. »Oh, ich muss los.«

»Ich wollte jetzt sowieso gehen.«

Gemeinsam standen wir auf und bezahlten unsere Rechnungen an der Theke. Wesley nahm seine Tüte entgegen, und wir verließen das *Wild Card*. Auf dem Parkplatz blieben wir stehen und unterhielten uns noch etwas. Small Talk über die Schule und ein bisschen über den Maiglöckchenball, den er nicht besucht hatte, weil er solche Veranstaltungen anscheinend genauso wenig mochte wie ich.

»Wieso hast du mir damals eigentlich Addisons Brief gegeben?«, fragte ich interessiert. »Kennt ihr zwei euch gut?«

»Das war bloß ein Gefallen«, antwortete Wesley. »Addison und ich kennen uns kaum. Sie hat mir einmal aus der Patsche geholfen, als so ein wütender Kerl hinter mir her war, weil ich aus Versehen seine Freundin angeflirtet habe. Jetzt sind wir quitt.«

»Oh! Was für ein blöder Fettnäpfchen-Moment!«

»Addison hat mich damals heldenhaft in ihrem Wagen mitgenommen.«

Ich grinste. »Aha, Komplizin bei der Flucht also.«

»Sie hat ein Foto von euch im Auto.«

»Von … uns?«, fragte ich verwundert.

»Von dir, Cassidy, Nora und sich«, erklärte Wesley. »Ihr wart doch in der Middle School unzertrennlich. Die furiosen Vier.«

»So hat uns niemand genannt!«, stieß ich überrascht hervor.

»Oh doch. Jeder hat euch so genannt«, sagte er. »Ihr habt immer aneinandergeklebt, und jeder hat euch darum beneidet.«

Mit offenem Mund sah ich ihn an. »Stimmt das echt?«

»Die furiosen Vier, eine echte Legende!«

»Nein, ich meine, das mit dem Foto … «

»Ja«, sagte Wesley sanft.

»Danke«, sagte ich.

»Wofür genau?«

»Alles.« Dann nahm ich Wesley in den Arm und drückte ihn kurz an mich. »Du bist echt in Ordnung, Anderson.«

»Hey, Lorn«, rief eine mir vertraute Stimme.

Ich wandte mich um und sah, dass Colton in Begleitung von Theo gerade angekommen war. Colton winkte, Theo hingegen schaute mit abweisender Miene zwischen Wesley und mir hin und her. Wie vom Blitz getroffen stürmte er dann geradewegs ins *Wild Card* und hielt es nicht mal für nötig, mir ein *freundschaftliches* »Hallo« zu sagen. Was für ein Blödmann! Noch mal würde ich ihm ganz bestimmt nicht nachlaufen! Das endete nur wieder in einem Desaster, und viel zu wütend war ich obendrauf noch. Theo konnte mich mal! Ich hatte große Lust, ihm auch mal ins Gesicht zu boxen!

Colton sah seinem Cousin perplex nach. Er schloss den Wagen ab und zögerte kurz. »Willst du mit reinkommen?«, fragte er.

»Nein, danke«, erwiderte ich. »Schönen Abend euch zwei!«

Meine Stimme troff nur so vor Zynismus.

Es schien, als wolle Colton noch etwas sagen, verkniff es sich aber. Mit verunsicherter Miene ging er Theo hinterher.

»Das war er, oder?«, fragte Wesley leise.

»Colton?« Ich verzog das Gesicht. »Ew, nein!«

Wesley verdrehte die Augen. »Theo.«

Ich spannte mich sofort an. »Nein, gar nicht.«

»Er schien irgendwie eifersüchtig zu sein.«

»Ha! Klar!«, schnaubte ich.

»Oh Gott, du hast ja noch weniger Ahnung von der Liebe als ich, Lorn«, sagte Wesley, und dann begann er lauthals zu lachen.

»Er war nicht eifersüchtig.«

Wesley sah mich direkt an. »Falls dir das noch nie jemand gesagt hat, du bist ziemlich cool«, meinte er. »Und der Grund, warum viele von dir eingeschüchtert sind, ist, weil du manchmal so unnahbar rüberkommst. Unnahbar und hübsch sind so zwei Dinge, denen die meisten Jungs nicht widerstehen können. Glaub mir.« Perplex starrte ich ihn an, was ihn nur noch mehr zum Lachen brachte. »Lorn! Du hast wirklich absolut keine Ahnung.«

Er klopfte mir aufmunternd auf die Schulter. »Bis dann.«

Die Begegnung mit Wesley hatte dazu beigetragen, dass ich mich für eine Weile besser gefühlt hatte. Doch als ich später am Abend mit Cassidy telefonierte und ihr von den Küssen zwischen mir und Theo und seiner Reaktion danach erzählte, kam alles wieder hoch.

»Wenn Theo lieber Zeit mit Colton verbringt, kann er mir eh gestohlen bleiben!«, wetterte ich drauflos. »Wer weiß? Vielleicht bin ich jetzt endgültig abgeschrieben und er lädt Isabella wieder auf die Ranch ein! Oh, Entschuldigung, sie hat sich natürlich selbst eingeladen! Wer's glaubt wird selig! So ein Idiot!«

»Mensch, Lorn! Du hättest mich gleich anrufen können. Ich wäre sofort gekommen und hätte dich getröstet«, sagte Cassidy einfühlsam. »Ich kann echt nicht glauben, dass ihr euch küsst und Theo dann diese doofe Freunde-Karte ausspielt!«

»Ich wollte danach allein sein«, murmelte ich.

Cassidy seufzte. »Das tut mir alles so leid.«

»Ich weiß gar nicht, wie es weitergehen soll … «

»Willst du noch bei R.I.D.E. mitmachen?«

»Gerade würde ich am liebsten alles hinschmeißen«, gestand ich. »Aber das geht nicht. Mein Team braucht das Preisgeld.«

»Dann bietet sich bestimmt eine Gelegenheit zur Aussprache«, sagte Cassidy nachdenklich. »Theo bedeutet eure Freundschaft viel, das sagt er doch immer wieder. Gerade ist alles kompliziert, aber ihr zwei Sturköpfe biegt das wieder hin. Theo erkennt schon noch, dass sein Verhalten dich verletzt hat.«

»Es geht ja nicht nur um Theo«, jammerte ich. »Ich habe das Gefühl, dass ich mir selbst nicht mehr trauen kann. Was ist richtig? Was ist falsch? War ihn zu küssen das Mutigste, was ich tun konnte? Oder habe ich was zwischen uns für immer kaputt gemacht?«

Einige Sekunden verstrichen in absoluter Stille.

»Sich zu verlieben ist niemals falsch. Dich in Theo zu verlieben ist nicht falsch«, sagte Cassidy. Ihre Stimme ließ keinerlei Zweifel an ihren Worten zu. »Du hast keinen Fehler gemacht, weil du deinen Gefühlen nachgegeben hast. Das fühlt sich in diesem Moment vielleicht wie das größte Unglück an, aber Theo ist ein guter Kerl, und wenn du irgendwann auf diese Zeit zurückblickst, wirst du es nicht bereuen, dass er deine erste große Liebe war.«

Tränen stiegen mir in die Augen. »Wirklich?«

»Wirklich«, bestätigte Cassidy. »Und du solltest den Plan beibehalten, ihm nach dem Reitwettbewerb von deinen Gefühlen zu erzählen. Das bist du dir nach allem selbst schuldig.«

»Wenn das nur so einfach wäre«, wisperte ich traurig. »Theo und ich … wir sind nicht wie Colton und du. Zwischen euch war etwas. Von Anfang an. Das weißt du genau, Cassidy. Und bei uns? Theo sieht mich nicht auf diese Art, er liebt mich nicht auf diese Art. Und ich liebe Theo schon so lange, dass ich manchmal vergesse, wer ich ohne diese blöden Gefühle und ständigen Gedanken an ihn eigentlich bin.« Ich schloss die Augen. »Ja, ich bin es mir schuldig, es ihm zu sagen. Ehe mich meine Gefühle von innen heraus zerfressen. Doch obwohl er mich verletzt hat und ich wütend bin, habe ich auch Angst, Theo zu verlieren.«

»Gib nicht auf, Lorn«, ermutigte Cassidy mich. »Was hast du denn noch zu befürchten? Nach dem Abschluss werdet ihr getrennte Wege gehen. Du bist meine beste Freundin, und ich liebe dich. Ist es denn so schwer zu glauben, dass andere dich auch lieben könnten?«

»Ja«, flüsterte ich. »Ist es.«

Eine Weile schwiegen wir gemeinsam. Im Hintergrund lief schon wieder die Break-up-Playlist von heute Nachmittag. Ich hatte sie inzwischen so oft rauf und runter gehört, dass ich die Lieder bei den ersten Tönen wiedererkannte. Bei Cassidy knisterte und knackte es immer wieder in der Leitung. Es klang, als würde Wind durch irgendwelche Ritzen pfeifen. Ich setzte mich auf. Mein Bett war heute das Epizentrum meiner Mitleidsparty, und nach dem Abstecher ins *Wild Card* hatte ich mich hier wieder ausgebreitet. Ich drückte mir das Handy fester ans Ohr.

»Cassidy, wo genau bist du?«, fragte ich misstrauisch.

»Ich stehe unter deinem Fenster«, antwortete sie.

»Was?«, rief ich aus. »Aber ich dachte ...«

»Allein sein ist was für alte Katzenladys.«

»Moment mal, Cassidy ...«

Sie legte auf, und es klingelte unten an der Haustür. Fünf Minuten später polterte meine beste Freundin die Treppe hinauf in mein Zimmer. Sie warf mir einen komischen Blick zu. »Was zur Hölle ist das für Emo-Musik?« Ohne eine Antwort abzuwarten, zog sie ihre Jacke und Schuhe aus und warf sie gemeinsam mit ihrer Umhängetasche achtlos auf den Boden. Cassidy ging zum offenen Laptop und tippte auf den Tasten herum. Die Break-up-Playlist verstummte, und »Wannabe« von den Spice Girls dröhnte viel zu laut durch den Raum. Mir klappte die Kinnlade herunter, als sie anfing mitzusingen, mich an den Händen packte und dazu bringen wollte zu tanzen. Sie wirbelte wild herum und schüttelte ihre Haare wie ein Rockstar, während ich doof dastand.

»Was macht ihr da?«, wollte April wissen.

Die Zwillinge steckten die Köpfe zur Tür herein, die Cassidy offen gelassen hatte. Beide trugen bereits ihre Schlafanzüge.

»Dürfen wir mitmachen?«, fragte Jane.

»Unbedingt!«, sagte Cassidy.

Sie ging zu meinen Schwestern, zog sie in den Raum, und jetzt sprangen alle drei ausgelassen durch mein Zimmer, als gäbe es nichts Besseres auf der Welt. Es sah total albern aus.

»Ihr könnt jetzt aufhören«, sagte ich viel zu leise.

»Nein!«, rief Cassidy. »Wir tanzen jetzt die ganze Nacht!«

»Jaaaaa! Die ganze Nacht!«, schrie April.

»Für immer!«, rief Jane.

»Wer tanzt hier die ganze Nacht?« Mom war hochgekommen und blickte von mir zu Cassidy und ihren anderen beiden Töchtern.

»Wir!«, riefen die Zwillinge wie aus einem Mund.

»Girls just wanna have fun«, sagte Cassidy grinsend.

»Oh«, machte Mom. »Eine Anti-Stinkmuffel-Tanz-Party!«

»Hey, wer ist hier ein Stinkmuffel?«, sagte ich beleidigt.

»Na du!« April zeigte mit dem Finger auf mich.

O Gott! Jetzt begann auch noch Mom mit den Hüften zu wackeln und tanzte im Takt des Pop-Songs mit. Ein paar Sekunden später wollte auch Dad nach dem Rechten sehen. Ich formte mit dem Mund das Wort »Hilfe«, aber er verzog nur verwundert das Gesicht und ließ sich dann von Mom dazu überreden, ebenfalls mitzumachen.

»Komm schon, Lorn!«, sagte Cassidy.

»Ich hasse dich. Euch alle.«

»Stinkmuffel!«, sagte Jane.

»Stinkmuffel Lorn!«, plapperte April ihr nach.

Je länger ich den anderen zusah, umso schwerer wurde es, mein Lächeln zu unterdrücken. Schließlich war meine Abwehrhaltung gebrochen, und ich bewegte den Kopf passend zum Lied mit, und in den nächsten Minuten, als »Wannabe« sich wiederholte, gab ich meine ulkigsten Moves zum Besten und lachte aus vollem Halse.

Sogar Bryce stand irgendwann im Türrahmen. Ungläubig über die kleine Versammlung riss er die Augen auf und schlug die Hände überm Kopf zusammen. »Boah, wie peinlich! Ich wohne mit lauter Irren unter einem Dach. Hört auf! Ich werde blind! Bitte!«

Irgendwann waren wir alle außer Puste und beschlossen das Ende der Tanzparty einzuläuten. Mom und Dad brachten die Zwillinge ins Bett, und Cassidy und ich hatten mein Zimmer für uns. Wir ließen uns atemlos auf den Boden fallen. Cassidy hielt mir ihren kleinen Finger hin, um einen neuen Schwur abzulegen. Wie bei all den anderen zuvor, die wir als Freundinnen abgelegt hatten.

»Friendship never ends«, zitierte sie eine Zeile aus dem Lied.

Ich hakte meinen kleinen Finger bei ihr ein. »Never.«

Vor der ersten Stunde drängelten sich alle geschäftig durch die Flure der Highschool und quatschen gut gelaunt über die bevorstehenden Ferien. Ich lief den gewohnten Weg an Theos Spind vorbei, um zum Unterricht zu gelangen. Der Moment fühlte sich ein wenig wie ein Déjà-vu an, denn er kämpfte mit einem von Wesleys Flyern, der quer über seiner Schranktür klebte. Vielleicht war das ein kosmisches Zeichen?

Ich blieb neben ihm stehen. »Hey«, sagte ich tonlos.

Theo riss den Flyer mit einem Ruck ab. »Hey«, erwiderte er und sah so unbehaglich aus, wie ich mich in dieser Situation fühlte. Keine Spur seiner üblichen, sonnigen Ausstrahlung.

»Können wir … reden?«, wagte ich den ersten Schritt.

Theo schaffte es kaum, mir in die Augen zu sehen.

»Du redest anscheinend lieber mit Wesley.«

Abweisend drehte er sich um und öffnete sein Spindschloss.

Sein Verhalten mir gegenüber versetzte mir einen Stich.

»Und du unternimmst anscheinend lieber was mit Colton.«

»Colton ist mein Cousin, und wir hängen eben zusammen ab.«

Hatten wir uns nicht darauf geeinigt, nicht mehr zu streiten? Schön! Wenn Theo es so wollte … ich konnte auch anders!

»Du hast mich gestern einfach so gehen lassen«, sagte ich kühl.

Theo nahm ein Schulbuch aus dem Schrank und schob es in seine Tasche. Er wich gekonnt meinem Blick aus. »Ja, das habe ich.«

Irgendetwas in seiner Stimme ließ ein Gefühl von bodenlosem Elend in mir aufkommen. Mit jedem neuen Herzschlag verteilte sich das beklemmende Gefühl in meinem ganzen Körper. Ich dachte an das Gespräch mit Cassidy und ihre Worte. In Theo verliebt zu sein war nicht falsch. Nur diese Situation war es irgendwie doch.

»Bis heute Nachmittag zum Training«, sagte ich tonlos.

Theo sah mich nun direkt an. »Also ... hör mal ... das müssen wir ausfallen lassen«, druckste er herum. »Ich soll als Ersatzspieler einspringen, weil jemand im Fußballteam ausfällt. Die Mannschaft braucht mich morgen bei einem Spiel. Sorry.«

Irgendwie wollte ich ihm in diesem Moment nicht so recht glauben. Das schien er mir auch deutlich anzusehen. Theo wirkte geknickt.

»Lorn, ehrlich. Das ist ein doofer Zufall.«

»Klar, verstanden.«

Ehe ich mich abwenden konnte, stellte sich Theo mir in den Weg. »Ich mach es am Donnerstag wieder gut. Fest versprochen.«

Er bemühte sich, das konnte ich deutlich sehen ... und ein kleiner Teil von mir wünschte sich wirklich, wir könnten alles wieder hinbiegen nach unseren Küssen. »Okay. Dann Donnerstag.«

Der gewohnte Highschool-Trott ließ den Unterricht an diesem Tag schnell vorbei sein. Vielleicht lag es daran, dass nur noch die letzten Tests und Prüfungen vor uns lagen und wir es dann geschafft hatten. Was waren schon ein paar Tage Schule gegen einen ganzen Sommer? Trotzdem hatte ich ständig Theo-Gedanken. Besonders, als er am Donnerstagnachmittag wegen des Fußballspiels bei der Hausaufgabenhilfe fehlte. Ich wusste nicht, was mich bei unserem Training später erwarten würde, und zermarterte mir so sehr den Kopf, dass ich ständig falsche Tipps gab. Schließlich schickte mich Rufina frühzeitig heim, weil sie merkte, dass etwas nicht stimmte. Im Training benahm sich Theo dann, als wäre nie etwas zwischen uns vorgefallen, und ich spielte mit, weil ich einer weiteren Konfrontation ausweichen wollte. Ich ritt die übliche Runde an der Longe, versuchte, seine Anweisungen umzusetzen, wenn es um Körperhaltung und Zügelführung ging, und absolvierte mit Elsa erste kleine Übungen, bei denen wir in ein schnelleres Tempo verfielen. Zwischen Theo und mir hatte sich eine merkwürdige Distanz aufgebaut, die mir jede Sekunde in seiner Gegenwart das Herz schwer werden ließ.

Einzig und allein der Besuch in Miss Putins Büro am letzten Schultag gab mir einen Grund, mal wieder zu lächeln. Sie hatte entschieden, mich am Turnier teilnehmen zu lassen, weil ich ihr Programm so engagiert unterstützt hatte. Um diese News und unsere guten Zeugnisse zu feiern (denn ich hatte sogar Geschichte knapp bestanden), veranstalteten Cassidy und ich einen Mädelstag – ganz ohne Colton, Theo oder Reittraining. Genau so etwas hatte ich dringend gebraucht – und es baute mich wieder auf.

Am ersten Sommerferientag brach ich dann besonders früh zur Griffin-Ranch auf, um die verlorene Zeit wettzumachen. Heute saß ich viel sicherer und selbstbewusster auf Elsas Rücken als üblich. Mein Cassidy-Freundinnen-Erlebnis hatte mich gestärkt und meine Batterie wieder aufgeladen. Ich war bereit, alles zu geben – immer den Blick nach vorne auf das Preisgeld gerichtet.

Für Theo Isabella zu schlagen war nun zweite Priorität.

Er verhielt sich ohnehin weiterhin so distanziert, dass ich mich nur motivieren konnte, wenn ich an mein Team und mich dachte.

Bei einem Ausritt am Strand ein schnelles Tempo durchgehalten?

Theo hatte nur ein müdes Lächeln für diesen Erfolg übrig.

Unsere Finger, die sich beim Absatteln berührten?

Theo sprang wie eine erschrockene Katze zurück.

Ein zufälliges Schulterstreifen im Vorbeigehen?

Theo nahm gleich mehrere Schritte Abstand.

Berührungen? Auf das Nötigste beschränkt.

Unterhaltungen? Neandertaler wechselten mehr Worte.

Gefühle? Praktisch nicht existent.

Theos Gegenwart hatte mich immer so entspannt und zufrieden gestimmt, und jetzt war diese abweisende, vorsichtige Version von ihm kaum zu ertragen. Hatte er etwa Angst, dass ich ihm wieder zu nahe kam?

Theos Eltern war die Veränderung in unserem Verhalten auch nicht entgangen. Obwohl ich eher weniger mit Theos Dad zu tun hatte, kam dieser mehrmals bei uns vorbei und fragte, ob alles in Ordnung sei. Zwischendurch sah ich Mr. und Mrs. Griffin sogar miteinander tuscheln, was mir irgendwie unangenehm war. Theo und ich waren gerade mit dem üblichen Trainingspensum am frühen Nachmittag durch, als seine Mom uns ins Haus rief. Sie hatte den Tisch mit Blaubeerkuchen und Limonade gedeckt und wollte, dass wir alle gemeinsam eine Pause machten. Es war ein wenig seltsam, mit Theos Familie am Tisch zu sitzen, weil nur seine Eltern über ein paar Ranch-Angelegenheiten sprachen und wir ansonsten schwiegen. Mr. Griffin verabschiedete sich nach einer halben Stunde, um weiter seiner Arbeit nachzugehen, und Mrs. Griffin musste telefonieren und huschte ebenfalls aus dem Raum. Theo und ich räumten auf. Die Minuten verstrichen quälend langsam, während es bis auf kleine Nebengeräusche still war. Einmal griffen wir beide nach demselben Teller, um ihn in die Spülmaschine zu stellen, und peinlich berührt wandten wir uns voneinander ab. Am liebsten wäre ich schnurstracks zur Haustür rausgerannt und abgehauen, aber das erschien mir auch nicht richtig. Irgendwann kam Theos Mom zurück. »Lieb von euch, dass ihr alles sauber gemacht habt.«

Wieder eine Minute, die zäh wie Sirup verging.

»Danke für das Essen«, sagte ich. »Ich gehe dann … «

»Ach, bleib doch noch, Lorn«, bat Mrs. Griffin. »Ihr zwei müsst mir wirklich nicht sagen, was mit euch los ist, aber zumindest mal darüber reden solltet ihr. Wenn sogar meinem Mann auffällt, dass irgendwas nicht stimmt, dann … hört auf meinen Rat, ja?«

»Mom«, sagte Theo warnend, aber sie ignorierte ihn.

»Fahrt doch gemeinsam zum Farmers Market! Eine Unternehmung hat noch nie geschadet, und ein Tapetenwechsel wirkt immer wahre Wunder. Außerdem machst du großartige Fortschritte, Lorn!«, plapperte sie weiter. »Es ist also nicht so, als ginge euch Zeit damit verloren.«

Ganz unrecht hatte sie nicht. Ich war bestens vorbereitet und konnte das Konzept von R.I.D.E. inzwischen auswendig. Der Parcours, den die Teilnehmerinnen reiten mussten, war nicht sehr groß. Es gab einen Übungsplan davon, den Mrs. Griffin mir gezeigt hatte. Die ersten paar Meter präsentierte man sich und sein Pferd, dann gab es ein paar Geschicklichkeitsübungen, die man bestehen musste, und dann den Teil mit dem Springen – inklusive eines kleinen Wassergrabens. Die Bewertungsgrundlagen basierten auf verschiedenen Elementen. Was für eine Figur man im Sattel machte, wie man mit dem Pferd harmonierte und die allgemeine Leistung. Theos Mom hatte mir mit allem sehr geholfen.

»Ihr habt euch ein wenig Vergnügen verdient.«

»Auf dem Farmers Market?«, fragte Theo skeptisch.

»Natürlich!«, sagte seine Mom. »Das Wetter ist wundervoll und der Farmers Market immer einen Ausflug wert. Früher hast du die Schnitzeljagd dort so geliebt, Theo! Das ist doch lustig.«

»Das ist was für Kinder«, erwiderte Theo.

»Und ihr benehmt euch wie zwei Kinder, also perfekt.«

»Okay, wir fahren. Wenn du dann aufhörst.« Theo lief aus der Küche. »Ich hole den Wagen. Der steht vor der großen Scheune.«

Mrs. Griffin legte mir eine Hand auf die Schulter.

»Ach, Lorn«, seufzte sie und sah mich so liebevoll an, wie meine Mom es auch oft tat. »Redet miteinander, ja?«

Ich nickte schwach. Vielleicht funktionierte ihr Vorschlag sogar, und Theo und ich würden uns an einem anderen Ort aussprechen? Als ich die Stufen der Veranda hinabstieg, wartete Theo bereits im Pick-up-Truck auf mich. Ich zog die Beifahrertür auf, setzte mich und legte den Gurt an. Theo hatte sich seinen Hut aufgesetzt und wirkte mit dem karierten Hemd und dem grimmigen Gesichtsausdruck wie ein übellauniger Cowboy.

»Meine Mom hat recht«, sagte Theo aus heiterem Himmel. »Wir benehmen uns wie Kinder – und das ist größtenteils meine Schuld. Ich bin dir gegenüber echt abweisend gewesen.« Er startete den Motor, den Blick geradeaus gerichtet. Langsam verließ der Wagen das Grundstück. »Ich kann es gar nicht richtig erklären. Seit dem, was zwischen uns in der Sattelkammer gelaufen ist, fühle ich mich einfach … furchtbar.«

Furchtbar? Wegen unserer Küsse? Sofort machte ich mich in meinem Sitz kleiner. Wie konnte man einer Person, die man mochte, nur so nahe sein und sich dabei ständig fühlen, als lägen ganze Welten dazwischen? *Er bereut alles*, flüsterte eine fiese Stimme mir zu. Ich hielt den Atem an und zählte dabei bis fünf, damit ich nichts sagte, das ich hinterher bereuen könnte.

»Ich fühle mich auch furchtbar«, flüsterte ich.

»Können wir nicht einfach … «

Er beendete den Satz nicht.

Und ich antwortete nicht darauf.

Vielleicht war das eine stumme Übereinkunft zu vergessen, dass wir uns nähergekommen waren, weil Freunde das nun einmal taten.

Doch wie standen wir beide jetzt zueinander?

Eine Frage, die ich nicht zu stellen wagte.

KAPITEL 26

DER FARMERS MARKET befand sich auf dem alten Festplatz Newforts in der Nähe des Baggersees. Manchmal fanden dort Stadtfeste oder Flohmärkte statt. Wir hatten den Pick-up-Truck in einer Seitenstraße geparkt und waren ein Stück zu Fuß gegangen. Außerhalb der Schule war ich oft in der Gegend, um den Basketballplatz zu besuchen, den Markt selbst hatte ich mir noch nie angesehen. Überdachte Stände reihten sich dicht gedrängt nebeneinander und boten mit ihren bunten Auslagen an Obst und Gemüse einen sommerlichen Anblick. Einige der Buden verkauften aber auch allerhand Selbstgemachtes, von Holzwaren bis hin zu Schmuck. An einigen Picknicktischen saßen Familien zusammen, aßen und plauderten ausgelassen. Von irgendwoher kam idyllische Indie-Pop-Musik mit Folklore-Einflüssen, und versprühte den Charme eines Gute-Laune-Zaubers über die Szenerie. Alles wirkte herzlich und einladend. Viele hier schienen sich zu kennen, denn alle paar Schritte konnte ich beobachten, wie sich Menschen wie alte Freunde begrüßten und den neuesten Tratsch austauschten. Theo und ich liefen ziellos die ersten Stände entlang. Seit dem kurzen Gespräch im Auto hatte sich nichts gebessert, und die unliebsame Stille war zurück.

Umso glücklicher war ich, als ich Lilly und ihren Freund Calvin entdeckte. Sie hielten sich gemeinsam hinter einem Stand mit verschiedenen Wildblumen und allerlei Holzschnitzereien auf.

»Oh, wie schön euch zu sehen!«, sagte Lilly fröhlich. Sie drückte erst mich, dann Theo an sich. Calvin tat das Gleiche. Lilly lächelte.

»Na, wie findet ihr unseren Stand? Wir sind das erste Mal dabei. Meine Eltern hatten die Idee, sie machen allerdings gerade Pause. Wir möchten so gerne etwas für die Ranch werben.«

»Er ist super!«, sagte ich und sah mich etwas um. »Wer von euch hat denn die ganzen Sachen geschnitzt?«

Calvin wurde vor Stolz direkt ein Stückchen größer. »Das waren Lillys Grandpa und ich. Sind alles Einzelstücke. Sie verkaufen sich auch gut.«

»Stimmt, die Blumengestecke schmieren dagegen echt ab«, lachte Lilly. »Allerdings ist unser Blumentor der Hit! Das haben wir hier sozusagen als Prototyp aufgebaut, um zu testen, wie es ankommt. Wir möchten es in Zukunft für Veranstaltungen auf der Ranch anbieten. Die Leute schießen endlos viele Fotos darunter.«

»Das klingt wirklich nett«, kommentierte Theo.

»Hey! Ihr könnt auch ein Foto machen!«, schlug sie vor.

»Oh, ich weiß wirklich nicht, ob …«

Lilly unterbrach Theo sofort. »Damit würdet ihr uns total helfen! Ihr könnt es online stellen, dann kommen bestimmt noch viel mehr unserer Mitschüler her, sprich: mehr Werbung.«

Calvin zwinkerte mir zu. »Ihr dürft euch im Gegenzug auch eine Kleinigkeit vom Stand aussuchen. Wäre das ein fairer Deal?«

Theo und ich waren gleichermaßen von dem Elan der beiden überrumpelt. Unsicher warfen wir einander einen kurzen Blick zu.

»Es ist auch gleich da vorne! Kommt, ich zeig's euch.«

Lilly hakte sich bei uns beiden unter und zog uns mit sich. Um Einspruch zu erheben, war es nun wohl etwas zu spät. Das Blumentor war ein Rundbogen aus Drähten, der voller Blumengestecke war und auf einem Stück Rasenfläche so platziert war, dass durch diesen Rahmen in der Ferne einer der Seen und ein Stück des Newfort Forests zu sehen waren. Eine ziemlich schöne Kulisse für ein Foto. Für ein lockeres Bild standen zwischen Theo und mir jedoch zu viele unausgesprochene Dinge. Unbeholfen und stocksteif standen wir, bedacht auf Abstand, nebeneinander.

Lilly hob die Handykamera vors Gesicht und ließ sie gleich darauf wieder sinken. »Stellt euch mal näher zusammen. Und lächeln!«

Nachdem weder Theo noch ich Anstalten machten, uns zu bewegen, kam Lilly rüber und schob uns energisch zueinander hin. Unsere nackten Arme streiften sich, und mir wurde ganz schwer ums Herz. Ich versuchte locker auszusehen und zwang mich zu lächeln.

»Was ist denn mit euch los?«

»Gar nichts«, murmelten Theo und ich fast synchron.

»Aha. Sicher. Wenn nichts ist, dann könnt ihr ja auch ein vernünftiges Foto zusammen machen«, sagte Lilly herausfordernd.

Ich überlegte, ob ich schwindeln sollte, um uns aus dieser blöden Lage zu befreien. Aber so lief es immer, nicht wahr? Ich wurde unsicher, bereute meine Entscheidungen und zweifelte an mir. Selbst wenn Theo meine Gefühle niemals erwidern würde, die Küsse in der Sattelkammer wollte ich nicht bereuen. Nicht einen einzigen Augenblick in seiner Gegenwart. Mein Blick glitt nach unten. Langsam schob ich meine Hand seiner entgegen und wagte es schließlich, nach seinen Fingern zu greifen. Dieses Mal waren sie nicht kalt, sondern warm und sandten tausend kleine Funken durch meinen Arm. Und dann schlossen sie sich ganz fest um meine, und mir stockte fast der Atem. Mein Puls begann zu rasen. Ich hob den Kopf, und unsere Blicke trafen sich. Mein Mund wurde ganz trocken. Theo schloss einen Herzschlag lang die Augen, und als sie danach zu mir huschten, umspielte ein Lächeln seine Lippen. Plötzlich fühlte sich die Sache zwischen ihm und mir nicht mehr fremd an, sondern irgendwie vertraut.

»Foto im Kasten!«, trällerte Lilly. »Ihr seid so süß!«

Theo ließ meine Hand los und trat neben Lilly.

»Lässt du uns jetzt aus deinen Fängen?«, scherzte er.

»Jaja, gleich! Calvin wollte euch doch was schenken.«

Am Blumenstand zeigte Lilly Calvin das Foto, und dieser nickte anerkennend. »Cool. Dann sucht euch mal was aus. Am besten aus diesem Korb hier, da sind die kleinen Holzsachen drin.«

Theo und ich blickten einander fragend an.

»Such dir ruhig was aus«, murmelte er.

»Du kannst auch etwas rausnehmen«, sagte ich.

Eine große Gruppe Senioren quetschte sich durch die Reihe, in der wir standen, und ich trat zur Seite, damit sie durchkamen. Ich hörte, wie Theo Calvin etwas fragte, und ein paar Minuten später stand er mir gegenüber. »So, fertig, ich habe was ausgesucht. Wir können also gerne weitergehen«, teilte er mir mit.

Wir verabschiedeten uns von Lilly und Calvin und liefen weiter. Nachdem wir alle Stände abgeklappert hatten, setzten wir uns mit selbst gemachtem Pfirsich-Eistee und Kürbisbrot, das uns eine Bekannte von Theos Mom förmlich aufgezwungen hatte, an einen der Picknicktische, der etwas abseits unter einem Baum stand. Es hatte erstaunlich schnell angefangen zu dämmern, und die ersten Lampions wurden eingeschaltet. Ich schlürfte Eistee durch meinen Strohhalm und beobachtete Theo eine Weile, bis er mitbekam, dass ich ihn ununterbrochen anschaute.

»Wir haben dieses Freunde-Ding ganz schön verkackt«, sagte Theo.

Ich hielt inne und erwiderte Theos Blick.

»Vorher war alles immer so *einfach* mit dir. Unsere Treffen und Unterhaltungen, gemeinsam lachen. Aber das hier fühlt sich nicht mehr einfach an.« Theos Augen funkelten gefährlich im Dämmerlicht des Abends, wie eine Warnung. »Nach allem, was mit Isabella passiert ist, möchte ich nicht wieder etwas kaputt machen, das mir so viel bedeutet wie unsere Freundschaft.«

Er griff in seine Tasche, und ein Armband kam zum Vorschein. Es war aus kleinen Holzperlen, mit dem winzigen Anhänger eines Herzens. Vermutlich hatte Theo es von Calvin für das Foto vorhin bekommen. Er fasste über den Tisch nach meinem Handgelenk und streifte es mir vorsichtig über.

»Du musst nicht länger unglücklich verliebt sein.«

Ich wusste gar nicht, wie ich mit solch einer Aussage umgehen sollte. Erst recht nicht, wenn Theos Daumen über die empfindliche Haut meines Handgelenks strich und ich eine Gänsehaut bekam.

»Du musst keine Rücksicht mehr auf mich nehmen.«

Bestürzt erwiderte ich seinen Blick. *Rücksicht nehmen?*

»Ich verstehe das, Lorn. Wirklich.«

Ich zog meine Hand von ihm weg. »Was?«

Durch das Blätterdach des Baums fielen einige Wassertropfen. Theo blickte nach oben. Ich starrte ihn fassungslos an. Was passierte hier gerade? Was meinte er damit, ich müsse keine Rücksicht mehr auf ihn nehmen? Was war es denn, das er glaubte zu verstehen? Als würde unaufhörlich jeder Zentimeter meines Körpers zu Eis gefrieren, kroch mir Kälte den Nacken hoch. Weitere Tropfen fielen zur Erde, und langsam fing es an zu tröpfeln, weil sich ein Regenschauer ankündigte. Theo nahm unseren Plastikmüll und warf ihn in eine Tonne neben dem Tisch.

»Wir sollten aufbrechen, ehe es ungemütlich wird.«

Ich kriegte kein Wort über die Lippen. Ein Gefühl von Taubheit hatte sich um mein Herz gekrallt und ließ die ganze Fahrt zur Ranch nicht nach. Die Scheibenwischer des Pick-up-Trucks arbeiteten auf Hochtouren, als es begann, wie aus Kübeln zu gießen. Das Prasseln des Regens war wie statisches Rauschen in meinen Ohren. Ich fixierte benommen einen Punkt am Armaturenbrett, bis wir bei der Ranch ankamen. Theo spähte hinüber zu den Stallungen. Er tippte an die Spitze seines Huts, wie zum Abschied.

»Kommst du allein klar? Ich sollte unbedingt nach den Pferden sehen. Filo wird bei Gewitter immer unruhig.«

Die Geräusche der Wassermassen, die auf den Wagen klatschten, wurden immer lauter. Ich hörte meinen eigenen Herzschlag nicht mehr. Theo griff nach dem Hebel für das Handschuhfach.

»Hier ist auch irgendwo ein Schirm … «

»Ich will deinen Scheißschirm nicht!«

Die Heftigkeit, mit der die Worte meinen Mund verließen, überraschte nicht nur Theo, sondern auch mich selbst. Er lehnte sich im Sitz zurück und sah mich verwirrt an. »Lorn, was …«

»Was zur Hölle glaubst du zu verstehen?«, pfefferte ich ihm entgegen. »Du kannst doch nicht solche Dinge zu mir sagen und dann munter aus dem Truck springen, als wäre nichts gewesen.«

»Ich habe doch gesagt …«

»Halt die Klappe!«, fuhr ich ihn an. »Du hast von Wesley und mir gesprochen, oder? Du glaubst ernsthaft, ich wäre in ihn verknallt. Obwohl ich dir erklärt habe, dass es nicht so ist! Dachtest du, ich habe dich nur zum Spaß geküsst, um ihn zu vergessen, oder was? Wegen dieser bescheuerten Theorie von dir?«

Theo sagte nichts, aber seine Miene sprach Bände.

»O mein Gott!«, stieß ich schrill aus. »Du bist wirklich der größte Idiot aller Zeiten! Gar nichts begreifst du, Theo!«

»Wieso schreist du mich so an?«, erwiderte er wütend.

»Wieso hast *du* mich geküsst?«, feuerte ich zurück. »Sag es mir! Wieso küsst du mich immer und immer wieder, wenn du glaubst, dass ich – von all den Leuten auf dieser Welt – ausgerechnet in Wesley Anderson verliebt bin? Findest du das lustig? War das ein Spiel für dich? Oh, verwirren wir Lorn doch noch ein bisschen mehr!«

»Du bist nicht die Einzige, die verwirrt ist«, sagte er.

»Du bist echt unglaublich!«

Ich riss die Beifahrertür auf, stieg aus und knallte sie heftig zu. Innerhalb weniger Sekunden war ich klitschnass. Durch den stark anhaltenden Regen war es schwer, etwas zu sehen, trotzdem stampfte ich in Richtung Haupthaus, um meine Sachen zu holen. Wind peitschte mir meine Haare ins Gesicht. Wütend wischte ich sie weg. Um mich herum tobte der Sturm. Irgendwo donnerte es sogar in der Nähe, und ich zuckte zusammen. Theo hatte nicht gezögert und kam mir hinterher. Seinen Hut hatte er anscheinend im Wagen gelassen, damit er nicht wegflog. Er versuchte, meinen Arm zu fassen, aber ich stieß ihn weg. In mir brodelte es nur so vor Unverständnis und Frustration. Wie konnte man so verdammt blind sein? Ich und Wesley? Himmel! Sich bis zum Haupthaus durchzukämpfen war bei all dem Sturm und Regen gar nicht so einfach. Es dauerte eine gefühlte Ewigkeit, bis ich es zur Haustür geschafft hatte.

Theo war dicht hinter mir. »Lorn! Warte! Bitte!«

Ich dachte nicht mal dran. Es reichte mir wirklich. Die ganze Zeit gab ich mir solche Mühe, meine elenden Gefühle zu verstecken, und er hatte selbst nach unseren Küssen nichts davon gemerkt.

»Rede mit mir!«, rief er.

Ich drückte mehrmals die Klingel, bis Mrs. Griffin endlich öffnete. Ohne groß auf ihr verwirrtes Gesicht zu achten oder darauf, dass meine Schuhe schlammige Abdrücke im Flur hinterließen, huschte ich an ihr vorbei. Meine Jacke und Tasche lagen dort, wo ich sie abgelegt hatte – auf einem Stuhl in der Küche. Ich streifte mir beides über und marschierte schnurstracks wieder nach draußen. Im Vorbeigehen murmelte ich eine Entschuldigung zu Theos Mom, die mich perplex ansah, jedoch nicht aufhielt.

»Lorn! Bitte!«

Er war noch da. Hatte auf der Veranda gewartet und versuchte, an mich heranzukommen, indem er sich mir in den Weg stellte. Ich umrundete Theo und ging, so schnell es das Unwetter zuließ, die Auffahrt hinunter zu meinem Opel, der durch die Windböen leicht wackelte. Hastig fischte ich meine Autoschlüssel hervor.

»Lorn!«, rief Theo erneut.

Ich wirbelte zu ihm herum. »Nein!«, schrie ich. »Du hast ja bereits alles entschieden, ohne zu wissen, was ich eigentlich denke und fühle! Du willst, dass wir Freunde sind? Schön! Du willst, dass Wesley und ich ein glückliches Paar werden? Gut! Aber dann wag es nie wieder – hörst du mich! –, nie wieder, mich zu küssen, wenn du selber absolut nicht weißt, was du willst!«

Theo starrte mich perplex an. Ich schloss meinen Opel auf, warf mich in den Sitz und startete den Motor. Gott verdammt war ich froh, dass der matschige und aufgeweichte Boden mich nicht davon abhielt, hier wegzukommen. Ich war wütend und aufgebracht und verletzt und … einfach alles auf einmal. Meine Gefühle drohten überzukochen wie das Wasser in einem Teekessel. Das machte das Autofahren zu einer Sache, auf die sich mein Bewusstsein kaum konzentrieren konnte. Die Landstraße Richtung Innenstadt ertrank förmlich im Regen. Ich nahm den Fuß vom Gas und wurde langsamer. Man sah kaum noch die Hand vor Augen, und es war schwer, den Mittelstreifen im Blick zu behalten, so enorm große Sturzbäche ergossen sich vom Himmel.

Plötzlich ruckelte das Auto über ein Hindernis am Boden, und die Lenkung zog nach rechts. Ich hielt den Atem an und versuchte, möglichst ruhig zu bleiben. Irgendwie schaffte ich es trotz leichter Panik, den Opel an den Rand zu lenken und anzuhalten. Bestimmt ein platter Reifen. Zornig ballte ich die Hände zu Fäusten. Ich legte die Stirn aufs Lenkrad, stieß die angehaltene Luft wieder aus, und dann begann ich zu weinen. Und der Himmel weinte unaufhörlich mit mir.

KAPITEL 27

DAD HATTE MIR MAL GEZEIGT, wie man einen Reifen wechselte, aber dazu sah ich mich nicht mehr in der Lage (vor allem nicht bei diesem Regen), also rief ich ihn an. Er kam sofort, um mir zu helfen. Zu Hause gönnte ich mir eine heiße Dusche, schlüpfte in kuschelige Schlafklamotten und kroch unter meine Bettdecke. Theo versuchte ein paarmal, mich zu erreichen, aber ich ignorierte die Anrufe. Irgendwann war mein Akku leer, und das Handy ging komplett aus. Ich hatte an diesem Abend eine Menge Zeit, mir Gedanken zu machen. Sollte ich nicht ein schlechtes Gewissen haben, weil ich Theo so angegangen war? Nein! Dann war ich eben egoistisch! Hier ging es um meine Gefühle!

Um mich abzulenken, schaute ich online ein paar alte Basketball-Spiele des Atlanta Dream-Teams. Alle im Haus schliefen bereits, und es war totenstill, aber ich war viel zu aufgewühlt, um in Träume abzudriften. Die würden sowieso nur von Theo und dem Drama der letzten Stunden handeln. Irgendwie hatte ich mich schon wie eine hysterische Ex-Geliebte aufgeführt, der eine Sicherung durchgebrannt war. Fast musste ich bei der Erinnerung an meinen Gefühlsausbruch lachen. Typisch Lorn, richtig? Impulsiv und jähzornig. In Theos Gegenwart war ich ausgeglichener und ruhiger gewesen – hatte ich zumindest gedacht. Vielleicht war ich auch einfach nur … ängstlicher? War es nicht genau das, was Cassidy zu mir gesagt hatte? Und war mir diese Erkenntnis nicht schon selbst gekommen? Dass meine Angst, Theo zu verlieren, mich um diesen Jungen herumtänzeln ließ, als sei er eine Vase, die ich zerbrechen könnte?

Theo war nicht der einzige Blinde hier.

Hier war doch schon längst etwas kaputtgegangen.

Ich hatte aus den Augen verloren, wer *ich* war.

Ohne meine Gefühle für Theo. Einfach nur Lorn.

Das hatte ich bisher echt nicht wahrhaben wollen, und es beschäftigte mich bis spät in die Nacht hinein. Als meine Schwestern am nächsten Morgen zu mir ins Zimmer kamen, um mich fürs Familienfrühstück zu wecken, hatte ich kaum ein Auge zugetan. Der Geruch der frischen Pancakes unten aus der Küche lockte mich dann doch aus dem Bett. Sie dufteten köstlich! Während ich mit April, Jane, Bryce, Mom und Dad zusammen am Tisch saß, wir aßen und herumalberten, wurde mir ganz warm ums Herz. Ich hatte es vermisst, mit allen zusammen zu sein. Wegen der Schule, der Hausaufgabennachhilfe und des Reittrainings war ich meist so spät wieder daheim gewesen, dass ich diese gemeinsamen Essen verpasst hatte. Ich nahm mir fest vor, diesen Umstand ab jetzt zu ändern. Als wir fertig waren und aufgeräumt hatten, ging ich mit den Zwillingen in den Garten, und wir spielten eine Weile Federball, bis es zu windig wurde. Erst am späten Vormittag fiel mir der leere Akku meines Handys wieder ein, und ich ging in mein Zimmer, um es an der Steckdose aufzuladen. Ein Dutzend verpasste Anrufe von Theo, nach denen er zu Nachrichten übergegangen war, die sich richtig verzweifelt lasen.

Bist du gut nach Hause gekommen? Bitte melde dich.

Lorn, ich mache mir Sorgen. Bist du okay?

Bitte, schreib mir. Geht es dir gut?

Lorn!!! Ich drehe noch durch. Bitte!

Es tut mir so leid. Verzeih mir!

Ein Wunder, dass er noch nicht hier aufgekreuzt war. Weil ich das auf keinen Fall wollte und mein schlechtes Gewissen mich dazu drängte, antwortete ich ihm knapp.

Alles o.k. Brauche etwas Abstand.

Keine drei Sekunden später klingelte mein Handy.

Zögernd nahm ich den Anruf entgegen.

»Lorn, ich habe mir solche Sorgen gemacht, dass du bei dem Unwetter nicht sicher nach Hause gekommen bist!«, überfiel er mich gleich mit wütender Stimme. »Wieso bist du abgehauen?«

»Du weißt wieso«, sagte ich. Stur wie ich war, kam mir keine Entschuldigung über die Lippen, dabei wusste ich, dass er zumindest in dieser Hinsicht eine verdient hatte. »Es ist, wie ich geschrieben habe. Ich brauche etwas Abstand, Theo.«

»Aber … « Pause. »… was ist mit dem Training?«

War das Training echt alles, was ihn interessierte?

»Colton wird mir helfen«, sagte ich prompt. Die Idee war mir gerade erst gekommen, aber sie war nicht schlecht. Colton wusste zwar nicht so viel wie Theo übers Reiten und über Pferde, aber bestimmt genug, um mein Ersatztrainer zu sein. Cassidy würde ihn sicher überreden, wenn sie wusste, was passiert war. Oder Colton stimmte einfach so zu, weil er mir wegen der Sache mit dem Brief echt noch was schuldig war. »Das ist besser so, glaub mir.«

»Jetzt entscheidest du also für uns beide.«

»Tja, dann sind wir jetzt wohl quitt.«

»Ich will nicht mit dir streiten«, sagte Theo.

»Ich auch nicht mit dir. Bis bald.«

»Warte! Was heißt ›bis bald‹?«

»Ich weiß es nicht«, sagte ich und legte auf. Meine Finger zitterten. Theo gegenüber so kühl zu sein, hatte mich ganz schön Kraft gekostet. Ich holte tief Luft und wählte Cassidys Nummer.

»Hey. Ich bin's. Kannst du mir einen Gefallen tun?«

Eine Woche später waren Cassidy und ich unten an der Strandmeile für eine Schnupperstunde bei der Surfschule, die der Familie von Wesleys bestem Freund gehörte. Ich hatte nämlich Wesleys

Flyer wiedergefunden. Cassidy hatte sich schon immer für solche kostenlosen Angebote begeistern können, weil man dadurch Neues ausprobieren konnte, ohne viel Geld ausgeben zu müssen. Das war unser Ding. Wir mussten lediglich die Leihgebühr für die Ausrüstung bezahlen, die erste Stunde war jedoch umsonst. Colton surfte schon seit vielen Jahren und hätte Cassidy sicher das ein oder andere beibringen können, aber dieser Tag gehörte nur uns. Seitdem er mir beim Reittraining half, hatte er sowieso die Nase voll von mir. Geduld gehörte nicht zu Coltons Stärken, und dadurch war er kein so ausdauernder Lehrer wie Theo. Natürlich war ich Colton dankbar, aber ich vermisste Theo auch schrecklich. Ich zog das mit der Auszeit nämlich knallhart durch und ging Theo auf der Ranch komplett aus dem Weg. Nicht dass dieser sich überhaupt blicken ließ. Mrs. Griffin hatte mir erzählt, dass Theo viel mit seinem Rappen Filo unterwegs war.

Es war jedoch die richtige Entscheidung.

Nach einigen Tagen spürte ich, dass es mir guttat. Ich fühlte mich freier von den Gedanken an ihn und ersetzte sie durch Zeit mit meiner Familie und meinen Freunden. Das Armband, das Theo mir auf dem Farmers Market geschenkt hatte, trug ich trotzdem. Ich hatte es nicht über mich gebracht, es abzulegen. Colton hatte auch bemerkt, dass ich es nie auszog. Vermutlich hatte er so seinen Verdacht, woher es kam, aber er sagte nichts.

»Ich glaube, Colton ist ganz froh, dass ich ihm fürs Wochenende abgesagt habe«, meinte ich zu Cassidy. »Er hat ziemlich erleichtert ausgesehen, mich für ein paar Tage los zu sein.«

»Colton ist eben nicht der Typ, der anderen gerne was beibringt.«

»Du meinst, mit Ausnahme eurer ›Lernsessions‹?«

Cassidy versetzte mir einen leichten Stups. »He!«

»Jaja«, lachte ich. »Nett, dass er mir hilft.«

»Du bist meine Freundin und er mein fester Freund, und ich habe ihm gesagt, dass mir wichtig ist, dass ihr euch versteht.«

»Das ist süß«, seufzte ich. »Mich freut das übrigens auch.«

»Hier ist echt eine Menge los«, bemerkte Cassidy.

Vor der *Surfschule Sallinger* hatte sich eine kleine Menschentraube gebildet. Direkt in den Dünen lag ein größeres Strandhaus auf Stelzen mit breiter Fensterfront, vor dem ein auffallend buntes Holzschild im Boden steckte, das auf das Geschäft darin hinwies. Wesleys Freund hieß Roman Sallinger und war genau wie wir alle ein Junior an der Newfort High. Seine Familie führte die Surfschule schon seit mehreren Generationen und gab Kurse jeder Art sowie über die Ferien ein richtiges Surf Camp, für die Leute, die es ernst mit dem Surfen meinten. Roman selbst ging total in seinem Job auf, das konnten Cassidy und ich beobachten, weil wir in seine Gruppe kamen. Immer fünf bis sechs Leute plus ein Trainer wurden zusammengewürfelt. Neben uns beiden waren noch drei andere Mädchen in unserem Alter mit dabei, die Roman verstohlene Blicke zuwarfen. Mit den breiten Schultern, dem welligen braunen Haar und den grünen Augen wirkte er mindestens so charismatisch wie Wesley. Tja, bei einem süßen Surftrainer machte alles doch gleich doppelt so viel Spaß.

Nachdem alle mit Anzug und Board ausgestattet waren, suchten wir uns einen Platz am Strand und begannen mit Trockenübungen. Den Anfang machte ein Aufwärmspiel, bei dem wir alle ein paar alberne Übungen machen mussten und uns halb kringelig lachten. Danach folgten weitere Übungen auf dem Trockenen. Roman erklärte uns die wichtigsten Regeln fürs Surfen. Er betonte, dass die Wellen unberechenbar sein konnten und das theoretische Wissen einem auf dem offenen Wasser oftmals nichts brachte, weshalb Anfänger das Surfen mit einer guten Portion Ernsthaftigkeit angehen sollten. Irgendwann ging es hinaus ins Meer, aber das Ganze war mehr ein Herumpaddeln und Sich-mit-dem-Board-Vertrautmachen als das wilde Wellenreiten, das man so aus Filmen kannte. Trotzdem war die Schnupperstunde sehr cool und leider viel zu schnell vorbei.

Cassidy und ich gingen im Anschluss noch ein Eis essen und kosteten das schöne Wetter an der Strandmeile aus, indem wir den Pier entlangspazierten. In der lauen Abendluft trockneten unsere Haare von ganz allein. Die salzige Brise war angenehm und vermittelte eine erste Ahnung des schönen Sommers, der vor uns lag. Wir hatten uns vor ein paar Minuten auf eine der Bänke gesetzt, als mich eine fremde Nummer anschrieb. Es war Lilly.

Hab deine Nummer von Theo. Hier euer Foto! ;-)

Foto? Oh nein! Das unter dem Blumentor! Wir hatten komplett vergessen, es damals zu Werbezwecken zu posten. Hastig textete ich ihr eine Entschuldigung zurück, aber Lilly meinte, sie wäre uns nicht böse und wollte, dass wir es zumindest für uns hatten. Nach unserem Nachrichtenaustausch scrollte ich hoch, um das Foto anzuklicken und mir in Ruhe ansehen zu können. Überrascht öffnete ich den Mund. An den Moment, als ich mich getraut hatte, nach Theos Hand zu greifen, erinnerte ich mich natürlich, aber … auf diesem Bild sah Theo *mich* an. Er hatte den Kopf leicht zur Seite geneigt, und seine Augen ruhten liebevoll auf meinem Gesicht. Cassidy hatte sich zu mir gelehnt und betrachtete das Foto so lange, bis sich der Bildschirmschoner aktivierte und das Display schwarz wurde.

»Das war vor eurem letzten Streit, oder?«, fragte sie.

»Theo sieht aus, als ob … «

»… als ob er dich *wirklich* mag«, schloss Cassidy.

»Aber er … liebt *dich*«, sagte ich wie aus Reflex.

»Gefühle können sich ändern«, sagte sie.

Ich schob das Handy zurück in meine Tasche und starrte auf

das weite Meer hinaus. Da war sie wieder. Diese verdammte Hoffnung. Ich fuhr mit den Fingern über die Holzperlen meines Armbands.

»Das blöde Foto sagt gar nichts«, murmelte ich.

Cassidy nickte bedächtig. »Wenn du das so siehst.«

»Gehen wir zusammen auf das Get Together der Sallingers am vierten Juli?«, wechselte ich rasch das Thema. »Es gibt sogar ein Feuerwerk. Kim und die anderen Mädels gehen auch alle hin.«

Meine beste Freundin setzte eine entschuldigende Miene auf. »Eigentlich wollten Colton und ich da unser Date nachholen«, sagte sie und musste dabei automatisch grinsen. »Meine Mom ist übers Wochenende mit einer neuen Freundin von der Arbeit unterwegs, und mein Bruder ist dann bereits im Robotics Camp.«

Ich hob fragend eine Augenbraue. »Das ›besondere Date‹?«

Cassidy grinste noch breiter. »Genau.«

»Das ist schon okay, ich hänge mich einfach wie das dritte Rad an Skylar und Charlotte dran«, meinte ich. »Oder werfe mich Wesley in die Arme. Das hätte Theo ja so supergerne.«

Mist! Jetzt hatte ich ihn doch wieder erwähnt …

»Wenn du mich brauchst, dann …«

»Kommt gar nicht in Frage!«, unterbrach ich sie. »Da gehen genug Leute hin, die ich kenne. Falls du es noch nicht bemerkt hast, ich bin auf der Leiter von ›sozial inkompetent‹ zu ›ist passabel mit anderen menschlichen Wesen‹ hochgeklettert.«

»Du bist mehr als passabel. Die Leute mögen dich.«

»Weißt du was? Inzwischen glaube ich das sogar.«

»Hurra für das neue Selbstvertrauen!«, jubelte Cassidy.

»R.I.D.E. rückt auch immer näher«, murmelte ich.

»Willst du bis dahin echt mit Colton vorliebnehmen?«

»Er meinte schon, dass seine Tante mir auch ein paar Stunden geben kann. Ab nächster Woche ist Springen über Hindernisse dran«, sagte ich. »Vermutlich falle ich dann nur noch vom Pferd.«

»Lorn Rivers«, sagte Cassidy feierlich. »Du hast echt Mut!«

Ich lehnte mich auf der Bank zurück und blickte zum Horizont. Eine dickbauchige Wolke zog gerade über das dämmrige Firmament.

»Mut. Wahnsinn. Ist irgendwie das Gleiche, oder?«

»Nicht wirklich«, erwiderte Cassidy belustigt. Sie legte mir einen Arm um die Schulter. »Aber ich wünsche dir alles Glück der Welt, damit du das schaffst, was du dir vorgenommen hast.«

Ich wusste, dass sie nicht nur den Wettbewerb meinte.

Meine Augen huschten zu einem vereinzelten Stern, der bereits zu erkennen war und die Erinnerung an Lillys Party und Theos und meine Unterhaltung unter dem Firmament wachrief.

Was hatte er noch einmal gesagt? Dass Liebe sich wie eine Welle anfühlen sollte, die über dich hinwegfegte und die man nicht aufhalten konnte. Etwas, das plötzlich da war. Echt und wertvoll und das man nur mit einer einzigen anderen Person teilen konnte. Ich erinnerte mich sehr genau an seine Worte, denn in diesem Moment war es, als würde Theo statt Cassidy neben mir sitzen und mir genau diese Zeilen ins Ohr flüstern. Und da wusste ich, dass es an der Zeit war, ihm endlich meine Gefühle zu gestehen.

Ganz ohne Missverständnisse und weiteres Chaos.

KAPITEL 28

»DAS WAR GROSSARTIG, LORN!«

Mrs. Griffin strahlte mich an. Ich hatte kaum mitbekommen, was sie gesagt hatte, weil mein Herz vor Aufregung unglaublich schnell schlug. Elsa und ich hatten gerade unseren allerersten Sprung über ein kleines Hindernis geschafft, das man Cavaletti nannte – ein Bodenrick, das eine Handbreit über dem Untergrund schwebte. Seit gut einer Stunde ritt ich auf Elsa immer wieder einen Übungsparcours auf und ab, den Mrs. Griffin gemeinsam mit Colton und mir aufgebaut hatte. Um ein paar alte Tonnen herum, einige Kurzstrecken abwechselnd im Schritt und Trab und – endlich hatte ich den Mut gefunden, mich mit der Stute an das Cavaletti heranzutrauen. Klar, es war nur ganz niedrig, aber es hatte sich angefühlt wie die allergrößte Hürde – und wir hatten sie geschafft! Für einen Moment hatte ich all meine Gedanken ausgeblendet und mein ganzes Vertrauen in Elsa gelegt. Wie eine Einheit waren wir schneller geworden und – schwupps! – drüber hinweggesprungen. Der winzige Augenblick, als Elsas Hufe in der Luft schwebten, hatte endlos viel Adrenalin durch meinen Körper gejagt. Ich saß noch im Sattel und war nicht gestürzt!

Ein breites Grinsen vereinnahmte mein Gesicht.

Mrs. Griffin hatte seit Anfang der Woche mein Training übernommen, und allmählich ging es ans Eingemachte. Reiten machte mir inzwischen unheimlich viel Freude, und Elsa war als meine treue Begleiterin inzwischen fester Bestand meines Alltags und mir einfach ans Herz gewachsen. Ich hatte es zwar noch nicht laut ausgesprochen, aber ... ich würde nach dem R.I.D.E.-Wettbewerb gerne weiterreiten. Einfach so. In den vergangenen Tagen hatte sich dieser Entschluss in mein Herz gestohlen. Ein wenig hatte es auch mit Mrs. Griffin zu tun. Obwohl sie noch immer nicht wusste, weshalb Theo und ich Abstand hielten – nach dem Besuch auf dem Farmers Market umso mehr –, war sie einfach für mich da. Ohne zu zögern hatte sie vorgeschlagen, Colton die Aufgabe meines Trainings abzunehmen, als sie mitbekommen hatte, dass Theo nicht mehr an Bord war. Sie hängte sich voll rein und gab ihr Bestes, um mir zu helfen. Deshalb hatte ich ihr gestern auch gesagt, dass es nicht Theos Schuld war. Ich wollte nicht, dass sie Vermutungen über ihren Sohn anstellte, die Theo in ein schlechtes Licht rückten.

Heute hatten sich seit einer gefühlten Ewigkeit das erste Mal Theos und mein Weg gekreuzt, als ich eben zur Toilette ins Haupthaus gelaufen war. Er war mir gleich ausgewichen, hatte den Kopf gesenkt und kehrtgemacht. Kein Wunder, wenn man bedachte, dass ich ihm deutlich zu verstehen gegeben hatte: Abstand! Der Monat war jedoch fast vorbei. Mitte nächster Woche fand das Get Together am vierten Juli statt. Und Theo musste dorthin kommen.

Denn um diesen Tag drehte sich mein allerwichtigster Plan ...

»Lorn, aufpassen!«, schalt mich Mrs. Griffin.

»Sorry!«, rief ich laut.

Theos Mom gab mir und Elsa noch ein paar Anweisungen, und wir schafften es, zwei weitere Male über das Cavaletti zu springen. Dann war die Einheit für heute zu Ende. Nicht zuletzt, weil Mrs. Griffins Handy klingelte. Sie wartete schon die ganze Zeit auf den Anruf wegen einer Getränkelieferung für die Gäste. Entschuldigend gab sie mir ein Zeichen und ging dann mit dem Telefon am Ohr Richtung Haupthaus zurück. Das war okay, ich kam nämlich inzwischen mit Elsa super klar und konnte mich allein um sie kümmern. Wenn ich ehrlich war, freute ich mich sogar darüber, etwas Zeit mit ihr für mich zu haben. Pferde waren echt gute Zuhörer, und ich blieb meist ein wenig in ihrer Box und plapperte wild drauflos. Ihr schien das zu gefallen, weil sie stets an meinen Haaren zu knabbern begann.

Wenn alles vorbei war, musste ich mir etwas einfallen lassen, um den Griffins meine Dankbarkeit für ihre Hilfe zu zeigen. Ich klopfte Elsa liebevoll den Hals und wollte aus dem Sattel steigen, als sich mein linker Fuß im Steigbügel verhedderte. Das war mir bisher noch nie passiert! Ich versuchte, ihn freizukriegen, aber anscheinend hatte sich eine Schnalle meines Stiefels verbogen und im Steigbügel verfangen. Probeweise versuchte ich, mich vom Pferd zu schwingen, bemerkte aber gleich, dass ich so nur nach hinten kippte – und die Vorstellung, Elsa würde mich hinter sich her schleifen, während ich halb auf dem Boden lag, war nicht so prickelnd. Ich sah mich nach jemandem in der Nähe um, aber es war niemand da. Vielleicht schaffte ich es, den Fuß zu befreien, wenn ich mich an einem der Zäune festhielt, um nicht aus dem Sattel zu plumpsen? Einen Versuch war es wert. Doch Minuten später war ich immer noch nicht weiter. Gott! Das war wie so ein alberner Moment aus einer Pannenshow. Ich stieß einen leisen Fluch aus und verzog das Gesicht. Inzwischen hing ich mit dem Kopf nach unten an Elsa Flanke und streckte die Hand aus, um nach dem Stiefel zu greifen, damit ich ihn ausziehen konnte, als auf einmal Schuhe in mein Blickfeld traten.

»Was genau machst du da eigentlich die ganze Zeit?«

Hastig setzte ich mich wieder auf und blies mir meine Haare aus dem Gesicht, die nach meinem Herumgehampel völlig durcheinander waren. Den Helm hatte ich vor ein paar Minuten ausgezogen, weil der Gurt unter meinem Kinn unangenehm gedrückt hatte, wenn ich mich nach unten gebeugt hatte. Er hing an einem der Zaunpfeiler. Jetzt war mein Gesicht nicht nur vor lauter Anstrengung rot, sondern auch vor Peinlichkeit und Verlegenheit.

»Mein blöder Stiefel hängt irgendwo fest«, grummelte ich.

»Ich wusste nicht, ob du meine Hilfe willst.« Theo klang unsicher. »Es sah so aus. Ich kann aber auch wieder gehen, wenn du …«

»Nein, bitte!«, schoss es aus meinem Mund.

Er lächelte matt. Kurz schien es, als sei alles zwischen uns in Ordnung, als hätten wir uns nie gestritten. Seine bernsteinfarbenen Augen funkelten im Licht der Sonne. Er trug ein graues, ärmelloses Shirt und eine dunkle Hose. Sein Hut fehlte heute, und seine Haare fielen wellig durcheinander. Theo war schon immer am süßesten gewesen, wenn er überhaupt nicht versuchte, sich irgendwie in Schale zu werfen, sondern einfach nur er selbst war. Gott, wie hatte ich ihn vermisst …

Er kletterte über den Zaun und landete auf der anderen Seite direkt neben Elsa und mir. Seine Hände schlossen sich um meinen linken Stiefel. »Die Schnalle hat sich am Steigbügel verkeilt. Ich glaube, ich muss sie abbrechen, damit du absteigen kannst.«

»Die Stiefel gehören eigentlich deiner Mom.«

»Das weiß ich, und sie sind megaalt«, meinte er. »Eigentlich gibt es dazu eine ziemlich witzige Geschichte. Als Mom in unserem Alter war, ist sie mit ihrer besten Freundin immer durch den Drive-in des Burger Grills geritten, den es früher mal ganz in der Nähe an der Landstraße gab, und einmal musste sie absteigen, weil etwas in ihrer Bestellung gefehlt hat. Ihr Stiefel hat sich verfangen, und sie ist geradewegs auf die Motorhaube eines parkenden Autos geplumpst. Das war der Wagen meines Dads.«

»So haben sie sich kennengelernt?«, fragte ich.

»Sie kannten sich natürlich vom Sehen aus der Highschool, aber meine Mom meinte immer, sie hätte sich an diesem Tag Hals über Kopf in Dad verliebt und ihm deshalb damals nach der Schule auch sofort geholfen, den Job auf unserer Ranch zu bekommen«, antwortete er. »Sie hat dir die Stiefel gegeben, weil sie dachte, sie würden dir Glück bringen. Hat sie das nicht erzählt?«

»Nein«, murmelte ich. »Aber das ist eine süße Geschichte.«

Mrs. Griffin war so unheimlich lieb! Und die Stiefel hatten immerhin Theo und mich hier und jetzt zusammengebracht …

»Dein Fuß ist wieder frei«, merkte er an.

»Danke.«

Ich schwang ein Bein über den Sattel und zögerte. Verzweifelt suchte ich nach den richtigen Worten, um ihn zu der Party einzuladen, um etwas Nettes zu sagen, aber er interpretierte dieses Zögern offenbar als weitere Bitte. Theo streckte nämlich beide Arme aus, als wolle er mir vom Pferd herunterhelfen. Seine Hände schlossen sich behutsam um meine Unterarme, und ich rutschte ein Stück nach vorne, bis ich aus dem Sattel glitt. Meine Füße berührten zwar den Boden, aber so fühlte es sich ganz und gar nicht an. Vielmehr als würde ich fallen. Denn ich war durch die Nähe zu Theo praktisch gegen seine Brust gestolpert. Sein Gesicht war direkt vor meinem. So nah waren wir uns zuletzt bei unseren Küssen gewesen, und die Erinnerung daran wärmte mich von innen heraus. Der leichte Druck seiner Finger auf meiner Haut brachte jegliche Zurückhaltung in mir zum Schmelzen. Als ich einatmete, war da der Geruch von frischem Heu, salzigem Meer und Pferden. Theo schien auch gar nicht daran zu denken, mich loszulassen. Er sah mich mit festem Blick an, und als sich seine Brust hob und senkte, berührte sie meine. Vorsichtig hob ich meinen Arm und wollte meine Hand an seine rechte Wange legen, um ihn zu berühren, zögerte jedoch. Theos Finger schlossen sich behutsam um mein Handgelenk. Wind brachte die Gräser um uns herum zum Knistern und wirbelte durch unsere Haare. Mein Herz schlug wie verrückt.

»Du hast das Armband behalten«, wisperte er.

»Ich habe es so vermisst, mit dir zu reden«, platzte es aus mir heraus. »Es tut mir leid, dass ich dich damals angeschrien habe.«

Theo öffnete leicht den Mund. »Ich … habe dich auch vermisst.« Er schüttelte bedauernd den Kopf. »Und mir tut es auch leid. Mir sind da so ein paar Dinge klar geworden, und ich würde gerne … «

»Hey! Wo bleibst du denn?«, rief jemand laut.

Isabella. Sie kam zum Übungsplatz. Ihr pfirsichfarbenes Kleid flatterte in der zugigen Brise, die über die Felder fegte.

Sofort trat ich einen Schritt zurück. Elsa, die noch immer hinter mir stand, begann an meinen Haaren zu knabbern. Ich griff nach ihren Zügeln und fuhr ihr durch die Mähne. Isabellas Auftauchen schien Theo nicht zu überraschen.

Hieß das, sie war schon länger auf der Ranch?

»Isabella ist zu Besuch hier«, sagte Theo zögerlich, als habe ich meine Frage laut ausgesprochen. »Sie war in letzter Zeit öfter hier. Zuerst war es wegen Bolt, aber dann … Sie hat gesagt, dass sie ihren Dad ausfindig machen möchte, und ich überlege, ihr zu helfen. Als sie neulich hier war, da … Ich weiß auch nicht.«

Ungläubig starrte ich Theo an. Isabella kam *öfter* zu Besuch?

Genau das hatte ich gebraucht. Das Bild von Isabella und Theo vor meinem inneren Auge. Wie sie sich trafen und vergnügten, während ich versucht hatte, mit dem Abstand umzugehen, den ich gebraucht hatte, um mir über einige Dinge klar zu werden.

»Wieder eine längere Geschichte für ein anderes Mal?«, fragte ich, und meine Stimme klang dabei fast schon bedrückt.

Theo sah mich entschuldigend an. »Könnte man so sagen.«

Isabella war am Zaun stehen geblieben und winkte mir zu.

»Hey, Lorn! Trainierst du noch für R.I.D.E.?«

Ihre Stimme klang freundlich, ohne aufgesetzt zu wirken. Skeptisch sah ich sie an. War sie etwa … nett zu mir?

»Ehm … ja. Bin gerade fertig geworden.«

Und – Sekunde, sie hatte sich meinen Namen gemerkt?

»Ich habe schon gehört, dass du dich voll ins Zeug legst«, sagte sie und – Hilfe! – lächelte jetzt auch noch. Sie musterte Theo und mich neugierig. »Bin gespannt, was du so gelernt hast. Auch wenn Teddy und ich jetzt wieder miteinander reden, trete ich trotzdem bei R.I.D.E. an. Ein Deal ist immerhin ein Deal. Allerdings tut es mir echt leid, dass du so einen falschen Eindruck von mir bekommen hast.« Sie räusperte sich. »Ich meine … dickes Sorry! Ich hätte das von dem Kuss nicht weitererzählen sollen.«

Alter Falter! Was zur Hölle passierte hier gerade?

Hatte sie sich bei mir entschuldigt?

Isabella blickte zu Theo. »Willst du da Wurzeln schlagen?«

»Gib uns ein paar Minuten«, bat er sie.

»Klar!« Sie zwinkerte ihm verschwörerisch zu. Dann sah sie zu mir. Das Lächeln auf ihrem Gesicht war noch immer da. Verunsichert lächelte ich zurück, weil ich so gar nicht wusste, wie ich mit dieser neuen Version von ihr umgehen sollte. Sie schien jedenfalls auf keine Antwort von mir zu warten, denn Isabella wandte sich schließlich ab und lief Richtung Haupthaus.

Das alles konnte doch nur ein böser Traum sein! Oder?

Mit weit aufgerissenen Augen starrte ich nun Theo an.

»Es ist nicht so, wie du denkst«, sagte er.

»Ich denke gerade eine ganze Menge«, erwiderte ich. »Ehrlich gesagt habe ich einen ganzen Katalog mit Tausenden Fragen.«

»Wir sollten in Ruhe über alles reden. Leider kommt gleich eine Getränkelieferung, bei der meine Eltern Hilfe brauchen. Können wir uns nicht irgendwo treffen, wo wir allein sind?«

Wie auf Kommando rief Mr. Griffin Theos Namen.

»Komm doch einfach zum Get Together am vierten Juli bei der *Sallinger Surfschule*«, sagte ich zu Theo. »Da können wir … reden.«

Theo nickte. »Okay.«
Ich nickte. »Gut.«
Er drückte meine Hand, ehe er Isabella folgte.
Mit wild klopfendem Herzen sah ich ihm nach.

Ganz Newfort hatte sich wie jedes Jahr auf den vierten Juli vorbereitet. Auf dem Weg zur Strandmeile sah ich überall Flaggen und Dekoration und Leute, die sich bereits auf den Straßen zusammenschlossen, um gemeinsam zu einem Fest oder einer Party zu gehen. Ich war mit dem Fahrrad zu Skylars Haus gefahren, weil sie und Charlotte dort auf mich warteten, um mich mitzunehmen. Skylars Familie lebte nahe der Innenstadt, und dort waren Parkplätze immer schwer zu kriegen, wenn man kein Anwohner war. Hinradeln hatte daher mehr Sinn für mich gemacht. Nachdem wir mein Rad in die Garage der Franklins gestellt hatten, ging es auch schon los. Skylar durfte den Geländewagen ihres Dads nehmen. Sie und Charlotte trugen beide das gleiche graue Shirt, mit einem Aufdruck der amerikanischen Flagge, und schwarze Röcke. Ihr Partnerlook sah wirklich süß aus. Charlotte war einen Kopf größer als Skylar, trug ihre blonden Haare in einem Pixie Cut und wirkte mit ihrer besonnenen und ruhigen Art viel erwachsener als wir. Genau wie mit Skylar verstand ich mich mit Charlotte auf Anhieb. Wir hatten uns gelegentlich bei Spielen oder in der Schule gesehen, aber bislang nicht viel Zeit zum Reden gehabt.

»Wir wickeln Lorn einfach in unsere Flagge«, meinte Skylar, als wir fast da waren. Sie und Charlotte zogen mich die ganze Zeit auf, weil meine Klamotten so wenig Patriotismus zeigten. Ich hatte ein blau gepunktetes, weites Top gewählt, mit meinen ausgefransten Lieblingsshorts und meinen alten Chucks.

»Ich habe da eine Idee«, meinte Charlotte. Sie kramte in ihrer

Handtasche herum und reichte mir eine Schleifenhaarspange auf den Rücksitz, die rot-weiß gestreift war. »Steck die an.«

»Buh! Das zählt nicht!«, rief Skylar.

Ich steckte mir die Spange trotzdem ins Haar.

Nach unserer Ankunft am Strand suchten wir den Rest unseres Teams, gingen gemeinsam Hotdogs essen und quasselten, bis es immer später wurde. Irgendwann zog es uns wegen des Lagerfeuers Richtung Surfschule. Die Party schien gerade so richtig in Gang gekommen zu sein. Unmengen an Leuten tummelten sich dort, mit blauen oder roten Bechern in den Händen, kleinen USA-Fähnchen oder Snacks von einem Grill, der neben der Getränkebar aufgebaut worden war. Im Sand steckten vereinzelt elektronische Fackeln, die Licht spendeten. Der Himmel war eine Mischung aus Dunkelgrau und Mitternachtsblau, und einige Sterne schimmerten durch die anhaltende Wolkendecke. Nicht das ideale Wetter für ein Feuerwerk, aber die Stimmung wurde von der Aussicht auf weiteren Regen nicht getrübt. Alle schienen sich zu amüsieren.

Ich unterhielt mich eine Weile mit Wesley und seinen Freunden, bis mir Addison ins Auge fiel. Sie stand abseits der Party mit ihren Sandalen in der Hand und den nackten Füßen im Wasser. Völlig regungslos, die Augen geschlossen und ein Lächeln auf den Lippen. Ihr weißes Kleid war von einem durchschimmernden Stoff mit kleinen Schlitzen an den Seiten. Der Wind wehte ihre Haare leicht hin und her. Addison sah wunderschön aus. Wie ein Mädchen, das aus dem Ozean gestiegen war. Wild und frei.

Wesley hatte sie auch bemerkt.

»Sie ist echt eine Nummer für sich.«

»Ich werde ihr mal Hallo sagen.«

»Klar, bis später.«

Ich lief zu ihr, ging aber nicht bis ins Wasser. Addison nahm gar nicht wahr, dass sie Besuch bekam.

»Hey«, sagte ich leise.

Sie öffnete die Augen. »Hey«, erwiderte sie.

»Abends ist das Meer unglaublich, oder?«

Addison kam aus dem Wasser, und wir setzten uns nebeneinander in den Sand, der recht kühl war. Hinter uns schienen die Musik und das Gelächter in weite Ferne zu rücken. Ich wandte mich ihr zu.

»Wesley hat mir von unserem Foto in deinem Auto erzählt.«

Addison schnaufte. »Er ist so ein Idiot.«

»Aber ein netter Idiot.«

»Du glaubst immer an das Gute in den Menschen.«

»Das tun viele Leute«, sagte ich.

»Ja, aber … du hast dich seit damals nicht sehr verändert. Es ist die Art, wie du andere siehst«, sagte sie leise. Addison musterte mich. »Vielleicht bist du die Einzige von uns allen, die immer schon gewusst hat, wer sie eigentlich ist … «

»Ja, vielleicht«, murmelte ich nachdenklich.

»Das Foto erinnert mich immer an ein paar schöne Momente. Manchmal würde ich gerne die Zeit zurückdrehen und … alles anders machen«, gab sie leise zu.

»Bist du okay?«, fragte ich sanft.

Sie antwortete nicht darauf. »Auf Andrews Handy war ein Video von mir. Wir waren da auf dieser Party, eine ganz andere als diese hier … Kurz davor hatte ich einen Streit mit meinem Dad, und ich habe danach ziemlich viel getrunken. Ich war so wütend auf ihn. Andrew hat an diesem Abend ständig irgendwas gefilmt. Er fand das witzig. Und als wir allein waren, habe ich etwas über meine Familie erzählt, das ich ziemlich bereue. Mit dieser Aufnahme hat er mich dann erpresst. Wenn mein Dad sie gesehen hätte … das hätte ihm das Herz gebrochen. Das war mein Geheimnis. Bescheuert, oder?«

»Warum erzählst du mir das?«

»Vielleicht bin ich wieder betrunken. Vielleicht auch nicht«, antwortete Addison. »Oder du hast eine Antwort verdient.«

»Weißt du«, sagte ich behutsam. »In dir steckt trotz all deiner Sturheit und abweisenden Art noch immer ein Stück der alten Addison. Der Teil, der meine beste Freundin gewesen ist.«

Sie zögerte. »Vielleicht … irgendwann … «

»Ja«, sagte ich schlicht. »Irgendwann.«

Addison seufzte. »Da wartet jemand auf dich.«

Ich drehte den Kopf Richtung Party und erwartete Wesley, aber es war Theo. Anscheinend war er gerade gekommen und hatte mich bereits gesucht. Addison fasste mich am Arm, als ich aufstehen wollte. Mein Blick war fragend, ihrer ziemlich bestimmt.

»Lass dir nicht wieder das Herz brechen.«

»Woher weißt du …?«

»Das wissen alle. Bis auf einen.«

»Nicht mehr lange«, sagte ich entschlossen.

KAPITEL 29

FÜR MEINEN PLAN, Theo am vierten Juli meine Gefühle zu gestehen, hatte ich mir genau überlegt, wohin wir gehen konnten, um ungestört zu sein. Entlang des Sandstrands gab es mehrere lange Stege, die weit aufs Wasser hinausführten und in kleinen Pavillons endeten. Von dort hatte man einen schönen Ausblick aufs Meer. Während überall auf der Strandmeile verschiedene Veranstaltungen stattfanden, waren diese Plätzchen abseits des Trubels schön abgelegen.

Schweigend folgte mir Theo, als ich auf einen der Stege lief. Die Holzplanken knarzten leise unter unserem Gewicht, und durch den leichten Wellengang hörte man ein leises Plätschern. Diese kleinen Geräusche erschienen mir in der Stille unheimlich laut. Mit den altmodischen und verschnörkelten Sitzbänken, dem weißen Runddach und den Laternen, in denen die Lichter schon brannten, verströmte der Pavillon eine nostalgische Stimmung. Wie der perfekte Platz für romantische Momente nur zu zweit. Und mein Herz schlug in Theos Gegenwart wirklich schneller, allerdings vor lauter innerer Unruhe und Aufregung.

»Hier ist es echt schön«, bemerkte Theo.

Wenn er jetzt mit Small Talk anfing, verließ mich bestimmt der Mut. Also gab ich mir einen Ruck. Kurz blickte ich aufs offene Wasser und sammelte in Ruhe meine Gedanken. »Danke, dass du gekommen bist. Wir sollten über *uns* reden«, sagte ich vorsichtig, als würde ich meiner eigenen Stimme nicht über den Weg trauen.

Er nickte langsam. »Das finde ich auch, Lorn.«

»Nach all den Missverständnissen und kleinen Streitereien der letzten Wochen habe ich viel nachgedacht, und ich möchte ein paar Dinge klarstellen«, begann ich entschlossen, und mit jedem neuen Wort gewann ich an Selbstvertrauen. »Ich sage es jetzt ein letztes Mal, um es dir deutlich zu machen: Wesley und ich sind Freunde, sonst nichts, und er sieht das genauso. Was auch immer du dir zusammengereimt hast, ist nicht richtig. Du hast gesagt, ich wäre jemand, der ehrlich zu dir ist und dass du diese Eigenschaft an mir schätzt. Aber es gibt da eine Sache, die ich für mich behalten habe, und das möchte ich nicht länger.«

»Lorn, ich glaube …«

»Bitte«, unterbrach ich ihn. »Ich muss das machen.«

Ich atmete tief durch und straffte die Schultern. Mein Blick suchte Theos, und bei dem Gedanken, was ich in den nächsten Minuten laut aussprechen würde, fiel es mir ziemlich schwer, ihn direkt anzusehen. Nicht auszuweichen, stark zu bleiben. Es kam mir vor, als wären die letzten Jahre genau auf diesen einzigen Augenblick hinausgelaufen. All das Zögern und Zweifeln, all die Wünsche und Ängste und all die Sehnsüchte meines Herzens, wenn ich an Theo dachte. Von der Sekunde unserer ersten Begegnung bis zu dem Moment, der vielleicht unser letzter gemeinsamer sein könnte, hatte es mich innerlich zerrissen. Wie oft hatte ich mich gefragt, was ich mit meinen Emotionen anfangen sollte? Wie oft hatte ich vor Frustration Tränen vergossen? Mir eingeredet, dass es so besser für ihn und mich sei. Der Abend nach dem Farmers Market, als alles aus dem Ruder gelaufen war, hatte mir deutlich gemacht, dass ich so nicht weitermachen konnte. Immer wieder hatte ich gedacht, die Grenze zwischen Freundschaft und Liebe neu ziehen zu können. Doch die Linie war wie Kreide, die mit jedem Regenschauer erneut verblasste, als hätte es sie nie gegeben. Und wenn sie dieses Mal verschwand, war es endgültig.

»Damals, bei der Wette zwischen Cassidy und Colton, als es darum ging, dass Cassidy dich mit jemandem verkuppeln sollte und Coltons Wahl auf mich gefallen ist, habe ich das nicht meiner besten Freundin zuliebe mitgemacht. Ich hatte eigene Gründe«, sagte ich. Meine Stimme begann, wie befürchtet, leicht zu zittern. Es fühlte sich an, als habe sich die Angst wie eine kalte Decke über mich gelegt. Mir wurde klar, dass ich es einfach sagen musste. Ohne Unterbrechung, ohne ein weiteres Zögern. Weil mich sonst der restliche Mut auch noch verlassen würde. Ich hatte immer geglaubt, dass der Moment, in dem ich Theo meine Liebe gestand, ein episches Ereignis im Ausmaß einer Jane-Austen-Romanze sein würde. Aber stattdessen war mir kalt und heiß zugleich, und ich war mir jedes Zentimeters meines Körpers bewusst und fühlte mich seltsam und verloren. Meine Hände schwitzten, mein Atem ging schneller, mein Herz pochte schmerzhaft in meiner Brust, und ich wusste nicht, wie ich dasitzen sollte, um nicht noch mehr Unsicherheit auszustrahlen. »Ich habe mitgemacht, weil ich es wollte. Ich wusste von Anfang an Bescheid.«

»Wieso hast du mir das damals nicht gesagt?«

»Weil ich … furchtbare Angst hatte«, gestand ich. »Angst davor, dass du herausfindest, was ich wirklich fühle, Theo.«

Ich neigte den Kopf noch etwas weiter in seine Richtung, sodass ich keinerlei Möglichkeit mehr hatte, meinen Blick von ihm abzuwenden. Theo hatte den Mund leicht geöffnet, seine Miene verriet ein wenig Überraschung und Verwunderung – vielleicht auch darüber, dass er selbst nie auf die Idee gekommen war, dass die Wette nicht nur für Colton und Cassidy eine größere Bedeutung haben könnte. Ich ließ meine Worte für einen Augenblick wirken.

»Was du wirklich fühlst«, wiederholte er behutsam.

»Was ich wirklich fühle …«, flüsterte ich. Ein weiteres Mal schloss ich die Augen und holte tief Luft. *Was ich wirklich fühlte.* Als ich die

Augen wieder aufschlug, überkamen mich all diese Gefühle auf einen Schlag. In meinem Inneren hatte sich die Tür geöffnet, hinter der ich sie all die Jahre verborgen hatte. »Für mich hat alles im ersten Jahr der Highschool angefangen.«

Ich betrachtete Theo und ließ die Erinnerung an die Oberfläche schwimmen. »Das erste Mal haben wir uns in Geschichte gesehen, und du weißt es vielleicht gar nicht mehr, aber ich habe einen Vortrag gehalten und kaum ein Wort herausgebracht.«

Theos Lippen formten ein mattes Lächeln. »Doch, ich erinnere mich. Es gab ein Problem mit meinem Stundenplan, und ich wurde in euren Kurs gesetzt, als das Schuljahr schon begonnen hatte. Ich weiß noch, dass ich mich gefragt habe, wovor du so viel Angst hast, aber dann durfte ich Mr. Bardugo selber kennenlernen«, sagte er. »Ich habe mich auch ewig gefragt, ob du bestanden hast oder nicht. Irgendwie warst du jedes Mal mit deinen Freunden zusammen, wenn ich dich gesehen habe, oder völlig in Gedanken versunken … Ich wollte nicht den Eindruck erwecken, dass ich zu neugierig oder aufdringlich bin. Es war ziemlich schwer für mich, Anschluss zu finden, und niemand sollte etwas Schlechtes von mir denken.«

»Du hast mir damals sehr geholfen«, sagte ich. »Ich habe mich auf dich und deine ruhige Ausstrahlung konzentriert und mich plötzlich sicher gefühlt. Ich wäre durchgefallen, wenn du nicht in unseren Kurs gekommen wärst. Und weißt du was? Dafür wollte ich mich immer bedanken, aber du warst derjenige, der schnell Freunde gefunden hat und so beliebt war, und ich … war ich.«

Theo nickte bedächtig. »Seltsam, wie unterschiedlich man die Dinge betrachtet, oder? Wie viele Chancen man verpasst, weil man glaubt, etwas zu wissen. Und aus einem anderen Blickwinkel gesehen ist es dann ganz anders als gedacht. Wer weiß, was passiert wäre, wenn wir früher miteinander gesprochen hätten?«

»Ich musste damals nicht mal groß mit dir sprechen, um dich zu mögen«, sagte ich, und meine Finger krallten sich in meine Knie. An irgendetwas musste ich mich festhalten – und wenn ich das dieses Mal an mir selbst tat. Ich konnte das hier. *Wollte* es. »Ich weiß nicht mehr, wann genau ich es wusste. Es ist unmerklich passiert. Zwischen all den Tagen, die ich dich in der Schule gesehen habe, flüchtigen Augenblicken in den Gängen, in denen ich beobachtet habe, was für ein Mensch du bist, und den unzähligen Momenten, in denen ich das Glück hatte, in deiner Nähe sein zu dürfen«, sagte ich, und mein Herz war wie ein Chor, der vor lauter Sehnsuchtsgefühlen immer lauter wurde, ein Lieblingslied sang, das viel zu lange ungehört geblieben war. Hatten mich eben noch alle Hoffnung und der Mut fast verlassen, so waren sie nun allgegenwärtig. Weil dieses eine *bestimmte* Gefühl, das ich für Theo hegte, mich von innen heraus mit Wärme erfüllte. »Ich liebe dich, Theo. Ich liebe dich seit über zwei Jahren.« Langsam sammelten sich Tränen in meinen Augen. »Das ist nicht nur irgendein dummes Gefühl, das plötzlich da ist. Oder etwas, das ich nach unseren Küssen empfinde. Keine Sache, die einfach verschwindet oder die ich vergessen kann – glaub mir, ich habe es versucht. Zuerst habe ich nur dieses Bild von außen von dir gehabt und wie so viele andere Mädchen für dich geschwärmt, mich in dich verliebt. Während unserer Freundschaft habe ich dich dann richtig gesehen. So wie du bist, mit all deinen Stärken und Schwächen, und ich habe es zum ersten Mal richtig verstanden. Dass ich dich nicht nur aus der Ferne liebe, weil ich ein bestimmtes Bild von dir habe, sondern auch von Nahem. Genauso, wie du bist.« Ich atmete zittrig ein und aus. »Du hast mir so oft gesagt, wie viel dir unsere Freundschaft bedeutet, aber ich kann meine Gefühle nicht mehr wie ein Geheimnis unter Verschluss halten. Sie gehören zu mir und machen mich aus.« Mehrere Tränen liefen mir die Wangen hinunter, und ich wischte sie weg. »Ich wollte es dir eigentlich nicht so lange verschweigen«, schniefte ich. »Weil ich mich erst gar nicht in dich verlieben wollte. Denn jemanden zu lieben, der deine beste Freundin liebt, tut unheimlich weh.«

Mit den nächsten Tränen wurde jegliche Vorsicht weggespült.

»Vielleicht bin ich egoistisch und habe jetzt alles zwischen uns kaputt gemacht, aber ich musste es für mich tun. Du hast gesagt, dass du nicht genau weißt, was Liebe eigentlich ist, aber genauso fühlt sie sich bei mir an. Nicht zu wissen, was du fühlst oder denkst oder willst, und trotzdem bist du der Grund für dieses Chaos in meinem Kopf. Und so sehr es schmerzt, ich kann das nicht aufgeben. Aber ich kann es sagen.« Ich vergrub das Gesicht nun in meinen Händen und weinte. »Ich liebe dich, Theodor Griffin.«

All die vergangenen Erlebnisse und Emotionen waren aus meinem Herzen gestolpert, und für eine winzige Sekunde fühlte ich mich ganz leer. Dann wurde mir klar, dass ich nicht nur weinte, weil es mich so viel Überwindung und Courage gekostet hatte, Theo diese Dinge zu sagen, sondern auch, weil es mich befreit hatte. Ich fühlte mich leichter. Durch den Abstand zu ihm hatte ich einen Teil von mir selbst wiedergefunden, der mir die Kraft gab, zu meinen Gefühlen zu stehen. Der mir zuflüsterte, dass ich mit und ohne Theo immer eine Sache sein würde, nämlich ich selbst. Egal, wie seine Antwort aussah, das konnte mir keiner nehmen.

Ich spürte eine Hand auf meinem Rücken. Sanft, behutsam. »Lorn«, sagte Theo und schluckte schwer. »Bitte, weine nicht. Nicht wegen mir.« Seine Finger zeichneten ein paar Kreise und versuchten, mich zu trösten, aber die Lawine meiner Empfindungen rollte weiter über mich hinweg, und ein Schluchzer entwich meiner Kehle. Ich schüttelte den Kopf und hielt die Luft an, damit ich mich allmählich beruhigen konnte. *Durchatmen*, Lorn. *Atme.*

Ich hob den Kopf und nahm die Hände vom Gesicht.

»Ich weine nicht wegen dir, sondern wegen mir«, sagte ich. »Ich bin einfach nur froh, dass ich es dir endlich gesagt habe.«

Dann liefen weitere Tränen meine Wangen hinab. Theo stieß zittrig den Atem aus, und seine Miene veränderte sich. Und dann schlang er die Arme um mich und zog mich in eine Umarmung. Ich wusste nicht recht, wie ich nach meinem emotionalen Geständnis mit seiner Berührung umgehen sollte, also rührte ich mich eine Weile nicht. Theo drückte mich jedoch fester an sich, so fest, als wolle er mich niemals wieder loslassen. Er vergrub sein Gesicht in meinen Haaren. Für ein paar Momente war es still. Die Wellen flossen weiter unter dem Steg hin und her, lullten mich wie eine beruhigende Melodie kurz ein. Allmählich klärten sich meine Gedanken etwas, und die Tränen wurden weniger. Und dann wurde mir klar, dass nicht mehr ich diejenige war, die unkontrolliert zitterte, sondern Theo. Er klammerte sich an mir fest, und dennoch spürte ich, wie sein ganzer Körper bebte. Vorsichtig, als sei ich zerbrechlich, ließ er mich los. Er lehnte sich zurück und wischte sich hastig mit dem Ärmel seines Hemds über die Augen. Trotzdem hatte ich gesehen, dass seine Augen glänzten und darin so viele Gedanken durcheinanderzuwirbeln schienen, dass er selber völlig aufgewühlt war.

»Damals auf Lillys Party, als wir draußen saßen und du davon gesprochen hast, was Liebe wirklich ist, da hatte ich so ein komisches Gefühl im Magen«, sagte er und sah mich dabei an. Seine Hände lagen noch immer an meinen Armen. »Ich habe fast jeden Tag über deine Worte nachgedacht. Da gab es wirklich diesen Teil von mir, der in Cassidy verliebt war, aber das war keine Liebe. Ich glaube, da gibt es einen bedeutenden Unterschied, und das habe ich lange Zeit nicht begriffen. Und weißt du, was ich in diesem Moment unter den Sternen an deiner Seite gedacht habe? Dass ich mir wünschte, dass mich mal jemand genauso liebt, wie du diese

Person liebst, von der du gesprochen hast. Ich habe viele Menschen in meinem Leben, die mich auf ihre Art und Weise lieben und mir sehr wichtig sind, aber die Form von Liebe, von der du gesprochen hast, klang nach etwas, das sich jeder wünschen sollte.« Theos Hände wanderten höher, zu meinem Gesicht, und er strich mir mit den Daumen ein paar der letzten Tränen von den Wangen. »Und dafür bin ich dankbar. Ich bin so dankbar, dass ich der Mensch sein darf, den du liebst. Es stimmt, was ich gesagt habe, du bist die beste Freundin, die ich jemals hatte, Lorn. Und mehr.«

Ich starrte ihn überrumpelt an. »Was?«

»Ich weiß immer noch nicht, ob ich verstanden habe, was Liebe wirklich ist, aber … in den letzten Wochen ist mir auch etwas Wichtiges klar geworden. Ich möchte dich in meinem Leben haben. Für immer. Das habe ich damals auch an die *Wall of Dreams* geschrieben. In diesem Moment gab es nicht viele Dinge, derer ich mir sicher war, aber bei dieser Sache schon. Und als wir uns geküsst haben, war das nicht, um irgendeine Theorie zu testen. Ich musste einfach wissen, ob ich mehr für dich fühle als bloße Freundschaft. Irgendwas hat da klick gemacht, und ich hatte plötzlich solche Angst. Du bist meine beste Freundin, und ich wüsste nicht, was ich ohne dich machen soll, Lorn.« Theo lehnte sich vor, bis seine Stirn meine berührte. Er schloss die Augen. »Deshalb bitte ich dich: Bleib bei mir. Warte auf mich.«

»Warten?«, flüsterte ich.

Theo schlug die Lider auf, und wir sahen einander direkt in die Augen. Er zog sich ein Stück zurück und nickte wehmütig.

»Ich brauche etwas Zeit«, sagte er, und es fiel ihm sichtbar schwer, diese Worte der Zurückweisung auszusprechen, die sich für mich genauso anfühlten: wie eine Zurückweisung. »Obwohl ich in deiner Gegenwart viel offener geworden bin und dir vertraue, fällt es mir noch immer schwer, über manche Dinge zu sprechen.

Das liegt an mir, weil ich gar nicht genau weiß, wo ich anfangen soll oder wie ich es erklären könnte … Deshalb brauche ich mehr Zeit. Ich muss über etwas Wichtiges nachdenken, was nichts mit uns zu tun hat. Und es wäre dir gegenüber nicht fair, wenn ich nur mit halbem Herzen … « Theo biss sich auf die Unterlippe. »… es fühlt sich einfach gerade für mich so an, als wäre ich mit dem Kopf zum Teil woanders, und ich muss eine Entscheidung treffen, ehe ich etwas Neues beginne. Macht das überhaupt Sinn?« Theos Miene wurde ernst. »Es tut mir leid, Lorn.«

Seine Entschuldigung war wie eine Ohrfeige.

Ich schob seine Hände von mir weg. »Welche Entscheidung?«

»Das kann ich dir nicht sagen. Nicht heute«, rang er mit sich.

»Du kannst nicht? Oder willst nicht?«, fragte ich. »Ich habe genug von Geheimnissen. Geheimnisse zerstören gute Dinge.«

»So ist das nicht. Ich möchte … «

»Was möchtest du? Sag es mir«, bat ich.

»Ich brauche Zeit«, wiederholte er wie ein Echo.

Ich stand von der Bank auf. »Weißt du, was du brauchst? Du brauchst einmal in deinem Leben genug Mut, um auszusprechen, was du willst. Ich habe Jahre gebraucht, um das zu begreifen, und ich werde nicht weitere Jahre damit verschwenden, auf jemanden zu warten, der mir nicht ins Gesicht sagen kann, was er für mich empfindet. Nicht, nachdem ich dir mein Herz ausgeschüttet habe.« Ich betrachtete Theo traurig.

»Du willst, dass ich warte? Ich werde warten. Weil ich das verstehe. Weil wir uns ähnlich sind. Aber ich warte nicht für immer. Nicht mehr, Theo. Das bin ich mir selbst schuldig, um glücklich sein zu können. Mit meinen Gefühlen allein zu sein war schrecklich, aber noch schrecklicher ist es, in der Nähe von jemandem zu sein, der dafür sorgt, dass man sich noch einsamer fühlt. *Ich warte nicht für immer.*«

Mit diesen Worten wandte ich mich von ihm ab. In dem Moment ging das Feuerwerk los. Ich lief den Steg zurück zum Strand, und am Himmel explodierten Tausende Lichter. Für einen kurzen Moment hielt ich inne und blickte zu dem Spektakel aus Farben und Mustern hinauf. Es knallte und zischte nur so durch die Luft. Mein Blick fiel auf Theos Silhouette, denn er saß noch immer im Pavillon. Ich wäre gerne zurückgelaufen und hätte an seiner Seite eine neue Erinnerung geschaffen. Eine an diese aufregende Nacht voller Herzschmerz, Wahrheit und Lichterfunken. Eine voller Glück und Zufriedenheit. Doch ich verbrachte den Augenblick des Feuerwerks allein auf diesem Steg über dem Wasser. Vielleicht war das auch gut so. Vielleicht musste man genau solche Augenblicke der Veränderung festhalten, damit man später wusste, dass man diesen Weg gegangen war – ohne jemand anderen. Damit man wusste, dass man es wieder und wieder konnte. An Herausforderungen zu wachsen. Aus eigener Kraft. Jedes Mädchen brauchte so einen Moment.

KAPITEL 30

CASSIDY VERSETZTE MIR einen leichten Stoß mit dem Ellbogen. Schon seit einigen Minuten schimpfte sie über den echt miesen Film, den wir eben im Kino geschaut hatten. Es war Freitagabend, und wir gingen gerade von der Mall zur Bushaltestelle, um nach Hause zu fahren. Ich hatte dabei unentwegt auf mein Handy gesehen und ihr kaum zugehört. Entschuldigend sah ich sie an und steckte das Teil endlich weg. Cassidy deutete auf die Laterne, gegen die ich fast gelaufen wäre, und gab ein tiefes Seufzen von sich.

»Er hat sich nicht gemeldet, oder?«

Ich schüttelte den Kopf. Seit meinem Liebesgeständnis an Theo waren zwei ganze Tage vergangen, und irgendwie hatte ich darauf gehofft, dass er mir schrieb. Jedes Mal, wenn ich eine Nachricht oder Mail bekam, zerplatzte die Blase aus Erwartung und Hoffnung prompt wieder – sie kam entweder von meiner Familie, meinen Freunden oder war ein blöder Spam. Ziemlich frustrierend!

»Das tut mir ehrlich leid«, sagte sie mitfühlend.

»Ich habe ihm zwar gesagt, dass ich nicht für immer warten werde, aber … jede einzelne Sekunde Warten fühlt sich schon zu viel an. Du weißt echt nicht, was bei den Griffins los ist?«

Cassidy schüttelte den Kopf. »Colton sagt mir nichts. Er meinte, das wäre vor allem eine Sache zwischen Theo und seinen Eltern.«

Das konnte einfach alles bedeuten …

»Ich habe versucht etwas rauszubekommen, aber anscheinend hockt Theo nur noch im Zimmer und hört ein und dasselbe Lied von Mumford & Sons rauf und runter«, meinte Cassidy nachdenklich.

Ich seufzte. »Wieso bin ich nur so?«

»Du meinst, voller Zweifel?«

»Zweifel. Angst. Wut. Teenager sein ist scheiße.«

Meine beste Freundin lachte. »Ja, stimmt schon.«

An der Haltestelle setzten wir uns hin, weil der nächste Bus erst in einer Viertelstunde kam. Es war noch relativ hell, da die Sonne gerade erst hinter ein paar Wolken abtauchte. Ich lehnte mich an Cassidys Schulter, und jetzt war es an mir zu seufzen. Irgendwo da draußen war jetzt Theo und … wer wusste schon, was er tat? Er war nicht hier. Nicht bei mir.

Dieser Herzschmerz war kaum auszuhalten …

»Wie lief es denn beim Basketball?«, versuchte Cassidy mich abzulenken. »Kann ich demnächst mal mitkommen und zusehen?«

»Es war ziemlich gut«, antwortete ich. Nach Anbruch der Ferien hatte ich endlich wieder Gelegenheit, mit meinem Team gemeinsam zu trainieren, und wir gaben alle unser Bestes. Umso größer war inzwischen der Druck geworden, dass ich genug Geld für neue Trikots zusammenbekam. Ich wusste, dass es nicht meine alleinige Aufgabe war, die Verantwortung für die gesamte Mannschaft zu übernehmen, aber es fühlte sich so an. Keine von uns hatte geglaubt, dass es so schwer wäre, das Geld zusammenzukratzen, um die Uniformen zu finanzieren – wir hatten es schließlich schon einmal geschafft, und es ging hier ja auch nicht um eine krasse Unsumme. Trotz aller Bemühungen fehlten aber immer noch ein paar Hundert Dollar.

»Mehr bekomme ich nicht als Antwort?«, scherzte sie.

»Sorry, meine Gedanken sind beim R.I.D.E. am nächsten Samstag«, sagte ich. »Ich werde von Tag zu Tag nervöser. Furchtbar.«

»Dabei hat sogar Coltons Tante gesagt, dass du ein Naturtalent bist«, meinte Cassidy. »Die Arbeit war nicht umsonst, weißt du.«

»Ich hoffe es«, murmelte ich. »Kennst du diese Filme, wo die

Leute sich etwas vornehmen, dafür üben und am Ende tatsächlich gewinnen? Das ist doch echt … ich meine, wie hoch ist die Wahrscheinlichkeit, dass ich dort antrete *und* auch gewinne?«

»Ich glaube, du brauchst einen Pep-Talk!«, sagte Cassidy energisch. Sie setzte eine mürrische Miene auf und versuchte, die grimmige Haltung von Coach Maxwell nachzuahmen. »Lorn Rivers«, sagte sie mit tiefer, verstellter Stimme. »Du bist eine meiner Top-Spielerinnen, hast schon viele taffe Gegner vom Platz gefegt und Punkte gemacht, so etwas wie ein Parcours mit Pferden hält dich nicht auf! Eines Tages wirst du Großes vollbringen, denn du trittst in die Fußstapfen eines großen Mannes – in meine!«

Ich musste schmunzeln. »So was würde er niemals sagen.«

»Na gut.« Cassidy tat so, als würde sie überlegen. »Dann mal anders betrachtet. Als John Lennon fünf Jahre alt war, hat ihm seine Mom gesagt, dass Glücklichsein der Schlüssel zum Leben sei. Irgendwann wurde er in der Schule einmal gefragt, was er werden wollte, wenn er groß sein würde. Er hat daraufhin geantwortet: glücklich. Seine Lehrer meinten dann, er habe die Aufgabe nicht richtig verstanden, und er wiederum sagte ihnen, sie hätten das Leben nicht verstanden. Und auch wenn die Beatles furchtbare Liebeslieder schreiben, die meine Mom immer rauf und runter hört, weil sie glaubt, dass ›All you need is love‹ wahr ist, so ist an der Story etwas dran. Beim R.I.D.E. zu gewinnen wird dich nicht glücklicher machen. Das Preisgeld zu bekommen auch nicht. Was dich aber glücklich machen wird, ist, weiter mit deinen Mädels Basketball zu spielen – und das werdet ihr auch in Zukunft ohne das Turnier tun. Also, tief einatmen«, Cassidy machte es vor und holte Atem, »und wieder ausatmen. Siehst du? Leben. Glück.«

»Wow, dein ›Date‹ mit Colton muss ja der Oberhammer gewesen sein, wenn du so philosophisch vom Leben und dem Glück sprichst.«

Cassidy bekam rote Wangen. »Na ja … es war echt … schön.«
Ich grinste bis über beide Ohren. »Schön, ja?«
Sie wich meinem Blick aus. »Es war auch etwas seltsam.«
»Seltsam schön?«
»Seltsam schön«, wiederholte sie verträumt. Sie lächelte matt, und ihre Augen leuchteten bei der Erinnerung. »Wir wussten beide nicht, wie wir anfangen sollten und … ich hatte auch echt Angst, weil Colton viel mehr Erfahrung hat als ich. Aber wir haben vorher darüber gesprochen. Ich kann es gar nicht in Worte fassen, aber irgendwas ist jetzt anders zwischen uns. Ich fühle mich auch anders, aber es ist ein richtig gutes Gefühl.«
»Das klingt … wundervoll«, sagte ich.
»Hey, da kommt unser Bus!« Cassidy packte meinen Arm und zog mich von meinem Sitz hoch, während sie selber aufstand. Diese kleine Geste spiegelte unsere Freundschaft ziemlich gut wider. Cassidy war da, um mich mit sich zu ziehen, wenn ich nicht genug Kraft hatte, um meinen Weg alleine zu gehen. Ob es nun die wenigen Schritte von der Haltestelle bis zum Bus waren oder der große Sprung von einem Traum bis zu einem Ziel. Menschen waren eben für einen da, wenn sie es wirklich, *wirklich* wollten.

Vor dem Wochenende des R.I.D.E.-Wettbewerbs hing ich in dem Plattenladen ab, in dem Cassidy jobbte. Sie bediente eine Kundin und war mit ihr in ein angeregtes Gespräch über das neue Album einer Band vertieft, von der ich noch nie gehört hatte. Da musste ich gleich an das Konzert denken, zu dem Theo mich eingeladen hatte … ob wir da noch hingingen? Wahrscheinlich nicht. Die Erinnerung, wie wir gemeinsam am Meer getanzt hatten, schnürte mir die Kehle zu. So schnell konnten sich Dinge ändern. Ich stand vor dem Regal mit den Klassikern und versuchte, etwas Zeit totzuschlagen, bis Cassidys Schicht zu Ende war. Cassidy arbeitete erst seit ein paar Wochen hier, liebte ihren Job aber schon total. Die Chefin des Ladens war ziemlich locker drauf und nahm es mit den Regeln nicht ganz so genau, weshalb es sie auch nicht störte, dass ich hin und wieder vorbeischaute und in ein paar kleinen Pausen, in denen der Laden leer war, mit Cassidy quatschte – solange diese nebenbei weiter CDs und Schallplatten einsortierte.

Heute war jedoch eine Menge los, also beschloss ich kurzerhand allen, die heute arbeiteten, in dem kleinen Café gegenüber einen Kaffee zu holen. Der Vorschlag stieß auf große Begeisterung. Fünf Minuten und alle aufgenommenen Bestellungen später stand ich in der Warteschlange des *Cups & Go's*. Dann klingelte mein Handy. Es war meine Mom. Heute Abend stand ein großes Familienessen an, zu dem auch meine Großeltern kamen, und es fehlten noch ein paar Lebensmittel, die ich später auf dem Rückweg mitbringen sollte. Kaum dass ich wieder aufgelegt hatte, kam ein zweiter Anruf. Die Leute, die mit mir warteten, schienen sichtlich genervt, also warf ich ihnen einen entschuldigenden Blick zu und verließ kurz das Café. Das bedeutete zwar, dass ich mich gleich wieder anstellen musste, aber alles war besser, als sich von Blicken killen zu lassen. Menschen auf Koffein-Entzug waren wahre Monster.

»Hast du noch was vergessen?«, fragte ich.

Ich hatte angenommen, dass es meine Mom war, die noch einen Nachtrag machen wollte, aber da hatte ich mich gehörig geirrt.

»Lorn? Hier ist … Theo.«

Automatisch klammerten sich meine Finger fester ums Handy, und ich presste es mir näher ans Ohr, als habe ich mich verhört.

»Theo«, sagte ich, und es klang wie eine Frage.

Wieso hatte ich nicht aufs Display gesehen?

»Ja, Theo«, sagte er.

Es tat so gut, seine Stimme zu hören. Ich hatte gar nicht begriffen, wie sehr ich sie vermisst hatte, bis ich sie in diesem Moment hörte. Seit der Party am vierten Juli waren fast zwei Wochen vergangen, und ich hatte ihm den gewünschten Freiraum gelassen. Dass er sich jetzt aus heiterem Himmel meldete, ließ sofort mein Herz flattern. *Endlich*, dachte ich sehnsüchtig.

»Hi«, flüsterte ich. Dann lauter. »Ich meine, hey.«

»Wie geht es dir?«, fragte er. Mist! Wollte er jetzt echt Small Talk machen? Theo fiel wohl im gleichen Augenblick auf, dass das ziemlich blöd war. Nach allem, was zwischen uns gelaufen war, klang es so banal. Er räusperte sich. »Also, was ich eigentlich sagen wollte, ist, dass ich dir etwas sagen muss.«

Ich musste sofort lächeln. War er etwa nervös? Klang so.

»Okay«, erwiderte ich und versuchte, dabei nicht übermäßig euphorisch zu klingen. »Sollen wir uns vielleicht treffen?«

»Nein, ich … « Theo zögerte. »Ich kann morgen nicht kommen.«

Stirnrunzelnd biss ich mir auf die Unterlippe. Morgen?

»Es tut mir wirklich leid, aber … es geht nicht.«

Fieberhaft versuchte ich, einen Sinn aus seinen Worten zu erschließen. Er rief mich nach zwei Wochen vollkommener Funkstille an, um … Moment mal. Morgen? Samstag? Natürlich! Kurz war ich durch seinen spontanen Anruf so von der Rolle gewesen, dass mir etwas Wichtiges entfallen war – der R.I.D.E.-Wettbewerb. Dann sackte die Erkenntnis langsam zu mir durch. Theo würde morgen nicht kommen? Er würde mich nicht unterstützen, obwohl er mich trainiert hatte und wusste, wie viel davon für mich abhing? Nicht zu vergessen, dass ich zum Teil auch wegen ihm daran teilnahm. Für einen Augenblick war ich regelrecht sprachlos.

»Lorn, bist du noch dran?«, fragte er unsicher.

»Das wolltest du mir sagen? Mehr nicht?«

»Es tut mir wirklich leid, aber das ist unheimlich wichtig für mich. Ich kann … diese Sache nicht verschieben. Ich verspreche nachzukommen, wenn ich früher fertig werde und dann …«

»Deshalb hast du angerufen?«, unterbrach ich ihn. Ich holte tief Luft. »Theo, wir haben zwei Wochen nicht miteinander gesprochen, und jetzt rufst du einen Tag vorher an, um … ich verstehe das nicht so ganz. Wieso kannst du nicht kommen?«

»Das ist …«

»Lass mich raten: kompliziert?«

»Ich erkläre dir noch alles.«

»Wann?«, fragte ich unnachgiebig. »Das hast du nämlich schon mal gesagt … und morgen … das ist wichtig für mich, Theo. Sehr wichtig. Ich weiß nicht mal, ob ich das ohne dich schaffe.«

Meine erste Frage überging er komplett und sagte nur: »Natürlich schaffst du das ohne mich. Du hast hart dafür trainiert!«

Mir schnürte es die Brust zu, und das ganz sicher nicht aus Rührung über seinen Glauben an mich, sondern aus Enttäuschung. In den ersten Sekunden beschloss ich, ruhig zu bleiben, nachzudenken. Offenbar ging es um eine Sache, die dringend war und nicht warten konnte. Wir waren noch immer Freunde, oder zumindest glaubte ich das, und seinen Freunden gab man einen Vertrauensvorschuss, richtig? Und dann … dann wirbelten meine Gefühle auf wie Laub im Herbstwind, und in meinen Gedanken brach heilloses Durcheinander aus. Ich hatte ihm gesagt, dass ich ihn liebte. Und dass ich nicht ewig auf ihn warten würde. Ich hatte mir geschworen, mich nie wieder in meinen Empfindungen für Theo zu verlieren oder deshalb etwas von mir aufzugeben. Und er? Er hatte mir gezeigt, dass er mich auch mochte. Er war freundlich und dankbar für mein Geständnis gewesen. Aber behandelte man so jemanden, den man auch liebte? Ließ man dieses Mädchen wochenlang warten, um ihr dann zu sagen, dass es etwas Wichtigeres gab als sie? Nein. Vielleicht mussten es nicht immer Worte sein, die bewiesen, dass andere einem auch etwas bedeuteten, aber Gesten allemal. Theo ließ mich im Stich. Er ließ mich einfach hängen.

Und er sagte mir das nicht mal persönlich ins Gesicht.

Ich war wütend. Und zum tausendsten Mal verletzt.

»Sag mir, was bei dir los ist«, forderte ich. »Du kannst mich nicht einfach an diesem Tag allein lassen und mir nicht mal erklären, was so viel wichtiger ist als ich. Weißt du eigentlich, wie sich das anfühlt? Per Telefon abserviert zu werden? Vermutlich nicht. Es fühlt sich megabeschissen an!«

»Ich verspreche dir …«

»Ich will keine weiteren blöden Versprechungen von dir, die du dann nicht einhältst!«, sagte ich heftig. »Ich will, dass du ehrlich zu mir bist. Und ich will, dass ich dir so viel bedeute, dass du zu mir hältst, und ich will … *dich.*«

In der Leitung wurde es ganz still. Ein Mann, der einen Kinderwagen vor sich hergeschoben hatte und meinen kleinen Ausbruch im Vorbeigehen mitgehört hatte, sah mich mitleidig an.

»Ich würde mich immer und immer wieder für dich entscheiden«, sagte ich, und jetzt war ich mir sicher, dass Theo jedes einzelne meiner Gefühle aus meiner Stimme herausfiltern konnte. »Ich habe mich immer und immer wieder für dich entschieden. Und ich will … ich will, dass du dich einmal für mich entscheidest. Bitte, komm morgen. Ich werde auf dich warten. Ein letztes Mal.«

Dann legte ich einfach auf. Ich war aufgewühlt und sauer. Schnurstracks lief ich zurück in den Plattenladen. Cassidy sah mich verwundert an, als ich eintrat. »Doch kein Kaffee?«

Grummelnd verließ ich den Laden wieder.

Als ich die Straße überquerte, fluchte ich lauthals.

»Mist! Mist! Mist verdammt auch!«

Theos Nummer blitzte wieder über mein Handydisplay. Ich schaltete es komplett aus und trat eine leere Getränkedose aus dem

Weg. Schließlich hob ich sie auf und warf sie in einen Mülleimer. Wir hatten beide echt was gemeinsam: Irgendjemand hatte uns benutzt und dann einfach fallen gelassen. Ja, ich liebte Theo. Aber es war an der Zeit, dass er mir zeigte, dass er diese Liebe auch verdient hatte. Mich verdient hatte.

Der Country Club war ein beeindruckendes villenähnliches, protziges Gebäude im viktorianischen Stil, mit hellem Anstrich, unendlich vielen Fenstern und lauter Giebeln. Er lag in einem der äußeren Ringe der Stadt, gar nicht so weit von dem Viertel entfernt, in dem auch Summers reiche Familie lebte. Die Auffahrt war recht lang und durch ein gusseisernes Tor mit Gegensprechanlange geschützt, das man passieren musste. Von einem Vorplatz mit Springbrunnen aus kam man zu einem Parkplatz, auf dem eine protzige Karre neben der anderen stand. Ich fühlte mich mit meinem Opel ziemlich fehl am Platz. Die Aussicht auf die weitläufigen Grundstücke, die zum Country Club gehörten, beruhigte mich auch nicht sonderlich. Es gab Dutzende Rasenflächen für Tennis und Golf, eine Wassersportanlage und natürlich die groß angelegten Stallungen, mit Anschluss zum Reitgelände. Ich hatte nicht einmal gewusst, dass es in Newfort eine so exklusiv wirkende Anlage gab. Im Gegensatz zu den Vorurteilen, die mir bei solch einem Anblick bezüglich reicher und snobistischer Leute durch den Kopf gingen, waren alle, die mir begegneten oder den Weg wiesen, jedoch sehr nett.

Eine junge Frau an der Anmeldung half mir, als ich planlos die Eingangshalle betrat und nicht mal annähernd wusste, wo ich den Treffpunkt mit Mrs. Griffin fand. Wir hatten uns an den Gästequartieren für die Pferde verabredet, da sie Elsa im Anhänger eines Geländewagens hierher transportierte. Ein älterer Herr grüßte mich freundlich, während ich durch einen der langen Flure ging und dabei fasziniert die Gemälde an den Wänden betrachtete. Das hier war echt eine andere Welt. Moderne, schlichte Einrichtung traf auf glänzende und schillernde Dekoration. Dieser Ort wirkte wie eine Art Theaterkulisse für ein Stück über die »höhere Adelsgesellschaft« aus einem anderen Jahrhundert, die viel Wert auf Etikette und Anstandsregeln legte – was vermutlich Sinn der ganzen Sache war.

Bei den Gästequartieren der Pferde angekommen hatte ich das erste Mal an diesem Tag dieses komische Gefühl, dass Theo wirklich nicht kommen würde. Seine Mom wirkte verwundert, mich allein zu sehen, denn Theo war nach ihrer Aussage schon frühmorgens mit Coltons Wagen von zu Hause losgefahren. Sie war davon ausgegangen, dass Theo mich hatte abholen wollen. Wir waren beide ratlos, aber ich schob meine Bedenken zunächst beiseite.

Meine Familie und Freunde würden später nachkommen, kurz bevor alles anfing. Bis dahin war noch etwas Zeit. Also sahen Mrs. Griffin und ich uns zuerst – wie einige andere der Anwesenden – neugierig die Parcours-Anlage an. Sie bestand, wie zu erwarten, aus einem geräumigen, umzäunten Stück Sandboden, ähnlich wie bei einer breiten Arena. Zwischen Start und Ende waren mehrere Hindernisse aufgebaut, und eine große Tafel würde später die Zeiten und Punktewertungen anzeigen. Ringsherum gab es mehrere Tribünen für Zuschauer und einen kleinen Tower, von dem aus eine Ton- und Videoübertragung auf einige Bildschirme stattfinden würde. Mitarbeiter in der Arbeitskleidung des Country Clubs waren gerade dabei, die Verkabelungen zu sichern.

Beim Anblick der vielen Hindernisse und Sitzplätze wurde mir vor Nervosität schlecht. Mrs. Griffin versuchte zwar, mich auf andere Gedanken zu bringen, aber ich merkte, dass auch sie sich sorgte, weil Theo noch immer nicht hier war. Sie entschuldigte sich sogar einmal, um auf die Toilette zu gehen, aber ich war mir fast sicher, dass sie eigentlich versuchte, ihn telefonisch zu erreichen.

Dann war es so weit. Gemeinsam mit ein paar anderen Mädchen ging ich in eine Umkleide, und wir schlüpften in unsere Reitklamotten. Ich trug ein altes Reitkostüm von Mrs. Griffin – eine cremeweiße Hose, ein helles Hemd und eine dunkle Weste, dazu die Glücksbringer-Stiefel mit der kaputten Schnalle – und steckte mir die Haare mit Nadeln nach hinten, damit sie besser unter den Helm passten. Mit wackeligen Beinen und jeder Menge Angst in den Knochen stand ich da und starrte mein Spiegelbild an, das vor einigen Wochen noch ganz anders ausgesehen hatte – nicht nur wegen des neuen Haarschnitts. Ich erkannte darin so viel von mir wieder, und doch hatte sich an mir auch vieles verändert. Beim Verlassen der Umkleide bekam jede Teilnehmerin noch eine Nummer zugeteilt. Ich hatte die Sieben. Die nächste halbe Stunde lang wurden Pferde gestriegelt und gesattelt, Anweisungen verteilt, die Abläufe von einer Aufsichtsperson mehrmals erklärt.

Nach und nach füllten sich die Tribünen mit ersten Zuschauern. Meine Mom und Geschwister, Cassidy und sogar Colton ließen sich bei mir blicken, um mir Glück zu wünschen, ehe auch sie sich Plätze suchten. Die Mädels vom Team schickten mir etliche motivierende und Mut machende Nachrichten über unsere Chat-Gruppe, weil sie noch im Stau standen, aber auch sie waren auf dem Weg. Zu wissen, dass sie mich alle bei meinem Vorhaben unterstützten, freute mich unheimlich. Und trotz des Wettbewerbs und allem, was davon abhing, löste sich ein wenig meiner Anspannung auf.

Kurz bevor R.I.D.E. begann, fiel mir auf, dass Isabella nirgends zu sehen war – dabei lief die Zeit unaufhaltsam tickend weiter.

Wo steckte sie? Oder mied sie mich einfach nur?

Dann wurde das erste Mädchen aufgerufen und führte ihren braunen Hengst Richtung Parcours-Anlage. Die übrigen Teilnehmerinnen und Pferde, inklusive mir und Elsa, warteten in einem der hinteren Bereiche auf ihren Auftritt. Wir konnten jedoch über einen Bildschirm, der in der Vorhalle der Ställe hing, mitverfolgen, was live draußen passierte. Es waren so verdammt viele Menschen dort, die zusahen. Unsere Begleitpersonen, darunter auch Mrs. Griffin, hatten vor einer Weile gehen müssen. Nervosität und Unruhe lagen in der Luft, und ich war froh, dass ich nicht als Einzige das Gefühl hatte, jede Sekunde vor Aufregung aus den Reitstiefeln zu kippen. Elsa stand brav neben mir, und ihr Blick schien mir sagen zu wollen: Lorn, wir beide können das, bleib ruhig. Mein Blick glitt zum wiederholten Male vom Eingang zum Bildschirm, und ich wünschte mir einmal mehr, Theo irgendwo zu entdecken. Es war der Moment, in dem mir klar wurde, dass er nicht mehr kam. Alles, was mir blieb, war eine irre Wut im Bauch. Isabella und Theo fehlten – konnte das noch ein Zufall sein? Und wenn es ein Problem gab, das die Familie Griffin betraf, wieso war Mrs. Griffin dann gekommen, um mich zu unterstützen?

Nach und nach wurden die anderen Nummern aufgerufen, aber ich konnte mich nicht auf ihre Leistungen und Glanzmomente konzentrieren. In meinem Inneren stellte sich das harte und kalte Gefühl von Resignation ein. Theo war nicht hier.

»Ich würde mich immer und immer wieder für dich entscheiden«, murmelte ich, als wären die Worte unseres vergangenen Gesprächs in mir verankert wie ein Mantra. Traurig senkte ich den Kopf.

Bitte, komm morgen. Ich werde auf dich warten.

Theo hatte sich nicht für mich entschieden.

Ich schluckte schwer.

Die Nummer sechs war nun an der Reihe. Ich nickte dem braunhaarigen Mädchen aufmunternd zu, als sie und ihr Grauschimmel auf den Ausgang zusteuerten. Sie lächelte selbstbewusst. Außer mir waren noch acht andere Teilnehmerinnen übrig. Insgesamt waren wir fünfzehn, und die Chancen auf einen der begehrten ersten drei

Plätze standen gar nicht mal so schlecht. *Dein Team zählt auf dich*, sprach ich mir Mut zu.

»Nummer sieben! Loretta Lynn Rivers und Elsa vom Gestüt der Griffins!«, ertönte eine Ansage durch einen der Lautsprecher.

Entsetzt riss ich die Augen auf. Echt jetzt? Musste der Typ meinen vollen Namen herausposaunen? Ich stöhnte auf. Wieso hatten meine Eltern mich auch nach einer Country-Sängerin benannt?

Ich war dran! Es gab kein Zurück mehr!

Meine Finger schlossen sich angespannt um Elsas Zügel.

»Wir schaffen das«, flüsterte ich ihr zu.

KAPITEL 31

EHE ICH IN DEN SATTEL STIEG, ließ ich den Blick über die vollen Tribünen schweifen. Für einen kurzen Augenblick glaubte ich, sogar Addison unter den Zuschauern zu sehen, doch als ich ein zweites Mal in die Menge schaute, fand ich sie nicht mehr. War sie etwa gekommen, um mich anzufeuern? Oder hatte ich mir ihr Gesicht unter den vielen nur eingebildet? Viel Zeit darüber nachzudenken hatte ich nicht. Die Geräuschkulisse überwältigte mich. Applaus, der aufbrandete, Zurufe und irgendwo eine weitere Ansage des Moderators. Kaum saß ich auf Elsas Rücken, richtete ich die Augen geradeaus und ritt mit ihr zum Startpunkt des Parcours. Ich versuchte, mich nur noch auf die Stute zu konzentrieren. Sie musste sich darauf verlassen können, dass ich sie führte und mein Vertrauen in sie setzte, also durfte ich nicht zögern oder Anzeichen von Unsicherheit zeigen. Ich atmete tief ein und streckte den Rücken durch, als wir uns an der Linie aufstellten, die uns von der Herausforderung vor uns trennte. Ein paar Sekunden später ertönte ein Signal, und die Zeit lief.

Der Anfang war einfach. Über sandigen Boden einen Zickzack-Weg entlang, der Wendigkeit erforderte und den Elsa mit Leichtigkeit schaffte. Auch die nächsten Stationen meisterten wir im Rekordtempo. Eine niedrige Hängebrücke, die nah am Boden war, jedoch das Gleichgewicht auf die Probe stellte, ein Meer aus Reifen, welche den Gang des Pferdes erschwerten, und ein kleiner Teich mit verschiedenen Tiefen, durch den Elsa förmlich raste, sodass Wassertropfen in alle Richtungen spritzten. Wir gaben sicher ein wenig elegantes Bild ab, waren dafür aber schnell und zielstrebig. Der Sprung über das erste Cavaletti ließ meinen Puls in die Höhe schießen, gelang uns aber ohne Probleme. Auch die zwei anderen, die Elsa größere Sprünge abverlangten, hatten wir im Nu hinter uns, und allmählich wuchs mein Selbstbewusstsein, was diesen Parcours anging. Wir hatten schon das erste Drittel geschafft, und das fühlte sich verdammt gut an.

Erst am Baumstamm-Mikado wurden wir aufgehalten. Mehrere Holzbalken lagen kreuz und quer durcheinander und übereinander, was es schwer machte, den perfekten Weg hindurch zu finden. Und obwohl Mrs. Griffin und ich versucht hatten, den Parcours im Training so gut wie möglich nachzustellen, war ihn live vor all diesen Zuschauern zu reiten eine ganz andere Sache als auf der Ranch. Rastlosigkeit ergriff von mir Besitz. Ich zögerte – Elsa zögerte. Ich wurde unsicherer – Elsa wurde unsicherer. Es dauerte gefühlt ewig, bis ich sie dazu gebracht hatte, über die Baumstämme zu steigen und wir wieder auf sandigem Untergrund standen. Danach kam ein steiler Abhang, der mir ein loopingartiges Gefühl in der Magengegend verursachte. Ich klammerte mich automatisch fester an Elsas Zügel, weil ich ordentlich durchgerüttelt wurde. Und das war mein erster Fehler. Sie verstand es als Anweisung, ihren Gang zu beschleunigen. Mit einem Mal verfiel Elsa in ein schnelleres Tempo und preschte über ein ebenes Stück auf das nächste Hindernis zu. Es waren mehrere beengte Holzrundbögen, von denen schmale Äste voller Grün, wie bei einer Girlande, herunterhingen, die anscheinend niedrighängendes Blätterwerk nachahmen sollten. Während Elsa munter hindurchlief, als wäre sie ein Pferd im Zirkus, das liebend gerne durch irgendwelche Ringe sprang, trafen mich einige der schmalen Äste ziemlich hart im Gesicht, an Hals und Schultern. Schützend hob ich die Arme – und das war mein zweiter Fehler. Durch das rasche Tempo der Stute, meine eingeschränkte Sicht und den unsicheren Halt verlor ich für wenige Sekunden das Gefühl dafür, wo unten und oben, rechts oder links war, und einen Augenblick später wurde ich aus dem Sattel geworfen. Unsanft landete ich auf dem sandigen Boden. Kurz drehte sich alles um mich herum. Ich schmeckte Sand und Staub, und Schmerz schoss mir vom Rücken in den Nacken hinauf. Mir entwich ein gequältes Stöhnen. Am schlimmsten war jedoch der Schreck über die Situation: Ich hatte mich abwerfen lassen – mitten im Parcours.

Die Reaktion der Zuschauer war dementsprechend geschockt. Ich hörte ein ohrenbetäubendes Raunen durch die Reihen gehen, und der Moderator kommentierte mit überraschter Stimme meinen Sturz.

Mühsam richtete ich mich wieder auf.

Bis auf ein paar schmerzende Stellen, ein bisschen Chaos im Kopf und Schrammen von den Zweigen auf der Haut schien alles so weit okay zu sein. Ich hielt mich gar nicht erst groß damit auf, mich umzusehen. Mein Blick fiel auf Elsa, die hinter den Holzrundbögen zum Stillstand gekommen war, als würde sie auf mich warten. Sie blähte die Nüstern auf und schien mich entschuldigend anzusehen. Ich griff nach dem Sattelhorn, setzte einen Fuß in den Steigbügel und zog mich wieder in den Sattel. Elsa begriff sofort, dass es weitergehen konnte, denn sie setzte sich in Bewegung und trabte auf den nächsten Parcours-Punkt zu – ein Balancierbalken. Den Rest des Hindernislaufs schafften wir ohne weitere Unterbrechung. Als wir das Ziel passierten, verspürte ich große Erleichterung. Sofort kamen ein paar der Organisatoren auf mich zu, um sich zu vergewissern, dass es mir gut ging. Ich stieg ab und zog den Helm aus. In den nächsten Minuten tauchte Mrs. Griffin auf und nahm mir Elsa ab, um sie wegzuführen, während man mich bat, einen der anwesenden Sanitäter aufzusuchen. Offenbar sah ich schlimmer aus, als ich mich fühlte – und das hieß schon einiges. Als ich mit unbehaglichem Gefühl den Parcours hinter mir ließ, traute ich mich nicht einmal, auf die Anzeigentafel zu blicken. Unter dem höflichen Applaus der Zuschauer schrumpfte ich noch mehr zusammen. All das Training und die Anstrengung, damit ich am Ende doch alles in den Sand setzte – und das konnte man jetzt wortwörtlich nehmen.

Etliche Desinfektionstupfer, ein paar Pflaster und eine Kopfschmerztablette später trat ich aus dem Raum, in dem man mich nach dem Sturz durchgecheckt hatte. Ich stutzte, als mich im Flur Mrs. Griffin, meine Familie, Cassidy und Colton und neben Kim, Skylar und Naomi auch einige andere Mädels aus meinem Basketballteam begrüßten. Zusammen bildeten sie eine kleine Armee, die sogleich über mich herfiel. Ich wurde umarmt, bekam aufmunternde Worte zu hören und einiges an Lob. Bei so viel lieber Unterstützung kamen mir vor lauter Rührung über die Zusammenkunft sogar ein paar Tränchen, die ich rasch wegblinzelte. Sie waren alle gekommen, um mich anzufeuern. Alle, bis auf einen ... Seine Abwesenheit schmerzte in diesem Moment besonders, aber ich sammelte meine ganze Willenskraft und schob den Gedanken an Theo beiseite. Ich war umgeben von Menschen, denen ich etwas bedeutete und die extra gekommen waren, um mir beizustehen – und keiner von ihnen wirkte auch nur im Mindesten enttäuscht von mir. Also lächelte ich tapfer und bedankte mich bei allen.

»Du hast dein Bestes gegeben, das ist alles, was zählt«, sagte Cassidy, und viele der Umstehenden begannen zustimmend zu nicken.

»Bevor du Trübsal bläst, gibt es auch ein paar News!«, verkündete Kim und trat vor. »Wer will es Lorn erzählen?«

»Ich finde, Skylar sollte das tun«, sagte Chelsea.

»Na gut!«, sagte Skylar und grinste breit. »Hier.«

Sie hielt mir eine Visitenkarte entgegen. Irritiert nahm ich sie ihr ab und starrte auf das Logo des *Newfort Chronicles* – der örtlichen Tageszeitung. Darunter war der Name einer Redakteurin.

»Was genau hat das mit mir zu tun?«, fragte ich.

»Du hast doch vor allem mitgemacht, um das Preisgeld zu gewinnen«, sagte Skylar. »Für uns. Das Team. Die Trikots.«

»Das stimmt, aber dieser blöde Sturz! Bin bestimmt Letzte ...«

»Platz zwölf, um genau zu sein«, sagte Cassidy. »Du hast dich nämlich trotz allem gut geschlagen. Nur die Zeit war gegen dich.«

Ich verzog das Gesicht. »Ade, Preisgeld«, murmelte ich.

»Das ist jetzt völlig egal!«, meinte Naomi beschwingt.

»Egal?«, wiederholte ich ungläubig.

»Jetzt lass Skylar erst mal ausreden«, meinte Kim.

»Es war eigentlich Charlottes Idee«, sagte Skylar. »Sie hat an den *Newfort Chronicle* geschrieben und von unserer Lage berichtet. Und auch davon, dass eine unserer Spielerinnen die ganze Sache mit R.I.D.E. auf sich nimmt, um das Geld für die Newfort Newts zu gewinnen und deshalb wochenlang trainiert hat. Wie du weißt, hat die Zeitung schon oft über Spiele an der Highschool berichtet, und wie sich herausgestellt hat, ist die zuständige Redakteurin für die regionalen News, Mrs. Redwine, ein großer Fan unserer Mädchenmannschaft. Sie hat sich bereit erklärt, einen Artikel über dich zu schreiben, Lorn. Darüber, was wahrer Teamgeist ist und was du auf dich genommen hast, um uns das Turnier zu ermöglichen. Und der beste Teil ist – sie war heute im Publikum. Mrs. Redwine ist eben zu uns gekommen und hat gesagt, dass sie den *Newfort Chronicle* als Sponsor gewinnen konnte. Weißt du, was das heißt? Wir bekommen unsere Trikots!«

»Was?«, stieß ich überwältigt aus.

»Wir haben endlich einen Sponsor!«, verkündete Kim laut.

»Und das verdanken wir vor allem dir«, sagte Skylar.

»Jetzt sag doch mal was, Lorn«, kam es von Naomi.

»Ist das echt wahr?«, fragte ich überrumpelt.

Die anderen strahlten mich an und riefen synchron: »JA!«

Ich starrte meine Freundinnen an. »O mein Gott!« Dann realisierte ich erst so richtig, was ich gerade erfahren hatte, und schloss die Mädels in eine Gruppenumarmung. Ganz aufgeregt und hibbelig sprangen wir wild auf und ab und riefen unseren Basketball-Kampfschrei laut hinaus. Go! Go! Go! Newfort Newts!

Irgendwann steckte der Sanitäter, der mich behandelt hatte, den Kopf aus der Tür und betrachtete uns verwundert. Wir waren echt laut, aber das war uns allen in diesem Moment egal.

Später am Abend würden die Newfort Newts im *Wild Card* diese unglaubliche Neuigkeit feiern – Kim hatte ausnahmsweise sogar Coach Maxwell dazu eingeladen. Nach dem Parcours standen jedoch noch ein paar andere Dinge an. Jede Menge Fotos der Teilnehmerinnen und eine kleine After-Party, auf der es Essen und Trinken gab und die Siegerehrung für die herausragenden Leistungen der Gewinner. Ich bekam für den zwölften Platz eine Auszeichnung in Form einer Stoffplakette mit Schleife, die recht hübsch anzusehen war. Sie war rot, und mit goldenem Garn waren darauf die Initialen vom R.I.D.E. und ein kleines Kleeblatt gestickt. Außerdem gab es noch eine Anstecknadel des Country Clubs, die mich von nun an als Mitglied auswies – die hätte ich nicht unbedingt gebraucht, aber irgendwie war sie doch ein schöner Beweis dafür, dass ich es wirklich durchgezogen hatte.

Irgendwann löste sich die Veranstaltung langsam auf. Meine Familie verabschiedete sich und fuhr nach Hause. Die Mädels vom Team zogen los, weil wir uns heute sowieso noch mal wiedersahen, und Cassidy und Colton machten sich auch wieder auf den Weg.

Ich half Mrs. Griffin noch dabei, Elsa sicher in den Transporter zu laden. Eine Weile standen wir neben dem Geländewagen und unterhielten uns über den aufregenden Tag. Ein Teil von mir fragte sich immer wieder, wie dieser wohl ausgesehen hätte, wenn statt Mrs. Griffin Theo an meiner Seite gewesen wäre. Ohne dass ich es wollte, stimmte mich der Gedanke traurig. Ich hatte noch immer nicht ganz weggesteckt, dass er nicht gekommen war …

»Danke, für alles«, sagte ich zu Mrs. Griffin.

Sie lächelte mich an und hatte plötzlich ein paar Tränen in den Augen. »Das habe ich gerne gemacht, Lorn. Du bist mir in den letzten Wochen sehr ans Herz gewachsen.« Mit einem Mal fand ich mich in einer festen Umarmung wieder. Mrs. Griffin ließ mich wieder los und wischte sich hastig über die Augen. »Dieser Tag macht mich einfach sentimental. Es kommt mir vor, als wärst du in meine Fußstapfen getreten! Ich bin wahnsinnig stolz auf dich. Theo hat großes Glück, eine Freundin wie dich zu haben.«

»Mrs. Griffin … «, setzte ich gerührt an.

»Bitte, nenn mich einfach Leyla.«

Ich griff nach ihren Händen und drückte sie fest. »Leyla. Ich bin dir so dankbar für alles. Vielleicht kann ich in Zukunft ja ein bisschen auf der Ranch mithelfen. Als Dankeschön.«

»Das würde mich sehr freuen«, sagte sie. Ein Seufzen entwich ihrem Mund. »Und wenn ich dir noch etwas sagen darf … vergiss nicht, dass du das alles hier aus eigener Kraft geschafft hast. Du bist ein starkes Mädchen, Lorn. Zerbrich dir nicht zu sehr den Kopf über Dinge, auf die du keinen Einfluss nehmen kannst.«

Ich nickte. »Ich werde es versuchen.«

»Komm uns bald besuchen, ja?«

»Natürlich!«

Wir verabschiedeten uns, und ich lief über den Kiesweg vor dem

Hauptgebäude des Country Clubs zum Parkplatz, wo mein Wagen stand. Mir fiel sofort etwas ins Auge, das jemand unter einen der Scheibenwischer geklemmt hatte. War das ein … Foto? Ich streckte die Hand aus und zog es heraus. Tatsächlich! Und nicht nur irgendeines. Es war alt und zerknittert und zeigte vier junge Mädchen, die auf einer Mauer saßen und Grimassen für die Kamera schnitten. Das waren Cassidy, Nora, Addison und ich … Langsam drehte ich das Bild herum. In schöner Handschrift stand dort:

Irgendwann hole ich es mir wieder. Alles Liebe. – A

Addison war heute wirklich hier gewesen! Ich drückte das Foto an meine Brust. Es war wie ein wertvolles Versprechen, dass wir uns wiedersahen, und das bedeutete mir in diesem Moment die Welt.

Glücklich steckte ich es in meine Tasche und kramte anschließend darin nach meinen Schlüsseln. Kies knirschte hinter mir, und ich hob kurz den Kopf, um zu sehen, wer auf den Parkplatz kam.

Vor Schreck fielen mir die Schlüssel herunter.

»Ich habe es nicht mehr rechtzeitig geschafft«, sagte Theo. »Und auch wenn du es mir vielleicht nicht glaubst, es tut mir unendlich leid. Ich werde dir jetzt wirklich alles erklären.«

Entgeistert starrte ich ihn an. Das meinte er jetzt nicht ernst, oder? Er hatte echt nicht die Chance verdient, mir jetzt alles zu erklären! Mein Herz jedoch war ein mieser Verräter. Es sorgte dafür, dass mein Puls noch schneller schlug als beim Parcours eben. Ein Teil von mir wollte ihm Raum geben, sich zu rechtfertigen, sehnte sich nach einer Erklärung, unter der ich dieses Gefühl der Enttäuschung begraben konnte. Aber es ihm so leicht machen? Nein. Theo konnte sich mir gegenüber nicht so verhalten! Mich vor den

Kopf stoßen und auftauchen, wann er wollte, und dann auch noch verlangen, dass ich sofort mit ihm sprach!

»Nein«, sagte ich heftig.

Hastig hob ich meine Schlüssel vom Boden auf.

»Nein«, wiederholte ich und funkelte ihn finster an.

»Ich weiß, dass du wütend auf mich bist«, sagte er. »Aber bitte fahr nicht einfach weg. Ich möchte es dir erklären.«

»Du bist zu spät«, sagte ich tonlos.

Für den Wettbewerb. Eine Erklärung. Mich.

Die unausgesprochenen Worte schwangen in diesem Satz mit.

Ich wandte mich ab und schloss meine Fahrertür auf.

»Ich liebe dich auch.«

Erschrocken ließ ich meine Hand auf dem Türgriff verharren. Mein Spiegelbild starrte mir aus dem Autofenster entgegen, der Mund weit geöffnet, die Miene festgefroren.

»Ich weiß nicht, wieso ich es vorher nicht sagen konnte.« Theos Stimme war leise und eindringlich. »Vielleicht weil ich meinen Gefühlen selbst nicht über den Weg getraut habe. Ich mir wirklich sicher sein wollte, nach deinem Geständnis, aber … ich liebe dich auch. Mit dir fühlt sich alles besser an, Lorn. Also, bitte … bitte lass es mich erklären. Gib mir eine zweite Chance.«

Eine unerklärliche Taubheit ergriff Besitz von mir. Sie breitete sich wie ein Schauer aus Kälte von meinen Zehenspitzen bis in meinen ganzen Körper aus. Da waren sie also. Die Worte, die ich mir mehr als alles andere von Theo gewünscht hatte. Die letzten Jahre hatte ich in diesem ewigen Traum gelebt, wie es wohl wäre, wenn er das Gleiche empfinden würde wie ich für ihn. Ein Moment voller Magie und Wunder, der mein Herz bis zum Rand mit Glück füllen würde. Aber ich fühlte mich nicht glücklich. Es fühlte sich an, als würde sich in meinem Inneren ein Sturm zusammenbrauen, und ich war im Zentrum davon, sah zu, wie sich alles meiner Kontrolle entzog und die Person, die ich war, darin verloren ging. Es war schwer zu erklären. Als könnten mir meine eigenen Gefühle durch die Finger gleiten wie etwas ohne jede Form.

»Nein«, wisperte ich. Ich drehte mich herum und sah ihm in die bernsteinfarbenen Augen, die dieselbe Unruhe und Angst widerspiegelten, die ich auch spürte. »Ich habe immer geglaubt, alles, was ich mir von Herzen wünsche, ist, dass du mich zurückliebst. Ich habe mir gesagt, wenn ich geduldig genug oder eine gute Freundin bin, vielleicht weniger egoistisch, ein bisschen cooler und ein bisschen witziger, dann würdest du mich irgendwann auch mögen. Du kennst mich gar nicht wirklich. Du kennst nur das Mädchen, das versucht hat, dein Herz zu gewinnen. Das war aber nur ein Teil von mir.« Ich machte eine kurze Atempause. »Und dieser Teil, der hier gerade vor dir steht, ist mehr als nur wütend. Du hast mich im Stich gelassen, obwohl ich dich gebeten habe, *mich* zu wählen. Mich und niemanden sonst.« Mit dem Blick noch immer auf Theo gerichtet tastete ich nach der Wagentür und öffnete sie. »Alle waren hier. Außer dir.«

»Du weißt nicht, wie unheimlich leid mir das tut.«

»Doch, das weiß ich. Du bist kein schlechter Mensch, bloß weil du ein paar schlechte Gedanken hast, erinnerst du dich? Und das bist du genauso wenig, wenn du einen Fehler begehst«, sagte ich. »Allerdings macht es dich zu einem Menschen, dem andere Dinge wichtiger sind als ich. Vielleicht liebst du mich auch, vielleicht glaubst du das nur … wie bei Cassidy. Ich weiß, was es bedeutet, dich zu verlieren. Immer wieder. An alle anderen Menschen, für die du da gewesen bist. Aber weißt du auch, was es bedeutet, mich zu verlieren? Auf Wiedersehen, Theo.«

»Lorn«, sagte Theo flehentlich. »Nein, Lorn! Warte!«

Ich war bereits in meinen Opel gestiegen und hatte den Gurt angelegt. Ein letzter Blick durchs Fenster, und dann legte ich so viele

Meilen wie möglich zwischen mich und Theo. Ich sah noch im Rückspiegel, wie er die Auffahrt entlanglief und mit verzweifeltem Ausdruck im Gesicht versuchte, mich einzuholen.

Zweite Chancen waren etwas für hoffnungslose Romantiker.

Und ich? Ich wollte nicht mehr länger einer sein.

KAPITEL 32

IN DER DARAUFFOLGENDEN WOCHE packte ich Donnerstagvormittag meine Tasche, weil mein Dad mich in ein paar Minuten zur Highschool fahren würde. Aktuell waren zwar noch Sommerferien, aber wir trafen uns am Schülerparkplatz mit Coach Maxwell. Das Schulturnier stand nächste Woche an. Alle Mannschaften, die sich dafür qualifiziert hatten, fuhren früher hin, da es für den Veranstalter organisatorisch so einfacher war, uns alle unterzubringen und die Spielpläne rechtzeitig auszuhändigen. Insgesamt dauerte das Turnier mehrere Tage. Es gab zwei Spiele pro Tag, und samstags würde das Finale der zwei Teams stattfinden, die bis dahin die meisten Punkte erlangt hatten. Man musste also nicht zwangsläufig jedes Spiel gewinnen, was zumindest einen winzigen Teil des Drucks nahm. Der Austragungsort war das *Golden Star Center* von Watsonville. Die Fahrtzeit von Newfort bis dorthin betrug knapp vierzig Minuten, über die California State Route bis an die Küste. Von der Schule aus würde uns ein Bus hinbringen.

Dad klopfte an meine offene Tür. »Na, bist du fertig?«

Entschuldigend sah ich ihn an. »Noch fünf Minuten!«

Er lächelte. Es war typisch für mich, dass ich solche Dinge wie Sachen zusammenzupacken in letzter Sekunde erledigte. Hastig holte ich meine Kosmetika aus dem Badezimmer und warf sie achtlos in die Tasche. Mein Blick schweifte durchs Zimmer. Brauchte ich sonst noch etwas? Egal! Irgendetwas vergaß man doch immer.

»Hey!« Cassidy tauchte plötzlich auf. »Geht's gleich los?«

»Ja. Was machst du denn hier?«, fragte ich überrascht.

»Ich wollte dich nur zum Abschied ganz fest drücken!«

»Deshalb bist du extra hergekommen? Du hast mich doch gestern erst gedrückt und mir zig Nachrichten geschrieben.« Belustigt sah ich sie an. »Ich habe leider nicht viel Zeit … «

»Kein Problem!«

Sie wuschelte mir durchs Haar und drückte mich kurz an sich. »Dir und den anderen alles Glück der Welt!«

Ich lächelte sie an. »Danke.«

»Oh, was ist das denn?«, fragte sie und deutete mit dem Finger zum Fenster. Neugierig wandte ich mich um.

»Was denn?«, fragte ich. »Ich sehe nichts.«

»Nur irgendein Vogel«, meinte sie. Cassidy schloss gerade meine Tasche und trug sie dann in den Flur. »Komm, ich helfe dir.«

»Ähm … danke?«, meinte ich verwundert.

Draußen vor dem Haus hatte Dad bereits die Familienkutsche aus der Garage geholt. Cassidy warf meine Tasche in den Kofferraum und schloss ihn danach. Ich verabschiedete mich vom Rest meiner Familie, drückte meine beste Freundin ein letztes Mal und setzte mich dann neben Dad nach vorne. An der Highschool waren einige der Mädels bereits dabei, ihr Gepäck im Bus zu verstauen. Eine Viertelstunde später fuhren wir Richtung Watsonville, während Coach Maxwell eine seiner Ansprachen hielt und uns danach die neuen Trikots präsentierte. Keine Ahnung, wie Mrs. Redwine vom Newfort Chronicle es so schnell geschafft hatte, sie in Auftrag zu geben, aber laut dem Coach war es eine Express-Lieferung gewesen, die vorgestern bei ihm eingetroffen war. Im Gegensatz zu unseren »alten neuen« Uniformen waren diese hier in einem tiefen Burgunderrot gehalten und entsprachen in allem den offiziellen Vorgaben. Schon bescheuert, wenn man bedachte, dass uns so etwas wie die Ärmellänge oder eine nicht ganz einheitliche Farbe bei unseren ganz alten Trikots gänzlich ausgeschlossen hätte.

Selbst beim Basketball gab es Regeln, die ich für überflüssig hielt. Wir waren jedenfalls alle begeistert und freuten uns.

Nach unserer Ankunft in Watsonville checkten wir als Erstes in unserem Hotel nahe dem *Golden Star Center* ein, ehe wir Letzteres besichtigten und unser Team dort offiziell als anwesend eintrugen. Den Rest des Tages verbrachten wir damit, gemeinsam mit dem Coach Strategien und Spielzüge durchzusprechen, da wir erfahren hatten, wie die Aufstellungen der einzelnen Matches sein würden. Gegen eines der Teams, die Borrow Hawks, hatten wir schon mehrmals gespielt und eine gute Siegerquote. Der Coach hatte zu allen Mannschaften nützliches Hintergrundwissen auf Lager, und die Stunden flogen nur so dahin. Abends brummte uns allen ganz schön der Schädel, und wir waren froh, entspannen zu können. Unser Hotel verfügte über einen Pool, in den sich alle stürzten. Ich teilte mir ein Zimmer mit Kim und blieb zurück, um etwas Ruhe zu haben. Meinen Eltern hatte ich längst Bescheid gegeben, dass ich heil angekommen war. Bei den Qualifikationsspielen waren Zuschauer nicht erlaubt, aber sollten wir es ins Finale schaffen, würde meine Familie am Samstag anreisen und Cassidy mitnehmen. Alle Daumen waren gedrückt!

Obwohl es schon weit nach elf war, fehlte von Kim jede Spur. Auf eine Textnachricht von mir hin reagierte sie nicht. Vermutlich saß sie noch draußen und telefonierte mit ihrem Freund. Seufzend setzte ich mich im Bett auf und öffnete meine Tasche, um mein Schlafzeug herauszuholen. Dabei fiel mir ein Briefumschlag in die Hände, auf dem ein Post-it klebte. In Cassidys Schrift, die ich gleich erkannte, stand dort:

Erst nach dem Finale öffnen! ;-)

Als ob ich das könnte! Ich drehte den Brief um und fand auf der Rückseite ein weiteres Post-it, mit einer zweiten Notiz.

Vertrau mir. NACH dem Finale, Lorn!

Oh Mann! Sie kannte mich echt zu gut. Deshalb hatte sie noch mal bei mir vorbeigeschaut. Um den Brief vor meiner Abfahrt in meine Tasche zu schmuggeln. Aber wieso sollte Cassidy mir einen Brief geben, den ich erst *nach* dem Finale öffnen sollte? Vor allem, wenn doch geplant war, dass sie selber kam und zusah … Ich entfernte die Post-its, und unter dem ersten kam ein einziges Wort zum Vorschein. *Lorn*. Mehr nicht. Ich schluckte schwer. Das war nicht mehr Cassidys Schrift. Ein seltsames Gefühl beschlich mich. Ich strich mit dem Finger über meinen Namen. War der etwa von … Theo? Mir zog sich der Magen vor Nervosität zusammen.

Hastig legte ich den Brief zurück in meine Tasche. Gefühlt ewig tigerte ich durch den Raum, während ich in Gedanken tausend Fragen durchging. Was stand drin? Wollte ich es wirklich wissen? War er echt von Theo? Kein Wunder, dass Cassidy mich gewarnt hatte. Selbstverständlich konnte ich an nichts anderes mehr denken – und die Spiele, die uns bevorstanden, waren wichtig, und ich brauchte meine volle Konzentration. Neben der Tür presste ich mich gegen die Wand und spähte zu meiner Tasche hinüber, als wäre der Brief etwas furchtbar Gefährliches.

Schließlich nahm ich ihn wieder in die Hand und setzte mich auf die Bettkante. Reglos starrte ich auf meinen Namen.

Als die Tür sich öffnete, sprang ich so erschrocken auf, dass ich einen halben Herzinfarkt bekam. Kim kam herein und runzelte verwundert die Stirn. »Alles okay? Schlechte Neuigkeiten?«

»Das? Ehm, nein. Das ist nur … nichts.«

»Nichts?« Kim hob skeptisch eine Augenbraue.

»Genau, nichts.«

»Du bist seltsam. Ich gehe mal duschen.«

»Okay«, murmelte ich.

Kaum war sie im Badezimmer verschwunden, griff ich mir mein Handy und rief Cassidy an. Sie hob nach dem ersten Klingeln ab.

»Du hast den Brief doch sofort gelesen … «, sagte sie.

»Nein. Moment – was ist hier eigentlich los?«

»Er ist von Theo.«

Ich schluckte schwer. »Theo?«

»Er wusste, dass du nicht mit ihm sprechen willst, und darum hat er mich gebeten, ihn dir zu geben. Ich war ihm irgendwie was schuldig.«

»Weißt du, was drinsteht?«

»Nein.« Stille. »Wirst du ihn lesen?«

»Ich weiß es nicht«, sagte ich ehrlich.

»Was immer du tust, ich bin für dich da.«

»Danke, Cassidy.«

Kaum hatten wir aufgelegt, kam Kim mit nassen Haaren und in einem Handtuch aus dem Badezimmer und summte fröhlich vor sich her. »Sorry. Willst du schlafen? Dann bin ich leiser.«

»Du hast gute Laune«, bemerkte ich.

»Wegen Garet«, sagte sie. Sie warf sich theatralisch aufs Bett und seufzte. »Wir haben stundenlang am Telefon geredet. Ich glaube, das zwischen uns ist die ganz große Liebe.«

»Das ist schön«, sagte ich leise.

»Ist echt alles okay bei dir?«, vergewisserte sie sich.

Ich nickte. »Ja.«

Kim setzte sich wieder auf. Sie schnappte sich ein paar Sachen aus ihrem kleinen Koffer und tänzelte lächelnd zurück ins Bad. Zehn Minuten später war es dunkel im Zimmer, und Kim schnarchte leise vor sich hin. Sie war sofort eingeschlafen. Ich wälzte mich unruhig hin und her und machte kein Auge zu. Eine Weile redete ich mir ein, dass ich schon noch wegnicken würde, aber das geschah nicht. Also nahm ich den Brief vom Nachttisch und setzte mich auf den Boden. Durch die dünnen Vorhänge fiel dämmriges Licht, daher rückte ich näher ans Fenster heran, bis ich trotz der Dunkelheit im Zimmer etwas lesen konnte. Dann öffnete ich so leise es ging den Brief und faltete ihn auseinander. *Liebe Lorn* … ich hielt den Atem an und zählte langsam bis drei. Wovor genau fürchtete ich mich eigentlich?

Liebe Lorn,
ich habe lange darüber nachgedacht, wie ich diesen Brief beginnen soll, und festgestellt, dass es diesen perfekten Anfang, nach dem ich gesucht habe, nicht gibt. Vielleicht ist das ein wenig wie bei unserer Geschichte. Wir hatten auch keinen perfekten Anfang. Ich weiß, du bist unglaublich enttäuscht von mir und willst nicht mit mir sprechen, und das ist auch dein gutes Recht. Aber ist es zu viel verlangt, mir zu wünschen, dass du diese Zeilen hier bis zum Schluss liest? Es tut mir leid, dass ich nicht für dich da war. Das werde ich ewig bereuen.

Vor den Ferien stand Isabella eines Abends völlig aufgelöst vor unserer Tür. Meine Mom hat sie hereingelassen, aber kein Wort aus ihr herausbekommen. Wir dachten alle, es wäre irgendetwas Schreckliches passiert. Etwas später hat sie sich beruhigt und von einem Streit mit ihrem Onkel erzählt. Danach haben wir sehr lange geredet. Weißt du noch, wie ich dir erzählt habe, dass Isabellas Mom gestorben ist, als sie noch ein Baby war und sie ihren Dad nie kennengelernt hat?

Vor einigen Wochen hat Isabella sich dazu entschlossen, ihren Dad endlich aufzuspüren, und deshalb die alten Sachen ihrer Mom durchgesehen, die sich auf dem Dachboden befanden. Sie sind damals gemeinsam mit Isabella zu Mr. Blackard geschickt worden, als ihre Mom starb. In einer dieser Kisten war ein Brief mit der Wahrheit. Über Isabellas Vater. Einen, den Olivia aufgrund ihres plötzlichen Todes nie abschicken konnte und der sich in einem ihrer Tagebücher befand. Darin steht eindeutig, dass Jack nicht Isabellas Vater war. Olivia hat nach Isabellas Geburt einen DNA-Test gemacht, weil sie sich nicht sicher war. Als Jack davon erfuhr, hat er Olivia verlassen. Olivia erzählt im Brief, dass sie nicht wusste, was zu tun war.

Sie hatte ein neues Leben in L.A. und blieb vorerst dort.

Doch in den Wochen darauf wurden ihre Zweifel größer.

Denn die Sache ist die, anscheinend waren mein Dad und Olivia während der Schule mehr als gute Freunde. Sie waren zusammen, ehe Olivia meinen Dad für Jack verließ. Ich weiß nicht, wieso Dad mir das verschwiegen hat, und ich weiß auch nicht, ob Mom davon weiß. Vieles ist noch total durcheinander und ungeklärt.

Es ist so: Isabella ist meine Halbschwester. Ziemlich verrückt, oder? Ich wollte ihr erst kein Wort glauben. All ihre komischen Auftritte und Andeutungen und dann so was? Ich bin erst mal total durchgedreht. Nach dem Fund des Briefes wusste Isabella lange nicht weiter. Sie hat irgendwann ihren Onkel danach gefragt, aber der wusste auch nichts Genaues. Er hat seit dem Tod seiner Schwester ihre Sachen nicht mehr angerührt und war völlig geschockt von dieser Enthüllung. Darauf folgte der Streit zwischen den beiden, und Isabella ist dann ja bei uns aufgeschlagen. Sie war völlig fertig und wusste nicht wohin. Deshalb hat sie sich durchgerungen und es mir gesagt. Um nicht mehr allein mit der Situation zu sein. Und sie hat mir auch den Brief gezeigt. In einigen von Olivias Tagebüchern stehen weitere Einträge, die damit übereinstimmen. Als ich zu dir gesagt habe, dass ich Isabella helfen wollte, ihren Dad zu finden, war das keine Lüge. Wir mussten uns einfach ganz, ganz sicher sein.

Auf einmal hat sich alles falsch angefühlt. Stell dir das mal vor! Während Olivia in L.A. war und nicht wusste, wer der Vater ihres

Kindes ist, hat mein Dad sein Leben fortgesetzt. Er hat meine Mom geheiratet, eine eigene Familie gegründet.

Einige von Olivias Beweggründen sind im Brief aufgelistet, und wenn man dem Datum des Briefes glaubt, dann hat Olivia ihn geschrieben, kurz bevor sie starb. Vielleicht hat sie ihn für sich geschrieben, um mit allem abzuschließen oder damit Dad irgendwann die Wahrheit erfährt – das werden wir wohl nie herausfinden.

Das ist doch unglaublich! Wir beide, Seite an Seite aufgewachsen, beste Freunde im Reitcamp und am Ende sogar verwandt. Wir hätten alles viel früher erfahren können, wenn Olivia nach dem DNA-Test Dad kontaktiert hätte.

Obwohl es mir auch große Angst macht, mir vorzustellen, was dann passiert wäre. Wären Mom und Dad nie zusammengekommen? Hätte er die Stadt verlassen, um für Isabella und Olivia zu sorgen? Wäre ich nie geboren worden? Und was wäre wohl passiert, wenn Isabella den Brief niemals gefunden hätte?

Ich finde kaum Worte für meine ganzen Gedanken.

Isabella hatte also wirklich gute Gründe, um unsere alte Freundschaft aufleben zu lassen. Sie hat es nur nicht gleich über sich gebracht, es mir zu sagen. Vielleicht hatte sie auch Angst vor Zurückweisung, so ablehnend wie ich ihr gegenüber war.

Nachdem sie mir den Brief gezeigt hat, kam sie öfter zur Ranch. Wir beide haben einen Plan gebraucht, wie es weitergehen sollte. Wie wir es meinen Eltern sagen.

Mich hat das alles enorm beschäftigt. Vielleicht verstehst du nun, warum ich bei unserem Treffen so durcheinander war. Isabella wollte so schnell es geht mit meinen Eltern sprechen, aber ihr Onkel hielt es für besser, wenn wir erst einmal unsere DNA testen lassen, um einen eigenen Beweis für die Verwandtschaft zu haben. Olivia hatte schließlich nur Unterlagen, die bewiesen, dass Jack nicht der Vater war. Mr. Blackard hat ein paar Kontakte und so jemanden gefunden, der sich am Tag von R.I.D.E. dazu bereit erklärt hat, uns abseits der Öffnungszeiten weiterzuhelfen. Ich weiß, dass es das Richtige gewesen wäre, dir beizustehen, aber ich habe etwas Handfestes gebraucht, ehe meine Familie grundlos ins Chaos stürzt. Diese Seiten reichen nicht annähernd aus, um alles aufzuschreiben.

Irgendwann möchte ich dir alles ganz genau erzählen. Falls es ein »irgendwann« geben wird? Ich hoffe es sehr. Lorn, du hast gesagt, dass ich dich nicht wirklich kenne, sondern nur einen Teil von dir, aber das stimmt nicht. Und ich will es dir beweisen. Ich will dir zeigen, dass ich mich für dich entschieden habe. Trotz allem was war. Zweite Chancen sind etwas für hoffnungslose Romantiker, und du willst sicher im Moment alles andere als einer sein – aber du bist einer. Ich weiß es, weil ich dich sogar besser kenne als mich selbst. Und Gesten hoffnungsloser Romantiker gehören nicht in einen Brief wie diesen, sondern an einen Ort der Träume. Du weißt, wovon ich spreche. Cassidy hat mir gesagt, dass du am Sonntagabend zurückkommst. Triff mich dort. Bitte. Der Anfang unserer Geschichte war nicht perfekt, aber vielleicht kann es unser Ende sein.

Dein Theo

Ich las seine Zeilen ein weiteres Mal. Und dann noch einmal. Immer wieder, bis meine Augen vor Müdigkeit brannten.

Isabella war Theos Halbschwester.

Diese Information zu verdauen war nicht leicht.

Aber es waren besonders seine letzten Worte, die tief in mir etwas berührt hatten. Zweite Chancen sind etwas für hoffnungslose Romantiker … Genau das hatte ich auch gedacht.

Ich drückte den Brief an meine Brust und schloss die Augen. Theo hatte also wirklich einen guten Grund gehabt, mir zunächst nicht die Wahrheit anzuvertrauen. Ich konnte jetzt viel besser nachvollziehen, was in ihm vorging – zumindest in einem Teil von ihm. Und trotz der Sache mit Isabella war er zum Strand gekommen, um mir zuzuhören. Es schien ganz so, als wäre nun ich an der Reihe, dasselbe bei ihm zu tun.

Wieso erschien mir die Lage dann immer noch so verzwickt?

Am besten schlief ich eine Nacht darüber, um nicht irgendeiner Kurzschlussreaktion zu erliegen. Ich hätte in diesem Moment auch gar nicht gewusst, was ich ihm sagen sollte … dass es mir leidtat? Ihm zu seiner neu gewonnen Schwester gratulieren? Wie verhielt man sich in solch einer Lage bitte? Seufzend kroch ich ins Bett und zog die Decke bis ans Kinn, den Brief noch immer an die Brust gedrückt. So schlief ich irgendwann ein. Mit Theos Worten über meinem Herzen, unbeantworteten Fragen und einem Funken Hoffnung.

KAPITEL 33

WIR QUALIFIZIERTEN UNS in den Vorrunden leider nicht für das Finale und landeten der Punktevergabe nach auf dem dritten Platz. Obwohl wir hart gekämpft und unser Bestes gegeben hatten, reichte es nicht ganz aus. Eine gute Sache hatte unser Engagement trotzdem: Die Newfort Newts durften nächsten Sommer in ein offizielles Trainingscamp der kalifornischen Basketball-Junior-Liga. Ehe wir zurück nach Hause fuhren, schauten wir uns das letzte Spiel als Zuschauer an. Als wir alle wieder im Bus saßen und es draußen langsam zu dämmern begann, war es dieses Mal nicht der Coach, der eine Ansprache hielt, sondern Kim. Sie stand ganz vorne im Gang und blickte die Sitzreihen entlang, ein warmes Lächeln im Gesicht. Wir waren natürlich alle ein wenig enttäuscht, dass wir vor dem Finale ausgeschieden waren, aber jede von uns hatte eine unheimlich gute Leistung erbracht – was Coach Maxwell uns im Verlauf der letzten Stunden auch immer wieder stolz gesagt hatte.

Kim war da der gleichen Meinung. »Dieses Team bedeutet mir einfach alles«, sagte sie, und ihre Stimme klang vor lauter Emotionen ganz belegt. »Wie ihr wisst, habe ich vor Ferienbeginn gemeinsam mit einigen anderen Mädels meinen Highschool-Abschluss gemacht. Nach dem Sommer werde ich aufs College gehen. Und ich spreche auch im Namen der anderen, die gemeinsam mit mir abgegangen sind: Wir werden euch vermissen.«

Ich begann zu klatschen, und andere stimmten mit ein.

»Wie es die Tradition verlangt, darf ich als Kapitänin dieses Teams jemanden von euch aussuchen, der mein Amt übernimmt«, fuhr Kim fort. »Ihr dürft natürlich gerne ein Veto dagegen einlegen. Coach Maxwell und ich waren uns schnell einig, auf wen die Wahl fallen wird«, sagte Kim und grinste nun verschmitzt. »Sie ist jemand, den wir alle schätzen. Ein wenig zu stur und dickköpfig, aber eine Teamspielerin durch und durch. Es gibt selten Menschen, die so loyal und bodenständig sind, und das sind nur ein paar der Eigenschaften, die sie zu einer ausgezeichneten Kapitänin machen werden. Wir hoffen, du nimmst an … Lorn.«

»Sag Ja, Lorn!«, rief Naomi.

»Genau!«, stimmte jemand anderes ihr zu.

»Wir wollen Lorn als Kapitänin!«

»Du wirst das super machen!«

»Gratulation, liebe Lorn!«

Mit einem Mal flogen die verschiedenen Ausrufe nur so durch den Bus. Kurz überlegte ich, mich in meinem Sitz ganz klein zu machen, stand dann aber doch auf. Der Coach hatte schon oft angedeutet, dass er mich in diesem Amt sehen wollte, wenn Kim uns verließ. Früher hatte mir die Vorstellung zwar geschmeichelt, aber auch Angst aufgrund der Verantwortung gemacht. In den letzten Wochen hatte ich mich aber verändert. Ich hatte gezweifelt und versucht, mein gebrochenes Herz zu heilen, war über mich hinausgewachsen, mutig gewesen und hatte neue Dinge gelernt. Und so kitschig das auch klang, irgendwie fühlte ich mich in diesem Augenblick bereit für etwas Neues.

»Es wäre mir eine große Ehre«, sagte ich.

Erneut klatschten alle wild in die Hände. Ich stand von meinem Platz auf und ließ mich von Kim in den Arm nehmen. Ein paar der Mädels jubelten. Coach Maxwell reichte mir ganz förmlich die Hand. »Glückwunsch zum neuen Amt, Kapitänin der Newfort Newts.«

Ich strahlte ihn an. »Vielen Dank, Coach!«

»Wir besprechen alles Weitere noch. Jetzt wird erst mal gefeiert.«

»Go! Go! Go! Newfort Newts!«, rief Skylar.

Der Rest des Teams stieg mit ein.

»Go! Go! Go! Newfort Newts!«

Mein Blick glitt über meine Freundinnen, und in meinem Magen breitete sich ein warmes Gefühl aus. Ich war einfach glücklich. Und es fehlte nur noch eine Sache, um dieses Glück perfekt zu machen.

Der Ort der Träume. Mir war gleich klar gewesen, dass Theo damit die *Wall of Dreams* gemeint hatte. Wir hatten zwar keine genaue Uhrzeit ausgemacht, aber kaum dass der Bus auf dem Parkplatz der Highschool anhielt, wollte ich schon losstürmen. Damit ich nicht von meinen Eltern in ein ewig langes Gespräch verwickelt wurde, hatte ich Cassidy getextet und gefragt, ob sie und Colton mich abholen konnten. Ich verabschiedete mich von den anderen und sah, dass die beiden schon neben Coltons rotem VW auf mich warteten. Sie hielten mich gar nicht lange auf oder stellten Fragen. Ich verfrachtete meine Tasche in den Kofferraum, und wir stiegen ein. Während Colton fuhr, drehte Cassidy sich zu mir um und griff nach meiner Hand. Ihre Lippen bewegten sich kaum, aber ich wusste, dass sie mir ganz leise Mut zusprach. Ich nickte leicht, und die nächsten Minuten starrte ich unentwegt auf das Armband mit den Holzperlen, das Theo mir geschenkt hatte.

»Sag Bescheid, wenn wir dich wieder abholen sollen.«

Coltons und mein Blick trafen sich im Rückspiegel.

»Danke«, sagte ich. Er schenkte mir ein Lächeln.

»Falls du dich nicht mehr meldest, gebe ich deine Tasche bei dir zu Hause ab und sag deinen Eltern, dass du noch mit dem Team weg bist«, meinte Cassidy. »Sonst machen sie sich Sorgen.«

»Das ist eine gute Idee.«

»Tja, wir sind inzwischen Profis im Ausredenerfinden«, meinte Colton. »Falls ihr da irgendwann mal Nachhilfe braucht … «

Cassidy verdrehte die Augen. »Erst mal müssen die beiden …«

Kopfschüttelnd öffnete ich die Wagentür und überließ die zwei ihren üblichen Neckereien. Das alte Filmgeschichtemuseum wirkte um diese Zeit noch unheimlicher als sonst. Eine einzelne Straßenlaterne war angesprungen und beleuchtete den Eingang des Schleichpfads. Ich blickte kurz zurück und stellte fest, dass Coltons Wagen den Schotterplatz noch nicht verlassen hatte. Vermutlich wollten die zwei sichergehen, dass mir alleine im Park nichts zustieß. Ich hatte Cassidy eben zehnmal versprechen müssen, ihr sofort zu texten, wenn ich Theo gefunden hatte, weil sie sonst hinterherkommen würde, um nach mir zu sehen. Langsam machte ich mich auf den Weg zum Park. Hier hatten Theo und ich das erste Mal so richtig Zeit zusammen verbracht. Ich sah zwei Frauen mit ihren Hunden und einen Jogger, der gerade hinter einer Biegung verschwand, aber mehr Leute schienen nicht unterwegs zu sein. Die *Wall of Dreams* wurde von zwei kleinen Scheinwerfern angeleuchtet, und ihre mächtige Silhouette wirkte wie ein einziger großer Schatten. Theo stand auf der Seite, auf die ich damals etwas geschrieben hatte, und betrachtete eingehend die vielen Wünsche. Heute trug er einen grauen Hoodie und eine dunkle Jeans, und seine Haare machten mal wieder, was sie wollten. Er bemerkte mich nicht, also nutzte ich die Gelegenheit, um Cassidy noch kurz zu schreiben, dass ich ihn gefunden hatte. Ich steckte das Handy wieder weg und trat näher.

»Versuchst du herauszufinden, was ich geschrieben habe?«

Theo drehte sich abrupt um. Er öffnete den Mund, vielleicht um so etwas zu sagen wie »du hast mich erschreckt«, aber stattdessen sah er mich nur stumm an. Lange, intensiv.

»Du bist gekommen«, sagte er erleichtert.

»Wie könnte ich auch nicht, nach diesem Brief … «

»Lorn.«

Mein Name auf seinen Lippen war in diesem Moment genug. Ich ging auf ihn zu und schlang die Arme um ihn. Theo sah so aus, als könnte er jetzt wirklich gut eine Umarmung gebrauchen. Sofort legten sich seine Hände auf meinen Rücken, und er presste sein Gesicht in meine Halsbeuge. Sein vertrauter Duft hüllte mich ein und weckte in mir eine schmerzhafte Sehnsucht. Wir hatten uns nur ein paar Tage nicht gesehen, und doch fühlten sie sich in dieser Sekunde des Zusammentreffens wie ein halbes Leben an.

»Bist du okay?«, fragte ich behutsam.

»Bist du es denn?«, fragte er ebenso sanft.

Wir lösten uns voneinander. In Theos Augen schwammen Tränen und ein trauriges Leuchten, als lägen hinter seiner Fassade tausend Gefühle, die er noch mit aller Kraft zurückhalten wollte.

»Ich bin nicht die Person mit einer Halbschwester.«

Theo biss sich auf die Unterlippe. »Unfassbar das alles.« Er fuhr sich unruhig durchs Haar. »Meinen Dad hat es am schwersten getroffen. Er hat nicht nur von Isabella erfahren, sondern auch von Olivias Lüge … und auch wenn ihre Beziehung lange her ist, steckt er das nicht gerade leicht weg. Er hat uns erklärt, dass er von der Beziehung zwischen ihm und Olivia immer nur als Freundschaft gesprochen hat, weil er nicht wollte, dass Isabella ein schlechtes Bild von Olivia hat – immerhin hat sie Dad für jemand anderen sitzen lassen, und das ist keine seiner schönsten Erinnerungen. Mom ist für ihn da. Sie wusste auch von Dad und Olivia, da die drei alle auf derselben Highschool waren. Aber sie hat die Nachrichten von uns allen am besten verkraftet.«

»Deine Mom ist wundervoll«, sagte ich.

»Es wird wohl eine Weile dauern, bis sich alles wieder eingerenkt hat. Colton müssen wir es auch noch sagen. Und dann langsam schauen, wie es weitergeht. Isabella gehört jetzt zur Familie.«

»Wow!«, meinte ich. »Sie ist … Isabella.«

Theo schmunzelte, doch sein Blick blieb betrübt. »Kannst du dir mein Gesicht vorstellen, als sie es mir gesagt hat? Und erst die Gesichter meiner Eltern, als wir mit dem DNA-Testergebnis ankamen? Wir haben alle geheult wie Schlosshunde. Es war ziemlich emotional.«

»Das wird es in Zukunft bestimmt auch weiterhin«, sagte ich verständnisvoll. »So eine Sache steckt niemand mal eben weg. Für Isabella ist das sicher auch alles andere als leicht … «

»Ich möchte gerne, dass sie weiter ein paarmal die Woche zu uns kommt«, sagte Theo mit belegter Stimme. »Um … ich weiß auch nicht. Vielleicht könnten wir uns zusammen um die Pferde kümmern. Ich will wissen, was sie die letzten Jahre erlebt hat. Natürlich wird unsere kaputte Freundschaft jetzt nicht wie durch Magie genauso wie früher, aber ich möchte ihr gerne verzeihen. Für einen Neuanfang. Das fühlt sich gerade wie die richtige Entscheidung an.«

Ich griff nach Theos Hand. »Ich werde dir beistehen.«

»Kannst du mir bitte verzeihen, dass ich dich im Stich gelassen habe?« Seine Finger schlossen sich fester um meine.

»Du bist nicht der Einzige, der sich entschuldigen muss«, sagte ich bedächtig. »Ich weiß, wie schwer es ist, seinen Mut zusammenzunehmen und jemandem seine Gefühle zu gestehen, und als du es mir gesagt hast … war ich ziemlich hart zu dir. Ich war so unheimlich verletzt, dass du mich an diesem wichtigen Tag alleingelassen hast und ich nicht an erster Stelle für dich kam.«

Mit den Augen suchte ich im spärlichen Licht des Parks die *Wall of Dreams* nach meinem Wunsch ab. Es dauerte, bis ich ihn fand. Ich erinnerte mich zwar noch an die Stelle, aber seitdem hatten viele andere hier etwas verewigt, und nur noch ein Teil meiner Handschrift war gut zu erkennen. Mit der freien Hand deutete ich darauf.

»Das habe ich geschrieben. Aber so fühle ich nicht mehr.«

»Ich möchte nicht länger unglücklich verliebt sein«, las Theo die Worte langsam vor, weil sie schwer zu entziffern waren. Er wandte sich wieder zu mir. »So fühlst du nicht mehr?« Seine Stimme nahm einen merkwürdigen Ton an. Irgendwie beklommen und melancholisch. Dann atmete er tief durch. »Ich ... ich will dir trotzdem etwas sagen. Dieses Mal richtig. Was im Brief stand, war ernst gemeint. Du hast verdient, dass ich dir all diese Dinge ins Gesicht sage.« Seine Brust hob und senkte sich schneller, als er Atem holte. »Ich bin nie jemand gewesen, der seine Gefühle gut in Worte fassen kann, aber ich will es versuchen. Als wir Freunde geworden sind, hatte ich endlich das Gefühl, jemanden gefunden zu haben, der mich versteht. Das habe ich dir gesagt, als wir das erste Mal hier waren. Es war so einfach, dir zu vertrauen, und in deiner Nähe habe ich mich wohlgefühlt, ganz wie ich selbst. Und ohne es zu bemerken war das alles plötzlich selbstverständlich für mich. Du, unsere Freundschaft. Ich habe gar nicht begriffen, dass ich mich darauf verlassen habe, dass du immer da bist. Und du hattest recht, ich wusste nicht, was es bedeutet, dich zu verlieren. Aber ich habe es das erste Mal gespürt, ohne diese Empfindung zuordnen zu können, als ich dachte, dass du Wesley magst. Ich wollte nicht, dass du ihn magst. Ich war nicht nur eifersüchtig, weil ich Angst hatte, dich als Freundin zu verlieren. Es hat mich fast wahnsinnig gemacht, nicht zu wissen, was in deinem Kopf vor sich geht. Ich komme mir so verflucht dumm vor, denn offenbar haben alle etwas gesehen, was ich nicht wahrhaben wollte. Und wenn ich früher erkannt hätte, wie du für mich empfindest, hätte ich vielleicht auch realisiert, dass ich das Gleiche für dich fühle.« Theo schluckte schwer. »Weil, es stimmt, was ich gesagt habe. Ich liebe dich auch, Lorn. Vielleicht nicht von der ersten Sekunde an, in der du in mein Leben getreten bist. Doch mit jeder neuen Sekunde, die verstreicht, kann ich mir nicht mehr ausmalen, wie es ohne dich wäre. Du machst mich mutiger. Und ich kann dir nicht mal erklären, wie gut es sich anfühlt, wenn du mich anlächelst. Wenn du einfach nur da bist, egal ob wir reden oder schweigen. Ich will dich in meinem Leben. Deshalb ...« Theo ließ meine Hand los und machte ein paar Schritte rückwärts. »... ist das hier die Geste eines hoffnungslosen Romantikers, für das Mädchen, das er liebt.« Er hob etwas auf, das neben seinem Rucksack im Gras lag – eine Taschenlampe – und leuchtete damit auf ein Stück Rasen. »Wenn *Peanut Butter Cups* für eine Entschuldigung stehen und *Skittles* für einen Regenbogen aus guter Laune, dann sind *Twinkies* das ultimative ›Ich liebe dich‹, unter den Süßigkeiten.«

Sprachlos starrte ich auf die Dutzende kleiner, eingepackter Minikuchen mit Cremefüllung, die zwischen den Grashalmen verteilt lagen. Sie waren so angeordnet, dass sie meinen Namen formten und daneben ein ziemlich krummes Herz. Meine Mundwinkel zuckten, dann konnte ich das breite Grinsen nicht mehr unterdrücken. Gleichzeitig schossen mir vor Rührung ein paar Tränen in die Augen. Ich musste ein seltsames Bild abgeben, wie ich dastand und irgendwo zwischen Lachen und Weinen festzustecken schien. Mir klopfte das Herz bis zum Hals. Ich überbrückte den Abstand zwischen uns und schlang die Arme um ihn. »Das ist verrückt!«, nuschelte ich. »Aber großartig.«

Wir rückten wieder auseinander, und der Blick, mit dem Theo mich ansah, war einfach alles. Mich hatte noch nie jemand so voller Zuneigung und Sehnsucht angeschaut. Ein elektrisierendes, vertrautes Kribbeln breitete sich auf meiner Haut aus. Zum ersten Mal hatte ich es im Freshman-Year im Geschichtskurs gespürt.

Theos und meine erste Begegnung.

»Bin ich zu spät?«

»Zu spät?« Ich schüttelte den Kopf. »Als ich gesagt habe, dass ich anders fühle ... das bezog sich auf das *unglücklich* verliebt. Ich bin nicht mehr unglücklich, aber immer noch verliebt. Ich habe gelernt, dass man allein glücklich sein kann, verstehst du? Und das ist richtig so. Jemanden zu lieben, aber gleichzeitig ein Ich zu bleiben. Deshalb ... hat sich mein Wunsch auch erfüllt.« Sanft umfasste ich sein Gesicht, und die Berührung seiner warmen Haut ließ meinen Puls rasen. »Du hast mir am Pier gesagt, dass es dein Wunsch sei, mich in deinem Leben zu behalten. Und von einem hoffnungslosen Romantiker zum anderen? Das hier ...«, ich beugte mich vor und drückte meine Lippen kurz auf seine. »... ist meine zweite Chance. Deine zweite Chance. *Unsere* zweite Chance.«

Theo vergrub eine Hand in meinem Haar und zog mich an sich, und dann küssten wir uns richtig. Der Kuss war wie die Antwort auf eine Frage, die wir einander vor langer Zeit gestellt hatten. Vielleicht ein Blick in die Zukunft, die wir uns nach diesem Abend teilen würden. Aber vor allem fühlte sich dieser Kuss wie Nachhausekommen an. Als sei mein Herz ein Schiff, das nach langer Reise in einem sicheren Hafen seinen Anker auswerfen konnte. Es war nicht unser erster Kuss und würde nicht unser letzter sein. Vor uns lagen noch einige Stolpersteine, die aus dem Weg geräumt werden mussten. Unbeantwortete Fragen und Veränderungen und das Ende einer Freundschaft. Doch jeder Anfang hatte seinen Preis, und ich spürte mit jeder von Theos Berührungen, mit jedem weiteren Kuss, dass er genau wie ich bereit war, ihn zu zahlen.

Zweite Chancen waren etwas für hoffnungslose Romantiker.

Und vielleicht war das Schöne an zweiten Chancen, dass wir alle – egal, welche Fehler wir machten – immer eine bekamen.

DANKSAGUNG

OBWOHL AUF DEM BUCHDECKEL vorne nur ein einziger Name steht, waren an der Entstehung dieses Romans wieder eine Vielzahl an Menschen beteiligt, die wie beim Abspann eines Films oftmals übersehen werden. Das nimmt euch niemand übel, denn ganz ehrlich? Wer bleibt schon bis zum Schluss sitzen? Da ist das Popcorn längst leer, und man muss dringend aufs Klo. Stellt euch einfach vor, »My Second Chance« wäre einer dieser coolen Marvel-Filme, und das hier sind die super wichtigen Final-Cut-Szenen! ;-)

Ein großer Dank gilt all den Menschen, die Lorns Geschichte überhaupt möglich gemacht haben: Mein Agent Niclas Schmoll, der das Buch vermittelt hat und mir immer mit Rat und Tat zu Seite steht. Julia Bauer, die »My Second Chance« die Tür ins »Heyne fliegt«-Programm geöffnet hat. Martina Vogl, die das Buch in verschiedenen Stadien gelesen und mit ihrem wertvollen Input geholfen hat, das Beste daraus zu machen. Und Diana Mantel, deren Anmerkungen und ganze Mühe die allertollste Version aus jeder einzelnen Szene dieser Geschichte gekitzelt haben. Natürlich darf auch der Rest des »Heyne fliegt« / Random-House-Teams nicht vergessen werden. Patricia & Co., ihr seid alle einsame Spitze!

Ein besonderer Dank geht an Laura Kneidl und Bianca Iosivoni. Beide haben bereits damals »My First Love« gelesen und waren danach Feuer und Flamme für »My Second Chance«. Ohne euch zwei wäre ich an so manch einer Stelle verzweifelt. Danke für die vielen Gespräche, guten Ratschläge und wertvollen Tipps – und natürlich die unschlagbaren Buch-Quotes. Ich fangirle sie immer noch!

Danke an Sebastian! Tja, ihr fragt euch jetzt, wer das ist? Ich weiß es auch nicht. Meine Mutter ist jedenfalls der festen Überzeugung, er wäre mein bester Freund. Vielleicht kommt er ja aus der Zukunft, und ich lerne ihn noch kennen? Deshalb bedanke ich mich lieber ganz brav bei Fabian – meinem Gegenwarts-Besten-Freund. Lieber Fabian, danke, dass du mich seit all den Jahren auf meinem Weg als Autorin begleitest! Irgendwann kannst du den Job an den Nagel hängen und für Sebastian Platz machen. Bis dahin fühl dich fest gedrückt! Du bist der beste Nicht-Sebastian, den eine Tanja sich nur vorstellen kann!

Danke an Carina für all dein Wissen rund ums Reiten, Pferde und alles, was mit der Ranch zu tun hatte! Ich habe wieder einiges gelernt und bin froh, mit dir eine Expertin im Team zu haben.

Danke auch an meine Autoren-Musketiere Lisa Rosenbecker, Stefanie Hasse, Felicitas Brandt, und Ann-Kathrin Wolf. Ganz besonders doll an Liz, die mir während des Schreibens und Überarbeitens von »My Second Chance« so viel Mut gemacht hat und immer für mich da war! Ebenso ein gigantisches Danke an die liebe Eva, die eine der Erstleserinnen des Romans war – ich bin von Herzen froh, dass wir uns kennenlernen durften und Freundinnen geworden sind! Fühlt euch alle umarmt. Ein weiterer Dank gehört der lieben Laura Labas für ihre Unterstützung bei dem Projekt!

Außerdem noch Anne, die ich seit Ewigkeiten kenne und die mir mit ihrer Begeisterung immer vor Augen hält, was ich schon alles geschafft habe! Anne war es auch, die meine Liebe zu Mumford &

Sons geweckt hat! Wer weiß? Ohne sie hätten Lorn und Theo vielleicht einer anderen Band ihr Herz geschenkt. Und wenn wir schon bei Musik sind, verdient Katharina noch eine Erwähnung. Sie hat mich mit Harry Styles angefixt. Sein Album lief beim Lektorat des Romans an manchen Tagen rauf und runter.

Da draußen gibt es so viele unglaublich liebe Menschen, die »My First Love« gelesen, rezensiert und empfohlen haben, und dafür bin ich mit am meisten dankbar. Darunter auch Simone, die mich seit meinem ersten Contemporary-Roman kennt und es verdient hat, einmal namentlich erwähnt zu werden. Simone, du bist unglaublich toll! Danke auch an alle, die mir bei Instagram so liebe Nachrichten schreiben, darunter auch Özi und Tay-Tay-Lisa (du weißt, wer hier gemeint ist!). Leider ist hier nicht genug Platz, um all eure Namen aufzulisten, aber ihr seid definitiv #TeamAwesome.

Meiner Mama musste ich noch versprechen (ich wurde mit sehr leckerem Apfelkuchen bestochen) Folgendes zu erwähnen: Sie war nicht das Vorbild von Mrs. Caster aus »My First Love«. Und das stimmt. Meine Mama ist (wie April und Jane sagen würden) Fantatastisch! Ich habe auch Fanta-tastische Geschwister, die mich unterstützen, und das ist nicht selbstverständlich. Danke, Steffi und Tim.

Ich hoffe, euch allen hat »My Second Chance« gefallen!

Liebe Grüße
eure Tanja